LA NUIT DU PREMIER JOUR

Après des études de lettres, Theresa Révay devient traductrice puis romancière. Sa prédilection pour l'Histoire la conduit à s'intéresser aux déchirements de familles européennes confrontées aux épreuves d'un XXe siècle tumultueux. Qu'elle évoque le destin des Russes blancs dans *La Louve blanche* et *Tous les rêves du monde*, la fin de l'Empire ottoman dans *L'Autre Rive du Bosphore* (prix Historia 2014) ou encore l'Italie des années 1930 dans *La vie ne danse qu'un instant* (prix Simone-Veil 2017), sa documentation rigoureuse et son souffle romanesque l'imposent comme l'une des romancières majeures de grandes fresques historiques, aujourd'hui traduites dans de nombreux pays.

Paru au Livre de Poche :

La vie ne danse qu'un instant

THERESA RÉVAY

La Nuit du premier jour

ROMAN

ALBIN MICHEL

ISBN : 978-2-253-10658-6 – 1re publication LGF

À ma grand-mère Liline, qui savait l'exil des cœurs.
Et à l'aînée de ses filles, ma mère.
In memoriam.

« Transporte ton cœur en amour là où il te plaît
L'amour, le meilleur, est pour l'amant premier. »

Abu-Tammam, poète abbasside, IXe siècle

Avant-propos

À l'aube de la Première Guerre mondiale, l'Empire ottoman se compose de différents territoires, dont les provinces arabes du Bilad al-Cham, qui constituent la « Grande Syrie » et supportent de plus en plus mal le joug des Turcs. Ces provinces correspondent aujourd'hui à la Syrie, au Liban, à la Palestine et à la Jordanie.

Le Levant désigne traditionnellement les pays du Proche-Orient qui bordent la côte orientale de la Méditerranée, où le soleil se lève, notamment la Palestine, le Liban et la Syrie.

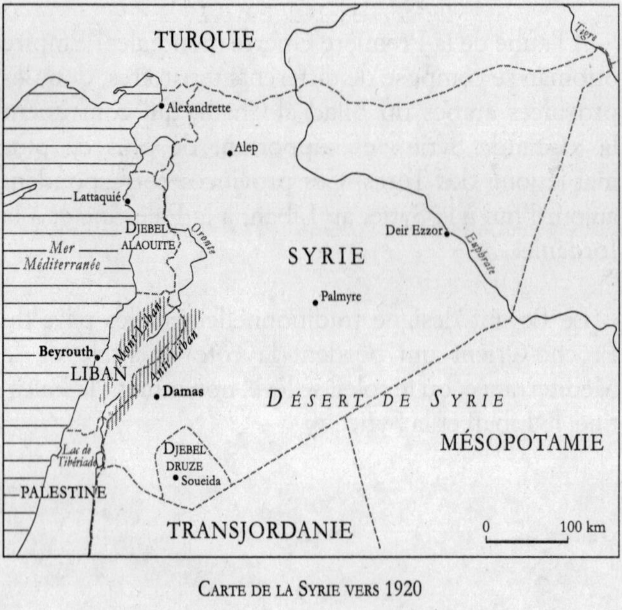

CARTE DE LA SYRIE VERS 1920

PREMIÈRE PARTIE

Lyon, mars 1896

Le funiculaire s'arrêta brusquement au milieu du tunnel. Salim Zahhar tomba à la renverse. Un homme corpulent atterrit sur son torse, lui coupant le souffle.

— Il faut descendre ! hurla l'un des passagers. Le câble risque de se rompre.

Les voitures reculèrent de quelques mètres avec des crissements de freins qui résonnèrent sous la voûte. Salim repoussa le corps allongé sur lui, cherchant désespérément de l'air. Il parvint tant bien que mal à rouler sur le côté et se retrouva à genoux, sonné.

— Remontez vers moi ! ordonna le conducteur d'une voix stridente. Le chariot à l'arrière est mal arrimé.

Des craquements alarmants indiquaient que le chariot à plateforme, chargé de marchandises, risquait de basculer à tout moment. Les voyageurs du premier wagon bataillaient pour s'enfuir. Salim, lui, avait du mal à respirer. Il souleva un enfant pour le tendre à sa mère descendue sur la voie, avant de se tourner vers une dame âgée qui gémissait, l'épaule disloquée.

— On doit se trouver sous la place Colbert, grommela un homme. Faudra marcher un bout de temps jusqu'à la sortie, et la pente est raide.

Le Syrien se demanda comment ce Lyonnais pouvait se repérer dans la pénombre trouée çà et là par les lueurs des lampes à gaz. À entendre les hennissements désespérés d'un cheval coincé sur la plateforme, un sentiment d'oppression lui noua la gorge. Il détestait les endroits confinés. Il fut pourtant le dernier à descendre et à entamer la pénible ascension vers l'air libre.

Une petite foule inquiète s'était rassemblée sous la marquise à la station du boulevard de la Croix-Rousse. Des mains se tendaient pour venir en aide aux rescapés. Un machiniste en tricot de corps criait des ordres aux hommes venus en renfort pour sécuriser les câbles. Salim leva son visage vers le ciel plombé et inspira profondément. Aussitôt, une méchante brûlure lui arracha une grimace. Sûrement une côte cassée, songea-t-il, exaspéré.

Il accepta avec reconnaissance la flasque qu'on lui proposa ; la gorgée d'alcool lui donna un coup de fouet bienvenu. Puis il s'éloigna de l'attroupement. Une jeune femme se tenait en retrait, penchée en avant, les mains sur les genoux.

— Puis-je vous aider, mademoiselle ? Vous êtes blessée ?

Elle se redressa. Le ruban qui retenait son chapeau acheva de se dénouer, laissant échapper quelques mèches sombres de son chignon. Blême, elle le fixait d'un air étonné.

— Un médecin, peut-être ? Il faut vous asseoir. Il y a un café un peu plus loin. Je vais vous accompagner.

— C'est inutile… Je suis presque arrivée.

Ses lèvres frémissaient. Elle peinait à reprendre son souffle. Sans doute le corset qui lui comprimait la taille. Il éleva la voix pour se faire entendre en dépit des claquements sonores et répétitifs des nombreux métiers à tisser aux alentours.

— Permettez-moi au moins de vous ramener chez vous, je ne peux pas vous laisser dans cet état.

Elle finit par céder devant son insistance. Comme elle boitait, elle accepta de lui prendre le bras. Salim sentait le corps pressé contre le sien, veillait à ce qu'elle ne trébuche pas. Une petite pluie serrée se mit à tomber. Il se pencha vers elle pour l'abriter et se surprit à respirer un parfum épicé aux notes d'ambre et d'agrumes qui lui rappelèrent son pays. À un croisement, elle lui indiqua un immeuble de quatre étages à la façade sobre et aux grandes fenêtres.

— Merci, monsieur, je peux me débrouiller désormais.

— Je dois m'assurer que vous êtes saine et sauve. Ne m'en veuillez pas, mes parents m'ont éduqué ainsi.

Il essaya de plaisanter en lui tenant la porte, espérant lui arracher un sourire, mais elle semblait trop troublée pour l'entendre. Ils pénétrèrent dans un atelier très haut de plafond qui abritait trois métiers à tisser. Un homme en bras de chemise poussa un juron, lâchant le battant qu'il actionnait. Les vibrations sur le sol en carreaux de terre cuite cessèrent aussitôt.

— Blanche ! Mais que diable vous est-il arrivé ? s'affola-t-il en approchant un tabouret pour qu'elle puisse s'asseoir.

D'une main nerveuse, elle retira son chapeau afin de remettre de l'ordre dans sa chevelure.

— La ficelle de Croix-Paquet s'est arrêtée au beau milieu du tunnel. Ce fut toute une histoire pour sortir de là.

— Grands dieux, vous saignez ! Maxence, apporte-moi de l'eau et un linge propre.

Un petit garçon en culottes courtes, juché sur l'échelle de meunier qui menait à une soupente, s'empressa de dégringoler de son perchoir pour aller chercher ce qu'on lui avait demandé. Le tisseur tamponna avec soin le visage de la jeune femme. Salim s'était éloigné par souci de discrétion et inspectait maintenant l'atelier, qui était d'une propreté irréprochable. Une lumière opaline pénétrait par les fenêtres, éclairant les fils d'arcade qui ruisselaient, denses et fluides, sur les métiers. Les cartes perforées de la mécanique Jacquard se déployaient telles des ailes de papillon. Salim examina le travail en cours. Grâce à l'éclairage de petites lampes à huile, il put observer la délicatesse des motifs floraux aux entrelacs de couleurs. Il se trouvait à l'évidence chez un maître d'étoffes façonnées de grande expertise, de ceux qui faisaient la réputation des tisseurs lyonnais depuis deux siècles.

Quand le petit garçon se planta devant lui avec un café, il l'accepta en souriant.

— Il aura sûrement moins de goût que celui de vos lointaines contrées, fit le maître tisseur, mais il vous réchauffera.

— Qu'est-ce qui m'a trahi ? plaisanta Salim.

— Votre tarbouche cabossé. Et puis, vous savez bien qu'entre Lyon et la Sublime Porte c'est une longue histoire, mon cher monsieur. Je connais même des compatriotes à vous installés un peu plus haut, sur le plateau.

Les pouces glissés dans les poches de son gilet, l'homme affichait un air taquin. Il semblait rasséréné maintenant que sa protégée avait repris des couleurs. Ses cheveux étaient à nouveau prisonniers de son chignon, les plis de sa jupe avaient été époussetés. Seuls les accrocs à sa manche et son expression anxieuse trahissaient l'incident. Elle ne quittait pas Salim des yeux.

— Puisque je suis démasqué, permettez-moi de me présenter. Salim Zahhar, marchand de soie de Damas.

Il s'inclina de façon théâtrale devant l'enfant alors qu'il ne s'adressait qu'à l'inconnue.

— Armand Martin, maître tisseur de la Croix-Rousse, et mon fils Maxence, répliqua le père en jouant le jeu. Allons, mon petit, salue donc notre hôte !

L'enfant timide préféra se réfugier auprès de la jeune femme, qui lui caressa tendrement les cheveux. Salim attendit qu'elle se présente à son tour. Contrairement à ce qu'il avait pensé de prime abord, elle n'était visiblement pas l'épouse du tisseur qui la traitait avec une déférence familière. Elle lui semblait encore très jeune. Sa tenue modeste, presque austère, et sa réticence lorsqu'il avait voulu lui venir en aide trahissaient une bonne éducation évidente. Or, elle gardait obstinément le silence. Il déposa la tasse dans la petite cuisine attenante, puis revint dans l'atelier.

— J'espère que vous êtes remise de vos émotions, mademoiselle. Nous avons eu de la chance, l'accident aurait pu être beaucoup plus sérieux. Mais vous avez manifestement trouvé un refuge ici. M. Martin s'occupera très bien de vous. Je ne vais pas vous importuner davantage.

Alors qu'il s'apprêtait à les quitter, elle sembla soudain prendre une décision. Les traits de son visage se détendirent.

— Votre accent ! lança-t-elle.

— Pardon ?

— C'est votre accent qui vous a trahi. Vous parlez le français avec la musicalité des gens originaires du Levant. Mais j'aurais mis ma main à couper que vous n'étiez pas de Beyrouth. J'avais donc raison.

Salim resta interdit. D'un seul coup, la méfiance de l'inconnue s'était envolée. Une autre personnalité, pleine de vivacité et d'ardeur, s'était emparée d'elle. Même le timbre de sa voix avait changé, prenant une tonalité voilée.

— Je me dois de vous remercier, monsieur. Vous avez été très galant. Je m'appelle Blanche Duvernay. Moi aussi, je suis née au Levant, près de Btater, sous le ciel glorieux du Mont-Liban. Mais me voici hélas échouée par ma très grande faute sur les rives de cette illustre cité. Et vous avez raison, l'atelier de mon ami Armand est bien mon seul refuge. Sans lui, je serais sans doute morte depuis longtemps.

Elle avait parlé d'une traite, se moquant d'elle-même sans pour autant masquer son désarroi. Elle lui lançait à la face un chagrin tout de colère et d'impuissance. Il y avait là une forme d'impudeur mais aussi une audace folle, et à cet instant précis Salim eut la certitude que Blanche Duvernay avait fait irruption dans sa vie pour ne plus la quitter.

Ce potage manque d'épices, pensa Blanche en reposant sa cuillère. Ce n'était pourtant pas faute d'avoir sermonné la cuisinière. Autour de la table, elle était toutefois la seule à trouver le plat sans saveur. Comme à son habitude, Victor mangeait avec cette concentration appliquée dont il faisait preuve aussi bien dans le lit conjugal qu'à la tête des Soieries Duvernay. Leurs invités, les cousins Paterin, gardaient le silence. Ils ne se seraient jamais permis de trahir la moindre réserve envers leurs hôtes, qui étaient aussi des alliés en affaires. Quant à sa belle-mère, l'indétrônable Geneviève Duvernay, elle était depuis si longtemps confite dans l'acidité et l'amertume que le goût des bonnes choses lui était sans doute devenu parfaitement étranger.

— Je vous ai apporté un baume à l'arnica pour votre visage, Blanche. Votre hématome prend des proportions impressionnantes. Je ne comprends toujours pas ce qui a bien pu se passer ce matin, on n'avait jamais entendu parler d'une pareille mésaventure. Mais qu'alliez-vous donc faire à la Croix-Rousse ?

Blanche tapota ses lèvres avec sa serviette de table. L'expérience lui avait appris à réfléchir avant de répondre à la douairière.

— Nous sommes jeudi, ma mère. C'est le jour où je m'occupe des orphelines du Bon-Secours.

— Elles ne vous portent pas bonheur, les malheureuses. À l'avenir, vous feriez mieux de choisir vos pauvres dans des lieux de plain-pied.

Blanche posa sur sa belle-mère le regard sans âme qu'elle avait perfectionné au fil des ans. Ces pointes acérées avaient le don de la décontenancer. Elle ne s'habituerait jamais à la détestation de Geneviève Duvernay.

Sous les poutres peintes de la salle à manger, les chandeliers baignaient d'une lumière tamisée les visages pâles des convives. Les conversations déroulaient leur fil classique, la scolarité des enfants Paterin, une conférence sur le jansénisme, une représentation théâtrale… On aborda aussi la situation de la Maison. Dans la bourgeoisie lyonnaise, les femmes n'étaient pas tenues à l'écart des affaires. On saluait la détermination de la veuve Morin-Pons qui avait dirigé la banque familiale pendant trente ans, ainsi que celle des veuves Guerin qu'on avait laissées plus d'une fois aux manettes de leur maison de négoce de soie. Geneviève Duvernay, elle, avait conduit d'une main de fer les Soieries du même nom après le décès inopiné de son époux, attendant que son fils fût en âge de reprendre les rênes. Blanche souriait à contretemps. Le valet et la femme de chambre présentaient les plats en un ballet maîtrisé, veillant à remplir les verres d'un pommard de caractère. Mme Duvernay arqua un sourcil quand Blanche accepta un troisième verre.

Peu à peu, les voix s'estompèrent. L'ennui engourdissait la jeune femme au point d'en devenir presque douloureux. Elle ressentit l'impression étrange de s'élever au-dessus de la table, comme si son esprit se détachait de cette atmosphère compassée aux règles immuables où elle n'avait jamais eu sa place. L'apparition des œufs à la neige lui donna un haut-le-cœur. Serait-elle enceinte ? Elle frémit rien qu'à l'idée. Impossible ! Elle prenait ses précautions. Mais la nature pouvait se révéler traîtresse et Victor, pour qui le devoir conjugal n'était pas à prendre à la légère, était un mari assidu. Son amour était purement charnel. Il ne saisissait rien de la personnalité de son épouse et ne s'en souciait guère. En revanche, il assouvissait aussi souvent que possible son désir de l'étreindre, de glisser ses doigts dans sa chevelure, d'effleurer sa peau, de lui caresser le visage, les seins et le ventre, d'écarter ses cuisses, de la pénétrer, la dominer, la soumettre…

— Veuillez m'excuser, dit-elle en se levant si brusquement que sa chaise se renversa. Oriane avait de la fièvre tout à l'heure. Je dois aller voir si elle va mieux.

Stupéfaits, les convives la suivirent des yeux alors qu'elle quittait la pièce. Le valet s'empressa de redresser la chaise.

— Décidément, ta femme est toujours aussi imprévisible, déclara Geneviève Duvernay à son fils.

Blanche se hâta le long du couloir qui menait aux chambres des enfants. Elle entra chez Oriane, referma la porte et s'y adossa. Un rai de lumière pénétrait par les rideaux écartés. Son cœur battait à tout rompre, comme aux premiers temps. Il lui arrivait à l'époque de s'enfuir de l'appartement pour aller marcher le long des quais de Saône. Il n'y avait pas une rue, pas une place ni une traboule de cette ville qu'elle n'eût arpentées. Dans les élégants salons de la Presqu'île, on disait de Blanche, avec des sourires entendus, qu'elle était dotée d'une nature énergique. Aux yeux de certains, c'était là le moindre de ses défauts.

La naissance d'Aurélien, un an à peine après son arrivée à Lyon, avait été une délivrance. Sa vie prenait enfin un sens. Elle avait reporté sur son fils toute la confusion de ses émotions, ses impatiences comme sa solitude. En dépit des protestations de sa belle-mère qui jugeait son attitude inconvenante, elle avait tenu à lui donner le sein. Les premiers mois, elle l'avait couvé avec ardeur, déterminée à être une mère parfaite. Mais le résultat avait été désastreux. Aurélien avait été un bébé au sommeil agité, dont les tempêtes de larmes épuisaient son entourage. Lorsque le médecin de famille l'avait prise à part pour lui expliquer qu'un enfant avait besoin de sérénité pour grandir, Blanche avait compris qu'elle mettait son fils en danger. Épuisée, se sentant coupable de ses errements, elle l'avait confié aux soins d'une nourrice. En quelques semaines, Aurélien avait pris du poids, ses caprices s'étaient espacés, et il avait commencé à faire ses nuits. Elle en avait conçu un immense soulagement, mais aussi une pointe de jalousie. C'est à cette époque qu'elle avait fait la connaissance d'Armand Martin. Sa franchise enjouée et son bon sens lui avaient rappelé sa mère. Lui seul avait su trouver les mots justes pour l'apaiser.

Sur la commode reposait le petit kiosque à musique mécanique qu'Oriane venait de recevoir pour son premier anniversaire. Blanche le remonta pour écouter la berceuse. Elle se pencha sur le berceau de sa fille et la souleva avec précaution. Oriane dormait à poings fermés. Elle s'assit dans un fauteuil, son enfant dans les bras, respira son parfum inimitable de lait et d'innocence, avant de déposer un tendre baiser sur son crâne. La petite fronça les sourcils, sa bouche se plissa, mais elle continua à dormir. La nuque adossée au fauteuil, Blanche ferma les yeux. Peu à peu, l'odieuse angoisse se dissipa et son souffle ralentit. Le poids léger de son enfant l'arrimait à la terre. Elle n'avait pas commis les mêmes erreurs avec sa fille. Elle aimait Oriane avec discernement, ayant appris à ses dépens que l'amour est une arme dangereuse.

Dans l'embrasure de la porte qu'il venait d'entrebâiller, le col de chemise dégrafé, un cigare à la main, Victor observait sa femme assoupie avec leur fille dans les bras. Ses cousins s'étaient excusés sitôt le dîner terminé, puis il avait raccompagné sa mère jusqu'à son appartement rue Sala. Pour une fois, elle lui avait épargné un sermon, mais elle n'avait plus besoin d'exprimer la désapprobation qui sourdait de tous les pores de sa peau. Ce n'était que dans son sommeil que Blanche baissait la garde. Elle lui paraissait si jeune, presque éthérée au clair de lune qui pénétrait par les volets intérieurs entrouverts. Il se souvenait encore de leur rencontre, de ce jour où il était arrivé à la filature que possédaient les Soieries Duvernay sur les hauteurs du Mont-Liban. Il faisait doux en ce début de printemps, mais le fond de l'air était vif, balayé par un vent aux arêtes tranchantes, celui des sommets qui revigorent et élèvent les corps comme les âmes. Victor avait embarqué pour la Syrie nourri d'un exotisme littéraire peuplé de déserts, de chameaux et de croisés. Tout l'avait surpris à son arrivée à Beyrouth, les cimes enneigées qu'il avait aperçues du pont du navire, l'empreinte francophile si présente en dépit des accents orientaux de la ville portuaire, la vivacité des marchandages qui contrastait avec l'air débonnaire de ses interlocuteurs et leur conception fantaisiste des horaires. Il avait alors des idées préconçues sur l'Orient, mais ce pragmatique, affranchi pour la première fois du carcan lyonnais, avait goûté à un enivrant sentiment de liberté.

Il lui avait fallu une demi-journée en attelage pour rejoindre la filature. L'imposant bâtiment en pierre et ses dépendances se dressaient à flanc de montagne, adossés à un bois de pins dominant des hectares de mûriers blancs qui s'étageaient sagement en terrasses. Un chien s'était mis à gambader autour de lui à son arrivée. Aussitôt, le directeur de la filature s'était précipité pour le maîtriser.

— Veuillez m'excuser, monsieur Duvernay, il aurait dû être attaché.

Victor avait serré la main d'Eugène Grange, qui s'était empressé de lui proposer un rafraîchissement avant d'entamer la visite de l'usine. Victor s'était irrité de son zèle un brin obséquieux. Il s'était même demandé si l'homme avait quelque chose à cacher. Il semblait pourtant fiable ; les livres de comptes étaient parfaitement tenus et la production tenait ses promesses. Après avoir été invité à vérifier le bon fonctionnement des machines à vapeur, la propreté des bassines, la transformation des cocons en soies grèges « grand extra », puis à participer à un dîner familial, Victor avait été conforté dans sa première impression : Eugène Grange avait bien quelque chose à cacher. Mais qui aurait pu deviner qu'il s'agissait de sa fille Blanche ? Il était tombé amoureux comme on tombe à genoux devant son Seigneur lorsqu'on a quelque chose à se faire pardonner. Rien chez Blanche Grange ne répondait pourtant à ce que l'on attendait de l'héritier Duvernay, destiné à épouser une jeune bourgeoise élue parmi les quelques dizaines de familles parentes et alliées avec lesquelles les Duvernay frayaient depuis que Colbert avait édicté les ordonnances réglementant la Grande Fabrique de Soie, en 1667. Chez les soyeux lyonnais, on plaisantait aussi peu avec la qualité des étoffes qu'avec les arbres généalogiques.

Ce soir-là, Victor s'était découvert une âme de rebelle. Il avait ensuite mené sa cour comme une campagne militaire, utilisant tous les leviers en sa possession – son nom, sa fortune, sa renommée d'honnête homme. Eugène Grange n'avait pas résisté longtemps. Un père résiste rarement quand on dessine pour sa fille une ascension sociale qui la met à l'abri du besoin. Les réticences de son épouse avaient été balayées. Quant à Blanche, on ne lui avait pas demandé son avis.

Il l'avait trouvée bouleversante en robe de mariée, des fleurs d'oranger piquées dans ses boucles sombres. Alors que le prêtre les déclarait mari et femme, il avait eu un sentiment d'accomplissement, comme s'il avait trouvé la pièce manquante à son existence. Jamais il n'avait désiré aussi ardemment obtenir quelque chose. Si on lui avait demandé pourquoi, il aurait été bien en peine de l'expliquer. L'amour ? On ne parlait pas d'amour autour de lui – si ce n'était celui du Christ –, comme on ne parlait pas de bonheur. Par pudeur, sans doute. Or, la retenue n'empêche ni la sensibilité ni la bonté. Au tumulte romantique, les siens préféraient néanmoins la satisfaction qu'apporte une vie en équilibre. Il s'agissait d'être un maillon respectable de la chaîne, de ne pas rompre le fil. La famille Duvernay appartenait à une race de bâtisseurs où les fortes têtes n'étaient pas appréciées, et encore moins admirées. Les règles se devaient d'être respectées afin qu'il n'arrive malheur à personne. Peut-être y avait-il là une forme de superstition, peut-être était-elle même justifiée… Victor avait enfreint les règles une seule fois dans sa vie, en cette terre d'Orient, celle des téméraires, des conquérants et des prophètes.

Blanche ouvrit les yeux et s'aperçut qu'il la contemplait depuis le seuil de la pièce.

— Comment se porte Oriane ?

— Bien, murmura Blanche. Elle va bien.

— Elle avait vraiment de la fièvre cet après-midi ?

— Non.

Jamais son épouse ne s'abaisserait à lui mentir à propos de leur fille.

— Tant mieux.

Victor tourna les talons, tandis que Blanche déposait avec précaution leur bébé dans son berceau.

Salim peinait à cacher son irritation. Dieu qu'ils étaient âpres en affaires, ces Lyonnais ! Ils parlaient peu et masquaient leur jeu, aussi économes de leurs émotions que de leur argent. Mais Salim ne se laissait pas impressionner par ces notables en redingote grise assis à ses côtés, dans l'un des salons lambrissés de la chambre de commerce et d'industrie. Ces hommes-là dominaient le marché syrien des cocons et des soies grèges, ne laissant que des miettes aux autochtones. Ils maîtrisaient tout : les prix, les transactions, le volume de la production… Il s'aperçut qu'il serrait le poing sous la table.

— Vous semblez soucieux, monsieur Zahhar, s'inquiéta Ennemond Morel. Les termes de nos pourparlers ne vous conviennent-ils pas ? Nous avons encore le temps d'en discuter avant le déjeuner.

Morel était un homme courtois, distingué et polyglotte, dont Salim appréciait l'intelligence.

— Vous lisez dans mes pensées, monsieur. Je repensais aux liens séculaires qui unissent votre Fabrique à nos provinces syriennes. Voilà si longtemps que vous venez chercher la soie que nous produisons.

— À tel point que nous considérons la Syrie ottomane, à laquelle appartient notre cher Liban, comme une sœur cadette de notre patrie, murmura l'un des soyeux.

Salim tira une dernière bouffée de sa cigarette avant de l'éteindre avec soin.

— Je ne nie pas que nos intérêts communs ont contribué à faire naître une sympathie entre vous et les montagnards libanais, voire les petits producteurs syriens, mais ne croyez pas que celle-ci soit acquise à jamais.

Il y eut des remous autour de la table. Un raclement de gorge, un doigt lissant une moustache, un pincement de lèvres…

— Non seulement vous vendez à nos paysans les graines de vers à soie pour qu'ils les élèvent, mais vous achetez ensuite quatre-vingt-dix pour cent de notre production séricicole, ce qui nous place dans une situation de dépendance périlleuse envers vous. Et cela d'autant plus que nous représentons une goutte d'eau dans vos importations, puisque l'Extrême-Orient demeure votre fournisseur privilégié. Vous êtes devenus les seigneurs de notre industrie, messieurs. Et à la chambre de commerce de Damas, certains commencent à s'émouvoir de notre position de vassal.

Il marqua une pause pour apprécier la réaction des Lyonnais. L'un d'eux, qui était arrivé en retard, le fixait d'un air franchement hostile. Sans ciller sous le regard clair, et pour se donner du courage, Salim se rappela la rencontre qui avait eu lieu chez lui avant son départ. Dans le salon ouvert sur la cour intérieure où embaumaient les citronniers, des notables damascènes chrétiens et musulmans buvaient le café parfumé à la cardamome d'un air préoccupé. L'un d'eux faisait courir entre ses doigts les grains de son chapelet de prière, célébrant les glorieux noms de Dieu. Voilà des décennies que les corporations de la ville subissaient l'ingérence occidentale. Tous attendaient de Salim qu'il défende leurs intérêts.

Dissimulant son émotion, Salim haussa le ton.

— Vous renforcez votre emprise par l'octroi de crédits très onéreux à ceux d'entre nous qui développent la filature *à l'européenne* que vous privilégiez. Les banquiers beyrouthins à vos ordres exigent des intérêts exorbitants.

Son regard sombre se fit plus tranchant.

— Les liens entre Lyon et le Liban, où se concentre la majorité de l'industrie de la soie, sont établis depuis longtemps, et sa bourgeoisie sait en tirer profit. Tant mieux ! Mais dois-je vous rappeler qu'en dépit de son statut particulier le Liban demeure une province de la Grande Syrie ottomane ? À Damas, la mentalité est différente. Nous ne regardons pas les Européens avec les yeux de Chimène.

On aurait entendu une mouche voler. Un sentiment d'impuissance le traversa. À l'évidence, les Lyonnais ne se sentaient pas concernés par le destin des maîtres tisseurs syriens qui luttaient pour leur gagne-pain.

C'est alors que la voix sonore du retardataire s'éleva du bout de la table.

— Pourtant, sans notre implication au Levant depuis quarante ans, votre industrie de la soie n'aurait jamais émergé de la léthargie mortifère dans laquelle elle était tombée. Et puis, vous oubliez l'essentiel, monsieur. Que cela vous plaise ou non, la Syrie dépend de la France, et nos liens commerciaux ne sont que l'un des aspects de cette relation. Nous avons surtout envers elle un devoir moral. La Syrie est intimement pétrie de culture française, nous y avons construit d'innombrables écoles, mais aussi des dispensaires, des hôpitaux…

L'homme s'était levé pour entrouvrir une fenêtre. Il était élancé, d'une minceur qui contrastait avec l'embonpoint de ses camarades, et il se tenait très droit.

— Veuillez m'excuser, poursuivit-il, mais je n'ai pas bien saisi qui vous êtes.

Ennemond Morel, qui présidait la séance, se décida à intervenir.

— Les liens entre la famille de M. Zahhar et le commerce de la soie remontent à des temps immémoriaux. M. Zahhar a eu l'obligeance de venir nous faire part des inquiétudes de la chambre de commerce damascène. N'est-ce pas, cher ami ?

— Je vous remercie de prendre ma défense, monsieur Morel, reprit Salim. Mais j'entends monsieur professer un discours aux accents tristement colonialistes. Je me dois de l'avertir que celui-ci ne trouvera pas un large écho dans mon pays.

— Voyons ! s'exclama l'homme aux yeux gris. L'Empire ottoman est au plus mal. Nous détenons une part considérable de votre dette abyssale. Nous sommes le premier investisseur dans vos ports, vos routes et vos mines, sans oublier l'électricité, le gaz ou les chemins de fer… À dire vrai, vous n'existez qu'à travers nous.

Ennemond Morel, offusqué, leva une main.

— Victor, un peu de mesure, je vous prie ! Votre parole dépasse votre pensée.

Salim réprima l'envie folle de lui flanquer son poing dans la figure. Il connaissait ce genre d'individus, leurs prétentions condescendantes, leurs convictions de croisés qui ne s'étaient jamais remis d'avoir dû abandonner Jérusalem à Saladin et Constantinople à Mehmet II. Il inspira pour retrouver son calme et la douleur de sa côte cassée le perça telle une flèche.

— Je n'ai pas saisi votre nom, monsieur, alors que vous connaissez le mien, lança-t-il d'un ton glacial.

— Pardonnez-moi, j'ai manqué à mon devoir, déclara Ennemond Morel, cherchant toujours à reprendre la main. Victor Duvernay possède les Soieries du même nom, ainsi que l'une des meilleures filatures près de Btater. C'est un homme de valeur, mais que nous connaissons d'ordinaire plus tempéré. N'est-ce pas, Victor ? Bon, messieurs, conclut-il fermement, il est grand temps de suspendre notre réunion pour aller déjeuner.

Morel se leva d'un mouvement décidé, aussitôt imité par les autres participants. Seul Salim resta assis, observant la tête blonde de son contradicteur qu'on entraînait hors de la pièce. Ainsi, ce personnage était l'époux de l'énigmatique Blanche Duvernay. Pourquoi est-ce que cela ne le surprenait pas ? Il revit très précisément le visage aux traits marqués, le front haut, le nez affirmé, les joues plates. Un visage dissonant qui n'avait rien d'harmonieux et auquel seules les lèvres pleines apportaient une promesse de douceur. La véritable beauté venait de son regard vif, sans concession, traversé de lumière.

— Il ne faut pas lui en vouloir, s'excusa encore Morel. Victor est un patriote qui a le souci des intérêts de Lyon et de la France.

Salim finit par se lever à son tour.

— Moi aussi, j'ai le souci de mon pays. J'aime la France, mais elle s'est attribué une mission civilisatrice auprès de peuples qu'elle considère avec morgue comme des barbares. Pourtant, à l'époque où nous commercions avec la Chine, les ancêtres de M. Duvernay vivaient encore en peaux de bêtes dans des cavernes.

Il esquissa un sourire aimable.

— À l'école, vos jésuites m'ont enseigné de belles valeurs, dont le respect d'autrui. Chez moi, sans respect ni tolérance on se retrouve vite à enterrer des cadavres de femmes et d'enfants innocents. Je doute que votre protégé soit apte à affronter ce genre de réalité.

— Tiens, un revenant, constata Armand Martin d'un ton laconique en voyant Salim descendre les quelques marches de son atelier.

Attablé dans sa cuisine qui tenait lieu de pièce à vivre, le maître tisseur avait noué une imposante serviette à carreaux autour de son cou. Il invita Salim à s'asseoir et lui proposa de partager son repas.

— Je vous remercie, mais je sors à l'instant de la chambre de commerce et j'ai perdu l'appétit.

— Vous n'êtes pas le premier à qui cela arrive, s'amusa Armand en terminant de saucer son assiette avec un morceau de pain.

— Après cette épreuve, j'ai eu besoin d'un refuge plus sympathique que les lambris dorés des bâtiments officiels.

Armand sembla flatté du compliment. Salim s'étonna de le voir seul. Les tisseurs de la Croix-Rousse vivaient avec leur famille sur leur lieu de travail, mais cette fois-ci, même le petit garçon était absent.

— J'ai aussi hélas croisé un certain Victor Duvernay à la réunion.

Aussitôt, Armand se rembrunit. Il replia sa serviette avec soin.

— Et que vous a-t-il dit pour vous couper l'appétit ?

— Que j'étais un moins que rien, que sans la générosité de la France je me nourrirais de dattes sous une tente en poil de chameau, et que je devrais manifester ma gratitude pour les lumières dont votre pays éclaire mon pays de sauvages…

Une lueur amusée traversa le regard du tisseur.

— Ça s'arrose !

D'un placard, il retira une liqueur de cerise et deux petits verres.

— Vous travaillez seul ? demanda Salim alors qu'ils trinquaient.

— Non. J'ai donné quelques jours à mon apprenti pour aller enterrer sa mère. Les commandes ne se bousculent pas. Notre industrie a toujours été cyclique et les périodes de vaches maigres, ça nous connaît, mais je finis par m'inquiéter. Du temps de mon grand-père on travaillait seize heures par jour, six jours sur sept. Je m'écroulais dans la soupente et je dormais comme un sonneur. Maintenant, il m'arrive d'avoir des insomnies. Si ça continue comme ça, il n'y en aura bientôt plus que pour les usines de construction mécanique et électrique qui poussent comme des champignons à La Guillotière, conclut-il, dépité.

Salim comprenait ses craintes. À chacun de ses voyages en Occident, il avait l'impression d'une accélération générale née aussi bien des progrès techniques que de l'avidité des peuples. La mécanisation des métiers à tisser progressait à marche forcée. Pour des tisseurs à bras comme Armand Martin, l'avenir s'assombrissait.

— Et vous, que faites-vous exactement, à Damas ?

— J'y possède des ateliers de tissage, moi aussi. Nous avons une clientèle fidèle dans toutes les provinces ottomanes. Je me demandais toutefois si je devais importer des métiers à mécanique Jacquard comme les vôtres et faire venir l'un de vos compagnons pour nous en expliquer le fonctionnement. Mais je ne suis pas certain que cela tienne sur la durée. Mes hommes sont des artisans de talent, mais ils possèdent une âme orientale. Et bien que je sois de confession chrétienne, je dois aussi tenir compte d'une tradition corporative musulmane à l'éthique à la fois mystique et humaine. M. Duvernay y verrait sans doute la preuve de notre mentalité d'arriérés.

Armand Martin sourit franchement.

— Victor Duvernay assène parfois des certitudes qu'il est inutile de prendre en compte, dit-il en remplissant encore leurs verres. C'est moi qui tisse les façonnés les plus demandés de sa maison et nous avons de vives discussions au sujet du prix de façon. Ma femme s'occupait de ça mieux que moi. Elle nous défendait comme une lionne. Si vous l'aviez vue autrefois « descendre les pentes », comme on dit chez nous…

Il se frotta la nuque.

— Bah, les soyeux et nous, on perd notre vie à se chercher des poux dans la tête. Pourtant, ces soi-disant « fabricants de soieries » sont les seuls qui ne fabriquent rien du tout puisque c'est nous qui faisons tout le travail !

Salim hésita un instant, avant de se lancer.

— Avez-vous des nouvelles de Mme Duvernay depuis hier ? Elle semblait très choquée. Puisque vous êtes si complices, je pensais qu'elle vous avait peut-être fait signe.

— Ah, nous y voilà ! Je me disais bien que vous aviez une idée derrière la tête en venant me voir. En quoi elle vous intéresse, ma petite Blanche ?

Puisque l'homme semblait soudain méfiant, Salim ouvrit les mains en un geste d'apaisement.

— Vous l'avez entendue comme moi, n'est-ce pas ? Elle m'a fait comprendre qu'elle était malheureuse, que mon pays lui manquait et que vous étiez son seul ami. J'ai trouvé sa sincérité déroutante. Et maintenant que je connais son mari, je m'inquiète pour elle.

Tandis que le tisseur continuait à l'observer, les sourcils froncés, Salim lui proposa l'une de ses cigarettes au goût prononcé de tabac turc.

— Blanche et moi, on se comprend, c'est vrai, avoua Armand, même si elle est bien plus jeune que moi. Elle m'a beaucoup aidé à la naissance de mon fils Maxence. Ma femme est morte en couches. C'était notre petit dernier, nos deux autres fils étaient déjà grands.

Un chagrin manifeste marquait ses traits.

— Son petit garçon a le même âge que Maxence et elle avait des problèmes avec lui à ce moment-là. On a traversé des heures sombres, tous les deux, c'est ce qui explique notre amitié, et nos gamins sont devenus inséparables.

Il fit tourner le verre entre ses mains.

— Je vois que cela vous surprend. Les épouses de soyeux et les maîtres tisseurs restent d'ordinaire chacun à leur place, n'est-ce pas ? Pourtant, notre connivence n'est pas aussi étrange que cela. La mère de Blanche était une petite fileuse de la Drôme qui est partie toute jeune au Liban, quand les premières filatures françaises se sont ouvertes là-bas après l'épidémie de pébrine qui avait détruit tous nos élevages de vers à soie. Elles étaient une quarantaine d'ouvrières à émigrer, accompagnées d'un contremaître. Quelques années plus tard, elle a fait un joli mariage en épousant le sous-directeur de la filature. Blanche est leur fille unique. L'enfant du miracle. Ils l'ont eue alors qu'ils pensaient ne pas pouvoir avoir d'enfants.

Salim était suspendu à ses lèvres.

— Blanche et moi, on partage le même franc-parler, le même sens de l'humour, et la même manière de voir la vie. Chez les nantis, dans le quartier de la Presqu'île, elle est comme un poisson hors de l'eau. Ces gens-là ne lui pardonneront jamais de ne pas être du sérail. Surtout sa vieille chouette de belle-mère qui lui rend la vie impossible. Elle a tourné de l'œil quand son fils lui a ramené une bru sans demander la permission.

Une quinte de toux l'interrompit.

— Dites donc, c'est fort, votre mélange, non ? Hélas, dès que la petite est arrivée ici, ses pires craintes se sont réalisées, et elle a compris qu'elle serait toujours une étrangère.

— Pourquoi a-t-elle épousé Victor Duvernay si elle redoutait d'être malheureuse ?

— Parce que chez vous on demande leur avis aux filles ? Son père ne lui a pas laissé le choix ; il pensait que c'était une chance inespérée. Pour être honnête, Victor Duvernay a beaucoup de défauts, mais il est sincèrement amoureux de sa femme. Quand il l'a rencontrée au Liban, il est tombé raide. On peut le comprendre, non ?

Salim repensa au notable corseté de convictions qu'il venait d'affronter. Les tempéraments rigides sont ceux qui résistent le moins bien au tumulte des sentiments. Les jambes étirées, le Syrien songea qu'il ne s'était jamais senti aussi bien depuis son arrivée en ville. Le poêle à charbon diffusait une douce chaleur et il percevait en fond sonore le bistanclaque cadencé des métiers utilisés dans les ateliers voisins. Sur une chaise s'empilaient des livres et des coloriages d'enfant. Armand était installé sous le portrait d'un homme en veston qui lui ressemblait, et qui tenait un journal intitulé *L'Écho de la Fabrique*. Salim en déduisit que son ancêtre avait contribué au premier journal ouvrier français. Il y avait quelque chose de particulièrement attachant chez le canut, avec sa bouille ronde, ses tempes grisonnantes et sa moustache qu'il lissait de temps à autre d'un air absent.

— Pourquoi me faites-vous ces confidences, Armand ?

Le tisseur poussa un soupir avant de reprendre, en pesant ses mots :

— Parce que Blanche est malheureuse. C'est une fleur déracinée, elle n'a pas d'amis, excepté moi. Mais que puis-je vraiment pour elle, à part la faire rire ou la consoler ?

Il fixa son regard intelligent sur Salim.

— Vous êtes de son pays, la terre de son cœur. C'est pour cela qu'elle vous a parlé sans artifices. Elle n'avait rien prémédité, elle a parlé avec ses tripes.

Après votre départ, elle avait une lueur dans les yeux que je ne lui connaissais pas. J'ai eu l'impression de la voir renaître. Nous venons de deux mondes différents, vous et moi. Et pourtant, mon instinct me dit que vous êtes quelqu'un de bien, Salim. C'est ce qu'il lui faut dans sa vie, à ma petite Blanche. Quelqu'un de bien. Avant qu'il ne soit trop tard.

Un coup de vent plaqua la jupe de Blanche contre ses jambes alors qu'elle quittait l'orphelinat du Bon-Secours. La jeune femme frissonna, regrettant de n'avoir pas enfilé une pèlerine. Le printemps se faisait attendre et le soleil, pourtant radieux, n'était qu'une illusion.

Elle se hâta le long de la rue pour rattraper son retard. Elle était restée plus longtemps que prévu à consoler une nouvelle pensionnaire. Le regard égaré de la petite fille lui avait vrillé le cœur. Elle s'était reconnue dans l'enfant pétrifiée. Elle aussi avait ressenti cette tension douloureuse d'un corps prêt à saisir la moindre occasion pour s'enfuir, même si la raison vous dit que toute échappatoire est impossible et que les murs et les visages autour de vous sont ceux de votre prison et de vos geôliers. « Ne soyez pas stupide, ma sœur, on ne s'habitue jamais ! » avait-elle sèchement rétorqué à la religieuse qui assurait que la pupille avait seulement besoin de temps pour s'adapter à sa nouvelle vie. Sa véhémence avait décontenancé son interlocutrice, plus accoutumée aux manières policées des dames de la bonne société. Blanche avait claqué le portail derrière elle, irritée par le volontarisme de ces consacrées qui manquaient parfois singulièrement de subtilité.

Au croisement, une marchande de fleurs alpaguait les passants avec des bouquets de primevères. Non loin de là, un bistrotier surveillait ses commis affairés à décharger des tonneaux de vin sous les quolibets des ourdisseuses et dévideuses qui, pressées, étaient obligées d'emprunter la chaussée car ils encombraient le trottoir. L'agitation coutumière de la Croix-Rousse la réconforta. En traversant une petite place, elle jeta un coup d'œil sur une partie de boules. Il lui arrivait d'y jouer avec Armand aux beaux jours, à la grande joie de leurs enfants. Aurélien et Maxence tapaient dans leurs mains pour les encourager lors de leurs parties acharnées.

Elle poussa soudain une porte anonyme et s'engouffra dans une traboule silencieuse. Elle dévala l'escalier à vis bordé de ferronneries, les talons de ses bottines claquant sur les marches de pierre usée. Une passerelle enjambait une cour minuscule d'où montaient des relents d'humidité et d'urine de chat. Des voix irritées lui parvinrent à travers les jalousies. Elle se plaqua contre le mur pour laisser passer deux livreurs transportant sur leur dos des ballots de soie qu'ils remontaient depuis le bas de la colline. Quelques mois plus tard, une fois transformée en lourds rouleaux d'étoffe, la matière première reprendrait le même chemin. Quand Armand lui avait fait découvrir ces passages qui reliaient les rues en traversant plusieurs immeubles dont certains étaient d'une remarquable beauté, Blanche s'y était aussitôt sentie comme chez elle. L'atmosphère mystérieuse de ce dédale d'escaliers et de couloirs voûtés lui rappelait le vieux quartier arabe de Beyrouth, où l'étranger se fourvoie dans un labyrinthe de ruelles. Dans les deux cités, il fallait être un initié pour ne pas s'égarer. Quand Blanche déboucha de nouveau à l'air libre, ce ne fut pourtant pas l'éclat insolent de la lumière méditerranéenne qui l'accueillit, mais la sobre façade de l'atelier de son ami.

— Pardonnez mon retard, Armand, s'excusa-t-elle, essoufflée. J'ai essayé de consoler une petite nouvelle qui n'en menait pas large. Les bonnes sœurs devraient demander à l'Esprit saint de leur inspirer un peu de bon sens !

Elle resta interdite en découvrant Salim Zahhar, campé dans l'embrasure de la cuisine, affublé d'un tablier blanc.

— Armand a dû s'absenter avec Maxence. Le petit avait très mal au ventre, alors il a préféré l'emmener voir un docteur. Et non, ce n'est pas moi qui l'ai empoisonné, rassurez-vous, plaisanta le Syrien en agitant la casserole qu'il tenait à la main. Approchez, j'ai une surprise pour vous.

Il lui tourna le dos pour s'affairer au fourneau. Curieuse, Blanche obéit. Sur la table reposaient des tranches de pain et deux coupelles, l'une contenant de l'huile d'olive et l'autre des épices. La jeune femme ne résista pas. Elle y plongea un doigt, avant de laisser les herbes sèches fondre sur sa langue. Aussitôt, des goûts de sumac, de thym et de sésame lui explosèrent en bouche. Comme hypnotisée, elle prit un morceau de pain qu'elle trempa dans l'huile d'olive, puis dans le mélange oriental. Elle le savoura longuement, les yeux clos.

— Comment avez-vous fait pour obtenir du *zaatar* ? finit-elle par lui demander en s'asseyant.

— J'ai rendu visite à la famille syrienne dont avait parlé Armand. Un passementier d'Alep venu acquérir la nouvelle technique de préparation des fils d'or. Il me semblait impossible que son épouse entame le voyage jusqu'ici sans emporter quelques aliments essentiels. Et je ne me suis pas trompé.

Un sourire éclaira si vivement son visage que le cœur de Blanche manqua un battement.

— J'ai aussi voulu vous préparer une *osmaliyeh*, poursuivit-il d'un ton hésitant en posant une assiette devant elle. Mais j'ai bien peur que mon sirop ne soit devenu du caramel.

Le dessert n'avait pas fière allure. Les cheveux d'ange étaient brûlés, la crème de lait débordait de partout, les pistaches parsemées sur l'ensemble étaient maladroitement concassées. Visiblement, il lui avait manqué le moule adéquat pour donner à son plat la forme traditionnelle d'un nid d'oiseau. On aurait dit un champ de bataille. Salim restait debout, le tablier autour des reins, l'air déconfit. Blanche porta une main à sa bouche, retenant un éclat de rire.

— Pitié, ne vous moquez pas de moi ! La cuisinière de ma mère me frappait les doigts avec une cuillère en bois. Je crains, hélas, d'avoir été plus occupé à manger ses desserts qu'à la regarder les cuisiner.

Blanche s'empressa de goûter l'entremets. Les parfums de fleur d'oranger, de sucre, de caramel, de lait et le zeste de citron la transportèrent dans son enfance.

Elle retrouva la sensation du soleil sur sa peau, celle des rochers sous ses pieds nus, le bruissement des insectes parmi les herbes, le grondement des torrents.

Salim dénoua le tablier qu'il accrocha à une patère, tira sur son gilet, avant de s'asseoir à son tour. Il avait retiré son veston et retroussé les manches de sa chemise. Blanche prit note des larges épaules, du corps solide sans être épais. Elle examina ses mains, nerveuses et agiles. Il ne portait pas d'alliance ; seule une chevalière ornait l'annulaire de sa main droite. On y devinait un sceau gravé dans le rubis, semblable à ceux qu'on utilisait autrefois pour sceller les missives. Quand il alluma une cigarette, elle respira l'odeur familière du tabac oriental dont on laissait les feuilles sécher au soleil.

Blanche pressentait que Salim Zahhar espérait d'elle quelque chose en retour. Elle était comme étourdie, mais avait déjà une certitude : ce qui l'attendait à l'avenir, à cause de lui ou grâce à lui, se révélerait complexe et sans doute douloureux. Un frisson lui glaça l'échine. Elle allait souffrir et lui aussi, certainement, mais leur rencontre était écrite depuis toujours. De sa terre natale, la jeune femme avait reçu en héritage ce sens du fatalisme, cette lucidité à accepter l'improbable, puisque l'âme orientale n'a pas renoncé à la part d'irrationnel qui entre dans une existence. On ne passait pas à côté de sa vie. On en empruntait le chemin avec plus ou moins de courage, de grâce et d'élégance. Elle porta une autre cuillerée à sa bouche, les cheveux d'ange craquèrent sous ses dents, et elle puisa de nouvelles forces dans ces arômes qui évoquaient mieux que n'importe quels mots la tendresse et le réconfort.

— Je suis content que mes efforts aient été concluants, s'amusa-t-il en saluant l'assiette vide. J'avais envie de vous redonner le sourire.

— Vous ne manquez pas d'imagination. Ce fut une délicieuse surprise, je vous l'accorde.

— Armand a eu la gentillesse de me laisser faire, ajouta-t-il en indiquant les casseroles empilées sur la pierre d'évier. Il m'a aussi parlé de votre rencontre et de la camaraderie qui unit vos petits garçons.

Le regard de Blanche s'assombrit. Elle en voulut à son ami d'avoir révélé cette intimité.

— Armand peut se montrer bavard. C'est son seul défaut.

— Ne lui en voulez pas. C'est une preuve d'amitié. Il s'inquiète pour vous. Et c'est vous la première qui m'avez fait des confidences.

— J'espère que je ne vais pas le regretter.

D'un seul coup elle fut irritée, impatiente. Elle eut envie de se lever et de partir. Salim posa une main sur la sienne.

— Je ne vous veux aucun mal, je vous le promets.

Elle lui jeta un regard hostile. Elle ne croyait plus aux promesses depuis des années, à vrai dire depuis le jour de son mariage. Son père avait cherché à la convaincre en lui faisant miroiter un monde idyllique. Il lui avait dessiné un avenir radieux sur la Presqu'île, un quotidien où elle ne manquerait de rien, où elle jouirait de la considération des notables, ces soyeux qui l'impressionnaient, lui, le modeste directeur d'une filature au Mont-Liban. Il lui avait promis les joies de nouvelles amitiés, de la maternité, de l'aisance matérielle, d'une vie inspirante dans la capitale des Gaules.

Elle profiterait du prestige du nom Duvernay, elle se dévouerait avec compétence aux bonnes œuvres puisque la charité lyonnaise n'était pas un vain mot, elle élèverait ses enfants qui lui procureraient le même bonheur que celui dont elle avait comblé ses parents. Et elle serait choyée par un époux qui avait déclaré sa flamme lorsqu'il était venu demander sa main, ce qui était assez rare pour être souligné.

Son père avait exercé un chantage affectif sans vergogne. Il ne lui avait pas laissé placer un mot dans la conversation, à peine reprendre son souffle. Un rouleau compresseur d'arguments implacables avait dessiné devant elle une route qui filait droit. La jeune fille s'était sentie démunie ; son éducation ne lui avait pas appris à dire non. Sa mère avait tenté de protester, parce que Aline Grange était une femme de tempérament, du haut de son mètre cinquante-cinq, pour qui la naissance de cette enfant avait été un don du ciel inespéré et dont elle voulait avant tout le bonheur. Ce soir-là, au creux de la nuit, Aline était venue voir sa fille dans sa chambre. D'une main, elle avait repoussé les boucles folles de Blanche qui collaient à son front fiévreux.

— Je sais que ce n'est pas ton souhait, ma chérie. Mais ton père ne veut que ton bien. J'ai essayé de l'en dissuader, de lui dire que tu étais encore si jeune, que tu avais le temps de trouver un mari, mais il a peur…

— Il a peur alors il m'envoie à l'échafaud !

Aline avait souri, tendre, désolée.

— Tu exagères. Ce Victor Duvernay me semble très respectable. Il t'aime sincèrement, cela se voit à l'œil nu. Et puis, il est plutôt joli garçon, non ?

— Pourquoi voudrais-je d'un homme respectable que je ne connais pas ? Je n'éprouve rien pour lui. Il ose venir ici, faire le tour de son usine et croire que je lui appartiens au même titre que les dévidoirs ou les écheveaux. Qu'est-ce qu'il a fait miroiter à papa ? Une promotion ? Ou a-t-il menacé de le renvoyer si je n'obéissais pas ?

Assise sur le lit, sa mère avait enlacé ses genoux avec la souplesse d'une jeune fille. L'épaisse natte de ses cheveux gris lui arrivait au bas du dos. Des rides trahissaient son âge, ainsi que ses mains burinées par des années de travail à la filature. Mais elle possédait la flamme de ces femmes qui restent toujours alertes parce qu'elles ne cèdent pas devant l'adversité. Aline avait refusé une vie de misère après la faillite de la magnanerie de son père. Elle avait regardé mourir de la pébrine les vers à soie tachés de points noirs semblables à des grains de poivre, et s'évanouir avec eux les espoirs de revenus de sa famille. Quand on avait songé à la placer comme domestique, la jeune fille avait fait son bagage et rejoint les fileuses qui devaient embarquer pour un lointain pays de soleil et de poussière. Elle méritait mieux qu'une petite existence morne, à la merci d'autrui. Pendant la traversée, Aline avait demandé à une institutrice de lui apprendre à lire et à écrire correctement. À presque quinze ans, c'était une jeune fille pressée. Elle avait eu le cran de quitter tout ce qui lui était familier, son hameau médiéval qui dominait les vignes et les champs de lavande, ses parents, ses frères et sœurs qu'elle ne reverrait jamais. Le risque de l'inconnu lui avait semblé préférable aux certitudes d'un quotidien étriqué. En un mot, elle avait accepté d'avoir peur.

— Ta naissance a été la récompense de toute ma vie, dit-elle à sa fille.

— Alors pourquoi me laisses-tu partir ? Pourquoi veux-tu que je fasse le chemin inverse du tien et que je reparte là-bas, où je serai une étrangère ?

Soucieuse, Aline avait incliné la tête sur le côté, hésitant un court instant.

— Ton père s'inquiète pour toi parce qu'il va mourir.

Blanche était restée médusée. Quelques mois auparavant, son père s'était évanoui dans l'usine. Le médecin lui avait prescrit un régime alimentaire et du repos.

— Vous m'aviez dit que ce n'était pas grave…

— On t'a menti. Son cœur est malade. On ignore combien de temps il lui reste, peut-être un an ou deux, ou seulement quelques mois. Il veut te mettre à l'abri. C'est devenu son unique obsession. Je ne peux pas le priver de ce réconfort. Il mérite de terminer ses jours en paix, en sachant que tu seras toujours protégée par un mari digne de ce nom.

Blanche se savait vaincue. Sans sa mère pour la soutenir, elle n'avait aucun espoir de s'imposer. Cette nuit-là, elle n'avait pas fermé l'œil. Sa mère était restée auprès d'elle. La jeune fille avait eu besoin d'entendre son souffle régulier, de percevoir la chaleur de son corps collé au sien comme autrefois, lorsqu'une maladie infantile la clouait au lit pendant des semaines. Elle avait laissé couler ses larmes en silence, étouffant ses sanglots pour dissimuler son désarroi. La certitude d'être aimée n'effaçait pas le chagrin de savoir que sa mère lui préférait son père, offrant sa fille en sacrifice pour assurer à son époux une certaine sérénité avant sa mort. Mais sa mère avait fait un mariage d'amour, choisissant Eugène Grange parce qu'il était doux et travailleur. Si seulement elle avait hérité de sa bravoure. Celle qui permet de partir.

Salim se leva pour débarrasser l'assiette.

— Qu'est-ce que vous attendez au juste de moi ? demanda Blanche, le menton levé, l'air insolent.

— Votre franchise m'a pris de court l'autre jour. J'ai eu l'impression que c'était vous qui attendiez quelque chose de moi.

— Mais non, voyons… J'étais perturbée par l'accident du funiculaire.

— Je n'en crois pas un mot. Vous êtes malheureuse et ma présence a réveillé un terrible manque en vous. Ayez au moins le courage de le reconnaître.

— Mais enfin, qui êtes-vous pour me donner des leçons ?

— Cela va vous paraître absurde, mais j'ai besoin de vous savoir heureuse.

Dans ses yeux, elle découvrit alors un vertige de mondes inédits, où elle se reflétait tout entière, avec ses peurs et ses espérances. Jamais personne ne l'avait regardée ainsi.

— Il fait beau, se reprit-il, visiblement aussi désemparé qu'elle. Voulez-vous sortir prendre l'air ? Quand les choses deviennent trop compliquées, j'aime aller marcher pour m'éclaircir les idées.

Ainsi, ils se ressemblaient. Lui non plus ne supportait pas de rester enfermé entre quatre murs. Il tira la porte de l'atelier, ajusta son chapeau. Il était d'une élégance impeccable dans son complet trois pièces, le col rigide de sa chemise blanche souligné d'une cravate sombre, sa canne à la main.

— Vous ne portez pas votre tarbouche, aujourd'hui ?

— Je ne tiens pas à attirer l'attention, bien qu'il s'agisse d'un vœu pieux lorsqu'on est accompagné d'une femme aussi belle.

— La flatterie ne vous mènera nulle part.

— Un compliment sincère n'a jamais fait de mal à personne.

Ils échangèrent un sourire complice, le premier, l'un de ceux qui scellent un avenir. Blanche acceptait enfin de baisser la garde parce que l'ardeur qu'il mettait à la séduire, sa délicatesse et sa légèreté réveillaient en elle une espièglerie qu'elle n'avait pas ressentie depuis longtemps. La sentant désormais à l'écoute, Salim prenait un plaisir fou à contempler l'éventail des émotions sur son visage, et quand elle lui saisit le bras sans qu'il eût rien demandé pour remonter la rue, il éprouva même une certaine idée du bonheur.

Salim étudia son torse dans le miroir de la salle de bains. Près de six semaines après l'accident, les bleus sur sa peau se décoloraient. Il tourna le robinet d'eau chaude qui commença par crachoter, puis fit mousser le savon à barbe avec un blaireau. La dextérité de son barbier lui manquait, ainsi que le rituel quotidien de la lame du rasoir sur ses joues, les indiscrétions des autres clients et le petit garçon qui lui apportait le journal du matin pour gagner quelques piastres. Salim était un homme d'habitudes, d'où son embarras ces derniers temps.

Pour la première fois de sa vie, il avait écourté un voyage d'affaires à cause d'une femme. Il avait été prévu de longue date qu'il se rende à Paris, puis à Londres, où les Zahhar possédaient des magasins. Ils y écoulaient des articles orientaux fabriqués dans leurs ateliers, des soieries, bien sûr, mais aussi des tapis persans, des meubles en moucharabieh, des nacres gravées et des objets en cuivre ciselé, sans oublier les carabines, sabres ou poignards damasquinés. Deux fois l'an, Salim venait vérifier les comptes, la tenue des locaux, la disposition des articles. Son père ne lui avait jamais laissé oublier que seul compte l'œil du maître. Mais sa rencontre avec Blanche avait tout bouleversé. Il n'était resté que deux jours dans la capitale britannique, décommandant plusieurs rendez-vous. Il s'en était voulu, mais c'était plus fort que lui. Raccourcir son séjour londonien lui permettrait de repasser par Lyon.

Il termina de se raser, essuya soigneusement son visage avec un linge, puis s'aspergea d'eau de toilette. Avant son voyage en Angleterre, Blanche et lui s'étaient retrouvés plusieurs fois dans l'atelier d'Armand ou le petit restaurant de la mère Amélie, une cousine du maître tisseur, où ils débarquaient après le départ des derniers clients. Salim était conscient que Blanche prenait des risques à venir le rejoindre. Quand il s'en était inquiété, la jeune femme avait balayé ses craintes d'un revers de la main, avec ce petit air obstiné qui commençait à lui devenir familier. Elle était un mélange fascinant de crânerie, d'entêtement et de fragilité. Elle le déconcertait par des propos inattendus, parfois même iconoclastes, sur des sujets qui leur tenaient à cœur puisqu'ils partageaient le même amour viscéral pour leur terre natale. Mais ils ne se contentaient pas de discussions animées sur la complexité de l'Orient. À partir du moment où Blanche avait choisi de lui faire confiance, elle lui avait dévoilé sans fausse pudeur ses impatiences et ses regrets, laissant entrevoir une colère sourde. Et comme elle savait écouter et qu'elle était douée d'une intelligence intuitive, Salim s'était surpris à lui parler de ses propres appréhensions. À la côtoyer, il éprouvait une sensation de vertige.

Il se dépêcha de boutonner sa chemise ; il ne voulait pas être en retard. Un coup d'œil par la fenêtre l'assura du temps maussade. Sa chambre d'hôtel lui offrait d'ordinaire une vue dégagée sur les toits, mais ce matin l'église de Fourvière, qui surplombait la ville, avait disparu dans le brouillard. Il ne put s'empêcher de sourire en nouant sa cravate. Ils s'étaient donné rendez-vous au pied de l'édifice. Blanche voulait lui faire découvrir les mosaïques en cours de finition. « Une pâle imitation de nos chefs-d'œuvre byzantins, mais non dénuée de charme », avait-elle décrété avec une petite moue. Son assurance était l'une des facettes de sa personnalité qu'il préférait. Lorsqu'elle cherchait à le convaincre de quelque chose, elle brillait d'un éclat particulier qui révélait d'autant plus cruellement le chagrin qui voilait si souvent son regard. Et cette vulnérabilité avait quelque chose d'envoûtant.

Les femmes n'avaient pas manqué dans la vie de Salim. De l'amour, il connaissait le plaisir et l'harmonie des corps épanouis. Dans sa famille, personne ne comprenait pourquoi il ne s'était pas encore marié. « En refusant de t'engager, tu ne respectes pas ton sang ! Tu trahis nos anciens ! » avait tempêté sa mère avant de mourir. Il n'avait pas cherché à se justifier, gardant pour lui cette crainte qui le paralysait, celle de se tromper, d'être à jamais prisonnier d'une femme dont il n'apprécierait ni l'esprit, ni le caractère, ni le parfum de la peau. Une épouse qui ne le ferait pas rire, ne l'inspirerait en rien et lui donnerait des enfants pour lesquels il n'éprouverait qu'un sens du devoir. Il refusait de courir ce risque insensé. À l'enfermement, il préférait la solitude, et même si les courtisanes pouvaient être des compagnes d'un soir, parfois même des amies, elles ne seraient jamais le reflet de son âme.

Il décrocha son pardessus, claqua la porte derrière lui et s'élança dans l'escalier, sautant des marches à chaque palier, tel un adolescent. Il n'avait pas vu Blanche depuis quinze jours et elle lui avait manqué à chaque instant. Dans le vestibule, le concierge le héla alors qu'il passait en trombe devant lui. Salim saisit le télégramme qui venait d'arriver et l'enfouit dans sa poche. Il faillit se faire renverser en traversant la rue, s'excusa d'un signe de la main auprès du cocher qui l'insultait. D'un pas assuré, retenant son melon que le vent menaçait d'emporter, il franchit l'un des ponts sur la Saône qui devait le déposer au pied de la colline de Fourvière. Depuis son arrivée dans cette ville française, il lui semblait qu'il passait son temps à gravir des pentes escarpées vers un monde meilleur, un monde où se dressait Blanche droite et fière, un sourire mutin aux lèvres.

Il l'aperçut tout de suite parmi les passagers qui attendaient l'omnibus. Il l'aurait reconnue au milieu d'une foule ou dans une pièce obscure tant sa présence l'aimantait. Elle se tenait de dos, la taille cambrée dans son manteau. Quand elle se tourna vers lui, un éclair de joie pure illumina son regard, mais elle s'adressa à sa voisine en poursuivant ostensiblement leur conversation. Aussitôt, Salim recula d'un pas. Blanche fit mine d'écouter la femme blonde qui ne cessait de bavasser. Il la devinait pourtant consciente de sa présence, car de temps à autre elle levait les yeux vers lui. Il détaillait avec avidité son profil, le dessin de sa bouche, son cou enserré par le col officier de cette tenue sévère en laine fine qui soulignait sa poitrine. Il y avait là quelque chose d'intime, d'érotique, à savourer leur attirance en feignant de s'ignorer.

Dans l'omnibus, il s'isola pour décacheter le télégramme. Son frère, député au Parlement ottoman, avait enfin décroché un rendez-vous avec le ministre chargé du Commerce. Salim était attendu à Constantinople. La nouvelle, qui aurait dû le réjouir tant il insistait depuis des mois pour obtenir cet entretien auprès de la Sublime Porte, le ramena à la réalité. Il froissa le papier entre ses doigts. Ce n'était hélas pas le genre de convocation que l'on pouvait ajourner.

Salim fut le premier à descendre. Il marcha jusqu'aux abords de l'église dont on disait qu'elle serait bientôt érigée en basilique. Quelques travaux d'aménagement se terminaient. Des ouvriers poussaient des brouettes remplies de gravats et des blocs de pierre s'entassaient sous des bâches qui claquaient dans le vent. Un brouillard humide drapait d'un voile opaque les quatre tours d'angle, absorbait des silhouettes furtives. Il s'arrêta près du parapet. La ville avait disparu sous un banc de nuages et les sons lui parvenaient étouffés. Il eut l'impression de voler en plein ciel.

— Je croyais que je ne m'en débarrasserais jamais ! Cette femme est bavarde comme une pie !

Blanche émergea de la brume, les joues roses d'avoir accéléré le pas, ses bottines lacées claquant sur les pavés. Tout au bonheur de la retrouver, il ouvrit les bras. Elle s'y réfugia en riant. Il l'enlaça, appréciant l'empreinte de son corps, ce parfum d'agrumes qu'elle choisissait parce qu'il lui rappelait la Méditerranée.

Elle noua les mains autour de sa taille, inclina la tête en arrière. Salim s'appuya contre le parapet pour ne pas perdre l'équilibre. Dans son regard il lut le même défi qu'au premier jour, n'y résista pas. Les lèvres de Blanche avaient le goût grisant du désir et de l'interdit.

Quand il la relâcha de crainte que quelqu'un ne surgisse du brouillard et les surprenne, Blanche garda les yeux clos. La brume avait déposé des gouttes d'humidité sur ses joues, qu'il chassa d'un doigt. Elle tressaillit et il s'en inquiéta, il la savait vulnérable en dépit de son audace. Elle inspira pour reprendre ses esprits, agrippa la balustrade.

— J'ai vingt-quatre ans et vous venez de me faire comprendre que ma vie était terminée, ironisa-t-elle.

Le cœur de Salim se mit à battre à grands coups dans sa poitrine. Il n'avait jamais été confronté à une situation où il s'était senti aussi démuni.

— Je suis mariée à quelqu'un pour qui je n'éprouve rien, exilée dans une ville grise où je me sens en prison, et l'homme que je désire habite Damas. C'est pitoyable, non ?

Le sarcasme masquait mal son désarroi. Ses paroles impudiques ne le surprenaient pas. Blanche avait été à bonne école avec Armand Martin qui lui avait appris à nommer les choses sans rougir. Le libre penseur y voyait le triomphe de la raison sur l'obscurantisme. À défaut de celles de la révolte, il avait donné à sa jeune protégée les armes de l'indépendance d'esprit.

Salim fouilla ses poches, en vain.

— Quant à moi, j'ai oublié mes cigarettes, fit-il d'un air faussement désinvolte.

Blanche esquissa un sourire.

— Nous savons tous deux que je dois hélas repartir. J'ai prolongé mon séjour ici autant que possible. Mais je reviendrai, s'empressa-t-il d'ajouter comme pour conjurer le sort.

— Quand ?

Il hésita, tant leur situation lui semblait sans issue.

— Je viens en Europe deux à trois fois par an.

Elle hocha la tête, résignée.

— Au moins, vous ne me verrez pas vieillir.

— Qu'y a-t-il de plus beau que de voir vieillir celle qu'on aime ?

— Allons, Salim, pas de comédie ! Parlons de désir, ce crime honni aux yeux des bien-pensants.

Salim se contenta de poser sa main sur la sienne et d'entrelacer leurs doigts. Toute parole était dérisoire. Dans une autre vie, il l'aurait emmenée dans sa chambre qui ouvrait sur la roseraie de sa demeure, il l'aurait débarrassée de ses tristes vêtements corsetés, et lorsqu'elle aurait été enfin nue entre ses bras, il aurait célébré le corps de cette femme surprenante qu'il aimait, car elle seule lui donnait le sentiment d'être pleinement lui-même.

— C'est peut-être imprudent, mais c'est ma vérité, Blanche.

La jeune femme se retint de hurler. Jamais l'injustice de la décision qui lui avait été imposée ne lui avait paru plus odieuse. Cet homme, elle aurait pu le croiser dans sa vie d'autrefois. Ils étaient du même monde, celui de la soie, de la même terre, celle de la Grande Syrie. Leur rencontre avait tout de l'évidence, mais le sort lui avait joué un mauvais tour et le destin le lui amenait trop tard. Salim avait agi comme un révélateur. Il éclairait d'une lumière impitoyable tout ce qui n'allait pas dans son existence.

— Je pourrais partir…

Il la dévisagea, interloqué.

— Je n'ai pas demandé à venir ici, insista-t-elle, l'air buté. On a exigé de moi ce mariage dont je ne voulais pas. Je l'ai pourtant fait comprendre à mes parents. J'ai clamé haut et fort que je refusais cette vie. Et la Vierge, là-haut, est mon témoin ! cria-t-elle en indiquant la Mère de Dieu dont l'imposante statue en bronze doré, perchée sur le toit de l'église, se devinait parmi les écharpes de brume.

À l'évocation de la Vierge, le sang se figea dans les veines de Salim, comme si l'œil du divin pouvait transpercer les nuages et les atteindre en plein cœur. Les interdits de l'Église catholique ne lui étaient pas étrangers. Les chrétiens melkites avaient choisi de se rattacher à Rome au début du siècle précédent, se séparant lors d'un schisme douloureux de leurs frères grecs-orthodoxes. Le patriarche Grégoire II, un homme qu'il respectait, le menacerait des flammes de l'enfer en sa cathédrale damascène si jamais il apprenait cet amour sacrilège.

— Vous ne pouvez pas faire ça, Blanche ! protesta-t-il. Et vos enfants ? Qu'adviendrait-il de vos enfants ?

La jeune femme sembla soudain terrifiée.

— Non, bien sûr que non… Ce n'est pas ce que je voulais dire.

La voyant si désorientée, il ne put s'empêcher de la serrer à nouveau contre lui. Elle tremblait de la tête aux pieds. Ils restèrent ainsi longtemps enlacés, à s'embrasser comme des fous, jusqu'à ce que le soleil printanier déchire les nuages, que Lyon se dévoile peu à peu à leurs pieds, avec ses deux fleuves, ses ponts, ses toitures de tuiles creuses qui rougissaient à la lumière, ses places et ses cathédrales, ses façades bourgeoises aux réminiscences italiennes, et puis là-bas, un peu plus loin, les pentes de la Croix-Rousse devenues leur refuge. Quand Blanche s'écarta, tous deux eurent l'impression de partir à la dérive.

Juillet 1896

Blanche maudissait le jour de leur baiser. Elle en revivait chaque instant de manière lancinante, sans répit, et le départ de Salim pour Constantinople n'avait fait que renforcer son obsession. Avant son mariage, elle était trop jeune pour saisir ce qu'elle espérait de la vie. Les religieuses des Sœurs de la Charité avaient modelé son esprit sans pour autant répondre à ses aspirations. On cherchait à éduquer les jeunes filles d'un point de vue moral, non pas à les instruire. Sans en être consciente, Blanche était pourtant de la trempe de celles qui, en Occident, forçaient maintenant les portes des universités et qu'on méprisait en les appelant des bas-bleus. Le monde se rétrécissait, mais ses parents n'empruntaient pas volontiers les nouvelles routes qui reliaient désormais Beyrouth à Baalbeck ou à Damas, ou encore Tripoli à Homs et à Damas. La demande impromptue de Victor lui avait asséné le coup de grâce; on lui avait coupé les ailes.

En Salim elle avait découvert non seulement l'exigence du désir, mais trouvé aussi une oreille attentive.

Jusque-là, il lui avait paru improbable que quelqu'un ait envie de partager avec elle une réflexion sur les thèmes qui l'intéressaient. Ni son mari ni leurs proches ne se souciaient de l'affaiblissement de l'Empire ottoman ou de l'avenir de la Grande Syrie. Elle avait eu néanmoins la surprise de recueillir un soutien imprévu à l'université. La faculté de lettres de Lyon avait été la première à accorder un diplôme de bachelier ès lettres à une femme en dépit du refus de la Sorbonne, elle était aussi très impliquée dans le développement universitaire à Beyrouth. On l'avait donc accueillie les bras ouverts en auditeur libre. Cette bienveillance n'avait hélas rien changé à son quotidien. Bien que Blanche ne donnât jamais son opinion dans les salons littéraires tenus par ses belles-sœurs, elle s'attirait des regards suspicieux, car elle ne craignait pas d'aller à l'encontre des convenances. Elle avait parfois l'impression d'être le chardon qui dénature un jardin à la française. Salim, lui, n'avait pas été surpris par cette curiosité. Ses cousines appartenaient à des cercles culturels à Beyrouth et à Alexandrie, où une partie des siens s'étaient réfugiés après le massacre des chrétiens damascènes en 1860. « Nous avons tous une partition à jouer en tant qu'Arabes chrétiens, les femmes comme les hommes », avait-il affirmé. Depuis que les réformes du gouvernement ottoman avaient permis aux minorités de l'Empire d'accéder à des postes dans l'administration, les Zahhar jouaient un rôle éminent au service de la Syrie.

Salim l'attirait parce qu'il avait mis son intelligence au défi et que la vivacité de leurs échanges l'avait parfois fait rire d'enthousiasme. Auprès de lui, Blanche n'avait pas ressenti l'aboutissement qu'inspire la rencontre avec l'être aimé, ce réconfort d'être arrivé à bon port, mais le bonheur fou de s'élancer vers quelque chose de nouveau, révélant d'autant plus cruellement le tombeau doré dans lequel elle vivait depuis six ans. En dépit de ce trouble exquis, ce qui effrayait la jeune femme, au point de la réveiller la nuit, était l'idée monstrueuse qui avait pris racine en elle ce matin-là, parmi les brumes de Fourvière, et dont elle ne parvenait plus à se défaire. Désormais, lors des moments les plus ordinaires de sa journée, qu'elle fasse ses emplettes au Grand Bazar, qu'elle observe les courants impétueux du Rhône ou emprunte la ficelle pour aller voir Armand, elle ne pouvait s'empêcher de penser : *Et si c'était la dernière fois…*

Lorsque Victor lui faisait l'amour, elle imaginait les lèvres de Salim sur sa peau, ses mains sur son corps, et elle fermait les yeux pour ne pas voir l'intensité du plaisir sur les traits de son mari. L'adultère rêvé possède la force de l'adultère véritable qu'elle se gardait bien d'évoquer lors de sa confession hebdomadaire au curé de sa paroisse. L'aveu aurait été inutile puisqu'elle n'y renoncerait pas et qu'aucun sentiment de culpabilité ne l'effleurait. Dans son existence, Victor n'était déjà plus qu'une esquisse aux couleurs estompées, semblable aux fresques romaines que révèlent les archéologues. Sa seule et unique douleur venait du regard de ses enfants. Les précieux petits riens de son quotidien de mère s'étaient brusquement teintés d'amertume. Les promenades au parc de la Tête-d'Or pour nourrir les cygnes, la lecture d'un conte en fin de journée, la fossette sur la joue droite d'Oriane, les larmes d'Aurélien qui s'était écorché les genoux en tombant d'une balançoire, la chaleur de leurs corps agités, leur parfum si singulier, et ces baisers, tous ces baisers… Malgré son trouble, Blanche était convaincue d'une vérité implacable : elle ne pourrait pas les emmener, leur père ne l'autoriserait jamais. Or, en osant seulement envisager un départ, ne commettait-elle pas déjà la pire des trahisons ? Dans ses cauchemars, les vilaines sorcières avaient désormais son visage.

La lettre de Salim était arrivée chez Armand, comme toujours. Il aurait été impensable qu'il lui écrive chez elle, rue Saint-Joseph. Blanche prenait soin de dissimuler tous ses courriers, noués d'un ruban, dans le tiroir secret de son secrétaire. Assise sur un banc à l'ombre d'un platane, elle retourna l'enveloppe entre ses mains, savourant le bonheur de l'expectative. Les beaux jours étant désormais installés, elle n'allait pas tarder à prendre ses quartiers d'été dans la propriété des Duvernay des monts du Lyonnais. Le plaisir d'être à la campagne serait terni, comme chaque année, par la nécessité de vivre pendant plusieurs mois sous le même toit que sa belle-mère. Aussi, en un dernier élan de liberté, elle avait amené Aurélien passer quelques heures avec Maxence. Sur cette place de la Croix-Rousse, les petits garçons jouaient à chat perché.

Elle décacheta enfin la lettre de Salim, un rien fébrile. « Ma bien-aimée », commençait-il, mais elle blêmit en parcourant les lignes. Pour la première fois, les nouvelles n'avaient rien de tendre ni d'enjoué. Il n'évoquait pas son exaspération avec les fonctionnaires turcs qui toisaient les représentants des provinces arabes ni ne lui dépeignait les ruelles de Stamboul, l'enchantement des vergers de la Corne d'Or ou l'envoûtement du Bosphore. Cette fois, en des termes délicats, il lui annonçait qu'il rentrait à Damas et qu'il leur fallait désormais taire leurs sentiments :

Vous êtes mariée et mère de famille. Comment puis-je vous infliger de cruelles désillusions ou un chagrin dévastateur ? Il nous faut être raisonnables, mon amour. L'heure est venue pour moi de quitter cette terre d'Europe – qu'elle soit bénie à jamais de m'avoir permis de vous connaître –, et de regagner l'Asie. Hélas, je me dois, beauté de mon âme, de renoncer à notre amour pour vous protéger et parce que mon honneur l'exige.

Un vertige la saisit. Aurait-il rencontré une autre femme ? Une femme libre, sans attaches ? Elle ne pouvait le croire. Salim lui avait confié qu'il était d'un tempérament solitaire, il ne cherchait à combler aucun manque. L'amour qu'il éprouvait pour elle était sincère. Et voilà qu'il choisissait de rompre avec cette même franchise. Une lame de colère la traversa. Comment osait-il parler d'honneur ? L'honneur n'avait pas sa place entre eux. Seul comptait le courage d'accepter d'être soi-même malgré les lois des hommes et des dieux. Blanche se leva si brusquement qu'elle chancela, puis elle appela les garçons qui protestèrent vivement. Elle les amadoua par la promesse du goûter qui les attendait chez Armand. Ils vinrent vers elle en sautillant. Maxence, blond comme les blés, les joues marquées de taches de rousseur, et Aurélien, à qui elle avait légué son teint mat et ses boucles foncées.

Blanche leur tendit à chacun une main. Traversant la rue entre les carrioles, il lui sembla que son corps bougeait au ralenti.

Lorsqu'elle franchit le seuil de son appartement, en fin d'après-midi, la jeune femme n'avait plus qu'une envie : se réfugier dans la tranquillité de sa chambre. Sa tête était prise dans un étau, prémices d'une migraine. Aurélien l'avait épuisée sur le chemin du retour, pleurnichant à l'idée d'être séparé de Maxence pendant de longues semaines, et elle avait dû lui faire miroiter toutes sortes de distractions pour le consoler. Les enfants avaient noué une belle amitié, mais son petit garçon avait compris qu'il était préférable de ne pas l'évoquer à la maison. Une violente dispute avec Victor ayant éclaté un jour à propos du maître tisseur, Blanche avait dû ensuite expliquer à son fils que son père et sa grand-mère n'appréciaient pas les Martin autant qu'eux. Aurélien l'avait alors suppliée de ne pas le priver de son camarade de jeu et Blanche n'avait pas eu le cœur de le lui refuser. Depuis lors, il taisait ces escapades et se contentait de raconter, si nécessaire, leurs visites à l'orphelinat. Blanche s'en voulait qu'il eût appris si jeune l'art de la dissimulation que son mari aurait certainement qualifié d'un ton sentencieux de *mensonge par omission*.

Debout à la fenêtre, elle tira la lettre de son réticule. Perturbée par les caprices d'Aurélien, elle voulait croire qu'elle avait peut-être mal compris le sens des mots de Salim, qu'un espoir dissimulé entre les lignes lui avait échappé. La feuille de papier tremblait entre ses mains. L'encre était d'un bleu trop lumineux pour annoncer une rupture. Elle imagina Salim à une terrasse sur le Bosphore, se passant les doigts dans les cheveux alors qu'il cherchait les mots pour ne pas la froisser tout en la poignardant en plein cœur. Elle sursauta quand une main se posa soudain sur son épaule.

— Quelque chose ne va pas, Blanche ? Vous ne m'avez pas entendu vous appeler ?

Elle se demanda, pétrifiée, ce que Victor faisait à la maison en pleine journée. Il se pencha pour ramasser la lettre qui lui avait échappé. L'espace d'un instant, Blanche se dit qu'il ne la regarderait pas, car il n'était pas d'un tempérament curieux. Elle déchirerait ce maudit billet, elle irait même jusqu'à le brûler, et la vie reprendrait comme avant.

« Ma bien-aimée… » Les yeux de Victor tombèrent sur l'appel de la lettre. Elle vit le sang se retirer de ses joues et tenta de la lui arracher, mais il l'en empêcha en la tenant à distance.

— Rendez-la-moi, Victor. Cela ne vous concerne pas.

Elle esquissa encore un geste. Il la repoussa avec force et elle heurta l'encadrement de la fenêtre. Pendant qu'il parcourait les lignes, elle eut l'impression que des gouttes d'acide se distillaient dans son corps. Quand il leva enfin les yeux, son regard était intraitable.

— Soyez bien aimable de m'expliquer, Blanche.

— Il n'y a rien à expliquer.

— Vraiment ? Alors que je découvre mon épouse décomposée, lisant une lettre de son amant ? Accordez-moi au moins la grâce de ne pas me prendre pour un imbécile.

Il secoua la tête, incrédule.

— Salim… Sans doute s'agit-il de cet épouvantable Zahhar que j'ai croisé il y a quelques semaines. Je ne sais même pas comment vous avez pu faire sa connaissance. Mais peut-être devrais-je me réjouir puisqu'il vous annonce votre rupture ? Je l'ai sans doute échappé belle, qu'en pensez-vous ? Nous allons pouvoir poursuivre notre petite vie tranquille en toute insouciance, jusqu'à ce que vous jetiez votre dévolu sur un autre homme de passage. Il paraît que l'on prend goût à l'adultère.

Blanche n'avait pas envie de se justifier. Si elle ouvrait la bouche, elle ne maîtriserait plus rien et prononcerait des mots qu'elle regretterait par la suite. Elle lui dirait surtout que la tromperie n'en était pas une puisque, à ses yeux, Victor n'avait été son mari que sur papier et qu'elle n'éprouvait aucun sentiment pour lui. Avant de rencontrer Salim Zahhar, elle n'avait jamais engagé son cœur. Et elle découvrait maintenant, confrontée à ces accusations, que l'exaltation de l'amour permet d'affronter aussi bien l'opprobre que le mépris. Les bras le long du corps, elle se tenait prête à recevoir la sentence. Elle s'étonnait toutefois de ressentir une forme d'indifférence, qui était sans doute la meilleure des défenses, mais révélait l'aridité désolante de leur mariage.

Avec une expression de dégoût, Victor déchira la lettre qu'il lui lança au visage.

— Je vous méprise, madame. Je vous ai tout donné. Et voici ma récompense.

On frappa à la porte.

— Pas maintenant ! cria Victor.

— Pardonnez-moi, monsieur, mais un télégramme vient d'arriver pour madame.

— Il peut attendre…

— C'est très urgent, monsieur.

Furieux, Victor traversa la chambre, ouvrit la porte et saisit le papier que lui présentait la femme de chambre. Il le déplia d'autorité pour le lire. Le cœur de Blanche battait si fort qu'elle se demanda si elle allait s'évanouir pour la première fois de sa vie. Avec un étrange détachement, elle était consciente des points lumineux qui dansaient devant ses yeux.

— Madame votre mère est décédée, dit Victor d'une voix monocorde. Je vous présente toutes mes condoléances.

Blanche le regarda sans comprendre, tétanisée. Il reprit son souffle avant d'ajouter :

— Vous ne pourrez jamais être à temps au Liban pour l'enterrement. Mais sans doute voudrez-vous vous y rendre pour vous incliner sur sa tombe. Je vais vous réserver une place sur le prochain navire en partance de Marseille. Et prévenir l'abbé Morilleux qu'il va devoir célébrer une messe à votre retour pour le repos de l'âme de la défunte. Nous accueillerons alors nos proches à la maison pour qu'ils puissent vous présenter leurs respects. C'est ainsi que nous procédons dans nos familles.

Elle l'écoutait débiter ses phrases en rafale, comprenant que Victor se raccrochait aux décisions à prendre, ce qui le soulageait de son tourment. Il agissait en mari exemplaire et en chef de famille respectable, des attributs dont elle l'avait privé en tombant amoureuse d'un autre. Dans l'action, son mari reprenait pied et chassait sous le tapis les turpitudes de son épouse indigne. Ainsi, le temps du deuil serait celui d'une parenthèse enchantée. Un rire nerveux manqua de l'étouffer.

— Je m'occupe de tout cela, conclut-il. Vous devez vous reposer. Je vous ferai porter une collation tout à l'heure.

Et, sans un regard, il claqua la porte derrière lui.

Blanche s'assit avec précaution sur le bord du lit, comme si elle redoutait de se briser en mille morceaux. Sa petite maman tant aimée n'était plus… Une foule de réminiscences éclata dans son esprit, son rire de gorge, les jeux espiègles qu'elle adorait inventer, sa tendresse infinie et la détermination parfois sévère qui avait été l'armature de cette femme hors du commun. Dans le même temps s'imposèrent à elle le visage de Salim et l'irrésistible attrait de son corps. Elle pourrait ainsi pleurer ouvertement leur rupture sans redouter des questions indiscrètes. La décence voulait qu'elle aille s'incliner sur la tombe de la disparue. Elle aurait ainsi la chance inespérée de fouler à nouveau la terre d'Orient où vivait celui qu'elle aimait. Sa mère était morte et elle ne pensait qu'à lui. Elle porta ses mains tremblantes à son visage. Sa peau était glacée comme celle de sa mère dans son cercueil. Tu es un monstre, se dit-elle, effarée.

Victor avala une nouvelle rasade de whisky. L'alcool charpenté n'embrasait même plus sa gorge ; seul demeurait cet arrière-goût de tourbe et de cendre qu'il détestait. Il observa son visage blafard dans le miroir. L'amateur des bourgognes les plus subtils s'abrutissait d'une manière tristement ordinaire. Il en voulait terriblement à Blanche de l'avoir réduit à cet état pitoyable. Le sentiment de trahison était physique. Il le sentait cogner à ses tempes et se surprenait parfois à se frotter le front en un geste dérisoire. Jamais personne ne lui avait infligé pareille humiliation. Toutes les certitudes sur lesquelles il avait bâti son existence s'étaient écroulées d'un seul coup. Lui qui se dressait si fièrement sur un socle indestructible se retrouvait déboulonné.

Depuis une heure, il arpentait le salon de long en large, ne supportant pas de rester immobile dans un fauteuil. Une question l'obsédait tout particulièrement. Lorsqu'il avait affronté Salim Zahhar dans la salle de réunion de la chambre de commerce, le Syrien était-il déjà l'amant de sa femme ? Il avait décelé chez l'étranger un dédain qu'il avait attribué à leurs différences d'opinions et aux mondes inconciliables dont ils étaient issus. Et si cela n'avait été que du mépris envers un homme trompé, incapable de s'assurer du respect et de la fidélité de son épouse ? Pire encore, l'Arabe aurait-il éprouvé de la pitié ? À cette pensée il serra le poing, se retenant de briser le miroir au-dessus de la cheminée et de renverser les ridicules bibelots qui encombraient les guéridons.

Il bataillla pour ouvrir l'une des fenêtres qui donnaient sur la place Bellecour et inspira profondément l'air frais de la nuit. Aussitôt, la tête lui tourna. Le dernier omnibus était rentré depuis longtemps. Une calèche solitaire s'éloignait derrière les tilleuls, les fers du cheval résonnant sur les pavés. Il n'entendit bientôt plus rien, à l'exception des miaulements d'un chat en chasse. Il ne pouvait que deviner au clair de lune l'imposante silhouette de l'église de Fourvière qui étendait sa providence mariale sur la cité commerçante endormie. Victor se fit l'impression d'être une sentinelle solitaire à la proue d'un navire. Une vague de tendresse le submergea, du registre de cette sollicitude larmoyante propre à l'ivresse. Lyon ne lui avait jamais fait défaut, lui offrant des satisfactions de toutes sortes, esthétiques et matérielles. Il aimait la poésie de ses collines et de ses brouillards nacrés, l'harmonie des façades qui s'alignaient le long des quais, les miroitements évanescents qui incitaient au rêve et contrastaient avec l'agitation industrieuse du quotidien. Il appréciait son art de vivre et la tempérance de ses habitants. On pouvait se moquer de leur parcimonie, de leur goût pour le travail et la respectabilité, mais leur pondération n'était-elle pas une preuve de discernement ? Il avait dérogé à ce principe une seule fois dans sa vie, et voilà où cela l'avait mené !

Blanche n'avait même pas tenté d'en comprendre les convenances ni les traditions. Elle s'était braquée dès ses premiers pas. Au début de leur mariage, il avait attribué sa réticence à l'appréhension naturelle d'une jeune épouse innocente. Comment aurait-il pu deviner que son petit air buté et ses lèvres pincées dissimulaient une ténacité dont rien ne viendrait à bout, ni ses efforts pour lui rendre la vie agréable ni la naissance de leurs enfants ? L'imbécile ! Il s'était pourtant donné un mal de chien. Il l'avait emmenée au théâtre, au concert, et même jusqu'à Paris. Il avait demandé à ses sœurs et cousines de l'associer à leurs réunions hebdomadaires et à leurs tournois d'échecs ou de dames, à leurs salons littéraires, aussi. Mais Blanche se plaignait de ne pas y être à sa place, dédaignant une vie intellectuelle féminine pourtant affirmée à Lyon depuis le XVIIIe siècle. Son épouse était toujours en quête d'un impossible ailleurs. Il avait aussi chapitré sa mère en la priant de faire preuve de charité chrétienne envers l'âme pure qu'il avait cueillie telle une fleur dans les montagnes du Liban. Geneviève Duvernay l'avait traité d'incurable romantique en le menaçant du jour prochain où il regretterait son coup de tête. L'espace d'un instant, la perspective de lui donner raison manqua de l'achever.

Victor comprit avec horreur qu'il s'apitoyait sur son sort. Les émotions que lui inspirait Blanche, son amour comme sa colère le transformaient en une marionnette de Guignol qui ne lui ressemblait pas, celle d'un homme affectif, indécis et timoré, ou au contraire prompt aux emportements. Ses réactions n'avaient plus rien de digne ni de raisonnable. Depuis leur mariage, il se tenait constamment au bord d'un précipice en plein vent, mais l'excitation des débuts avait cédé la place à la nausée que vous inflige un carrousel devenu fou. Il se frotta rageusement les yeux. Il aurait aimé avoir un ami assez proche pour lui confier son désarroi, un confident qui l'aurait écouté sans porter de jugement. Mais aurait-il supporté l'humiliation de parler ? Un homme ne s'épanche pas, même auprès de son curé. On garde par-devers soi ses douleurs comme ses plus grandes joies. « Seul le silence est grand, tout le reste est faiblesse », avait écrit Alfred de Vigny. Son unique faiblesse avait été Blanche ; il n'en connaîtrait pas d'autre.

Elle était allongée en chien de fusil, les mains ramenées sous sa joue. Il l'observa du seuil de la chambre. Elle dormait comme un ange qui n'avait rien à se reprocher. Le clair de lune éclairait sa cheville qui reposait sur le drap entortillé entre ses jambes. « Il faut toujours que j'aie un pied à l'extérieur », lui avait-elle expliqué, un peu gênée par cette drôle de manie. Un sourire amer se dessina sur les lèvres de Victor ; elle ne savait pas si bien dire. Avec un soupir, elle se retourna sur le dos. Contrairement à son habitude, elle n'avait pas pris la peine de tresser ses cheveux répandus sur les oreillers. La chemise de nuit déboutonnée dévoilait la naissance de sa gorge qui se soulevait à chacune de ses inspirations. Sa peau était d'une incroyable douceur, une peau qu'il ne se lassait pas de caresser. Sans doute le Syrien avait-il pensé la même chose.

Victor ferma brièvement les yeux dans l'espoir de bannir les infâmes images de sa femme s'ébattant avec son amant. Avait-elle connu le plaisir avec lui aussi ? Blanche ne s'était pourtant jamais plainte de leurs ébats amoureux. Il lui était même arrivé de prendre des initiatives, de lui indiquer ce qu'elle désirait. Une femme pouvait-elle jouir si elle n'éprouvait qu'indifférence envers l'homme qui lui faisait l'amour ? À moins que tout cela n'ait été qu'une mascarade, une sinistre comédie où rien n'était sincère, même leurs corps enlacés…

Il se retrouva assis sur le bord du lit à respirer son parfum. Elle lui échappait dans le sommeil comme dans la vie, et il n'avait rien pour la retenir puisqu'il lui avait déjà tout donné. Il tendit la main pour effleurer ses seins. Rêvait-elle à l'autre ? Seuls ceux qui l'ont vécu peuvent comprendre le supplice de celui qui aime sans être aimé en retour. Cette solitude sans rémission. Elle ouvrit les yeux au moment même où il emprisonnait l'un de ses seins dans la paume de sa main. Son regard horrifié lui glaça le sang. Il se pencha pour l'embrasser, mais elle détourna la tête en essayant de rouler vers l'autre côté du lit. Il l'en empêcha et déchira sa chemise de nuit. Ce corps dénudé, il en connaissait les pleins et les déliés. Il avait cherché à y inscrire son histoire, leur histoire, mais Blanche préférait les mains d'un autre sur sa peau, elle préférait les lèvres d'un autre, ses baisers et ses caresses. Soudain, elle cessa de se débattre et resta allongée, les bras en croix. Il écouta sa respiration haletante, contempla les seins aux mamelons roses dont il pouvait dessiner de mémoire les veines bleutées, le ventre qui avait porté leurs enfants, le sexe, les cuisses écartées… Il savait qu'elle avait une fine cicatrice sur son mollet droit – une morsure de couleuvre –, des grains de beauté disséminés sur ses hanches. Il connaissait ses odeurs les plus intimes. Il disposait d'un droit légitime sur ce corps triomphant.

Tandis qu'elle le fixait sans ciller, il décela une lueur de raillerie dans son regard. Elle le devinait mieux qu'il ne se connaissait lui-même. Elle le savait incapable de prendre par la force ce qu'elle lui avait offert par devoir toutes ces années, mais jamais, au grand jamais, par amour. Il sembla alors à Victor que son impuissance à s'en emparer était son ultime défaite.

Blanche referma d'un claquement sec la sacoche de voyage qui portait ses initiales de jeune fille. Son père la lui avait offerte pour ses treize ans en prévision de leur séjour en famille à Damas et à Palmyre, une excursion qu'il avait organisée pour la récompenser d'avoir été reçue à son certificat d'études primaires. Elle effleura tendrement le cuir fauve, se rappelant son enthousiasme à l'époque. Il lui avait semblé atteindre enfin l'âge adulte, puisqu'elle possédait désormais de quoi partir à l'aventure. Un bref instant, le souvenir joyeux lui fit oublier l'odieux tourbillon qui l'arrachait à son quotidien. Elle glissa les derniers sachets de lavande parmi ses affaires. Elle n'emportait que le strict minimum. Sa tenue de deuil se résumait à deux robes noires, une jupe, des chemisiers de rechange et un tailleur de voyage gris qu'elle porterait avec un brassard noir.

La porte s'ouvrit brusquement, la faisant sursauter. Elle se retourna et découvrit Aurélien, les poings enfoncés dans les poches de ses culottes courtes. Son air fâché lui fit entrevoir le jeune homme au regard tourmenté qu'il deviendrait.

— Tu es déjà levé, mon chéri ?

— Où tu vas, maman ?

Dès qu'il ouvrit la bouche, l'illusion se dissipa, révélant l'enfant désarmé. Elle s'assit dans un fauteuil afin qu'il puisse se réfugier sur ses genoux.

— Tu le sais bien, mon amour. Ta grand-mère Aline, qui était ma maman à moi, est montée au Ciel et je dois aller lui dire un dernier au revoir.

— Mais le Ciel, c'est loin. Elle ne t'entendra pas.

— Je lui parlerai avec mon cœur et elle m'écoutera. Même si on ne les voit pas, ceux qu'on aime demeurent toujours avec nous, ici, dit-elle en posant une main sur sa poitrine. Et je veux vérifier que sa tombe est toute belle et très fleurie.

— Tu reviens demain ?

— Non, mon chéri. C'est un peu trop loin pour cela. Je vais embarquer sur un grand bateau qui mettra quelques jours pour traverser la Méditerranée. Il me déposera dans le port de Beyrouth, puis une calèche m'emmènera jusqu'au village où vivaient tes grands-parents. J'irai prier sur leurs tombes pour leur dire que je les aime, avant d'entamer le long chemin en sens inverse pour revenir jusqu'à toi.

Les yeux baissés, Aurélien semblait réfléchir, jouant avec les boutons de son corsage. Sa moue trahissait son inquiétude. Blanche lui effleura la joue du dos de ses doigts.

— Cela ne change rien pour toi, chaton. Tu vas partir avec Bonne-Maman et Oriane pour la campagne, où tu pourras t'amuser avec tes amis, comme chaque année. Papa vous rejoindra bientôt.

— Et mon poney ?

Elle sourit. Le plus rassurant, avec les enfants, c'était qu'ils retrouvaient rapidement leur échelle de valeurs.

— On ira le chercher dès mon retour, je te le promets. C'est toi qui le choisiras. Il faudra juste que tu sois sage pendant mon absence. Essaye de ne pas irriter Bonne-Maman, qui est un peu moins patiente que moi.

Il se blottit contre elle en glissant son pouce dans sa bouche. Pour une fois, elle ne l'en empêcha pas. Elle passa la main dans ses boucles, lui gratta le crâne pour l'apaiser. Les journées d'Aurélien seraient bien remplies. Les gouvernantes alsaciennes des familles en villégiature débordaient d'idées pour occuper les enfants. L'été dernier, son fils avait appris à nager dans la rivière. Blanche avait toute confiance en elles, comme en Victor, qui était un père attentif. Une ombre passa sur son visage au souvenir de la nuit. Quand elle s'était réveillée et qu'elle l'avait vu perché sur le lit tel un oiseau de mauvais augure, elle avait redouté le pire. Il avait le visage ravagé, une haleine chargée ; sa peau exhalait une odeur acide de sueur et d'anxiété. Elle s'était d'abord débattue, redoutant qu'il veuille l'humilier en s'imposant à elle, avant de décider de ne pas lui accorder cette satisfaction. Elle était donc restée immobile, offerte nue à son regard, le mettant au défi de se comporter comme un rustre, agitée par des impressions contradictoires de crainte, de dédain et une excitation malsaine. Confusément, elle avait espéré qu'il la prenne avec violence. Mais Victor n'avait esquissé aucun geste, avant de repartir sans un mot.

Troublée par ces pensées qui lui semblaient indignes de son fils, Blanche ne supporta soudain plus de l'avoir sur les genoux. Elle embrassa Aurélien sur le front avant de lui recommander d'aller prendre son petit déjeuner. Il exigea en contrepartie que sa gouvernante l'emmène faire un tour dans la voiture aux chèvres qui venait l'après-midi place Bellecour. Ce diablotin est insatiable, songea-t-elle, attendrie. Leur relation semblait parfois se réduire à un perpétuel marchandage. Quand il s'enfuit, elle s'en voulut de se sentir soulagée.

Le valet vint prendre la sacoche et lui rappeler qu'ils partaient bientôt pour la gare. Le Paris-Lyon-Méditerranée l'emmènerait jusqu'à Marseille. Victor lui avait réservé une cabine sur un navire en partance pour le Levant. Son mari s'était montré d'une redoutable efficacité dans l'organisation du voyage. Sans doute avait-il été aiguillonné par le souhait qu'elle disparaisse au plus vite de sa vue. Le temps du pèlerinage de Blanche sur la tombe de ses parents, il pourrait reprendre ses esprits et décider de l'attitude à adopter pour affronter leur avenir. Elle savait que chaque couple était unique, semblable à une composition chimique dont les corps purs seraient l'amour et le désir, l'intérêt, l'argent, les conventions religieuses et sociétales, le déni, l'indifférence, mais aussi la bienveillance et le pardon. L'équilibre de ces composants exigeait une certaine force de caractère, seule condition qui permettait d'éviter une vie faite de ressentiments. Mais comment Victor et elle parviendraient-ils à trouver cet accord délicat ? Et quel en serait le prix ? Aux yeux de son mari, elle était coupable ; il ne pourrait que chercher à la punir. Ce matin-là, il avait quitté la maison sans la saluer. Elle avait entendu claquer la porte d'entrée de l'appartement à l'aube. Il avait choisi le silence comme mise en quarantaine, une posture aussi mesquine qu'immature. Mais elle se doutait qu'il n'avait pas fermé l'œil et n'avait pas voulu lui présenter en plein jour l'image pitoyable de la nuit. Il n'était pas coupable de l'échec de leur mariage, il s'était simplement entêté à construire sur du sable, persuadé que son épouse accepterait son sort car la résignation semblait être l'état d'esprit commun à ses amis. Elle n'avait jamais perçu chez ces couples la flamme singulière que partageaient ses parents.

La nourrice frappa à la porte. Elle portait Oriane qui venait de se réveiller. Quand Blanche la prit dans ses bras, la petite essaya aussitôt de lui attraper le nez.

— Je vais sans doute manquer ses premiers pas, regretta Blanche.

— Je le crains, madame. Elle est trop déterminée pour se contenter de rester encore longtemps à quatre pattes.

Blanche s'était montrée beaucoup plus raisonnable à la naissance d'Oriane, redoutant de commettre les mêmes erreurs qu'avec Aurélien, et elle avait noté la satisfaction de sa belle-mère lorsqu'elle avait choisi Gabrielle parmi les candidates proposées par le bureau de placement. Originaire du Morvan, la nourrice présentait d'excellentes références, et Blanche avait d'emblée apprécié le regard franc et la silhouette charpentée de cette jeune mère de quatre enfants. Son comportement exemplaire envers le bébé l'avait impressionnée. Elle s'était demandé pourquoi ce qui venait naturellement à Gabrielle, sa douceur comme sa fermeté, lui était si étranger. Pourquoi en faisait-elle toujours trop ou pas assez ? Pourquoi y attachait-elle d'ailleurs autant d'importance, alors qu'il y avait des nourrices et des gouvernantes pour élever les petits ? Elle ne pouvait que constater ces dissonances, mais dissimulait cette peine intime dont elle ne parlait à personne.

— Je dois te quitter quelque temps, mon ange, murmura-t-elle, mais Gabrielle va bien s'occuper de toi, et je te rapporterai un joli cadeau du Liban.

— N'ayez crainte, madame, je veillerai sur elle comme sur la prunelle de mes yeux. Et permettez-moi de vous présenter mes condoléances. On n'a qu'une maman dans la vie. Quand on la perd, on a l'impression que personne ne vous prendra plus jamais par la main.

Blanche se détourna pour cacher son émotion. Elle avait beau afficher une façade qu'elle croyait maîtrisée, il suffisait visiblement d'un mot pour l'ébranler. Elle enfouit son visage dans le cou de sa fille qui tenta aussitôt de défaire son chignon. Les larmes aux yeux, elle l'en empêcha en riant.

— Ma vie, je penserai à toi à chaque instant, affirma-t-elle sur un ton grave. Je t'emporte dans mon cœur.

Oriane se contenta de gazouiller en plaquant ses mains potelées sur les joues de sa mère, tandis que Blanche traçait du pouce un signe de croix sur son front.

Blanche resta discrète pendant la traversée, se servant comme d'un bouclier de sa tenue de deuil. La jeune femme vivait l'expérience insolite d'être livrée à elle-même pour la première fois de sa vie, sans avoir de comptes à rendre à quiconque. Les premiers temps, la violence de ses émotions l'avait submergée. Après avoir quitté Lyon avec l'impression d'avoir été rouée de coups, elle était restée confinée dans sa cabine à contempler les montagnes escarpées et les falaises de la Sardaigne dont la désolation reflétait son état d'esprit. Mais la lumière méditerranéenne, qui lui avait tant manqué, avait dissipé peu à peu la brume de son esprit. Les longues heures passées en haute mer lui avaient permis de se ressaisir, et l'isolement imposé par son mari, puisqu'il avait choisi de ne pas l'accompagner, s'avérait une bénédiction.

Une nuit, le sommeil s'obstinant à la fuir, elle remonta sur le pont réservé à la première classe. La lune était pleine, on y voyait presque comme en plein jour. Accoudée au bastingage, elle se laissa bercer par le grondement apaisant de la proue fendant les flots. La Sicile et la côte calabraise étaient depuis longtemps derrière eux. Désormais, les lumières éparses qui clignotaient au loin appartenaient aux petites maisons blanches des îles grecques. Ils naviguaient sur les eaux des mythes et des dieux, celles de toutes les métamorphoses. L'idée était séduisante. Elle regretta de ne pouvoir elle aussi changer d'enveloppe charnelle, tel le serpent qui fait sa mue, et abandonner dans le sillage d'écume cette peau dans laquelle elle ne se reconnaissait pas.

Comme elle était seule, elle défit les boutons du col de sa robe pour inspirer à pleins poumons l'air iodé et se purifier avant d'aborder la côte libanaise. Depuis son mariage, elle n'était revenue qu'une fois à Btater, avec Victor, afin d'enterrer son père. Blanche se rappela être entrée dans sa chambre sur la pointe des pieds. Allongé sous un drap de lin blanc, il n'était que l'ombre de lui-même. Comme s'il avait attendu le retour de sa fille unique, il avait ouvert les yeux quand elle lui avait pris la main. Le bleu intense de son regard avait déteint en un miroitement gris ardoise. Il avait murmuré des paroles qu'elle n'avait pas comprises. Le lendemain, sa femme et sa fille à son chevet, il avait rendu son dernier souffle. Et voici qu'un autre deuil la ramenait au Liban. Cette traversée serait-elle à jamais celle des renoncements ? Elle n'avait toujours pas pleuré sa mère, mais le chagrin ne se mesure pas à l'aune des larmes versées. Elle lui parlerait le moment venu, lors du cœur à cœur singulier qui s'imposerait dans les jours ou mois à venir, peut-être même seulement au seuil de sa propre mort. Blanche ne s'en inquiétait pas. Il n'y avait pas d'impératif ni de règles à respecter. C'était là l'immense privilège des disparus.

Le temps des morts n'est plus celui des vivants. Elle ferma les yeux en tournant son visage vers le vent. Elle croyait en l'au-delà. Il était impossible de naître en terre d'Orient et de ne pas éprouver une sensibilité mystique. La quête y était trop ancienne, trop puissante, et le tumulte des âmes retentissant.

Deux jours plus tard, en rade de Beyrouth, une nuée de frêles embarcations papillonnait autour de la coque imposante du navire des Messageries maritimes. Le défi consistait à amener les passagers et leurs bagages jusqu'à la terre ferme sans en perdre dans les flots. Les cris des marins à la manœuvre affolaient les voyageurs qui n'étaient pas aguerris à cette gymnastique.

La femme en noir qui descendait sans crainte l'échelle de corde jusqu'à un canot ballotté par la houle n'était plus celle qui avait embarqué à la hâte à Marseille, tête basse, la mine défaite. Ses gestes empreints d'une grâce particulière soulignaient son allure altière. Blanche avait retrouvé ses repères ; elle y puisait même une force renouvelée. Tandis que les marins ramaient vers l'embarcadère, elle admira les collines cernant la baie de Saint-Georges, l'enchevêtrement des jardins luxuriants et des maisons aux toits de tuiles rouges, les cimes enneigées du Sannin qui dominaient le vert sombre de la montagne. Sur le quai, on lui indiqua le drogman qui devait l'escorter. Elle repéra sa silhouette nerveuse enveloppée d'une tenue de cavalier noire ornée de broderies, une main posée sur le sabre à sa hanche. Le nom de Melhem Wardi était devenu une référence, tant la vivacité et la débrouillardise de ce guide-interprète impressionnaient les visiteurs venus arpenter les provinces ottomanes. Il posa sur elle un regard clair qui détonnait dans son visage basané, avant d'empoigner son unique bagage en manifestant son étonnement. Les passagères européennes débarquaient toujours avec une profusion de malles et de cartons à chapeaux. Comment une dame française pouvait-elle se déplacer comme une vagabonde ? Elle le rassura d'un sourire. De quoi aurait-elle eu besoin ? Elle était de retour à la maison, tout le reste était superflu.

Le village était encore loin et elle avait hâte de dépasser les avenues arborées des nouveaux quartiers, de distancer les bois de pins, les mulets, les ânes et toutes les carrioles. Sans doute devraient-ils ralentir de temps à autre pour laisser passer des caravanes de chameaux chargés de caisses et de ballots ou éviter des chèvres qui se seraient aventurées sur le chemin. À mi-parcours, elle demanderait au drogman de s'arrêter dans un village pour qu'elle puisse s'asseoir à la terrasse d'un café, parmi les notables fumant le narguilé. En souvenir de son père, elle commanderait un verre du ksara sec produit par les jésuites dans la plaine de la Bekaa et croquerait des pistaches en se remémorant son sourire.

— *Yalla*, je n'ai pas de temps à perdre ! lui ordonna-t-elle, brusquement impatiente.

L'homme expédia les formalités de douane avant de la guider vers un attelage aux chevaux décorés de colliers de perles turquoise pour conjurer le mauvais œil. Ils arrivèrent au crépuscule à Btater. Le directeur de la filature et son épouse avaient volontiers accepté de l'héberger, et elle retrouva avec nostalgie sa chambre de petite fille. Les rideaux et la courtepointe avaient été changés, mais les meubles étaient les mêmes. Elle eut du mal à dormir, assaillie de souvenirs doux-amers. Elle se leva à l'aube, avala un verre de thé debout dans la cuisine.

Elle avait insisté pour se rendre seule au cimetière, convainquant Melhem qu'il n'y avait pas de bandits druzes – ces ennemis mortels des maronites – dans les parages pour l'enlever. Pendant le voyage, son protecteur lui avait justement raconté, non sans fierté, qu'il lui était déjà arrivé de boire dans le crâne d'un druze. En chemin, elle cueillit des fleurs sauvages. Sa mère n'aimait que les fleurs des champs, se moquant des gerbes prétentieuses qui ornaient les maisons bourgeoises ou les salons des hôtels. Comme si l'on pouvait domestiquer des fleurs ! Le chien de la maison, qui lui avait fait la fête à son arrivée, furetait parmi les chardons et les herbes folles. En approchant de la tombe, elle éprouva une pointe d'appréhension, puis se pencha pour effleurer le nom fraîchement taillé dans la pierre. La petite fileuse de la Drôme reposait pour l'éternité à mille lieues de son village natal. Il lui sembla entendre à nouveau le rire de sa mère, voir briller dans ses yeux cet amour droit, indéfectible, parfois si exigeant, sentir sa main ferme qui enserrait la sienne. La puissance de ses mains l'avait toujours impressionnée, des mains propres à bâtir des forteresses dans le désert.

En dépit de l'effroi provoqué par les massacres en 1860 qui avait incité plusieurs familles françaises à fuir, Aline avait choisi de rester en Orient. À l'époque, les siens lui avaient reproché sa décision, irresponsable à leurs yeux. Pourquoi courir un tel risque ? Mais Aline, une nouvelle fois, n'en avait fait qu'à sa tête. Quelques années plus tard, elle avait donné naissance à sa fille sur sa terre d'élection, scellant sans le savoir le destin de son enfant. Blanche déposa son bouquet. Ses racines étaient ici. Jamais cette évidence ne lui était apparue avec une telle clarté. Non parce que sa mère se trouvait dans ce modeste cimetière à flanc de montagne – elle n'avait pas le culte des tombeaux et détestait les pèlerinages de la Toussaint, les chrysanthèmes en pot et les émotions imposées –, mais parce qu'elle percevait intensément, depuis qu'elle avait posé le pied sur le rivage, ce sentiment d'appartenance et de plénitude qui naît de souvenirs inconscients, d'une histoire familiale commune.

La veille, au fur et à mesure que l'attelage la ramenait vers les lieux de son enfance, elle avait ressenti une vague culpabilité, comme si elle se dépouillait de sa personnalité d'épouse, de ses conversations avec Armand sur l'indépendance d'esprit des femmes. Malgré elle, la tutelle de ses parents la marquait encore de son empreinte. Aussi, la sérénité bienveillante qui l'accueillait dans ce lieu paisible la surprit. « C'est sans doute parce qu'ils ignorent le spectacle désolant de ton mariage en ruine, se dit-elle. Papa aurait eu honte et maman aurait été tellement déçue… » L'angoisse la prit une nouvelle fois à la gorge. Elle s'en irrita. Au nom de quoi cherchait-elle encore leur approbation alors qu'ils étaient morts ? Pourquoi se comporter en enfant désobéissante qui redoute les reproches ?

Elle resta un long moment assise sur le bord de la tombe, ses genoux ramenés vers elle. De sa poche, elle tira avec précaution une cigarette enveloppée dans un mouchoir et frotta une allumette. Elle inspira gauchement une bouffée et se mit à tousser, persista, entêtée. La brûlure inhabituelle était réconfortante. Il n'y avait personne pour lui dire qu'elle manquait de respect. Sur le chemin qui longeait le cimetière retentirent les grelots de quelques animaux de bât que houspillait un muletier invisible. Elle caressa les poils drus du chien venu s'allonger à ses pieds et s'excusa auprès de ses parents de ne pas être à la hauteur de leurs espérances.

Blanche ne s'était pas attendue à cela. Assise en face d'un notaire de Beyrouth dans un bureau aux murs fraîchement repeints, elle tenait les papiers attestant que sa mère lui avait légué une somme d'argent. Qui aurait pu penser qu'Aline avait eu les moyens de faire des économies ? Pourvu qu'elle ne se soit privée de rien, s'inquiéta la jeune femme.

— Voici aussi ceci, madame Duvernay, ajouta l'homme de loi à la stambouline élimée en glissant une enveloppe vers elle. Madame votre mère m'avait demandé de vous la remettre en mains propres et en privé. Mais vous êtes seule, je vois.

Elle choisit d'ignorer sa curiosité. Une pointe de tristesse la traversa à la pensée que sa mère avait su qu'elle allait mourir sans qu'elles se reparlent de vive voix.

— Je m'occupe de faire transférer les fonds à Lyon sur le compte de votre mari.

— Ce ne sera pas nécessaire.

Il haussa les sourcils.

— Laissez l'argent à la Banque ottomane et obtenez-moi des lettres de crédit. Je vous aviserai de mes intentions le moment venu.

— Il faudrait l'accord de votre époux, hésita-t-il, ennuyé.

— Pas du tout ! Cette somme me vient de ma défunte mère. Elle ne le concerne en rien et il ne fera aucune difficulté.

La fermeté de son ton cloua le bec du notaire qui n'ignorait pas qu'une femme mariée en France ne pouvait détenir un compte en banque personnel. Un bref instant, Blanche regretta de ne pas être musulmane ; elle aurait pu au moins disposer librement de son héritage.

— Je vous remercie pour votre aide, maître. Je ne voudrais pas abuser davantage de votre temps précieux.

Il la raccompagna à la porte d'entrée, s'inclina avec ostentation en lui souhaitant un bon voyage de retour vers ce beau pays qu'était la France. Blanche se contenta de hocher la tête. Son drogman l'attendait sur le trottoir, campé devant la porte de l'immeuble telle une sentinelle. Il lui restait encore quelques heures avant d'embarquer. Aimerait-elle patienter dans l'un des cafés du Bois des Pins ? L'atmosphère y était charmante ; un orchestre jouait souvent l'après-midi. Elle réfléchit un instant, s'aperçut qu'elle tenait toujours la lettre à la main.

— Allons chez Bassoul, à l'hôtel d'Orient. C'est là que mes parents descendaient lorsqu'ils venaient en ville.

Aussitôt, le drogman héla une calèche. Assis en face d'elle sur la banquette, il la dévisageait avec une intensité soucieuse, si bien qu'elle détourna le regard. Âgé d'une soixantaine d'années, Melhem Wardi aurait pu être son père, et il lui semblait qu'il lisait en elle comme dans un livre ouvert. Elle sentait bien qu'il l'avait prise sous son aile, touché par la simplicité de sa robe de deuil et ses traits accusés car elle mangeait peu et dormait mal. Il s'était même évertué à la nourrir, rabrouant les aubergistes dont les plats ne lui convenaient pas. Il la laissa pourtant tranquille dans le salon du premier étage de l'hôtel d'Orient, sa précieuse lettre posée devant elle. Un domestique en tarbouche rouge et veste blanche lui apporta un thé et des doigts de dames aux amandes.

Ma douce petite chérie, je n'ai jamais voulu que ton bonheur…

À l'époque, tu m'as reproché de te préférer ton père. Son souci de te mettre à l'abri m'avait paru raisonnable. Je n'aurais jamais soutenu une décision qui t'aurait fait du mal. Maintenant que tu es mère, tu peux comprendre combien nos choix de parents sont parfois difficiles. On cherche à bien faire sans toujours y parvenir. J'avais comme le pressentiment que tu étais promise à un avenir qui me dépassait. Il m'avait semblé que ce mariage était une occasion pour toi de découvrir un monde plus vaste, d'où tu pourrais prendre ton envol. À voir ton visage lorsque tu es revenue à la maison enterrer ton père, j'ai compris qu'il n'en était rien.

J'ai toujours suivi mon instinct, les miens me l'ont suffisamment reproché. J'ai trouvé ma place auprès d'un homme juste et bon, et le Seigneur m'a accordé la grâce de te mettre au monde. J'ai une dette à ton endroit, une dette de bonheur, ce bonheur fou que tu m'as donné et que je n'ai pas su te rendre. Je te demande pardon, mon enfant.

Le destin m'empêche hélas de connaître Aurélien et Oriane, et c'est un autre regret que j'emporte dans la tombe. Je les verrai grandir de là-haut, si Dieu le veut, comme je veillerai sur toi avec tendresse, car je t'aime plus que tu ne peux l'imaginer.

Sois confiante, ma belle chérie. Ton chemin sera droit en dépit des ronces et des ornières, car tu as hérité de mon caractère, de ma folie douce, mais je te sais pure comme une flamme.

Tu connais mon goût pour les poèmes de Rumi que ton père m'avait fait découvrir. Lorsque tu liras cette lettre je ne serai plus, et pourtant je demeurerai encore, et à jamais, ta maman qui t'aime.

Sa mère avait joint une carte bleu pâle sur laquelle était pressée une délicate fleur des champs, comme dans les herbiers qu'elle aimait confectionner, accompagnée de quelques vers du poète mystique persan :

Je choisis de t'adorer de loin, car la distance me protège de la douleur… Je choisis de t'embrasser dans le vent, car le vent est plus doux que mes lèvres…

Au même moment, des voyageurs anglais entrèrent dans la pièce et la saluèrent poliment, avant de s'installer à une table voisine pour évoquer leur séjour en Palestine, dépliant des cartes et feuilletant des guides de voyage. Leurs éclats de voix enthousiastes résonnaient sous le plafond à caissons. Blanche s'approcha de la fenêtre. Au loin, découpée sur la ligne de l'horizon, se profilait la silhouette du navire des Messageries qui devait la ramener chez elle. Maintenant qu'elle avait accompli son devoir, plus rien ne la retenait au Liban.

Damas, juillet 1896

Salim étudiait la qualité d'une soie avec la petite loupe de son compte-fils qui ne quittait jamais sa poche. Il sursauta lorsqu'on tambourina à la porte.

— Adib, tu m'as fait peur ! s'exclama-t-il en découvrant son meilleur ami, tout sourire, un cigare entre les doigts. Éteins ça tout de suite, malheureux ! On n'a même pas fini de reconstruire les échoppes qui ont brûlé lors du dernier incendie.

Il fouilla parmi les papiers sur son bureau avant de dénicher un cendrier. La menace du feu n'était pas seulement redoutée dans l'enceinte des bazars. Trois ans auparavant, à cause de la négligence d'un couvreur qui réparait le toit de la mosquée des Omeyyades, un incendie avait fait rage pendant trois jours, détruisant une grande partie des imposantes colonnades et des mosaïques aux tesselles d'or. La reconstruction prendrait des décennies. Avec une moue, Adib indiqua le capharnaüm : les paravents émaillés, les cadres et porte-coran, les brûle-parfums, les lanternes en cuivre jaune, vases et autres cache-pots incrustés d'argent…

— Tu ferais bien de mettre un peu d'ordre dans ta bimbeloterie, le taquina-t-il en éteignant son cigare à regret. Alors, content de me revoir ? J'ai dû te manquer affreusement. Cela faisait combien de temps que j'étais loin ? Huit mois ?

Salim vint lui donner l'accolade.

— Trop longtemps, mon vieux. Sans toi, Damas perd de son âme. Et l'heure est aux félicitations. Un fils, n'est-ce pas ?

— *Machallah*, que Dieu le garde et lui accorde une longue vie... Après trois filles, je suis aux anges. Je t'avoue que je commençais à ne plus y croire.

— Ainsi, nous avons plein de choses à fêter. La naissance de ton fils et ton retour à la maison.

— Tu laisses tout en plan ? s'amusa Adib. Je ne voudrais pas être responsable de ta faillite.

— Ne renions pas nos vieilles habitudes. Lorsque nous étions étudiants, tu étais tout aussi doué pour me distraire.

Avant de quitter le magasin, Salim ordonna à ses employés de ranger les rouleaux de tissu sur les étalages. Adib le félicita pour ses devantures en verre, une nouveauté. Ce n'était pas la seule boutique que possédaient les Zahhar. Parmi les quelque mille cinq cents artisans et ouvriers de son entreprise, outre les tisseurs, Salim comptait des ébénistes ou des armuriers. Si les commerçants se regroupaient selon leurs corporations dans le bazar approprié, le Grand Bazar demeurait le plus éclectique et le plus imposant de tous. Sous la haute charpente voûtée s'alignaient différentes échoppes qui présentaient des armes, des antiquités, des tissus, des tapis persans... Ce magasin-ci était le préféré de Salim car situé à une distance civilisée de l'hôtel de ville, de la Banque ottomane, ainsi que des meilleurs cafés en bordure de la rivière Barada, l'un des lieux de rendez-vous les plus prisés des notables de la ville.

Ils rejoignirent le flot des clients qui déambulaient dans les allées.

— Sais-tu que les lames d'acier que tu vois là sont importées de Solingen, en Allemagne ? s'irrita Salim en lui montrant un éventail de poignards. Et là-bas, dans cet autre magasin, tu trouves des voiles féminins qui viennent de Suisse. C'est à désespérer…

Adib haussa les sourcils.

— Tu te plains de ces importations alors que c'est vous, négociants chrétiens et juifs, qui profitez de tout cela. Vous êtes depuis toujours les intermédiaires avec les Européens. Nous autres musulmans, on se contente de fournir les matières premières pour notre artisanat et de vendre nos biens manufacturés sur les marchés locaux. On est bien moins ambitieux que vous.

Voyant la mine renfrognée de son ami, il lui donna une bourrade.

— Allons, je plaisante… Qu'en est-il de ton périple lyonnais ? Ne m'avais-tu pas écrit que tu songeais à faire venir des métiers à tisser de là-bas ?

Salim contourna un vendeur ambulant de sorbets à la neige. Dans un coin de sa tête, il s'imprégnait de l'agitation coutumière, évaluant les tcharchafs sombres des épouses de dignitaires turcs, les tenues richement brodées des Circassiens venus des bords de la mer Noire, ou encore les robes poussiéreuses des

Bédouins. À partir de l'allure de la clientèle, il déduisait le chiffre d'affaires de la journée.

— Je cherche désespérément à enrayer le déclin de notre industrie. Déjà, du vivant de mon grand-père et de mon père, le nombre de nos tisserands a été divisé par quatre, sans parler de ceux d'Alep, qui sont passés de dix mille à mille. On a subi la concurrence des cotonnades anglaises, puis des médiocres imitations suisses, italiennes et lyonnaises de nos étoffes. Les soies bon marché venues de Chine et du Japon poussent nos prix à la baisse. Quand je pense à la qualité des brocarts créés par ma famille ! Nous avons orné les plus belles demeures d'Asie et d'Europe. Dans ma famille, on aime raconter que Charlemagne a reçu deux manteaux de nos ateliers.

— Je croyais que l'empereur n'aimait pas ce luxe dispendieux, plaisanta Adib. On dit qu'il ne portait que du lin et se moquait des habits de soie de ses compagnons qui ne résistaient pas à la pluie lors des chasses.

L'anecdote ne tira pas Salim de son humeur maussade.

— Aujourd'hui, c'est tout notre artisanat qui est menacé, pas seulement le monde de la soie.

Comme pour lui donner raison, alors qu'ils avançaient dans le bazar des Grecs, ils longèrent d'innombrables présentoirs de costumes à l'occidentale, la spécialité des tailleurs grecs-orthodoxes. Sous l'influence de l'Occident, les notables turcs et arabes, ainsi que les fonctionnaires en contact avec les Européens, abandonnaient peu à peu les vêtements traditionnels. C'était d'ailleurs chez eux que s'habillaient désormais les deux amis.

— Tu es le plus ardent défenseur de nos traditions, reprit Adib d'un ton sérieux. Que veux-tu, mon ami, le courant des échanges s'est inversé. Nos ancêtres avaient les yeux rivés vers l'est d'où les caravanes apportaient les biens les plus précieux. Pendant plus de douze siècles, l'Orient a nourri l'inspiration des hommes et enfanté leurs fortunes. Mais le vent de la révolution industrielle a tourné. La modernisation vient désormais percuter de plein fouet notre pauvre monde arabe.

Il s'inclina en croisant un musicien apprécié qui marchandait le prix d'une mandoline.

— Toi et moi, nous savons qu'il n'y a pas eu ici de véritable évolution technique depuis la fondation de l'islam au VIIe siècle. Or, dans l'existence, tout est une question de rythme. Les bouleversements trop brutaux créent le risque d'un désordre mortifère. L'Occident a eu la chance de pouvoir s'adapter progressivement. Ce qui se passe chez nous est sans doute moins meurtrier que l'invasion des Mongols de Tamerlan, mais les conséquences seront peut-être aussi graves.

Il ajouta, presque en s'excusant :

— Mais tout n'est pas mauvais dans la modernisation. Les routes, les chemins de fer, le téléphone… Hier, pour la première fois de ma vie, j'ai pris le train pour revenir de Beyrouth. On gagne du temps, et j'avais hâte de faire la connaissance de mon fils.

— Cela veut dire aussi que la camelote arrivera chez nous plus rapidement, grommela Salim.

Il avait passé la matinée chez des artisans qui filaient *à l'arabe* selon des techniques ancestrales. Leurs fils de soie n'étant pas adaptés aux qualités standardisées du tissage européen, les marchands lyonnais décourageaient cette production en les achetant à bas prix. Les malheureux craignaient pour leur avenir. Heureusement qu'ils vendaient encore sur le marché intérieur ottoman ! Leur travail se révélait en effet indispensable pour donner aux étoffes traditionnelles comme les burnous, les ceintures, les mousselines et gazes imprimées, les keffiehs ou textiles pour sellerie, cette empreinte particulière chargée du poids de l'Histoire. Salim était d'autant plus soucieux que l'œuvre des maîtres tisseurs portait à travers le vêtement l'identité d'une culture et l'expression d'un peuple.

Adib s'arrêta pour présenter ses condoléances à un marchand qui venait de perdre son épouse. Aussitôt, d'autres s'approchèrent pour le saluer, ayant appris la naissance de son héritier. Salim patienta, les mains dans le dos. Un jour, l'été de leurs quinze ans, il s'était moqué d'Adib en disant qu'il suscitait autant de déférence qu'un prince de sang royal. Ils étaient allongés dans un verger de la Ghouta. Pour toute réponse, Adib lui avait jeté des noyaux d'abricots à la tête. Il lui était impossible de passer incognito du fait du prestige de sa famille : de grands propriétaires terriens qui étaient aussi des bâtisseurs. Rares étaient les Damascènes qui ne fréquentaient pas une mosquée, une école, un bain public ou un khān construits par les al-Samman, et même, pour certains, le meilleur hôtel de la ville.

Adib réussit enfin à s'extraire de la petite foule, la main sur le cœur. Émergeant du bazar au pied des douves de la citadelle, ils s'engagèrent dans les ruelles lépreuses que bordaient des maisons aux façades en terre, prenant soin de ne pas se faire renverser par les carrioles qui avançaient sans aucun égard pour les passants, soulevant des nuages de poussière. De temps à autre, Adib menaçait les conducteurs d'une rétribution divine en époussetant sa stambouline. Salim détailla sa haute silhouette. Son ami avait pris de l'embonpoint ; il était gourmand et avait sans doute passé trop de temps assis sur les chaises des ministères à Constantinople. Il se retint de le taquiner à ce propos ; Adib pouvait parfois se montrer susceptible.

Les deux amis marchaient en silence, savourant leur complicité. Ils n'avaient pas besoin de se concerter sur leur destination, leurs pas les menèrent tout naturellement vers leur lieu de divertissement préféré. À leur arrivée, les serviteurs s'inclinèrent devant Adib. C'était son ancêtre qui avait fait construire en bordure de la rivière ce vaste café de deux étages. Ils traversèrent la grande salle dallée de marbre, puis des salons plus intimes aux murs décorés de tableaux occidentaux et de versets du Coran, avant de s'avancer sur les terrasses. Les clients y passaient des heures à refaire le monde à l'ombre des saules et des peupliers, à fumer, à jouer au trictrac ou aux échecs, à écouter les conteurs. Pendant qu'ils s'installaient sur l'une des estrades, dressée sur des pieux et tapissée de nattes, on leur apporta des cafés. Affalé sur le divan, Adib étendit ses jambes avec un soupir d'aise.

— Quel bonheur d'être chez soi ! Cette fois-ci, mon séjour stambouliote m'a semblé interminable. Je vieillis, sans doute.

— Parle pour toi ! On fête tous les deux nos trente ans cette année, mais je ne me considère pas pour autant comme un vieillard.

— Ah, mais tu ne partages pas mes lourdes responsabilités. Les enfants vous donnent des cheveux blancs. Une épouse aussi, d'ailleurs.

— Tu es fou amoureux de ta femme.

— C'est vrai. Je n'ai pas honte de le dire. Et voilà qu'elle m'a offert un fils. Que le Bienfaiteur les protège et les comble de bienfaits !

Salim observa non sans tendresse la mine énamourée de son ami. Adib était un sentimental et un fils obéissant. Il avait fait confiance à sa mère et à la marieuse ; le sort avait été indulgent avec lui. Salim eut un curieux pincement au cœur. Jusqu'à maintenant, il ne lui avait jamais envié sa vie d'époux et de père.

Un serviteur préparait le tabac et le charbon des narguilés. Les rosiers et les buissons de myrte embaumaient la terrasse. Le rituel se déroulait selon des codes immuables, et ce temps suspendu était réconfortant. L'anxiété que ressentait Salim depuis des semaines se dissipa alors qu'il observait Adib tirer sa première bouffée avec une satisfaction évidente. Son visage au teint mat avait gagné quelques rides mais c'était le même regard franc sous les sourcils broussailleux, les prunelles sombres à la lueur taquine qui avaient éclairé son enfance. Leur connivence se passait de mots. Entre eux, rien n'avait changé en dépit de la longue séparation, et rien ne changerait jamais. Leur amitié portait en elle un soupçon d'éternité. Et parce que Salim se sentait si vulnérable, cette certitude l'apaisa.

Il écouta son ami lui conter avec sa verve habituelle son séjour à Constantinople. Au cours des dernières années, les liens de la famille d'Adib avec la Sublime Porte s'étaient resserrés. De tous temps, les Turcs avaient eu des relations délicates avec leurs provinces arabes. Il y avait là de l'amour-propre, de l'orgueil, parfois même du mépris. Désormais, une partie des notables arabes ne s'opposait plus aux mesures imposées par la capitale impériale et préférait trouver des compromis et privilégier l'avenir plutôt que les querelles. C'était la raison pour laquelle Adib était amené à passer de longs séjours sur le Bosphore.

Leur conversation était sans cesse interrompue par leurs amis qui se pressaient pour féliciter le jeune père, s'attardant parfois pour raconter les dernières anecdotes.

— On dirait les rois mages venus te présenter leurs offrandes, marmonna Salim.

Adib éclata de rire.

— Pourvu que mon destin soit moins dramatique !

Ces allées et venues étaient habituelles. Les cafés de Damas étaient des lieux de distraction et surtout d'échanges. On y prenait le pouls de cette ville subtile pour évaluer son état d'esprit, sa placidité ou au contraire ses impatiences, parfois même sa colère et les prémices d'une révolte. Les conversations enjouées des marchands, des sages et des intellectuels reflétaient la mentalité vive et pleine d'humour, mais aussi le scepticisme de l'ancienne capitale des dynasties arabes. On ne s'adressait d'ailleurs qu'aux amis de confiance. Les espions du sultan Abdulhamid se faisaient vite repérer. On évoquait l'affluence annuelle des pèlerins pour La Mecque, les investissements des Français au Levant, le chemin de fer en Anatolie que construisaient des ingénieurs allemands jusqu'à Konia et que d'aucuns voulaient prolonger jusqu'à Bagdad... Mais on parlait aussi de l'humeur toujours versatile des Bédouins, de poésie et de musique. Comme les Damascènes y passaient une partie non négligeable de leurs journées, les cafés les plus élégants ressemblaient à des maisons particulières.

Lorsque les lueurs du crépuscule se mirent à voiler le ciel, les serviteurs allumèrent les lampions accrochés aux branches des peupliers. Des musiciens vinrent s'installer sous le kiosque. Le joueur de mandoline que Salim et Adib avaient croisé au bazar leur montra fièrement sa récente acquisition.

— Qu'est-ce qui ne va pas ? demanda soudain Adib quand ils furent à nouveau tranquilles.

Salim l'observa en silence, les yeux mi-clos.

— Tu sembles avoir une dent contre les Lyonnais, tu te plains de la défiance de leur chambre de commerce. Mais tu ne t'attendais à rien d'autre, n'est-ce pas ? Tu n'étais pas parti avec des espérances folles, ta déception devrait donc être raisonnable. Ce ne sont tout de même pas ces métiers à tisser qui te rendent ombrageux... Comment s'appellent-ils, déjà ?

— Jacquard, du nom de leur concepteur. Un génie. Le mécanisme permet de sélectionner les fils de chaîne à l'aide d'un programme inscrit sur des cartes perforées. Ce qui m'ennuie, c'est qu'avec ce métier un seul ouvrier suffit à faire le travail de plusieurs. L'efficacité au détriment de la main-d'œuvre... Et tu sais où le chômage peut mener. En 1860, de nombreux artisans textiles musulmans s'étaient joints à la révolte parce qu'ils avaient perdu leur emploi à cause de la concurrence étrangère. Nos pères disaient toujours que tout homme a droit à sa place dans la cité.

— Tu veux toujours en acheter ? La qualité des soies de ta filature au Liban sera-t-elle à la hauteur ? Tu m'avais dit que, filées à l'arabe, elles étaient trop sommaires pour ce genre de métiers. On a besoin de retrouver nos merveilles du XVIIe, comme celles que j'ai pu voir dans les demeures sur le Bosphore.

Adib partageait la révérence de son ami pour la beauté. Tous deux avaient été élevés dans des familles qui respectaient les créations des mains de l'homme, du plus somptueux brocart au meuble marqueté de nacre, de l'architecture envoûtante d'un palais damascène à l'élévation spirituelle qu'inspirait la mosquée des Omeyyades. Mais ils s'inclinaient tout autant devant la divine nature, l'oasis où se dressait leur ville tant aimée, ou encore la majesté de la steppe désertique. Autrefois, on les avait emmenés bivouaquer sous les étoiles, protégés par certains Bédouins contre d'autres tribus moins pacifiques. La méfiance ancestrale des marchands damascènes envers ceux qui vivaient de razzias depuis la nuit des temps avait ajouté du piment à l'aventure, remplissant leurs cœurs d'enfants du délice d'un danger maîtrisé.

Engourdi par la langueur de la fin de journée et les souvenirs heureux de sa jeunesse, Salim s'était senti un instant infiniment loin de l'atelier d'Armand Martin, mais les inquiétudes d'Adib l'avaient fait resurgir intact dans sa mémoire, jusqu'à la couleur des fils sur les métiers. Or, Lyon et la Croix-Rousse étaient désormais irrévocablement liés au souvenir de Blanche. Mais comment parler d'elle à son ami ? Personne n'était au courant de leur rencontre. Évoquer la femme qu'il aimait l'amènerait à donner chair à l'un des plus grands chagrins de sa vie.

Adib le scrutait avec intensité.

— Depuis tout à l'heure, tu es blanc comme un linge et quasiment mutique. Jamais je ne t'ai vu aussi malheureux, même après la mort de ton père. Tu sais bien que je suis responsable de toi ; le destin l'a voulu ainsi. Parle-moi !

Adib n'évoquait ce drame du passé que dans des circonstances exceptionnelles. Ainsi, c'est cela, l'amitié, s'émut Salim. La perception des joies comme des peines indicibles, un regard lumineux, une main tendue. La dette des Zahhar envers les al-Samman était inestimable. Pendant les émeutes de juillet 1860, son père était venu frapper à la porte du père d'Adib. Celui-ci lui avait ouvert les bras sans hésiter, lui offrant l'asile. Il lui avait sauvé la vie ainsi qu'à sa jeune épouse, tandis qu'une tornade de feu dévastait les maisons du quartier de Bab Touma et que les cadavres de milliers de chrétiens, parmi lesquels ses malheureux grands-parents, jonchaient les rues. Sans cette protection courageuse, Salim et sa fratrie n'auraient jamais vu le jour. Les al-Samman n'avaient pas été les seuls à se montrer magnanimes. D'autres musulmans, dont l'émir algérien Abd el-Kader, s'étaient portés au secours des persécutés au péril de leur vie.

— Comment s'appelle-t-elle, mon ami ? insista Adib d'une voix plus douce, devinant soudain la raison de la pudeur de Salim.

— Blanche…

Et Salim ajouta alors en un murmure :

— Elle est mariée et mère de deux enfants.

Adib ouvrit de grands yeux, mais son étonnement céda rapidement la place à la compassion, ce qui transperça Salim, exposant cruellement l'impossibilité de cet amour, ce qu'il savait pourtant depuis le premier jour.

— Tu es foudroyé, se désola Adib. Je compatis, mon frère, car tu as attendu longtemps pour donner ton cœur.

Il réfléchit, cherchant les mots pour apaiser le tourment de son ami. Sans rien savoir, Adib avait déjà tout compris, avec cette intelligence du cœur qui était sa qualité première.

— Il te faudra de la patience pour surmonter ta peine, mais sois confiant dans la miséricorde du Tout-Puissant et la sérénité qu'apporte l'éternité.

Sa réaction ne surprit pas Salim. C'était celle de tout musulman qui s'abandonne dans la main de son Dieu, et le chrétien se doit d'éprouver une confiance similaire. Lui, toutefois, se distingua par un sursaut de colère. Il subissait depuis de trop longues semaines, déjà, une léthargie contraire à son tempérament. Il s'aperçut qu'il refusait d'accepter la fatalité. Si ce n'était pour préserver l'honneur de sa bien-aimée, il aurait fait sienne cette révolte viscérale, charnelle, qui incite à saisir l'instant et à s'y agripper de toutes ses forces, pour le meilleur comme pour le pire, puisque l'avenir ne nous appartient pas, qu'il fuit entre nos doigts telle l'eau des fontaines.

Rien de l'étourdissant désordre oriental n'effrayait Blanche. N'avait-elle pas autrefois arpenté ces rues damascènes mal pavées et souvent crasseuses avec ses parents ? Dès qu'elle avait posé le pied sur le quai de la gare du Maydan, elle avait eu la sensation de revenir dix ans en arrière, à l'époque bénie de l'insouciance.

La jeune femme était descendue à l'hôtel Victoria, négociant un prix pour une chambre modeste et un séjour prolongé. D'emblée, on lui avait proposé les services d'un certain Franz, un drogman autrichien réputé. Il semblait insensé au personnel qu'elle songe à se promener seule en ville et tout aussi incongru qu'elle ne soit pas accompagnée par son mari. Elle avait refusé poliment mais avec fermeté, et le concierge avait fini par céder après qu'elle lui eut parlé dans un arabe sommaire, moins littéraire que celui de Damas mais tout à fait compréhensible.

Le garçon d'étage posa sa sacoche en cuir près de la fenêtre. Elle le remercia d'un sourire, lui glissa un pourboire dans la main. Restée seule, elle observa les lieux. La pièce avait la simplicité d'une cellule monacale : un lit aux barreaux en cuivre, une armoire marquetée de nacre, une petite table sur laquelle reposait une rose à peine éclose ; au mur, une lithographie représentant l'une des mosquées les plus célèbres d'Orient, et derrière le treillage d'un paravent, un lavabo. Elle relâcha son souffle comme si elle l'avait retenu depuis la veille. La densité de l'air se modifia imperceptiblement. Elle eut l'impression que la poussière du voyage se déposait à ses pieds, mais pas seulement. Depuis son coup de tête à Beyrouth, Blanche puisait son énergie dans l'instinct de survie qui s'était emparé d'elle tandis qu'elle contemplait le vapeur des Messageries ancré dans la baie. Dans un éclair de lucidité, elle avait alors eu la certitude qu'en embarquant pour la France elle signait son arrêt de mort. Saisie d'une brusque impatience, elle avait exigé de Melhem Wardi qu'il l'emmène à la gare où ils avaient appris qu'un train mixte de voyageurs et de marchandises partait à cinq heures ; le convoi mettrait toute la nuit pour franchir la centaine de kilomètres qui le séparait de Damas. En dépit des protestations affolées de son drogman, Blanche avait acheté une place en seconde classe.

Par l'entrebâillement de la fenêtre montaient les cris des muletiers qui exigeaient le passage, et le grincement d'attelages et de diligences. Blanche écarta le rideau, aperçut le moutonnement des terrasses, les toits plats des maisons en terre et les coupoles des khāns, quelques cyprès sombres sur lesquels se détachait l'élégante flèche blanche d'un minaret. Au loin, sous le ciel bleu, la barrière des montagnes. Seigneur, qu'ai-je fait ? se dit-elle, saisie d'un vertige. Elle s'allongea sur la courtepointe, ramena ses mains sous sa joue. Le coton de la taie d'oreiller était frais. Pendant le voyage, elle avait suivi des yeux l'ancienne route des diligences puis, tandis que le train ralentissait pour franchir une première montagne, elle avait contemplé une dernière fois l'éclat étincelant de la Méditerranée, avant qu'ils ne s'élancent à travers la verdoyante vallée de la Bekaa. À l'arrêt de Rayak, certains passagers avaient acheté de quoi dîner, du pain et des fruits. L'un d'eux lui avait proposé de l'eau aromatisée à la fleur d'oranger qu'elle avait acceptée avec gratitude. Enfin, se dirigeant toujours vers l'est, le train s'était enfoncé dans la nuit jusqu'au cœur de l'Anti-Liban, cette chaîne de montagnes du Proche-Orient, gravissant les pentes austères pour tendre vers les sommets avant de plonger à nouveau vers la plaine. Blanche avait écouté les ronflements des passagers assoupis sur leurs sièges tandis que les rails l'emportaient vers un avenir incertain aux portes du désert.

Elle chassa une larme, cherchant à se convaincre que c'était la fatigue et non la peur qui lui serrait la poitrine. Elle avait la peau moite, le cœur au bord des lèvres. Au même instant s'éleva la complainte du muezzin, grave mélopée émerveillée qui célébrait la grandeur d'Allah, appelant à la révérence et à la prière. Le chant se propagea en écho de minaret en minaret, embrassant l'éternelle al-Cham, cette ville sainte des musulmans où le Prophète avait refusé d'entrer, car on ne pénètre qu'une fois au paradis. Une ville unique, carrefour millénaire mentionné dans la Bible devant laquelle, plusieurs siècles avant le Prophète, un tortionnaire avait été jeté à bas de son cheval lors d'une conversion religieuse des plus spectaculaires.

Transpercée par le chant lancinant, elle prit soudain pleinement conscience qu'elle avait quitté pour toujours la protection de la Vierge de Fourvière, les gracieuses berges lyonnaises, les tilleuls de la place Bellecour, les pentes de la Croix-Rousse et les bras de ses enfants. Quelque chose se déchira au plus profond de son être et elle ne put retenir un gémissement de bête blessée. C'est seulement alors qu'elle se mit à pleurer. Elle pleura la mort de sa mère, sa tendresse, sa bienveillance, mais aussi son propre passé, toutes ses erreurs, et ce destin cruel qui lui infligeait un choix impossible. Elle pleura d'avoir eu la faiblesse de décider de survivre, sachant qu'un retour en France aurait été un lent suicide, que le ressentiment et l'aigreur auraient fini par la détruire. Les visages solaires d'Aurélien et d'Oriane se dessinèrent en lignes de feu dans son esprit tandis que le muezzin appelait sans relâche à se tourner vers Dieu. Mais son exhortation la projeta encore plus avant dans les ténèbres. Il lui était désormais interdit d'implorer la miséricorde de son propre Dieu, celui d'Abraham, de Moïse et du Christ Jésus, puisqu'elle était une mère indigne qui avait préféré à ses enfants innocents l'amour d'un homme dont elle ignorait s'il lui tendrait la main maintenant qu'elle était venue jusqu'à lui.

À ce moment déterminant de son existence, alors qu'elle était échouée entre les murs blancs de cette petite chambre anonyme, le sang cessa un instant d'irriguer ses veines. Elle avait la gorge sèche, ses poumons comprimés l'empêchaient de respirer, son ventre douloureux portait en lui l'aridité de la steppe, ses vents tranchants, sa poussière. De sa personnalité, de tout ce qui avait fait sa force jusqu'à aujourd'hui – son audace et sa révolte, ses rires, ses folles aspirations –, il ne restait rien. Blanche comprenait qu'elle avait abandonné derrière elle deux des piliers qui permettent à une femme de tenir debout : l'amour de ses enfants et le respect de ses proches. Elle était seule désormais, seule et nue.

Elle se réveilla en sursaut quelques heures plus tard, la tête prise dans un étau. Elle fit couler de l'eau fraîche dans le lavabo, détailla son visage blafard dans le miroir. L'espace d'un instant, elle eut l'impression de découvrir une étrangère. Elle réprima l'envie de commander un thé et de demeurer à jamais enfermée dans cette chambre, à l'abri. Mais si elle cédait maintenant à la peur, si elle restait tétanisée de chagrin, comment oserait-elle affronter le reste de sa vie ? Elle tressa avec résolution ses cheveux, les fixa avec des épingles. Demain, elle se rendrait aux bains, en souvenir de sa visite avec sa mère autrefois. Elle se souvenait de voûtes en marbre, d'une vapeur bienfaisante, de femmes aux mains fermes qui lui pétrissaient le corps, le débarrassant de toutes ses impuretés jusqu'à le rendre lisse et poli tel un galet. Son corset était devenu lâche ; les baleines mal ajustées avaient laissé des marques sur sa peau. Elle prit soin de boutonner sa robe noire jusqu'au cou. J'ai l'air de revenir d'un enterrement, songea-t-elle. Mais n'était-ce pas le cas ? Et même à plus d'un titre.

Devant l'hôtel, au centre du vaste square d'où jaillissait une fontaine, une troupe de soldats marchaient d'un pas cadencé sous les arbres, sans doute en direction de leur caserne, tandis que des fonctionnaires en stambouline quittaient leurs bureaux situés dans un imposant bâtiment officiel. La journée déclinait, l'indolence naturelle de l'Orient reprenait peu à peu ses droits dans une cité dont l'agitation marchande ne cessait jamais, atteignant son apogée lorsque les milliers de chameaux qui composaient les caravanes du pèlerinage de La Mecque campaient aux portes de la ville.

Elle plongea sous la charpente en bois de l'un des bazars comme dans l'antre d'un ogre. Personne ne l'importunait, même si les regards des marchands demeuraient attentifs. Les cris des vendeurs ambulants qui proposaient des fruits ou de l'eau sucrée résonnaient entre les arcades. Un bref instant, la tête lui tourna. Elle n'avait rien mangé depuis la veille. Elle s'arrêta dans une pâtisserie pour reprendre des forces. Des bocaux de fruits confits étaient disposés sur les longues tables. Elle commanda une limonade qu'elle savait rafraîchie par les neiges du Liban, ainsi que des petits pains au froment nappés d'un glaçage au beurre et au sirop de raisins saupoudré de grains de sésame. En attendant d'être servie, elle serra ses mains gantées l'une dans l'autre, savourant un sentiment inédit de liberté. Personne au monde ne savait qu'elle se trouvait là, dans cette échoppe damascène, le ventre noué par la faim et l'excitation. Il lui sembla être devenue l'une de ces aventurières qui quittent leur patrie en quête d'autres parfums, d'autres lumières, fuyant une vie prisonnière des conventions, de ces femmes comme Aline Grange qui aspirent à cet ailleurs qu'on ne peut pas définir avant de l'éprouver. Une petite flamme naquit en elle, un léger sourire sur ses lèvres. Jamais elle ne s'était sentie aussi proche de sa mère. Elle comprenait désormais l'ivresse que l'on ressent à être tout simplement soi-même.

Elle erra un temps dans le bazar aux soieries, attirée par les couleurs vives des échantillons que déployaient les vendeurs devant leurs clients avec une adresse de magiciens. L'envoûtement et la gourmandise se lisaient dans les regards, trahissant la volupté que provoque inévitablement ce tissu si ensorcelant qu'il était interdit aux pieux musulmans de le porter à même la peau. Depuis les premiers temps, l'islam prêchait l'ascétisme et privilégiait le lin, le coton et la laine, se méfiant de ce fil issu de la bave d'un insecte. Pour les hommes, la soie devait se limiter aux ceintures, aux manteaux, aux bordures des vêtements qui ne devaient jamais dépasser deux ou quatre doigts selon les coutumes, aux turbans portés sur une calotte. Aux siècles passés, même les tissus d'ameublement se devaient d'être des mélanges, les croyants ne s'asseyant pas sur des coussins de soie pure. Seules les femmes pouvaient porter l'étoffe suprême, parce qu'elle célébrait mieux que toute autre leur sensualité.

Blanche ne résista pas à la tentation. Elle retira ses gants, caressa les *qotnis* à trame soie et chaîne coton, semées de fleurettes d'or, dont Damas avait le monopole. Une pointe de nostalgie la traversa au souvenir de sa mère marchandant des pièces d'*aladja*, cette étoffe rayée multicolore semblable à du satin. Elle savait que, selon la tradition musulmane, les prières des vivants tissent un suaire de soie pour les morts. Ainsi, le lien entre Ciel et Terre n'est jamais rompu. À son tour, la jeune femme adressa en silence une prière au Seigneur pour qu'Il veille sur sa mère ; elle lui souhaitait si ardemment le plus doux et le plus éclatant des linceuls.

Autour d'elle, des femmes étudiaient les étoffes en discutant de manière enjouée. Quelques étrangères, aussi, se pressaient devant des étalages. L'une d'elles brandissait un guide de voyage à couverture rouge, marchandant en allemand avec l'aide d'un interprète. Une petite foule s'écarta pour laisser passer deux cheikhs en capes brodées, leurs keffiehs pourpres retenus par des *agals* dorés. Blanche s'amusait des pyramides de pantoufles qu'elle savait fabriquées au Liban, quand soudain son cœur manqua une mesure devant des vestes d'enfant. Elle vacilla, foudroyée par la pensée d'Aurélien et d'Oriane. Une morsure qui serait sa punition à vie. La gorge nouée, elle continua à avancer, avant de découvrir enfin le nom des Zahhar écrit en arabe et à l'occidentale sur le fronton d'un établissement.

— Excusez-moi, dit-elle en arabe à un vendeur. Je cherche M. Salim Zahhar.

— Il n'est pas ici, madame. Je suis désolé.

Il avait répondu d'emblée en français. Son accent était-il à ce point déplorable ? Elle se promit de reprendre des leçons.

— Savez-vous où je pourrais le trouver ?

— Il était prévu qu'il s'absente quelques jours. Je crains qu'il n'ait déjà quitté Damas.

Blanche eut l'impression de recevoir une gifle. Elle était venue pour Salim. Comment pouvait-il être ailleurs ? Et que deviendrait-elle maintenant, seule à Damas, avec à peine de quoi tenir quelques jours ? Fallait-il être folle pour partir ainsi en quête de l'homme aimé sans avoir pris la précaution de le prévenir !

— Asseyez-vous, madame, je vous en prie. Vous êtes toute pâle.

Le jeune homme approcha une chaise, courut chercher un verre d'eau. Elle s'aperçut, à sa grande honte, qu'elle claquait des dents. Elle fit un effort pour se ressaisir ; elle allait devoir apprendre à maîtriser ses émotions.

— Pouvez-vous me dire où il habite, je vous prie ? Sans doute pourra-t-on me donner plus de précisions là-bas.

Elle voyait à son visage perplexe qu'il trouvait la situation incongrue mais qu'il se doutait bien que cette dame française en tenue de deuil devait compter pour son patron. Comment se contenter de lui donner de vagues indications ? Si elle se perdait en chemin ou si quelqu'un de peu scrupuleux s'en prenait à elle, on pourrait le lui reprocher.

— Je vais vous accompagner, madame, se décida-t-il.

Il aboya des ordres aux autres employés, puis entreprit de guider Blanche à travers la vieille ville, cherchant en vain à la protéger des bousculades de la foule. Blanche se dit qu'elle allait devoir réapprendre ce pas dansant des Orientaux qui permet d'éviter en souplesse toutes sortes d'obstacles inattendus. Ils longèrent des murs décatis aux enduits de terre et de chaux, percés de petites portes trapues ou de fenêtres à guillotine hors d'atteinte. Les façades étaient rébarbatives, presque hostiles. En marchant, il lui arrivait de trébucher sur le sol inégal. La cohue, le brouhaha, les fortes odeurs d'épices et de mouton grillé, les relents de détritus et de crottin lui parurent soudain oppressants. Plus ils s'enfonçaient dans ce labyrinthe, plus elle se sentait désorientée. Des hommes enturbannés aux pantalons bouffants tiraient des ânes chargés de ballots. Quelques femmes voilées de noir lui jetèrent un regard perçant. Elle était infiniment reconnaissante à son guide ; jamais elle n'aurait pu trouver le chemin sans son aide. En aurait-elle même eu le courage ? De temps à autre, ils tombaient sur un bâtiment en ruine, avertissement silencieux des irruptions de violence qui enflammaient régulièrement ces contrées toujours insoumises.

Soudain, l'homme s'arrêta devant une modeste porte en bois bleu parsemée de clous. Il frappa avec le heurtoir en bronze. Blanche se sentit brusquement ridicule. Et si Salim lui avait menti ? Que cachait-il derrière ce mur austère et sans aucune ouverture ? Une épouse, des enfants, une maîtresse circassienne ? Les idées les plus folles se mirent à courir dans son esprit. Effrayée, elle posa une main sur son bras.

— Attendez, je me suis trompée…

La porte s'ouvrit. Un serviteur au teint bistre écouta les explications du vendeur, avant de reculer de quelques pas. Blanche était si émue qu'elle ne comprit pas ce que lui disait son guide, qui s'éclipsa alors que le domestique lui faisait signe de le suivre. Le passage était trop étroit pour qu'ils puissent s'y tenir l'un à côté de l'autre. L'agitation de la rue s'effaça dès que la petite porte se referma derrière eux. Le passage était sombre, l'odeur humide et terreuse, peu familière. Blanche avançait avec précaution. Ils passèrent un coude avant d'émerger dans une vaste cour dallée de marbre, au centre de laquelle jaillissait une fontaine dans un bassin octogonal. Sur deux étages, portes et fenêtres s'ouvraient sur cette oasis intérieure où s'épanouissaient des citronniers, des glycines et des plants de jasmin.

Le serviteur franchit un portique à colonnes et invita Blanche à s'installer dans un salon au toit voûté, ouvert sur sa face nord pour profiter de la fraîcheur. Respectueuse de la tradition, elle se déchaussa pour fouler les tapis persans, avant de se percher sur l'un des divans du *liwan* avec l'impression absurde d'être un corbeau égaré dans un champ de lumière. Son cœur battait si fort qu'elle n'entendait plus rien. Comment avait-elle pu penser un seul instant trouver sa place ici ? Elle était troublée par ce foisonnement de textures opulentes, d'arabesques et de boiseries soulignées d'un filet d'or, un décor si éloigné de la modeste maison de ses parents ou de l'appartement bourgeois de Victor. À Lyon, Salim endossait le rôle de l'étranger, avec son français à l'accent chantant mais rocailleux, son teint mat, cette aura orientale que trahissaient ses gestes et ses paroles fleuries. Ici, parmi ces splendeurs, il était dans son élément. Et si ce qu'elle croyait savoir de lui n'était qu'une illusion ?

Elle allait se lever pour s'enfuir quand apparut une jeune fille rousse vêtue d'une tunique émeraude qui traversait à pas feutrés la salle de réception attenante.

La servante déposa un plateau devant Blanche et observa le cérémonial du café tel que la Française le connaissait depuis son enfance. Le rituel familier la rasséréna quelque peu, lui rappelant qu'elle n'était pas une étrangère. Et puisque les domestiques l'accueillaient, c'est que Salim n'allait pas tarder à revenir. Elle voulut en savoir davantage, mais la servante se contenta de lui sourire avant de s'éclipser. Blanche resta seule, la peur au ventre, bercée par le doux murmure de la fontaine.

Salim tourna au coin de sa rue, le nez plongé dans le journal du soir. Il s'était pris de passion pour un feuilleton humoristique qui racontait les déboires d'un fonctionnaire arabe candide et débonnaire, aux prises avec l'administration. À travers les anecdotes pointait une critique caustique de la déliquescence ottomane. À mots couverts, les Turcs en prenaient allégrement pour leur grade, de même que les étrangers, investisseurs français ou britanniques. Il s'étonnait que l'auteur, qui écrivait sous un pseudonyme, ait réussi jusqu'à maintenant à passer entre les mailles de la censure. Il aurait donné cher pour le rencontrer.

— Maître ! l'interpella son domestique, se dressant soudain face à lui pour lui barrer le passage. Il y a une jeune dame française à la maison.

— Pardon ?

Les deux hommes durent se plaquer contre le mur de la maison attenante pour laisser passer un portefaix chargé de colis.

— Qu'est-ce que tu racontes ? Je n'attends personne.

— C'est Jirgi qui l'a amenée. Il m'a dit qu'elle avait débarqué au bazar et demandé à vous voir personnellement. Il ne savait pas quoi en faire. Elle est toute seule, vous comprenez, précisa-t-il à voix basse.

Salim le contemplait d'un air ahuri. La commande de tissus d'ameublement du consulat de France aurait-elle comporté une erreur ? Il repassa dans sa tête les soieries destinées aux canapés et aux rideaux. L'épouse du consul serait-elle insatisfaite ? Dans ce cas, elle se serait plainte directement auprès de ses vendeurs. Jamais elle ne se serait aventurée jusque chez lui. C'était probablement une employée de leur maisonnée.

— Je ne comprends pas. On ne vient pas chez les gens sans être annoncé. Qu'en as-tu fait ?

Il pressa le pas, obligeant son domestique à courir pour rester à sa hauteur. Arrivé devant chez lui, il repoussa si brutalement la porte d'entrée qu'elle claqua contre le mur. Puis il remonta le passage à grandes enjambées avant de déboucher dans sa cour intérieure. Une silhouette noire aussi fine qu'un trait de pinceau se détachait parmi les étoffes chamarrées. Il retint son souffle. Non, il ne rêvait pas, c'était bien elle, dans cette robe sévère qui rehaussait la pâleur de son visage. Blanche se leva à son approche. Il s'émut de la voir aussi vulnérable, tendit les mains pour s'emparer des siennes, se retenant toutefois de la serrer dans ses bras. Son majordome veillait et ses servantes devaient épier en cachette le moindre de ses gestes.

— Ma bien-aimée, murmura-t-il. Que vous arrive-t-il ? Que faites-vous ici ?

Les mains de Blanche étaient glacées. Elle tremblait légèrement, comme ce matin venté en haut de la colline de Fourvière, où ils s'étaient dit adieu.

— Ma mère est morte, dit-elle d'une voix blême.

Ses yeux sombres s'embuèrent un instant, mais elle se reprit aussitôt, avança le menton avec ce petit geste résolu qu'il connaissait si bien et qui donnait l'impression qu'elle jetait son gant à la face du monde.

— Je suis venue me recueillir sur sa tombe mais je n'ai pas pu repartir… J'ai tout quitté.

Pour vous, aurait-elle pu ajouter, mais elle n'avait pas besoin de prononcer les mots. Salim les entendait comme si elle les avait criés.

— Je suis désolée. Je ne veux pas vous déranger. Pardonnez-moi, il vaut sans doute mieux que je parte.

Salim lui effleura la joue pour l'apaiser. Il peinait encore à saisir la portée de ce geste qui l'avait amenée à rompre avec son époux, la condamnant par la même occasion à abandonner ses enfants. Le gouffre qui la séparait désormais de la France lui sembla vertigineux, et il ne douta pas une seconde que ce renoncement expliquait ses traits exsangues. Mais combien d'autres cicatrices demeureraient à jamais invisibles ? La responsabilité qui lui incombait était immense. Il saisit d'emblée que l'insouciance des couples heureux leur serait à jamais interdite. Ils ne pourraient pas se contenter de vivre un amour égoïste et une existence insignifiante. Leur amour se bâtirait sur les cendres d'un autre, pire encore, sur l'innocence meurtrie de deux enfants. La voix de son père résonna à son oreille : « On ne construit rien de solide sur le malheur des autres. » Un douloureux pressentiment lui serra le cœur. La rétribution divine ne pourrait être que terrible. Que leur faudrait-il endurer pour espérer une rédemption après un tel affront ? Il chassa toutefois avec force ces pensées sombres de son esprit. Il ne laisserait pas la honte l'emporter. Il était trop orgueilleux pour baisser la tête. Cette femme à la beauté fragile, aux fêlures muettes, il l'avait attendue toute sa vie. Elle était venue à lui, imparfaite et blessée, et il se devait d'être digne de son sacrifice. Une nouvelle fois, Salim frôla sa joue. Elle s'était jetée du haut de la falaise avec un courage aveugle qui l'impressionnait et lui faisait presque peur. Il songea, non sans une forme d'exaltation, qu'une femme capable d'un acte pareil était capable de tout.

Comme il ne disait toujours rien, Blanche tenta de lui retirer sa main, mais il la serra à lui faire mal, puis la porta à ses lèvres.

— Quoi que nous réserve l'avenir, nous serons deux pour affronter les obstacles, mon amour. Je vous en fais aujourd'hui le serment.

— Tu dois aller la chercher, Victor. Tu ne peux pas laisser ta femme déshonorer notre nom. Je ne t'ai pas élevé pour cela.

Geneviève Duvernay avait jeté une étole sur ses épaules pour se préserver de l'humidité nocturne. En cette délicieuse soirée d'août, elle avait fait dresser la table sous l'un des hêtres majestueux du parc. La nappe blanche portait encore les reliefs du dîner, quelques taches de vin, des miettes, une corbeille de cerises… La cire des bougies coulait sur les bougeoirs. Un peu plus loin, des flambeaux éclairaient la terrasse en pierre de la demeure où seules brillaient encore des lumières aux fenêtres de la bibliothèque.

— Je ne comprends pas ton apathie, insista-t-elle, alors que Victor s'entêtait dans son mutisme, les yeux rivés sur son verre vide. Elle t'écrit il y a trois mois pour t'annoncer qu'elle prolonge son séjour au Liban, en prétendant devoir régler des détails après le décès de sa mère – je me demande bien lesquels, d'ailleurs –, et voilà que madame t'envoie une seconde lettre pour te dire qu'elle ne reviendra pas ? C'est insensé, voyons !

Elle tambourinait des doigts sur la table, visiblement secouée.

— On ne quitte pas un mari et deux enfants. C'est tout simplement impensable. Elle doit être souffrante. J'ai toujours pensé que cette pauvre fille avait des humeurs étranges. La mort de sa mère lui a sans doute fait perdre la tête. Elle m'avait dit un jour qu'elle l'aimait beaucoup. Oui, c'est sûrement cela, un surcroît de chagrin que ce tempérament fragile n'a pas supporté. Blanche a besoin d'être soignée. Une période de repos dans une institution lui fera le plus grand bien. Ensuite, il n'y paraîtra plus.

La vieille dame hochait la tête à mesure de ses affirmations, cherchant à se persuader de leur pertinence.

— Blanche n'a rien d'une névrosée, la corrigea sèchement Victor. Elle est allée rejoindre son amant. C'est une femme tout à fait banale qui commet l'adultère, un point c'est tout.

Figée sur sa chaise, sa mère accusa le coup. Un bref instant, Victor éprouva une satisfaction mesquine à lui avoir cloué le bec. Mais elle ne parvenait pas à masquer ses émotions parmi lesquelles il décela un brin de dédain. À ses yeux, si la folie était une épreuve envoyée par le Seigneur, l'infidélité d'une épouse relevait à l'évidence des insuffisances de son mari.

— Je vois, dit-elle, ajustant son étole comme si elle redoutait un courant d'air.

— Et bien sûr, cela ne vous surprend guère, maman. Vous l'aviez pressenti dès le premier jour, n'est-ce pas ? Vous ne vous étiez pas privée de me le dire : Blanche n'était pas de notre monde, j'avais commis la plus grande bévue de ma vie en l'épousant, un crime funeste que je ne manquerais pas de regretter… Bref, les sermons classiques, conclut-il avec un petit geste méprisant. Et vous aviez pris soin de le lui faire comprendre, à elle aussi.

— Je serais donc responsable de cette débâcle ? Je crains que tu ne m'accordes trop d'importance, mon cher enfant.

— Jamais assez, maman, jamais assez…

Victor renversa la tête en arrière. Les étoiles brillaient dans le ciel dégagé. C'était une magnifique nuit d'été dans les monts du Lyonnais, une nuit à faire l'amour à la femme qu'on aime, les fenêtres ouvertes sur les frondaisons. Il esquissa un sourire railleur. Sa mère ne lui avait-elle pas aussi reproché à l'époque d'être un incurable romantique ? En cela, elle n'avait pas eu tort. Le romantisme mène au naufrage.

— Et que comptes-tu faire ?

— Mon avis vous intéresse ? C'est curieux. Le plus souvent, vous avez réponse à tout.

— Ton insolence est infantile, Victor. Ce n'est pas moi qui t'ai quitté, mais ton épouse. Où est-elle ?

Il suivit des yeux les papillons de nuit qui persistaient à voleter autour des bougies.

— Les deux lettres ont été postées de Beyrouth, mais Dieu sait si elle s'y trouve encore. La Syrie tout entière est son terrain de jeu.

— Au moins, son amant n'est pas lyonnais, réjouissons-nous des petites victoires, répliqua-t-elle sur un ton pince-sans-rire.

La vieille dame saisit la carafe pour se verser un verre de vin. Victor la laissa faire sans lever le petit doigt, diverti par le spectacle insolite de sa mère perdant son sang-froid.

— Tu le connais ?

— C'est un marchand de soie de Damas. Un certain Salim Zahhar. Il est passé à la chambre de commerce au début du printemps. Je n'en avais jamais entendu parler, mais mes condisciples le connaissent bien. Il a même la réputation d'être un homme respectable. Drôle d'ironie du sort, non ? Leur liaison a commencé à ce moment-là. Dans sa lettre, elle ne me dit pas qu'elle est partie le rejoindre, mais j'en ai la certitude.

— Penses-tu pouvoir la convaincre de revenir à la maison ?

Il croyait entendre cliqueter les rouages du cerveau de sa mère qui soupesait les incidences du désastre sur la réputation de la famille. N'était-elle pas la vestale des feux sacrés de la bourgeoisie lyonnaise que sont la Respectabilité et la Vertu ?

— Non. Et je ne vais pas m'abaisser à l'implorer. J'ai vu ce qu'elle ressentait pour cet homme avant son départ. Je connais son état d'esprit, elle est têtue comme une mule. Et sa lettre est parfaitement claire : elle ne veut plus d'un mariage qui lui a été imposé. Elle reprend sa liberté.

— La petite ingrate ! Aucune reconnaissance pour l'honneur qui lui a été fait, marmonna Geneviève Duvernay, vexée.

— Elle me demande en revanche de continuer à voir les enfants…

— Il n'en est pas question !

Victor haussa les épaules.

— À quoi bon punir les petits ? Ils seront éduqués à Lyon, évidemment. Aurélien commence l'école cet automne, mais elle pourrait les voir de temps à autre…

Geneviève Duvernay tapa du poing sur la table.

— Tu perds la tête, Victor ! Ta femme a choisi de renier son sacrement de mariage. Elle commet un acte indigne en abandonnant son mari et ses enfants pour un autre homme. Et elle a le toupet de vouloir continuer à les voir ? Seigneur, mais ton père doit se retourner dans sa tombe ! Je te l'interdis, tu m'entends ? Mes petits-enfants resteront à l'abri de toutes ces turpitudes. Quel exemple entends-tu leur donner, voyons ? Comment pourrions-nous tolérer qu'ils soient exposés aux stupreries auxquelles ta femme doit se livrer avec son amant de Damas ?

Sa voix était montée dans les aigus ; elle en tremblait d'indignation. Elle prit une profonde inspiration, serra ses mains l'une dans l'autre à faire blanchir ses articulations.

— Oriane est en d'excellentes mains avec sa nourrice. Heureusement qu'elle est encore toute petite. Ce désastre ne lui nuira pas, car elle ne gardera aucun souvenir de sa mère. Plus tard, je lui choisirai une gouvernante comme il faut. Quant à Aurélien, nous lui trouverons des distractions pour lui occuper l'esprit. Il me parle, depuis le début de l'été, d'un poney que sa mère lui aurait promis. Demain, à la première heure, tu l'emmèneras en choisir un dans l'élevage de M. Crozier et nous lui ferons donner des leçons d'équitation. Ton père était un excellent cavalier ; il a sans doute hérité cela de lui. L'animal lui fera oublier sa mère.

Victor s'émerveilla de ce calendrier impromptu. Sa mère se voyait sans doute déjà emmener ses petits-enfants jusqu'à l'autel. Leurs mariages à eux seraient de bon ton, évidemment. Il craignait toutefois que ce volontarisme ne résiste pas aux caprices de la réalité. Depuis qu'il les avait rejoints dans la propriété familiale, il passait beaucoup de temps avec Aurélien qui ne manquait pas une occasion d'évoquer sa mère. Victor lui avait expliqué que Blanche avait été retenue par des choses importantes, mais qu'elle l'embrassait et qu'elle pensait à lui. Heureusement, l'enfant se laissait facilement divertir par sa bande de petits camarades de jeu.

Geneviève Duvernay se leva si brusquement que son étole glissa jusqu'au sol. Elle était vent debout – silhouette élancée, port de tête altier, pommettes saillantes –, avec ce visage résolu des jours de combat, celui de ses premières années de veuvage, lorsqu'elle dirigeait les Soieries tout en élevant ses quatre enfants en bas âge. S'il lui reprochait bien des choses, il ne pouvait la prendre en défaut de courage. Elle se dressait une nouvelle fois en tête de proue de la famille, comme d'ailleurs des quelque trente-deux familles lyonnaises d'importance dont elle était la référence.

— Il faut sauver ce qui peut encore l'être, Victor. L'honneur des Duvernay n'est rien au regard des âmes de tes enfants. Je ne tolérerai pas qu'on vienne les corrompre. Et ton devoir impérieux est de les préserver de ce désordre.

— Mais, Blanche…

— Blanche est morte ! Elle est morte le jour où elle a choisi d'abjurer. Elle est morte à mes yeux comme elle doit l'être aux tiens. Comme elle le sera pour ses enfants.

Victor se redressa sur sa chaise. Un pressentiment lui glaça le sang.

— Que voulez-vous dire ?

— Es-tu stupide, mon garçon, ou tout simplement aveugle ? Blanche est encore jeune, elle aura sûrement des enfants avec son amant. Imagines-tu un seul instant Aurélien et Oriane côtoyant des petits Arabes dans un harem ottoman ?

Son visage était livide, sa résolution absolue.

— Il vaut mieux pour eux qu'ils pensent qu'elle n'est plus de ce monde… Nous ne pouvons pas accepter de les voir souillés par sa vie de débauchée parmi des indigènes. Ils méritent de mener des existences dignes. Et pour ce faire, ils doivent grandir loin de leur mère. Blanche veut sa liberté ? Qu'elle renonce à ses enfants en échange d'un divorce devant le tribunal civil. Débrouille-toi pour les formalités mais agis sans attendre. Il faut savoir trancher sans hésiter la main qui vous entraîne au péché, conclut-elle sur un ton sans réplique.

Victor eut l'impression d'avoir été foudroyé. Il n'en revenait pas que sa mère parle dès à présent et de manière presque désinvolte d'un *divorce*, ce mot honni par les catholiques mais qu'acceptait néanmoins la République en imposant toutes sortes de restrictions. Comment parvenait-elle à se projeter dans un avenir aussi abstrait ? Lui n'en était pas encore à intégrer le départ de Blanche dans un raisonnement. Mais en évoquant cette possibilité, sa mère lui signifiait qu'elle le considérait, lui aussi, comme un malheureux digne de la géhenne. Désormais, elle chercherait à protéger Aurélien et Oriane, et eux seuls. Ils deviendraient toutefois des enfants de divorcés. Comment ferait-elle pour les préserver de cette tare honteuse, éviter qu'ils ne soient mis au ban de la bonne société, ce qui reviendrait à les laisser dériver en haute mer tel un navire démâté ? Si elle osait envisager pour lui l'effroyable péché, c'était sûrement parce que, dans les situations extrêmes, seule l'amputation du membre malade permet au corps sain de survivre. Aux yeux de sa mère, il était aussi coupable que son épouse pour avoir cédé à la tentation de la chair et trahi toutes les règles. Il ne pourrait espérer d'elle ni réconfort ni compassion. Le désarroi que Victor ressentit à cet instant-là le prit au dépourvu.

Sa mère avait recommencé à parler, mais sa voix lui parvenait de loin en un étrange écho.

— Notre notaire te sera d'un conseil avisé. Il était le meilleur ami de ton père et c'est une tombe. Cette sinistre mésaventure sera difficile à étouffer, mais je m'engage à ce qu'on en parle le moins possible. Fais-moi confiance, je dispose des munitions nécessaires pour faire taire les mauvaises langues. Je connais tous les cadavres cachés dans les placards de nos chères familles lyonnaises.

Son regard bleu le transperça.

— Pour nous, les Duvernay, Blanche Grange est morte ce soir. Tu ne prononceras plus jamais son nom en ma présence.

Elle remonta vers la maison tête haute, retenant d'une main sa robe pour ne pas trébucher sur l'herbe. Victor resta assis, accablé par la violence de son propos. Il fouilla ses poches en quête de son porte-cigares.

En se penchant pour allumer le havane à l'une des bougies, il s'aperçut que sa main tremblait. Sa mère avait cogné à grands coups de citations d'Évangiles et d'allusions à son père. Elle exagérait, sans doute, mais pouvait-il lui donner tort sur tous les points ? Les catholiques bon teint adoraient faire porter aux enfants les péchés de leurs pères. Si Geneviève Duvernay ne prenait pas la situation en main, Aurélien et Oriane seraient les réprouvés de leur génération. On les éviterait comme la peste et l'espoir d'une alliance avec une famille honorable deviendrait aléatoire.

Parmi tout ce qu'elle lui avait jeté à la figure, une image se détachait : celle de Blanche donnant d'autres enfants à Salim Zahhar. Saisi d'un coup de sang, il tira soudain la nappe, renversant sur l'herbe les bougeoirs et les verres. Depuis des mois, Blanche lui manquait à chaque instant. De temps à autre, il croyait entendre son rire puissant, jubilatoire, ou déceler son parfum dans le sillage d'une inconnue. Il lui arrivait de se retourner, le cœur battant, parce qu'il pensait l'avoir aperçue assise à son secrétaire ou jouant sur la balançoire au fond du jardin. La nuit, son absence charnelle était une blessure à vif. Il n'avait que trente-quatre ans. Comment endurer une vie entière sans elle ? Leurs moments de complicité défilèrent dans sa mémoire. Ces instants de grâce, il ne les avait tout de même pas rêvés ? Il avait réussi à la faire rire, à la faire jouir… Elle ne pouvait pas lui avoir menti pendant toutes ces années. Elle l'avait toujours remercié pour ses attentions avec courtoisie. Forcée, peut-être ? Il n'avait pas su déceler la moquerie sous la reconnaissance factice. Victor avait l'impression de perdre la tête. Comment se sentir coupable alors que son amour avait été sincère ? Et elle ne lui avait même pas laissé une chance de se défendre…

Il se dirigea à grandes enjambées vers la bibliothèque et se mit à fouiller dans les tiroirs du bureau. Dans sa précipitation, il renversa un guéridon. Le pistolet de son père se trouvait là, quelque part. Il ouvrit une armoire où s'empilaient des archives de famille. Rien ! Son regard s'arrêta sur un lampas du XVIe siècle accroché sur un pan de mur, entre les rayonnages de livres. Le décor de mandorles à bouquet chatoyait sur le fond satin à la lumière des candélabres. La sublime étoffe avait été rapportée par un aïeul lors du premier voyage d'un Duvernay en Syrie. C'était l'une des pièces les plus exquises de la collection de tissus et de vêtements que sa famille assemblait patiemment depuis plus de deux siècles en hommage aux maîtres tisseurs d'Orient, à la perfection de leurs broderies et au talent de leurs dessinateurs. Victor l'arracha du mur et l'emporta dehors où il la jeta sur la pelouse. Tel un forcené, il revint sur ses pas, s'empara des coussins en satin de velours rapportés de Turquie, avant de se rendre dans les salons pour piller les vitrines où étaient exposées d'autres de ces œuvres d'exception.

L'amoncellement grandissait au fur et à mesure de ses allées et venues. Les fils d'or et d'argent réfléchissaient la lumière des flambeaux, faisaient miroiter les papillons à sept couleurs, les pivoines et les phénix, les cyprès, les dragons à plusieurs griffes, les arabesques, les tulipes ottomanes, les croissants de lune et les étoiles, les bandes d'inscriptions en calligraphie arabe des *tiraz* que l'on cousait sur les robes d'honneur et qui imploraient, « au nom de Dieu, le Clément »... L'Orient était devenu une insulte intolérable. Ces terres étrangères qui lui avaient permis de goûter au bonheur et à l'exaltation des sens, qu'il avait même eu la faiblesse de bénir le jour de son mariage pour leurs bienfaits inespérés, lui reprenaient tout, le laissant encore plus démuni qu'au premier jour.

Le front en sueur, il ne s'arrêta que lorsqu'il jugea le bûcher funéraire d'une taille appropriée. Il saisit alors un flambeau qu'il lança sur son sacrifice : le feu prit aussitôt en un grondement sourd. Il contempla, hagard, les flammes qui consumaient les brocarts de Damas et d'Alep, le tapis de prière d'Ispahan, la robe de mariage de Galilée avec ses broderies raffinées, écheveau de soupirs et d'espoirs qui craquait sous la chaleur. Dévorés en un instant, les taffetas de Bethléem, les voiles et les vestes persanes, les ceintures d'homme de Mésopotamie, les velours façonnés de Yazd et de Kashan, les *suzanis* destinés à la dot des fiancées de Boukhara. Mais ce n'était que justice, n'est-ce pas ? Dans la mémoire des hommes, depuis plus de cinq mille ans, le croisement des fils de chaîne et de trame évoquait une métaphore du mariage, cette alliance des contraires en quête d'une harmonie où se mêlent des valeurs ancestrales parfois surnaturelles, les maléfices comme les bénédictions.

Cette nuit-là, sous le ciel constellé des monts du Lyonnais, les soieries les plus inestimables, celles qui tapissent les tabernacles, subliment les vivants ou enveloppent les morts, n'avaient plus qu'une odeur de poussière et de désolation. Il serra les poings. Il fallait ce feu purificateur pour consumer son chagrin et châtier ce Proche-Orient qui n'existait que par la violence, ignorant tout de la loyauté, qui enfantait des femmes au cœur aride qui vous mentaient comme on vous crache au visage… De cette tempête dont il attendait un sentiment de triomphe et de réconfort, Victor ne retira toutefois que celui d'un immense gâchis. Terrassé, il se laissa tomber à genoux dans l'herbe, enfouit son visage entre ses mains avec l'envie de mourir.

Quand on l'enlaça, il tressaillit, puis batailla pour se libérer, mais les bras fermes s'agrippèrent à lui sans lâcher prise. Il constata avec stupeur la force surprenante de sa mère. La chaleur du brasier enflammait leurs fronts, leurs visages. Agenouillée à son côté, elle demeurait là en silence, le retenant au bord de l'abîme. Ces mots qui lacèrent, qui savent tuer, aussi, elle les avait déjà tous prononcés. Désormais, seule la puissance de son étreinte pouvait sauver son fils égaré. Il se mit alors à pleurer comme pleure l'enfant perdu. Et sa mère le berça tendrement comme si le temps n'existait plus. Il s'en voulait de s'offrir ainsi en spectacle de façon pitoyable, de n'avoir même pas le courage d'en finir. Mais c'était trop tard maintenant. Sa mère patienterait jusqu'à ce que ses sanglots s'apaisent, jusqu'à ce qu'il quitte les ténèbres et accepte de revenir vers la lumière.

Au cœur de sa solitude, Victor comprit qu'elle ne le lâcherait pas, qu'elle resterait là le temps nécessaire, peut-être même une vie entière. Oui, malgré sa désillusion, son regard sévère et ses reproches, sa mère le porterait ainsi dans ses bras jusqu'au bout du monde, jusqu'à la fin des temps.

Le lendemain matin, Victor descendit de sa chambre vers onze heures. Il se sentait vulnérable, comme s'il émergeait d'une mauvaise fièvre. Il traversa le grand salon aux vitrines dévastées et sortit sur la terrasse. La lumière vive le fit cligner des yeux. Aucune trace du brasier sur la pelouse, à l'exception d'un cercle d'herbe calcinée.

Il prenait son café dans la salle à manger quand Aurélien déboula, les cheveux en bataille, les yeux brillants.

— Papa ! Bonne-Maman m'a dit que vous m'emmeniez chercher mon poney ce matin. On peut y aller tout de suite ?

Geneviève Duvernay apparut dans l'embrasure de la porte, un peu plus raide que la veille, le teint encore plus translucide.

— J'ai fait prévenir M. Crozier, dit-elle en souriant. Il pense avoir la monture idéale. Aurélien pourra prendre sa première leçon dès aujourd'hui.

Le petit garçon saisit la main de son père et chercha à le faire lever de sa chaise.

— Venez, papa ! On est déjà en retard.

Victor regarda sa mère, l'air inquiet.

— Allez-y vite, tous les deux. Je vous ai fait préparer un pique-nique et les cannes à pêche. La journée promet d'être magnifique.

Lorsque Victor passa près d'elle, il se pencha pour effleurer sa joue d'un baiser. Elle portait son parfum à la violette, celui qu'on associe à tort aux femmes passives alors qu'il évoque surtout ténacité et constance. Du chignon de ses cheveux gris émanait aussi une légère odeur de brûlé. Il ne douta pas qu'elle avait convoqué les jardiniers à la première heure, qu'elle les avait surveillés alors qu'ils emportaient dans leurs brouettes les malheureux fragments carbonisés de la mémoire ottomane des Duvernay. Pour expliquer ce spectacle insolite, sans doute avait-elle inventé une justification plus ou moins crédible, que les domestiques ne remettraient toutefois pas en cause parce que la parole de Geneviève Duvernay était d'or.

Depuis la bibliothèque, elle les regarda s'éloigner main dans la main, Aurélien sautillant à côté de son père, son petit visage rayonnant de bonheur. Lorsqu'ils eurent tourné le coin de l'allée qui menait aux écuries, ses épaules s'affaissèrent d'un coup et elle passa une main tremblante sur son front. Puis elle s'approcha d'un pas lent du secrétaire. D'un tiroir, elle retira des feuilles de papier blanc, trempa sa plume dans l'encrier et se mit à écrire :

Ma Très Révérende Mère,

Bien-aimée cousine,

Que Dieu fasse que cette lettre te trouve en bonne santé ! Je pense bien à toi en ces mois de plein été qui peuvent être si éprouvants dans vos lointaines contrées, mais je me réjouis de te savoir en altitude, dans ces montagnes du Liban que tu aimes tant, où l'air frais rend les chaleurs supportables et vous préserve des maladies contagieuses si redoutables.

Si je viens aujourd'hui à toi, c'est hélas pour t'annoncer une terrible nouvelle. Je ne vais pas y aller par quatre chemins. Nous avons grandi ensemble, toi et moi, et même si nous ne sommes que cousines germaines, jamais deux sœurs n'ont été plus proches.

Blanche a choisi de quitter Victor pour un autre homme.

Le chagrin de mon pauvre enfant me brise le cœur, mais je ne le lui montre pas. Inutile de pleurer sur le lait renversé. Dès la première fois où je l'ai vue au bras de Victor, dans mon salon rue Sala, un frisson m'a parcouru l'échine. En dépit de son allure, j'ai su au premier regard qu'elle me ferait souffrir. J'avoue que je ne pensais pas qu'elle détruirait aussi mon fils.

Elle est retournée à Btater au printemps pour rendre hommage à sa défunte mère. Mais sans doute es-tu au courant de ce décès, puisque rien de ce qui concerne les filatures libanaises ne t'échappe. Je sais que tu surveilles avec attention le travail de vos petites pensionnaires orphelines à qui vous apprenez les secrets du métier. Ce voyage impromptu s'est transformé en départ définitif. Selon Victor, son amant est un marchand de soie, un certain Salim Zahhar, un prétendu notable de Damas. As-tu jamais entendu parler de ce personnage, toi qui vis en Syrie depuis plus de trente ans ?

Blanche a eu l'outrecuidance d'écrire à Victor qu'elle reprenait sa liberté, mais qu'elle désirait continuer à voir ses enfants. Sois rassurée, je ne permettrai jamais à Aurélien et Oriane d'être contaminés par une mère aussi indigne. Je me dois de protéger leur salut.

Je me souviens d'avoir pleuré toutes les larmes de mon corps le jour où ta congrégation t'a envoyée au Levant. J'avais l'impression de perdre la meilleure partie de moi-même. Te rappelles-tu ma colère ? Je t'avais dit que le rôle missionnaire séculaire de la France en Orient pouvait se passer de toi, que la propagation de notre foi et l'enseignement du français m'importaient peu s'ils me privaient de ta présence. Tu m'avais reproché d'être puérile et égoïste. Aujourd'hui, je rends grâce d'avoir quelqu'un de confiance à qui m'adresser en ces heures douloureuses. Aussi, je te prie d'avoir la gentillesse de me tenir informée, dans la mesure de tes moyens, des agissements de cette femme et des liens qu'elle pourrait entretenir à l'avenir avec son amant.

Tout cela, bien entendu, doit rester entre nous. Victor est beaucoup trop fragile. Il est hélas passionnément épris de cette aventurière. Rien ne pourra l'en détourner, excepté peut-être – et je l'espère ardemment – son sens du devoir et l'amour de ses enfants. Nous devons le confier à la miséricorde de la bienheureuse Vierge Marie afin qu'elle lui accorde la résolution nécessaire pour traverser cette épreuve.

Mes prières fidèles et mes affectueuses pensées t'accompagnent, comme toujours, ma bien chère Marie-Liesse, et je te serre tendrement sur mon cœur de mère meurtri.

Ta cousine Ginou

Geneviève Duvernay pressa un papier buvard sur l'encre encore humide, plia les feuillets de sa lettre et inscrivit sur l'enveloppe l'adresse qu'elle connaissait par cœur. Elle écrivait plusieurs fois par mois à sa cousine Marie-Liesse, qui hélas ne lui répondait pas avec la même régularité, mais elle espérait cette fois-ci une réaction immédiate de sa part.

Maintenir, envers et contre tout. On n'a pas besoin de se prévaloir d'une devise pour en posséder l'esprit. Elle repensa à la responsabilité qu'impose la préservation de l'intégrité d'une famille, celle qu'on brandit tel un étendard sur le champ de bataille, qui se transmet de génération en génération… Que d'insomnies, de vaillance et d'efforts exigeait cet apostolat ! Mais à quoi bon ? Un jour, tout finit par s'écrouler et l'on se retrouve à genoux à consoler son fils suicidaire dont une fille de rien a retourné le cœur…

Elle frémit. Ce matin, sa colère invoquait le Dieu inflexible et vengeur de l'Ancien Testament. La compassion du Christ manquait parfois de nerf. Elle le préférait lorsqu'il chassait les marchands du Temple ou qu'il houspillait ses apôtres qui ne comprenaient jamais rien. N'avait-elle pas porté cette famille à travers les épreuves ? Ce n'était pas pour devenir maintenant la risée de la ville. Leur nom serait à jamais souillé par ce divorce – cette seule pensée lui donnait un haut-le-cœur –, mais elle ne voyait pas d'alternative : il fallait bannir cette femme et ses sortilèges. Brûler les vaisseaux. Prévenir tout retour. Elle saurait allumer les contre-feux. Les uns avaient une tante aliénée qui s'était promenée nue en pleine rue ; les autres faisaient élever le bâtard de leur fille de seize ans chez une nourrice en Auvergne. Le fils cadet des Mansart n'était pas mort d'une infection pulmonaire mais s'était pendu à une poutre de ferme. Les maîtresses étaient à leur place, le plus souvent à Paris, désormais à portée de chemin de fer. Dettes de jeu, alcoolisme, homosexualité… Ses cartouches étaient prêtes. Dès la rentrée de septembre, elle saurait les utiliser à bon escient. Et nul doute qu'un silence de plomb ferait mourir le nom de Blanche Duvernay sur les lèvres desséchées des commères. Mais Aurélien… Seigneur Dieu ! Comment faire comprendre à un petit garçon de cinq ans qu'il ne reverrait jamais sa mère ?

Geneviève Duvernay se leva de sa chaise avec la sensation d'avoir mille ans. Son regard tomba sur le pan de mur dénudé de la bibliothèque. Comme elle avait aimé ce magnifique lampas ! Issue elle aussi d'une famille de soyeux, elle avait été élevée dans le respect des étoffes. Le geste enragé de Victor avait détruit des merveilles qu'elle avait pris soin de confier par un codicille de son testament au musée historique des Tissus, ouvert cinq ans auparavant. Lorsqu'elle en avait parlé à son fils, il ne s'était pas opposé à cette idée de faire un don au nom de la famille afin de préserver ces richesses pour les générations à venir.

Ses yeux se voilèrent de larmes. Blanche avait tout détruit. Une famille, les promesses d'avenir de deux enfants, ainsi que les œuvres inestimables de maîtres artisans qui avaient survécu aux invasions, aux croisades, aux pillages, à la Révolution française, mais pas aux ravages que pouvait infliger une femme amoureuse.

L'emprise de Geneviève Duvernay sur la portée des médisances lyonnaises fut d'une efficacité redoutable. Mais qui en aurait douté ? Elle imposa sa loi du silence. On prit ainsi l'habitude de dire à Aurélien que sa mère restait un peu plus longtemps que prévu auprès de ses parents afin de veiller sur eux. N'avait-il pas son poney pour le distraire ? Sans oublier ses nouveaux camarades de classe, son instituteur, et cette excursion à Paris pour voir la tour Eiffel, le plus haut monument du monde… Le mensonge par omission a pour avantage de déposer un voile pudique sur la réalité, de diluer la vérité, la rendant trouble, puis évanescente. Une fois les repères brouillés, il devient difficile de démêler le vrai du faux. Même l'instigateur finit par ne plus savoir précisément ce qu'il a inventé ou non.

Les premiers temps, on prit soin de ne jamais laisser l'enfant seul ; il y avait toujours un divertissement à lui proposer. Un jeune précepteur plein d'entrain fut engagé. On se mit en tête de lui enseigner l'italien, en hommage à une aïeule de Lombardie. On le distrayait par des promenades à cheval, des cours de musique pour lesquels Aurélien manifesta un don inattendu.

Le petit garçon disait à ses camarades qui l'interrogeaient sur l'absence de sa maman : « Elle est occupée au cimetière avec ses parents », et les enfants en déduisaient une évidence toute simple qu'Aurélien finit par reconnaître lui-même, de manière confuse mais d'autant plus volontiers que sa mère s'était échappée au-delà des mers, vers un mystérieux pays peuplé de vizirs et de princesses, de lampes magiques, de dragons et de djinns. Avec le temps, cette idée se distilla aussi chez les parents de ses camarades, qui ne savaient plus très bien si Blanche Duvernay était décédée ou non, bien qu'il n'y ait eu ni faire-part ni messe du souvenir. On préférait de toute manière ne pas s'étendre sur le sujet afin d'éviter la révélation au grand jour de secrets plus honteux encore. C'est ainsi que le souvenir de la jeune femme se dissipa peu à peu. On retira ses vêtements des armoires, les tissus d'ameublement de sa chambre à coucher furent changés, les dernières traces élusives de son parfum s'évaporèrent des draps en coton égyptien maintes fois lessivés.

Le premier anniversaire que son fils passa sans elle se déroula sans anicroches, les bougies fièrement dressées dans le gâteau au chocolat. Le premier Noël aussi, avec la crèche disposée dans le grand salon, les cadeaux et les sucres d'orge. Cette année-là, Aurélien fut l'un des trois rois mages de la crèche vivante de l'école. Une grande joie chassait un sursaut de chagrin. L'écho d'une voix s'éloignait, la tendresse d'une étreinte aussi, et lorsque Aurélien avait besoin de réconfort maternel, il se tournait tout naturellement vers sa gouvernante ou sa grand-mère. Ainsi que l'avait décrété Geneviève Duvernay, le nom de Blanche s'effaça au fil des mois de la bouche des médisantes comme des préoccupations premières de son petit garçon.

Quant à Oriane, elle s'épanouissait telle une fleur. La fillette gambadait sur ses petites jambes potelées, agrippée à la main de son père lorsqu'il l'emmenait se promener le long des bords de Saône. Elle avait hérité des boucles blondes de Victor, de sa fossette au moindre sourire, et elle souriait beaucoup. Même Victor émergea de sa léthargie mortifère. Une jeune comédienne à la peau laiteuse et aux rondeurs avenantes semblait ne pas y être étrangère. Geneviève Duvernay n'en était pas mécontente. Son fils retrouvait là un comportement raisonnable. Toute femme sensée se devait de reconnaître l'utilité des courtisanes avisées, d'autant plus si elles étaient talentueuses et qu'elles habitaient Paris. Elle avait même applaudi la prestation remarquée de cette Mlle Camille Ségur dans *Le Cid* de Corneille. Ainsi Blanche vacillait-elle dans les mémoires, telle la flamme d'une bougie appelée inéluctablement un jour à s'éteindre.

Seule Gabrielle, la nourrice, retrouvait chez les enfants certaines manies attendrissantes de leur mère : Aurélien tempêtant pour qu'on ne jette pas les miettes de pain mais qu'on les donne aux oiseaux, Oriane ne supportant pas d'avoir les pieds emprisonnés par un drap. Attentive, Gabrielle prenait note du regard éperdu qui voilait parfois les yeux sombres du petit garçon s'il tournait la tête vers la colline de la Croix-Rousse. Elle s'inquiétait aussi lorsque Oriane succombait à des crises de larmes sans raison. La jeune femme dévouée observait tout cela le cœur serré, mais gardait le silence.

— Vous n'avez qu'à mettre la filature de Btater en vente, Bachelard ! s'emporta Victor Duvernay. Je me fiche de son rendement. Je vous l'ai déjà dit mille fois, je ne veux plus entendre parler de cet endroit maudit… Débrouillez-vous !

Il referma le dossier, le fourra dans les bras de son employé, puis décrocha son pardessus et son chapeau du portemanteau. C'était devenu coutumier, si un sujet de conversation lui déplaisait, il refusait l'affrontement et délaissait le champ de bataille. Sa réputation de pugnacité à la chambre de commerce en avait pris un coup.

Bachelard, directeur modèle des Soieries Duvernay, regarda s'éloigner son patron en se disant que Victor Duvernay avait décidément perdu la main. L'homme soupira, lissant ses rares cheveux blancs. Voilà plus de six mois que l'épouse du patron avait abandonné les vertes prairies maritales – des jours comme celui-ci, il lui arrivait de la comprendre –, et son mari n'était plus le même depuis sa désertion. Victor Duvernay passait son temps à rêvasser au lieu de saisir les problèmes à bras-le-corps, refusant de se pencher sur le moindre papier en provenance du Levant, qu'il s'agisse de soucis avec la filature ou de la quantité de cocons ou de soies grèges à importer. De même, il ne s'intéressait plus à la stratégie à définir avant de passer les commandes aux maîtres tisseurs et laissait la bride sur le cou à ses employés, ce qui créait un flottement nuisible à l'état d'esprit général, car il n'y a rien de pire qu'un capitaine de navire inattentif. Bachelard ne put s'empêcher d'éprouver une pointe de ressentiment. Ce bel immeuble en pierre de taille de la place Croix-Paquet, construit au début du siècle par un aïeul négociant au sommet de sa gloire, avec ses proportions élégantes, ses baies à chaque étage, sa vaste cour, sa majestueuse volée d'escalier, ressemblait chaque jour davantage à un bateau ivre. Si on lui avait demandé le fond de sa pensée, il aurait affirmé que Victor Duvernay se fichait comme d'une guigne de l'avenir de son entreprise.

Il ferait pourtant mieux de prendre garde. Les Soieries Duvernay ne seraient pas les premières à mettre la clé sous la porte. Le nombre des fabricants-soyeux diminuait d'année en année. La dernière crise en date, qui avait marqué les années 1880, avait signifié un nouveau déclin pour la Fabrique. Non seulement le public se détournait des soies pures et façonnées, leur préférant désormais des tissus mélangés comme les crêpes, les gazes ou les mousselines, mais la concurrence étrangère, notamment celle de Milan, et sans même parler de l'Extrême-Orient, se renforçait. Il fallait à tout prix réagir par une spécialisation, un développement de la mécanisation, et investir dans la production de tissus où la soie s'associait à du coton ou de la laine.

Le directeur jeta un coup d'œil dubitatif autour de la vaste pièce décorée de boiseries. Sur le bureau ne trônaient qu'un porte-plume, un encrier et un agenda aux feuilles nues. Son patron se déchargeait de plus en plus sur lui. Devait-il prendre le risque de s'adresser à Mme Duvernay mère ? C'était elle qui l'avait embauché vingt-cinq ans plus tôt. Elle était alors une jeune veuve autoritaire, douée d'une concentration à toute épreuve, qui ne passait rien à ses employés ni à elle-même, raison pour laquelle elle avait été autant respectée. Il haussa les épaules. Son départ se profilait bientôt ; il n'allait pas empoisonner ses derniers mois aux Soieries en suscitant des embrouilles entre mère et fils. Il retourna dans son bureau qui se trouvait au bout du long corridor qu'ornaient les portraits austères des Duvernay. Dépité, il rangea le dossier levantin dans un tiroir où il prendrait la poussière avec les autres.

Victor dévala l'escalier en pierre. Le regard lourd de reproches de son directeur lui était devenu insupportable. Il détestait que Bachelard lui donne le sentiment d'être un élève récalcitrant. Ne faisait-il pas de son mieux ? Mais Victor savait qu'il se mentait, redoutant en secret cette profonde lassitude qui s'emparait de lui chaque matin lorsqu'il quittait l'appartement de la place Bellecour pour rejoindre à pied la Maison. Il ne s'expliquait pas ce désintérêt. Autrefois, la ruche bourdonnante des cinq étages de bureaux le comblait d'excitation ; il mettait un point d'honneur à saluer ses employés, du commis de balance au comptable, qui se levaient prestement. Toute difficulté avait alors sa solution, et il se montrait enthousiaste, persévérant. Désormais, il n'avait qu'une envie : prendre ses jambes à son cou.

En dépit du ciel bleu, l'humidité printanière le fit frissonner. Il enfila son pardessus tout en traversant la cour à grandes enjambées. Déboulant dans la rue tel un boulet de canon, il heurta de plein fouet un homme qui pénétrait dans l'immeuble. Un rouleau de tissu protégé par du papier brun lui échappa des mains.

— Vous pourriez faire attention, espèce d'imbécile ! s'écria l'inconnu en se penchant pour le ramasser.

Il l'épousseta de son mieux, le tint contre lui comme un bouclier, avant de reconnaître son interlocuteur. Aussitôt, une expression impassible figea le visage aux joues généreuses et à la moustache joyeuse. Une lueur distante durcit son regard.

— Monsieur Duvernay, le salua-t-il.

— Monsieur Martin, répondit tout aussi fraîchement Victor. Je vois que vous m'apportez quelque chose. Sans doute avec du retard, selon votre habitude.

Le soyeux et le maître tisseur se toisèrent.

— En près de soixante-dix ans de collaboration, votre Maison n'a jamais eu à se plaindre de mon atelier, rétorqua Armand Martin. La réciproque n'est pas nécessairement vraie.

Victor secoua la tête, un mince sourire aux lèvres. La riposte ne le surprenait pas. Cela faisait pourtant quelque temps qu'il n'avait pas vu l'énergumène. Armand Martin avait hérité du talent de son père et de son grand-père, mais hélas aussi de leur esprit revendicatif. On n'était jamais tranquille avec lui ; il avait l'art et la manière du caillou dans la chaussure. Les plus anciens rappelaient toujours les exploits des Martin lorsqu'ils évoquaient les émeutes qui faisaient parfois irruption sur le plateau croix-roussien, avant de dévaler les pentes en de furieuses coulées de lave. Il n'oubliait pas non plus la singulière relation qui était née entre Blanche et lui à l'époque de la naissance d'Aurélien. Leur connivence avait persisté à travers les années, entraînant une camaraderie du plus mauvais effet entre leurs deux garçons. Il avait dû alors expliquer à sa femme qu'on ne fréquentait pas les tisseurs et que cette attitude familière allait à l'encontre des usages. Elle lui avait rétorqué qu'une amitié sincère avec des personnes de qualité l'emportait sur tous les usages du monde. Ce différend avait été la cause d'une dispute mémorable.

— Je ne suis pas mécontent de vous croiser, déclara Armand Martin de sa voix de stentor, attirant l'attention des passants. Je demande à vous voir depuis des semaines, mais seul votre directeur a daigné m'accorder un rendez-vous. On dirait que M. Bachelard est devenu la cheville ouvrière de votre illustre Maison, se moqua-t-il avec un geste ironique pour les colonnes qui flanquaient la porte cochère. Mais je suis patron, moi aussi. Pour une fois, nous avons à discuter d'homme à homme des prix de façon. Comme quoi, il n'y a rien de nouveau sous le soleil…

Au premier étage, des employés avaient ouvert les fenêtres, alertés par les éclats de voix.

— Cette commande particulière que je tiens là est un façonné dont le degré de perfection du tissage a un prix. Il va falloir devenir enfin raisonnable.

— Vous n'allez tout de même pas nous refaire la « révolte des deux sous », Martin ? ironisa Victor.

L'allusion à l'émeute de 1786, lancée par les chefs d'ateliers qui réclamaient une augmentation de deux sous par aune de pièce tissée, piqua Armand Martin au vif. Il se redressa de toute sa hauteur, mais avant qu'il pût protester, une voix retentit derrière lui :

— *Le fabricant mange quand il a faim, le canut quand il a pain…*

— Ils pinaillent toujours sur le moindre défaut quand on leur apporte les pièces, renchérit un tisseur à bras d'unis. Ils nous étranglent ! On peut jamais leur faire confiance. Nos vieux, ils sont morts à cause de ça !

L'homme qui avait parlé en dernier portait une casquette, un épais foulard autour du cou, et gardait les mains enfoncées dans ses poches. Un frémissement parcourut l'attroupement qui s'était formé autour d'Armand Martin. Les regards étaient devenus méfiants, presque hostiles. Victor se fit la réflexion que rien n'avait changé : l'antagonisme entre les canuts et les soyeux restait une plaie à vif qu'un mauvais mot ou une ironie trop mordante pouvaient réveiller à tout moment. Une étrange envie d'en découdre le parcourut telle une décharge électrique.

— Votre technique est irréprochable, réagit-il d'une voix doucereuse. Vous êtes l'honneur de votre métier. Mais ces façonnés sont passés de mode. Nos clients se tournent vers l'avenir ; ils sont en quête d'un art nouveau qui fait la part belle à une nature plus stylisée, aux courbes, à l'asymétrie… Nous abordons un siècle de grands changements, un autre millénaire. Il va falloir repenser beaucoup de choses. Mais comment pourriez-vous comprendre tout cela, mon pauvre ami ? Il faut sortir de chez soi pour humer l'air du temps.

Armand Martin écarquilla les yeux. Pour qui se prenait-il, ce petit morveux prétentieux, qui avait aussi brisé le cœur de Blanche ? Il se retint de lui flanquer son poing dans la figure.

Gabrielle, la nourrice de la petite, était venue le trouver lors de son après-midi de congé pour lui raconter que madame ne reviendrait pas et que la vieille Duvernay avait ordonné aux domestiques de ne plus jamais prononcer son nom. Les enfants grandiraient loin de leur mère. « C'est comme si on l'avait rayée de la carte », avait murmuré la jeune domestique du Morvan, l'air effaré. Si ce n'était pas une misère, une chose pareille ! Armand en avait eu des frissons. Blanche ne lui avait pas donné de nouvelles, mais il espérait qu'elle avait trouvé une certaine sérénité, où qu'elle fût.

— On dirait un apprenti qui ne connaît encore rien au métier, rétorqua-t-il d'un ton exaspéré. Dois-je vous rappeler que je ne fais que réaliser vos commandes, monsieur Duvernay ? Et au risque de vous surprendre, je vois parfaitement à quoi vous faites allusion. Si l'école de la fleur lyonnaise est dépassée, ce n'est pas mon problème. Commandez donc aux marchands de dessins de nouvelles idées. Nous autres, tisseurs, nous trouverons toujours le moyen d'exécuter nos chefs-d'œuvre. Sans notre savoir-faire, les fabricants comme vous n'existeriez pas. Vous feriez bien de ne pas l'oublier !

La petite foule gronda son assentiment. Quelqu'un se mit même à applaudir.

— C’est notre talent et la sueur de nos bras qui ont rempli vos coffres-forts !

— Et quand on défend notre pain, vous envoyez la troupe… En 1831, la première de nos victimes est tombée là, à l’angle de votre immeuble, tirée comme un lapin. Vous avez du sang sur les mains, Duvernay…

— Vous créez maintenant des ateliers à la campagne pour payer les ouvriers moins cher. Nos ateliers à la Croix-Rousse vont mourir. C’est absurde ! Lyon va perdre la renommée qui fait sa force depuis des siècles.

— C’est un Napoléon qu’il nous faudrait pour réhabiliter nos soieries ! On avait ressuscité grâce à lui ! cria un veloutier de renom.

Victor fut pris de court par les protestations qui montaient soudain de toutes parts. Un limonadier s’était même arrêté pour écouter fuser les reproches, sa carriole obstruant la rue. Un teinturier accusa Victor et ses pairs de manquer de solidarité dans les époques difficiles. Plusieurs femmes, chevilles ouvrières indispensables au métier – canneteuses, ourdisseuses, passementières, dévideuses chargées d’enrouler la soie sur les bobines en bois –, élevèrent elles aussi la voix. On aurait dit que toute la Croix-Rousse s’était donné rendez-vous devant son portail. Il ne manquerait plus qu’ils brandissent des drapeaux noirs et partent à l’assaut de la place des Terreaux, songea Victor, étourdi par cette bourrasque sortie de nulle part. Au moins aurait-il quelque chose d’amusant à raconter à son prochain déjeuner à la chambre de commerce. Il n’avait pas appréhendé à quel point l’inquiétude était à fleur de peau. Mais, à dire vrai, il ne se préoccupait plus de grand-chose.

Un petit homme aux cheveux blancs, complet sombre et col cassé, le bouscula et se planta devant Armand Martin. C'était Bachelard qui, alerté par le bruit, avait quitté son bureau.

— Monsieur Martin ! Vous aviez rendez-vous, mais pas au milieu de la rue. Venez, je vous prie. Je vais vous recevoir dans mon bureau. Allons, messieurs et mesdames, le débat est clos. Nous appartenons tous à la même famille, vous le savez bien. Nous ne pouvons pas nous passer les uns des autres. Il faut continuer à avancer ensemble, comme nous l'avons toujours fait par le passé.

— On n'a pas confiance en toi, Bachelard ! lança une voix peu amène. Mon père le disait déjà, vous autres, vous avez toujours su nous canuler !

Le directeur saisit le bras d'Armand et, faisant preuve d'une poigne surprenante pour sa modeste taille, le tira jusque dans la cour de l'immeuble. Deux commis de ronde, sur le point d'aller faire leurs tournées d'inspection des métiers dans les ateliers et qui avaient tout entendu de l'altercation, étaient plantés là, les yeux ronds.

— On s'occupera parfaitement de vous, conclut Victor à l'intention d'Armand Martin. Mais, franchement, je crains que nous n'ayons plus grand-chose à vous proposer comme travail à l'avenir. Comme je vous le disais, la mode évolue et nous avons d'autres projets. Notre collaboration prend fin aujourd'hui. Vous verrez avec mon comptable pour les formalités.

L'exclamation – vite étouffée – des collaborateurs résonna dans la cour pavée. Armand accusa le coup, mais se ressaisit aussitôt. La mine sombre, il jeta à Victor un regard méprisant.

— Au moins ai-je la satisfaction de constater que la qualité de mon travail n'est pas en cause.

Victor releva la tête d'un mouvement brusque.

— Qu'insinuez-vous par là ?

— La raison de votre rancœur est évidente. Cette décision aussi brutale qu'injustifiée n'est due qu'à l'amitié qui me lie à votre épouse. En me privant de travail, vous cherchez à vous venger de Blanche, voilà tout. À vous écouter, on comprend pourquoi elle est partie.

Victor devint pâle comme la mort.

— Ordure !

Aussitôt, Bachelard fit un bond de côté pour s'interposer entre les deux hommes, retenant Victor qui se jetait sur le maître tisseur.

— Monsieur ! Vous avez un rendez-vous important, n'est-ce pas ? Vous ne pouvez pas vous permettre d'être en retard. Je vous en prie ! Au revoir, monsieur…

Il pivota alors vers Armand.

— Monsieur Martin, je vous prie instamment de me suivre tout de suite dans mon bureau. Nous allons examiner ce que vous nous apportez. Je suis sûr que le travail est remarquable, comme toujours, et nous avons bien entendu des commandes en cours. Il va falloir regarder tout cela de près, allons, s'il vous plaît… Et vous autres, retournez à vos bureaux !

Il se pendit une nouvelle fois au bras d'Armand Martin qu'il traîna avec la détermination d'un cheval de halage en direction de l'escalier principal. Victor les regarda s'éloigner, puis leva les yeux vers les étages où les visages de ses employés s'évanouirent aux fenêtres. En un clin d'œil, la cour et le porche s'étaient vidés. Sans doute ferait-on des gorges chaudes du scandale dans les jours à venir, et les commérages rythmeraient-ils allégrement les claquements des métiers. Il était dix heures trente. Les soyeux s'apprêtaient à se retrouver pour boire un coup de blanc et manger une andouillette, nul doute qu'ils s'en donneraient à cœur joie. Toute la ville se moquerait de lui. Le sang battait si fort à ses tympans qu'il avait l'impression d'être devenu sourd.

Juin 1897

Blanche souleva avec précaution le bras de Salim qui lui enlaçait la taille, avant de se glisser vers le bord du lit. Il continua à dormir profondément. Elle enfila son peignoir et s'approcha de la porte-fenêtre à pas silencieux sur les dalles en pierre. Au-delà des incontournables mûriers, piliers de la richesse libanaise depuis deux siècles, et de la crête des collines, le ciel s'éclaircissait peu à peu. En contrebas, l'écume ourlait les vagues qui venaient frapper les rochers. Quelques barques blanches de pêcheurs naviguaient au loin. Son regard se porta vers la ligne de l'horizon encore indistincte. Comme chaque fois, l'émotion lui perça le cœur.

Quand l'homme qu'elle aimait se retourna sur le dos, elle retint son souffle. Le drap glissa, dévoilant ses épaules. Pourvu qu'il ne se réveille pas maintenant, pas tout de suite… C'était l'heure délicate de la journée où elle devenait funambule, oscillant sur le fil ténu d'une vie au passé abandonné et à l'avenir incertain. Elle redoutait ce point du jour que célèbrent les poètes et les conquérants, le clair-obscur de l'aube où elle se sentait la plus vulnérable et où son châtiment se révélait le plus sévère. Blanche dissimulait à Salim ces instants d'étourdissement, quand le chagrin la dévorait. Jamais elle n'aurait insulté leur amour. Elle était venue vers lui, elle avait bouleversé sa vie, elle ne lui ferait pas porter le poids de son remords. Mais elle avait dû apprendre à composer son visage, à effacer ses larmes, afin d'offrir au monde et à son bien-aimé l'autre facette de son être – qui n'était pas moins sincère –, celle d'une femme qui assume ses désirs et connaît des joies authentiques à défaut du bonheur.

Les premiers temps, il avait fallu lui trouver un toit. Elle n'avait pas pu continuer à habiter seule à l'hôtel, ni emménager chez Salim. Le scandale aurait été trop retentissant. Adib n'avait pas hésité, et les portes du palais al-Samman s'étaient ouvertes aux Zahhar, mais cette fois pour héberger Blanche dans le *haremlik* de son épouse Hayat. On lui avait aménagé une chambre paisible, au magnifique plafond de motifs floraux en ciments colorés, qui donnait sur une cour arborée. On lui laissait la liberté d'être seule, mais elle avait choisi de toujours garder la porte ouverte. Les petites filles d'Adib et de Hayat y gambadaient en riant. Il suffisait alors d'un rien pour la blesser : le sourire de leurs enfants, un vêtement de bébé aperçu sur les présentoirs du bazar, une femme aux seins gonflés de lait. Jusqu'au sang qu'elle perdait chaque mois et qui la renvoyait à son corps de mère désormais silencieux. Et puis un jour, Salim lui avait dit de se préparer pour un séjour loin de Damas. Ils avaient pris le train jusqu'à Beyrouth. Un attelage les attendait devant la gare. Ils avaient quitté la ville au petit trot en direction du nord, franchi de vieux ponts romains, gravi des pentes escarpées parmi des rochers fauves que survolaient les rapaces, traversé des hameaux isolés, avant d'emprunter un long sentier rocailleux jusqu'à cette maison à la façade en pierres grossièrement taillées, aux trois fenêtres en arcade, couronnée d'un toit de tuiles et dont la terrasse à l'ombre d'une tonnelle ouvrait sur l'infini.

C'était là qu'ils s'étaient aimés la première fois, à l'abri des regards et des rumeurs, des juges et des pharisiens, de tous les bien-pensants, loin de ceux qui imposent leurs règles et dictent leurs lois. Dans la chambre spartiate, Salim l'avait dénudée en silence, les traits tendus de son visage trahissant son émotion. Elle frissonnait. Comme seul murmure, la lointaine rumeur des vagues et le souffle de l'aimé dont les doigts défaisaient les boutons et les crochets, dénouaient les rubans, délaçaient le corset. Et puis elle avait été nue et fragile, son sang à fleur de peau, offerte à son jugement. Saisie de crainte, elle avait dû se faire violence pour ne pas se cacher. Un bref vertige l'avait incitée à fermer les yeux. Et si elle le décevait ? Si Salim ne lui trouvait ni grâce ni volupté ? Elle n'avait rien d'autre à lui offrir, rien que ce corps qui lui demeurait étranger en dépit du plaisir qu'elle avait parfois éprouvé avec son mari, en dépit des douleurs de l'enfantement.

C'était l'émerveillement dans son regard qui l'avait rassurée, et ce sourire lumineux, celui du premier jour. Il l'avait allongée avec précaution sur les draps, comme s'il craignait de la briser. Ses lèvres sur les siennes, ce baiser d'une infinie tendresse, ses mains ferventes qui effleuraient son cou, la ligne de ses épaules, caressaient ses seins, la courbe de sa taille, son ventre, ses lèvres intimes… Il dessinait son corps qui renaissait, transformé, sous l'enchantement de ses doigts. Blanche avait alors découvert une partition nouvelle, une autre musique, celle du plaisir partagé. Ainsi, la jouissance d'autrefois, de ce temps révolu où elle n'était qu'une ingénue livrée à un homme qu'elle n'aimait pas, n'avait été qu'une ébauche, une pâle esquisse, une tromperie. Il lui avait fallu s'offrir à Salim par amour et par désir, s'émerveiller de la densité de son corps, de sa vigueur, s'enivrer de son parfum, goûter au sel et aux humeurs de sa peau, l'accueillir en elle, pour découvrir l'allégresse singulière de deux amants dont les corps et les cœurs résonnent à l'unisson.

Le ciel gris clair se noyait de bleu tendre, celui des premières heures, des commencements. Depuis son retour en Orient, chaque matin était pour Blanche celui d'une renaissance. Tous les jours, elle étouffait son angoisse, reconnaissait qu'elle avait failli, mais se montrait magnanime envers elle-même. Comment aurait-elle pu, sinon, regarder une autre mère dans les yeux ? Elle avait redouté par-dessus tout de rencontrer Hayat, l'épouse d'Adib. Cette jeune mère de quatre enfants dont l'unique fils venait de naître verrait-elle en Blanche autre chose qu'un monstre ? Lorsqu'une servante l'avait introduite dans le salon, Hayat s'était levée de son divan avec les mouvements prudents d'une jeune accouchée. Un visage aux yeux clairs et aux joues où se devinaient encore les rondeurs de l'enfance, de longs cheveux auburn tressés de perles, un pas assuré. Elle était venue vers Blanche, lui avait saisi les mains : « Je te souhaite la bienvenue. Salim est l'âme sœur de mon époux depuis leur enfance. On m'a raconté ta destinée et mon cœur de mère saigne pour toi. Entre, je t'en prie, et trouve sous notre toit l'amitié et le réconfort. » Blanche avait chancelé, les larmes aux yeux. Hayat l'avait guidée vers les coussins. Elles avaient ri et pleuré ensemble, comme si elles se connaissaient depuis toujours.

D'emblée, Salim et elle avaient compris qu'ils étaient condamnés à une vie de nomades. La discrétion était de mise à Damas, une ville sainte musulmane aux mœurs strictes qui n'aurait jamais toléré un marivaudage éhonté. La protection des al-Samman était un paravent des plus précieux. Leur désir ne pouvait s'épanouir que dans des lieux à l'écart du monde, ce qui les amenait régulièrement dans cette maison au bord de la mer. Mais Salim était un homme de ressources, et un campement bédouin aux abords de Palmyre était devenu un autre de leurs refuges. Il y venait depuis son enfance, comptait des amis sûrs parmi les membres de l'une des tribus. Leur passion charnelle était une respiration essentielle de leur amour. Elle fortifiait leur alliance. La vérité des corps les rassurait, leur insufflait courage et espérance. La vie est éphémère, tous deux en étaient douloureusement conscients. En dépit des interdits, ils avaient embrassé leur destin et ils ne renonceraient pas à le vivre pleinement, sinon les sacrifices et les risques encourus n'auraient aucun sens.

Au loin, le ciel et la mer se séparaient en deux nuances de bleu distinctes, l'une intense et mystérieuse, celle des profondeurs, l'autre céruléenne, toute de légèreté et de promesses. Blanche perçut instinctivement que Salim venait de s'éveiller et qu'il la cherchait. Elle se tourna vers lui, le cœur léger. Il était temps de vivre.

Plus tard dans la journée, Adib fut le premier à arriver. Dès que Salim entendit les fers de son cheval résonner sur la rocaille, il sortit l'accueillir, la main en visière pour se protéger du soleil.

— C'est digne d'un repaire de contrebandiers, plaisanta son ami en mettant pied à terre.

— Idéal, n'est-ce pas ? J'ai racheté la maison à l'un de mes cousins. C'est un refuge parfait pour Blanche et moi, mais aussi pour nos camarades.

Salim prit les rênes du pur-sang, l'emmena sous un treillage où se trouvaient un abreuvoir et une mangeoire remplie de foin, et l'y attacha avec un licol. Il lui souleva chaque pied pour vérifier qu'aucune pierre n'y était restée coincée. Une fois les exigences de l'animal satisfaites, Adib donna l'accolade à Salim, avant de l'empoigner aux épaules et de planter son regard dans le sien.

— Es-tu heureux, mon ami ?

Salim rayonnait.

— Je n'imaginais pas connaître un tel bonheur. Je l'épouserai un jour.

Le rire joyeux d'Adib rebondit entre les rochers.

— Et elle te donnera un fils, *inchallah*.

Adib découvrit Blanche qui venait d'apparaître dans l'embrasure de la porte. Elle portait une tunique claire brodée à la taille et aux manches, ses épais cheveux étaient tressés avec des rubans de couleur. De loin, elle ressemblait à une jeune fille. Elle leva timidement la main pour le saluer, puis la porta à son cœur en un salut respectueux. Adib retint son souffle. La petite Occidentale qu'il avait rencontrée plusieurs mois auparavant, hâve et apeurée, resplendissait d'une sérénité de femme comblée. Il s'inclina devant elle, avant de lui baiser la main à la française et de lui offrir un bouquet d'iris légèrement flétris par leur passage dans sa sacoche de selle.

— Vous allez donc découvrir notre grand secret, s'amusa-t-il, les yeux pétillants, en pénétrant dans le salon. J'espère que vous n'allez pas nous prendre pour des anarchistes parce que nous nous réunissons loin des grandes oreilles de nos seigneurs turcs. L'assassinat de votre président Carnot à Lyon a dû vous effrayer, non ? Mais Salim et moi, nous sommes beaucoup trop paresseux pour cela, affirma-t-il en se laissant tomber sur le divan. Nos amis aussi, d'ailleurs, n'est-ce pas, mon vieux ?

Salim lui servit un café.

— Notre cercle littéraire n'a rien de révolutionnaire, mon ange. On pourrait même dire que c'est une tradition syrienne depuis près d'un demi-siècle. Il existe dans le pays plusieurs sociétés discrètes comme la nôtre…

— Secrètes, avoue-le, l'interrompit Adib. Cela nous donnera une gloriole de conspirateurs. Qui sait d'ailleurs où tout cela va nous mener ? Certains sont moins pacifiques que nous et incitent à la rébellion contre les Turcs.

— Arrête, Adib, tu vas faire peur à Blanche ! Nous ne sommes pas comme eux ; nous ne prônons pas la violence. Nous sommes surtout attachés comme nos prédécesseurs à faire revivre la littérature arabe et à combattre l'ignorance. C'est pourquoi les al-Samman financent des écoles depuis de nombreuses années, et que ma famille fait de même.

— Seule la connaissance peut lutter contre le fanatisme et faire émerger un idéal commun, renchérit Adib d'un ton soudain beaucoup plus grave. C'est une idée neuve en Syrie, vous comprenez. Une éducation digne de ce nom engendre la tolérance, mais aussi le patriotisme et le respect de soi. La paix sera à ce prix à l'avenir. Cela dit, même si les uns et les autres ne partagent pas exactement les mêmes idées, je suis fier de nous tous… C'est la première fois, en près de quatre siècles de domination ottomane, qu'un idéal commun rapproche les différentes confessions autour de la fierté de l'héritage arabe.

Les membres de leur cercle ne tardèrent pas à arriver, en carriole ou à cheval. Ils furent bientôt huit hommes installés sur les chaises en rotin sur la terrasse. Blanche leur servit du thé et de l'eau parfumée à la fleur d'oranger, du vin de la Bekaa, un assortiment de pistaches, de caviar d'aubergine et de purée de pois chiches, de feuilles de vigne farcies et de pickles au sel. Le pain levantin était encore tiède. Quand elle voulut se retirer, le plus âgé d'entre eux, un professeur d'université corpulent, les cheveux soigneusement peignés, protesta :

— Voyons, madame, nous n'avons rien à vous cacher. Salim nous a dit que vous êtes née sur notre terre et que votre cœur partage nos espoirs. Si mes camarades n'y voient pas d'inconvénient, je serais heureux d'entendre votre opinion sur ce qui nous réunit aujourd'hui.

Intimidée, Blanche leva les yeux vers Salim, qui hocha la tête avec un sourire.

— C'est un honneur, monsieur.

Et c'est ainsi que Blanche entendit pour la première fois les aspirations d'hommes érudits et sincères, attachés à défendre un monde arabe qui voulait faire entendre sa voix singulière dans un Empire ottoman en voie de perdition. Tous parlaient un français châtié, avec des intonations mélodieuses qui lui rappelaient sa première rencontre avec Salim.

— Nous devons transformer l'Empire de l'intérieur, déclara fermement un petit homme maigre, rattrapant son pince-nez qui glissait chaque fois qu'il hochait la tête. Je rejoins Adib dans l'idée qu'il ne faut pas le détruire. Le nationalisme occidental est un danger. De toute manière, il n'aura jamais aucune prise sur les peuples de chez nous. Nous ne concevons pas le monde en ces termes.

— Je ne suis pas d'accord, protesta le plus jeune d'entre eux, un garçon aux cheveux noirs frisés qui avait retiré sa veste et relevé les manches de sa chemise. Nous n'avons rien à voir avec ces Turcs venus des steppes eurasiennes. Nous devons nous orienter vers l'indépendance, faire reconnaître l'arabe comme langue officielle, exiger la levée de la censure, la liberté d'expression, et empêcher la conscription qui emmène nos hommes loin de chez nous. Notre salut passe par une Grande Syrie, Palestine et Liban inclus…

— Tu vas te faire casser la gueule par certains Libanais, grommela l'un des participants, tirant sur son havane. Notre statut autonome a été chèrement payé par notre sang. Tu as l'air de l'oublier, petit ingrat…

Les esprits s'échauffaient. Assise en retrait, Blanche s'émerveilla de voir Salim intervenir pour apaiser le débat. Adib le secondait, lançant des réflexions avec un flegme teinté d'ironie. Quand elle s'avisa qu'il était le seul musulman présent ce jour-là, elle comprit qu'Adib et Salim mettaient leur amitié au service d'une cause plus grande qu'eux, et son cœur s'emplit de fierté.

— Alors, Blanche, qu'en pensez-vous ? demanda soudain le vieux professeur qui l'avait invitée à rester avec eux. Voilà deux heures que vous nous entendez refaire le monde sans rien dire.

Les visages se tournèrent vers elle. La jeune femme sentit le rouge lui monter aux joues.

— L'ottomanisme ne tient aujourd'hui que par un fragile équilibre entre les Turcs et les Arabes, voulu par le sultan Abdulhamid après qu'il eut étouffé les réformes du Tanzimat. Or, à vrai dire, rien n'est entre leurs mains. Tout dépend des appétits de la France, de l'Angleterre, et même de l'Allemagne qui s'intéresse de plus en plus à notre région. Pour ne pas être dévoré, il vaudrait sans doute mieux rester unis.

Le buste penché en avant, Blanche avait parlé avec ferveur. Elle sourit à Salim qui ne la quittait pas des yeux. Elle n'avait jamais ressenti une pareille harmonie. Elle partageait avec celui qu'elle aimait l'ardeur des corps comme celle de l'esprit. À son côté, elle se sentait prête à déplacer des montagnes. Un sourire de satisfaction s'épanouit sur le visage d'Adib.

— La voix de la sagesse, conclut-il.

— Certes, mais il n'en demeure pas moins…, relança le petit frisé.

— Najib, la paix !

Beyrouth, le 2 juillet 1897

Ma bien chère Ginou,

Mes pensées volent vers toi. Comment te portes-tu ? As-tu l'impression de rajeunir depuis que tu as endossé la responsabilité d'Aurélien et d'Oriane ? J'espère qu'ils ont un tempérament doux comme leur père et qu'ils se montrent obéissants et affectueux.

Comme promis, je continue à suivre de mon mieux le périple de ta belle-fille, qui me donne toutefois du fil à retordre. Elle semble s'être installée à Damas, mais impossible d'obtenir une adresse depuis qu'elle a quitté l'hôtel Victoria. Une Française dans cette ville musulmane ne devrait pourtant pas passer inaperçue puisqu'on n'y compte que quatre cents résidents non ottomans, dont surtout des Allemands. Or, même notre consulat ne sait rien. Un comble, tout de même. Elle s'est volatilisée.

J'ai demandé aux uns et aux autres où elle se rendait à la messe, mais elle ne s'est présentée à aucun prêtre damascène, ce qui serait pourtant la moindre des politesses. Peut-être craint-elle d'être foudroyée par le Seigneur en mettant le pied dans une église ?

Je perçois d'ici ton exaspération, mais sois donc un peu patiente ! J'ai tout de même réussi à glaner des informations ici, à Beyrouth, où je surveille les ateliers de moulinage, d'ourdissage et de teinture de la fabrique attenante à notre orphelinat. Elle a tenté de reprendre contact avec des camarades de classe, mais comme elle ne s'est pas cachée d'avoir quitté Victor, elle n'a pas été reçue. Tu penses bien qu'on ne laisse pas entrer le loup dans la bergerie. Certaines se sont même offusquées qu'elle ait osé leur faire signe. Je pressens que cet ostracisme te fait plaisir, cependant je te demande de ne pas te réjouir du malheur d'autrui… Pour ma part, je n'éprouve qu'une immense tristesse devant ce terrible gâchis.

Lui, en revanche, est beaucoup plus facile à repérer. La famille Zahhar est francophile et éminemment respectable. Deux de ses tantes habitent Beyrouth, d'autres membres de sa famille vivent à Alexandrie, un frère est député à Constantinople. Salim Zahhar est un notable dont on parle beaucoup à Damas, mais pas seulement. C'est aussi un généreux donateur à nos œuvres de bienfaisance depuis de nombreuses années, et plusieurs orphelines que nous avons formées ont été embauchées dans sa nouvelle filature.

S'il habite bien Damas, il vient régulièrement à Beyrouth. La ville est évidemment incontournable pour ses affaires. Inutile de te rappeler qu'un tiers de la population du Mont-Liban travaille pour l'industrie de la soie. Pour l'instant, je n'ai pas entendu dire que Blanche et lui aient été vus ensemble. Chez nous, comme partout, les médisances vont bon train et la présence du couple aurait certainement fait le tour de la ville comme une traînée de poudre. Je te rappelle toutefois que tu fondes tes soupçons sur l'intuition de Victor pour affirmer qu'elle l'aurait quitté pour cet homme. Tant que je ne sais rien de tangible à ce sujet, je ne puis me permettre de poser des questions indiscrètes qui risqueraient de choquer les Zahhar et de me les mettre à dos.

Estime-toi heureuse que Blanche reste discrète. Ce pays a l'habitude des femmes singulières. Peut-être deviendra-t-elle une autre lady Stanhope ? Et si elle s'était réfugiée, elle aussi, dans les ruines d'un monastère ? À moins qu'elle ne se promène dans les environs de Palmyre déguisée en nomade, menant serviteurs et chameaux sous la protection de Bédouins armés de lances décorées de plumes d'autruche, comme l'illustre aventurière britannique ?

Je plaisante, bien sûr…

Toute cette histoire me paraît étrange. Victor était venu me la présenter lors de leurs fiançailles. Je garde le souvenir d'une jeune fille réservée, plutôt mal fagotée. Elle avait un grand nez, des joues plates et un air insignifiant. Comment a-t-elle pu agir de la sorte ? Je ne l'en aurais jamais crue capable ; elle semblait parfaitement amorphe. À l'époque, ton fils était de toute évidence très épris. Je m'étais fait la réflexion que l'adage disait vrai, que l'amour rendait vraiment aveugle.

Je te serre sur mon cœur, ma tendre petite Ginou, et te confie à la protection de notre Vierge Marie.

Ta cousine Marie-Liesse

*

Lyon, le 15 août 1897

Ma Très Révérende Mère,

Bien-aimée cousine,

Pardonne-moi de ne pas avoir répondu aussitôt à ta dernière lettre, mais Aurélien a eu les oreillons avec de fortes fièvres et nous avons été très inquiets pour lui. Heureusement, il est parfaitement remis désormais.

Comment voudrais-tu que je ne me réjouisse pas que Blanche soit ostracisée par ses pairs ? Il ne manquerait plus qu'elle vive une existence insouciante au Liban entre les bras de son amant ! Heureusement que les gens savent se tenir. Et tant pis si cela doit me valoir des pénitences.

Je crois deviner chez toi une pointe d'admiration pour cette folle de lady Hester Stanhope. Lamartine voyait en elle une nouvelle reine Zénobie, âme noble et téméraire, parmi les vestiges de Palmyre. Mais quelle horreur ! Cette malheureuse femme était une illuminée, qui se croyait prophétesse et alchimiste, fumait le narguilé en turban, espérait conquérir Jérusalem sur un cheval blanc, avant de finir sa vie couverte de dettes, emmurée dans sa forteresse en ruine et sans doute dévorée par ses chats… Vraiment, Marie-Liesse, sois un peu raisonnable, je te prie. Tu as toujours eu une propension à défendre les êtres les plus fantasques, mais il ne faut pas exagérer.

Je m'étonne que Blanche ne laisse aucune trace derrière elle. Comment est-ce possible ? Elle doit avoir des amis bien influents pour disparaître ainsi de la face de la terre. On ne vit tout de même pas d'amour et d'eau fraîche ! Je sais qu'elle a hérité d'un peu d'argent de sa mère, et Victor a insisté pour qu'elle puisse en disposer librement. Peut-être s'est-elle en effet acheté une maison dans un endroit reculé du pays ? Pourvu qu'elle y reste. Moins on en entend parler, mieux nous nous porterons tous.

Je te remercie d'être aussi attentive, car je sais que cela ne t'enchante pas, mais je te réitère instamment ma demande : je veux tout savoir de ses agissements. Je me dois de protéger les miens.

Je t'embrasse comme je t'aime, ma chère cousine, en cette fête de notre Vierge si bienheureuse.

Ginou

*

Beyrouth, le 8 octobre 1897

Ma bien chère cousine,

Un mot bref car je suis très occupée en ce moment par une épidémie de typhoïde.

Ta belle-fille a été aperçue lors d'un thé de bienfaisance. Il existe chez nous plusieurs associations féminines chrétiennes et musulmanes qui se dévouent à des œuvres de charité. La plupart s'intéressent à l'éducation et à la santé. On raconte que Blanche soutient les femmes en difficulté qui travaillent dans l'artisanat textile. Ces dernières années, la concurrence des soies bon marché et des produits manufacturés s'est fait durement ressentir. Même nos ouvrières dans les filatures ont protesté vigoureusement. Cela ne me surprend pas de Blanche. Sa mère était une ouvrière fileuse, elle doit avoir l'esprit canut.

J'ai demandé des précisions, sous le sceau du secret, au père Fromentin, qui était également l'un des invités. Il est tombé des nues. Blanche ne s'est pas présentée sous son nom d'épouse, mais sous son nom de jeune fille. Il n'a donc pas fait le lien avec les Duvernay, d'autant qu'il n'est pas au Liban depuis très longtemps. Il a bavardé quelques minutes avec elle. Selon lui, elle semblait parfaitement sereine. Il a trouvé son accoutrement étrange ; elle portait une robe d'inspiration orientale avec des broderies palestiniennes. Quand je te dis qu'elle va finir comme lady Stanhope…

En revanche, pas de signe de Salim Zahhar à cette occasion. Penses-tu que Victor se soit trompé ?

Bien affectueusement et toujours en prière avec toi.

Marie-Liesse

*

Lyon, le 5 novembre 1897

Ma Très Révérende Mère,

Douce et tendre cousine,

Ainsi, le loup est sorti du bois. Elle ne sera restée discrète que quelques mois avant d'aller se pavaner en ville. Quelle effrontée ! Et tu me dis qu'elle se déguise maintenant en indigène ? À quand la danse des sept voiles ? Mais c'est la tête de mon fils qu'elle a voulu sur un plateau, non celle de ce malheureux saint Jean Baptiste ! Sans doute s'est-elle installée au Liban. Elle y est née, après tout. J'aurais préféré qu'elle reste aux portes du désert, ou même au beau milieu, sans eau ni nourriture, avec le diable pour tentateur.

Puisque j'ai interdit à Victor de prononcer son nom devant moi, je ne peux pas revenir sur le sujet avec lui, mais il m'avait clairement affirmé qu'elle avait une liaison avec ce Salim Zahhar. Je n'ose croire qu'elle serait devenue la maîtresse d'un autre homme, mais on peut sans doute s'attendre à tout, venant d'une fille comme elle. Le bon père l'a trouvée sereine, écris-tu. Comme toute courtisane qui s'attache un protecteur au portefeuille bien rempli. J'en ai le cœur retourné.

Heureusement, les enfants se portent à merveille. Aurélien n'évoque plus sa mère, du moins en ma présence ou en celle de Victor. C'est un petit garçon studieux, passionné d'équitation et de musique. Il a hélas tendance à se bagarrer avec ses camarades, mais c'est de son âge. Il nous a fait une frayeur l'autre jour en se rendant tout seul à la Croix-Rousse, sans prévenir personne. À l'époque de Blanche, il s'était hélas acoquiné avec un fils de canut pour qui il continue d'éprouver une fascination des plus déplacées. J'ai dû le mettre au pain sec et à l'eau pour qu'il cesse ses bêtises. J'espère qu'il entendra raison dorénavant. Quant à Oriane, elle devient une petite fille des plus espiègles. Elle est ravissante, avec ses boucles blondes et son regard mutin. Un vrai petit caractère, qui ne s'en laisse pas conter. Je me reconnais en elle.

De son côté, Victor a beaucoup voyagé ces derniers temps. Il s'est rendu à Londres et à New York pour y rencontrer des clients. Il passe aussi désormais plus de temps qu'autrefois à Paris. Il s'y est même acheté un pied-à-terre, prétendant que cela le fatiguait de descendre toujours à l'hôtel.

Je suis alitée avec un début de bronchite – tu te plaisais à dire, lorsque nous étions jeunes, qu'on était enrhumé à Lyon de la Toussaint au dimanche des Rameaux ! Permets-moi donc de te laisser, ma tendre cousine, en t'embrassant affectueusement.

Ginou

*

Extrait du registre d'état civil
N° 34. Jugement de transcription de divorce

[…] suivant le jugement rendu par le tribunal civil du Rhône (troisième chambre) le vingt mars mille huit cent quatre-vingt-dix-huit, le Divorce a été prononcé d'entre Monsieur Victor Duvernay, demeurant rue Saint-Joseph, à Lyon, et la Dame Blanche Grange, son épouse, avec laquelle il avait contracté mariage…

Blanche mit pied à terre devant la ferme. Son drogman, Melhem Wardi, prit les rênes de son cheval puis s'éloigna pour donner à boire à leurs montures. Elle s'avança les bras ouverts vers la paysanne qui était sortie pour l'accueillir. Les deux femmes s'enlacèrent. Sous la robe en laine rêche, Blanche perçut le renflement des sachets pendus au cou de son hôte. Selon la tradition millénaire, la Libanaise couvait les graines de vers à soie sur son sein pour favoriser leur éclosion.

— Comment vas-tu, Souha ? demanda Blanche, sondant son regard sombre pour s'assurer qu'elle ne lui cacherait pas la vérité par pudeur.

Elle avait un joli visage rond, des paupières lourdes, une peau déjà tannée pour son jeune âge. Un voile de larmes lui brouilla les yeux, mais elle ne baissa pas la tête.

— C'est difficile, sans lui, mais les enfants m'aident de leur mieux, grâce à Dieu.

Souha avait perdu son mari six mois auparavant. Elle s'était retrouvée seule avec quatre enfants, seule aussi pour s'occuper de la ferme, des quelques mûriers blancs dont ils étaient propriétaires et de l'éducation des vers.

En cela, elle n'était pas dépaysée ; depuis le XIIe siècle, l'élevage des vers à soie était l'apanage des femmes.

Petite fille, déjà, chaque printemps Souha aidait sa grand-mère à construire une cabane. Elles plaçaient les graines dans des sacs en toile qu'elles entreposaient dans une hutte bien close, à température constante. Quelques jours plus tard, elles y glissaient des feuilles de mûrier, avant de les en retirer avec précaution pour ne pas faire tomber les vers éclos qui s'y étaient accrochés et de les disposer sur des plateaux ronds enduits de bouse de vache mêlée de paille. Les premiers temps, il fallait les nourrir cinq fois par jour, puis surveiller les étapes jusqu'à ce que les courageux insectes tissent leur précieux cocon dont la cueillette marquerait un jour de fête pour toute la famille. Ce travail exigeait concentration et persévérance.

— J'ai acheté de nouvelles claies, tu veux voir ?

Se tenant par la taille, les deux femmes se dirigèrent vers un modeste bâtiment de pierre que le mari de Souha avait érigé de ses mains. Les paysans les plus pauvres élevaient les vers dans leurs habitations, parfois même dans leur chambre, afin de maîtriser les différences de température.

— Tu me fais un grand honneur, la remercia Blanche. Tu sais bien que dans l'Empire ottoman les femmes qui élèvent les vers sont persuadées que le regard d'un étranger sur leurs protégés les tuerait.

Souha éclata de rire.

— Ma mère était comme ça, mais c'est de la superstition. Et tu n'es pas une étrangère.

Sa sincérité toucha Blanche en plein cœur. C'était ce qu'elle était venue chercher en revenant en Orient, cette sensation d'être enfin à sa place, les pieds plantés dans une terre dont elle saisissait la résonance intime en dépit des soubresauts, des colères, parfois des haines envers les Occidentaux. Oui, elle était d'ici de manière charnelle, par sa naissance comme par l'amour qu'elle portait à un Syrien de Damas. Elle était d'ici aussi viscéralement que la jeune paysanne maronite qui poussait la porte de sa magnanerie.

Blanche baissa la tête pour pénétrer dans la pièce chaude et paisible. D'emblée, elle fut rassurée par le bruissement sonore des vers qui dévoraient leurs feuilles à un rythme effréné, gage de bonne santé. Sa mère lui avait décrit le silence mortifère de la magnanerie familiale de la Drôme, le jour où elle avait tenu dans ses mains les vers décimés par la pébrine sous le regard désarmé de ses parents qui voyaient tous leurs efforts réduits à néant.

— Regarde ! dit fièrement Souha en lui indiquant les plateaux tressés en roseaux d'environ un mètre de diamètre, sagement étagés sur trois niveaux. J'ai écouté tes conseils ; j'ai pris soin d'espacer mes petits.

Blanche hocha la tête, satisfaite.

— Ton rendement sera meilleur. Il faut apporter beaucoup de soin à la cueillette des feuilles et veiller à ne jamais entasser les vers sur les claies. En Syrie, le bénéfice des paysans est hélas souvent très faible, car ils ne font pas assez attention. Chez nous, autrefois, les garçons abandonnaient l'école durant les six semaines d'élevage.

— Nous avons aussi de la chance que notre ferme soit bien située. Les graines d'importation française se développent mieux sur la colline que dans la plaine.

— Tu devrais bientôt atteindre un rendement de quarante-cinq à cinquante kilos par once, qu'en penses-tu ?

Souha acquiesça, les yeux brillants.

— Je l'espère, *inchallah*…

Ce spectacle fascinait Blanche depuis son enfance. Au commencement se trouvait une innocente graine de la grosseur d'une tête d'épingle, sur laquelle les sériciculteurs veillaient comme sur la prunelle de leurs yeux. En une dizaine de jours seulement, l'insecte vorace devenait assez puissant pour tisser son cocon, cette matrice nécessaire à la chrysalide qui se rêve papillon. Mais ce cocon se transformerait en sarcophage, puisque l'homme sacrifierait l'insecte pour préserver le fil miraculeux à la longueur quasi surnaturelle d'environ huit cents mètres. Elle examina avec soin les *Bombyx mori* qui blanchissaient au fil de leurs quatre mues pour finir jaunes, ornés de rayures noires et recouverts de poils rudes. Elle vérifia que la corne à leur extrémité était bien droite. On disait que c'était signe de robustesse. De leur qualité dépendrait la beauté du fil, et donc des étoffes à venir.

— Je suis heureuse pour toi, *habibati*. Tu fais un travail magnifique.

— Viens, mon amie, je veux t'offrir le thé.

Elles sortirent au soleil. Souha lui proposa de s'asseoir sous la tonnelle, le temps qu'elle prépare les boissons. Soulagée de se reposer car elle chevauchait depuis l'aube, Blanche étira ses jambes. Ses bottes étaient couvertes de poussière. Elle lissa d'une main son gilet orné de broderies et gansé de fils d'argent. Un peu plus haut sur la colline, le fils aîné de Souha veillait sur leurs chèvres au long poil noir qui broutaient les herbes entre les rochers. Le petit garçon lui adressa un signe joyeux, Blanche lui répondit, traversée par un vif sentiment de bonheur. D'être utile la comblait de joie. Lors d'une conversation avec Salim, elle s'était aperçue que certaines femmes connaissaient parfois de graves difficultés lorsqu'il arrivait malheur à leur protecteur attitré, mari, frère ou oncle. Les familles ou les communautés ne parvenaient pas toujours à leur fournir l'aide nécessaire. Aussi avait-elle commencé à rendre visite aux plus démunies des quartiers pauvres de Damas, à celles des hameaux de la Ghouta, de Palestine et du Mont-Liban. Elle avait l'autorité nécessaire pour leur parler parce qu'elle connaissait les secrets des magnaneries, des filatures, des tisseurs, comme les habitudes des courtiers retors ou des marchands avides de gains. De prime abord réticentes, les veuves ou orphelines s'étaient mises à écouter ses conseils, et beaucoup la traitaient désormais en grande sœur.

Souha apporta des verres de thé, sa petite fille de trois ans accrochée à sa jupe. Un spasme comprima le cœur de Blanche quand l'enfant vint vers elle, séduite par l'éclat des couleurs rouges et orange sur son gilet. Elle avait les yeux sombres de sa mère, des joues potelées, une confiance insouciante en cette étrangère assise sous la tonnelle. Tu as tort, petite ! songea Blanche. Il faut fuir les inconnues coiffées à la diable, en chemise blanche et pantalon d'équitation, qui surgissent un matin au détour d'un sentier de montagne et risquent de vous faire du mal. Blanche lui caressa la joue avec une étrange réticence, comme si elle craignait de la blesser.

— Je ne veux pas qu'elle te dérange, s'inquiéta Souha.

— Pas du tout… Elle est adorable.

Blanche souleva l'enfant pour la poser sur ses genoux. Son poids pourtant si léger lui fit monter les larmes aux yeux. Elle se ressaisit aussitôt, agacée. Elle pensait s'être guérie de ces salves d'émotions traîtresses, les enfants de Hayat et d'Adib ne lui infligeant plus cette sensation douce-amère. Pourquoi aujourd'hui ? Pourquoi maintenant alors qu'elle se sentait si sereine quelques instants auparavant ?

L'enfant se mit à jouer avec l'un des rubans qui retenaient ses cheveux tressés. Blanche le dénoua en un tour de main et le lui donna.

— Il ne faut pas, voyons ! la gronda Souha.

— Bien sûr que si… Et je lui en apporterai d'autres la prochaine fois.

Soudain, Souha releva la tête. En haut du sentier déboucha une carriole tirée par un petit cheval robuste, harnaché de colliers bleus contre le mauvais œil. Le conducteur portait un costume de lin et un chapeau melon anglais, incongru en ces lieux. L'attitude méfiante de son amie alerta Blanche, qui reposa l'enfant avec précaution.

— Bonjour à vous, mesdames ! les salua-t-il, s'immobilisant sans prendre la peine de descendre. Je venais m'enquérir de la santé de mes petits élèves.

Blanche comprit qu'il s'agissait du courtier et fut aussitôt sur ses gardes. Les achats de cocons aux modestes éleveurs syriens se faisaient par l'intermédiaire de ces hommes dont la plupart travaillaient pour leur propre compte. Ils négociaient la récolte le moins cher possible auprès de l'éleveur pour la revendre ensuite au meilleur prix au filateur.

— Tout va pour le mieux, monsieur Sarouth, bafouilla Souha. La récolte sera très bonne cette année.

— On m'a dit que ton mari était décédé. La ferme, les enfants, les vers à soie… C'est beaucoup pour une femme seule, non ? Je t'ai avancé les graines en échange d'une participation à la récolte, je ne voudrais pas que mon investissement soit menacé. J'ai déjà connu des déconvenues avec toi par le passé. Ton travail n'a pas bonne réputation. N'as-tu personne pour t'aider ?

Un frisson parcourut Souha qui semblait décontenancée. Blanche s'avança pour se tenir auprès de son amie.

— La récolte tiendra ses promesses cette saison, monsieur, affirma-t-elle d'un ton froid.

L'homme étudia Blanche de la tête aux pieds non sans dédain.

— Pardonnez-moi, madame, mais je ne crois pas vous connaître.

— Je suis une amie de Souha. Votre profit sera considérable, comme toujours.

— Vraiment ? Et qui êtes-vous pour l'affirmer ?

— Blanche Grange.

Il fouilla un temps dans sa mémoire, avant qu'une lueur n'éclaire son regard.

— La fille d'Eugène Grange, l'ancien directeur de la filature Duvernay ?

— Oui.

— Je vous croyais mariée et partie pour la France depuis longtemps.

— Me voici, pourtant. Je n'ai pas le don d'ubiquité.

— Alors comme ça, vous êtes devenue la sainte patronne de Souha ?

— Je laisse les miracles à d'autres, monsieur. Moi, je vous affirme que Souha éduque parfaitement ses vers à soie. Ils donneront des grèges certes moins blanches que celles de la plaine de Tripoli, mais nettement moins grossières que ce qui se produit dans la province du Chouf. Et comme je ne doute pas que votre participation à sa récolte est bien plus élevée qu'elle ne devrait l'être, vous ferez un joli profit à son détriment.

— Vous êtes bien agressive...

— Je n'aime pas les usuriers indélicats. Je vous connais bien, vous et les vôtres. Vous pressurez les petits paysans aussi sûrement que si vous pointiez un pistolet sur la tempe de leurs enfants. Vous avez avancé de l'argent à Souha après la mort de son mari à un taux exorbitant. Vous devriez avoir honte.

Il se redressa sur sa banquette, le regard noir.

— Et moi je n'aime pas les donneuses de leçons. J'ignore ce que vous faites dans les parages, mais je vous déconseille vivement de venir troubler nos affaires. Un mot de ma part, et la récolte de votre petite protégée ne sera achetée par personne !

— Ne jouez pas au jeu des menaces avec moi, monsieur Sarouth, vous seriez perdant. L'important, c'est que le travail de Souha soit à la hauteur. De cela, je me porte garante.

Du coin de l'œil, Blanche aperçut une silhouette sombre en tenue de cavalier, poignard à la ceinture, qui venait d'apparaître à l'angle de la maison. Melhem Wardi s'adossa tranquillement au mur.

— On verra bien, fit le courtier d'un air agacé. Mesdames, je vous salue.

Il fit claquer les rênes sur la croupe de son cheval, qui s'élança.

Blanche vacilla, si bien que Souha dut la retenir par le bras.

— Merci, *habibati*, tu as été formidable… Mais tu n'as pas l'air bien ?

— Ce n'est rien, dit Blanche en portant la main à son front. Un vertige. Je n'aime pas les confrontations. Mais je suis heureuse d'avoir été là pour te défendre. Je veillerai à ce que cet homme ne t'ennuie pas. Continue ce que tu as commencé et ta récolte sera la meilleure depuis des années.

Elle serra Souha dans ses bras.

— Pardonne-moi de repartir aussi vite, mais avant de rentrer chez moi, je m'étais promis de passer à la filature.

La jeune femme fit une grimace.

— Ma fille aînée y a été embauchée pour la saison. Je n'avais pas le choix. Il me fallait l'argent pour rembourser l'emprunt. Elle n'a que huit ans, tu sais ? Elle serait mieux avec moi à la maison.

— Je comprends. Que Dieu te garde, ma douce ! Prends soin de toi et des enfants. Je reviendrai te voir dans quelques semaines.

Melhem Wardi amena leurs montures. Blanche enfourcha son cheval, souffla un baiser à Souha puis remonta le sentier au petit trot. Son drogman la suivait comme son ombre.

Une demi-heure plus tard, les deux cavaliers arrivèrent à la filature. Blanche ne s'était pas annoncée au propriétaire afin d'éviter ses cachotteries et ses mensonges. Le bâtiment était vétuste, petit et mal ventilé. Elle ne comprenait pas comment il pouvait encore produire un travail qui trouverait preneur sur le marché. Beaucoup de filatures syriennes s'étaient modernisées sous l'impulsion des investissements lyonnais des dernières décennies, mais cet endroit semblait figé dans le passé. Elle s'inquiétait pour les fillettes comme la petite de Souha, employées au tirage de la soie et qui travaillaient treize heures par jour pour quelques malheureuses piastres, avec pour seul répit une brève récréation qui n'en avait que le nom, et à qui on fournissait des repas infâmes.

Cette fois-ci, Melhem ne la lâcha pas d'une semelle ; ils entrèrent ensemble dans le bâtiment. Aussitôt, les relents pestilentiels des chrysalides qui macéraient dans l'eau des bassines prirent Blanche à la gorge. Certains pensaient ainsi faciliter le dévidage et donner au fil un lustre plus brillant. Saisie d'un haut-le-cœur, elle porta une main à sa bouche et sortit en courant. Incapable de se retenir, elle vomit aux pieds du propriétaire qui s'avançait vers elle.

— *Sitt** Blanche, ça va aller ? s'inquiéta son drogman, une main réconfortante posée sur son dos.

Quand elle tenta de reprendre son souffle, elle respira les miasmes des monceaux de chrysalides en décomposition dans la cour insalubre et régurgita une nouvelle fois tripes et boyaux.

— Elle vous avait bien dit la dernière fois que c'était d'une crasse innommable ! s'emporta Melhem

---

* Madame.

en houspillant le petit homme bedonnant. Vous aviez promis de faire des efforts mais rien n'a changé. Regardez le résultat ! Je n'en ai pas fini avec vous, espèce de barbare !

Alors que Blanche essuyait ses lèvres d'une main tremblante, Melhem tira d'une poche un resplendissant mouchoir blanc et l'aida à s'éloigner, la tenant si fermement contre lui que ses pieds ne touchaient plus terre. Il la déposa comme un paquet au pied d'un arbre.

— Je vais chercher de quoi boire. Attendez-moi là !

Blanche était secouée de frissons, sa chemise collait à son dos en sueur. Elle observait le propriétaire campé devant la porte d'entrée, visiblement apeuré par le drogman qui continuait à l'insulter copieusement. C'était désolant de penser que les efforts de Souha allaient être gâchés par quelqu'un qui se complaisait dans la médiocrité. Comment les fileuses pouvaient-elles travailler correctement dans ces conditions ? Or, la qualité du fil dépendait d'elles. Le monde de la soie était une longue chaîne qui menait d'un ver à soie élevé dans une humble chaumière aux étoffes les plus somptueuses. Chaque maillon avait son importance. Tout était toujours une question de respect de l'autre. Elle s'adossa au tronc et ferma les yeux. La vision des petites filles obligées de travailler dans ces conditions saumâtres la révoltait. Cette fois, de simples recommandations ou des admonestations ne suffiraient pas. Il faudrait qu'elle demande conseil à Salim pour trouver une solution. Elle doutait toutefois qu'il ait les moyens de racheter cette pitoyable usine pour la moderniser. Et il ne s'endetterait certainement pas auprès des banquiers lyonnais.

Le fautif s'était approché à pas de loup.

— Vous allez mieux, madame ? demanda-t-il, inquiet à l'idée que Melhem Wardi le fasse payer d'une manière ou d'une autre.

Blanche le fusilla du regard.

— Vous savez ce que je vais faire ? Je vais aller voir vos ouvrières l'une après l'autre et les convaincre de quitter leur emploi. Vous savez comme moi qu'elles seront mieux rémunérées en devenant dentellières.

Le recrutement de fileuses se trouvait en effet menacé depuis quelque temps par cet artisanat. Il devenait par ailleurs plus difficile de faire plier les ouvrières. Dans certaines usines, il y avait même eu des mouvements de grève pour réclamer de meilleurs salaires et une réduction des horaires.

— Au moins, elles pourront travailler à la maison et respirer de l'air pur. Vous allez mettre la clé sous la porte et ce ne sera que justice.

Melhem lui apporta un verre d'eau ainsi qu'une serviette fraîche imbibée à l'eau de rose pour s'essuyer le visage. Elle se sentit tout de suite mieux et se releva pour toiser le propriétaire qu'elle dominait d'une tête.

Il ouvrit les deux mains comme pour l'empêcher de parler.

— C'est trop tard, madame. J'ai vendu l'affaire. Le nouveau propriétaire veut faire des investissements. Il en a les moyens, lui ! lâcha-t-il, visiblement jaloux. Je suis content d'arrêter, croyez-moi. Je pars enfin rejoindre mes enfants en Amérique ; tout est plus facile, là-bas.

Blanche pinça les lèvres.

— L'herbe n'est pas toujours plus verte ailleurs. Qui est le nouveau propriétaire ? J'ai l'intention de lui parler sans attendre. Il faut commencer au plus vite à améliorer les conditions de travail des ouvrières.

Salim jeta un coup d'œil sur la terrasse ombragée. En tunique de lin, Blanche était assise en tailleur sur le divan depuis un long moment, fixant sans bouger l'étendue métallique de la Méditerranée sous le ciel plombé. Après les chaleurs de la journée, l'air orageux semblait suspendu, gorgé d'humidité, sans aucune brise pour agiter les cimes des arbres. Sa bien-aimée avait les traits tirés après sa longue chevauchée. Salim était inquiet. Il savait que le destin des femmes qu'elle avait prises sous son aile lui tenait à cœur. Son caractère entier l'empêchait de faire les choses à moitié, mais cet engagement pouvait être dévorant. Il avait croisé Melhem Wardi avant qu'il ne reprenne la route vers Beyrouth. Le drogman lui avait raconté la journée éprouvante, le courtier indélicat et l'insalubrité de l'usine. S'il n'en tenait qu'à Blanche, les Soieries Zahhar rachèteraient toutes les filatures syriennes, ce qui était évidemment impossible. Un coup de vent agita des documents qu'elle tenait entre ses mains. Son cœur se serra. Elle avait donc fini par la décacheter, cette enveloppe à la fois tant espérée et redoutée.

L'autre jour, lorsque Blanche était revenue de la poste restante de Beyrouth, Salim s'était étonné qu'elle l'enferme dans un tiroir sans l'ouvrir. Tous deux savaient qu'elle contenait les papiers du divorce. « Chaque chose en son temps », lui avait-elle déclaré sèchement. Il avait été blessé par cette froideur inattendue. Un court instant, il avait retrouvé l'inconnue énigmatique de la Croix-Rousse. Ce divorce, même douloureux, devait leur permettre de tourner une page, mais voilà qu'elle était restée à l'écart, insaisissable. Pensait-elle à Victor Duvernay ? Un éclair de jalousie l'avait traversé, qu'il s'était aussitôt reproché. Cet homme serait pour toujours le père de ses enfants. Bien que Blanche s'en défendît, Victor lui inspirait des émotions que l'éloignement et le passage du temps ne simplifiaient pas. Au cours de la procédure, elle avait regretté qu'ils aient été obligés de s'écrire des lettres d'insultes à montrer au tribunal. Elle avait trouvé indigne d'accuser Victor d'offenses imaginaires alors que son seul tort avait été de tomber amoureux d'elle. Le sacrifice avait-il été trop grand ? Cette nuit-là, pour la première fois, Salim et elle n'avaient pas fait l'amour. Entre eux était née une infime fissure, inédite, qui l'avait effrayé.

Un grondement de tonnerre résonna au-delà des collines. Blanche ne tressaillit même pas. Nerveux, il chercha ses cigarettes. Il se sentait oppressé ; la chaleur était étouffante dans le petit salon dont les fenêtres étaient pourtant grandes ouvertes. À observer sa bien-aimée, pieds nus, ses cheveux dénoués sur les épaules, il prit conscience du chemin qu'elle avait parcouru. Il l'avait vue batailler avec elle-même, triompher de ses incertitudes, affirmer ses convictions. Il était fier qu'elle ait trouvé ses repères, que son nom coure désormais chez certains mécènes beyrouthins, chez des Bédouines reconnaissantes et de modestes paysannes. Elle s'appuyait sur lui parce qu'à deux ils étaient plus forts, mais elle existait par elle-même. Aujourd'hui, il mesurait combien tout cela était fragile. Leur liaison, leur avenir. Et si leur aventure n'avait été que provisoire, une tendre illusion ? Et si ce divorce scellait leur séparation parce qu'un subtil équilibre entre eux avait changé ? Il avait pourtant cru détenir la clé, comprendre l'alchimie de leur amour alors que celui-ci restait à réinventer chaque jour. Il était donc vrai que l'amour est la plus grande des leçons d'humilité. « Sans les liens sacrés du mariage, c'est bâtir sur du sable », aurait affirmé sa mère. Mais on disait tant de choses… On disait aussi que ce que Dieu a uni, l'homme ne le séparera pas.

Saisi d'une brusque impatience, il sortit sur la terrasse. Blanche tourna enfin la tête vers lui. Elle avait le regard fiévreux des mauvais jours, ceux où elle tentait en vain de lui dissimuler ses tourments. Croyait-elle qu'il ignorait qu'elle se levait à l'aube pour veiller à la fenêtre de leur chambre ? L'intensité de son chagrin se reflétait alors dans son port de tête, la ligne basse de ses épaules, l'expectative de ce corps tendu vers la ligne de l'horizon au-delà de laquelle se trouvait la France. Blanche était son double, la moitié de son âme. Il ressentait sa souffrance comme si elle avait été la sienne. Mais il la respectait trop pour ne pas la laisser traverser seule cette tristesse contre laquelle il ne pouvait rien. Il tira sur la cigarette, retint la fumée dans ses poumons. Elle semblait si sévère. Leur vie chaotique, tissée d'absences, de retrouvailles passionnées, de discrétion et de secret lui convenait-elle encore ? Maintenant que le couperet était tombé, qu'elle était délivrée aux yeux de la République française, aspirait-elle à autre chose ?

— Tu es troublée, dit-il, désemparé, se réfléchissant en elle comme dans un miroir.

— C'est vrai.

— Regrettes-tu ?

Il s'aperçut que son cœur battait à tout rompre tandis qu'elle prenait le temps de réfléchir. Il lui en voulut de ne pas s'offusquer en protestant vivement. Mais Blanche n'était pas comme les autres, elle ne le serait jamais. Il la connaissait assez bien pour savoir qu'elle lui dirait la vérité. L'air grave, elle replia les papiers avec soin et les glissa dans l'enveloppe.

— Non. Et je ne le regretterai jamais.

Un immense soulagement le parcourut. Il put reprendre son souffle. Ainsi, tout était possible.

— Je suis enceinte, Salim.

Le singulier éclat d'audace et de défi du premier jour, celui de leur rencontre sur les pentes de la Croix-Rousse, éclaira ses prunelles. Elle releva le menton, comme à son habitude, mais ses lèvres tremblaient. Elle avait peur, bien sûr. Comment aurait-il pu en être autrement ? Elle avait peur non de lui mais d'elle-même. Salim comprit enfin ses réticences, pourquoi elle s'était repliée, le gardant à bout de bras. Elle avait voulu lui dissimuler son angoisse comme elle cherchait toujours à lui dissimuler sa peine. Il lui saisit les mains. Le sang s'était retiré de ses joues, elle avait la peau moite, perlée de sueur. Ses cheveux frisaient dans l'humidité, l'auréolant de boucles folles. Il mesura combien sa peur était insondable, combien cette naissance à venir, au lieu d'être un moment de fête, ravivait ses fêlures et le sentiment d'impuissance qui la minait.

— Tu seras une mère magnifique, soleil de mon âme. Mon enfant est béni de t'avoir pour mère et je suis fier d'être son père. Je te remercie pour l'immense bonheur que tu me donnes.

— Je veux le meilleur pour lui, tu comprends ? Je ne veux pas qu'il me reproche un jour d'être une mère indigne.

Sa voix se brisa :

— Et si je n'arrive pas à le nourrir ? S'il me rejette ? Je n'ai pas su pour Aurélien… Je ne suis pas…

Elle se noyait sous ses yeux, le regard fou dans un visage livide.

— Et si je l'abandonne, lui aussi ?

Il lui broya les doigts.

— Écoute-moi ! Tu seras la mère que tu aurais été pour Aurélien et Oriane si cette famille t'avait seulement permis d'être toi-même, si elle avait accepté qui tu étais.

Il se leva, agité et en colère, s'éloigna de quelques pas. Blanche devait l'écouter et lui faire confiance. Elle devait une nouvelle fois se jeter du haut de la falaise. Avec lui. Tout dépendait des instants à venir. Leur avenir, mais surtout celui de leur enfant, l'enfant d'un amour interdit, qui n'aurait d'autre choix que de se forger un destin parce qu'il viendrait au monde en dehors des règles, qu'il serait cette herbe folle, tenace, qui pousse parmi les rochers. Déjà, pour son enfant, Salim ressentait un sentiment viscéral de protection et une infinie tendresse. Déjà, il se savait féroce.

— Regarde ! s'écria-t-il avec un large geste qui embrassait la mer, les mûriers et les ravins, l'orage qui grondait et au-delà des cèdres et des montagnes, la steppe souveraine, son désert de poussière et de prières. C'est la vie que tu as voulue, Blanche. Celle que tu es venue chercher. La vraie vie. Ici, tu es libre, mon amour. Et c'est de ta liberté que naîtra le bonheur de notre enfant.

DEUXIÈME PARTIE

Lyon, juin 1913

Oriane Duvernay regarda son père droit dans les yeux et lui mentit sans l'ombre d'une hésitation.

— Aurélien est allé retrouver Évariste pour étudier en bibliothèque. Ils sont inséparables, tous les deux.

Victor abaissa son journal tout en continuant à observer sa fille par-dessus ses lunettes cerclées.

— Vraiment ? Je croyais qu'il s'était disputé avec le fils Paterin. Ton frère a même brandi la menace grandiloquente d'un duel, l'imbécile. Comme si on plaisantait avec ces choses-là ! Dieu sait d'où lui vient ce comportement outrancier. Aurélien n'est plus un enfant, il va devoir apprendre à maîtriser ses colères. C'est inconvenant d'attirer l'attention de cette manière.

Oriane replia sa serviette de table et la déposa à côté de son assiette de petit déjeuner.

— Il a du caractère. C'est une qualité chez un garçon. Les hommes doivent être prêts à défendre leurs convictions.

Victor arqua les sourcils d'un air amusé.

— Seigneur, je crains le pire ! Dieu sait qui tu vas nous ramener comme fiancé.

— Enfin, papa, que redoutez-vous ? Vous savez bien que Bonne-Maman a commencé à dresser la liste de mes prétendants le jour de mon baptême et qu'elle m'imposera son choix le moment venu. Je n'aurai pas mon mot à dire… Du moins, c'est ce qu'elle espère, précisa-t-elle avec un sourire radieux. Mais vous prendrez ma défense, n'est-ce pas ?

Chaque fois qu'Oriane cherchait à le charmer, le cœur de Victor faisait un bond dans sa poitrine. Il serait à jamais sa victime consentante. Comment résister à ce jeune visage aux traits déjà affirmés ? Les vicissitudes d'une vie antérieure lui auraient-elles légué ce front haut, gage d'intelligence, ces joues plates, ce nez prononcé qui dénotait du tempérament ? S'il y avait chez Oriane une indéniable lumière par la grâce de ses cheveux blonds, elle lui venait surtout de l'espièglerie du regard aux reflets d'ambre qui l'avait conquis depuis le jour où elle sautillait en lui donnant la main lors de leurs promenades sur les quais de Saône. Même si la pudeur lyonnaise incitait à ne pas évoquer la beauté féminine, et bien qu'il s'agît de sa propre fille, Victor n'était pas aveugle.

— Moi, je ne suis pas pressé de te savoir mariée, mon enfant. Comment ferais-je, sans toi ?

Victor avait pensé la flatter par un compliment, mais il s'aperçut que c'était la stricte vérité. L'idée qu'elle puisse un jour le quitter le perça telle une flèche. Il s'imagina la conduisant jusqu'à l'autel pour la confier à un jeune homme sérieux, à qui elle serait entièrement dévouée. Il ne la verrait alors plus que lors de rares visites de courtoisie. La perspective de sa solitude à venir le fit frémir. D'emblée, Oriane lui avait accordé une confiance aveugle, ne doutant jamais qu'il la protégerait et la rendrait heureuse. Petite fille, elle se jetait dans ses bras à la moindre occasion, s'agrippait à son cou et dévorait ses joues de baisers. Reflété dans ce regard rempli d'admiration, Victor se sentait renaître avec la sensation de devenir meilleur. À une époque où il partait à la dérive, il avait puisé dans la foi de son enfant le sentiment irrésistible d'être un homme accompli.

— De toute manière, je n'ai pas l'intention de me marier tout de suite. Je saurai rappeler à Bonne-Maman que je viens seulement de fêter mes dix-huit ans. Il y a tant de choses que j'aimerais encore faire. Que diriez-vous d'un grand voyage, papa ? s'enflamma-t-elle soudain. Nous nous sommes tellement amusés à Londres. Nous pourrions aller à New York, qu'en pensezvous ? Je rêve de connaître l'Amérique.

— Et tu n'aurais pas peur de traverser l'Atlantique ? Tu avais semblé très impressionnée par le naufrage du *Titanic* l'année dernière.

— Si l'on s'arrêtait à cela, on ne prendrait même plus le train à cause des accidents ferroviaires. Vous savez bien que je n'ai peur de rien. Bonne-Maman me reproche assez d'être un garçon manqué.

Il la contempla, bien droite sur le bord de sa chaise, les yeux brillants, le menton levé d'un air de défi. L'image de Blanche lui traversa l'esprit, lui infligeant la morsure coutumière. C'était toujours ainsi. Un éclat de rire inattendu d'Oriane et il entendait résonner le rire puissant de sa mère ; un geste du menton, ou encore le dessin de son profil quand elle inclinait la tête, et Blanche surgissait, aussi obsédante qu'au premier jour. Il n'en parlait pas, considérant comme une faiblesse honteuse de ne pas avoir réussi à l'effacer de son esprit alors qu'elle était partie depuis une éternité. Il avait fini par se résigner : il ne guérirait jamais de ce poison. Aucune femme n'avait refermé la blessure. Les premiers temps, désemparé, il s'était rendu plusieurs fois dans la maison de tolérance la plus prisée de la Presqu'île. La cour traboulante entre les rues des Forces et de la Poulaillerie lui avait permis d'éviter de se faire remarquer, mais la crainte de croiser une connaissance l'avait vite incité à vivre ses aventures à Paris. Depuis plusieurs années, sa liaison avec Camille Ségur lui apportait les félicités du corps et même des moments de joie, car la célèbre comédienne était généreuse et vive d'esprit. Victor ferma brièvement les yeux, habitué à chasser les réminiscences de son premier amour par la seule force de sa volonté.

— Ne craignez-vous pas d'être en retard au bureau, papa ? s'inquiéta Oriane alors que la pendule de la salle à manger sonnait neuf heures.

Il se rembrunit.

— S'il y a une chose qui me chagrine parfois chez toi, ma fille adorée, ce sont tes manies d'institutrice.

Oriane jeta un coup d'œil à son père pour voir s'il plaisantait. Elle n'osa pas rétorquer qu'un trait de caractère l'insupportait également chez lui : la désinvolture avec laquelle il présidait à la destinée menacée des Soieries Duvernay. Quand elle en parlait à Aurélien, il accusait leur père de paresse. « Son désintérêt est criminel, déclarait-il, furibond. La Maison est dans notre famille depuis bientôt deux cents ans et on a l'impression qu'il s'en fiche comme d'une guigne ! »

Son frère exagérait, comme souvent, mais il était vrai que le navire tanguait et que son capitaine passait peu de temps dans l'immeuble à colonnades de la place Croix-Paquet.

— Je me rends à Paris tout à l'heure, dit Victor en se levant.

— Encore ! Vous en revenez à peine.

Il la fusilla du regard.

— Enfin, Oriane, pourquoi ces reproches ? Tes admonestations vont vraiment finir par me lasser. Je dois présenter aux couturiers nos échantillons de tissus pour les collections d'hiver. Paul Poiret ou Madeleine Vionnet sont plus flattés de discuter avec moi qu'avec l'un de nos représentants. Je te verrai à mon retour. Et dis à ton frère, si jamais il daigne réapparaître, que je n'héberge pas des courants d'air sous mon toit.

Il quitta la pièce, agacé, car il avait mauvaise conscience. Une demi-vérité n'était rien qu'un pieux mensonge. Camille Ségur avait été sa clé pour approcher le sémillant Paul Poiret, qui habillait aussi la comédienne Réjane. La renommée de Camille lui permettant d'être capricieuse, elle avait fait comprendre à Poiret comme à Jeanne Paquin, ses couturiers fétiches, qu'elle ne choisirait que des tailleurs et des robes confectionnés dans les tissus Duvernay. La publicité ainsi faite aux Soieries n'était pas négligeable, et cette activité fournissait aussi un paravent idéal aux séjours parisiens de Victor. Or, s'il retournait dans la capitale, c'était que Camille devait jouer la dernière d'une pièce pour laquelle elle avait été encensée par les critiques et il lui avait promis d'être présent.

Oriane resta seule, troublée. D'un seul coup, on aurait dit que la joyeuse lumière estivale qui soulignait les poutres peintes de leur salle à manger et rebondissait sur les carafes en cristal, les assiettes et les tasses de porcelaine, s'était assombrie. Elle détestait les sautes d'humeur de son père. Il lui arrivait parfois de rester des heures, sinon des journées, muré dans le silence, le regard indifférent, ses lèvres étirées en une ligne sévère. Elle le regardait alors sombrer dans une mélancolie odieuse, semblable à des sables mouvants. Son rejet et son attitude distante engendraient toujours chez elle une angoisse qu'elle ne s'expliquait que par l'amour qu'elle lui portait. Comment supporter de voir souffrir un être aimé ? Dans ces moments-là, Oriane avait appris à user de tout son charme pour le ramener à elle. Enfant, elle aurait été prête à vendre son âme au diable pour obtenir un sourire et lire dans ses yeux gris qu'elle était bien le cœur de son univers. Elle ne reculait alors devant rien : réciter des poésies les mains dans le dos, lui offrir des coloriages ou des fleurs soigneusement pressées dans un herbier. Mais le spleen de son père était tenace.

S'apercevant que ses mains tremblaient, la jeune fille serra les poings. La journée avait pourtant bien commencé, avant qu'elle ne soit obligée de mentir pour protéger Aurélien et que leur père ne se mette bêtement en colère. Elle repoussa brusquement sa chaise puis se dirigea d'un pas déterminé vers la chambre de son frère, où elle ne fut pas étonnée de trouver les draps tirés et la courtepointe sans un faux pli. Ainsi, une nouvelle fois, Aurélien n'était pas rentré dormir à la maison. Il avait pourtant été présent, la veille, au dîner de famille hebdomadaire que présidait toujours leur grand-mère. Un couple de cousins avait été également convié. La mèche dans les yeux, il avait déployé l'éventail des bonnes manières. Aurélien était doué pour donner le change ; c'était d'ailleurs grâce à lui qu'elle avait appris à mentir sans ciller. Personne n'aurait pu deviner qu'il se languissait d'être ailleurs, qu'il avait en horreur ces repas policés où chacun s'efforçait de mettre l'autre en valeur sans briller de manière ostentatoire. Car Aurélien n'aimait qu'une seule chose : séduire.

Elle avisa les livres et les cahiers de révision de son frère, censé préparer ses oraux de droit. Elle feuilleta les papiers où il avait écrit des bribes de poèmes, dessiné des femmes aux poitrines avantageuses et gribouillé des caricatures obscènes. Visiblement, le Code civil ne retenait guère son attention. D'ailleurs, depuis son retour du service militaire, il prétendait avoir décidé de faire autre chose de sa vie. Elle se demandait ce qu'il pouvait bien envisager. Il était entendu qu'il décrocherait un diplôme universitaire avant d'intégrer les Soieries, mais il n'en prenait pas le chemin. Ces derniers temps, il semblait surtout décidé à exaspérer leur père par ses foucades.

Oriane tourna les talons. Elle savait parfaitement où le trouver, et ce n'était certes pas dans le sillage de cet imbécile d'Évariste Paterin.

La ficelle déposa Oriane sur le boulevard de la Croix-Rousse. Alors qu'elle sortait de la station, l'éclat du soleil la fit cligner des yeux, si bien qu'elle ajusta son canotier pour se protéger le visage. Il faisait un temps radieux. Vêtue d'une chemise blanche et d'une longue jupe en popeline de coton, elle avait presque chaud. Comment s'étonner qu'Aurélien préfère être dehors plutôt qu'enfermé dans sa chambre à réviser ?

Elle marqua un temps d'hésitation. Elle connaissait le nom de son café de prédilection, mais ignorait où il se situait. Cela faisait plusieurs mois qu'elle n'était pas venue dans le quartier, éprouvant d'ailleurs depuis l'enfance une curieuse réticence à s'y aventurer. Sans doute parce que sa grand-mère n'avait jamais fait mystère qu'une jeune fille de son rang n'avait pas à traîner chez les canuts. À l'entendre, le mauvais œil menaçait de vous y frapper à chaque coin de rue. Elle s'en était un jour étonnée auprès d'Aurélien qui s'était contenté de hausser les épaules. Maintenant qu'il était adulte, personne ne pouvait l'empêcher, lui, de s'y encanailler avec son meilleur ami, ce qu'elle était toutefois la seule à savoir. Un secret qu'elle gardait scrupuleusement,

Aurélien n'acceptant de lui faire des confidences que sous réserve qu'elle reste muette comme une tombe. Aussi avait-elle appris très tôt à ne jamais prononcer le nom de Maxence Martin devant son père ou sa grand-mère. « C'est à cause d'anciennes querelles, lui avait expliqué Aurélien. Papa et le père de Maxence se sont autrefois castagnés au sujet des prix de façon. Inutile de réveiller de vieilles rancœurs. »

Elle demanda son chemin à une passante. En approchant de la place Bellevue, elle vit plusieurs petites tables installées sous un store. Aurélien, les cheveux en bataille, la cravate foulard légèrement de travers, riait à gorge déployée avec un jeune homme blond, tête nue lui aussi. Son regard s'attarda sur Maxence Martin, le veston mal ajusté, l'églantine à la boutonnière. Ses épaules lui semblaient plus larges que dans son souvenir, son assurance était plus nette. Il parlait d'un air enjoué avec les mains. Était-ce l'effet du service militaire ? Savoir manier les armes et marcher au pas transformait visiblement un homme. Aspirait-il, comme Aurélien, à autre chose ? Elle le savait inscrit à l'École des beaux-arts, où il étudiait la décoration textile. « C'est un artiste, il a un talent fou ! » se vantait Aurélien d'un ton presque possessif. Ce jour-là, à l'ombre des pierres blondes de la caserne Saint-Laurent, auréolés par la clarté estivale, les deux amis étaient seuls au monde et affichaient une insouciance qu'elle leur envia.

Elle se campa devant eux, la mine sérieuse, tenant à deux mains le petit sac qu'elle portait en bandoulière. Ce bouclier dérisoire lui donnait une contenance.

— Tiens, sœurette, que fais-tu là ? s'étonna Aurélien. N'estce pas le jour de tes bonnes œuvres ?

— J'ai encore dû mentir à papa ce matin. J'en ai assez de devoir inventer des excuses pour tes absences répétées. Il s'est mis en colère à cause de toi. Tu sais bien que je déteste ça.

Aurélien leva les yeux au ciel, oscillant sur les pieds arrière de sa chaise.

— J'étais là à dîner, hier soir. C'est suffisant, non ?

— Non. Papa s'attend à ce que tu sois aussi présent au petit déjeuner. Tu habites sous son toit. La maison n'est pas un hôtel.

— Dont tu serais évidemment la concierge en chef, grommela-t-il, s'attirant un regard noir.

Maxence s'était levé poliment pour la saluer. Lui aussi semblait avoir gagné en centimètres, il lui paraissait même plus élancé qu'Aurélien.

— Bonjour, Oriane.

Elle ne se rappelait pas non plus ce timbre de basse, une voix d'homme.

— Nous ne nous sommes pas vus depuis longtemps. Je suis heureux de vous retrouver. Je vous en prie, asseyez-vous quelques instants. Vous prendrez bien une citronnade ?

Il s'empressa de dérober une chaise à la table voisine qu'il lui présenta comme s'ils se trouvaient dans un salon et non à la terrasse d'un café populaire. Il souriait, avenant, et, en dépit de sa moustache blonde et de sa carrure d'athlète, ses taches de rousseur lui donnaient un air juvénile. Il avait les doigts barbouillés d'encre et de couleurs, mais ce fut surtout l'ardeur de son regard bleu qui la décontenança.

— Je… je ne sais pas…

— Mais si, tu en meurs d'envie, se moqua Aurélien. Cela te donnera le sentiment d'être une grande fille. Sur cette colline souffle le vent de la liberté ! Assieds-toi ! Tu veux un bock ?

— Tu es fou, Aurélien ? Il n'est que onze heures du matin, et je ne bois pas d'alcool.

— Voilà pourquoi on a toujours l'impression que tu as avalé un parapluie.

— Si tu es désagréable, je m'en vais !

Maxence la retint par le bras.

— Restez, je vous en prie, Oriane. Vous savez bien qu'Aurélien vous taquine. Cela nous ferait plaisir à tous les deux, je vous assure.

Elle se laissa convaincre, le cœur battant. Quand le serveur en long tablier blanc s'approcha, elle commanda une grenadine. Aurélien déplaça ses jambes pour lui donner un peu d'espace et reprit sa conversation avec Maxence comme si de rien n'était, évoquant un pari perdu et le gage à respecter : une baignade, nu comme un ver, dans le Rhône. La jeune fille se sentit rougir.

— Je crois que nous devrions parler d'autre chose, toussota Maxence en voyant son malaise.

— Mais non, voyons ! Oriane ne se destine pas à devenir bonne sœur. Elle est assez grande pour entendre des blagues…

— De corps de garde ? Merci, je m'en passerais volontiers. Ne vous inquiétez pas, Maxence, j'ai l'habitude des effronteries de mon frère. Il prend un plaisir fou à m'offusquer.

— Autant que tu sois armée pour affronter un avenir qui ne sera pas rose poudré comme les étoffes de la Presqu'île.

D'un seul coup, son ton était devenu cinglant.

— Comment cela ?

Aurélien se contenta d'indiquer du menton des soldats d'infanterie qui rentraient à leur caserne.

— Bah… Chacun sait qu'on s'achemine vers la guerre. Il suffit de lire les journaux. L'Assemblée va voter la loi des trois ans pour prolonger le service militaire. Ainsi, nous serons tous aptes pour mettre une raclée aux Allemands. Même si mon cher ami ici présent ne partage pas mon avis, il va bien falloir les leur reprendre, nos malheureuses provinces perdues.

— Rien ne nous empêche de privilégier la voie diplomatique pour récupérer l'Alsace et la Lorraine, affirma Maxence. On dirait parfois que l'idée de te battre te réjouit. Je ne comprendrai jamais l'aspect sanguinaire de ton caractère. Tu n'étais pas comme ça quand on était gamins.

— Sans doute pas avec toi les rares fois où j'arrivais à m'échapper pour venir te voir en cachette. Mais je me bagarrais avec les autres, tu peux me croire. Mon père s'arrachait les cheveux quand il était convoqué chez le directeur d'école.

Maxence hocha la tête d'un air grave.

— La guerre n'est pas un jeu, je me tue à te le répéter. Il ne faut pas tomber dans le piège des nationalistes.

— C'est un émule de Jaurès, s'amusa Aurélien avec un clin d'œil pour sa sœur. Un antimilitariste. Regarde, il porte l'églantine en signe de pacifisme. Si Bonne-Maman te voyait attablée avec lui, elle en ferait une syncope.

— Je t'en prie, je ne suis tout de même pas un repris de justice !

— Jusqu'au jour où tu te feras arrêter lors d'une manifestation… Ah, cette âme de canut, tous des révolutionnaires en puissance !

Ils continuèrent à se chamailler, se lançant des piques et des taquineries, sans toutefois en prendre ombrage. On aurait dit des chiots batifolant dans l'herbe fraîche, jouant à se mordiller, à se donner des coups de patte, remplis d'une fougue qui cherchait un exutoire. Oriane découvrait avec étonnement cette camaraderie solaire faite de complicité, d'affection, presque de tendresse, au sein de laquelle ils l'accueillaient sans réserve, comme si elle était des leurs. À les entendre, elle ne pouvait s'empêcher de sourire. Mais quand elle se tournait vers Maxence, elle décelait dans son regard attentif une curiosité d'une autre nature. Alors qu'il ne cessait de répondre avec entrain aux provocations d'Aurélien, l'éclat réfléchi de ses yeux bleus posés sur elle parlait un autre langage. Un frémissement la parcourut.

Ils commandèrent une nouvelle tournée de bières. Aurélien la mit au défi d'en boire une gorgée. Elle obéit, se moqua d'elle-même en essuyant sa moustache de mousse. Les épaules des deux jeunes gens l'enserraient dans un étau. Elle était chahutée par le corps d'Aurélien sans cesse en mouvement, irradiant d'impatience, mais elle était aussi très consciente de la chaleur tranquille qui émanait de la jambe de Maxence, si proche de la sienne. Elle restait bien droite, les genoux serrés, craignant de l'effleurer. Pourtant, elle se sentait bien, invulnérable même, elle qui avait toujours douloureusement perçu la fragilité de la vie en dépit de la résille protectrice qui l'enveloppait depuis sa naissance, tressée des traditions imperturbables du quartier d'Ainay, d'un quotidien rythmé comme du papier à musique, de la vigilance de sa grand-mère et de l'affection de son père. Oriane aimait faire croire qu'elle était un garçon manqué parce qu'elle possédait la même énergie que son frère, quoiqu'elle la domestiquât mieux que lui, mais elle se savait d'une nature anxieuse, méfiante aussi, et toujours à l'affût de ce qui viendrait troubler une existence sans nuages, comme si la Providence prenait un malin plaisir à vous jouer des mauvais tours.

Elle inspira profondément, savourant ce bonheur imprévu. Une brise fraîche agita la toile du store. La vue était décidément magnifique ; on aurait dit un belvédère en plein ciel. Le Rhône scintillait à leurs pieds et, au loin, au-delà des contreforts du plateau de l'Ain, elle discernait les cimes enneigées des Alpes. Plus tard, lorsque sa vie deviendrait un interminable cauchemar, elle repenserait à ces précieux moments baignés de lumière, où elle avait eu la délicieuse sensation de grandir d'un seul coup en découvrant ce monde parallèle qui se déployait à la Croix-Rousse, la « colline qui travaille » tant aimée par son frère, avec ses parfums, son agitation, sa promesse d'aventures et ses visages inédits, dont celui de Maxence Martin devenu ce jeune homme intense alors que les rares fois où elle l'avait croisé avec Aurélien il n'était encore qu'un garçon, rien qu'un garçon, et fils d'un simple maître tisseur.

Elle s'aperçut soudain qu'Aurélien s'était levé et qu'il s'éloignait à grandes enjambées.

— Mais où va-t-il ?

— Il doit parler à quelqu'un. Il va revenir.

Maxence semblait embarrassé. Au coin de la rue, Oriane vit son frère arrêter une jeune femme qui portait des livres sous le bras, avec qui il entama aussitôt une vive conversation qui ressemblait surtout à une dispute. Elle se rappela que l'École normale d'institutrices était située un peu plus haut sur le plateau.

— Je vois…

À vrai dire, elle ne voyait rien du tout. La vie d'Aurélien lui sembla soudain beaucoup plus complexe que ce qu'elle avait imaginé, tel un secrétaire à tiroirs dont certains seraient plus secrets que d'autres. Ainsi, son frère ne lui disait pas tout ; elle en conçut un bref éclair de dépit. Mais sans doute confiait-il l'essentiel et le frivole à celui qui continuait à la dévisager sans vergogne, toujours avec cette lueur singulière dans le regard. Maxence était le point d'ancrage incontournable d'Aurélien, ce qu'elle avait toujours accepté comme une évidence, alors qu'à la réflexion cette amitié était rarissime. Lui devait connaître tous ces petits riens qui composent la vérité d'un être, tissent la trame de ses espoirs mais aussi de ses déceptions, de ses errements, parfois même de ses lâchetés.

— Je vais me montrer affreusement téméraire, quitte à vous déplaire, dit-il soudain. J'aimerais beaucoup vous dessiner. Je n'ai jamais rencontré une harmonie des traits aussi précise et je dois présenter un portrait dans le cadre de mon examen de fin d'année. Vous permettez ?

Elle resta pétrifiée tandis qu'il traçait du doigt l'arête de son nez, puis l'ovale de son menton. Il était si proche qu'elle discernait ses cils noirs, les petites rides de soleil au coin de ses yeux, et respirait l'odeur fraîche de sa peau. Il la scrutait pourtant sans la voir, et c'était à la fois troublant et excitant de n'être qu'un banal objet d'émerveillement. Néanmoins, lorsqu'il effleura du pouce sa lèvre inférieure pour en esquisser les contours, elle retint son souffle, les yeux écarquillés, stupéfaite de cette audace qui la mettait à nu, là, en pleine rue, devant les passants et les clients attablés autour d'eux.

Maxence se ressaisit d'un seul coup, redressa le buste, comme émergeant d'un brouillard.

— Je… je suis désolé, je ne sais pas ce qui m'a pris. Veuillez me pardonner, je ne voulais pas vous importuner. Il m'arrive parfois d'oublier où je suis… Cet examen est important, vous comprenez ? Je n'en dors plus la nuit.

Il semblait si effaré qu'Oriane prit sur elle de le rassurer. Pas question de passer pour une petite sotte ingénue !

— Je vous en prie… Si cela peut vous aider, je veux bien poser pour vous.

Son visage s'éclaira.

— C'est vrai ? Quelle chance ! Ne bougez pas, j'ai ce qu'il faut avec moi.

Il saisit un carton à dessin posé derrière lui, en retira une feuille blanche puis sortit des fusains d'une sacoche. Dans sa hâte, comme s'il craignait qu'elle ne change d'avis, il se démena avec maladresse, laissant tomber un carnet qu'il s'empressa de ramasser. Il se pencha à nouveau vers elle, d'une main il positionna son visage légèrement de profil, lui expliquant que c'était l'angle qu'il préférait, si elle voulait bien… Et il commença à dessiner avec des traits vifs et précis.

Elle ignora combien de minutes ils restèrent ainsi tous les deux, complices par la grâce d'un même objectif, celui de réussir un portrait qui tenait à cœur à l'artiste. C'était la chose la plus intime qu'Oriane eût jamais vécue ; elle s'offrait en toute impudeur au regard d'un inconnu qui décelait chez elle des ombres et des lumières inédites. Il lui semblait que Maxence Martin s'était mis à feuilleter son âme, mais elle n'en concevait aucune gêne. Ce pied de nez aux convenances, ce culot dont elle ne se serait pas estimée capable enchantaient tant la jeune fille qu'elle se retint de rire.

Et lorsque son frère s'en retourna enfin vers eux, tirant sur une cigarette l'air guilleret, Oriane eut l'aplomb de regretter qu'il mette fin à cette parenthèse enchantée.

Les trois jeunes gens restèrent encore longtemps à bavarder. Le croquis de Maxence sembla satisfaire non seulement l'artiste, mais aussi ses deux complices. Ils finirent par se lever à regret. Aurélien lâcha une poignée de pièces de monnaie sur la table et ils s'éloignèrent, Oriane flanquée de ses protecteurs qui la dominaient d'une tête.

Attablée non loin d'eux, la voilette de son chapeau lui dissimulant le visage, Blanche suivait ses enfants des yeux. Son cœur battait à tout rompre. Ils avaient été si proches qu'elle avait pu saisir des bribes de leur conversation. Le regard avide, le buste penché comme si elle s'apprêtait à se lever, elle les scruta alors qu'ils se dirigeaient vers le boulevard, Aurélien donnant le bras à sa sœur qui riait aux éclats. Lorsqu'ils disparurent de sa vue, son corps s'affaissa. Sous le coup de l'émotion, elle voulut prendre une gorgée de vin blanc, mais sa main tremblait trop pour tenir le verre. Elle ferma les yeux pour imprimer dans sa mémoire le visage d'Oriane, ce profil ardent au nez prononcé, la bouche généreuse, le menton décidé, un charmant camée épinglé au col de sa chemise et la taille soulignée d'une ceinture en gros-grain. Mais aussi Aurélien, son premier-né, l'enfant capricieux qui marchandait pour une promenade en voiture à chèvres, devenu ce jeune homme à la voix forte et au regard tourmenté. Elle avait observé ses enfants, elle aurait pu tendre la main pour les toucher, et elle avait eu l'impression de mourir.

« Tu es folle ! Pourquoi t'infliger cette torture ? » Salim avait paru horrifié lorsqu'elle lui avait annoncé, quelques semaines auparavant, qu'elle l'accompagnerait lors de son prochain voyage en France et qu'elle saisirait cette occasion pour voir ses enfants. « Tu veux la preuve qu'ils ont pu se passer de toi et devenir adultes en ton absence ? Tu veux les épier de loin sans leur parler, comme si tu étais un fantôme, une morte, ce que les Duvernay leur ont laissé croire ? Mais c'est insensé ! Tu ne t'en remettras pas ! » Ce jour-là, Salim venait de lui annoncer qu'il se rendrait à Paris en juin avec Adib pour participer au Congrès général arabe. Cette réunion l'emplissait d'espoir. Vingt-cinq délégués, près de deux cents participants musulmans et chrétiens, allaient se réunir dans la capitale française pour faire résonner pour la première fois la voix des provinces arabes de l'Empire ottoman. Mais alors qu'il lui exposait les enjeux de la conférence, Blanche, qui ne l'écoutait plus, avait été saisie d'un pressentiment : quelque chose d'impérieux l'incitait à se joindre à lui et à se rendre à Lyon. La décision, abrupte, irraisonnée, s'était imposée à elle telle une évidence. Or, Blanche avait appris depuis longtemps à suivre son instinct. Salim avait protesté. Il s'était rendu plusieurs fois en Europe au cours des dernières années, et jamais Blanche n'avait émis le désir de l'accompagner. Pourquoi maintenant ? Ce revirement lui semblait incompréhensible. Elle avait observé son visage défait, devinant qu'il avait peur, qu'il redoutait confusément que leur vie, celle qu'ils menaient avec leur fils Elias, ne lui suffise plus. On aurait dit qu'Elias et lui rivalisaient soudain avec Aurélien et Oriane. Bouleversée de voir son émotion, elle n'avait pas trouvé les mots pour l'apaiser. Elle s'était levée à son tour pour venir lui caresser la joue, l'enlacer et poser la tête contre son épaule. Quand il l'avait serrée contre lui, elle avait senti les battements affolés de son cœur et rendu grâce d'être aimée par cet homme tout autant qu'au premier jour. Salim n'avait pas pu la raisonner, bien sûr. Il s'était alors incliné devant sa décision, sans lui cacher toutefois que ce choix était dangereux puisqu'il allait la faire souffrir. Comment aurait-il pu comprendre ? Le bonheur de vivre avec l'homme qu'elle aimait, l'immense joie d'élever leur enfant, le rôle singulier qu'elle s'était forgé en Syrie ne pourraient jamais éteindre le brasier qui se consumait toujours au plus secret de son être.

Arrivée la veille, elle était descendue dans une pension anonyme de la Croix-Rousse afin surtout de ne pas se faire repérer dans le quartier d'Ainay, domaine de prédilection de Geneviève Duvernay et du père de ses enfants. La dissimulation était pourtant sans véritable objet : personne ne l'attendait, beaucoup la pensaient morte et enterrée au Liban. Qui donc pourrait la reconnaître dix-sept ans après son départ, autant dire une éternité ? Elle savait qu'elle avait basculé dans l'oubli. Cela avait été l'une des conditions de son divorce : ne jamais tenter de revoir Aurélien et Oriane, d'aucune façon. À l'époque, jeune et perdue, honteuse de sa lâcheté, elle s'était pliée à l'injonction, pensant que la rupture serait en effet plus simple pour ses enfants. Confusément, elle avait espéré ainsi les protéger, comme l'avait laissé entendre leur grand-mère, mais aussi – elle avait le courage et la lucidité de le reconnaître – parce qu'elle s'était sentie soulagée de ne pas avoir à chercher des justifications irrecevables.

Pendant plusieurs années, elle avait respecté ce silence, accepté la relégation et l'exil intérieur comme châtiment. Il avait fallu la naissance d'Elias pour qu'elle ose se révolter. Son cœur s'était fissuré quand elle avait tenu son petit garçon dans ses bras, qu'il s'était agrippé à l'un de ses doigts avec cette détermination surprenante qu'ont les nouveau-nés. Les larmes aux yeux, elle s'était juré d'être pour lui une mère digne de ce nom, de ne jamais le trahir et de préférer la mort à l'abandon. Un jour, elle avait pris une plume et du papier à lettres. Assise sur la terrasse de leur maison face à la mer, pieds nus et les cheveux dénoués, son bébé endormi dans un couffin à côté d'elle, Blanche avait écrit à Armand Martin pour lui dire qu'elle était vivante et à nouveau mère. Elle avait eu la certitude qu'il comprendrait, qu'il n'y aurait ni jugement ni mépris de sa part, seulement de la tolérance et de l'affection. La tolérance… Le maître mot de son existence, la seule vertu à laquelle elle accordait foi. Armand lui avait répondu à l'adresse poste restante de Beyrouth. Il était heureux pour elle ; il lui avait donné des nouvelles d'Aurélien et d'Oriane. Ainsi était née une correspondance régulière. Grâce à son fils, qui venait retrouver Maxence en cachette des Duvernay, Blanche avait pu suivre ses enfants au fil des années. Les mots d'Armand sur une page blanche, autant de pas sur le sable, légers et évanescents.

Le serveur s'approcha, un menu à la main. Elle lui commanda le plat du jour. Si elle ne mangeait pas un morceau, elle craignait de se sentir mal. Il ramassa un carnet noir sous une chaise.

— C'est à vous, madame ?

Elle reconnut le calepin de Maxence, qui avait dû glisser de sa poche. Elle acquiesça en tendant la main, le feuilleta, y découvrit des esquisses de fleurs d'une précision de botaniste, mais aussi des caricatures et des portraits croqués d'Aurélien. Aussitôt, elle l'enfouit dans son sac à main. Une bouffée de bonheur l'emplit de la tête aux pieds. La Providence avait été bienveillante, elle lui avait permis de côtoyer ses enfants, lui offrant même ce cadeau inespéré. L'angoisse qui la taraudait depuis qu'elle était montée sur le navire à Beyrouth avec Salim et Adib se dissipait peu à peu. Elle releva sa voilette et prit le temps d'admirer le panorama lyonnais, auquel elle accorda des qualités de douceur et d'harmonie qu'elle lui avait déniées autrefois.

La journée avait été bénie des dieux. Le matin, elle avait quitté la pension de bonne heure. Le ventre noué d'appréhension, elle avait traboulé jusqu'au bas de la Croix-Rousse sans réfléchir ni se tromper, comme si son corps conservait le souvenir de ce labyrinthe mystérieux entre les immeubles. Dans la rue de l'Hôtel-de-Ville, quand elle reconnaissait une boutique, celle du maître parfumeur, du confiseur ou du libraire, elle avait éprouvé une pointe de mélancolie. Ne mettait-elle pas ses pas dans ceux de ses enfants ? Ils avaient grandi dans cette ville d'où elle s'était enfuie, en deuil de sa mère, le cœur en cendres, mais ils partageaient certains souvenirs malgré tout. Une fois place Bellecour, elle avait levé les yeux vers l'appartement de Victor. Elle s'était assise sur un banc sous les tilleuls, non loin de la marchande de fleurs, afin de surveiller l'immeuble. Autour d'elle, des militaires prenaient des repères pour une revue de troupes. Elle s'était promis d'être patiente alors que ce n'était pas son fort ; elle ignorait tout de l'emploi du temps de ses enfants, mais il fallait parfois avoir l'audace ou l'inconscience de provoquer le destin. Une demi-heure plus tard, elle avait sursauté en voyant émerger Victor de la maison, coiffé d'un feutre, une sacoche à la main. Sa seule vraie crainte était de le croiser, ou sa mère. Ils l'auraient reconnue entre mille en dépit de sa voilette, de son chignon et de son tailleur gris anonyme. Par chance, il avait levé la main pour héler un fiacre. Pétrifiée sur son banc, elle l'avait regardé grimper dans l'attelage.

Une vieille femme en hardes noires, à l'odeur corporelle prégnante, était venue s'asseoir à côté d'elle. De sa poche, elle avait tiré des miettes de pain qu'elle avait lancées aux pigeons en marmonnant. Incommodée, Blanche s'était éloignée de quelques pas. Et elle avait failli la manquer : Oriane était passée près d'elle, son canotier d'aplomb, une longue tresse blonde lui battant les reins, traversant la place d'un pas déterminé. Blanche n'avait eu aucun mal à l'identifier. La description d'Armand Martin était aussi détaillée qu'une photographie. Bouleversée, elle avait voulu lui emboîter le pas, lorsqu'un enfant courant derrière son cerceau l'avait bousculée. Elle avait trébuché, manquant de peu de tomber. Une gouvernante s'était précipitée pour s'excuser et Blanche s'en était dépêtrée rapidement, affolée de perdre de vue Oriane qui dépassait déjà la statue du Cheval de Bronze.

Elle l'avait ainsi suivie jusqu'à la station de la ficelle Croix-Paquet. L'ironie du sort ne lui avait pas échappé lorsqu'elle était montée dans le wagon. Tout avait commencé dans ce tunnel, dans un funiculaire brinquebalant, le jour d'un malencontreux accident. Elle vivait désormais l'expérience la plus dévastatrice qui soit : se tenir face à sa fille en sachant que celle-ci ne pourrait pas la reconnaître.

Armand Martin serra Blanche dans ses bras comme si elle avait été rescapée d'un naufrage. Pressée contre le corps rond et chaleureux, elle respirait ce parfum particulier du maître tisseur, arômes de tabac et de vétiver. Sa moustache lui piquait la peau. Les yeux fermés, Blanche avait à nouveau vingt ans. Elle pleurait sur son épaule et il la berçait en silence, compatissant, ne cherchant pas à combler de mots futiles son désarroi, la retenant par la seule force de son étreinte alors qu'elle avait l'impression de se dissoudre. Et voilà qu'elle était revenue après tant d'années, moins évanescente, moins perdue, plus sage parce qu'elle connaissait ses faiblesses, lestée des lumières et des senteurs d'une terre dont elle n'aurait jamais dû être séparée, forte de l'amour qu'elle portait à Salim Zahhar et à leur fils né en Orient. Un fils de Syrie qu'elle avait élevé telle une mère louve, nourri à son sein, dont elle avait encouragé en riant les premiers pas, à qui elle avait enseigné la langue française, la tolérance, mais aussi le goût du risque – héritage sacré de la petite fileuse de la Drôme. Il fallait pourtant se rendre à l'évidence, les années avaient passé, Aurélien et Oriane avaient grandi loin d'elle, les cheveux d'Armand avaient blanchi, des rides sillonnaient son front, et dans l'atelier ne subsistait qu'un seul métier à bras, semblable à un remords.

Il posa les deux mains sur les épaules de Blanche en la scrutant.

— Vous avez le visage d'une femme heureuse, affirma-t-il, satisfait.

— Et c'est quoi, Armand, le visage d'une femme heureuse ?

— Une sincérité qui éclaire sa peau, ses yeux, son sourire… Je suis comblé, Blanche, je ne pensais pas vous revoir avant ma mort.

— Vous n'allez pas nous quitter tout de suite, voyons ! Vous êtes indestructible.

Il laissa retomber ses bras.

— Une partie de moi est déjà morte, vous le voyez bien.

Elle avisa l'emplacement béant qu'avaient laissé les deux métiers dont il s'était séparé. Il lui avait écrit qu'il les avait vendus une bouchée de pain ; la Croix-Rousse comptait désormais six fois moins de métiers que cinquante ans auparavant. La concurrence des métiers mécaniques, l'évolution des goûts les avaient crucifiés. À quoi bon les garder, en effet, puisque les commandes de façonnés se raréfiaient et qu'il se contentait maintenant de travailler sans compagnon ni apprenti ? Ses deux fils aînés étaient loin. Maxence, lui, ne reprendrait pas l'atelier. Il était né pour être dessinateur en soierie et non pas maître tisseur, même s'il avait suivi l'apprentissage dès son plus jeune âge.

— Je suis désolée que Salim n'ait pas pu vous les racheter. Ils auraient entamé une seconde vie chez nous, à Damas.

D'un placard de sa cuisine, Armand sortit une bouteille de liqueur de prune. Visiblement, il tenait à fêter dignement leurs retrouvailles.

— Je ne lui en veux pas. Je sais que c'est difficile aussi pour lui. Heureusement qu'il a su se diversifier. Il est important qu'il puisse subvenir aux besoins de sa famille maintenant qu'il y a Elias.

Elle accepta le petit verre à facettes qu'il lui tendit.

— Je lève mon verre à nos enfants, Blanche.

Au lieu d'afficher l'enthousiasme auquel elle s'était attendue, il prit un air si sévère qu'un frisson lui parcourut l'échine. Armand n'était pas un oiseau de mauvais augure. C'était un réaliste, avec ce que cela suppose parfois d'exigence.

— Les orages se rapprochent et nos garçons seront aux premières loges. Ils auront besoin de courage et de chance, alors n'oublions pas la chance… À eux, à nos enfants !

— *Bi sahtak !*

Tous deux vidèrent leurs verres cul sec, puis les claquèrent sur la table en même temps avec un regard complice, comme autrefois.

— Je les ai vus, Armand, dit-elle, les yeux brillants. Ils sont magnifiques. Ils ont l'air heureux… C'est donc que j'ai pris la bonne décision en ne cherchant pas à intervenir dans leurs vies contre la volonté de leur père, n'est-ce pas ? Je peux repartir sereine.

Elle inspecta le visage d'Armand, qui avait toujours été sincère avec elle. Quand il baissa la tête, l'angoisse l'empoigna à nouveau.

— Il ne faut pas regarder en arrière, Blanche. Le destin a voulu qu'ils grandissent sans vous. L'absence d'une mère est irréparable, je le vois bien avec Maxence. Rien ni personne ne peut combler ce vide. Ces enfants privés de mère, comme les nôtres, possèdent une intelligence de la souffrance qui en fait soit des êtres brisés, soit des cœurs particulièrement vaillants.

Son expression s'adoucit. Blanche comprit qu'il cherchait à la rassurer.

— Je connais bien Aurélien, c'est un jeune homme impétueux, mais son ardeur est généreuse et honnête. Quant à Oriane, je crois deviner qu'elle possède votre tempérament, ce qui la sauvera toujours de tout.

Il posa une main sur son poing fermé.

— Il est trop tard pour changer le cours de la vie, Blanche, mais ils sauront devenir grands. Ils le sont déjà. Et ce sont des jeunes gens droits. Vous pouvez en être fière.

Elle secoua la tête.

— C'est à Victor et Geneviève Duvernay que revient ce privilège, pas à moi.

Elle ne put s'empêcher d'éprouver un mouvement de jalousie. Elle aurait dû leur être reconnaissante d'avoir réussi là où elle avait failli, mais elle serait toujours en proie à un chaos de sentiments où se confondaient regrets et chagrin, parfois aussi le goût acide du remords. Et pourtant, Blanche ne reniait rien, elle ne s'excuserait pas – jamais ! –, car cela reviendrait à cracher son amertume au visage de Salim et à désavouer Elias.

La porte s'ouvrit avec fracas, si bien qu'ils sursautèrent tous les deux.

— Monsieur Martin, c'est moi ! Maxence m'envoie chercher son portefeuille qu'il a oublié ce matin…

En deux enjambées il fut au milieu de l'atelier, le souffle court d'avoir couru, ses yeux sombres pétillants, ses joues empourprées. Il avait l'élégance nonchalante d'un garçon conscient de son charme, sans doute un brin vaniteux à en juger par le style artistique de sa cravate foulard. Un homme, déjà, mais encore si jeune, libéré de ses obligations militaires, mais qui pensait comme eux tous que la guerre approchait et qu'il partirait à l'assaut comme on s'élance à la conquête d'un cœur à prendre.

— Je ne veux pas déranger…

Il resta interdit, les cheveux ébouriffés.

Blanche se leva de sa chaise avec une lenteur infinie. Elle déplia son corps devenu soudain aussi fragile que douloureux, qui avait porté cet enfant à une époque où elle-même n'était qu'une ingénue ignorant tout des fêlures, de la ténacité et de l'audace qui constituent l'armature d'une femme. En silence, elle contourna la table et émergea dans la lumière de cette journée radieuse qui enflammait l'atelier pour se tenir devant son fils, les bras le long du corps, le menton levé.

Aurélien comprit d'emblée. Au silence de plomb, à la mine horrifiée du père de Maxence, aux gestes mesurés de l'inconnue qui se levait de sa chaise comme dans un songe. Le sang se figea dans ses veines tandis qu'elle s'avançait pas à pas vers lui. La lumière qui pénétrait dans l'atelier éclairait sans pitié son visage, déchirant le suaire dont il l'avait enveloppée au fil des mois, puis des années, lorsque enfant il cherchait désespérément à se souvenir des détails de sa silhouette et du timbre de sa voix.

On ne lui avait rien donné à quoi se raccrocher, pas de photographie ni de portrait. On ne lui avait pas interdit de parler de sa mère, on ne lui avait pas dit explicitement qu'elle était morte, mais il la savait égarée dans un lointain cimetière au-delà des mers. Comme elle ne revenait pas, quoiqu'il se réveillât parfois en pleine nuit, persuadé de respirer son parfum et de sentir sa main lui caresser la joue, il se l'était imaginée en sentinelle solitaire auprès de ses morts, dressée face au vent et aux ténèbres, obéissant à un ordre mystérieux, quasi divin, de les veiller parce que les vivants ont pour eux la vitalité et l'espérance alors qu'aux trépassés il ne reste qu'un cercueil en terre, la poussière et l'oubli.

Il avait choisi de faire de sa mère disparue une figure tutélaire de devoir, un personnage mythique, semblable à l'une de ces déesses de l'Antiquité, armée d'un glaive et d'un bouclier. Dans son imaginaire, elle abattait les dragons, chassait les démons et triomphait du mal. Mais voilà qu'elle apparaissait aussi soudainement qu'elle était partie. Et la vérité le frappa telle une gifle : sa mère n'avait ni cuirasse, ni couronne, ni auréole, elle n'était pas plus grande que nature, elle ne tutoyait pas les étoiles. Non, sa mère n'était qu'une simple femme vêtue d'un sage tailleur gris, les cheveux sombres tirés en chignon, la peau blême, les lèvres pincées, le regard ombrageux… Une femme comme toutes les autres, qui l'avait quitté un matin sans plus jamais lui donner signe de vie.

— Je vous attendais, dit-il, et sa voix se fissura. J'ai toujours su que vous étiez en vie.

Il retint son souffle, cherchant à maîtriser les palpitations de son cœur.

— Je suis heureuse de te retrouver, Aurélien. Je ne pensais pas… Je ne voulais pas…

— Me voir ? Pardon de vous importuner, madame. Mais dans ce cas, mieux valait rester loin, là où vous vivez depuis votre départ. Dieu sait où, d'ailleurs, on ne me l'a jamais dit et je ne l'ai jamais demandé…

Il s'était mis à bafouiller.

— Si vous ne vouliez pas me voir, il ne fallait pas revenir, pas ici, pas chez nous !

Il fit un geste pour indiquer l'atelier, un geste qui n'avait aucun sens puisqu'il n'était pas chez lui. Une étrange chaleur lui montait à la tête, il avait un goût métallique dans la bouche et l'envie de vomir.

Soudain, la main d'Armand s'abattit sur son épaule, le ramenant à la réalité et à lui-même.

— Viens t'asseoir avec nous, mon garçon.

— Je ne peux pas ! Pas maintenant. Maxence m'attend. Je dois lui apporter ses papiers. Non, son portefeuille…

— Viens, Aurélien, je te le demande. Et vous aussi, Blanche.

Armand le guida jusqu'à la table, le força à s'asseoir dans le petit espace où Aurélien avait passé les heures les plus heureuses de sa vie, sous les portraits des ancêtres Martin, entre les livres des philosophes des Lumières et les numéros jaunis de *L'Écho de la Fabrique*, à dévorer les jours de fête des quenelles, des pâtés en croûte, des petits salés généreusement arrosés de « fillettes » de vin blanc. Il observa avec stupéfaction sa mère ouvrir d'autorité un placard pour y prendre un verre. Pour qui se prenait-elle ? Chez les Martin, seuls les hommes avaient droit de cité dans cette pièce. Le vieil Armand, Maxence et lui. C'était son pré carré, son refuge. Il ne se rappelait pas y avoir jamais vu une femme, quoique non, il se trompait. Un très lointain souvenir émergea des tréfonds de sa mémoire. Maxence et lui en culottes courtes, trempant leurs brioches dans des bols de chocolat chaud, balançant leurs jambes en frissonnant de plaisir tant étaient délicieux ces riches arômes de sucre, de beurre et de crème fouettée, et cette femme au fourneau, un tablier autour des hanches, qui se tournait vers eux pour leur servir des crêpes. Sa mère, devenue cette étrangère assise aujourd'hui en face de lui, qui remplissait leurs verres de liqueur avant d'offrir à la ronde des cigarettes turques et de se mettre à fumer comme un homme, les yeux légèrement plissés, tout en l'observant d'un air intense.

Il n'y avait sans doute qu'un endroit au monde où mère et fils pouvaient espérer trouver les mots pour combler un silence assourdissant de près de deux décennies, où chaque instant avait compté, et tenter de retisser leurs déchirures. Ils acceptèrent donc de s'affronter en ce lieu emblématique de leur histoire, parmi les métiers lyonnais qui veillaient depuis des siècles au croisement des fils de chaîne et de trame en une cadence immémoriale qui, si l'on en croyait Rumi, le poète persan, ne reflète rien de moins que le mystère de l'univers. Les reproches d'Aurélien jaillirent aussitôt avec des paroles qui cinglaient tels des coups de fouet. Blanche les reçut tête haute, sans baisser les yeux. Meurtri, le jeune homme ne chercha pas à épargner sa mère, parlant d'une voix forte sans la laisser placer un mot. Il lui raconta les cauchemars, l'impression de se noyer dans un océan de chagrin, la culpabilité d'un enfant se sentant responsable d'un abandon que personne ne lui avait expliqué. De temps à autre, Blanche blêmissait. Elle acceptait de son fils aîné sa sévérité, sa réprobation. Elle écoutait ses anathèmes, entendait sa douleur. Il s'était construit malgré elle, contre elle, mais il tenait debout, avec la maturité nécessaire pour lui crier au visage son désarroi et sa colère.

Puis, peu à peu, les épaules d'Aurélien s'affaissèrent, son corps tendu se tassa sur lui-même. Sa chemise était trempée, comme s'il avait couru à perdre haleine. Du revers de la main il frotta ses lèvres desséchées. Armand lui servit un verre d'eau qu'il but d'un trait.

— Vous ne dites rien pour votre défense ? demanda-t-il, enfin.

— Non.

— Parce que votre crime est indéfendable ?

— Parce que je t'ai donné la vie.

Il la dévisagea, suffoqué.

— Et vous croyez que cela suffit ? Vous croyez qu'une femme peut enfanter puis laisser ses enfants grandir avec les loups ?

Pour la première fois, une lueur amusée éclaira le regard de Blanche.

— Si ta grand-mère t'entendait, elle le prendrait mal.

Aurélien s'était attendu à ce que sa mère lui demande pardon, qu'elle se jette à ses pieds pour les baigner de larmes, qu'elle déchire ses vêtements, se couvre la tête de cendres, qu'elle se prosterne et s'humilie. Il ne comprenait pas comment elle pouvait demeurer aussi droite et tranquille. Certes, ses doigts tremblaient quand elle tapotait la cendre de sa cigarette et elle était pâle comme la mort, mais il lisait dans ses yeux une audace qui ne lui était pas étrangère puisqu'il possédait la même.

— Et Oriane ? Vous avez pensé à Oriane ?

— Chaque jour depuis mon départ.

— Ma petite sœur vous croit enterrée au Liban. Elle pense que son père et moi vous pleurons depuis des années. Aussi, elle ne parle jamais de vous, par crainte de nous faire de la peine. Je n'ai pas cherché à la détromper, pour ne pas lui donner de faux espoirs. Vous ne trouvez pas cela honteux ?

Il lâcha un rire étranglé.

— Que dira-t-elle lorsqu'elle apprendra que vous êtes ressuscitée d'entre les morts ?

— Elle ne dira rien parce que tu ne lui en parleras pas.

— Pardon ?

— Tu garderas le silence sur cette rencontre fortuite parce que tu dois protéger ta sœur. Tout comme j'ai tenté de vous protéger en respectant le silence que m'ont imposé les Duvernay. Je sais par Armand que ta grand-mère et ton père vous ont merveilleusement éduqués. Grâce à eux, vous êtes devenus des jeunes gens loyaux et intègres…

— Pas comme vous !

— C'est pourquoi tu honoreras la volonté de ta grand-mère qui n'aspirait qu'à vous offrir une existence digne.

Elle posa ses paumes de main sur la table.

— Notre choix d'adultes n'était pas le vôtre ; il était même très certainement à votre détriment. Mais en vérité, vous n'avez manqué de rien. Si la jeune femme que j'étais à l'époque était restée auprès de vous, je n'aurais pas été une mère à la hauteur de tes espérances. Cela, je dois avoir l'humilité de le reconnaître.

Blanche s'était redressée sur sa chaise, si bien qu'elle semblait prendre davantage d'espace dans la petite pièce. Peu à peu, elle reprenait l'ascendant sur son fils, décontenancé par sa détermination.

— Oriane doit être protégée, tu m'entends ? De savoir que j'existe ne ferait qu'emplir sa vie d'ombres et d'angoisses. Ce n'est pas ce que j'ai souhaité, ce n'est pas le chemin que j'aurais voulu pour nous, mais nous le respecterons. Tu m'entends, Aurélien ? Je te demande de me donner ta parole.

— Mais de quel droit ? Vous êtes folle ! Qui êtes-vous pour exiger quoi que ce soit de moi ?

— Je suis ta mère, avec mes péchés et mes errances, et je le resterai à jamais. Je te le demande, Aurélien, parce que tu es comme moi, je le vois bien.

Blanche se leva sous le coup de l'émotion parce qu'elle devait absolument le convaincre. Elle revoyait Oriane radieuse, riant avec son frère et le jeune Maxence en toute insouciance et innocence, d'inestimables trésors dont elle-même avait été privée au même âge. Elle n'entendit pas la porte de l'atelier s'ouvrir derrière elle, ne vit pas Maxence s'approcher. Elle gardait les yeux rivés sur son fils.

— C'est moi la première qui ai trouvé refuge dans cette maison. Moi aussi, j'ai ressenti le bonheur et la sérénité que tu viens chercher chez Armand. Souviens-toi, c'est grâce à moi que ton amitié avec Maxence a résisté aux épreuves. Si fou que cela puisse paraître, nous avons été complices. Tu t'en souviens, n'est-ce pas ? J'ai respecté ton désir de ne pas perdre Maxence, j'ai lutté pour cela contre ton père. Et je ne le regrette pas. Je t'ai sans doute offert le plus beau des cadeaux, celui d'un ami fidèle. Nous nous ressemblons bien plus que tu ne le crois, mon enfant. Et si tu avais été à ma place à l'époque, tu aurais pris la même décision.

Elle reprit son souffle, s'apercevant qu'elle avait les larmes aux yeux parce qu'elle aimait ce jeune homme inconnu bien davantage que lorsqu'il avait été un enfant endormi sur son sein, un enfant qui l'effrayait, car elle était incapable de lui donner ce dont il avait besoin.

— Toi et moi, Aurélien, nous choisirons toujours la liberté plutôt que l'enfermement, la vie plutôt que le renoncement.

Paris, juin 1913

— Vous tous, qui êtes présents en ce dernier jour de notre Congrès, délégués des Arabes de l'Empire ottoman venus de Syrie, du Liban, de Palestine, de Transjordanie, de Mésopotamie, de notre diaspora aux Amériques, mais aussi observateurs français que nous accueillons volontiers, vous connaissez désormais les enjeux essentiels.

Salim balaya du regard les deux cents personnes qui se pressaient dans l'amphithéâtre de la Société de géographie du boulevard Saint-Germain. On aurait entendu une mouche voler. La sueur au front, il porta son verre d'eau à ses lèvres. Il parlait depuis près d'une heure, mettant sa fougue et ses convictions dans ce discours en français dont la rédaction lui avait infligé bien des nuits blanches. Au premier rang, il discernait le visage attentif d'Adib, ses yeux sombres fixés sur lui, affichant un sourire confiant pour l'encourager.

— Ceci est un appel à la nation arabe au nom de la Syrie, notre incomparable joyau. Il s'agit de protéger notre peuple de la tyrannie et de l'oppression, de prévenir la décadence qui nous menace. Il s'agit avant toute chose – et à tout prix – de préserver notre patrie des convoitises étrangères. Vous le savez, mes amis, comme beaucoup d'entre vous, je suis de ceux qui souhaitent le maintien de l'Empire ottoman, car je pense qu'il offre un rempart à la menace d'ingérences extérieures. En revanche, je demande que les droits des Arabes y soient pleinement reconnus, que l'administration soit réorganisée en une décentralisation efficace dans les domaines économique, judiciaire et éducatif. Je demande que le service militaire soit régional dans les provinces syriennes et arabes. Je demande que notre langue arabe soit reconnue comme langue officielle au même titre que le turc, et respectée dans sa magnifique intégrité.

Il fut interrompu par une salve d'applaudissements et son cœur se dilata de fierté. Le visage d'Elias s'imprima dans son esprit. Son garçon de quatorze ans au corps déjà élancé avait tempêté pour l'accompagner, mais il avait refusé de le retirer de l'école, insistant sur le respect à accorder aux engagements pris. « Tes examens de fin d'année sont plus importants pour le moment, mon enfant, lui avait-il dit, une main sur l'épaule pour tenter d'apaiser sa déception. Il faut respecter les priorités. Je te raconterai tout à mon retour. »

Salim se battait pour l'avenir qu'il espérait pour Elias en Syrie ; il se battait dans un contexte de guerre puisque l'Empire ottoman vacillait sur ses bases. La guerre dans les Balkans s'était soldée par un échec cuisant, et les Turcs avaient dû renoncer à quasiment toutes leurs possessions européennes. Désormais, les familles des réfugiés musulmans refluaient vers Constantinople. En Afrique, l'Italie avait conquis la Tripolitaine. Le Syrien n'avait pas oublié le naufrage des deux petits navires de la flotte ottomane torpillés par des bâtiments italiens en rade de Beyrouth, ni les tarbouches écarlates des marins disparus qui flottaient à la surface des eaux bleues de la baie. À leur vue, Elias avait serré les poings, saisi d'effroi. C'est donc au nom de son fils que Salim conclut :

— Je pense à nos compagnons qui défendent ces aspirations et qui ont dû fuir notre pays, à ceux qui croupissent en prison. Je pense aux nombreux messages d'encouragement qui sont parvenus aux organisateurs de ce Congrès. Je pense à la lettre des trois jeunes Beyrouthines que nous avons lue à l'ouverture de la conférence, qui en appelle à l'honneur et à la fierté de notre héritage arabe. Ces jeunes filles ont raison, bien sûr ! Nous devons montrer aux nations européennes que les pays arabes possèdent un corps vivant, un esprit et une âme. Que nous avons parmi les nations du monde entier une place qui nous revient de par notre civilisation millénaire et la marche inéluctable de l'Histoire…

Des cris enthousiastes retentirent au fond de la salle.

— Pour l'avenir de nos enfants, de nos fils comme de nos filles, nous devons devenir une force qui compte. Ce n'est pas un engagement à la légère, mes amis. C'est un choix du cœur et de la conscience. Une question de foi, aussi, en cet avenir commun appelé à croître dans un esprit de tolérance et d'unité. Enfin, et ceci n'est pas une menace mais un avertissement, chacun doit savoir que le respect de nos droits inaliénables nous est plus précieux que notre propre vie !

Adib porta deux doigts à sa bouche pour siffler son soutien avec l'insolence d'un gamin des rues. La salle était debout. Les délégués arabes de toutes confessions applaudissaient à tout rompre, certains frappaient du pied pour marquer plus encore leur approbation. Ils étaient là, épaule contre épaule, revendiquant un esprit d'égalité civique en dépit de leurs différends, même si les craintes des minorités ne pouvaient être étouffées. Mais il fallait essayer, il fallait y croire ! Avec des hommes de bonne volonté on soulève des montagnes, se dit Salim.

Les mains tremblantes d'émotion, il rassembla les feuillets de son discours. Il s'écarta du pupitre, porta une main à son cœur, balayé par la tempête d'acclamations. Il était néanmoins assez humble pour savoir qu'elles ne s'adressaient pas à lui, mais répondaient à l'immense espoir que cette semaine de discussions avait insufflé aux participants, à leurs voix qui résonnaient désormais, claires et vigoureuses. Il observa un instant les rangées de visages satisfaits. Ahmad Moukhtar Beyhum, le jeune Abdel Ghani al-Urayssi, le cheikh Ahmad Hassan Tabbara, Chekri Ghanem, Albert Sursock, et d'autres, bien sûr, tant d'autres... Puis il descendit les quelques marches et se retrouva dans les bras d'Adib qui lui donna l'accolade en lui tapant comme une brute sur l'épaule.

— Magnifique, mon ami ! Tu as été grandiose, *machallah* !

Abdelhamid al-Zahrawi, le président du Congrès, lui serra la main, les yeux pétillants.

— Vous devez absolument vous rendre à Istanbul avec Adib, mon cher Salim, l'encouragea-t-il. Certains d'entre nous vont voir le sultan pour lui faire part des résolutions que nous avons adoptées. Votre présence sera précieuse.

Salim hésita. Il avait prévu de rentrer aussitôt à Damas avec Blanche pour y retrouver Elias, car il savait que son fils s'impatientait. Un détour par la capitale prendrait du temps. Adib lui serra le bras, se pencha à son oreille.

— Ne te défile pas, vieux frère. Je t'emmènerai rencontrer l'émir Abdallah, l'un des députés de La Mecque au Parlement. Il m'a convoqué ce matin par télégramme après avoir lu les articles de presse sur notre Congrès. Une invitation du fils cadet du chérif Hussein ne se refuse pas. Nous aurons besoin de l'illustre famille des Hachémites à l'avenir.

— Mais c'est toi qu'il veut voir, pas moi ! protesta Salim, tandis qu'Adib l'entraînait vers la pièce où l'on servait des rafraîchissements.

— Toi, moi, c'est pareil... C'est notre force depuis que nous sommes enfants. Les choses s'accélèrent depuis le coup d'État des Jeunes-Turcs en début d'année. Ces extrémistes ne cachent même plus leur mépris. Pas question de se laisser étrangler par ces gens-là ! Abdallah a refusé de se compromettre avec le gouvernement en déclinant les postes qui lui ont été proposés. Nous devons battre le fer pendant qu'il est chaud. Tout cela est passionnant, tu ne trouves pas ?

— C'est surtout à vous donner le tournis, grommela Salim tandis qu'on le pressait pour le féliciter, dans une confusion orientale à la fois chaleureuse et désordonnée.

Il pensait à Blanche. Il regrettait que sa bien-aimée n'ait pas pu assister à son discours qu'il avait répété maintes fois en sa présence, la réveillant parfois en pleine nuit. Assise dans leur lit, les cheveux en bataille, elle en avait même corrigé des passages. Il aurait tant voulu qu'elle soit fière de lui, mais elle se trouvait encore à Lyon. Un frisson d'appréhension le parcourut. Avait-elle vu ses enfants ? Avait-elle souffert de ne pas pouvoir les approcher, de les espionner de loin telle une malheureuse étrangère ? Il n'en revenait toujours pas qu'elle ait voulu s'infliger pareille épreuve. Mais n'étaient-ils pas tous devenus la proie de fièvres étranges ?

Il regarda autour de lui. Les esprits étaient échauffés, les visages empourprés. Une ferveur semblable prenait les peuples à la gorge. Des bruits de bottes montaient de partout, l'Empire ottoman étant évidemment aux premières loges depuis plusieurs années. D'innombrables jeunes gens étaient partis défendre des frontières qui semblaient désormais tenir davantage de l'Histoire que d'une réalité de ce nouveau siècle. Si jamais la situation venait aussi à s'envenimer en Occident, le fils aîné de Blanche serait appelé sous les drapeaux. Aurélien Duvernay était en âge de se battre. Mais pas Elias, Dieu soit loué, pas Elias !

— Mon cher monsieur Zahhar, vous avez été impressionnant, je ne vous connaissais pas ce talent d'orateur.

Il se retourna. Un homme au visage familier lui souriait d'un air avenant. L'espace d'un instant, il se sentit déboussolé. Il fouilla dans sa mémoire. Bien sûr, Ennemond Morel ! Le négociant en soieries devenu vice-président de la chambre de commerce lyonnaise. Mais que diable faisait-il là, à Paris ?

— Vous semblez surpris de me voir, s'amusa Morel en lui serrant la main. Mais vous savez combien la Grande Syrie nous tient à cœur et combien la France est attentive à tout ce qui s'y passe.

Salim perçut la tension de son ami à son côté, qui dévisageait le Lyonnais d'un œil noir.

— Comment en douter ? ironisa Adib. Votre gouvernement a même poussé le vice jusqu'à forcer les Anglais à proclamer officiellement qu'ils n'avaient aucune visée sur notre pays. Ainsi, la France affirme ses positions au Levant face à la Grande-Bretagne et à l'Allemagne. Et vous, les soyeux lyonnais, vous poussez à la roue en veillant scrupuleusement à vos intérêts financiers… Décidément, les impérialistes français pensent détenir sur nos terres un droit hérité des croisades alors que le dernier Franc a été chassé par les Arabes il y a six siècles !

Salim posa une main apaisante sur son avant-bras.

— Va donc prendre quelque chose à boire. On se retrouvera plus tard.

Adib s'ébroua, comme au sortir d'un mauvais songe.

— Dans ce cas, à ce soir pour la représentation à la Comédie-Française. Nous allons honorer nos invitations comme les hôtes bien élevés que nous sommes.

L'air renfrogné, il salua sèchement de la tête Ennemond Morel avant de s'éloigner.

— Veuillez l'excuser, monsieur. Je ne savais même pas qu'il avait entendu parler de vous, mais mon ami se fait fort de connaître toutes les personnalités, et vous êtes un homme éminent, n'est-ce pas ?

Tous deux acceptèrent des verres de vin blanc.

— Je ne m'offusque pas de si peu, mon cher. Je respecte le franc-parler des Arabes. Et M. al-Samman n'a pas tort. Nous sommes soucieux des intérêts de la France au Levant. Nous y avons beaucoup investi depuis des siècles, d'un point de vue certes financier, mais aussi humain.

Le regard de Morel s'était aiguisé, sa bonhomie naturelle avait disparu. Il observait d'un air circonspect les participants qui discutaient en français et en arabe, leur teint basané rehaussé par d'impeccables cols blancs amidonnés sur lesquels étaient nouées des cravates en soie sombre. La plupart d'entre eux portaient le tarbouche avec le costume européen. Salim se fit la réflexion qu'ils venaient tous de si loin, de territoires encore méconnus qui exerçaient sur des Européens avides une fascination liée à un exotisme dont ils ne saisissaient que l'écume et à un appât du gain hélas bien tangible.

Le Syrien fut alors saisi par un élan presque paternel, comme s'il devait défendre les siens contre un monde occidental dont la bienveillance n'était pas la qualité première. Les Arabes supportaient de plus en plus mal les politiques de pression, le contrôle financier incessant, et se méfiaient des prétentions de la France qu'ils jugeaient d'un œil sévère depuis sa colonisation de l'Algérie en 1830. Il se rappela le mépris de Victor Duvernay, quelques années auparavant, lors de cette réunion houleuse à la chambre de commerce de Lyon. Jusqu'où iraient les Français pour protéger leurs intérêts ? D'un seul coup, l'ingérence étrangère en cas de disparition de l'Empire ottoman lui apparut telle une certitude. Les Arabes comme lui allaient devoir se battre. Contre les Turcs du Comité Union et Progrès à la tête du gouvernement ottoman qui affirmaient l'existence d'un seul peuple et d'une seule nationalité, refusant l'autonomie des nations composant l'Empire. Contre les pays occidentaux qui saisiraient la moindre occasion pour dépecer son corps pantelant. L'Orient… N'était-ce pas la route des Indes, les champs de pétrole et, pour les hommes comme Ennemond Morel, la soie ? Sans oublier la Terre sainte, avec tout ce que ces territoires suscitaient comme ferveur et fanatisme.

Il vida son verre en deux gorgées, fit signe au serveur de lui en apporter un autre.

— C'est aussi grave que cela ? s'enquit Ennemond Morel avec un haussement de sourcils.

— Il m'arrive d'avoir des idées sombres, je le crains. Je suis un homme de paix et je vois approcher la guerre.

— Mais vous êtes chrétien comme moi, cher ami. Nous portons l'Espérance en nous.

Salim esquissa un sourire attristé.

— Nous autres, Arabes chrétiens des premières heures, qui avons transmis la parole des Évangiles au monde, nous payons depuis toujours l'Espérance de notre sang. J'ai un fils que j'aime tendrement. J'aurais aimé pour lui une existence plus sereine.

— Votre discours était pourtant plein d'espoir. Je vous trouve soudain bien abattu, et cela m'attriste car je vous apprécie depuis longtemps.

— Mon espoir est sincère mais réaliste. Si les Jeunes-Turcs ne nous entendent pas, la situation changera du tout au tout.

Ennemond Morel le scruta avec curiosité.

— Les Arabes de l'Empire se soulèveraient contre leurs dirigeants ?

Salim resta impassible. Ce qu'évoquait le Lyonnais était un crime de haute trahison. Chez lui, on terminait pour moins que cela au bout d'une corde. Or, il ne doutait pas que tout ce qui se déroulait lors de ce congrès était consigné dans les rapports du Quai d'Orsay. Il n'ignorait pas qu'Ennemond Morel et ses proches avaient leurs entrées dans les premiers cercles de la République.

— Le monde arabe est loin d'être uniforme, vous le savez bien. Il possède autant de nuances que les fils de soie de nos brocarts. Heureux celui qui saura les tisser de manière harmonieuse. Il n'y a qu'une seule chose que je puisse affirmer avec certitude : la fidélité est un bien honoré chez nous. Elle a du sens. Soyez assuré, cher ami, qu'aucun Arabe, quelle que soit sa confession, n'apprécie la trahison de la parole donnée. Nous la considérons comme un péché contre l'esprit et contre Dieu.

Un bouquet de roses à la main, Victor Duvernay frappa à la porte d'une loge de la Comédie-Française sur laquelle le nom de Camille Ségur s'affichait en lettres soigneusement calligraphiées. La célèbre comédienne acceptait volontiers de recevoir certains proches avant de monter sur scène ; elle prétendait que cela ne nuisait pas à sa concentration, mais l'aidait au contraire à maîtriser son trac.

— Mon amour ! s'exclama-t-elle. Vous êtes venu, comme c'est gentil à vous.

Elle se contenta d'effleurer sa joue pour ne pas le barbouiller de fond de teint, l'enveloppant dans ces effluves particuliers aux soirs de représentation, mélange de fards, de poudre, de patchouli aux pointes de bergamote, d'adrénaline aussi.

— Comment pouviez-vous en douter, Camille ? Ne vous l'avais-je pas promis ?

Elle tendit les fleurs à son habilleuse qui partit en quête d'un vase. Restée seule avec lui, Camille vint s'asseoir sur les genoux de Victor. La mine renfrognée, il demeurait préoccupé. Même le peignoir de sa maîtresse entrouvert sur ses charmes ne réussit pas à le distraire. Elle lui prit le visage entre les mains.

— Que vous arrive-t-il, très cher ? Vous semblez tout chose.

— Mais rien, ma chérie. Je pensais à cette soirée. Il ne reste pas un strapontin de libre. Vous allez terminer votre saison sur un triomphe.

Il s'efforça de lui sourire, mais elle secoua la tête avec une moue en ajustant le nœud papillon blanc de son habit. Ils étaient amants depuis longtemps, et Camille lisait en lui comme dans un livre ouvert.

— Vous mentez horriblement mal. Ne laissez pas ces pensées moroses tournoyer là-dedans comme des corbeaux de malheur, le réprimanda-t-elle en tapotant du doigt sur son front. Vous m'en parlerez le moment venu. Pour l'instant, tâchez au moins de vous amuser. Et n'oubliez pas que nous dînons avec la troupe. La fête sera amusante, comme toujours les soirs de dernière. On est à la fois orphelins d'une belle aventure et curieux de l'avenir. Je vous préviens, Victor, j'ai l'intention de boire beaucoup de champagne.

Elle lui déposa un baiser sur les lèvres, puis retourna s'asseoir à sa coiffeuse pour finir de se maquiller. Le peignoir glissa, dévoilant la rondeur délicieuse d'une épaule. Ses cheveux roux avaient été ramenés en une natte souple pour interpréter une Célimène audacieuse. Une fois satisfaite, elle s'observa dans le miroir et fit une grimace. Camille détestait se prendre au sérieux, ce qui la rendait irrésistible. Puis elle farfouilla en quête de ses boucles d'oreilles parmi le désordre des flacons et des poudriers. Victor les avisa sur un guéridon et les lui apporta. Quand il se pencha pour l'embrasser dans le cou, elle leva une main pour lui caresser la nuque. De sa poche, il retira un boîtier qui renfermait un bracelet ligne avec des diamants.

— Mais enfin, Victor, qu'est-ce qui vous prend ?

— Quinze ans, Camille. Ce n'est pas rien. Je ne sais pas comment vous me supportez encore alors que je ne peux rien vous donner. Ni mon nom ni un enfant.

Elle se leva pour l'enlacer.

— Vous les ai-je jamais demandés ?

— Vous avez toujours voulu devenir une grande comédienne, votre ténacité et votre talent vous permettent de faire une carrière admirable. Mais l'un n'empêchait pas l'autre. J'ai l'impression d'avoir gâché votre vie et je m'en veux. Combien de vos prétendants auraient été heureux de vous épouser ?

— Et j'aurais été obligée de leur rendre des comptes, quelle horreur ! Avec vous, je suis libre, et c'est cela qui m'importe. Je vous aime ainsi, Victor, proche et lointain à la fois. Ne savez-vous pas que le quotidien tue l'amour ? Moi, je vous désire quand vous êtes à Lyon avec vos enfants, et je vous aime quand vous me faites l'amour à Paris. Ne mélangez pas tout, voyons. Toutes les femmes ne sont pas faites pour le mariage. Relisez Flaubert !

C'était sans doute son cadeau le plus précieux, songea-t-il, cette insouciance qu'à une époque il avait crue perdue à jamais. Alors qu'il crevait de solitude, Camille lui avait offert le réconfort de ses élans, mais aussi une désinvolture qui lui avait fait un bien fou. Était-ce là le secret des maîtresses ? Vous permettre de devenir l'homme d'une autre vie ?

On frappa à la porte.

— Filez, Victor ! Je dois m'habiller. Merci pour votre délicate attention. J'ai toujours pensé que vous étiez un ange qui s'ignore.

Il porta sa main à ses lèvres, y déposa un baiser.

Il ne les avait pas remarqués de prime abord parce qu'il avait regagné sa place alors que les lumières du théâtre venaient de s'éteindre. Dans la pénombre, seuls luisaient les plastrons blancs des spectateurs et les bijoux de leurs épouses. C'était un soir de juin à Paris, on donnait Molière au Palais-Royal et la fête se devait d'être étourdissante. À l'entracte, attentif aux femmes élégantes pour voir qui portait les tissus Duvernay sublimés par les couturiers, Victor resta interdit en découvrant deux inconnus en tenue orientale qui conversaient en arabe près du buffet. Il jeta un regard autour de lui. D'autres avaient revêtu l'habit ou le smoking, mais ils étaient identifiables à leur teint basané et à leur odieuse attitude de défi. Brusquement, il eut les mains moites.

— Mon cher Victor, quelle joie de vous voir ! Il ne fallait pas manquer cette soirée, en effet. Quand je pense que j'ai vu jouer Mlle Ségur à Lyon alors qu'elle n'était qu'une comédienne débutante… Quelle grande artiste, vous ne trouvez pas ? Cette voix rauque, ce jeu de scène… Une merveille !

Victor dévisageait Ennemond Morel comme s'il découvrait un revenant. Il n'avait pas l'habitude de voir transplantées à Paris, dans sa vie secrète, les figures éminentes du monde de la soie lyonnais. Il y avait là une incorrection déconcertante.

— J'ignorais que vous étiez venu assister à la clôture du Congrès arabe, poursuivit le vice-président de la chambre de commerce. Nous aurions pu faire le voyage ensemble. Ce fut un grand succès, n'est-ce pas ? J'ai trouvé les conclusions très intéressantes, notamment l'intervention de Salim Zahhar. Cet homme-là est désormais incontournable. Nous devons rester en bons termes. Dieu sait ce que l'avenir nous réserve en Grande Syrie ! Il nous faudra des interlocuteurs fiables.

Ennemond Morel prit un verre de champagne, observant la foule autour d'eux. Les pulsations de cœur de Victor s'étaient accélérées au point qu'il dut faire un effort pour cacher son agitation.

— Il doit être ici, poursuivit Morel, décidément intarissable. Des délégués ont reçu des invitations pour assister ce soir au meilleur de notre « esprit à la française ». Il est accompagné d'un certain Adib al-Samman. Lui nous donnera du fil à retordre. Ah, les voilà, à l'entrée de la loge d'honneur. Vous les voyez ?

Victor pivota, pris dans la nasse d'un mauvais rêve. Ainsi, l'Orient qu'il fuyait depuis tant d'années était venu à lui malgré tout, au beau milieu du « Français », cette vénérable institution parisienne où il aurait pourtant dû être à l'abri.

Il reconnut l'amant de Damas avec ses cheveux lissés en arrière toujours aussi épais, à peine blanchis aux tempes, ses paupières un peu lourdes. Et cette détestable assurance. Il échangeait des plaisanteries avec un homme plus corpulent que lui. Tous deux portaient des redingotes ottomanes de couleur amarante, fermées par des boutons de perle. Des femmes les dévoraient des yeux. Quel âge avait-il désormais ? Même pas cinquante ans. La force de l'âge. Blanche doit être comblée, se dit Victor avec amertume. Était-elle là, parmi cette assistance enjouée ? Une lame de chagrin le balaya, si puissante que même le souvenir du corps de Camille et les bienfaits de sa tendresse ne pouvaient l'endiguer. Aucune femme ne rivaliserait jamais avec l'ivresse que Blanche lui avait inspirée autrefois, le fauchant en cet âge innocent où un jeune homme n'a pas encore érigé les remparts du cynisme et du détachement pour se préserver du malheur. Il continua à la chercher des yeux, fébrile, à jamais prisonnier de cette fille du Mont-Liban au visage singulier et à l'allure de guerrière. Une femme insaisissable pourtant faite pour ses bras, qui avait réussi un temps à chasser la mélancolie qu'il portait chevillée au corps depuis l'enfance, une épouse qu'il avait follement aimée, dont la bouche froissée, les seins, les hanches, le ventre, le sexe ne cessaient de le hanter, qui lui avait donné deux enfants et l'avait quitté pour un autre.

— M. Zahhar est descendu au Lutetia à cause de sa proximité avec le lieu du Congrès, déclara Ennemond Morel. Mais pourquoi voulez-vous savoir ?

Victor s'aperçut qu'il avait posé une question à Ennemond Morel sans s'en rendre compte. Il avait l'impression de se dissocier de son corps. Quand Salim Zahhar s'approcha du bar, il fut inondé d'une transpiration glacée. Il lui était impossible de maîtriser les images obscènes de Zahhar faisant l'amour à Blanche, avec qui il avait même eu un fils. Ainsi, sa mère avait eu raison, Blanche s'était donnée corps et âme à l'homme qui venait désormais vers lui. Et elle s'était donnée par amour.

Il se détourna brusquement et se fraya un passage parmi les spectateurs, distribuant des coups d'épaule en dépit des protestations. Quand il émergea sur la place du Palais-Royal, il s'éloigna de quelques pas en courant, puis se pencha en avant, les mains sur les genoux, pour aspirer des goulées d'air frais. Quelque chose s'était rompu en lui comme un câble qui soudain lâche et cingle dans le vent. Dans un brouillard, il héla un taxi et se fit conduire au Lutetia. En traversant le pont, son regard s'attarda sur les lumières des réverbères qui tournoyaient dans les eaux de la Seine. Blanche était revenue. Il le sentait dans ses tripes, jusque dans ses os, dans la pression au creux de sa poitrine, cette douleur intime née de toutes les larmes jamais versées, jamais taries non plus. Seigneur ! Le Congrès général arabe, comment n'y avait-il pas songé ? Il aurait évité Paris comme la peste en dépit de la représentation de Camille. Il avait lu les gros titres des quotidiens, mais pas les articles, surtout pas. En descendant du taxi devant l'hôtel, il eut encore un infime espoir de s'être trompé, d'apprendre que l'infâme Zahhar était venu seul à la conférence. Tout serait alors différent, il n'y aurait pas cette urgence insensée, cette course vers l'abîme.

Il mentit avec aplomb pour obtenir des renseignements. Victor Duvernay portait l'habit, un œillet à la boutonnière, il était élancé et avait des manières. Il possédait aussi la ténacité de l'homme jaloux. Pourquoi le concierge lui cacherait-il que Mme Zahhar avait réservé l'autre jour une place sur un train pour

Lyon ? Un court instant, il sembla à Victor que plus rien n'avait de sens, alors que renaissait dans le même temps un fol espoir… Il se retrouva à la gare à courir comme un dératé vers le guichet, à demander s'il y avait un train de nuit ou tout autre transport en partance pour Lyon. Oui, tout de suite, bien sûr ! C'est une question de vie ou de mort, monsieur le receveur, mon épouse est là-bas… Comment cela, le premier train de voyageurs ne part qu'à neuf heures demain matin ? Je dois partir maintenant ! Un convoi militaire ne prend pas de civils, dites-vous ? Je suis officier de réserve, monsieur. On me laissera monter. Donnez-moi le numéro du quai. Merci, monsieur, vous avez été bien aimable…

Et de courir jusqu'au quai, de trouver les mots pour convaincre un jeune capitaine d'infanterie qui se laisse fléchir parce que cet homme est visiblement en situation de détresse et qu'après tout, le compartiment des officiers est à moitié vide, car ce ne sont là que les premiers préparatifs pour les grandes manœuvres qui doivent se dérouler à l'automne. Et Victor de monter dans un wagon pour s'affaler sur un siège, à bout de souffle, sans bien comprendre ce qu'il lui arrive, avec la pensée fugitive que Camille l'attendra en vain, qu'elle se rendra seule au souper des comédiens, et ce regret pour ce qui n'a pas pu être.

Lyon, le 21 juin 1913

Ma Très Révérende Mère,

Bien-aimée cousine,

Oh, Marie-Liesse, j'ai le cœur déchiré. « Le Seigneur a donné, le Seigneur a repris… », nous dit le livre de Job. Mais comment puis-je bénir le nom de Celui qui a repris mon fils ? Victor a perdu la vie.

Pour une raison incompréhensible, il était monté en pleine nuit dans un convoi militaire qui se rendait de Paris à Lyon. Un non-respect de la signalisation a entraîné une collision avec un train postal. Il y a eu un incendie. On déplore trente-sept morts et des blessés. Victor se trouvait parmi les victimes. Un capitaine d'infanterie a essayé en vain de le sauver.

Notre ami Ennemond Morel, le négociant en soieries, était pourtant avec lui quelques heures auparavant à la Comédie-Française. Il paraît que Victor est soudain parti comme un fou à l'entracte, sans donner d'explications. Qu'est-ce qui a bien pu lui passer par la tête ? Je ne comprends pas. Mais mon fils est mort et nous l'enterrons demain.

Je suis effondrée, je sanglote comme une malheureuse. Pardonne mon écriture illisible.

Victor semblait plus serein ces dernières années. Je pensais même parfois déceler en lui ce qui ressemblait au bonheur, surtout lorsqu'il passait du temps avec Oriane. Mon Dieu, ma petite-fille, si tu voyais sa peine… Je ne trouve pas les mots pour la consoler. Elle est en état de choc. Aurélien est le seul qu'elle veuille bien écouter. Je bénis le Ciel qu'elle s'entende si bien avec son frère.

Nous avons préparé de belles funérailles, avec sa musique et son psaume préférés. La cathédrale Saint-Jean sera pleine à craquer. Tu te souviens du jour de son baptême, quand tu le tenais dans tes bras ? Il n'avait cessé de crier pendant toute la cérémonie. Désormais, c'est le silence éternel de la mort. Comment vais-je survivre à cette journée ? Je redoute surtout l'inhumation à Sainte-Foy, où il rejoindra son père. J'ai toujours haï les cimetières, leur permanence irrévocable. Or, je me dois d'être forte pour les enfants. Ils ont besoin de moi.

Mais ce soir je suis morte moi aussi, ma Marie-Liesse. Mes mains et mes pieds sont glacés. J'ai la tête lourde et l'impression que le sang ne coule plus dans mes veines. Pourquoi le Seigneur ne m'a-t-il pas rappelée, moi ? Mon heure est venue ; je le sens depuis longtemps dans chaque douleur de mon corps. Je peux partir. Alors pourquoi prendre Victor, pourquoi mon fils ?

On me dit que le mécanicien et le chef de train seront traduits en justice dans quelques mois. Comment leur en vouloir ? C'était un accident. Un malheureux accident. La main de la Providence, me dirais-tu. Mais ce soir je la maudis, la Providence ! Comme je maudis tous ceux qui ont un jour fait du mal à mon fils.

Victor était ton filleul. Tu le savais doux et tendre en dépit de ce caractère parfois ombrageux depuis la mort de son père alors qu'il n'était encore qu'un petit garçon. La vie ne lui aura pas beaucoup souri. Que le Seigneur l'accueille auprès de Lui et lui accorde enfin, dans Son immense bonté, la paix qu'il n'a pas pu connaître sur cette terre.

À toi, le cœur en miettes.

Ginou

*

Une fosse dans la terre. Des sangles qui reposaient sur le sol. Un modeste cercueil en pin sur lequel étaient fixées une croix en bronze et une plaque dorée au nom de son père. Et cette forte brise qui balayait les crêpes noirs des femmes en deuil.

Oriane s'écarta quand les fossoyeurs ajustèrent les sangles autour de leurs épaules comme des cordes d'alpiniste. Son père avait tant aimé la montagne… Elle regarda le ciel, obstinément, son bleu éclatant obscurci par la mantille qui recouvrait son visage. Si elle levait les yeux, les larmes ne pouvaient pas couler aussi aisément. Elle ne supportait pas de le voir chahuté dans cette malheureuse caisse en bois que ces incapables n'étaient même pas fichus de faire coulisser sans la cogner contre les parois de terre ! Elle avait envie de leur hurler de prendre garde, qu'ils ne manipulaient pas un bout de viande ni un cadavre à moitié calciné, mais l'homme qu'elle aimait depuis toujours, qu'elle avait réussi à fâcher le dernier matin sans savoir qu'il ne reviendrait pas.

— Oriane… Oriane, répéta Aurélien en lui saisissant doucement le coude. Viens, il nous faut jeter une poignée de terre sur le cercueil. Il y a aussi des fleurs, si tu préfères.

Oriane s'aperçut qu'elle s'était éloignée au bout de la rangée, en haut du cimetière. Les caveaux et les tombes descendaient à flanc de coteau jusqu'aux frondaisons des arbres, au ras des toits des premières maisons. Qui étaient-ils, ces gens ? Certains noms de famille gravés dans le marbre ou la pierre lui étaient familiers. Des soyeux, mais aussi des capitaines d'industrie… Maigre consolation, son père ne serait pas tout seul, il pourrait leur parler. Pour autant que les morts sortent la nuit pour s'asseoir sur leurs tombes et partager un chambolle-musigny en trinquant aux jours enfuis. Un rire amer s'étrangla dans sa gorge. Et maintenant, tous ces codes à respecter, ces gestes, ces paroles… Après la messe de requiem, l'atroce inhumation, avant de rentrer à la maison pour accepter les condoléances, sourire avec modestie pendant le défilé des parents et des amis mortifiés, se tenir droite, toujours bien droite, comme sa grand-mère qui ne versait pas une larme, le visage verrouillé.

Aurélien la força à se tourner vers lui. Avec tendresse, il releva le voile noir qui lui dissimulait le visage. Elle se fit la réflexion que c'était le même geste qu'un marié devant l'autel de ses noces.

— Regarde-moi ! ordonna-t-il, la tenant par les épaules. Je suis là, tu m'entends ? Je serai toujours là.

Elle sentait la chaleur bienfaisante de ses paumes à travers sa robe, détailla son visage comme s'il lui était inconnu, cherchant à se l'approprier en sachant qu'il pouvait lui aussi disparaître sans crier gare. Les yeux sombres de son frère semblaient presque noirs. Il était rasé de près, lui qui tentait vainement d'obtenir une moustache digne de ce nom, et il portait la même eau de Cologne au chèvrefeuille que leur père. Elle se demanda si c'était une volonté délibérée, s'il était entré ce matin-là dans la salle de bains pour prendre quelques gouttes du grand flacon en cristal. Bientôt, ce serait tout ce qu'il lui resterait, les réminiscences d'un parfum dans les plis d'un vêtement au fond d'un placard, parce que le timbre de sa voix se serait évanoui, ainsi que l'étreinte de ses bras et ce sourire timoré pour lequel elle avait si souvent lutté, avec l'espoir du guetteur qui attend l'aube après une nuit blanche.

— Ce n'est pas vrai, dit-elle d'un air grave. Les gens ne restent pas. On est toujours abandonné un jour ou l'autre. Notre chemin est celui des cimetières. Notre mère au Liban, notre père ici… Nous sommes orphelins, Aurélien. Et toi aussi, un jour, tu me quitteras.

La détresse de sa petite sœur affligea le jeune homme. Il aurait tant aimé effacer les cernes, rallumer l'étincelle dans ses yeux, lui redonner foi. Elle était anéantie ; une bougie dont on aurait soufflé la flamme. Après l'annonce stupéfiante de l'accident, elle avait refusé d'emménager dans l'appartement de leur grand-mère et avait tenu à rester avec lui, chez eux. La première nuit, ils avaient même sommeillé dans le salon, Oriane allongée en chien de fusil sur le canapé, lui écroulé dans le fauteuil préféré de leur père. Ils avaient écouté en silence le tic-tac des pendules, les grincements du parquet et des meubles en marqueterie, ce bois qui soupire parce qu'il est vivant.

Aurélien ne comprenait pas comment le destin avait pu lui rendre sa mère et emporter son père du même coup. Une pareille ironie du sort relevait du cynisme des dieux de la mythologie, pas de l'existence banale d'un fils de soyeux lyonnais. Mais, à la réflexion, il n'y avait rien eu de banal chez ses parents. L'un comme l'autre avaient enfreint toutes les règles. Sans doute la punition se montrait-elle à la hauteur de leur transgression. Désormais, il se tenait dans ce cimetière, saisi d'un étourdissement. Sa vie avait basculé en une nuit et il n'était plus maître de son destin. Il enlaça tendrement Oriane qui posa la tête sur son épaule. Il serra sa petite sœur contre lui et sentit les frémissements parcourir son corps gracile. Devait-il lui dire ? Rompre la promesse qu'il avait faite quelques jours auparavant à leur mère ressuscitée d'entre les fantômes et déjà repartie pour ses lointains rivages ? Fallait-il lui offrir le recours de cette mère inconnue maintenant qu'elle n'avait plus de père ? Un bref instant, il ferma les yeux car il ignorait encore ce qui serait le plus sage et le moins douloureux pour Oriane. « Tu dois la protéger ! » avait exigé leur mère, une lueur féroce dans le regard. Et il se raccrochait à cette injonction. Lui, l'impulsif, le sanguin qui aimait utiliser ses poings, ne prendrait aucune décision sous le coup de l'émotion. C'était sans doute là sa première décision d'adulte.

Ils jetèrent docilement des poignées de terre ou des fleurs sur le cercueil, puis l'abbé prononça une ultime bénédiction et la petite assemblée se détourna, emboîtant le pas à Geneviève Duvernay qui redescendait le chemin en direction de la grille d'entrée, drapée de longs voiles noirs, appuyée sur une canne à pommeau d'ivoire. Ses trois filles et leurs maris, leurs enfants autour d'eux, l'encadraient. Oriane et Aurélien restèrent les derniers, debout près de la tombe. Les yeux secs d'Oriane la brûlaient. Elle frissonnait de froid.

Des pas crissèrent sur le gravier.

— J'ai bien pensé te reconnaître, même si tu es resté à l'écart, murmura Aurélien.

— Je ne voulais pas déranger, dit Maxence en serrant son ami dans ses bras. Je suis vraiment désolé. Mon père m'a chargé de te transmettre ses pensées les plus chaleureuses.

Il portait un veston foncé étriqué aux épaules, une chemise blanche et une cravate noire semblable à un trait d'encre. Il avait tenté en vain de domestiquer ses boucles blondes qui rebiquaient.

— Veuillez accepter toutes mes condoléances, Oriane, dit-il en lui tendant gauchement la main.

Quelques traces de bleu marquaient ses doigts. Sa poignée de main, ferme et douce à la fois, lui donna envie de pleurer. La présence de Maxence relevait de l'évidence. Comment penser un instant qu'il ne viendrait pas réconforter Aurélien ? Ces derniers jours, son frère et elle avaient été pris dans un tourbillon. Oriane avait même le sentiment de ne pas avoir repris pleinement son souffle depuis l'annonce du décès. Alors elle se raccrocha elle aussi à ce qu'il y avait d'apaisant dans la stature solide, le regard clair et le sourire sincère du jeune homme. Elle lui tendit la dernière rose qu'elle gardait encore à la main.

— Tenez, Maxence. Je sais que mon père vous a parfois contrariés, Aurélien et vous, mais tout cela, c'est du passé maintenant, n'est-ce pas ?

Maxence inclina la tête devant la fosse et lança la fleur sur le cercueil.

— Pardonnez-moi, je ne peux pas prier car je ne suis pas croyant. Mais je sais qu'il était un bon père. Il vous aimait tous les deux et n'a jamais voulu autre chose que le meilleur pour Aurélien et vous.

Aurélien enfouit les mains dans ses poches, mal à l'aise.

— Je te remercie vraiment d'être venu, mon vieux.

— Je tenais à présenter mes respects. Et à te dire mon amitié, bien sûr. Ce sont des moments importants. J'imagine qu'on doit se sentir un peu perdu.

Des éclats de voix leur parvinrent de la grille. Ils se tournèrent pour observer l'attroupement de calèches et d'automobiles qui s'apprêtaient à redescendre en ville. La frêle silhouette de Geneviève Duvernay grimpait dans une Berliet.

— Elle a pris un sacré coup, dit Aurélien. Quand je lui ai appris la nouvelle, elle est devenue tellement blanche que j'ai eu peur qu'elle ne rende l'âme.

— S'il n'en reste qu'une, ce sera Bonne-Maman, murmura Oriane. C'est à la fois rassurant et terrifiant.

— Il ne faut pas qu'on tarde trop, je crains. Il y a tant de choses à faire.

Oriane vit passer une ombre sur le visage de son frère qui lui parut d'un seul coup terriblement juvénile. Il était évident qu'il ne parlait pas seulement de la fin de la journée. C'était à lui, désormais, de reprendre la barre des Soieries Duvernay. Au retour de son service militaire, il avait crâné devant leur père, prétendant avoir d'autres ambitions dans la vie. Mais c'était quelques mois, quelques siècles, auparavant. Elle glissa sa main dans la sienne.

— Maxence et moi, on sera là tous les deux pour t'aider.

« Motif : homicide par imprudence. » Oriane replia la lettre de l'avocat. Elle s'était attendue à éprouver un sentiment de satisfaction, sinon de revanche, à l'annonce de la condamnation pénale du mécanicien et du conducteur du train responsables de l'accident. Mais leur sentence de prison six mois après la tragédie ne lui inspirait que de l'indifférence. La jeune fille se demanda même si elle ressentirait à nouveau un jour une quelconque émotion.

Elle écarta le rideau de la fenêtre. Les réverbères venaient de s'allumer. Quelques rares passants traversaient la place Bellecour, emmitouflés dans leurs manteaux, des feutres ou des bonnets enfoncés jusqu'aux oreilles. Le froid humide glaçait les sangs ; de toute manière, elle grelottait depuis le jour de l'inhumation. Même les mois d'été n'avaient pas réussi à la réchauffer. L'appartement était silencieux en cette fin de journée, figé dans un silence si profond, si tangible qu'elle aurait pu le tenir dans le creux de ses mains. Il lui semblait parfois qu'elle n'avait jamais connu que lui, et au cœur de ce silence elle retrouvait le goût de cette solitude qui lui était familière depuis l'enfance et dont elle ne parlait à personne. Elle n'avait jamais autant pensé à l'Absente que depuis la disparition de son père. Sans doute étaient-ils enfin réunis. Ne disait-on pas que les êtres aimés se retrouvaient dans l'au-delà ? C'était l'espoir de tout bon chrétien. Son père avait tant aimé sa mère qu'il n'avait même pas eu la force d'en parler de son vivant. Elle n'avait jamais remis ce mutisme en question par respect pour sa douleur, si bien qu'il était devenu une seconde peau.

Une seule lampe éclairait le fauteuil en velours bleu où elle venait parfois lire en attendant le retour d'Aurélien du bureau. C'était le crépuscule qu'elle redoutait le plus, l'entrée dans une nuit qui n'en finissait pas. Elle se postait tous les jours de la semaine, à la même heure, à cette fenêtre du salon et guettait la silhouette de son frère. Tôt ou tard, Aurélien traversait la place de son pas leste, les mains dans les poches, les épaules rentrées. Dès qu'elle l'apercevait, elle s'approchait du meuble où étaient rangés les alcools, versait du sucre dans un verre, un trait d'Angostura et quelques gouttes de whisky qu'elle mélangeait avec soin jusqu'à dissolution complète du sucre, avant d'y ajouter les glaçons, le whisky de seigle et un quartier d'orange. Inexorablement, à l'instant où elle déposait le verre sur le guéridon à côté du fauteuil de leur père, Aurélien entrait dans le salon. C'était là l'une de leurs petites habitudes, une routine de vieux couple qui les effrayait, mais dont ni l'un ni l'autre ne pouvaient se passer.

— Que fais-tu dans le noir, Oriane ?

Elle sursauta quand sa grand-mère pénétra dans le salon, marquant la mesure avec sa canne.

— Allume donc les autres lampes, je te prie. On se croirait dans un tombeau, ici.

— Je ne vous attendais pas, Bonne-Maman.

La vieille dame s'assit dans le fauteuil, arrangea les plis de sa jupe. Oriane décela à son attitude qu'elle n'était pas venue lui rendre une visite de courtoisie.

— Six mois, Oriane. Cela suffit.

— Je ne comprends pas.

Geneviève Duvernay l'épingla du regard.

— Bien sûr que si, mon enfant. Tu as décidé de t'enfermer ici avec ton frère. Je me demande même quand tu sors de cet appartement. Tu es si maigre que tu en deviens transparente. Ce n'est pas bon pour ta santé.

— Je suis en deuil, se justifia la jeune fille, lissant sa robe noire boutonnée jusqu'au cou.

La vieille Duvernay fit une moue contrariée.

— *Il y a un temps pour pleurer…*

— *…et un temps pour rire.* Je connais mes classiques. Veuillez me pardonner, mais je ne me sens pas encore disposée à rire ni à danser pour le moment.

Les doigts de sa grand-mère pianotaient sur l'accoudoir.

— Ton frère m'a appris que tu avais refusé de te rendre au mariage d'Évariste Paterin. C'est une offense à nos cousins. Tu nous accompagneras, Aurélien et moi, comme il se doit.

La jeune fille frémit. L'idée de paraître à nouveau en société lui semblait insurmontable. Elle ne l'aurait jamais avoué à sa grand-mère, mais elle s'apercevait qu'elle avait de moins en moins envie de quitter l'appartement. Une lassitude extrême pesait jusque dans ses articulations. Elle s'inventait des excuses – le mauvais temps, un rhume, toutes sortes de maux. Aurélien, trop préoccupé par les Soieries, ne disait rien. De toute manière, il partait le matin avant le réveil de sa sœur et ne rentrait que le soir pour la trouver le guettant depuis l'ombre de la fenêtre. Mais elle avait fini par s'habituer à cette vie entre parenthèses. Les murs de l'appartement, les odeurs de cire d'abeille et les sons familiers – le claquement de l'air dans les tuyaux de chauffage, le robinet du lavabo qui gouttait – la préserveraient peut-être des coups du sort. La vie était dangereuse, elle avait eu raison de s'en méfier. Ne valait-il pas mieux rester là, camouflée derrière un rideau à épier les passants jusqu'à ce qu'elle se dessèche et meure, telle la chrysalide atrophiée dans son cocon de soie ? Elle émergeait pourtant de son refuge une fois par semaine pour aller à la messe dominicale. De temps à autre, quand l'envie l'en prenait, elle accompagnait ensuite Aurélien à la Croix-Rousse, où elle s'attablait dans la cuisine chaleureuse d'Armand Martin pour boire un chocolat chaud avec le vieux maître tisseur et son fils.

— Tu connais l'adage, ma chérie : « Le mariage brise le deuil », insista sa grand-mère. Aussi je n'admettrai aucune excuse. Je respecte ton chagrin, mais ton père serait furieux de te voir dépérir ainsi. Il est temps pour toi, jeune fille, de revenir dans le monde des vivants. Je ne te laisserai plus vivre en recluse.

La vieille dame n'avoua pas que la mine de sa petite-fille commençait à l'inquiéter. Elle avait choisi de ne pas l'importuner les premiers temps, aux prises avec sa propre douleur, persuadée que le tempérament ardent d'Oriane reprendrait le dessus, tout comme elle-même avait réagi après la disparition prématurée de son mari. Mais elle avait oublié qu'Oriane n'avait pas à assumer les mêmes responsabilités et qu'elle pouvait se laisser dériver sans que cela porte à conséquence. Ses cousines et amies ne venaient même plus la voir, découragées par ses réflexions moroses et son regard éteint. Or, Geneviève Duvernay s'effrayait de découvrir chez sa petite-fille une mélancolie qui lui rappelait celle de Victor, et il n'était pas question de la laisser s'installer. Oriane devait reprendre une vie normale, et cela commençait par cette réception chez les Paterin. Il y aurait là un jeune homme récemment rentré de New York. On disait que Gabriel Lombard, l'héritier des Soieries du même nom, était beau garçon, intelligent et travailleur. Le vernis exotique de son long séjour à l'étranger ne déplairait sans doute pas à la jeune fille. Et puis les Lombard étaient moins regardants que d'autres sur certaines ombres qu'il était préférable de ne pas évoquer. Oui, elle fondait beaucoup d'espoirs sur cette rencontre.

— Vous avez une idée derrière la tête, Bonne-Maman, dit Oriane en étudiant le visage de sa grand-mère. Je vous connais par cœur.

La vieille dame écarquilla les yeux d'un air innocent. La lueur rétive dans le regard de sa petite-fille, pour une fois, lui fit plaisir. Oriane finirait bien par sortir de sa léthargie, mais il faudrait sans doute la provoquer, quitte à y laisser des plumes.

— Je ne rajeunis pas. Je veux profiter de bons moments avec toi et je suis sûre que ce mariage chez les Paterin sera un joli événement. C'est plutôt original, un mariage en décembre, tu ne trouves pas ?

Oriane se redressa sur son siège, les chevilles sagement croisées sur le côté. Elle ne s'étonnait pas que sa grand-mère revienne déjà à la charge avec ses obsessions, elle n'était pas de ces femmes indécises qui perdent du temps à tergiverser. À vrai dire, ce sursis de plusieurs mois avait même été inespéré.

— Je ne suis pas prête à me marier, je porte le deuil de papa. Quant à Évariste, il convole en plein hiver pour une raison qui paraît évidente à Aurélien.

Geneviève Duvernay leva une main.

— N'en dis pas plus, je te prie ! Ton frère a des réflexions de corps de garde dont il devrait s'abstenir en présence de sa sœur. Je te réitère ma demande de venir habiter chez moi. Ce serait beaucoup plus convenable que de vivre avec un garçon célibataire qui n'a pas vingt-cinq ans. Je ne sais pas pourquoi vous me faites une guerre à ce sujet, je dois même t'avouer que cela me peine.

Son visage s'affaissa. Elle avait toujours eu une relation complice avec sa petite-fille, et la distance que celle-ci avait imposée entre elles depuis le drame l'attristait.

— Oh, Bonne-Maman, ce n'est pas pour vous froisser, vous savez bien combien je vous aime ! Mais Aurélien et moi, nous avons besoin l'un de l'autre. Sans papa, sans…

Elle baissa la tête, se mordilla la lèvre. Même à cet instant, confrontée au visage décomposé de sa petite-fille, Geneviève Duvernay n'éprouva pas une once de compassion. Tout ce qu'elle avait prévu s'était réalisé.

La mère d'Oriane avait eu un bâtard avec son amant, il était élevé en Syrie dans les meilleures écoles françaises. Certes, elle savait par sa cousine que les Zahhar avaient fait enregistrer leur mariage civil au consulat de France, mais cette union républicaine n'avait aucune valeur à ses yeux. Pour rien au monde Oriane ne devait entretenir un lien, de près ou de loin, avec ces gens indignes qui portaient malheur.

Un frisson la parcourut. Quand elle avait lu dans le journal que Salim Zahhar avait tenu l'un des discours de clôture les plus commentés au Congrès arabe, elle avait aussitôt compris que sa présence à Paris devait être à l'origine du comportement insensé de Victor. Elle avait néanmoins choisi de ne pas chercher à en savoir davantage. À quoi bon ? Son fils était mort. Cette sombre histoire avait connu le dénouement tragique qu'elle avait pressenti à l'instant où elle avait posé les yeux la première fois sur Blanche. Elle avait cherché à protéger Victor et elle avait échoué. Il n'en serait pas ainsi pour ses petits-enfants. Le lendemain des funérailles, elle avait convoqué Aurélien. Elle avait d'abord tiré le rideau de velours pour dissimuler la porte d'entrée, les protégeant de toute oreille indiscrète qui traînerait sur le palier. Puis, dans son salon aux fenêtres soigneusement closes, elle avait déclaré avoir une annonce importante à lui faire qui risquait de le bouleverser. Mais il était maintenant le chef de famille et il devait en assumer les responsabilités, même déplaisantes. Son petit-fils avait admirablement réagi, restant impassible quand elle lui avait annoncé que sa mère était toujours de ce monde, qu'elle avait choisi de refaire sa vie avec un autre homme au Levant dont elle avait eu un fils, un certain Elias Zahhar, mais que pour respecter l'honneur de son père, qui en avait tant souffert, il ne devait jamais, au grand jamais, évoquer cette sordide histoire, et surtout pas avec Oriane, fragilisée par le drame récent. «Je ne suis pas aveugle, avait ajouté Geneviève Duvernay, le monde évolue. Mais je te demande de garder une discrétion absolue jusqu'à ce que ta sœur soit mariée. Ensuite, libre à toi d'agir autrement. De préférence quand j'aurai rejoint ton père et ton grand-père dans la tombe, ce qui ne saurait tarder.» Aurélien était resté immobile, détaillant sans ciller sa grand-mère avant d'acquiescer à contrecœur d'un bref hochement de tête.

— Ma couturière vient demain avec des robes à te faire essayer, décréta la vieille dame en s'adressant à sa petite-fille. Tu n'iras pas au mariage de ton cousin en noir. Bonsoir, Aurélien, dit-elle à son petit-fils qui venait d'apparaître sur le seuil du salon. Comment s'est passée ta journée, mon grand ?

Août 1914

Oriane s'arrêta net sur la place du village, réprimant l'envie de couvrir ses oreilles tant les coups répétés du tocsin agressaient ses tympans. Des femmes se pressaient déjà en direction de l'église, sans doute pour se rassurer auprès du curé et allumer des cierges. Les tensions diplomatiques s'étaient exacerbées ces dernières semaines et les commentaires alarmants des quotidiens avaient écœuré la jeune fille. À la campagne, toutefois, on était surtout préoccupé de rentrer les moissons. Mais depuis deux jours, dans ce petit village des monts du Lyonnais comme partout en France, dans les cafés et les commerces, dans les familles de médecins, d'ingénieurs, de cheminots, d'ouvriers et d'artisans, de comédiens, de diplomates, de soldats d'active, chez les maîtres tisseurs et les soyeux, on ne parlait plus que de la guerre.

Une fois que le tocsin eut cessé de sonner, le roulement du tambour républicain prit le relais. Oriane traversa la place, jouant des coudes parmi l'attroupement de curieux qui se pressaient devant la mairie, où un employé venait d'afficher l'ordre de mobilisation générale. Mon Dieu, c'est déjà pour demain ! songea-t-elle, la gorge serrée. Elle se hâta de rentrer à la maison. Arrivée à la propriété, elle évita l'allée en gravier qui menait jusqu'au perron et coupa à travers la pelouse en se dirigeant droit vers le grand hêtre sous lequel sa grand-mère faisait dresser une table les jours de beau temps. De loin, elle discerna sa silhouette, assise à l'ombre dans un fauteuil en osier. Submergée par un élan d'amour et d'angoisse, elle se mit à courir, regrettant de ne plus être une enfant pour se réfugier dans ses bras. La vieille dame tourna la tête en l'entendant approcher. Le soleil qui perçait à travers les feuillages mouchetait son visage de lumière. Elle reposa son livre et se leva, comme si la nouvelle qu'allait annoncer Oriane ne se recevait que debout.

— C'est donc accompli. Quand ?

— Demain, en fin de journée.

Geneviève Duvernay blêmit.

— Un dimanche… Arracher trois millions cinq cent mille hommes à leur foyer le jour du Seigneur. Quelle tragique ironie du sort !

Les yeux perdus dans le vague, elle semblait en colère.

— Je vais rentrer à Lyon, déclara Oriane, la bouche sèche. Je veux voir Aurélien avant son départ.

— Bien sûr, ma chérie, mais sois prudente. Les gens vont perdre un peu la tête. Quant à moi, je te rejoindrai demain. Je veux aussi embrasser mon petit-fils, si Dieu le permet. Et puis lundi matin, je me rendrai aux Soieries.

— Mais pour quoi faire, Bonne-Maman ? Aurélien a pris les dispositions nécessaires. Son directeur va s'occuper de tout en son absence. De toute manière, ce n'est qu'une question de quelques mois, la guerre sera finie avant Noël.

Sa grand-mère fronça les sourcils.

— Enfin, ma petite, tu ne crois tout de même pas que je vais laisser cet homme sans surveillance ? Comment penses-tu qu'une entreprise familiale survit aux crises ? En l'abandonnant aux mains de ses employés, si dévoués soient-ils ? Je ne t'ai pas élevée dans cet esprit, Oriane. C'est nous, les femmes de la famille, qui prenons les rênes lorsque les hommes s'en vont. Cela a toujours été ainsi. Et tu vas t'en apercevoir partout, dans les fermes comme dans la plus modeste des échoppes. Non seulement je vais aller sur place, mais tu vas m'accompagner.

— Pardonnez-moi, je ne voulais pas vous fâcher, mais vos soucis de santé…

Elle planta son regard dans celui de sa petite-fille.

— J'ai permis à la Maison de survivre à la mort prématurée de ton grand-père, ton cher père a eu toutes les peines du monde à maintenir le cap, ton frère fait de son mieux alors que nos étoffes se vendent mal, c'est pourquoi je ne laisserai pas de simples directeurs prendre les décisions sans que nous ayons notre mot à dire.

Oriane ne put s'empêcher d'éprouver une crainte mêlée de respect pour cette détermination. Les préjugés et l'intransigeance de sa grand-mère l'exaspéraient parfois, mais elle comprenait désormais que seules les femmes comme Geneviève Duvernay permettent aux plus faibles de traverser les orages.

— La guerre, c'est donc aussi l'heure des femmes, murmura-t-elle en se demandant, le cœur battant, si elle était de leur trempe et où elle puiserait les ressources nécessaires pour leur ressembler.

Dans un geste impulsif, elle enlaça sa grand-mère comme elle ne l'avait pas fait depuis des années, s'imprégnant de son corps anguleux, de cette force vive et sèche. Le parfum à la violette lui rappela l'insouciance des jours bénis de son enfance. Geneviève Duvernay caressa tendrement les cheveux de sa petite-fille. Elle revoyait Aurélien en culottes courtes poussant Oriane dans une brouette, les deux enfants s'aspergeant avec le tuyau d'arrosage par une journée tout aussi radieuse que celle-ci, mais aussi le visage décomposé de Victor la nuit où il lui avait annoncé, sous les branches de ce même arbre, que Blanche l'avait quitté. Il lui sembla encore entendre crépiter les flammes du brasier des précieuses soieries, respirer les relents de fumée, de poussière et de désespoir. Pourtant, en dépit du chagrin, ils avaient tout fait, Victor et elle, pour offrir à Aurélien et à Oriane une enfance heureuse. La séparation traditionnelle entre adultes et enfants avait été battue en brèche. Elle les avait acceptés à sa table malgré leur jeune âge. Elle avait veillé aux petits riens qui créent des souvenirs, un bain de minuit, un concert impromptu, un cadeau inopiné. Oui, elle les avait gâtés, bien davantage que si leur mère avait été une femme fidèle. Elle battit rapidement des paupières ; l'émotion ne devait pas l'emporter, pas maintenant, car le temps de la guerre était venu, comme disait l'Ecclésiaste. Quand elle chancela, les bras de sa petite-fille se resserrèrent autour d'elle. Oriane s'inquiéta de savoir si elle se sentait bien, mais elle resta silencieuse, dissimulant le fond de sa pensée. Contrairement à l'adolescente, elle était lucide. Cette guerre ne se terminerait pas en quelques mois ; pire encore, leurs gouvernants les précipitaient dans un abîme dont personne ne pouvait discerner le fond.

Quelques heures plus tard, accoudés à une rambarde sur les pentes de la Croix-Rousse, Aurélien et Maxence contemplaient la ville, ce crépuscule rose et or qui enflammait les toits, se réfléchissait sur les eaux sinueuses du Rhône et de la Saône, accrochait ici et là des arêtes métalliques. Oriane était douloureusement consciente de leurs mines graves et de leurs regards éteints, si contraires à l'enthousiasme solaire dans lequel elle avait puisé tant d'énergie à chacune de leurs rencontres. Non sans une pointe d'égoïsme, elle avait pourtant pensé se rassurer auprès d'eux. En chemin, elle s'était persuadée que les garçons ne manqueraient pas de la réconforter. C'était leur rôle, non ? Ils l'encadraient d'ailleurs entre leurs corps comme deux piliers. Or, leur mutisme répondait en écho au silence insolite des métiers à tisser. L'appréhension lui serrait la gorge.

— Vous serez de retour pour Noël, affirma-t-elle, irritée d'entendre sa voix trembler.

— C'est ton petit doigt qui te l'a dit ? répliqua Aurélien, narquois.

— Je lis les journaux, comme tout le monde.

L'expression de son frère illustra le plus profond mépris et il ne daigna même pas lui répondre. Quand elle frémit, la main de Maxence se referma autour de ses doigts glacés.

— Nous verrons bien, murmura-t-il d'un ton apaisant. Mais je crains qu'Aurélien ne pense comme moi. Les optimistes parlent de Noël alors que personne n'en sait rien. Au moins, on rejoint le même régiment ; c'est un heureux concours de circonstances.

— Vous veillerez l'un sur l'autre ? demanda-t-elle, levant la tête pour les regarder tour à tour.

Aurélien s'ébroua comme un chien mouillé.

— Arrête là ce sentimentalisme stupide, je te prie, Oriane ! Je n'ai besoin de personne pour s'occuper de moi.

Exaspéré, il s'éloigna à grands pas, remontant vers les cafés dont les lampions clignotaient de l'autre côté du square. La jeune fille sentit les larmes lui piquer les yeux.

— Ne lui en veux pas, Oriane. Il est très inquiet et il le dissimule de son mieux.

— C'est bien ce qui me fait de la peine. On pourrait au moins partager nos craintes.

Maxence sourit d'un air résigné. Tournant le dos à la vue, il s'adossa à la balustrade. Une sombre luminosité bleutée recouvrait désormais les immeubles du quartier, les oiseaux piaillaient dans les branches. C'était leur dernier soir de liberté.

— Tu es sa petite sœur. Il veut te protéger de tout, de la peur comme du reste.

— Mais moi, j'ai besoin de savoir ce qu'il ressent. Je pourrai t'écrire ? Et toi, tu me diras toujours la vérité sur vous deux ?

Maxence hésita.

— Promets-le-moi ! ordonna-t-elle, impérieuse.

Elle posa les mains sur son torse, croyant presque sentir sa peau et le battement de son cœur à travers sa chemise blanche. Il ne portait pas de veston mais un brassard noir en hommage à Jean Jaurès, le seul homme politique qu'il eût admiré, assassiné la veille dans un café parisien.

— Vous venez, tous les deux ? hurla Aurélien, les mains en porte-voix. La tournée est pour moi !

Des cris enthousiastes de jeunes inconnus s'élevèrent autour de lui.

— Viens, dit Maxence en lui prenant la main.

Ce ne fut que bien plus tard qu'elle se rendit compte que sa requête était restée sans réponse.

Dans le sillage d'Aurélien, ils passèrent de café en café sur le plateau en un joyeux chahut. Même Oriane accepta quelques verres. Les clients se pressaient autour des petites tables et aux comptoirs, se frôlaient, se heurtaient dans un désordre à la fois amical et solidaire. Les mains moites et les fronts en sueur n'étaient pas seulement dus à la chaleur qui pesait sur la ville depuis plusieurs jours, mais à la fébrilité qui s'était emparée de chacun. Les traits étaient crispés, les timbres de voix plus aigus, les rires parfois forcés. On essayait pourtant de se tenir droit et de faire bonne figure. On insultait les Allemands, on entonnait des chants appris au service militaire. Et *La Marseillaise*, bien sûr. Des colporteurs vendaient des petits drapeaux et des rubans tricolores. Ce n'était pas encore l'heure des adieux ; celle-là viendrait le lendemain. Il y aurait sans doute des visages blêmes, souvent des gueules de bois, les larmes des mères et des femmes amoureuses. Mais en cette chaude nuit d'août il fallait prendre le temps de célébrer la vie, la jouissance des corps, l'exaltation de la jeunesse, l'orgueil et toutes les certitudes.

Son frère avait retrouvé son allant naturel, ses grands gestes ; il déclamait des bribes de poèmes en dévalant les escaliers. Oriane en fut rassérénée. Le beaujolais coulait à flots et ouvrait l'appétit. Ils dévorèrent des cochonnailles, des petites saucisses chaudes dont la saveur grasse et pimentée éclatait en bouche, des chèvres fermiers et du pain croustillant. Comme on manquait de place, des inconnus s'attablèrent avec eux. De temps à autre, Aurélien enlaçait les épaules de sa sœur et la serrait contre lui. Un petit orchestre s'improvisa en plein air et ils dansèrent sur les trottoirs. Le bras ferme de Maxence autour de la taille, Oriane avait la tête qui tournait, le cœur au bord des lèvres, d'angoisse et d'excitation, mais aussi une folle envie de vivre et que cette nuit improbable ne finisse jamais. Puis le ciel commença imperceptiblement à s'éclaircir, les pas se firent plus lourds, comme si la terre rappelait à chacun sa pesanteur et les obligations à venir, les odieux livrets militaires, le drap d'uniforme bleu clair, les pantalons garance et les képis rouges. Les traboules silencieuses absorbèrent les derniers fêtards, soudain pressés de rentrer chez eux pour quelques heures de répit.

Oriane se retrouva à l'écart avec Maxence. Aurélien avait disparu. Ils l'avaient vu danser, une jolie fille à son bras, devant l'église du Bon-Pasteur. Elle comprenait mieux son frère désormais, après cette nuit si étrangère à l'atmosphère codifiée du quartier d'Ainay et au monde compassé des bourgeois tels qu'Évariste Paterin ou Gabriel Lombard, ce jeune négociant revenu de New York qui la courtisait avec empressement depuis plusieurs mois. Oriane n'était pas dupe. Adoubé par Geneviève Duvernay, il avançait ses pions en toute sérénité. Eux aussi se préparaient à partir, mais peut-être plus sagement et certainement avec une dignité plus grande, en respectant les règles. Car on ne boit pas de manière débridée chez les gens bien nés et on ne transpire pas en dansant comme des fous avec des inconnus dans les rues. Il devait y avoir un sang vicié chez Aurélien et Oriane Duvernay, un sang venu d'on ne sait où, qui pousse à l'impensable, autorise les folies. Ce soir, elle saisissait enfin pleinement le goût canaille de son frère et l'ardeur du désir.

Maxence se tenait toujours auprès d'elle, la chemise blanche ouverte au col et les cheveux ébouriffés, parmi les beaux massifs du jardin des Plantes qui avaient servi au siècle dernier d'inspiration pour les motifs des soieries. Lyon et sa Presqu'île sommeillaient encore. Les lampadaires ne tarderaient pas à s'éteindre. Ici ou là brillait une lumière aux fenêtres de ceux qui se levaient déjà en ce premier dimanche d'août, ou qui n'avaient pas fermé l'œil parce que les hommes partaient à la guerre aujourd'hui. Et c'était injuste quand on était jeune et le meilleur élève de la « classe de la Fleur » de l'École des beaux-arts, qu'on était artiste avec un talent fou et l'envie irrépressible de prendre cette fille dans ses bras.

Oriane ne résista pas, puisque c'était une évidence. Maxence et elle, le fils du canut et la fille du soyeux, c'était écrit dans les livres, dans Shakespeare, une rengaine vieille comme le monde mais toujours aussi vraie. Plus rien n'avait de sens, ni les barrières ni les interdits. Il fallait écouter son cœur, n'est-ce pas, et croire en son destin... Il fallait danser à la Croix-Rousse, célébrer le talent d'un dessinateur en soierie comme Maxence Martin, passer les doigts dans ses cheveux blonds, effleurer ses lèvres, goûter enfin à sa bouche, sa langue, sa salive, discerner une érection contre sa cuisse sans bien comprendre ni bien savoir, sentir ses mains sur sa poitrine et voir renaître son corps tout entier, à la fois semblable et déjà autre. Il fallait déboutonner sa chemise, caresser son torse et se fondre en lui par ce premier baiser, parce que c'était l'unique espoir d'échapper au mal qui menaçait, à la douleur, à la solitude, d'échapper à tous les cimetières, ceux d'Orient et de Sainte-Foy, aux mères disparues dont on ne prononce jamais le nom parce qu'on tait les souffrances comme on redoute les malédictions, mais aussi aux larmes versées pour les pères décédés et leur tendresse enfuie.

Novembre 1914

Elias avait disparu depuis bien trop longtemps. Angoissée, Blanche fouillait des yeux la foule autour d'elle. Maintenant que la France et l'Angleterre avaient déclaré la guerre à l'Empire ottoman, ceux qui n'avaient pas encore fui Beyrouth semblaient tous s'être donné rendez-vous à la gare. Une cohue similaire sévissait sur les embarcadères du port où se pressaient les derniers étrangers espérant quitter le territoire, beaucoup étant déjà partis vers l'Égypte. Quant aux routes du Mont-Liban, elles étaient encombrées par les attelages et les voitures des chrétiens qui rejoignaient la Montagne. Tous redoutaient d'être bombardés par les bâtiments de guerre alliés qu'on devinait au loin, longeant la côte.

Elle se démenait de son mieux, ballottée comme un fétu de paille parmi les passagers apeurés et en colère, massés derrière des barrières qui menaçaient de céder en brandissant des billets de train sans valeur à la tête de contrôleurs débordés.

— Elias ! cria-t-elle.

Elle savait que c'était dérisoire. Qui aurait pu l'entendre parmi les braillements, les protestations des femmes hagardes et les vociférations des hommes ? L'Orient n'était pas étranger au désordre, mais après que la Sublime Porte eut décrété la fermeture des Détroits à la navigation commerciale, puis la suppression du régime des Capitulations qui régissait les intérêts des Occidentaux, la situation s'était tendue de manière dramatique. Certains avaient pourtant espéré, non sans une forme de déni, que l'Empire ottoman resterait neutre dans ce conflit international. Un vœu pieux. Depuis un mois, l'ordre de mobilisation ainsi que les réquisitions de vivres et de matériels ne laissaient planer aucun doute sur les intentions du triumvirat de pachas à la tête du gouvernement, qui avait choisi le camp de l'Allemagne et de l'Autriche-Hongrie contre la Russie, leur ennemi héréditaire. En ville, les confiscations avaient entraîné des scènes de pillage ; des soldats ottomans avaient même tenté de forcer les portes des hôpitaux français pour s'emparer des médicaments et des instruments.

Soudain, un homme en stambouline lui asséna un violent coup de coude pour forcer le passage. Elle en eut le souffle coupé. Furieuse, elle le repoussa des deux mains et son regard hargneux, lourd de menaces, lui glaça le sang. Elle était sans doute la seule Occidentale à vouloir rejoindre l'intérieur du pays vers lequel fuyait la population musulmane. Comme toujours lorsque les événements se corsaient, les communautés se ressoudaient de façon organique et la méfiance – sinon l'aversion – l'emportait. Mais Blanche refusa de se laisser intimider. Elle insulta l'odieux individu avec un juron damascène des plus orduriers. «J'aurais peut-être dû écouter Salim», pensa-t-elle, en ajustant le foulard autour de ses cheveux d'une main tremblante. Son mari avait rejoint Damas quinze jours auparavant, après un entretien secret avec le consul général de France. François Georges-Picot avait évoqué la fermeture des postes consulaires, mais aussi l'avenir, celui d'une France victorieuse qui revendiquait en Syrie sa «mission historique». Blanche avait obstinément refusé de partir alors que Salim la pressait de se réfugier avec Elias à Alexandrie, persuadé que c'était l'endroit le plus sûr, le temps d'y voir clair. Mais elle avait insisté pour rendre visite aux jeunes femmes qu'elle avait prises sous son aile ces dernières années, ne sachant pas quand elle pourrait revenir prendre de leurs nouvelles. Elle se refusait à les abandonner sans un mot. Pour les petites entreprises artisanales, la situation était rapidement devenue désastreuse. Sur le marché intérieur, on n'achetait plus que des biens de première nécessité. Blanche s'inquiétait particulièrement pour ses protégées en Palestine, car la région subissait une sécheresse sévère depuis des mois.

— Elias ! hurla-t-elle, croyant le reconnaître.

Elle se dressa sur la pointe des pieds mais n'aperçut qu'une houle de femmes en tcharchaf, de tarbouches, de visages congestionnés dont les bouches béantes clamaient leur impatience parmi les remous de valises, de caisses et de baluchons. Où diable était passé Elias ? Pourquoi ne lui avait-elle pas tenu la main comme autrefois ? Il lui semblait encore percevoir sa menotte chaude et poisseuse alors qu'ils parcouraient l'enchevêtrement des ruelles damascènes, qu'ils jouaient parmi les vagues non loin de leur retraite libanaise, ou se promenaient dans les vergers verdoyants de la Ghouta dont il cueillait les abricots, les raisins et les prunes pour les dévorer, espiègle, le visage barbouillé de sucre et de jus. Blanche savait combien il était facile d'égarer son enfant. Il suffisait de quelques secondes d'inattention, comme aujourd'hui, mais c'était parfois beaucoup plus pernicieux. La conséquence demeurait cependant identique. Votre enfant, soudain, n'est plus là. Vous ne pouvez plus enlacer son petit corps fébrile, respirer l'odeur de sa nuque, sentir ses bras graciles serrer votre cou avec ce don absolu de lui-même. Tout disparaît en un vertige, comme si l'on vous arrachait un morceau de chair.

Elle perdait décidément la tête. La chaleur, les clameurs, la bousculade, les relents de transpiration... Des points noirs dansaient devant ses yeux. Tu ne peux pas t'évanouir maintenant ! s'ordonna-t-elle, agrippant le bagage qu'elle portait en bandoulière. Un sentiment d'impuissance l'envahit avec un mouvement de panique, celui d'avoir à jamais perdu son fils, son petit, alors que son aîné combattait déjà depuis trois mois.

— Maman !

Un bras lui entoura les épaules. Elle tourna la tête, ahurie, avec l'impression absurde de retrouver un adolescent alors qu'elle cherchait un petit garçon.

— Où étais-tu passé, Elias ? le réprimanda-t-elle d'une voix rauque. Tu m'as fait une peur bleue ! Je t'interdis de t'écarter de moi, tu m'entends ? C'est dangereux. Avec cette foule, on pourrait se perdre...

— J'ai des places, maman, viens avec moi !

Ce bambin qui aurait seize ans le mois prochain lui prit la main et l'entraîna. D'un bras ferme, il dégagea un passage parmi la foule, atteignit le contrôleur à qui il intima l'ordre de les laisser passer, si bien qu'ils se retrouvèrent sur un quai, puis dans un wagon bondé où il insista pour que sa mère puisse s'asseoir, cédant toutefois sa propre place à une vieille femme à l'air égaré.

Ce n'est que lorsque le train s'ébranla enfin en direction de Damas, avec plusieurs heures de retard, que Blanche se détendit. La tête adossée à son siège, elle ferma les yeux, puis les rouvrit aussitôt pour s'assurer qu'Elias était toujours accoudé à la fenêtre dans le couloir, où il laissait le vent rafraîchir son visage et jouer avec ses cheveux. En l'observant, elle fut balayée par une ferveur si puissante qu'elle se mordit la lèvre. Son fils syrien, l'enfant de l'amour. Elle ne pouvait pas le perdre, ni maintenant ni à l'avenir. Elle n'y survivrait pas. Comme s'il avait perçu l'intensité de ce regard sur lui, Elias se retourna. Il avait les traits de son père, la même détermination et le sourire invincible de celui qui n'a jamais douté. Un garçon orgueilleux, enivré des certitudes de la jeunesse, qui avait hérité de la peau mate et de la mâchoire volontaire de Salim mais aussi du caractère intrépide de sa grand-mère française.

— Je suis là, articula-t-il, avant de rapprocher ses paumes de mains et d'y poser sa tête pour lui indiquer de dormir.

Une intense lassitude l'envahit. « Rien ne va plus, pensa-t-elle, engourdie, tandis que le train prenait de la vitesse. Mon enfant croit qu'il peut me protéger alors que le monde est devenu fou… »

— On n'est plus chez soi, ici ! grommela Adib, refusant d'un geste irrité le narguilé que lui présentait le serveur pour lui préférer une cigarette, ce qui était toujours chez lui un signe d'agacement.

Il avait les sourcils en bataille et sa tête des mauvais jours. Salim, qui venait de le rejoindre, regarda autour d'eux. Sous la haute voûte du café, leur table de prédilection située sur l'une des estrades était occupée par des inconnus. Adib s'était donc rabattu sur une banquette, à proximité du bassin autour duquel étaient disposés les narguilés. Installés sur les divans, la plupart des clients parlaient l'arabe avec une intonation beyrouthine. Voilà des semaines que Damas accueillait un flux continu de réfugiés libanais musulmans. Il ne restait plus une maison ou une chambre à louer. Même les sièges d'entreprises commerciales et de journaux y avaient déménagé par crainte d'une occupation étrangère, probablement française, du port levantin.

— Tu dis ça parce que ta demeure est pleine à craquer. Tu t'es pourtant rendu à la gare hier soir pour voir s'il y avait encore des malheureux à aider. Qu'en pense Hayat ?

— Ma chère épouse est une sainte, Dieu la bénisse. Elle pousse les murs de la maison pour accueillir les démunis. Je l'aime pour cette générosité sans faille, même si…

— La promiscuité exige une patience qui n'est pas l'une de tes vertus premières, le taquina Salim.

— Je ne m'entends même plus réfléchir ! Et nous avons hélas matière à réflexion en ce moment.

Aussitôt, la mine de Salim s'assombrit. Les soucis ne manquaient pas, c'était le moins que l'on puisse dire. Il fit signe au serveur de leur apporter du café.

L'arrivée de Blanche et d'Elias quelques semaines plus tôt lui avait inspiré un sentiment mitigé. Il était à la fois soulagé de les avoir auprès de lui et terriblement angoissé de les savoir à Damas en ces temps incertains. Blanche persistait à refuser de rejoindre l'Égypte sans lui. Elle savait pourtant qu'il ne pouvait pas partir ; ses employés, ses neveux, ses cousins proches et éloignés avaient encore besoin de sa présence. C'était lui, le chef de famille, et certains d'entre eux dépendaient aussi de son soutien financier, d'autant plus que l'économie se grippait de plus en plus. Les banques avaient été prises d'assaut par les clients qui voulaient retirer leurs liquidités, les créditeurs exigeaient d'être remboursés, les débiteurs profitaient de la panique pour se défiler, si bien que le gouvernement avait dû geler les endettements en cours.

L'industrie de la sériciculture était évidemment condamnée dans le proche avenir. Qui achèterait les cocons que ne prenaient plus les Lyonnais, empêtrés dans la guerre, eux aussi ? Les exportations étaient au point mort. Son entreprise textile ne fabriquant pas d'uniformes militaires, Salim se demandait à quoi ses tisserands allaient bien pouvoir occuper leurs journées. Et ses autres employés ? Allait-il devoir en licencier beaucoup ? Mais de quoi vivraient-ils, les malheureux ? Il se désolait du désordre qu'infligeaient les réquisitions de l'armée. Les Turcs, insatiables, confisquaient les chevaux, les ânes, les mules et les chameaux, les véhicules et certaines machines, mais aussi les chaussures, les casseroles, la farine, le sucre, et les récoltes qu'ils mettaient sous séquestre. Un fonctionnaire revêche avait exigé un inventaire exhaustif de ses stocks d'étoffes. On racontait que les pachas turcs volaient les rouleaux de soie.

— Je me fais l'effet d'un satrape oriental, poursuivit son ami à voix basse. C'est humiliant et détestable, mais j'ai mis à l'abri mes pièces d'or, ici et à la campagne. Je n'ai jamais eu confiance dans le papier-monnaie, alors tu imagines ce qui nous attend dans les mois à venir. Hayat m'a demandé de lui remettre sa dot car elle voulait la cacher elle-même. Tu te rends compte ? Cela m'a blessé, je l'avoue. On dirait qu'elle n'a pas confiance en moi.

Il en semblait sincèrement ému. Salim leva les yeux au ciel.

— Allons, tu sais bien que ce n'est pas la raison. Les femmes intelligentes comme Hayat et Blanche prennent les devants. Elles ont toujours un coup d'avance, comme aux échecs. Elles connaissent notre engagement et les risques que nous prenons. On ne peut pas leur en vouloir de s'inquiéter.

Il parlait si bas que seul Adib pouvait le comprendre. C'était une habitude depuis longtemps. Les espions des anciens sultans avaient été remplacés ces dernières années par ceux du Comité Union et Progrès, et Dieu seul savait qui espionnait aussi pour le compte des Français ou des Britanniques.

— Je n'aime pas que mon épouse – Dieu la bénisse – se préoccupe de choses qui ne devraient pas la concerner. Parfois, je ne la reconnais plus tant elle s'agite.

Salim était surpris. Adib était un homme moderne, tolérant, qui avait insisté pour que ses filles aient une éducation semblable à celle de son fils. Hayat était active depuis toujours dans diverses associations charitables et sortait désormais régulièrement du palais al-Samman. Ils avaient même partagé plusieurs repas ensemble, alors que cela aurait été impensable autrefois.

— Je ne veux pas qu'elle se mette en danger, comprends-tu ? se désola Adib. Elle n'est pas armée comme Blanche pour affronter le monde. Il y a beaucoup de choses qu'elle ne sait pas et qu'elle ne peut pas comprendre.

Salim s'émut de sa sollicitude. Il comprit que son ami musulman devait faire un immense pas en avant pour combler l'écart qui subsistait entre son éducation traditionnelle, où l'épouse jouait un rôle important au foyer mais insignifiant en dehors de la maison, et le chaudron de ce nouveau siècle qui avait débuté dans le bruit et la fureur.

— Nous devons leur faire confiance, mon ami. Elles sauront à la fois éduquer nos enfants et défendre les idéaux qui nous sont chers. Sans elles, nous ne sommes rien. Mais je t'accorde qu'il n'est peut-être pas nécessaire de le leur dire, ajouta-t-il, dans l'espoir de détendre un peu l'atmosphère. Et qu'en est-il de ton fils, en âge d'être mobilisé ?

Adib retint une bouffée de fumée dans ses poumons avant de répondre.

— Comme tout le monde, je n'ai qu'une obsession : faire en sorte qu'il échappe à la conscription. Nous autres Arabes, on se divise sur bien des sujets, n'est-ce pas ? Mais qu'on vienne du Hauran, du Kurdistan, de Syrie ou de la péninsule arabique, on est au moins d'accord là-dessus : on ne va pas se battre pour ces Turcs qui nous méprisent.

— Et qui se méfient de nous comme de la peste.

— Ils ont perdu une grande partie de leurs officiers de valeur pendant les guerres balkaniques. Si c'est pour voir mon fils combattre avec des armes inadaptées sous les ordres de gradés ineptes – ou même des Allemands ! –, sans rien à se mettre sous la dent, et risquer de mourir aux frontières de l'Empire dans les neiges du Caucase… Pas question ! frémit-il en secouant vigoureusement la tête. Bah, maudit soit le *safarbarlik* – cette odieuse conscription et tous les malheurs de la guerre ! Je ne veux pas de ça pour mon garçon, tu m'entends ? S'il est appelé à se battre, *inchallah*, ce sera pour une cause noble et juste, la nôtre, avec nos hommes à nous ! ajouta-t-il en se frappant la poitrine.

Salim le comprenait si bien. Lui-même avait encore un an ou deux de répit avec Elias, mais le temps filait si vite que cela vous donnait le vertige. Depuis la dernière réforme, les chrétiens ottomans étaient eux aussi appelés sous les drapeaux, mais on ne les laisserait pas combattre les armes à la main. On les assignerait à des bataillons de travail forcé chargés de construire des routes et des chemins de fer dans des conditions épouvantables… Ils seraient traités comme des esclaves, oui, rien que de malheureux esclaves.

— Décidément, on n'est jamais tranquilles, chuchota Adib.

Deux officiers turcs venaient d'apparaître. Les serviteurs s'inclinèrent avec empressement et les conduisirent à une table réservée à leur intention. Les deux amis les suivirent des yeux. La 4e armée ottomane, forte de ses trois corps d'armée parmi lesquels un important contingent d'Arabes syriens et irakiens, avait établi son quartier général à Damas. Le général Jamal Pacha, le ministre de la Marine, en avait pris le commandement. Personne n'ignorait que l'homme avait des visées sur l'Égypte. Salim se frotta le front d'un geste exaspéré. Peut-être serait-il tout de même préférable de garder sa femme et son fils auprès de lui ? C'était donc cela, la guerre, songea-t-il. S'angoisser jour et nuit pour les siens en cherchant désespérément à prendre la bonne décision alors qu'elles sont toutes mauvaises.

— Les Turcs ont exécuté un notable libanais pour intelligence avec l'ennemi, murmura Adib dont on ne voyait plus le regard tant ses yeux étaient plissés.

— Les rumeurs bruissent d'une insurrection depuis qu'ils restreignent la livraison de denrées alimentaires au Mont-Liban, dit Salim en prenant une cigarette dans l'étui de son ami. Nos gouvernants prétendent que les Libanais sont armés et qu'ils se soulèveront pour venir en aide aux Français à la première occasion. Le consul général m'a laissé entendre que la France veut s'appuyer sur les Arabes de Syrie pour fomenter des troubles dans l'Empire, surtout sur les maronites.

— Les Britanniques espèrent la même chose des druzes et des Bédouins. Moi, ce que j'espère surtout, c'est que ton François Georges-Picot a pris les précautions nécessaires pour protéger les personnes avec qui il s'est entretenu ces dernières années.

— Comment cela ? Que veux-tu dire ?

— Tu n'es pas au courant ? s'irrita Adib, une ombre durcissant ses traits. Après la déclaration de guerre, les Turcs ont investi les consulats de France à Beyrouth et à Damas pour récupérer les documents qui traînaient.

Un frisson d'appréhension glaça l'échine de Salim.

— J'espère très sincèrement qu'il aura brûlé ses archives, sinon, tôt ou tard, Jamal Pacha disposera des listes de nos noms. Nos camarades en exil ne risquent rien, mais les autres, comme toi et moi…

Salim se revit au consulat, un verre de bordeaux à portée de main. François Georges-Picot avait été affable, évoquant ses liens avec l'Alliance libanaise et l'éventualité d'un protectorat français sur le Mont-Liban. Le diplomate savait qu'il marchait sur des œufs avec Salim Zahhar, un chrétien certes francophile, mais réticent à une mainmise française trop prononcée.

— Je ne peux pas croire qu'il n'aura pas fait le nécessaire, affirma-t-il avec véhémence, bien qu'un malaise diffus laissât un goût amer dans sa bouche.

— Est-ce que Blanche peut rendre visite à Hayat, demain ? demanda soudain Adib. Ma tendre épouse tient à lui présenter l'une de ses amies. Celle-ci a entendu parler de ses actions charitables. Elles auraient une proposition à lui faire. Comme je te le disais, elles s'agitent dans tous les sens et s'inventent des devoirs qui les dépassent… Vraiment, tout cela me déplaît.

Salim acquiesça, décontenancé, et quelque peu abattu car il savait que Blanche trouverait là une nouvelle raison pour ne pas se mettre à l'abri. Jamais elle ne refuserait de venir en aide à Hayat al-Samman, pour qui elle éprouvait à la fois de la reconnaissance et une profonde affection.

— Tu m'as fait appeler, dit Blanche le lendemain à son amie, s'arrêtant, curieusement intimidée, à la porte aux battants incrustés de nacre qui donnait dans le grand salon.

Hayat lui fit signe d'avancer. Assise sur le divan, elle portait une robe brodée en velours vert qui flattait son teint diaphane et sa chevelure auburn. Après toutes ces années, Blanche restait toujours saisie par la beauté légendaire des Syriennes. Elle s'approcha de son amie et l'embrassa sur la joue puis, d'un geste impulsif, s'inclina pour lui baiser la main. C'était là un élan de gratitude spontané pour tout ce que Hayat avait fait pour elle, mais aussi une marque de respect pour cette femme généreuse. Les tourments de la guerre l'avaient rendue plus émotive. Elle vivait désormais avec une angoisse latente, une pierre dans le cœur, s'inquiétant tout autant pour Aurélien mobilisé en France que pour Salim dont les activités subversives se déroulaient sous le nez des Turcs.

À chacune de ses visites chez Hayat, une fois franchi le long couloir coudé qui menait au *haremlik*, Blanche ressentait toujours une sérénité teintée de nostalgie en traversant les cours intérieures. Elle aimait ces bassins d'eau fraîche où se reflétaient les oliviers, les lions en pierre et les façades aux parements de marbres colorés. Ce matin-là, elle avait aussi découvert une trentaine de femmes, regroupées dans les salons. Éreintés, leurs enfants dormaient encore tête-bêche sur les matelas déroulés sur les tapis. Les visages hâves de ces réfugiées, leurs attitudes furtives créaient un contraste saisissant avec les plafonds ajourés où dansaient rosaces et arabesques. La peur et le chagrin étaient entrés en ces lieux d'ordinaire préservés, mais ces malheureuses étaient à l'abri entre les murs du palais al-Samman. Pour d'autres raisons, plus intimes, elle-même avait connu cette sensation de déchirure et de perte, et l'effroi face à des lendemains incertains.

Hayat lui sourit, gênée mais visiblement touchée, et lui indiqua de s'installer parmi les coussins où se trouvait déjà une toute jeune femme, les jambes croisées, vêtue de manière modeste et presque désinvolte. Des cheveux sombres encadraient un visage dénué de grâce particulière, aux yeux cernés et aux joues rebondies. Une énergie contenue émanait de son corps que l'on devinait vigoureux. Le regard ardent, lui, demeurait fixé sur Blanche.

— Je te remercie d'être venue aussi vite, dit Hayat. Comment te portes-tu ? Que Dieu veille sur toi et tes enfants en ces temps si troublés.

L'exquise courtoisie orientale exigeait que Blanche lui donnât des nouvelles des siens, ce qu'elle fit en quelques mots afin que Hayat puisse en venir à ce qui la préoccupait.

— Voici mon amie Nazik al-Abed. Elle voulait faire ta connaissance.

Blanche inclina la tête. Le nom ne lui était pas inconnu. La jeune femme s'était illustrée en publiant des textes où elle critiquait ouvertement le gouvernement. À la veille du conflit, elle prônait encore une répartition équitable des postes officiels entre Turcs et Arabes, s'inscrivant dans la démarche de Salim et d'Adib.

— C'est un honneur pour moi, mademoiselle.

— Je vous en prie, Blanche, appelons-nous par nos prénoms, la reprit-elle en français d'un ton résolu. J'ai entendu parler de vous. Votre engagement auprès des plus démunies n'est un secret pour personne. Votre amitié avec Hayat ne me surprend pas, vous êtes toutes deux des âmes de lumière.

Blanche rougit. Les compliments la mettaient toujours mal à l'aise. Elle baissa la tête en acceptant le verre de thé que lui présentait une servante.

— J'ai hélas peu de temps, mes jours à Damas sont désormais comptés, mais je tenais absolument à vous rencontrer avant mon départ, poursuivit la Syrienne.

Blanche s'étonna. En quoi pouvait-elle intéresser cette descendante de marchands, issue de l'une des trois familles les plus fortunées de Damas, dont l'oncle avait été un confident du sultan Abdulhamid II et le père gouverneur de Mossoul ?

— J'ai monté une association pour défendre les droits des femmes.

— Je connais différentes associations de ce type à Beyrouth, se hasarda Blanche. Notamment celle d'Anbara Salam, qui finance l'éveil et l'éducation des jeunes femmes arabes. Je vous admire de vouloir développer cela ici, à Damas, où tout est plus… délicat.

Le visage de Nazik al-Abed s'éclaira d'une lueur espiègle :

— Tout est toujours plus épineux à Damas, c'est ce qui rend nos initiatives d'autant plus exaltantes. N'est-ce pas, Hayat ?

— C'est vrai ! Nous adorons relever les défis. En vingt ans, nous avons réussi à faire construire plusieurs écoles de filles, ici comme dans d'autres villes syriennes. Nous n'allions tout de même pas laisser le champ libre aux missionnaires chrétiens occidentaux !

Blanche ne s'offusqua pas de la remarque. Son amitié avec Hayat dépassait ces clivages confessionnels.

— D'autres défis ne vont pas manquer dans les années à venir, se rembrunit aussitôt Nazik, et nous allons devoir assumer de nouvelles responsabilités, au-delà de nos rôles charitables classiques. Beaucoup d'hommes ne sont pas encore prêts à entendre notre voix, mais ce n'est pas pour autant qu'on doit se taire. Au contraire. Je pense que les femmes peuvent apporter un concours essentiel à leur combat, qui est évidemment aussi le nôtre. Je parle bien sûr des hommes comme Adib ou votre époux, dont les idées rejoignent les miennes et celles de mes proches.

Les proches de Nazik avaient été malmenés par les Jeunes-Turcs, qui leur avaient retiré leurs responsabilités au sein du gouvernement local. Blanche savait que plusieurs al-Abed s'étaient retrouvés à traîner dans les cafés, désœuvrés, à feuilleter les journaux tout en ressassant leur colère.

— Maintenant qu'il est installé chez nous à la tête des armées turques, Jamal Pacha a pris ombrage de mes activités. Je devrais sans doute en tirer une certaine fierté, bien que cela m'oblige à quitter la Syrie. Je pars pour Le Caire. Ce n'est pas la première fois que je suis contrainte à l'exil, mais jamais à un moment aussi crucial. C'est pourquoi j'ai besoin de vous.

Le cœur de Blanche s'emballa. Elle pressentait qu'elle allait avoir une décision à prendre. Elle reposa avec précaution sa tasse de thé.

— Je suis désolée de l'apprendre, Nazik, mais je ne vois pas en quoi je puis vous être utile. La situation s'est tellement compliquée. Je ne dispose plus de la même liberté de mouvement. Même si j'ai épousé Salim, je suis toujours française et chrétienne, ce qui fragilise…

Nazik balaya l'air d'un geste impatient.

— Des formalités ! On trouve toujours à les résoudre. Avec les fonctionnaires turcs, tout est question d'argent, comme vous le savez. J'aimerais que vous soyez un point d'ancrage pour moi. Je vais avoir besoin de contacts loyaux dans le pays durant mon absence. Je refuse de me fier à des rumeurs ou à des personnes qui chercheraient à m'influencer. Si je demeure le cœur de mon projet, j'aimerais que vous en soyez les yeux.

Blanche regarda Hayat, un peu égarée.

— Je serai évidemment l'un des relais de Nazik, dit Hayat de sa voix douce. Mon rayon d'action se limitera toutefois aux cercles musulmans de Damas et de ses alentours. Or, Nazik souhaiterait quelqu'un pour faire le lien avec les Libanaises. Et toi, ma douce amie, tu partages ta vie entre ta demeure damascène et ta maison sur la côte libanaise. Tu connais chaque détour de la centaine de kilomètres qui les sépare.

— Vos racines françaises vous rendront toujours plus aimable à leurs yeux qu'une Syrienne aux lointaines origines kurdes comme moi, plaisanta Nazik. Mais je dois vous avertir que votre engagement peut comporter des risques.

Blanche marqua un temps de silence et leva les yeux vers l'inscription peinte sur les boiseries aux couleurs vives : *C'est la maison de la félicité, élevée avec le concours de Celui qui aide, du Tout-Puissant.* Un poêle portatif dégageait une douce chaleur, mais des châles reposaient sur les coussins au cas où les visiteurs auraient froid. Le charbon était rationné. Blanche avait aussi remarqué que les pâtisseries offertes par Hayat, d'ordinaire d'une grande variété, se réduisaient à une seule assiette. Les familles de notables, d'où qu'elles soient, traversaient toujours les épreuves plus aisément parce qu'elles disposaient de ressources inaccessibles aux plus pauvres, mais Hayat n'était pas du genre à se comporter de manière insensible alors que tant de personnes souffraient autour d'elle. Comme toujours, les protégées de Blanche s'imprimèrent dans son esprit. Elle revit le regard craintif de la jeune Nayla, son corps gracile campé sur le seuil de sa modeste maison de Palestine, une main posée sur l'épaule de sa mère, ses frères et sa sœur accrochés à leurs jupes. La talentueuse brodeuse de Bethléem lui tenait autant à cœur que Souha, la paysanne qui avait élevé seule ses enfants dans sa magnanerie du Mont-Liban. Une impatience nerveuse la parcourut et elle se retint de se lever, comme si elle avait voulu retourner auprès de ses filles d'adoption afin de s'assurer qu'elles allaient bien.

— La vie commence le jour où l'on a quelque chose à perdre, dit Nazik. Nous avons beaucoup à perdre, hélas. Nos maris, nos fils et nos frères, mais aussi notre pays et nos terres. Nous ne pouvons pas permettre cela. Je veux rassembler autour de moi des femmes de bonne volonté, afin d'être prête le moment venu. J'ai beaucoup d'ambition pour notre avenir à toutes, mais j'ai besoin de sentinelles autour de moi. Ou devrais-je dire d'anges gardiens… Comprenez-vous, Blanche ? Accepteriez-vous d'être des nôtres, pour le meilleur et pour le pire ?

Blanche porta une main à son cœur, le visage grave.

— Comment avez-vous pu en douter, Nazik ? Votre confiance m'honore.

Mars 1915

Salim tenait entre ses mains le pigeon voyageur dont il sentait palpiter le cœur sous le plumage gris. Il venait d'accrocher le message codé à l'une de ses pattes. C'était sans doute ridicule, mais il éprouvait pour ces oiseaux une tendresse pleine d'admiration. Son père lui avait appris très jeune à les respecter et à les chérir. Dans un pays où la discrétion était une condition de survie, ils offraient un précieux moyen de correspondance. Il n'aurait pourtant jamais imaginé avoir à les employer aussi souvent.

De jour, il demeurait le marchand de soie renommé, négociant et entrepreneur, qui voyageait pour ses affaires entre Damas et ses filatures implantées au Mont-Liban, se rendant aussi régulièrement en Palestine où sa famille possédait des terres. De nuit, il devenait un séditieux. Il portait la parole des rebelles arabes à tous ceux susceptibles de se joindre, le moment venu, à une éventuelle insurrection. Sa réputation d'homme intègre, dévoué à la cause depuis des décennies, lui ouvrait les portes. Il savait parler aux chefs de famille et de tribu dans cette société patriarcale. Comme tous les conspirateurs, Salim avait donc appris à mener une double vie, avec son lot de méfiance et de suspicion, et à vivre avec la crainte permanente d'être dénoncé. La tâche n'était pas simple. Il ne fallait pas se tromper d'interlocuteur, car les Arabes n'étaient pas tous d'accord. D'aucuns jugeaient que ces rumeurs d'insurrection des provinces étaient une trahison à l'encontre du régime ottoman. Adib trouvait une certaine fièvre romanesque à cette vie de dissimulation, avec ses messages cousus dans les intérieurs des bottes ou les doublures des stamboulines, ses conversations chuchotées, sa promesse d'un avenir meilleur. Salim, lui, d'une nature plus inquiète, avait du mal à trouver le sommeil.

Il embrassa le pigeon sur le crâne, le bénit d'une prière, puis le projeta dans les airs. L'oiseau s'élança telle une flèche vers le ciel où les étoiles commençaient à pâlir, tournoya au-dessus de la vaste cour de la demeure des Zahhar pour prendre ses repères, avant de disparaître en direction de Palmyre. Si aucun aigle ou autre oiseau de proie ne l'en empêchait, il terminerait sa course dans la maison qu'avait restaurée Salim. Puis, au moment voulu – car le temps des Bédouins n'a jamais été celui des notables damascènes –, son fidèle ami Suleyman Muhammad al-Heuwaitaat viendrait aux nouvelles. Suleyman venait toujours aux nouvelles. Tôt ou tard.

— Leur courage et leur instinct m'ont toujours impressionnée, murmura Blanche.

Elle s'était approchée derrière Salim en silence. Quand elle l'enlaça et posa sa joue contre son dos, un frisson le parcourut. La présence de sa femme lui faisait toujours cet effet, même après tant d'années. Une grâce du Ciel. Il était reconnaissant de ce qui relevait du miracle, celui d'avoir surmonté les obstacles épaule contre épaule, à l'unisson. Leur couple avait semblé à beaucoup improbable, une exaltation promise à s'éteindre aussi vite qu'elle s'était enflammée. Chacun sait que la passion ne dure pas. Les premiers temps, les cœurs raisonnables, les âmes disciplinées, les conformistes avaient méprisé cette union qui se moquait des convenances. Mais Salim et Blanche avaient imposé comme une évidence leur amour, qui était leur seule raison de vivre. Il redoutait toutefois qu'ils ne soient pas de taille à affronter ce qui les attendait désormais : l'enjeu n'était plus le jugement des autres, mais un combat autrement plus redoutable. Il avait passé une mauvaise nuit, cherchant à apaiser son angoisse en admirant la silhouette de Blanche sous le drap, d'où s'échappaient comme toujours une cheville et un pied. Or, cette charmante manie n'avait fait que renforcer le sentiment de fragilité qui le taraudait. Il avait écouté son souffle régulier, observé sa bouche, l'ombre de ses cils sur sa joue, la tresse désordonnée de ses cheveux. Il s'était retenu de la caresser pour ne pas la réveiller. Ce n'était pas tant la guerre qui rendait vulnérable, ni la violence ou la peur de la mort, mais l'amour.

— Tu dois partir, dit-il à mi-voix.

Elle se glissa devant lui, les bras toujours autour de sa taille. Ses yeux fouillèrent les siens. Il y lisait sa réticence, son obstination aussi.

— Je te le demande, Blanche. Tu dois te mettre à l'abri à Alexandrie ; ma sœur t'y accueillera avec joie.

Les Turcs ont échoué à prendre l'Égypte aux Anglais. Ils n'ont pas non plus réussi à soulever la population musulmane contre les Britanniques. Tu y seras en sécurité.

Elle le regardait en silence. Seul résonnait le murmure apaisant de la fontaine au centre de la cour. Personne n'était encore levé, pas même les muezzins pour la première prière. L'aube n'était encore qu'une promesse.

— Je t'en prie, lumière de mon cœur. Sois raisonnable.

Il avait la gorge nouée, un sombre pressentiment ; il aurait donné sa vie pour savoir Blanche et Elias à l'abri. D'une main, elle lui effleura la joue, traça avec son pouce le contour de ses lèvres. Il l'avait rarement vue aussi grave. Elle semblait perdue dans ses pensées, si loin de lui, à l'écoute d'une voix intérieure. Son visage s'était légèrement creusé avec les années, des rides étoilaient ses yeux, marquaient son front. Quelques cheveux blancs accrochaient parfois la lumière ; elle refusait de les arracher, déclarant en riant que c'était un combat perdu d'avance. Elle avait le corps d'une femme qui avait mis au monde trois enfants, un ventre d'une tendresse qui ne cessait de l'émouvoir quand ils faisaient l'amour, et toujours cette énergie vitale qui la poussait à entreprendre de longues chevauchées pour venir en aide aux plus modestes. Blanche était sans cesse en mouvement, dotée d'une fougue qui la rendait infiniment attirante, autant qu'aux premiers temps de leur relation, et même davantage.

Allait-elle enfin lui obéir ? Une tension nerveuse aiguisait ses nerfs. Blanche était son talon d'Achille.

Elle le rendait vulnérable, occupait ses pensées alors qu'il aurait voulu se consacrer pleinement à ce qui les préoccupait tant, Adib et lui, lors de ces réunions secrètes avec leurs amis, dont l'une, en fin de journée, s'annonçait d'une importance décisive.

— Jamais, Salim.

Il fut déconcerté par le regard tranchant de sa femme.

— Je ne te quitterai jamais.

— Mais, Elias…

— Elias est grand désormais. Il tolère la présence de sa mère en n'aspirant qu'à celle des hommes. À la tienne surtout. Je ne l'en priverai pas tant qu'il ne sera pas directement menacé. C'est ce qui lui permettra de devenir un jeune homme digne de ce nom. Je ne prends pas cette décision à la légère, mon amour. Chaque moment qu'il partage avec toi est précieux. J'en connais le prix.

Il savait, bien sûr, que Blanche raisonnait autrement, que tout se décidait dans son existence à l'aune de l'absence.

— Et toi…

— Si ma vie n'est pas à tes côtés, elle n'a pas lieu d'être. C'est une question d'amour, mais aussi de dignité. Si je te laissais aujourd'hui par lâcheté et par peur, ce serait me montrer indigne de mon choix alors qu'Aurélien se bat dans les tranchées et que ma petite Oriane doit se sentir très seule, sans sa mère pour la rassurer.

Salim vit passer dans ses yeux l'ombre de son remords, mais elle se ressaisit aussitôt :

— Nous avons été suffisamment séparés autrefois. Rappelle-toi ! Nous passions de longues semaines, toi ici, à Damas, moi dans notre maison sur la côte. Nous nous sommes pliés aux règles de bienséance alors que nous nous étions affranchis de tout, tu le sais bien. À cause de cela, combien de gens nous ont tourné le dos ? Nos amis étaient si peu nombreux…

Il se rappela cette époque délicate, l'opprobre et le rejet, les lettres consternées de ses sœurs qui évoquaient les foudres du Ciel, comme si le Christ, réduit à n'être qu'un comptable tatillon, passait son temps à répertorier les amours illicites. « Malheur à celui par qui le scandale arrive ! » Pourtant, en arpentant les sentiers de Palestine aux premiers temps de leur amour, ils avaient eu la sensation de placer leurs pas dans ceux des pécheresses et des hommes perdus des Évangiles, ces âmes égarées que le Christ, lui, ne rejetait pas. Ils avaient choisi le silence et la discrétion pour ne pas offenser, mais n'avaient pas dévié de leur chemin.

Elle passa les doigts dans les cheveux de Salim.

— Puis il y a eu notre mariage civil et la naissance d'Elias. Et depuis que ce pauvre Victor n'est plus, notre engagement devant Dieu. Nous avons traversé ces épreuves ensemble, ce n'est pas pour te quitter aujourd'hui.

Sa mine était redevenue sérieuse, presque sévère.

— Tu risques ta vie, Salim. Des hommes qui partagent tes opinions ont été arrêtés et seront bientôt traduits en cour martiale. D'autres ont préféré s'exiler au Caire, ce que tu refuses. Même si tu ne me confies pas tout en pensant ainsi me protéger, je ne suis pas aveugle. Et je devrais te laisser affronter seul ces dangers ?

Il tressaillit. Toujours ce panache des premiers jours, celui de la Croix-Rousse, du baiser de Fourvière…

— Je ne laisserai jamais rien ni personne me séparer de toi, Salim Zahhar.

Un lâche soulagement le parcourut. Dans son for intérieur, était-ce donc ce qu'il avait espéré, que sa bien-aimée reste auprès de lui, quitte à se mettre en danger ? Il eut honte de cet égoïsme, honte de ne pas pouvoir se passer d'elle ni de la passion qu'elle mettait à l'aimer. Blanche se voulait son égale. Elle menait un combat tout aussi discret que le sien mais sans doute plus original, celui des femmes. Elle lui avait expliqué comment Hayat et elle soutenaient Nazik al-Abed, retenue en exil. Là encore, il avait protesté, évoquant le risque de provoquer la colère du redoutable Jamal Pacha. Mais elle n'avait pas écouté. Elle avait repris son bâton de pèlerin, obtenant les laissez-passer nécessaires pour se déplacer grâce aux appuis de Nazik. Elle repartait d'ailleurs le jour même pour le Mont-Liban, où les restrictions alimentaires commençaient à poser problème. Elle voulait s'en rendre compte de ses propres yeux. Cette fois, il ne pourrait pas l'accompagner. Alors qu'il allait tenter une nouvelle fois de la dissuader, elle posa sa main fraîche sur ses lèvres, effleura de son pouce son front soucieux et se dressa sur la pointe des pieds pour l'embrasser.

Salim l'attira à lui, dénoua d'une main la tresse dont s'échappaient des mèches rebelles. Blanche l'entraîna dans le *liwan* et il se laissa tomber sur les coussins. Comme chaque fois, il se sentit transporté par le grain de sa peau, son parfum d'agrumes, sa vitalité irrésistible. Ils se connaissaient par cœur et pourtant c'était toujours le même envoûtement, l'allégresse de la première fois, les sortilèges du plaisir et de la jouissance. Ils ne se lassaient pas l'un de l'autre et la mémoire de leurs caresses attisait leur désir.

Blanche imprima le rythme de leur amour, une lueur de triomphe dans le regard. Elle menait la danse depuis le premier jour. N'était-elle pas venue jusqu'à lui, au cœur de cette demeure, après avoir brûlé tous ses vaisseaux, ne se fiant qu'à son instinct ? En bravant les interdits elle avait défié les dieux et imposé leur bonheur. Personne ne pourrait jamais leur retirer cette complicité charnelle, qui était aussi celle du cœur et de l'esprit. Quoi qu'il advienne, par son audace elle les avait affranchis de toutes les entraves, les rendant à jamais divinement libres.

Salim s'arrêta à un croisement de ruelles, revint sur ses pas et s'abrita sous un portique. Il resta là à griller une cigarette d'un air faussement désinvolte tout en surveillant les alentours. Il avait déjà effectué plusieurs détours dans le Grand Bazar pour semer une éventuelle filature. Lors de la reconstruction, après le grand incendie de 1893, il avait fait aménager des passages secrets dans ses magasins qui permettaient d'entrer par une allée et de sortir par une autre. Il désirait créer des issues de secours pour ses employés en cas de nouveau sinistre, mais aussi procurer à ses proches une chance d'échapper à quiconque voudrait leur peau. Il ne se doutait pas à l'époque combien celles-ci deviendraient utiles.

Il observa le flot animé des passants. Plus haut dans la rue, une queue fébrile s'étirait devant une boulangerie où les clients apportaient leur pain à cuire. Les réquisitions pour nourrir l'armée ottomane se révélaient exigeantes. Les prix des céréales, des légumes et de la viande avaient flambé, attisant l'insatisfaction. Quand son instinct lui indiqua que la voie était libre, il franchit rapidement les derniers mètres jusqu'au palais al-Samman, frappa deux coups et se faufila par la porte entrebâillée qui se referma aussitôt derrière lui. Ahmad, le vieux domestique, lui tapota la joue avec le même geste affectueux qu'autrefois, lorsque Salim n'était qu'un enfant et qu'il se présentait devant le portail, sa tignasse domestiquée à la hâte avec les doigts, le sourire aux lèvres à la perspective des sucreries à venir. Les épaules d'Ahmad s'étaient courbées, un voile blanc obscurcissait ses iris, mais le rituel immuable de son accueil réconforta Salim. Il avait besoin de ces repères rassurants, ceux des lieux aimés et des hommes fidèles.

— Ils n'attendent plus que toi, murmura-t-il à Salim, qui époussetait son tarbouche avant de l'ajuster sur son front.

— Déjà ! J'espère que je ne suis pas en retard.

— Son Altesse, que Dieu la garde, est arrivée avec de l'avance.

Une révérence particulière perçait dans la voix du vieil homme. Comment pouvait-il en être autrement ? L'invité d'honneur descendait du prophète Mahomet et sa lignée, celle des Béni Hachem, gardienne des lieux saints de La Mecque depuis l'avènement de l'islam, était bénie. Salim vérifia sa cravate d'une main nerveuse. Pourquoi Adib avait-il insisté pour qu'il vienne à cette réunion ? Il se demandait même s'il y avait vraiment sa place. Adib ne voulait rien faire sans lui, comme autrefois, mais il s'agissait alors de bêtises enfantines pour lesquelles Salim ne se faisait pas prier. Désormais, c'était l'avenir de la Syrie qui était en jeu, rien de moins. Accepter de s'asseoir avec un Hachémite, ici, à Damas, en ce printemps 1915, en présence de membres d'une société secrète nationaliste comme al-Fatat, c'était s'engager sur le chemin périlleux, mais exaltant, de l'indépendance.

Ahmad s'avançait déjà dans la cour d'un pas sûr. Bien qu'il fût presque aveugle, il en connaissait chaque dalle ou pavement, comme son père et son grand-père, et d'autres ancêtres encore, tous au service des al-Samman. C'était aussi cela, l'Orient, ces liens de fidélité qui remontent les siècles, qui tissent entre eux les familles, les clans, les tribus, pour parfois se distendre sans jamais se rompre, ou seulement au prix du sang. Ils contournèrent la fontaine pour se diriger vers le *liwan*. Aux angles de la grande cour, des guerriers veillaient, immobiles et solennels. Pour un Damascène comme Salim pourtant habitué aux Bédouins, leurs robes noires et leurs mines défiantes semblaient néanmoins exotiques. La péninsule arabique restait une terre méconnue. Des images de nature hostile, de maisons en pisé, d'insectes voraces, d'humidité et de poussière lui traversèrent l'esprit. Ces hommes du désert demeureraient toujours singuliers. Comment s'étonner qu'ils suscitent la méfiance ? Mais une chose semblait sûre : leur conquête par les Ottomans au XVIe siècle et la mainmise des gouverneurs turcs sur le Hedjaz – la région ouest de leur péninsule – touchaient à leur fin. Salim eut alors la sensation très nette de participer à un moment historique.

— Te voilà, mon ami ! s'écria Adib, enthousiaste. Viens, que je te présente à notre hôte.

L'émir Faysal portait une abaya de soie, le poignard recourbé à la ceinture. Le fils du chérif de La Mecque était un homme jeune au fin visage pâle, avec un nez saillant et une courte barbe noire. Sous le regard affûté, Salim sentit son cœur se contracter. Il s'inclina, porta la main de l'émir à son front en marque de respect. Il perçut aussitôt le soulagement de l'assistance, satisfaite de constater que ce chrétien melkite savait se tenir.

— Mon frère Abdallah m'a parlé de vous après votre rencontre à Istanbul avec Adib, lui dit Faysal d'un air affable. Il avait déjà été impressionné par votre discours à la clôture du Congrès général arabe à Paris, et votre échange n'a fait que renforcer sa bonne opinion. Je suis heureux de faire votre connaissance.

— Votre Altesse me fait trop d'honneur. C'était il y a peu de temps, mais j'ai l'impression que des siècles se sont écoulés depuis.

— Le temps est toujours celui du Très-Haut, que Son nom soit béni. À nous d'en faire bon usage. Et c'est pourquoi je tiens à vous remercier tous d'être venus jusqu'à moi, ajouta Faysal en contemplant l'assistance.

L'un des fils al-Bakri fit signe à Salim de venir s'asseoir à côté de lui. C'était chez eux, dans leur domaine de la Ghouta, à cinq kilomètres de Damas, qu'avait choisi de séjourner l'émir. Il avait refusé l'invitation de Jamal Pacha à résider au quartier général de l'armée turque. Certains de ses déplacements devaient rester discrets, de même que l'identité de ceux qui tenaient à le rencontrer, officiers de l'armée ottomane ou simples citoyens, et pour cela il fallait s'assurer de complicités bienveillantes.

Salim se cala tant bien que mal sur l'assise. Il y avait moins de place que d'ordinaire sur les divans. Certains visages lui étaient familiers, comme l'attestaient les sourires et les clins d'œil. D'autres le dévisageaient d'un air ombrageux, et il perçut d'emblée une tension particulière, pesante. Il se rappela les réunions amicales d'autrefois qu'il organisait dans sa maison libanaise surplombant la Méditerranée, parfois même en présence de Blanche. À l'époque, ils évoquaient déjà l'avenir des provinces arabes de l'Empire ottoman. Il y avait alors de la fébrilité et de l'espoir. Une forme d'insouciance. Aujourd'hui, certains de ses amis étaient enfermés dans des geôles en attente d'un procès, leurs familles exilées sans ménagement dans des villages perdus d'Anatolie. Il aurait fallu être sourd et aveugle pour ignorer que Jamal Pacha jugerait ce rassemblement comme un acte de haute trahison, passible de la peine de mort.

L'émir faisait preuve de patience et d'écoute. Il était venu à Damas sur ordre de son père, le chérif Hussein de La Mecque, pour y chercher des alliés, tout en affichant officiellement sa fidélité à leurs maîtres turcs. Le chérif ainsi que ses quatre fils dont Abdallah et Faysal prônaient l'existence d'un grand royaume arabe unifié, sous la houlette de leur clan qui en avait la légitimité historique et l'aura incontestable. Mais encore fallait-il en définir les contours. Ne pouvait-on s'unir de La Mecque à Damas, de Beyrouth à Jérusalem ? Après mûre réflexion, Salim et Adib avaient finalement choisi de les soutenir dans leur démarche. Mais rien n'était simple. Beaucoup de notables damascènes tenaient non sans dédain ces Hachémites à distance, considérant qu'une tribu de la péninsule arabique, si illustre soit-elle, leur était culturellement et socialement inférieure et que ces Bédouins du désert feraient mieux d'y rester. Une seule question mettait tout le monde d'accord : on ne voulait à aucun prix en terre syrienne d'une ingérence étrangère, c'est-à-dire française.

L'émir Faysal éteignit une cigarette pour en rallumer aussitôt une autre. D'une voix posée, il expliqua ne pas être toujours en accord avec son frère Abdallah, qui préconisait un soulèvement armé immédiat contre les Ottomans.

— Je redoute que cela ne précipite une intervention occidentale difficile à contrôler. Il faut être prudent, ménager les Turcs tout en s'assurant de la coopération des Britanniques.

— Comment peut-on se fier à la parole d'un Occidental, qu'il soit anglais ou français ? persifla un homme à la joue entaillée, en jetant un regard méfiant vers Salim, comme si ce chrétien était nécessairement leur complice.

Faysal prit son temps pour répondre. Il savoura son café selon la tradition bédouine, en trois gorgées, pas une de plus, puis reposa avec délicatesse la tasse en porcelaine retenue par un *zarf* en argent ciselé, et que Salim reconnut comme étant une pièce du service préféré de la mère d'Adib.

— Si la révolte a lieu, nous ne pouvons être qu'une force d'appoint pour les Britanniques, et nous n'aurons d'autre choix que de nous fier à leur parole pour obtenir notre indépendance. Mon père – que Dieu lui accorde la sagacité nécessaire – doit s'assurer de trouver un accord avec eux avant que nos troupes ne s'élancent au combat. Je suis venu ici pour établir un protocole entre nous, qui constituera le fondement de cette négociation avec les Anglais.

— Vous savez bien, mes amis, déclara Adib, que la révolte arabe ne pourra avoir lieu qu'à ce prix. Nous ne sommes pas assez puissants pour battre les Turcs sans les Anglais. Son Éminence le chérif Hussein va bientôt écrire au haut-commissaire britannique en Égypte.

— C'est qui, ce commissaire ? demanda un adolescent fluet, assis en tailleur sur le tapis, que Salim estima d'environ l'âge d'Elias.

— Henry McMahon, dit Adib.

— Pour souper avec le diable, il faut une longue cuillère, bougonna le balafré. C'est un adage à eux, pas à nous. Mais j'y souscris, pour une fois que ces Anglais disent quelque chose d'intelligent.

L'un des oncles d'Adib prit la parole, secouant la tête pour manifester son opposition :

— Nous, les plus âgés, on n'est pas d'accord du tout ! Je maintiens que l'unité de l'Empire ottoman est préférable en dépit des contraintes qu'elle comporte. Je suis sunnite, le sultan à Istanbul – que Dieu veille sur lui et son illustre descendance – demeure tout de même notre calife.

— Mais nous ne pouvons plus tolérer les exactions de son gouvernement ! lança un garçon, affûté comme une lame.

En étudiant le visage impassible de l'émir, Salim se fit la réflexion que le chemin allait être encore bien long avant de réussir à accorder toutes ces sensibilités. Pourrait-on même y parvenir ? La complexité de l'Orient demeurait infinie, et les hommes qui s'engageaient aujourd'hui derrière les Hachémites n'étaient qu'une poignée de grains de sable dans le vent.

— L'essentiel, c'est d'être intransigeant avec les sionistes ! s'enflamma un participant. Ils ne cessent d'acheter des terres en Palestine en profitant de la cupidité des riches propriétaires et de la misère des plus pauvres qui sont réduits à leur vendre leur toit pour une bouchée de pain. Ces mécréants anglais protègent les juifs depuis toujours !

À ces paroles, tous s'ébrouèrent en grondant leur assentiment et l'assemblée fut traversée d'un mouvement de colère sourde, semblable à ces houles qui naissent sans crier gare dans les tréfonds marins et soulèvent sous une mer étale une vague dense, puissante, aussi intraitable qu'une muraille en pierre.

— Vous êtes resté bien silencieux, dit l'émir Faysal à Salim quelques heures plus tard.

Dans la cour intérieure, des lanternes illuminaient la fontaine et la vigne en treille. Quelques hommes patientaient, murmurant entre eux, attendant chacun son tour pour quitter le palais afin de ne pas attirer l'attention. Beaucoup de sujets avaient été âprement discutés : les frontières d'un État arabe indépendant, une préférence économique à accorder ou non au Royaume-Uni, le maintien de l'abolition des Capitulations – ces privilèges commerciaux et politiques concédés aux Occidentaux…

— Ce soir, je ne représente personne sinon moi-même, Altesse. Ainsi, je ne parle qu'en mon nom, ce qui m'interdit de prendre la parole devant vous.

D'ailleurs, vous avez bien vu la méfiance que ma seule présence suscite chez certains. Il est vrai que la majorité des Arabes chrétiens, melkites ou maronites, font les yeux doux à la France, qui est censée les protéger. Mais je suis un homme qui trace sa route en solitaire depuis toujours.

Faysal alluma une cigarette.

— Votre modestie vous honore, mais elle ne reflète pas la vérité. Vous jouez un rôle dans le mouvement de la renaissance arabe et votre opinion est importante pour moi. Que vous ayez choisi de nous soutenir est un geste que je ne prends pas à la légère.

Il leva son visage vers le ciel étoilé, expira lentement la fumée. Un parfum d'agrumes montait des cédratiers. Salim songea que le fracas du monde, avec ses orages d'acier et ses corps déchiquetés, ses cavaliers de l'Apocalypse qui propageaient la guerre, la famine et la mort, venait s'échouer comme par miracle aux portes de ce lieu préservé. Mais pour combien de temps encore ?

— Nous marchons sur un sentier semé de ronces, poursuivit l'émir en détaillant le visage de Salim d'un air songeur. Votre présence ce soir vous engage, mais elle m'engage aussi, avec les miens, envers vous et les vôtres. Adib m'a dit que vous aviez un fils, n'est-ce pas ?

Le plus souvent, à l'évocation d'Elias, Salim ressentait une fierté qu'il peinait à dissimuler, or, pour la première fois, ce fut une tristesse douce-amère qui l'envahit.

— Cette grâce m'a été accordée, en effet. Mais l'époque n'est guère heureuse pour les pères de garçons de seize ans.

Sous le keffieh, le visage d'aigle de Faysal s'adoucit. Un voile d'inquiétude effleura son regard. C'était un homme d'une évidente sensibilité, plus réservé que son frère Abdallah, dont le tempérament ardent et audacieux vous irradiait d'emblée, vous arrachant à la torpeur d'un quotidien trop banal. Tous deux avaient toutefois hérité de l'assurance des gens bien nés, et de cette autorité naturelle indispensable pour entraîner derrière soi des hommes et des destinées.

— Que Dieu le Miséricordieux préserve nos enfants ! Mais les conversations de ce soir me donnent de l'espoir pour l'avenir. Quand je rentrerai à Médine, j'espère présenter à mon père un protocole cohérent qui nous permettra alors de négocier avec les Anglais. Il croit en leur intégrité. Il pense même que leurs diplomates sont les moins retors de tous.

Salim crut entendre poindre une hésitation dans sa voix. On percevait le poids de l'Histoire sur les épaules de cet homme de trente ans, longiligne, presque éthéré, qui paraissait si délicat.

— Qu'est-ce qui vous a poussé à venir jusqu'à moi, Salim ? Je suis curieux, tout de même. Serait-ce l'amitié qui vous lie à Adib ?

Désormais, il ne restait plus dans la cour que les membres de la famille al-Bakri et les gardes du corps de l'émir, qui attendaient respectueusement que celui-ci ait terminé son aparté pour repartir avec lui.

— Je dois ma vie à sa famille, dit Salim en observant son ami. Sans ses parents, je ne serais pas de ce monde. Pourtant, même si nous sommes souvent d'accord, je ne le suis pas aveuglément. L'amitié, c'est aussi le discernement. Lui comme moi avons longtemps défendu l'intégrité de l'Empire ottoman. Hélas, nos revendications n'ont pas été entendues par les Turcs. Leur mépris et leur brutalité ont fini par devenir intolérables. C'est votre frère, l'émir Abdallah, qui a réussi à me convaincre. J'ai aimé son élan et sa passion. Sa force de conviction a quelque chose d'irrésistible, avoua-t-il. Et puis, les Hachémites sont des hommes bienveillants et ouverts d'esprit, n'est-ce pas ? Cette tolérance est un élément essentiel pour moi. Je crois qu'on peut bâtir quelque chose ensemble.

Une lueur taquine s'alluma dans le regard noir.

— Abdallah possède en effet un charme indéniable. Il m'a confié que vous partagiez sa passion pour les échecs. Votre intelligence du jeu nous sera précieuse à l'avenir. Il s'agira, comme toujours, de protéger le roi.

Adib s'approcha et s'inclina devant son invité.

— Il est temps de partir, Altesse. Je rends grâce d'avoir eu l'honneur de vous recevoir dans mon humble demeure.

Salim regarda s'éloigner l'homme du Hedjaz, son élégante silhouette drapée dans l'abaya blanche dont les plis capturaient la lumière des lanternes telle une voile de bateau. Il savait qu'Elias veillait, attendant son retour à la maison. Son fils serait fébrile, impatient de connaître ses impressions. Et il boirait ses paroles, les yeux brillants, le corps tendu comme pour prendre son envol, parce que aucun adolescent ne peut résister à la promesse d'aventures que ces princes du désert emportent dans leur sillage depuis la nuit des temps.

Le cheval de Blanche gravissait le sentier rocailleux d'un pas sûr. Devant elle, la croupe de la monture de Melhem Wardi oscillait au point de lui donner le mal de mer si elle la fixait trop longtemps. Il n'était que dix heures du matin, mais ils chevauchaient depuis l'aube. Elle se sentait lasse. Ils avaient traversé des dizaines d'hectares de mûriers réduits à l'état de misérables souches, les arbres ayant été abattus pour servir de bois de chauffage ou alimenter les locomotives parce que l'armée manquait de houille. Blanche en comprenait la nécessité, sans se résigner pour autant aux conséquences inévitables : voir un Mont-Liban privé de ses mûriers. Dans les années à venir, quand cette guerre atroce prendrait fin, la récolte de cocons se verrait drastiquement réduite.

Melhem se dressa sur ses étriers et lui lança quelques paroles d'encouragement. Comme toujours, elle admira sa ténacité. Le corps noueux, le visage battu par le vent, le vieux drogman n'avait rien perdu de sa superbe. Ils débouchèrent enfin de la gorge entre des pans de rochers. Des pentes aux terrasses fertiles plantées de vignes et d'oliviers se déployaient sous leurs yeux. Un village se blottissait au loin. Blanche poussa un soupir de soulagement. Bientôt, elle serait arrivée chez Souha. Elle s'inquiétait pour la paysanne, ses enfants et ses petits-enfants. Depuis que Jamal Pacha avait aboli le régime spécial dont bénéficiait jusqu'alors la province du Mont-Liban et décrété son occupation, la plus grande méfiance était de mise. Soudain, une ombre obscurcit le soleil. Un bourdonnement insolite emplit l'espace, comme un crépitement étrange et insistant. En tournant la tête, elle fut saisie d'horreur. Un immense nuage aux contours indéfinis ondulait dans le ciel, à la fois dense et mobile. Les chevaux commencèrent à s'agiter, dérapant sur la pierraille. Affolée, sa monture se mit à hennir.

— Attention ! hurla Melhem.

La nuée les engloutit telle une brusque tempête de neige. Blanche sentit les odieuses bestioles s'accrocher à ses cheveux. Leurs ailes frôlaient son front, ses joues, ses lèvres… Paniquée, elle ouvrit la bouche pour hurler mais dut aussitôt recracher les sauterelles qui s'y étaient engouffrées, manquant de l'étouffer. Son cheval se cabra, cherchant à chasser les insectes qui s'attaquaient à ses oreilles et à ses naseaux ; elle s'accrocha à sa crinière. Quand il se mit à ruer, elle fut désarçonnée et chuta lourdement à terre. Le souffle coupé, elle essaya de retrouver ses repères, mais les milliers d'insectes l'aveuglaient en tourbillonnant de plus belle. En les sentant s'insinuer sous son col de chemise, elle commença à se débattre. En vain. Elle finit par croiser les bras au-dessus de sa tête et se recroquevilla, à leur merci, suppliant le Ciel de faire cesser ce cauchemar. Sa raison lui disait qu'ils n'étaient pas carnivores, qu'ils n'en voulaient qu'aux herbes et aux récoltes, mais le dégoût que lui inspiraient les détestables bestioles lui donnait la nausée.

Enfin, après un temps qui lui parut interminable, le nuage s'éclaircit. Elle releva la tête. Les sauterelles continuaient à voler autour d'elle, mais elle apercevait à nouveau la lumière, le ciel bleu, et pouvait respirer. Elle écouta, effarée, le sinistre froissement de leurs ailes et les crissements de leurs bouches dévorant la végétation. Puis, au loin, des cris. Des malheureux tambourinaient sur des casseroles dans le vain espoir de faire fuir les envahisseurs. Elle se redressa, les jambes tremblantes, avec l'impression d'avoir été flagellée. Au bas de la colline, son drogman avait rattrapé son cheval. Elle commença à descendre lentement vers lui, écrasant sous ses bottes les sauterelles aux ailes blanches dont les carapaces craquaient comme des allumettes.

— Souha ? appela Blanche dès qu'ils arrivèrent à la magnanerie. Où es-tu ?

Elle fut atterrée de voir l'état des feuillages autour de la petite maison : tout avait été dévoré. Elle s'accroupit pour observer les plantes dont il ne restait que des tiges ou des branchages dénudés. Les fleurs, les feuilles, les fruits avaient été ravagés. Sur certains troncs d'arbres, l'écorce avait été attaquée. Seigneur, c'est comme dans la Bible, pensa-t-elle, bouleversée. La huitième plaie d'Égypte. Elle avait entendu ses parents évoquer ce fléau dans son enfance, mais jamais, même dans ses songes les plus fous, elle n'aurait pu imaginer la dévastation que pouvaient infliger ces hordes d'insectes quand elles surgissaient du ciel.

— *Sitt* Blanche ?

La paysanne se tenait derrière elle, un sac en toile de jute à la main. Un peu plus loin, Blanche remarqua le petit-fils de Souha et l'une des petites-filles qui traînaient des sacs presque aussi grands qu'eux et attrapaient les sauterelles vivantes ou mortes. En voyant les enfants lutter avec les bêtes, elle réprima un haut-le-cœur.

— Les autorités ont ordonné à chaque maisonnée d'en ramasser au moins cinq kilos. On doit apporter les sacs à la caserne. On essaye de tout faire pour arrêter ça, tu comprends, se désola Souha, les larmes aux yeux, ajustant le foulard autour de ses cheveux. Mais c'est impossible… Il n'y a rien à faire… Cela fait plusieurs jours maintenant…

Blanche enlaça son amie qui se mit à sangloter. La porte de la magnanerie était grande ouverte, ce qui signifiait qu'aucun élevage de graines de vers à soie n'était en cours. Une partie des mûriers sur la colline avait d'ailleurs été abattue, laissant la terre en friche, car Souha n'était pas assez riche pour y planter des citronniers ou des oliviers, contrairement aux propriétaires terriens fortunés. Si les citadins avaient fui les villes par crainte des bombardements afin de se réfugier à la campagne, les paysans, dont le travail était désormais réduit à néant, n'avaient nulle part où s'exiler. Les prix des denrées vont exploser, songea-t-elle.

Les deux femmes se dirigèrent à pas lents vers la maison et s'assirent sous la tonnelle. Après avoir attaché les chevaux dans l'étable, Melhem alla chercher de l'eau au puits que de malheureuses planches en bois avaient réussi à protéger de la pestilence. Il recommanda toutefois à Souha de la faire bouillir avec un soin tout particulier. Elle hocha la tête d'un air entendu, leur proposant de l'eau qu'elle avait déjà en réserve. Tous les trois burent à longs traits, assoiffés, comme si les insectes avaient charrié un air vicié de poussière et de poison. Blanche s'inquiéta pour son amie, dont le visage était marqué par l'angoisse.

— La situation ne va faire qu'empirer, dit Melhem. On raconte que Jamal Pacha veut affamer le Mont-Liban en interdisant qu'on nous ravitaille en céréales par la Bekaa et le Hauran, comme on le fait d'habitude. J'ai repéré les endroits où les Turcs vont installer des postes de gendarmerie. Les contrebandiers et les profiteurs du marché noir se frottent déjà les mains.

Souha le regarda avec horreur.

— Mais pourquoi ? Qu'est-ce qu'on lui a fait ?

— Par haine des Libanais, évidemment. Et en premier lieu par haine des chrétiens maronites. On en revient toujours à ça avec les musulmans, ajouta-t-il, avant de cracher par terre avec mépris.

L'aversion confessionnelle renaissait. Les religieux des congrégations européennes avaient déjà reçu l'ordre de quitter le Mont-Liban et Beyrouth sans rien emporter. Certains monastères et des écoles chrétiennes se voyaient transformés en casernes ou en centres de dépôts militaires.

Blanche tira un paquet de cigarettes de sa poche, l'offrit à la ronde et alluma la sienne. Ses doigts tremblaient. Melhem était une source d'informations précieuses. À près de quatre-vingts ans, il connaissait son pays comme sa poche et disposait d'indicateurs dans le moindre bureau de fonctionnaires, hameau de montagne ou monastère isolé. C'était à lui qu'elle s'adressait pour les missions délicates. Il ne refusait jamais. Leur complicité remontait au jour où elle lui avait forcé la main pour qu'il la dépose au train de Damas qui devait l'emmener jusqu'à Salim. Le drogman ne se faisait aucune illusion sur ce qui attendait le Liban.

— La marine britannique va imposer un blocus alimentaire avec le concours de la marine française. Ils empêcheront les navires commerciaux d'accoster dans l'espoir d'encourager la population à se révolter contre les Turcs. Quant à ce monstre de Jamal Pacha, il a déjà donné l'ordre que nos réserves alimentaires, mais aussi nos bêtes de somme et nos moyens de transport, et même les carrioles ou les charrettes, soient déplacés de la côte vers l'intérieur de la Syrie. Bah ! Je peux vous assurer que mes chevaux sont cachés dans un endroit sûr. Aucun de ces sales types ne mettra les mains dessus.

Souha, ébahie, semblait perdue.

— Les Turcs craignent un débarquement sur la côte, expliqua Blanche. Ils pensent que la population chrétienne libanaise prendra fait et cause pour leurs ennemis français. Ils sont persuadés que la région regorge de caches de fusils et de combattants prêts à se soulever.

Elle n'osa pas accabler Souha en lui disant que Jamal Pacha avait aussi ordonné qu'on brûle les réserves de céréales qui ne seraient pas emportées. La paysanne les dévisageait tour à tour, se tordant les mains.

— Mais ce n'est pas vrai. Regardez-moi, je suis seule avec mes enfants et mes petits-enfants, je n'ai pas de fusil, je ne veux me battre contre personne… Déjà qu'on n'aura pas de récolte cette année, se désola-t-elle en fixant les nuées d'insectes qui continuaient à vibrionner autour de la maison. Et maintenant tu me dis qu'on nous privera de grain. Mais on va mourir de faim ! Les petits, mes enfants, et moi. On va tous mourir…

Le sang se retira de son visage, si bien que Blanche lui enlaça les épaules pour la consoler. Elle la sentait frissonner de la tête aux pieds. Elle-même avait la gorge sèche, les yeux qui brûlaient, un poing serré au creux de la poitrine. Elle croisa le regard de Melhem. Elle voyait bien, à sa mine déchirée, qu'il se refusait à prononcer des paroles de réconfort, si futiles alors que l'un comme l'autre pressentaient la tragédie à venir. Et ils se savaient impuissants à prévenir la terrible famine qui allait s'abattre sur le Mont-Liban. Comme Blanche, le vieil homme resta tassé sur sa chaise, révolté mais désarmé, à regarder les petits-enfants de Souha ramasser les sauterelles écrasées sous leurs pieds nus et les fourrer dans les sacs pour remplir le quota exigé par les Turcs.

J'ai faim... J'ai faim... J'ai faim...

Blanche était venue à Beyrouth tôt ce matin-là depuis sa maison du bord de mer. Le cri incisait son cœur avec la précision d'un scalpel. Il pouvait émaner aussi bien d'un tas de hardes adossé à une masure que d'un gamin squelettique au ventre distendu et au visage noir de crasse. Les mendiants étaient partout. Sous un porche, un bébé pendait au sein flasque de sa mère agonisante.

J'ai faim...

La plainte lancinante résonnait dans les montagnes et les vallées du Liban, les fermes isolées, les hameaux, les magnaneries ouvertes aux quatre vents. Son écho se répercutait entre les gorges rocheuses et les pierres effritées des maisons abandonnées, survolait les champs dévastés par les sauterelles, les ruines et les monastères, cognait aux murs des hangars à provisions vides, sifflait parmi les souches des mûriers sacrifiés. C'était le cri des enfants et des femmes, des jeunes garçons, des mères et des vieillards. Le cri des innocents.

Au fil des mois, la situation avait rapidement empiré. Désormais, les affamés de la Montagne, réduits à se nourrir de noix et d'écorces de fruits, descendaient vers la côte en espérant y trouver quelque chose à manger. Mais les villes n'avaient rien à leur offrir. Des êtres faméliques fouillaient les détritus et recherchaient des carcasses d'animaux afin de sucer la mœlle de leurs os. Les plus désespérés dépiautaient les excréments des chevaux et des mulets autour des moulins dans l'espoir d'en retirer quelques graines à croquer. Les mères prostituaient leurs fillettes.

On lui cria de se pousser. Elle se plaqua contre un mur pour laisser passer une charrette brinquebalante. Les roues tressautaient sur les pavés, agitant de manière tristement grotesque une pile de cadavres en haillons. Une vague d'horreur et de colère la submergea. Jamais elle ne s'habituerait à voir ces miséreux traités comme des détritus ! Elle porta un mouchoir à son nez tout en scrutant, retournée, les bras décharnés. On racontait que les hommes chargés de ramasser les dépouilles dans les rues embarquaient parfois par erreur des victimes seulement évanouies, qui se réveillaient parmi les morts et tendaient la main une dernière fois, par réflexe ou désespoir, avant de mourir à leur tour. Ces terrifiantes anecdotes donnaient à Blanche le sentiment odieux d'un voyeurisme malsain, car elle avait de quoi se nourrir, comme toutes les familles fortunées. Et pourtant, elle s'obligeait à se les remémorer jusqu'aux détails les plus infamants et à les consigner dans des carnets en précisant les dates et les lieux. Son devoir était d'être le témoin du supplice qu'endurait son pays natal. C'était d'ailleurs ce qu'avait demandé Nazik al-Abed avant son départ pour Le Caire. Toutefois, la jeune Syrienne s'attendait alors à être informée des événements politiques et de l'humeur du pays. Les courriers de Blanche, hélas, ne comportaient pas de réflexions théoriques : le quotidien des Syriens était devenu une question de survie. L'intérieur du pays, moins cruellement accablé que le Liban martyr, subissait toutefois lui aussi les conséquences dramatiques de la guerre. Les affamés hantaient les ruelles de Damas et venaient tous les jours frapper aux portes des soupes populaires que les associations charitables, dont celle de Blanche et de Hayat, avaient établies dans chaque quartier de la ville.

Blanche aperçut enfin la haute tour du bâtiment principal du Syrian Protestant College. Situé sur une colline surplombant la Méditerranée, le campus universitaire s'étendait sur des dizaines d'hectares. En pénétrant sur le domaine arboré aux pelouses bien entretenues, elle ressentit presque physiquement le doux manteau de la protection américaine. Un peu plus loin, des étudiants s'entraînaient à la course à pied sur le terrain d'athlétisme. En longeant un mur, elle entendit par les fenêtres ouvertes les professeurs dispenser leurs cours. Depuis sa fondation au siècle dernier, l'université était respectée dans l'Empire ottoman pour son esprit de tolérance et la qualité de son enseignement. Aussi ses directeurs avaient-ils obtenu la permission des autorités de poursuivre leurs activités en dépit du conflit. Jamal Pacha avait même mis un point d'honneur à faciliter leur approvisionnement en nourriture, ce qui leur permettait d'acheter des vivres à l'armée à des prix fixes, sans avoir à débourser des sommes astronomiques.

— Ah, vous voilà enfin ! s'écria William Graves lorsqu'elle frappa à la porte de son bureau. Je craignais que vous n'ayez eu un empêchement.

Le professeur en sciences humaines retira ses lunettes et se leva pour l'accueillir. Ses cheveux poivre et sel se hérissaient en épis sur son crâne et il avait déboutonné son col de chemise. Il lui serra la main puis, en un geste impulsif, la serra dans ses bras. Blanche ne s'en offusqua pas. Les événements incitaient à ce genre d'attitudes peu protocolaires.

— Je suis venue à pied depuis le centre-ville.

— À pied ? Mais vous êtes folle !

— Et comment se rendre compte autrement de ce qui se passe, William ? Je me refuse à imiter les profiteurs et les spéculateurs qui se font conduire par leurs chauffeurs dans des voitures rutilantes. Lorsqu'ils passent dans les rues, ils gardent la tête baissée, mais pas par honte, non ! Simplement pour que cette vision infamante ne vienne pas troubler leur digestion. Ils sont gras comme des cochons, les salauds !

Blanche s'aperçut qu'elle tremblait de colère. William lui tendit un verre d'eau puis, en scrutant son visage blême, il se ravisa et leur versa à chacun un whisky bien tassé. Blanche ne se fit pas prier. Une cloche sonna, annonçant la fin des cours pour la journée. Des pas rapides résonnèrent aussitôt dans les couloirs et les escaliers. Le professeur referma sa porte pour qu'ils soient tranquilles.

— C'est agréable de voir que certaines choses de la vie continuent à se dérouler normalement, dit-elle. Je n'en reviens pourtant pas quand je vois le luxe étalé dans des demeures où le vin et l'arak coulent à flots.

Combien d'habiles négociants tirent leur épingle du jeu et se remplissent la panse ? Leurs femmes en tenues de soirée gravissent les escaliers de marbre à la lumière des chandeliers comme si de rien n'était. J'entends de sinistres histoires de contrebande et de gestion de stocks alors que les pauvres crèvent dans les caniveaux.

William passa une main dans ses cheveux hirsutes.

— Le fossé se creuse encore un peu plus entre les riches et les pauvres.

— Pas tous les riches. Certains sont heureusement intègres.

— Chez nous, à l'université, la situation a tout de même changé depuis la guerre. Beaucoup de nos étudiants n'ont plus les moyens de payer leur cursus et sont retournés dans leurs villages pour tenter d'aider leurs familles. Quant à ceux qui restent, c'est surtout la faculté de médecine qui en profite. Hélas, c'est ce qu'on réclame en ce moment : des médecins et des infirmières. Vous avez demandé une dérogation pour inscrire votre fils Elias dès la rentrée prochaine, n'est-ce pas ?

Il fouilla parmi les dossiers empilés dans son armoire.

— Oui. Il est en avance. Ses professeurs jésuites lui ont déjà remis son diplôme de fin de scolarité.

— Pourquoi chez nous et pas à l'université Saint-Joseph, pourtant fondée autrefois par ces mêmes jésuites français ? Ce serait plus logique, non ?

— Voyons, mon cher William, nous nous connaissons depuis longtemps. D'après ce que vous savez de moi, ai-je jamais agi de manière « logique », ou même raisonnable ?

Il rit en levant son verre.

— Vous êtes une femme de caractère, Blanche. C'est pour cela qu'on vous admire.

— Oh, croyez-moi, je n'ai rien d'admirable. Je passe ma vie à expier les fautes de mon passé.

Elle vit qu'elle avait aiguisé sa curiosité et qu'il espérait enfin des confidences qu'elle ne faisait jamais. Elle devina à son visage empourpré qu'il avait un faible pour elle. William Graves était de quelques années son cadet. Ils se croisaient lors de réceptions en ville. Au fil du temps, Blanche avait compris qu'elle plaisait aux hommes et elle y avait pris goût. Ils lui trouvaient un charme singulier et une audace déconcertante. Elle s'en amusait et, en ce temps de crise, maniait sans vergogne ce pouvoir de séduction pour faciliter ses démarches. William ne se serait pourtant jamais permis le moindre compliment qui aurait pu prêter à confusion. C'était un protestant américain respectueux des convenances. Ce qui n'empêchait pas le désir.

Elle redevint sérieuse.

— Et puis les États-Unis sont un pays neutre, vous comprenez. Cela me rassure. En France, mon fils aîné Aurélien est au front. Je crains pour sa vie à chaque instant. Je me dois de tout faire pour protéger au mieux son frère.

— Je comprends, bien sûr. Elias sera sous notre protection, comme tous nos étudiants. Nos bonnes relations avec Jamal Pacha me permettent de l'affirmer. Nous prenons grand soin à demeurer dans les petits papiers de…

— … ce tyran, affameur du peuple ? Ce boucher ?

Blanche ne cacha pas son dégoût. William afficha un visage réprobateur en lui présentant des papiers.

— Si je tenais officiellement les mêmes propos que vous, nous n'arriverions à rien. Signez là, et là, je vous prie, Blanche.

Quand elle lui prit le stylo, leurs doigts se frôlèrent. Elle survola les paragraphes du dossier d'inscription, puis apposa sa signature.

— J'admire votre réserve, William. Mais vous n'êtes pas arabe, vous ne pouvez pas comprendre.

— Vous non plus, Blanche, vous n'êtes pas arabe. De toute manière, les Syriens sont une race à part, née des envahisseurs successifs sur leurs terres. Arabes, certes, mais aussi Hittites, Perses, Assyriens, Égyptiens, Grecs et Romains, Phéniciens, Turcs…

— Je suis l'épouse d'un Syrien damascène de confession melkite, mère de son fils unique. Et je suis née sur cette terre. Les racines ne sont pas seulement une question de sang, mais de conscience.

Elle se leva pour regarder par la fenêtre. Les jeunes athlètes, vêtus de blanc, revenaient de leur entraînement en se donnant des bourrades. Certains avaient le teint mat, d'autres étaient blonds. Elle se demanda d'où ils étaient originaires. Avant la guerre, l'université attirait ses élèves de toutes les provinces de la Grande Syrie.

— Je parle de « boucher » en connaissance de cause. Les affamés de Beyrouth ou de Damas, ceux des campagnes, vous les voyez, n'est-ce pas ? Ils ne sont pas invisibles. Les morts se comptent déjà par dizaines de milliers. Si la guerre continue dans ces conditions, vous imaginez le nombre des victimes ? Et ces malheureux que les Turcs ont pendus sur la place des Canons en août dernier pour haute trahison, vous êtes allé les voir ?

— Non ! Pas question pour moi d'assister à ce sinistre spectacle. Mais je le déplore, comme vous.

Blanche se retourna, furieuse :

— Je ne fais pas que le déplorer, William. Le mot est trop faible. Les Turcs ont voulu faire un exemple particulier de ces onze nationalistes-là. Ils les ont d'abord emprisonnés et soumis à la torture avant de les faire passer devant un tribunal militaire expéditif. La plupart d'entre eux étaient jeunes. Leur seul crime ? « Aimer la liberté et la nation arabe », comme l'a déclaré l'un d'eux avant qu'on lui passe la corde au cou. Les corps ont été laissés suspendus aux potences pendant des heures, comme pour de vulgaires criminels de droit commun, alors que ces musulmans et ces chrétiens arabes représentaient la fine fleur de l'intelligence en Syrie, au Liban et en Palestine. Ils sont devenus des martyrs.

William vida son verre cul sec.

— Vous êtes de parti pris, Blanche. Ils sont coupables de trahison aux yeux des Turcs qui s'appuient tout de même sur une réalité : certains Arabes représentent un dangereux ennemi intérieur. Notre consul général à Beyrouth avait bien recommandé à François Georges-Picot de détruire ses fichiers car ceux-ci pouvaient incriminer des nationalistes ou autonomistes, mais cet imbécile s'est contenté de les cacher derrière une fausse cloison au consulat français, pensant qu'il n'allait pas tarder à revenir. Comment ne pas imaginer qu'aux yeux des Turcs ce sont des traîtres ? Et en temps de guerre, les traîtres…

— … méritent la mort, dit-elle, livide.

Un frisson la parcourut. Salim était l'un de ces traîtres, Adib aussi. Au même instant, on frappa à la porte. Blanche sursauta comme si elle avait été prise en faute. Quelle idiote ! se réprimanda-t-elle en reconnaissant la jeune fille rousse qui passait la tête par l'entrebâillement.

— Viens te joindre à nous, Irene ! Notre amie Blanche essaye de me saper le moral, mais j'ai trouvé la parade, plaisanta William en brandissant la bouteille d'alcool. Alors, quelles sont les dernières nouvelles de notre valeureuse Croix-Rouge ?

Blanche accueillit la jeune femme avec un sourire.

— Bonjour, Irene. J'allais justement passer à ton bureau. J'ai une nouvelle lettre à te confier.

La Croix-Rouge américaine lui servait de courrier postal. C'était le moyen le plus sûr pour rester en contact avec Nazik en Égypte. Les délais étaient approximatifs, mais au moins ses lettres ne tombaient pas en de mauvaises mains. Comme l'université disposait d'une antenne de la Croix-Rouge dans ses locaux, Blanche s'y rendait à chacun de ses passages à Beyrouth.

— Et moi, j'ai une surprise pour toi, répondit Irene en prenant une enveloppe dans sa pile de paperasse.

— De l'argent du Caire, enfin !

Blanche attendait impatiemment une réponse de Nazik, qui s'occupait de faire le lien avec l'importante diaspora syrienne installée aux États-Unis ou en Amérique du Sud. Les émigrés tentaient de faire parvenir des fonds à leurs familles demeurées en Grande Syrie, en dépit des taxes indécentes imposées par les autorités turques. Ces sommes, même amputées d'une forte commission, étaient désormais pour beaucoup le seul espoir de survie.

— Non, elle vient de France.

La Croix-Rousse, le 5 septembre 1915

Ma bien chère Blanche,

J'ignore combien de temps cette lettre mettra à vous trouver et même si elle y parviendra un jour. Je vous ai écrit plusieurs fois depuis le début de la guerre, comme autant de bouteilles à la mer. Mais j'ai changé de messager et je profite de la bienveillance d'un membre de la Croix-Rouge américaine, de passage à Lyon, qui m'a assuré que mon courrier pouvait parvenir jusqu'à Beyrouth. Peut-être que la chance me sourira et que cette missive finira entre vos mains… Quoi qu'il en soit, mon cœur est quelque peu apaisé d'écrire de bonnes nouvelles.

Aurélien et Maxence vont bien. Enfin, « bien » veut dire chez nous, en France, qu'ils sont en vie et encore en possession de leurs bras, de leurs jambes et surtout de leur esprit. Si vous saviez le nombre de malheureux qui perdent la tête au front ! L'un comme l'autre m'écrivent régulièrement. Il n'y a qu'à vous que je puisse confier cela parce que je sais que vous excuserez ma faiblesse : je lis les lettres de nos garçons, les relis et les relis encore, puis je reste assis, accablé, et je pleure comme une fillette avec la sensation d'avoir mille ans.

J'imagine que vous avez accès à des journaux français, au Levant, qui recensent ce qui se passe ici. Ou peut-être pas. De toute manière, les journaux décrivent cette guerre de tranchées comme une geste héroïque, digne des contes pour enfants que je lisais autrefois à Maxence du temps où il aimait les histoires de chevaliers et de princesses en péril. Mais la guerre n'a rien d'héroïque. Et les princesses ont été dévorées par les vers depuis longtemps. C'est une vaste saloperie – pardonnez-moi, mais vous connaissez mon franc-parler. Je ne vais pas me mettre, moi aussi, à enjoliver la vérité.

Nos enfants appartiennent à la même compagnie. C'est un bonheur qu'ils soient encore ensemble. Ou alors, c'est un mauvais coup du sort, car ils s'inquiètent l'un pour l'autre à chaque barrage d'artillerie, à chaque malheureuse percée destinée à grappiller dix mètres de terrain, à conquérir une colline, un monticule ou une tranchée adverse sous des orages de fer et de feu. L'un comme l'autre ont été blessés, mais rien de grave. Un éclat d'obus dans la cuisse pour Maxence, une épaule abîmée pour Aurélien. Ils ont été soignés et guéris. Guéris ! Pour repartir se faire massacrer sous les ordres de généraux qui les utilisent comme de la chair à canon… Oui, je suis violent. Mon seul drapeau est ma colère.

C'étaient des gosses quand ils sont partis. Ils sont devenus des hommes. Ils sont au feu depuis plus d'un an, et la mort est une compagne quotidienne qu'ils traitent avec une familiarité dédaigneuse. De même, le froid, la pluie, les rats, les poux, la boue, la vermine ne les impressionnent plus. Comment s'en réjouir ? Endurcir à ce point des gamins, c'est faire d'eux de cyniques vieillards avant l'heure.

Maxence n'est plus simple poilu, mais sergent dans son régiment d'infanterie. Mon petit est responsable de la vie de cinquante hommes dont beaucoup sont mariés. Il leur donne des ordres et les mène au combat. Il apprend l'autorité. Lui qui n'élève jamais la voix, qui n'aime que dessiner des fleurs dans la grande tradition lyonnaise, ces bouquets que de vieux imbéciles comme moi tissent sur leurs métiers ou que nos artistes talentueux peignent à la main sur la soie. Que va-t-il dessiner à l'avenir ? Des corps déchiquetés, des cadavres, des tombes ? Cela me paraît absurde. Et criminel.

Aurélien, votre cher garçon, est capitaine. Il est aimé de ses hommes, fichtrement aimé parce qu'il les engueule et les console comme le père qu'il n'est même pas encore devenu. Il a appris à maîtriser sa fougue. Ce sont désormais les Boches qui en font les frais. Son courage lui a permis d'obtenir plusieurs citations à l'ordre de l'armée. Mais votre petit découvre aussi la patience et la persévérance. C'est ainsi que les tempéraments de nos chers enfants se façonnent au fracas effrayant des 75, parmi les bois et les champs, le nez dans la glaise, au plus près de la terre de France. Et moi, je pleure et je tempête, seul dans mon atelier silencieux.

L'espoir d'une ultime offensive qui mettrait un terme à cette folie s'est éloigné. Chacun se prépare à la nouvelle campagne d'hiver. Et mon cœur se glace à cette pensée. Nos pauvres soldats resteront encore longtemps tapis comme des bêtes pitoyables dans leurs tanières. Je sens dans mes vieux os suinter l'humidité sur les parois des cagnas aux relents de pourriture et de vêtements détrempés, et j'imagine mon fils tant aimé à la lueur d'une lampe-tempête, les doigts engourdis par le froid, griffonnant ses dessins dans ses carnets et sur les bordures des lettres qu'il nous écrit, à Oriane et à moi.

Rassurez-vous, ma chère Blanche, la petite va bien. Lyon est devenu un centre d'accueil pour les soldats blessés et malades. Les hôpitaux militaires et les hospices civils sont pleins, si bien qu'on a réquisitionné des salles municipales. Oriane a insisté pour devenir l'un de ces « anges blancs » qui les soignent. Elle s'est engagée auprès de la Croix-Rouge et a même été assignée ici, à la Croix-Rousse. Elle passe me voir chaque semaine. Nous échangeons nos lettres. Nous parlons d'Aurélien et de Maxence. Elle a l'âge que vous aviez quand nous nous sommes rencontrés. Certains jours, quand mon cœur meurtri pèse si lourd que j'ai l'impression d'étouffer, il m'arrive de croire, un court instant, que vous êtes revenue et que nos petits jouent au ballon sur la place. Elle a hérité de votre ténacité et de votre moue obstinée. Elle a aussi votre rire, ma chère Blanche, un rire de victoire. Hélas, ces temps-ci il se fait rare.

Elle mène aussi son propre combat, votre fille courageuse, mais contre sa grand-mère qui tient beaucoup à la fiancer à un dénommé Gabriel Lombard. L'un de ces grands gars du quartier d'Ainay, avec des ancêtres comme il faut et du sang de soyeux dans les veines. Je n'en reviens pas que la vieille chouette en soit encore à raisonner selon des principes qui sont en train de crever sur les champs de bataille avec nos poilus. On dirait que le ridicule ne tue plus. Il est vrai que les généraux et les politicards s'en chargent. Sans doute a-t-elle une peur panique qu'Oriane s'entiche d'un de ces blessés venus d'on ne sait où. Cela doit être terrifiant pour Geneviève Duvernay de voir le vaste monde à la porte de la Presqu'île, une invasion de barbares, et je ne parle même pas des Allemands. Mais moi, je vais vous dire une chose, ma tendre amie. Je ne le devrais sans doute pas, j'ignore même s'ils en sont conscients eux-mêmes, mais ils s'aiment, Oriane et Maxence. Et maintenant que je la connais mieux, votre petite, je sais qu'ils sont faits l'un pour l'autre. Voilà, c'est dit.

Je vous laisse, ma toute belle, car il se fait tard et mon charmant messager m'a demandé de lui déposer cette lettre sans faute aujourd'hui. Sachez que je pense à vous, à ce bon Salim, à votre petit Elias qui a dû grandir lui aussi. J'espère qu'il n'a pas l'âge pour combattre. J'espère qu'il demeurera un enfant à vos côtés le temps que cette maudite guerre prenne fin.

Je vous serre sur mon cœur, ma petite Blanche, avec toute ma tendresse.

Votre Armand dévoué

*

Beyrouth, le 15 novembre 1915

Mon très cher Armand,

Votre lettre a mis deux mois pour me parvenir. Je la porte à même la peau, soigneusement enveloppée dans un sachet en tissu, comme les paysannes libanaises protègent sur leur sein les graines de vers à soie. Vos mots me sont tout aussi précieux. Ils irradient ma chair, s'impriment en lettres brûlantes dans mon esprit.

Ainsi nos garçons étaient sains et saufs début septembre. Mais les semaines ont passé. Combien de combats, d'assauts, d'offensives ont-ils subis depuis ? Sont-ils même encore de ce monde alors que je vous écris ces quelques lignes ? Je partage avec vous l'insupportable attente et ce fragile mais tenace espoir qui nous permet d'affronter l'aube chaque matin.

Nous aussi, en Grande Syrie, nous vivons des heures sombres. La souffrance atteint ici des proportions bibliques : la famine et la guerre, la guerre et la famine. Salim parle avec raison des cavaliers de l'Apocalypse. Le soldat ottoman se bat souvent pieds nus, en guenilles parce que ses maîtres turcs sont incapables de l'équiper. Tous ces malheureux paysans anatoliens meurent autant sous les balles que de maladie. Leur persévérance et leur courage forcent l'admiration. Des populations entières sont déplacées dans des conditions de cruauté épouvantables et succombent sur les routes du désert. Et les civils, mon Dieu ! Jamal Pacha a instauré un régime de terreur. Il pourchasse les nationalistes arabes, écrase les Syriens d'impôts, sur nos biens, nos maisons, nos terres, notre bétail. Des centaines de frênes sont abattus pour servir de roues aux porte-canons de l'armée. De nombreuses maisons sont réquisitionnées pour loger les militaires, des familles entières exilées dans des villages d'Anatolie et de fidèles drogmans déportés. Toutes ces exactions ont uni le pays contre lui. Autour de moi, je ne vois que le chagrin et la peur.

Je me démène de mon mieux, comme Oriane, pour aider. Je n'ai pas sa patience pour être infirmière. Il me faut bouger sans cesse. Comme si mon ardeur était décuplée par ces années passées à Lyon où je me suis sentie en prison, les ailes coupées. Je parcours le pays, en dépit des difficultés, avec plusieurs sauf-conduits. Même si les Turcs n'apprécient pas trop la Croix-Rouge, les Américains sont devenus un recours inespéré, n'est-ce pas ? J'ai même décidé d'inscrire Elias l'année prochaine dans leur université, au grand dam de Salim, qui leur préfère l'éducation française qu'il a lui-même reçue.

Le travail ne manque pas, croyez-moi. Nos associations charitables mettent sur pied des orphelinats, des soupes populaires, des centres d'accueil pour les réfugiés, mais aussi des ateliers d'artisanat pour former femmes et fillettes et leur verser un salaire symbolique. Une jeune fille particulièrement entreprenante et courageuse, Adila Beyhum, m'impressionne par la force de son engagement. Elle appartient à une famille de riches notables beyrouthins et son caractère ressemble à celui d'Oriane. Je pense qu'elles s'entendraient bien, elles sont de la même génération. Chez nous, les femmes appelées à jouer un rôle en ces temps dramatiques – et sans doute à l'avenir – appartiennent à une élite privilégiée qui a embrassé un idéal de progrès social qui vous ferait plaisir, mon cher Armand. Et elles sont jeunes, si jeunes. J'ai l'âge d'être leur mère. Contrairement aux bourgeoises lyonnaises comme Geneviève Duvernay, toujours prisonnières de conventions dépassées, elles préparent un nouvel avenir. Et elles se tournent vers moi. Je leur offre bien volontiers ce qu'elles me demandent, mon expérience et ma sagesse.

Moi, sage ? Cela me fait sourire. J'ai beau avoir quarante-quatre ans et quelques cheveux blancs, j'ai l'impression d'en avoir vingt de moins. L'âge que j'avais quand Salim est entré dans ma vie, qu'il me préparait des friandises dans votre cuisine et m'embrassait sur les hauteurs de Fourvière. Je ne ressemble en rien à une dame distinguée qui prodigue des conseils avisés. Le plus souvent, je vis en tenue de cavalière – chemise blanche, gilet orné de broderies palestiniennes, bottes en cuir poussiéreuses. Il m'arrive toutefois de participer à des réceptions luxueuses chez ces notables de Beyrouth ou Damas qui mènent encore grand train alors que les pauvres crèvent à leurs portes. Vous n'imaginez pas l'argent que se font les spéculateurs en stockant les denrées alimentaires ! La corruption règne en maître. Cela me répugne, mais il me faut recueillir leurs dons. Alors je me drape dans des robes chamarrées, je porte mes plus beaux bijoux et je les défie du regard, jusqu'à ce qu'ils baissent les yeux et remplissent le compte en banque de mes associations. Il paraît que je suis devenue un « personnage ». Qui l'eût cru ? Geneviève Duvernay en ferait une jaunisse, la malheureuse.

Maxence et Oriane amoureux, dites-vous ? J'en serais honorée et tellement heureuse. J'aime Maxence comme un fils. Je l'ai vu grandir, je l'ai fait sauter sur mes genoux, je lui ai lu moi aussi des histoires de princesses et de chevaliers. Sont-elles vraiment toutes mortes comme vous le pensez, ces princesses ? J'ose croire que non. Chez nous, en Orient, les princesses ne meurent jamais.

Je repars pour Damas, mon cher Armand, votre lettre sur mon cœur. Je dois me dépêcher d'aller retrouver Salim. Les jours me paraissent trop courts tant il y a de choses à faire, et pourtant, au cours de mes longues insomnies, lorsque je pense à Aurélien, Oriane et Maxence, le temps cruel se fige et me tourmente.

Je confie ma tendresse, mon affection aux Américains qui emporteront cette lettre, et je vous embrasse comme je vous aime.

Blanche

Les gardes claquèrent la porte de la cellule et tirèrent le verrou. Salim resta allongé sur le sol où ils l'avaient jeté. Sous sa joue, la terre battue. Dans sa bouche, un goût métallique de sang et de poussière.

Une quinte de toux lui déchira les poumons, résonna dans son corps. Son dos n'était qu'une plaie. Une nouvelle fois, ils étaient venus le chercher au milieu de la nuit, l'avaient traîné jusqu'à la salle de torture, lui avaient ligoté les poignets à un crochet de fer avant de le fouetter. Quand il s'évanouissait, des seaux d'eau glacée le ranimaient pour qu'il endure les coups en toute conscience. Comme chaque fois, ils avaient tenté de lui extorquer des noms. Encore des noms. Mais ne les avaient-ils pas tous, déjà ? Les nationalistes arabes étaient connus. Pourtant, ils cherchaient encore. Le tribunal militaire installé par Jamal Pacha dans la ville d'Aley, à une vingtaine de kilomètres de Beyrouth, travaillait sans relâche : condamnations à mort, peines d'emprisonnement, déportations, condamnations à mort par contumace pour ceux qui s'étaient réfugiés en Égypte. On y tenait des pseudo-procès dont les jugements étaient le plus souvent décidés à l'avance.

Les voisins du sinistre bâtiment entendaient les cris des prisonniers torturés.

Pendant les interrogatoires, il arrivait à Salim de s'en vouloir de ne pas être parti à temps avec les siens. Mais il n'avait pas su trouver le bon moment. Pour préparer la révolte arabe, il fallait aussi des hommes à l'intérieur du pays. Sans parler de ceux qui ne pouvaient pas partir, les cousins pauvres, les artisans démunis, les employés désespérés. Comment aurait-il pu les abandonner, lui, le chef de famille ? Il ne s'était jamais senti isolé. Leur organisation, avec ses indicateurs et ses espions, avait les moyens de se préserver. Salim prenait toujours soin de brûler tout document incriminant. Il se déplaçait aussi beaucoup. Leur petite maison qui surplombait la Méditerranée demeurait pour Blanche et lui un refuge précieux. Il avait aussi pris l'habitude de changer fréquemment de résidence, se réfugiant chez des amis beyrouthins ou des proches dans les nombreux villages de la Ghouta, autour de Damas. Il connaissait désormais par cœur la route des diligences comme les sentiers qui sillonnaient les montagnes entre Beyrouth et Damas, les villages druzes ou maronites, les ruines des temples et des forteresses. Il s'y abritait parfois pour dormir à la belle saison, évitant les pensions où descendaient d'ordinaire les voyageurs. Avec une bonne monture, le voyage ne lui prenait qu'un jour et demi. Comme il n'avait pas été inquiété dans les premiers temps de la guerre, il avait eu la tentation de croire – avec une naïveté évidente – que le consul français François Georges-Picot n'avait peut-être pas enregistré son nom dans ses archives. Il n'avait pas pu savoir que Jamal Pacha gardait la liste des « réformateurs » sous le coude. Et puis, comme les enfants, on pense toujours que le mal n'arrive qu'aux autres. Mais on se trompe.

Puis, un jour, il avait été alerté que l'un des proches d'Adib avait parlé sous la torture. Il fallait à tout prix l'en avertir au plus vite. Selon les règles en usage dans toute conspiration, les membres du réseau cloisonnaient leurs activités. Parfois, on ne connaissait même pas le nom de ses camarades. Impossible de déléguer cette tâche à qui que ce soit. Sachant son ami en danger, il s'était dépêché de rentrer à Damas. C'était l'hiver. Les routes enneigées du mont Hermon étaient infranchissables. Il s'était résigné à prendre le train hebdomadaire réservé aux civils depuis Beyrouth, armé de faux papiers. À chaque contrôle, soumis au regard scrutateur des officiels turcs, son pouls s'emballait. Il avait toutefois rejoint le palais al-Samman et réveillé Adib, qui s'était enfui avec Hayat en pleine nuit.

Salim roula avec précaution sur le côté. À chacune de ses inspirations, des coups de poignard le transperçaient. Il parvint néanmoins à trouver une position moins inconfortable et replia ses genoux. Par la petite ouverture grillagée pénétrait la pâle lumière de l'aube. Il entendit au loin les grincements du premier train de la matinée qui partait de la gare d'Aley. Au fil des semaines, en dépit de ses efforts pour tenir un calendrier dans sa tête, il avait perdu la notion du temps. Il se raccrochait donc à la routine quotidienne pour tenter de conserver des repères. Il avait été arrêté à Damas quelques heures après avoir alerté Adib. Dieu soit loué, ni Blanche ni Elias n'étaient présents ! On l'avait aussitôt emmené à Aley, où étaient retenus d'autres opposants. Tous étaient isolés des prisonniers de droit commun. Mais la vigilance des gardes était renforcée et rendait toute communication entre détenus encore plus difficile. Le premier jour de son incarcération, alors qu'il voulait regarder par la fenêtre, un gardien avait aussitôt fait irruption dans sa cellule et l'avait bastonné. Les prisonniers accusés de conspiration politique avaient l'interdiction de s'approcher des fenêtres, de fumer ou d'entrer en contact avec qui que ce soit. Lui qui ne supportait pas les endroits confinés avait dû apprendre à maîtriser la sensation d'oppression qui l'inondait d'une transpiration glacée et l'empêchait de respirer. Il avait aussi appris à endurer cette solitude remplie de terreur, à répondre aux interrogatoires sans trahir les siens. Et à accepter la douleur quand s'abattait sur lui, avec la violence subite d'un orage de montagne, l'une des séances de torture.

Après un long moment, il prit son courage à deux mains et se hissa sur sa paillasse. Les punaises se délecteraient de ses blessures à vif, mais il s'y sentait un peu mieux qu'à même le sol. Une lente pulsation vrillait ses tempes. Tenaillé par la soif, il passa sa langue sur ses lèvres. Il n'aurait rien à boire pendant plusieurs heures, jusqu'à ce qu'on lui apporte un bol de gruau. Il crut entendre un cri. Aussitôt, son cœur se mit à battre plus vite. Il tendit l'oreille. Rien. Encore ce silence. La fatigue le saisit. Si seulement il pouvait sombrer dans l'inconscience, oublier son corps martyrisé, ces quatre murs désespérants, et surtout cette peur de mourir.

Allongé en chien de fusil, parcouru de frissons pendant que l'eau séchait sur ses plaies, il laissa vagabonder son esprit. Il espérait que Blanche avait enfin pris la sage décision de s'enfuir avec leur fils. Elle connaissait des pêcheurs habiles qui pourraient les débarquer sur l'île d'Arouad, qu'occupaient les Français, à trois kilomètres des côtes libanaises, elle pourrait se mettre sous leur protection. L'idée de les savoir à l'abri le réconforta. Peu à peu, il s'abandonna à sa torpeur. Des souvenirs lumineux se fondaient les uns dans les autres. Il rejoignait Adib qui fumait le narguilé dans leur café préféré en bordure du Barada, il marchait sur la plage, Elias à califourchon sur son dos, ses cris enthousiastes se mêlant au bruissement des vagues. Puis il s'attardait longuement sur Blanche, sa bien-aimée, son unique amour, toujours à fleur de mémoire. Oui, elle était bien là, qui l'attendait, assise sur leur terrasse face à la mer, un livre à la main. Elle repoussait de son pied nu le berceau en osier d'Elias pour lui imprimer une légère oscillation, la brise jouait avec les rubans en soie de ses cheveux, et s'il tendait la main il pouvait effleurer la douce peau de son épaule.

Le cœur serré, Blanche marchait vite dans la rue Droite de Damas, retenant d'une main le tcharchaf noir qui couvrait ses cheveux et son visage. Sa longue jupe sombre battait contre ses jambes. Il lui semblait qu'elle ne faisait plus que cela, arpenter cette ville, telle une marionnette de bois devenue folle, se démenant pour faire libérer Salim. Mais elle luttait en vain depuis quatre mois, à Damas comme à Beyrouth. Quant aux autorités militaires de la ville d'Aley, elles lui avaient interdit de le voir. Le pire était de maîtriser la terreur qui lui mordait le ventre depuis le jour fatidique de son arrestation, au début de l'année.

Elle obliqua pour se faufiler dans un labyrinthe d'étroites ruelles délabrées, silhouette invisible parmi les autres femmes qui patientaient devant les étalages vides des épiciers. L'agitation coutumière de la ville marchande se lestait depuis le début de la guerre d'une angoisse latente. Les clients étaient avides, les mines des commerçants sévères. Enfin, émergeant à nouveau au soleil, elle s'arrêta pour laisser passer un tramway électrique, puis se dirigea vers le lieu de son rendez-vous devant l'hôtel Victoria. Plusieurs voitures de dignitaires turcs étaient alignées devant la grille. Elle leva les yeux sur l'élégante façade avec une pensée pour la petite chambre où elle avait atterri tant d'années auparavant et où elle s'était sentie si intensément seule. L'avenir lui paraissait alors tout aussi terrifiant, saturé d'ombres et d'incertitudes.

— *Sitt* Blanche ?

Une calèche s'était arrêtée à l'angle de la rue. Elle reconnut le conducteur qui lui faisait signe, l'un des cousins de la famille al-Bakri. Elle s'avança rapidement, ouvrit la portière et grimpa dans l'attelage. Ils quittèrent la ville au petit trot et retrouvèrent bientôt les sentiers ombragés de la Ghouta. Parmi les huit mille hectares de vergers et de cultures maraîchères, les noyers étaient en fleur. À l'est s'étendaient les vignes exubérantes qui bordaient la prairie verdoyante, règne des pâturages et des cultures céréalières. Au loin se dessinaient les montagnes ocre sous le ciel bleu. Mais toute cette beauté la laissait de marbre. De temps à autre, le jeune homme se retournait pour vérifier qu'ils n'étaient pas suivis. Après avoir traversé un village, ils obliquèrent enfin entre des champs d'oliviers délimités par des murets en briques d'argile avant de s'arrêter devant la demeure où elle avait rendez-vous. Comme la rencontre ne pouvait pas avoir lieu à l'intérieur de la maison, où les espaces privatifs destinés aux hommes et aux femmes se devaient de rester inviolés, un guerrier bédouin de la garde personnelle de l'émir Faysal la pria de le suivre. Il la guida vers un petit jardin clos de murs où s'épanouissaient des roses trémières.

— Attendez ici, ordonna-t-il en lui indiquant un banc.

Blanche s'approcha de la fontaine, souleva son voile et passa de l'eau fraîche sur son visage, puis elle se laissa tomber sur le banc, épuisée. En entendant résonner au loin l'appel à la prière, elle songea que l'émir mettrait encore un peu de temps avant de venir la retrouver. Elle massa sa nuque endolorie. Un parfum doucereux et entêtant montait des vergers alentour. Tous ces fruits, tout ce sucre, se dit-elle. Un aliment qui manquait cruellement désormais. Son ami libanais Charles Corm avait eu l'idée d'obtenir une pâte sucrée à partir de raisins séchés ramassés dans des vignobles abandonnés qu'il distribuait ensuite aux affamés. Heureusement, des voix s'élevaient ici et là pour demander aux Alliés de lever leur blocus alimentaire. La marine française avait encore coulé deux navires transportant de la farine quelques mois auparavant. Utiliser la faim comme arme de guerre la révoltait au plus haut point. Il y avait tant d'impossibles défis à relever. On redoutait désormais le développement du typhus. Elle soupira, fermant les yeux pour mieux écouter l'eau de la fontaine. Du dos de la main, elle chassa les larmes qui glissaient sur ses joues.

— Madame Zahhar ?

On la secouait par l'épaule. Blanche tressaillit, effrayée. Elle discerna le visage préoccupé de l'émir Faysal penché vers elle.

— Pardonnez-moi, Altesse, je m'étais endormie…

— Je vous en prie, restez assise. Tenez, je vous ai fait apporter du thé.

Il s'installa sans manières sur le banc à côté d'elle, drapant son abaya autour de lui. Blanche prit soin d'ajuster son tcharchaf. Ce court mais profond sommeil l'avait abrutie. Elle avait la bouche sèche, les pensées confuses. Tout ce qu'elle avait prévu de lui dire, le discours si soigneusement répété dans sa tête, lui échappait. Elle accepta la boisson, et la chevalière de Salim heurta le verre. Quand elle s'était enfin décidée à ranger le chaos de son bureau où il avait été arrêté par la police militaire, elle avait trouvé la bague parmi les papiers éparpillés sur les tapis. Elle l'avait glissée à son doigt, devinant que Salim l'avait retirée pour la lui transmettre.

Faysal lui jeta un regard soucieux. Il ne pouvait pas distinguer clairement ses traits sous le voile, mais devinait qu'elle était exsangue.

— Je suis atterré d'avoir appris l'arrestation de votre époux et de tant d'autres de nos amis. J'ai été heureux de faire la connaissance de Salim lors de mon dernier séjour à Damas. Il m'a fallu ensuite plusieurs mois pour poursuivre mes pourparlers avant de me rendre à Médine auprès de mon estimé père – que Dieu le protège – pour lui faire mon compte rendu. Me voici enfin de retour et je découvre que la situation a drastiquement évolué. Jamal Pacha a visiblement pris la mesure de la contestation. Il commence à se méfier, ce que nous voulions pourtant à tout prix éviter.

— Il faut sortir mon mari de là, Altesse.

La voix éraillée de Blanche faisait peine à entendre, l'effet de toutes ces nuits sans sommeil, de l'épuisement, de la peur, des allées et venues sur les routes de poussière ou dans l'unique train civil qui circulait entre Damas et Beyrouth, pris d'assaut par les voyageurs.

— Les Turcs sont sur les dents. Ils n'ont pas hésité à pendre des nationalistes de premier plan l'année dernière, mais cet avertissement n'a pas suffi. Ils vont recommencer, c'est évident. Il faut que vous interveniez, je vous en prie.

Faysal, le visage sombre, sortit son étui à cigarettes.

— Mon père a envoyé des télégrammes à Jamal Pacha ainsi qu'au sultan à Istanbul. Si jamais la culpabilité des accusés était reconnue, il a toutefois exigé que ceux-ci soient condamnés à la prison à perpétuité, mais en aucun cas à la peine de mort.

Il se mit à fumer avec de petites bouffées nerveuses.

— Cela ne suffit pas, Altesse ! s'écria Blanche, le cœur battant. Ils ont pendu Joseph Hani il y a un mois. Cette fois-ci, ce sont vingt et un notables musulmans et chrétiens qui sont en ligne de mire. Les prisonniers attendent leur condamnation dans des conditions atroces…

Un sanglot l'empêcha de poursuivre. Elle serra les poings, honteuse de son agitation qui manquait de dignité. Mais elle pressentait que le temps leur filait entre les doigts. Les Turcs ne disaient rien, ne donnant jamais la date des procès pour empêcher quiconque de prévoir quoi que ce soit. Une torture pour les proches. Cette incertitude la rendait folle.

— Je sais. Les malheureux sont maintenus à l'isolement, frappés et affamés. Je sais… Et mon cœur est déchiré, croyez-le. J'ai demandé à Jamal Pacha de me recevoir. Il a aussitôt acquiescé. Je vais lui répéter les injonctions de mon père, lui rappeler que le sang appelle le sang.

Blanche reprit enfin son souffle. Elle retrouvait une lueur d'espoir. Que pouvait-on espérer de mieux qu'une intervention personnelle du chérif de La Mecque et de l'un de ses fils ? Comme les Turcs espéraient encore que les rumeurs d'insurrection resteraient lettre morte, sans doute Jamal Pacha serait-il disposé à faire un geste de conciliation. L'émir Faysal était son dernier recours. Désormais, il ne lui restait plus qu'à prier. Soulagée, elle redressa les épaules.

— Salim a voué sa vie à la cause de la renaissance arabe. Il était conscient des risques. Je me dois donc d'accepter que le châtiment puisse être à la hauteur de son engagement. La perpétuité laisse pourtant entrevoir une possible libération à l'avenir, si la situation évolue favorablement.

— Et votre fils, où est-il ? Salim m'avait parlé de lui lors de notre entretien. Il se souciait de son avenir.

— Elias est à l'abri dans un lieu caché de la Ghouta avec Adib et Hayat al-Samman.

— Adib a pu s'échapper grâce à votre époux. Il lui doit la vie. J'ai vu combien cela l'avait bouleversé.

Blanche resta silencieuse un long moment, effleurant de ses doigts la chevalière de l'homme qu'elle aimait.

— Cela a toujours été ainsi entre les Zahhar et les al-Samman, Altesse. L'une de ces amitiés indéfectibles où l'on donne sans hésiter sa vie pour son frère.

Les potences se dressaient sur la place al-Marjeh. Il était six heures du matin. Il faisait un temps radieux. Sur la vingtaine de condamnés traduits devant la cour martiale d'Aley, plusieurs avaient été amenés jusqu'à Damas par train. Les autres se trouvaient sur la place des Canons de Beyrouth, où les mêmes gibets s'élevaient vers le ciel. Parmi eux, des notables aussi éminents que Abdelhamid al-Zahrawi, qui avait présidé le Congrès général arabe de 1913 à Paris. Mais aussi des députés, un magistrat, un officier de l'armée ottomane, des écrivains et journalistes, un descendant de l'émir algérien Abd el-Kader. Ils venaient de Homs, de Beyrouth, de Jérusalem, de Jaffa, de Damas. Ils étaient musulmans et chrétiens. Tous condamnés pour haute trahison pour avoir participé à une conspiration dont l'objectif était de séparer la Syrie, la Palestine et des provinces de Mésopotamie de l'Empire ottoman afin de constituer un État indépendant.

Quelques cris retentirent. La foule oscilla comme sous un coup de vent.

— Regardez ! Ils les ont fait marcher jusqu'ici depuis la gare, lança un inconnu.

Blanche se tenait au côté d'Adib, qui avait laissé pousser sa barbe et portait une stambouline usée, un vieux tarbouche élimé. Ils se fondaient dans la multitude anonyme. Elle se dressa sur la pointe des pieds. Encadrée par des soldats turcs, la petite colonne de détenus avançait lentement. Salim marchait tête haute, en chemise blanche, le col ouvert, les mains attachées dans le dos. Il avait maigri. Une barbe de plusieurs jours ombrait ses joues. Le cœur de Blanche se mit à battre si fort que la tête lui tourna. Adib l'empoigna par les épaules pour l'empêcher de se jeter en avant pour enlacer son mari.

— Surtout, tais-toi ! lui souffla-t-il à l'oreille. C'est trop dangereux.

Elle se mordit la lèvre pour ne pas crier. Depuis l'arrestation de Salim début janvier, elle n'avait pas eu le droit de lui parler ni de lui écrire. La brutalité de leur séparation continuait à l'accabler. Elle avait craint par-dessus tout qu'il se sente seul, abandonné dans la tourmente. De le savoir enfermé pendant ces interminables semaines dans un cachot, maltraité, humilié, l'avait rendue folle. Pas un jour ne s'était écoulé sans qu'elle tente quelque chose pour l'aider. Elle avait lamentablement échoué. Et voilà que l'heure tant redoutée était arrivée.

L'homme qu'elle aimait passa devant elle sans la voir. Ses traits étaient tirés, son regard fixé sur les potences devant lui. Il feignait d'ignorer les curieux qui avaient grimpé aux arbres, les passants atterrés, les militaires et les juges, les bourreaux et les pharisiens. Salim marchait vers la mort et son pas était ferme. Soudain, l'un des condamnés trébucha et tomba à genoux. Un garde le remit debout sans ménagement. L'humiliation se devait d'être complète, la coupe bue jusqu'à la lie. La foule gronda.

Comment avait-il vécu ces dernières heures, depuis qu'il savait que tout espoir s'était évanoui ? Où avait-il trouvé du réconfort ? S'était-il tourné vers Dieu pour y puiser la consolation des âmes valeureuses ? Ce matin, il avait dû cligner des yeux en émergeant dans le soleil éclatant. À sa descente de train, malmené par ses tortionnaires, avait-il pensé à toutes les fois où son cœur s'était dilaté de bonheur en revenant chez lui ? Salim aimait sa terre natale de façon viscérale. Il l'aimait jusqu'à donner sa vie pour elle. On disait des Syriens que rien, jamais, ne leur faisait oublier sa puissance âpre, ses odeurs, son goût de poussière et de lumière. On disait des Damascènes qu'ils portaient en eux une mémoire de douleur et d'espérance qui remontait à la nuit des temps, jusqu'au sang versé lors du premier crime, le sang innocent d'Abel le Juste assassiné par son frère Caïn, qui reposait dans une grotte non loin de là. Une terre sainte et bénie, foulée par les plus grands prophètes – Abraham, Moïse, Jésus –, venus témoigner au nom de l'Éternel. Damas, ce joyau de l'Orient, appelé selon la tradition à devenir le refuge des hommes à la fin du monde. À quoi avait-il pensé, Salim, l'Arabe chrétien melkite, le passionné, l'amant et le père, dans la solitude infinie de sa dernière nuit ?

Quand il disparut de sa vue, absorbé par l'agitation ambiante, un grand froid la saisit. Blanche eut l'impression que toute leur vie défilait devant ses yeux. Et si ce dernier silence qui leur avait été imposé, cette punition ultime, n'était pas si terrible ? Salim et elle ne s'étaient-ils pas déjà tout dit ? Entre eux, les mots étaient superflus. Il leur avait toujours suffi d'un regard, d'un souffle. Depuis l'atelier d'Armand à la Croix-Rousse et le baiser de Fourvière, depuis qu'elle était venue le trouver en deuil de sa mère, depuis la première fois où ils avaient fait l'amour et la naissance de leur fils. Ce cœur à cœur n'appartenait qu'à eux. Et pourtant, Blanche se découvrait soudain mille et une choses à lui raconter. Elle aurait surtout voulu hurler, là, sur cette place des martyrs, son amour. Elle aurait voulu que Salim meure en entendant son cri, parce qu'on ne dit jamais assez à l'autre qu'on l'aime.

Elle regarda les soldats aligner les condamnés derrière les gibets. Les hommes obéissaient sans protester. Leur dignité fit frissonner l'assistance. Seigneur, comme il doit avoir peur ! songea-t-elle. Le battement sourd de son pouls résonnait à ses tympans. Elle percevait comme dans un brouillard opaque les ordres cinglants des militaires, le cliquetis des harnachements des chevaux, les sanglots de quelques femmes, le bourdonnement des hommes autour d'elle qui priaient sans relâche. Et cette odeur acide de l'angoisse qui imprégnait la population arabe, confrontée à la sévérité impitoyable de Jamal Pacha, dont le poing se refermait une nouvelle fois sur ses victimes pour tenter d'endiguer la révolte qui sourdait. Par moments, elle vacillait, mais l'épaule d'Adib l'empêchait de perdre l'équilibre. Elle avait frappé à toutes les portes en dépit des dangers qu'impliquaient ses démarches, mais comment aurait-elle pu faire entendre sa voix ? Même les Hachémites n'avaient pas obtenu gain de cause auprès des Turcs. Si impensable que cela puisse paraître, le chérif de La Mecque et l'émir Faysal, eux aussi, avaient échoué.

Elle étouffa un gémissement. Adib broya sa main dans la sienne pour lui donner du courage. Il avait le visage livide, les larmes aux yeux. Ils avaient tenu à être présents ensemble pour rendre à Salim ce dernier hommage. Par respect et fidélité. Par amour. Blanche se força à se tenir droite. Il lui fallait rester digne même s'il ignorait qu'elle était là. En son for intérieur, elle savait qu'il pensait à elle et à Elias en ces derniers instants. Sans doute aussi à leur bonheur partagé. Où s'étaient-elles enfuies, toutes ces années ? Elle aurait voulu les saisir au creux de ses mains pour les présenter en offrande. Elle aurait voulu arrêter le temps. Elle aurait voulu le corps de Salim contre le sien et mourir avec lui.

Elle ferma les yeux. Elle refusait de voir l'exécution de son bien-aimé et d'être hantée à jamais par le spectacle insoutenable de son corps merveilleux oscillant au bout d'une corde. Mais elle était présente, fidèle à sa promesse de ne jamais le quitter. Ainsi, Blanche restait fièrement debout, le menton levé et le cœur déchiqueté. Quand elle perçut qu'Adib se raidissait, le sang lui monta à la tête. Puis, une houle souleva la foule. Un long frémissement d'horreur. Et, l'espace d'un instant, un éclair l'éblouit derrière ses paupières closes.

Damas, le 6 mai 1916

Papa est mort aujourd'hui et je te quitte, maman.

Pardonne-moi.

Je ne peux pas faire autrement. Ils ont tué mon père. Mon PÈRE.

Je laisse cette lettre sur la table. Tu la trouveras à ton retour. Tu m'as interdit de t'accompagner, ce matin, et je t'en veux terriblement, car ma place était aussi auprès de lui. Mais tu avais une telle rage dans les yeux quand tu m'as saisi aux épaules en me menaçant d'une malédiction si je venais avec Adib et toi que j'ai cédé. Hayat me dit que je comprendrai plus tard ta réaction, quand j'aurai à mon tour des enfants. Elle se trompe. J'aurais dû être là. Avec toi. De toute manière, c'est trop tard maintenant. Le sanguinaire Jamal Pacha a tué mon père. Je sais ce qu'il me reste à faire.

Tu vas être en colère. Et mon départ va t'infliger un surcroît de chagrin. J'ai vu ton visage ravagé depuis l'arrestation de papa. Je t'ai vue aussi prendre tous les risques et te démener pour essayer de l'aider. Pardonne-moi pour ce souci dont tu aurais pu te passer. Je regrette de ne pas être là tout à l'heure pour te consoler quand tu reviendras avec son cercueil, même si je sais que rien, jamais, ne pourra remplacer l'amour fou que vous aviez l'un pour l'autre. Il suffisait de vous regarder pour comprendre. Et c'était beau de vous voir.

Papa et moi avons toujours beaucoup parlé. Il ne m'a jamais traité comme un enfant. Je lui en suis reconnaissant car il a fait de moi un homme. Depuis le début de la guerre, il pressentait que ce jour pouvait arriver. Et maintenant il n'est plus avec nous. Son sacrifice m'impose d'être à la hauteur de ses fidélités.

L'émir Faysal était chez les al-Bakri quand il a appris les exécutions. Lorsqu'on lui a lu les noms des martyrs, il a arraché son keffieh en poussant un cri de rage et de ralliement. Il nous a appelés, nous les Arabes, à prendre les armes et à venger ces exécutions par le sang, au péril de nos vies. Je me dois de répondre à cet appel. Tu le comprends, n'est-ce pas ? Tu ne l'acceptes évidemment pas car tu me trouves trop jeune, mais tu le comprends parce que tu n'es pas une femme comme les autres. Tu n'es pas une mère comme les autres. J'ai besoin de croire que tu le comprends, maman. Il faut me laisser partir ! Sinon mon départ ressemblerait à un abandon. Or je ne t'abandonne pas.

J'ai obtenu une audience auprès de l'émir Faysal après que nous avons tous appris la nouvelle. Il m'a dit que mon père était un héros et que j'étais désormais sous sa protection et celle de sa famille. Tu l'es toi aussi, maman, mais toi, tu n'as besoin de personne. Pourtant, il faut te mettre à l'abri dès à présent, tu m'entends ? Les représailles seront terribles une fois que le soulèvement aura commencé. Selon l'un des al-Bakri, plusieurs chefs de tribu ont donné leur accord. Nous ne serons pas seuls. Notre révolte va débuter dans quelques semaines, un mois, peut-être... Le jour choisi sera le bon. Je vais combattre sous la bannière hachémite aux côtés des Anglais, qui, en échange, nous donneront un pays indépendant, délivré des Turcs assassins. Et je pars maintenant pour que tu ne puisses pas m'en empêcher, comme tu l'as fait ce matin.

Hayat devine quelque chose, car elle me surveille comme le lait sur le feu. Mais je saurai échapper à sa vigilance parce que mon destin n'est pas ici, ni sur les bancs de l'université à Beyrouth. Seuls les défis relevés permettent de grandir, m'a dit papa. L'heure est aux combats et aux routes du désert. Peut-être mon ascendance française sera-t-elle utile à un moment donné pour traiter avec les Français ? On verra bien. De toute manière, j'obéirai aux ordres.

Je vais tâcher d'être courageux. Je vais aussi rester en vie, car je veux revenir auprès de toi après la victoire et te serrer fort contre moi. Oh, maman, si tu savais combien je t'aime... Et papa... J'ai tellement aimé papa... Je pleure, mais je n'ai pas honte de mes larmes, car je vais poursuivre son œuvre, à ma manière. Et j'espère de tout mon cœur que tu me pardonneras et que tu m'accorderas ta bénédiction.

Quoi qu'il advienne, ne doute jamais de mon amour pour toi, ma douce petite maman, comme tu n'as jamais douté de papa qui t'aimait plus que tout au monde.

Ton fils, Elias

Lyon, avril 1917

— Cette fois-ci, on va enfin les renvoyer chez eux, ces sales Boches ! Un million de nos valeureux soldats, cinq mille canons, une centaine de chars d'assaut et le général Nivelle pour mener tout ce beau petit monde à la victoire. C'est ce qui nous manquait, une franche offensive sur le front de l'Aisne pour redonner du souffle à nos poilus et filer jusqu'à Berlin. Ah, comme je regrette de ne pas être à la tête de mes hommes !

Oriane écoutait d'un air impavide l'enthousiasme de Gabriel Lombard qui, le bras droit en écharpe, se versait un autre verre de volnay. Malhabile, il renversa du vin sur la nappe. À peine libéré de l'hôpital militaire pour entamer sa convalescence dans l'hôtel particulier de sa famille de l'autre côté du Rhône, dans le quartier des Brotteaux, il était déjà attablé chez Geneviève Duvernay. Fini la séduction d'usure, vive la cour à outrance ! se moqua-t-elle. D'ordinaire, Oriane dînait seule avec sa grand-mère, au son de leurs murmures et du cliquetis des couverts. L'agitation virile de Gabriel lui faisait l'effet d'un grand chien fou lâché dans leur salle à manger. On avait envie de lui taper sur le museau en le sommant de se calmer.

— Les préparatifs ont aussi soulevé un immense espoir chez nous, à l'arrière, renchérit Geneviève Duvernay sans ciller malgré les dégâts sur sa nappe amidonnée. On ne parle que de cela : la victoire à portée de main après toutes ces années à végéter dans ces épouvantables tranchées.

— Rien ne vaut la guerre de mouvement, madame. Nous nous sommes laissé piéger trop longtemps. Il nous faut attaquer… et attaquer encore ! Nivelle est le héros de Verdun qui a repris les forts de Vaux et de Douaumont. Un as de l'artillerie. C'est un militaire de sa trempe qu'il nous fallait au commandement suprême pour percer le front de façon décisive.

Oriane le regarda mâcher avec satisfaction. Elle avait dû lui découper son rôti de bœuf en petits dés. Les gaz ayant irrité sa trachée, il avait du mal à déglutir, mais cette gêne ne semblait pas le priver du plaisir de la bonne chère. Sa grand-mère avait sorti le grand jeu : verres en cristal, porcelaine de Limoges, et au diable le rationnement ! Sans doute avait-elle prévu un baba au rhum comme dessert malgré les restrictions imposées par le « carnet de sucre ».

— Mange, Oriane, je te prie. Ton repas va refroidir.

Sous l'œil perçant de la reine mère, la jeune fille baissa les yeux sur la tranche de viande saignante qui baignait dans son jus et la purée de topinambours. Elle réprima un haut-le-cœur.

— Et que faites-vous des hommes, Gabriel ? demanda-t-elle sèchement.

— Comment cela ?

— Une offensive, ce sont aussi des morts et des blessés, surtout si l'on songe à attaquer un plateau aux abords escarpés que les Allemands tiennent depuis 1914. La stratégie de votre glorieux Nivelle ne semble pas être du goût de tout le monde. Le gouvernement est même tombé à cause de cela. Il faudrait peut-être rabattre vos prétentions et cesser d'utiliser ces pauvres diables comme de la chair à canon.

— Oriane !

— Désolée, Bonne-Maman. La journée a été un peu rude.

— Justement ! Vous devez reprendre des forces, ma chère Oriane, intervint Gabriel. Lorsque j'étais alité, je ne pouvais m'empêcher d'admirer le dévouement des infirmières. Vous êtes des rayons de soleil pour nous autres blessés. Toujours ce sourire, et cette bonne humeur en dépit des désagréments.

Des « désagréments », les cathéters à poser entre les chairs déchiquetées et les vessies, les plaies purulentes et les cloques des gangrènes gazeuses à panser, les sols poisseux à récurer, les seaux à vider… ? Et cela jour après jour depuis deux ans et demi en redoutant de découvrir à chaque nouveau corps en charpie celui d'un frère, d'un cousin, d'un ami… Rien que de légers contretemps, d'infimes incommodités ? L'imbécile ! Elle fut parcourue d'un frisson que sa grand-mère remarqua aussitôt.

— Va donc chercher un châle, Oriane. L'appartement est encore humide après cet atroce hiver. Comme tu n'as que la peau sur les os, tu vas finir par attraper du mal.

La jeune fille ne se le fit pas dire deux fois. C'était l'occasion inespérée pour fumer une cigarette. Elle s'arrêta toutefois dans le couloir pour tendre l'oreille.

— Je ne suis pas très confiant. Elle se montre toujours aussi distante. Je crains de ne pas être habile pour trouver les mots pour la convaincre. J'aimerais pourtant annoncer nos fiançailles avant de repartir au front dans quelques semaines. Mais si elle continue à s'obstiner…

— Un peu de nerf, voyons, Gabriel ! Oriane sait très bien que vous êtes l'époux qu'il lui faut. Soyez patient. Elle a mis du temps à se remettre de la mort dramatique de son pauvre père et elle s'inquiète désormais beaucoup pour Aurélien. Comment voulez-vous qu'elle envisage sereinement un avenir heureux ? Elle aurait l'impression de trahir son frère. Et puis, c'est aussi une jeune fille valeureuse, qui ne compte pas ses heures auprès des blessés. Proposez-lui une séance de cinéma ou une promenade au parc. Et de grâce, évitez de parler de la guerre ! La petite a besoin de se changer les idées.

Oriane s'éloigna sur la pointe des pieds et regagna sa chambre, que la lune éclairait de lueurs blafardes. Depuis le départ d'Aurélien, elle habitait chez sa grand-mère, à quelques rues de l'appartement de son enfance désormais peuplé de fantômes, les meubles à l'abri sous des housses en coton blanc. Elle drapa un châle autour de ses épaules, puis fouilla les poches de son uniforme d'infirmière en quête de ses précieuses cigarettes. Adossée au chambranle de la fenêtre, elle frotta une allumette. Comme il faisait froid pour un début de printemps ! L'hiver avait été épouvantable.

Le plus froid depuis le début du siècle. Rien qu'à Lyon, le thermomètre était descendu à moins vingt degrés. Le charbon domestique manquant, elle s'était parfois réveillée avec des engelures. Mais comment se plaindre en sachant Aurélien et Maxence au front ? Comment se lamenter lorsqu'elle retrouvait chaque matin de pauvres hères aux regards égarés ? Bien sûr qu'il fallait leur sourire et leur promettre des lendemains qui chantent ; ils avaient vingt ans, une jambe, un bras, un visage en moins. Et Gabriel qui chantait les louanges d'une offensive à grande échelle… L'exaspération lui fit lever les yeux au ciel.

Cependant, Gabriel était loin d'être le seul à partager cette ambition. Cette attaque prévue depuis des mois et maintes fois retardée était devenue un secret de polichinelle. Tous étaient pris par une euphorie collective, comme si les forces de la Nation bandaient leurs muscles en un ultime effort. Chacun se persuadait que Nivelle disait vrai, qu'on pouvait maintenant vaincre l'ennemi parce qu'on disposait de la puissance militaire et surtout du courage nécessaire, ce courage insensé qui jetait les hommes à l'assaut des barbelés et des mitrailleuses sous un tonnerre d'artillerie dont le seul souvenir réveillait les blessés, pourtant allongés dans leurs petits lits blancs, avec des hurlements de terreur. Elle essuya rageusement une larme. Elle était fatiguée. Si fatiguée. À elle aussi, il fallait de l'espoir. Celui de revoir Aurélien sain et sauf, de l'entendre la taquiner comme lors de sa dernière permission à Noël, celui de retrouver Maxence pour vérifier que leur baiser de la Croix-Rousse n'avait pas été qu'une illusion, et sentir renaître l'ardeur de son corps.

Et si Gabriel avait raison, pour une fois? Si c'étaient vraiment les prémices de la victoire? Elle tressaillit. Après tout, il connaissait le front mieux qu'elle. Elle pouvait lui trouver bien des défauts, mais pas lui reprocher de ne pas être un officier courageux, décoré de la croix de guerre avec diverses citations à son actif. Même s'il pérorait avec suffisance sur la stratégie militaire, il parlait en connaissance de cause, contrairement à elle qui ne récoltait que des garçons aux parties génitales arrachées, des estropiés ou des fous à lier. Sa réalité quotidienne était devenue celle d'un monde fracassé, traversé d'angoisse et de chagrin, comme en témoignaient les dessins torturés de Maxence qui ombraient ses lettres.

Elle aspira une bouffée, savoura le picotement dans sa gorge et les arômes du tabac qui, si elle les retenait assez longtemps dans ses poumons, lui montaient à la tête pour l'étourdir. Un sourire effleura ses lèvres. Elle s'amusait du sang-froid de sa grand-mère, déterminée à obtenir ce mariage entre les Duvernay et les Lombard. Aucun obstacle ne l'effrayait : ni les réticences de sa petite-fille indocile ni les centaines de milliers de morts d'une guerre devenue mondiale puisqu'on attendait la déclaration de guerre officielle des États-Unis. Les Lombard étaient éminemment respectables et Gabriel semblait un garçon raisonnable, bien de sa personne, peut-être compassé mais apte à lui offrir une vie confortable. Que peux-tu espérer de mieux pour ton avenir? insistait sa grand-mère. Mais pouvait-elle vraiment ignorer qu'ils vivaient désormais sur des sables mouvants, que plus rien n'était garanti ni sensé ? Raison de plus pour ne pas perdre de temps, affirmait Geneviève Duvernay.

— Oriane ? On t'attend, ma chérie.

Elle se dépêcha de jeter le mégot par la fenêtre, agita fiévreusement la main devant sa bouche. La rue Sala était plongée dans l'obscurité. Pas une lumière aux fenêtres, seul un réverbère diffusait un halo bien timide. L'infirmière en chef lui avait demandé de renoncer à son jour de repos le lendemain, ce qui était toujours mauvais signe. Les nuages couraient devant la lune, déchiquetés par le vent. Le fond de l'air était aussi tranchant qu'en plein hiver. Le froid s'insinua à nouveau entre ses os, la glaçant jusqu'à la mœlle.

Il pleuvait dans le secteur du Chemin des Dames. En cette aube du 16 avril 1917, il était très précisément cinq heures cinquante à l'horloge de l'état-major et aux montres-bracelets des officiers. Fouettée par les bourrasques, la pluie détrempait les capotes croisées, les bandes molletières et les brodequins des soldats pressés les uns contre les autres dans la tranchée. Maxence souffla dans ses mains. Ces dernières minutes avant l'assaut étaient terribles. Il ne s'y habituerait jamais. Le sang circulait, visqueux, dans ses artères, son pouls se détraquait, tantôt s'emballant tel un cheval au galop, tantôt sautant une mesure comme sur une partition inachevée. Il avait la bouche sèche, les oreilles qui bourdonnaient après dix jours de bombardements sur les positions de l'ennemi. Et une furieuse envie de pisser.

Il fit jouer ses articulations. Tant qu'il avait ses doigts à la main droite, tout allait bien. Il pouvait tenir ses pinceaux, ses fusains, ses bouts de crayon. Il pouvait ajuster le trait sur le pétale d'une rose ou d'un lys, hachurer les ombres des feuillages. Comme avant chaque engagement, il redessina de mémoire le bouquet qui avait été au programme de l'examen de fin d'année à l'École des beaux-arts. Il était sorti premier de sa promotion, avec les félicitations du jury. «Je n'en attendais pas moins de toi ! s'était exclamé Aurélien alors qu'ils fêtaient son succès. Tu seras le dessinateur attitré des Soieries Duvernay. Ensemble, nous allons conquérir le monde ! » Mais avant de s'attaquer au monde, Aurélien et lui avaient une crête à prendre, une malheureuse petite crête sur un plateau gelé et labouré par les tirs d'obus, quelque part entre Reims et Soissons. Une broutille.

— Le coup d'étrier, sergent ?

Maxence avala d'une lampée la rasade d'eau-de-vie que lui tendait l'ordonnance. Avant chaque assaut, la ration quotidienne était augmentée. Il fallait au moins cela pour s'élancer au coup de sifflet, s'arracher à la sécurité, même imparfaite, de la tranchée et courir vers la mort. Autour de lui, la plupart des hommes étaient gris, quelques-uns carrément soûls. Les pauvres bougres. Une fois le parapet franchi, ceux-là n'auraient aucune chance de s'en sortir. Pas assez réactifs, un instinct de survie émoussé. Mais, après tout, quelle importance ? La Faucheuse se préparait à une nouvelle moisson. Et celle-ci serait de qualité à en juger par les ravins qu'on leur demandait de franchir afin de conquérir la forteresse naturelle que constituait ce maudit plateau où se terraient les Boches.

Maxence fit rouler ses épaules sous son paquetage pour apaiser ses nerfs. Il avait le corps engourdi par le froid et la peur. Survolant du regard la marée de casques Adrian, il tenta d'apercevoir Aurélien qui se trouvait plus haut dans le boyau, l'œil sans doute rivé à sa montre, la vareuse boutonnée jusqu'au col pour se préserver du froid mordant, prêt à bondir à la tête de ses hommes. La lumière laiteuse accrochait ici et là l'éclat d'un poignard de tranchée ou la baïonnette d'un fusil.

Trois jours plus tôt, Aurélien et lui cantonnaient dans une ferme, attablés devant une soupe et du pinard. «Je payerais cher pour troquer les pentes du Chemin des Dames contre celles de la Croix-Rousse», avait dit son meilleur ami. Ni l'un ni l'autre ne partageaient la fièvre qui s'était emparée des officiers, et même d'une partie de la troupe. On leur promettait une percée victorieuse puis la prise de Laon d'où, à en croire leurs supérieurs, il suffirait de monter dans un train pour se faire déposer sans coup férir à Berlin. Tous deux n'y croyaient pas. De même qu'ils doutaient de l'efficacité de la centaine de chars qui se préparaient à ce premier engagement de l'histoire militaire française. «Et comment vont-ils manœuvrer sur ce terrain glissant? s'était interrogé Aurélien. Ils sont lourds et lents. Manquerait plus qu'ils écrasent mes gars par mégarde.» Ses avant-bras reposaient sur la table comme des poids morts. La tête enfoncée entre les épaules, il semblait accablé. Suspendue à une chaise, sa vareuse râpée était crottée de boue. De temps à autre, il se frottait l'épaule. Il n'avait jamais retrouvé une mobilité parfaite après sa blessure. «Je ne la sens pas, leur offensive. C'est à se demander s'ils ont étudié le terrain, ces brillants esprits sortis de l'École de guerre», avait-il grommelé en ouvrant le colis que lui avait envoyé Oriane. Il avait écarté la paire de gants, le nécessaire de toilette, s'était emparé des deux saucissons et des cigarettes, qu'il avait partagés avec Maxence. S'ils se trouvaient au repos en même temps, Aurélien refusait toujours la compagnie des officiers, préférant celle de son ami. On lui avait fait des réflexions à ce sujet lorsqu'il était devenu capitaine. Il s'était contenté de hausser les épaules. À l'âge de sept ans, déjà, il avait toujours trouvé le moyen de rejoindre son camarade. Ce n'était pas un règlement militaire qui allait l'en empêcher.

Aurélien avait demandé à la mère Bonnard une autre bouteille de son gros rouge, cette limaille pour l'estomac. Mais les garçons s'y étaient habitués. La vieille femme avait perdu son fils dans les premières semaines de la guerre, l'un de ces « disparus », comme on les avait qualifiés alors. Depuis lors, elle en voulait à la terre entière. Mieux valait un mort en chair et en os, avait-elle confié un jour à Aurélien qui lui avait donné raison. Ils n'avaient pas trente ans, mais ils en étaient réduits à espérer devenir un cadavre plutôt qu'un soldat pulvérisé. Entre la peste et le choléra, ils avaient fait leur choix.

Autour d'eux, les hommes fumaient la pipe, grognaient, riaient. Certains tapaient le carton. Mais Maxence et Aurélien restaient tassés sur leurs chaises, penchés l'un vers l'autre, près de la fenêtre par laquelle on apercevait le ciel gris et bas. Une résignation faite d'épuisement et de stupeur les gangrenait depuis le début de l'année. Sans doute à force de voir mourir trop d'hommes, ces civils en uniforme qui ne parlaient que de leur vie à la maison, à la ferme ou à l'usine. Des instituteurs heureux d'évoquer leurs élèves, des boulangers leur fournil, des fonctionnaires la routine apaisante d'un quotidien monotone. Des puceaux comme des pères de famille, des colériques et des timides. La camaraderie finissait par faire peur. On s'attachait, puis on se retrouvait à écrire une lettre de condoléances à une épouse, une mère, une sœur, dans laquelle on mentait effrontément : le malheureux était toujours mort en héros et sans souffrir. Et plus les mois de guerre s'enchaînaient, plus Aurélien et Maxence perdaient leurs repères. Les objectifs à atteindre leur paraissaient déroutants. On patientait, parfois si longtemps qu'on finissait par s'ennuyer, on attaquait, on gagnait du terrain pour le reperdre aussitôt, et au printemps la terre recrachait des débris humains comme si elle ne digérait plus le sang, les tripes et la terreur de ces centaines de milliers de sacrifiés. Ce soir-là, les deux amis avaient bu le vin de la mère Bonnard, boulotté leur saucisson avec du bon pain et du beurre, fumé toutes leurs cigarettes. Ils s'étaient promis de retourner à la pêche à la première occasion, de se baigner nus dans le Rhône l'été venu. Ils avaient parlé d'Armand et d'Oriane. Puis la fatigue les avait assommés d'un coup. Par un heureux hasard, la paille dans la grange qui servait d'ordinaire de couchage leur avait été épargnée. Ils s'étaient affalés côte à côte sur un matelas neuf, miraculeusement dépourvu de poux, ce qui leur avait semblé de bon augure.

À côté de Maxence, un soldat de première classe claquait des dents. On aurait dit des castagnettes. Le gamin n'avait pas vingt ans. Un bleu. Maxence eut brusquement l'impression d'être un vieillard. Au front, les années comptaient triple. Il tira de sa poche un morceau de chocolat et le lui tendit.

— J'ai peur, sergent.

— Moi aussi, petit. La peur est bonne conseillère. Suis-moi et tout ira bien.

— Merci, sergent.

Maxence détourna les yeux de ce regard qui s'était soudain éclairé par la grâce d'un peu de sucre et de fève de cacao. Il jeta un coup d'œil à sa montre. Cinq minutes à attendre. Son père devait être en train de se lever. Autrefois, c'était le moment béni de la journée, quand l'odeur réconfortante du café embaumait l'atelier pendant qu'Armand enduisait ses joues de crème à raser au-dessus de la cuvette dans la cuisine. Il croyait entendre la lame du rasoir couper les poils de barbe. « Bien dormi, mon garçon ? » Son père se tournait alors vers lui tandis qu'il descendait l'échelle de meunier, les yeux ensommeillés, et s'avançait pieds nus sur les carreaux de terre cuite. La lumière du petit matin se réfléchissait sur les fils d'arcade de leurs trois métiers. Un éventail d'or, une promesse de bonheur. Bientôt, les traboules résonneraient sous les pas pressés des dévideuses et des passementières, et ceux, plus lents, des coursiers livrant les lourds cartons perforés destinés aux métiers. Le bistanclaque frénétique et joyeux enflammerait à nouveau la colline bien-aimée. L'heure serait venue de rendre le monde plus beau. Car c'était bien là leur seule ambition et leur véritable fierté, à ces maîtres tisseurs et dessinateurs de la Croix-Rousse : rendre le monde plus beau.

Maxence leva les yeux vers le ciel. La pluie s'était transformée en neige. Il posa un pied sur l'échelle et son cœur se mit à cogner. Il pensa à Aurélien, à ses traits tendus, le revolver à la main. Six heures.

Les coups de sifflet retentirent. Maxence hurla pour encourager ses hommes. Et tous s'élancèrent à l'assaut du Chemin des Dames, tandis que la neige recouvrait déjà de son linceul les premiers corps fauchés par les rafales de mitrailleuses.

La rumeur venait de loin, un grondement sourd, un roulement de tonnerre au-delà des collines. Il faisait pourtant beau, à Lyon, en ce jour de printemps. Oriane n'y prêta même pas attention. Les yeux baissés, elle continua à avancer sur le trottoir d'un pas mécanique de somnambule. La jeune fille s'était habituée à entendre de drôles de bruits. La nuit, ils la réveillaient. La journée, par moments, il lui semblait qu'un essaim d'abeilles vibrionnait dans ses tympans. L'épuisement, bien entendu. Qui, des médecins, infirmières et volontaires, pouvait résister au surcroît de travail depuis le début de l'offensive du Chemin des Dames ? Les services de l'hôpital étaient débordés. C'était pire encore au front, où toute la logistique médicale s'était disloquée. Des blessés attendaient parfois trente heures avant de recevoir des soins ; il arrivait même qu'on en oublie dans des abris de fortune. Les survivants étaient ramenés à l'arrière dans un piteux état. Même à l'époque de Verdun, on n'avait pas vu une pareille débandade.

De toute manière, le corps d'Oriane lui était devenu étranger depuis qu'elle avait appris la mort d'Aurélien. Sa grand-mère la lui avait annoncée un soir, à son retour de l'hôpital. Traversée par une onde glacée, Oriane s'était raidie. Un long moment, elle avait scruté le visage livide de la vieille dame, incapable de prononcer un mot ni de verser une larme, puis elle avait tourné les talons et s'était dirigée vers sa chambre où elle s'était allongée tout habillée sur le lit avant de s'endormir comme une masse. Le lendemain matin, lorsqu'elle était repartie travailler, l'essaim d'abeilles l'accompagnait. Depuis lors, son corps menait sa vie propre, sujet à des sueurs froides, des nausées, des frissons. Parfois, un élan de fébrilité, une pulsation de cœur incontrôlée. Elle avait perdu le sens du goût : les aliments n'étaient plus que cendres dans sa bouche. Elle mangeait par devoir, alimentant son organisme en combustible pour qu'il continue à fonctionner. Elle s'étonnait d'ailleurs de sa résistance physique, parce que son esprit, lui, s'était éteint. Elle semblait aussi avoir perdu l'ouïe, puisqu'il lui arrivait de ne pas entendre quand on l'appelait. Combien de fois sa supérieure s'était-elle plainte de cette inattention ? La jeune fille ne lui en voulait pas. Depuis le début du conflit, tout chagrin singulier se diluait dans celui des autres. Les épouses perdaient leur mari, un fils, ou plusieurs, les petits leur père. On aurait dit les graines d'un chapelet sans fin, aussi long et résistant qu'un fil de soie. Aurélien était mort. Bien sûr, par quelle grâce particulière le carnage l'aurait-il épargné ? Et l'infirmière en chef pouvait bien tempêter, Oriane ne craignait pas les réprimandes. Les blessés la réclamaient parce qu'elle leur accordait sans rechigner de précieux instants au-delà du temps réglementaire. Ils appréciaient la tendresse de son regard sur leur corps défait, ce sourire qui effleurait ses lèvres, sa main sur leur front fiévreux. En soulageant leur misère, elle rendait un dernier hommage à Aurélien. Sa douleur enfouie au plus profond de son être, elle la veillait telle une vestale, sachant d'ores et déjà que ce chagrin indicible ne s'éteindrait jamais. La nuit, quand elle était de garde, elle venait au chevet des insomniaques leur réciter des poèmes. « Les préférés de mon frère », murmurait-elle. Et les hommes se sentaient aimés.

Le grondement se précisa. La jeune fille releva la tête, discernant des clameurs et des cris. À l'intersection avec la rue de la République, elle tomba face à face avec des femmes qui marchaient derrière un drapeau rouge en vociférant : « Nos vingt sous ! La semaine anglaise ! »

Dieu, qu'elles étaient nombreuses ! s'étonna-t-elle en voyant les grévistes remplir la chaussée en rangs serrés. Elle n'apercevait même pas la fin du cortège. Les femmes défilaient bras dessus bras dessous, leurs chapeaux d'aplomb, un ruban tricolore épinglé au corsage, leurs jupes entravées révélant des bottines usées jusqu'à la corde. Tout le quartier industriel de Gerland semblait s'être donné rendez-vous au cœur de la ville. Il y avait là les ouvrières de la fabrique d'obus et celles des magasins militaires qui produisaient les uniformes et les chaussures, mais aussi des employées de banque et des ouvrières de la confection ou de la soierie, sans oublier les salariées des usines Berliet, et d'autres encore. Une marée humaine qui hurlait son exaspération et sa rancœur.

La révolte s'était étendue comme un feu de forêt depuis Paris, où la contestation était née quelques jours plus tôt chez les « midinettes », surnom donné aux ouvrières des ateliers de couture qui prenaient à midi leur déjeuner-dînette sur le pouce. Les filles avaient débrayé, dénonçant des salaires de misère et réclamant d'être payées comme les Anglaises qui, elles, bénéficiaient d'une rémunération pour leur samedi après-midi alors que celui-ci était chômé. Une digue avait cédé. Brutalement. Les femmes étaient seules et elles étaient épuisées par le chagrin, la peur, les difficultés du quotidien. L'état-major avait eu la prétention de faire miroiter une victoire et la résolution rapide de la guerre, mais le Chemin des Dames avait été une défaite éhontée, due à l'incompétence et à l'aveuglement du haut commandement. Le ressentiment de la population se révélait à la hauteur de l'espérance déçue. Nivelle n'y avait pas résisté, désavoué et remplacé par Pétain, l'autre grand homme de Verdun.

À l'arrière, les femmes hurlaient leur colère, tandis qu'en première ligne les troupes se mutinaient, refusant de monter au front.

— Allons, ne reste pas là comme une idiote ! s'écria une jeune fille en passant devant Oriane.

L'inconnue tenta de lui saisir la main pour l'entraîner et Oriane recula d'un pas, effrayée. Un vieux réflexe, celui des femmes bien nées du quartier d'Ainay, qui craignent par-dessus tout les émeutes et les révolutions, redoutent l'indiscipline et honnissent la contestation. Et puis, ce n'était pas sa place. Oriane, elle, ne travaillait pas debout douze heures par jour dans les halls des abattoirs de la Mouche à manipuler des bombes, à la merci de la moindre étincelle, à inhaler des vapeurs toxiques de TNT qui jaunissaient la peau et les cheveux. Elle n'était pas une ouvrière qui n'arrivait pas à joindre les deux bouts. Elle n'avait pas de famille à nourrir ni d'orphelins à charge.

— Viens donc, de quoi as-tu peur ?

L'insolente avait des yeux clairs, les pommettes tavelées de taches de rousseur. Les femmes qui défilaient derrière elle la bousculaient, mais elle tenait bon, exigeant une réponse.

— Je ne peux pas !

— Pourquoi ?

— Je ne suis pas une ouvrière, ni une employée.

— Et alors ? T'as bien perdu quelqu'un, toi aussi, dit-elle en montrant le brassard noir qu'Oriane portait sur son uniforme d'infirmière. Tu souffres comme nous toutes. Y a pas que les salaires qui comptent. Il faut aussi qu'ils nous rendent nos hommes. Y en a assez qu'on les envoie à la boucherie. Viens, je te dis ! Nous devons toutes nous unir. Il faut qu'ils comprennent qu'on en a soupé, de cette guerre…

Un peu plus bas dans le cortège, un autre cri cadencé montait désormais de la foule : « Plus d'obus, nous voulons nos poilus ! »

Oriane hésita. Aussitôt, l'inconnue lui saisit le bras et l'entraîna. Elles se mirent à défiler côte à côte, emportées par le courant tumultueux que rien ne semblait pouvoir endiguer. Quand la fille lui fit un clin d'œil, Oriane redressa les épaules. Une étrange exaltation s'empara d'elle. Ses oreilles bourdonnaient, mais cette fois ce n'était plus à cause d'un essaim d'abeilles. Plutôt le souffle de cette tempête née de ces centaines de femmes révoltées. Elle commença à scander les revendications, d'abord timidement, puis de plus en plus fort. C'était à peine croyable. Voilà qu'elle manifestait au beau milieu de la chaussée, s'affranchissant de toutes les règles, des principes de retenue et de modestie qu'on lui avait inculqués depuis sa plus tendre enfance. Elle hurlait sa peine au grand jour avec les munitionnettes et les femmes de France qui protestaient désormais ouvertement. Elle crachait au visage de ceux qui avaient permis l'enlisement de cette guerre abjecte et ces millions de morts. La destruction d'un monde. De tout ce qui était beau et pur. Que les Lyonnais des beaux quartiers se penchent donc aux fenêtres et s'arrêtent aux carrefours pour regarder déferler ce torrent ! Que les policiers brandissent leurs gourdins ! L'héritière des Soieries Duvernay marchait tête haute sous les imposantes cariatides de ces immeubles cossus où logeaient les banques, les journaux et les grands magasins. Elle marchait avec des ouvrières qui lui ressemblaient parce qu'elles aussi avaient mal à en crever, qu'on leur avait volé leurs hommes, leur jeunesse, leur avenir.

L'inconnue lui tendit un mouchoir. Oriane s'aperçut que des larmes inondaient son visage. Les premières qu'elle versait pour Aurélien. Il était mort en s'élançant à la tête des siens, fauché par l'une des centaines de mitrailleuses allemandes que l'artillerie n'avait pas détruites, contrairement à ce qui avait été promis. Il était mort lors d'une bataille impossible à remporter puisque les généraux n'hésitaient pas à immoler les soldats sous la mitraille, les gaz et les bombardements, convaincus qu'il y aurait toujours assez de chair fraîche pour les remplacer. C'est ainsi qu'Aurélien avait donné sa vie. Son frère adoré. Son ami, son compagnon de jeu, le pilier de sa jeunesse.

La foule l'entraînait, si bien qu'elle ne pouvait pas s'arrêter pour sangloter ni s'allonger sur le sol pour mourir à son tour. Les drapeaux rouges claquaient au vent sous le ciel printanier. Les arbres étaient en fleurs. Les femmes marchaient. Et Oriane criait sa douleur. Qu'on leur rende leurs hommes ! Maintenant et pour toujours. Lorsque le cortège arriva au pied des pentes de la Croix-Rousse, elle se démena pour s'échapper, impatiente d'aller voir Armand Martin pour lui raconter qu'elle avait du sang révolutionnaire dans les veines. Que dirait-il, le vieux canut ? Peut-être parviendrait-elle à lui arracher un sourire ? Tous deux mettaient un point d'honneur à ne jamais laisser le chagrin les anéantir.

— Alors, des nouvelles, aujourd'hui ?

Elle posa la question avant même d'avoir refermé la porte de l'atelier. Essoufflée d'avoir gravi la colline presque en courant, elle s'avança jusqu'au seuil de la cuisine. Mais Armand n'était pas attablé à sa place habituelle. Elle tendit l'oreille. Le silence était assourdissant après l'agitation de la rue. Le métier à mécanique Jacquard prenait la poussière. Pas de craquements dans la soupente pour indiquer une présence, ni de claquements rassurants en provenance des ateliers voisins. Elle se rappela que le maître tisseur descendait plusieurs fois par semaine jusqu'à la gare de Perrache où se trouvait la buvette de la mère Bizolon, dans l'espoir d'y glaner des informations. Surnommée «la maman des poilus», la veuve était devenue une figure incontournable pour les soldats de passage, à qui elle distribuait de la soupe et du café, recueillant aussi leurs confidences. Armand cherchait par tous les moyens des renseignements sur son fils, qui n'avait plus donné signe de vie depuis la mort d'Aurélien deux mois auparavant. Jusqu'à l'offensive du Chemin des Dames, Maxence s'était montré un correspondant assidu. Ses lettres étaient courtes, pleines d'anecdotes qui se voulaient rassurantes sur la vie au front. Mais Armand et Oriane scrutaient surtout les dessins qui encadraient les quelques lignes, discernant la vérité dans l'intensité du trait de crayon ou la noirceur du croquis. Maxence pouvait tricher avec les mots pour dissimuler ses états d'âme, mais ses esquisses demeuraient d'une sincérité éclatante. Et ce langage-là, personne ne le décryptait mieux qu'Oriane.

La jeune fille se mordilla la lèvre, son regard fixé sur le courrier empilé sur l'étagère. L'espoir les tenaillait, Armand et elle, parce que Maxence n'était pas déclaré mort, ni porté disparu ni fait prisonnier. L'extrême confusion des services, débordés à la suite de l'échec de l'offensive, pouvait expliquer ce silence. Mais l'attente était insupportable. N'y tenant plus, elle s'empara des enveloppes, vaguement nauséeuse. Elle ne se reconnaissait plus, elle défilait avec des ouvrières derrière un drapeau rouge et fouillait parmi les papiers personnels d'un homme qu'elle respectait. Je perds la tête, songea-t-elle.

Une missive officielle, datée de la veille, attira son attention. Les mains tremblantes, elle déplia la lettre et la parcourut sans comprendre. Quand elle leva les yeux, elle croisa le regard atterré d'Armand qui était entré sans qu'elle s'en aperçoive. Oriane n'entendait à nouveau plus rien. L'essaim d'abeilles vrombissait, fou de rage.

Le sergent Maxence Martin… Aux arrêts de rigueur… Mutinerie… Refus d'obéissance… Conseil de guerre.

TROISIÈME PARTIE

Lyon, novembre 1918

— Madame Lombard, puis-je prendre votre manteau ? Madame Lombard ?

Dans le vestibule du palais du Commerce, Oriane sursauta quand on lui effleura l'épaule. Cela faisait plus de six mois qu'elle était mariée, mais elle ne réagissait toujours pas à son nom d'épouse. Un acte manqué. Celui d'une jeune femme de vingt-trois ans sans père ni frère, qui a fini par céder à sa grand-mère inflexible et se lève chaque matin du lit conjugal avec la sensation de vivre dans la peau d'une autre.

Elle tendit sa pelisse à la préposée au vestiaire, puis s'écarta en quête d'un miroir. C'était l'une des premières réceptions d'importance à Lyon depuis la signature de l'armistice le 11 novembre. L'héritière des Soieries Duvernay se devait d'y tenir son rang sans laisser personne deviner qu'elle se sentait perdue, aussi bien dans l'immeuble de bureaux de ses ancêtres place Croix-Paquet que dans le spacieux appartement du quartier des Brotteaux où elle avait emménagé avec son époux.

À l'aide d'une épingle à cheveux, elle domestiqua les mèches blondes échappées de son chignon. Dieu, ce qu'elle était pâle ! Et ces ombres sous ses yeux… Ils allaient la fuir, les soyeux comme les membres de la délégation arabe pour qui était donné ce vin d'honneur. Tous penseraient qu'elle avait attrapé la grippe qui ravageait le pays. Lyon était traumatisé par la virulence du virus. Les spectacles étaient interdits, les lieux de passage tels que les gares, les cafés, les salles de classe ou les bureaux de poste désinfectés chaque jour… Comme les cercueils manquaient, on enterrait les malheureux de nuit dans des linceuls. Si elle se présentait avec cette mine décomposée, on l'éviterait comme la peste.

Elle pinça ses joues pour les aviver, s'agaçant des aplats de son visage sur lesquels glissait la lumière, de son nez impérieux qui détonnait avec la mâchoire où paressaient des rondeurs de l'enfance. Et la tristesse de ce regard… « Ressaisis-toi, voyons ! » Oriane détestait s'apitoyer sur son sort. C'était indigne envers les êtres chers qu'elle ne reverrait plus. Mais était-elle la seule à émerger de la guerre exsangue, le cœur ravagé, avec une sombre terreur au creux du ventre ? Au même instant, Gabriel pénétra par l'une des portes à battants, amenant dans son sillage un tourbillon de flocons de neige. Sous sa toque en fourrure, engoncé dans son manteau, son mari ressemblait à un ogre russe jailli d'un roman de Jules Verne. Son timbre de ténor résonna sous le plafond à caissons. Une petite cour d'admirateurs s'empressa de l'entourer. Qui pouvait résister à Gabriel Lombard, ce héros décoré de la croix de guerre avec palme, qui tenait d'une main assurée la barre des soieries familiales et siégeait dans plusieurs comités éminents ?

Oriane se plaqua derrière l'une des colonnes. Et se sentit aussitôt idiote. On aurait dit une enfant qui joue à cache-cache. Mais certains jours, Gabriel l'insupportait avec sa voix péremptoire et sa carrure d'athlète, ses sourcils broussailleux, ses éclats de rire intempestifs, son eau de Cologne, cette manie de jouer avec ses boutons de manchette, sa barbe impeccable, son allergie aux fruits de mer, ses médailles militaires, ses mains sur son corps… Le pire ? Elle ne pouvait rien lui reprocher. À part d'être lui.

Elle lissa sa robe. Si elle s'écoutait, elle s'enfuirait par une porte dérobée. La voix de Gabriel s'éloigna. Sans doute gravissait-il l'imposant escalier qui menait au salon du premier étage où se tenait la collation en l'honneur de Son Altesse royale l'émir Faysal, le fils d'Hussein, le chérif de La Mecque qui était désormais reconnu par les Alliés comme roi du Hedjaz. À entendre les paroles enjouées, les convives devaient apprécier ce divertissement au cœur d'un hiver lugubre. Un frémissement la parcourut. Depuis l'époque où elle s'était enfermée à la maison après la mort de son père, elle gardait une réticence à paraître en société. Elle se sentait gauche, ne saisissait pas les sous-entendus, ne possédait pas l'esprit de repartie qui permet de remettre à leur place les langues de vipère. Et cela s'annonçait d'autant plus difficile qu'elle ne savait pas quelle attitude adopter. Était-elle invitée parce qu'elle était l'épouse de l'estimé négociant Gabriel Lombard ou parce qu'elle possédait désormais l'une des plus anciennes maisons de soieries de la ville ? Une entreprise qui battait des ailes, hélas, tel un oisillon affolé. Que n'aurait-elle pas donné pour revêtir son uniforme d'infirmière volontaire de la Croix-Rouge ! La coiffe et la blouse avec sa croix brodée à hauteur du cœur, celui d'un « ange blanc » anonyme. Mais cette époque était révolue. Elle avait rangé la tenue dans une malle chez sa grand-mère, avec son ours en peluche rapiécé et ses contes pour enfants. Elle avait hésité devant le kiosque à musique mécanique dont la mélodie avait toujours eu le don de l'apaiser. Un brin honteuse, elle l'avait tout de même emporté dans ses bagages quand elle avait traversé le Rhône, ce qui avait été pour elle une épreuve parce qu'elle quittait le quartier de sa naissance afin d'emménager chez son époux qui se flattait d'apprécier l'espace et la modernité. Gabriel n'avait rien dit lorsqu'elle avait déposé le modeste jouet aux couleurs écaillées sur sa coiffeuse dans leur chambre.

L'agitation autour du vestiaire se renforçait. Les pas des retardataires claquaient sur le dallage. Elle n'allait plus pouvoir tenir longtemps dans sa cachette improvisée. Le souffle court, elle essaya de se ressaisir. Son comportement allait encore faire jaser, mais qu'y avait-il là de nouveau ? Oriane avait toujours eu l'impression d'être regardée de travers, comme si les règles du jeu lui échappaient. Puisqu'elle n'avait pas eu de mère pour la guider à travers les différents rituels de la bonne société, ce rôle protecteur avait été tenu par sa grand-mère. Peut-être trop ? Geneviève Duvernay avait érigé un paravent entre sa petite-fille et les autres. À force de s'isoler, Oriane avait gagné la réputation d'avoir un caractère épineux. Elle n'avait jamais eu d'amie de cœur. Même ses cousines avaient baissé les bras depuis longtemps. Son double, son âme sœur, avait toujours été son frère. Avec lui, les mots avaient été inutiles. Ils partageaient la même intuition de la fugacité de l'existence. Aurélien était toujours emporté, vent debout, elle plus réservée et patiente, peut-être plus tenace. Ensemble, ils auraient pu conquérir le monde. Le destin en avait voulu autrement. Désormais, Oriane était seule. Mariée, mais seule. Encore deux minutes de répit, se dit-elle, plaquée contre le marbre froid qui transperçait sa robe en velours.

Sa lassitude avait un motif. Toute la matinée, elle avait étudié les registres des Soieries avec le directeur, dans le bureau de son père qui avait été trop brièvement celui d'Aurélien, tentant de comprendre les chiffres qui dansaient sous ses yeux.

— Notre production et nos exportations ont beaucoup baissé au début de la guerre, avait-il dit, suivant du doigt les colonnes calligraphiées. Mais elles ont ensuite repris, fort heureusement. Voyez, nous avons bien vendu en Argentine et au Brésil, et enlevé des marchés aux Allemands. Maintenant que la paix est revenue, la soie va également profiter de la rareté et de la cherté des autres textiles.

— C'est bien, mais la demande américaine est devenue fragile. Les États-Unis ont profité de la guerre pour développer leur propre industrie textile, qu'ils protègent par des droits de douane faramineux.

— Certes, mais la vie mondaine va reprendre un peu partout, chère madame. Les gens auront un appétit de vie insatiable après les drames. Je reste optimiste.

À condition de produire de beaux tissus. C'est seulement à cette condition que la Fabrique continuera à maintenir sa primauté sur le marché international.

Produire de beaux tissus – mousselines, gazes et crêpes, des tissus de soie et de bourre de soie pure unis mais aussi brochés et façonnés, ou encore mélangés à d'autres matières… Du bon sens, non ? Les Soieries Duvernay n'allaient pas se lancer dans une fabrication bon marché de piètre qualité. Ses ancêtres se retourneraient dans leurs tombes. Mais le prix de la matière première avait fortement augmenté et les employés, eux, réclamaient de meilleurs salaires. Où la Maison trouverait-elle l'argent en attendant de vendre de nouvelles étoffes dignes de ce nom ? Fallait-il s'endetter davantage ? Cette seule idée l'effrayait. Elle repensa à la détermination de sa grand-mère tapant avec sa canne sur le parquet : « Tu es parfaitement capable, Oriane. Ne l'ai-je pas été, moi, à l'époque ? Tu dois te faire confiance, mon enfant. Et tu transmettras cet héritage à ton fils comme je l'ai fait avec ton père. Il faut endurer, ma chérie. L'Esprit saint saura te guider. »

L'Esprit saint ! Il devait avoir fort à faire. L'Europe était à genoux. Certains prétendaient que la pandémie de cette grippe effrayante naissait des exhalaisons des millions de cadavres qui pourrissaient en terre depuis quatre ans. Comment survivre à cela ? Et songer à vendre de la soie ? Il semblait indigne de réfléchir au luxe et à l'ostentation alors qu'il aurait fallu se couvrir la tête de cendres et pleurer une génération sacrifiée. Elle avait aussi un autre obstacle à contourner : son mari. Gabriel ne cachait pas son envie d'unir officiellement les deux maisons. Cette fusion lui permettrait de redessiner son entreprise en élaguant les branches mortes. Mais la fierté d'Oriane le lui interdisait. Elle voulait à tout prix demeurer indépendante. Même si son époux exerçait légalement un droit de regard sur ses activités, elle refusait de lui céder nominativement les titres. Elle aurait l'impression de trahir Aurélien.

Une main ferme se referma autour de son bras.

— Que faites-vous cachée là, Oriane ? Je vous attends depuis une demi-heure. Les discours ont déjà eu lieu. J'ai remis à l'émir son cadeau de bienvenue, une étoffe de la tenture aux perdrix dessinée par Philippe de Lasalle au XVIIIe siècle. Espérons qu'il soit capable de l'apprécier. Dieu sait comment vivent ces Bédouins ! Vous êtes affreusement pâle. Vous ne vous sentez pas bien ? Est-ce que vous… Peut-être ?

Oriane savait parfaitement à quoi Gabriel faisait allusion. C'était là son obsession depuis leur mariage. Elle secoua la tête.

— Ce n'est rien. Une fatigue passagère. J'étais au bureau toute la matinée.

La mine renfrognée, il l'entraîna vers l'escalier. Elle dut hâter le pas, prenant garde de ne pas trébucher sur les marches.

— Je ne vois vraiment pas pourquoi vous vous obstinez à ce point. Nous en avons pourtant déjà parlé. Vous devez vous concentrer sur une chose tellement plus essentielle !

Un bébé, évidemment… Gabriel ressemblait à un porte-drapeau de la politique nataliste en vigueur. Au mois d'avril, déjà, une grande exposition place

Bellecour avait attiré l'attention sur les soins à donner aux enfants. En juin, la « journée des mères » avait martelé la nécessité de fournir une nouvelle génération à la France. Il semblait à Oriane que tout le monde n'avait plus qu'une idée en tête : obtenir du sang neuf et vigoureux pour offrir de futurs héros à la Patrie. Jamais elle n'aurait osé l'avouer, mais, dans son for intérieur, cette préoccupation lui était étrangère. Elle n'éprouvait aucune émotion en voyant un nouveau-né. Petite fille, elle ne jouait même pas à la poupée.

En pénétrant au bras de son mari dans la pièce de réception aux lustres à pampilles, la jeune femme remarqua d'emblée la poignée de représentants arabes en keffiehs et tenues orientales, isolés au fond de la salle parmi les complets sombres des Lyonnais, les jésuites en soutane et les femmes intimidées qui se tenaient à distance respectueuse. Leurs visages fermés et leur attitude aux aguets trahissaient leur malaise. Oriane éprouva un élan de sympathie pour ces étrangers qui semblaient aussi égarés qu'elle.

— Tenez, ma chère ! dit Gabriel en lui tendant un verre. Cela vous redonnera des couleurs. On dirait que vous allez tourner de l'œil.

« Il m'en faudrait bien davantage, mon pauvre ami », faillit-elle rétorquer. Comme si elle avait oublié les chairs à vif, les plaies purulentes, son tablier taché de sang. La mort au quotidien, celle de soldats inconnus mais aussi des siens, ses protecteurs, ses bien-aimés. Elle rêvait d'une cigarette, ce qui aurait fait pousser des cris d'orfraie à son époux. Un sursaut de colère la traversa. Tous les hommes revenus du front ressemblaient-ils à Gabriel ? Pensaient-ils vraiment que les femmes n'avaient rien vécu entre-temps ? Espéraient-ils reprendre le fil de leurs habitudes en exigeant d'elles qu'elles rentrent sagement à la maison à veiller sur leur intérieur et à l'éducation des enfants ? Mais tout avait changé. Absolument tout ! Les repères n'étaient plus les mêmes. La boussole était devenue folle. Et c'était sans doute l'explication de cette sensation de vertige qui ne la quittait plus.

Elle salua Ennemond Morel, le vice-président de la chambre de commerce, récemment nommé président du Comité lyonnais des intérêts français en Syrie, auquel appartenait Gabriel. Il avait été un ami de son père, le dernier à l'avoir vu vivant avant l'accident ferroviaire. Oriane ne ressentait plus de pincement au cœur en le croisant. Une éternité s'était écoulée depuis lors, elle avait vieilli de cent ans.

Son mari pérorait, entouré de ses pairs. L'avenir de la Syrie était pour ces notables un enjeu majeur. D'une oreille distraite, la jeune femme écouta des bribes de conversation.

— Ces Arabes exigent un État indépendant. Les Anglais le leur avaient promis en échange de leur révolte contre les Ottomans. Comme si on pouvait se fier aux Anglais ! Alors qu'ils faisaient des courbettes aux Hachémites pour obtenir leur soutien, ils contredisaient déjà leurs engagements en partageant le Levant en zones d'influence avec la France.

— Dans le plus grand secret ! précisa Gabriel. Et grâce à l'habileté du diplomate britannique Mark Sykes et de notre cher François Georges-Picot. Il leur a suffi d'une carte et d'un trait de crayon pour tracer une diagonale dans le sable entre la mer Méditerranée et les montagnes persanes. Et cela avec l'assentiment indispensable des Russes. Mais qui pouvait deviner que ces satanés bolcheviques allaient renverser leur tsar et dévoiler nos secrets au monde entier ? Fâcheux, tout de même, cette impression d'être tout nu.

Il secoua la tête, dépité.

— La situation a évolué depuis ces accords Sykes-Picot, qui étaient de toute manière peu satisfaisants, souligna son voisin. Nous n'allions pas nous contenter d'une bande de littoral et abandonner Alep et Damas à l'influence de princes arabes exotiques, n'est-ce pas ? Nous avons investi beaucoup trop d'argent, là-bas, dans les filatures mais aussi dans l'industrie du tabac, les infrastructures… En premier lieu, il nous faut relancer la récolte des cocons. L'année dernière, parmi toutes les soies qu'elle centralise, la Condition des soies n'a pas vu passer une seule balle en provenance de Syrie. Dommage que le tiers des mûriers libanais ait été arraché. Il paraît qu'ils préfèrent désormais planter du blé.

— Mais ce malheureux Mont-Liban meurt de faim, enfin ! La région a perdu plus du tiers de sa population ! Une véritable tragédie.

Oriane écoutait discourir ces têtes grisonnantes. Qu'auraient pensé Aurélien ou Maxence ? Auraient-ils tenu les mêmes propos hautains et affiché la même assurance ? Les absents prenaient toute la place. Parfois, à son réveil, encore ensommeillée, elle se promettait de poser une question à son frère. À l'instant où elle se rappelait qu'il n'était plus, une chape de chagrin lui tombait sur les épaules. C'était aussi la raison pour laquelle elle avait épousé Gabriel. Comment envisager un avenir amoureux lorsque la plupart des jeunes gens avec lesquels on a grandi reposent dans des tombes plantées de croix blanches ?

— Ils sont dans leurs petits souliers, poursuivit son mari en indiquant les Orientaux. L'émir Faysal ne fait que passer par la France pour se rendre en Angleterre. Notre gouvernement n'était même pas au courant de ce voyage. En attendant de savoir quel accueil lui réserver à Paris, on le fait patienter chez nous, près de la gare, à l'hôtel Terminus.

— Un nom prémonitoire, glousse un homme rubicond. La Syrie, c'est nous qui allons l'administrer. Une fois mise en valeur, elle produira les céréales dont nous manquons, ainsi que du coton pour notre industrie textile. Et nous pourrons y exporter nos biens manufacturés. Ils manquent de tout, là-bas, c'est bien connu.

Gabriel hocha la tête.

— Nous devons lutter pour obtenir une Syrie sous contrôle français du Taurus à l'Égypte. Les Anglais nous donneront bien sûr du fil à retordre. Surtout avec la Palestine, qu'ils refusent de lâcher. Ils jouent d'ailleurs un jeu dangereux en tendant la main aux sionistes avec cette déclaration de Balfour qui y promet l'établissement d'un foyer national pour les juifs.

Oriane termina d'une lampée son verre de vin. L'image inattendue d'un cadavre d'antilope déchiré par des hyènes lui traversa l'esprit. Les moues dédaigneuses et les torses bombés de Gabriel et de ses camarades révélaient leur morgue. La France de

Clemenceau avait gagné la guerre. Malheur à l'Empire ottoman vaincu et à ses provinces arabes !

Elle observait depuis un moment l'élégante silhouette de l'émir à la peau claire, au regard sombre et vif, qui conversait à mi-voix avec un jeune homme en uniforme kaki et coiffé d'un keffieh. Ce dernier semblait furieux. Un secrétaire ? Un aide de camp ? Le garçon élancé avait des traits affirmés, une fine barbe noire. Il ne tenait pas en place, oscillant sur ses talons. Une fébrilité qui lui rappelait Aurélien. Le prince tentait visiblement de le raisonner et le jeune homme l'écoutait avec déférence. Les autres membres de la délégation n'avaient pas l'air plus heureux. Sans doute n'en pouvaient-ils plus de Lyon, de son humidité glacée, des chambres étriquées de leur hôtel près de la gare de Perrache. Sans doute aussi savaient-ils que leurs hôtes spéculaient sur la Syrie en lui dessinant un avenir qui ne ressemblait en rien à leurs aspirations. Oriane devinait leur tourment. Le goût acide de la trahison. Elle regretta soudain d'être restée aussi longtemps terrée dans le vestibule. Ces hommes venaient de si loin, ils étaient une bouffée d'air frais. Elle aurait aimé converser avec eux. L'un ou l'autre parlait sûrement sa langue. La Syrie tout entière ne parlait-elle pas le français ? Deux pères jésuites lyonnais y avaient fondé les premières écoles chrétiennes au XVIIe et la congrégation veillait depuis lors à leur rayonnement.

— Vous semblez oublier que l'émir Faysal est le délégué du Hedjaz à la Conférence de la paix, déclara-t-elle soudain en interrompant la conversation. Ses hommes se sont battus à nos côtés contre les Turcs. Ils ont aidé à la victoire alliée en versant leur sang. Ils méritent qu'on écoute leurs revendications avec respect.

Gabriel leva les yeux au ciel.

— Vous m'inquiétez, Oriane. Non seulement vous passez vos journées le nez dans des registres comptables, mais voilà que vous avez des opinions sur l'avenir du Levant.

Par un clin d'œil, il prit ses amis à témoin. La jeune femme, piquée au vif, le toisa.

— C'est pourtant parfaitement légitime, Gabriel. Même si je n'y suis jamais allée, le Levant ne m'est pas une terre inconnue. Dois-je vous rappeler que mes grands-parents y sont enterrés ? Ainsi que ma mère ?

Aussitôt le petit groupe de soyeux se raidit. Son cœur s'emballa. C'était la première fois qu'elle évoquait sa mère en public. Jamais elle n'aurait eu cette audace du vivant de son père. Oriane avait été élevée dans le respect des chagrins indicibles. Elle se souvenait très bien des réponses évasives de sa grand-mère et de la colère de son père quand Aurélien s'était un jour permis une allusion déplacée à l'Absente. Elle devait avoir trois ou quatre ans. Son père s'était dressé en plein déjeuner dominical, bousculant sa chaise. Une peur panique l'avait envahie quand il avait quitté la salle à manger à grandes enjambées, avant de claquer la porte de l'appartement de sa grand-mère. Ce jour-là, elle avait sangloté jusqu'à ce qu'il revienne la chercher, et l'idée de le fâcher lui était devenue intolérable.

De sa mère, Oriane ne gardait aucun souvenir. Pas une inflexion de voix ni une note de parfum. En grandissant, elle avait eu parfois l'envie de connaître son visage. Aurélien haussait les épaules en réponse à ses interrogations. Maman ? Elle avait la peau douce. Elle était gentille. Une maman comme les autres. Et il se dépêchait de se détourner. Que Maxence ait été lui aussi orphelin de mère rendait sans doute la situation plus acceptable aux yeux de son frère. Ainsi, l'Absente n'avait jamais vraiment manqué à Oriane. Du moins comme une entité tangible. Certains blessés à l'hôpital évoquaient des douleurs dans leurs membres amputés. L'Absente ressemblait à cela, une douleur fantôme. Elle s'était donc pliée à la règle tacite du silence. Or, se taire n'avait rien de surprenant pour une jeune fille de la Presqu'île lyonnaise. La discrétion, sinon le secret, y est érigée en dogme, et la curiosité considérée comme le plus vilain des défauts. On peut ainsi passer une vie sans jamais prononcer le nom de sa mère. Jusqu'au jour où l'Absente surgit sans crier gare, par une froide journée d'après guerre, à une réception en l'honneur d'une délégation arabe venue de son pays natal.

À cet instant, Ennemond Morel prit la parole pour annoncer que leur invité d'honneur devait hélas les quitter. La silhouette de l'émir parut à Oriane d'une surprenante fragilité, d'autant que le corps imposant de Gabriel, debout derrière elle, irradiait d'exaspération. Il y eut un échange de remerciements. Des politesses convenues. L'émir murmura à l'oreille du garçon ténébreux, qui prit la parole :

— Son Altesse royale vous remercie de vos présents. Il conservera ces précieuses soieries en témoignage d'une amitié dont il espère qu'elle pourra continuer à croître au cours des années à venir.

Oriane s'étonna de ce français dépourvu du moindre accent, où elle décelait une pointe d'ironie. Elle regretta d'autant plus d'avoir tardé à se joindre à la réception. Un remous balaya la pièce tandis que les invités s'écartaient devant Faysal telles les eaux de la mer Rouge. Le prince du désert passa auprès d'elle tête haute, sa longue robe effleurant le parquet, suivi de sa poignée de fidèles dont le jeune homme en colère.

— Bon vent ! marmonna Gabriel.

Elias Zahhar avait retiré son keffieh. Il portait désormais une casquette et un paletot bleu marine à double boutonnage, un achat de dernière minute qui ne l'empêchait pas d'être transi de froid. La nuit, dans le désert, il ne craignait pas les températures glaciales. Ses compagnons de combat bédouins lui avaient appris à s'en préserver. Mais l'humidité lyonnaise lui transperçait les os. Comment sa mère avait-elle survécu à plusieurs hivers dans cette ville de brumes et de brouillards ?

Son humeur était toujours maussade. L'émir Faysal lui avait reproché de ne pas dissimuler ses émotions. « Il faut apprendre à être un bon politique et montrer un visage avenant à nos adversaires », l'avait-il tancé lors du misérable vin d'honneur. Si l'émir était passé maître dans l'art de souffler le chaud et le froid, il avait toutefois donné l'ordre à son entourage de ne créer aucun « embarras » avec les Français. Mais l'agacement d'Elias ne faisait que se renforcer depuis leur arrivée à Marseille. À la descente du croiseur britannique, le prince Faysal, pourtant commandant en chef des forces arabes, avait été accueilli par un ministre à la retraite et deux officiers français qui lui avaient appris qu'il était certes leur « hôte distingué », mais que la France ne lui reconnaissait pas un statut diplomatique. Elias avait eu l'impression de recevoir une gifle. Depuis lors, la situation ne faisait qu'empirer. L'un des plus proches conseillers de l'émir était un officier britannique. Elias avait combattu à ses côtés lors de la révolte. Or, le colonel Thomas Lawrence avait vite compris qu'il n'était pas le bienvenu, lui non plus. Il s'obstinait en effet à se coiffer en turban, ce que les Français jugeaient intolérable venant d'un militaire britannique. Furibond, Lawrence était déjà reparti pour Londres. Puis, pour couronner le tout, Elias avait entendu les remarques méprisantes des Lyonnais. Il s'était promené parmi eux un verre à la main, feignant d'ignorer leur langue, avec le sentiment détestable d'être un moins que rien. Mais quand il avait ensuite traduit les remerciements de l'émir, il n'avait pu retenir un éclair de satisfaction en lisant l'embarras sur leurs visages.

Il s'arrêta au pied de la colline appelée la Croix-Rousse pour étudier son plan. En cette fin d'après-midi, les réverbères étaient déjà allumés, distillant de faibles halos de lumière dilués par la brume. Un frisson le parcourut, mélange d'irritation, de froid et d'émotion. Il n'en revenait pas d'être là. À son arrivée, la délégation avait pensé être aussitôt emmenée à Paris chez le président Poincaré. Mais le gouvernement les faisait patienter à Lyon comme des paquets encombrants. La veille, allongé dans la chambre d'hôtel qu'il partageait avec l'aide de camp de l'émir, Elias n'avait pas fermé l'œil de la nuit. Et les ronflements de ce cher Tachine n'y étaient pour rien. Ses parents s'étaient rencontrés dans cette ville plus de vingt ans auparavant. Leur histoire singulière avait débuté parmi le dédale de ces ruelles fantomatiques, sur les quais de ces fleuves, à l'ombre de la basilique.

Son père lui avait tout dévoilé alors qu'il était encore adolescent. Ils prenaient le thé dans le *liwan*. Ils étaient souvent seuls, sa mère sillonnant le pays pour voir ses protégées. Bercé par le bruissement familier de la fontaine et des abeilles butinant les fleurs en ce doux dimanche d'un printemps ordinaire, Elias s'était étonné que son père délaisse leur partie d'échecs. Songeur, celui-ci ne touchait plus à ses pions depuis de longues minutes, le regard vague, l'air sévère. Elias l'avait dévisagé, inquiet. Son père s'était alors soudainement redressé : « Il faut que tu saches que ta mère restera toujours d'une discrétion absolue concernant une partie de sa vie. Je respecte sa pudeur, mais les secrets de famille ressemblent à une gangrène. Je veux te préserver de cela, mon garçon, et tu es maintenant en âge de savoir la vérité. Toutefois, ces secrets ne m'appartiennent pas. Je te demande d'être digne de ma confiance. » C'est ainsi qu'Elias avait appris qu'il avait un frère et une sœur. Sur le visage de son père passait une foule d'émotions – l'inquiétude, la colère, le désarroi, la détermination, la tendresse, la passion… Au fur et à mesure que se dévidait l'écheveau de cette histoire insensée, les mots s'étaient mis à bourdonner dans sa tête. Il avait eu le sentiment détestable que sa mère se dénaturait, qu'elle devenait une étrangère, une parfaite inconnue qui avait vécu une existence sans aucun lien avec lui dans une ville au bout du monde, avec deux enfants dont elle ne lui avait jamais parlé. Il regardait bouger les lèvres de son père sans rien entendre. Une sueur froide lui glaçait l'échine. Et si elle se décidait un jour à le quitter lui aussi, pour renaître ailleurs encore une fois ? Un bref instant, il avait redouté de vomir, là, sur les tapis. Et la main de son père, chaude, rassurante, s'était refermée sur son épaule tétanisée.

Elias reprit sa marche. Son souffle lâchait des bouffées de vapeur. Le trottoir s'enroulait à flanc de colline, longeant des maisons aux persiennes fermées. Plus il grimpait, plus la brume s'épaississait. Les fers d'un cheval invisible résonnaient sur les pavés. Une peur primitive, irraisonnée, le saisit. Cette purée de pois avait quelque chose de maléfique. Lui qui avait été élevé dans le respect des djinns n'aurait pas été surpris de voir surgir des mages et des sorciers. Une volée d'escalier se dévoila sur sa gauche. Il hésita, puis l'emprunta sans voir où elle débouchait.

Après la mort dramatique de son père, Elias s'était demandé si celui-ci avait eu un pressentiment. Avait-il choisi de révéler les tourments du passé parce que le danger se précisait de jour en jour ? Y avait-il eu un élan désespéré dans cette confession ? A posteriori, il lui semblait que son père avait été en quête d'une paix intérieure, comme celui qui se sait sur le point de passer de ce monde à un autre et ne veut laisser derrière lui ni animosité, ni rancune, ni colère. Les mois de son incarcération avaient été terribles. On le savait passible de la peine de mort. Salim Zahhar servirait d'exemple pour tous ces Arabes qui avaient des velléités d'autonomie ou d'indépendance. Ceux qui voulaient être libres. Sa mère, creusée par l'angoisse, le regard plein d'orages, prenait tous les risques pour sauver son mari. Elias avait alors saisi la clé du mystère de ses parents : ce désir irrépressible, magnifique, grandiose et redoutable à la fois, d'être ensemble et pleinement libres. Quitte à sacrifier sa vie ou à renoncer à ses enfants. Son père lui avait aussi dit que la vérité pouvait être un fardeau. Il avait eu raison. Entre sa mère et lui était née une infime fissure. Une dissonance. Il devait désormais accepter qu'une part d'elle lui échappât, alors qu'Elias avait pensé la posséder de manière absolue, comme le croient toujours les fils. C'est pour leurs filles que les mères demeurent des énigmes.

La terreur de savoir son père aux mains de tortionnaires l'avait encouragé à avouer à sa mère qu'il savait tout – ou presque tout, maintenant qu'il avait appris que la vérité des adultes n'est jamais pure. Il avait trouvé essentiel de rétablir une sincérité entre eux trois, parce que le Mal et la Mort les cernaient de toutes parts. Elle l'avait écouté, blême et silencieuse, serrant et desserrant ses mains agitées, si bien qu'Elias avait fini par les attraper, les porter à ses lèvres, puis à son front. Elle n'avait pas cherché à s'expliquer. Elle s'était contentée de prononcer pour la première fois devant lui les prénoms de ses autres enfants, les premiers-nés, Aurélien et Oriane. Et son sourire avait été d'une infinie douceur et d'un chagrin sans nom.

Puis son père avait été pendu. Et le monde était devenu noir.

Elias transpirait. Cet escalier n'en finissait plus, palier après palier. Tu aurais dû prendre le funiculaire, imbécile ! se dit-il, s'aidant de la rampe en fer forgé comme un vieillard. Le brouillard estompait les toits des immeubles. De temps à autre, une figure fantomatique le croisait, sitôt dissoute dans les nuages. Il déboucha enfin dans une rue. Des passants pressés entraient et sortaient par de petites portes ordinaires. Il n'osa pas demander son chemin, vérifia le plan. Les claquements réguliers des métiers à tisser rythmaient ses pas. Ce son n'était pas inconnu à l'héritier de marchands de soie damascènes, et cela le rassura quelque peu. De cette ville, il ne savait que la qualité des étoffes lyonnaises nées sous les doigts de maîtres tisseurs émérites. Les plus belles du monde, reconnaissait Salim, un brin jaloux. Brusquement, sans crier gare, le sourire et les yeux rieurs de son père adoré l'emplirent tout entier, si bien que le jeune homme dut s'adosser à un mur, le temps de reprendre son souffle et de laisser la vague de douleur refluer.

Une neige fine, tourbillonnant dans la bise, se mit à tomber. Il traversa une place plantée de platanes aux branches nues, aperçut au loin ce qui ressemblait à un bastion austère. Il s'arrêta à nouveau sous un lampadaire, alluma une cigarette pour chasser l'âcre saveur de la brume. Ses doigts engourdis tremblaient. Mais il n'était plus très loin. Une voiture le dépassa, ses pneus chuintant sur la chaussée humide. Un bébé pleurait derrière des volets. Quelques minutes plus tard, il descendit une rue et s'arrêta devant l'atelier d'Armand Martin. À travers les fenêtres brillait un faible éclairage. Il tira une dernière bouffée de sa cigarette, écrasa soigneusement le mégot sous son godillot de soldat et d'une main décidée poussa la porte.

Engoncé dans son paletot humide, Elias s'avança dans l'atelier avec un sentiment mêlé de curiosité et d'inquiétude. Un poêle à charbon chauffait la grande pièce où veillait un métier dépouillé de la glorieuse parure de ses fils de soie. Sur la table de la cuisine reposaient des papiers en désordre, un bol de café vide et du sucre renversé.

— Lison, c'est toi ? Quelle heure est-il ?

Un vieil homme en veston informe, couronné de cheveux blancs épars, émergea de derrière un paravent qui isolait une partie de la pièce. Il marchait avec difficulté, traînant les pieds.

— Lison ?

— Pardonnez-moi, monsieur. Êtes-vous Armand Martin ?

L'homme blêmit. Il tâtonna avant d'agripper le dossier d'une chaise. En voyant les yeux papillonner derrière des lunettes aux verres épais, Elias comprit qu'il était aveugle.

— Qui êtes-vous ? Que me voulez-vous ?

— Veuillez m'excuser, monsieur, je ne voulais pas vous effrayer. Vous étiez un ami de mes parents.

Soulagé, le maître tisseur s'assit lourdement.

— Qui sont-ils ? Tu viens d'être démobilisé, c'est ça ?

— Je m'appelle Elias Zahhar. Je suis le fils de Blanche et de Salim.

Le visage émacié s'éclaira.

— Comment est-ce possible ? Viens donc t'asseoir, petit. Sers-toi quelque chose, du café, ou un remontant. Il fait froid dehors. Je sens l'odeur du brouillard sur ton vêtement.

Il peina pour reprendre son souffle, agita la main d'un geste vague.

— Prends ce qu'il faut. Je ne peux pas t'aider. Je ne vois plus rien, hélas. J'ai usé mes pauvres yeux sur les métiers… Mais fais comme chez toi, je t'en prie.

Un peu gêné, Elias enleva son manteau et demanda à son hôte ce qu'il désirait. Il trouva la bouteille de liqueur de cerise et deux verres. Discrètement, il déposa la tasse sale sur la pierre d'évier puis nettoya le sucre et les miettes de pain. Il se percha sur une chaise. Comme c'était étrange. Il était venu un peu au hasard, sans savoir s'il allait trouver l'endroit. Sans même être certain de le vouloir. Pourtant, son père lui avait parlé du talent d'Armand Martin, mais surtout de sa bienveillance. Cet homme avait été l'ange gardien de ses parents. Grâce à lui, ils avaient entretenu une correspondance après leur rencontre. Sans son soutien, leur histoire d'amour aurait-elle pris son envol ? Puis sa mère avait reçu régulièrement des nouvelles de ses premiers-nés par son intermédiaire. D'une certaine manière, Armand Martin avait été le gardien du phare de la Croix-Rousse, dont Blanche guettait en secret la lumière depuis la côte libanaise ou sa maison de Bab Touma.

Elias regarda autour de lui. Rien ne devait avoir changé dans l'atelier depuis cette époque. On le devinait à la peinture écaillée sur les murs, à la patine des objets du quotidien. Une gravure rendait hommage à la révolte des canuts en 1831. On y voyait un ouvrier brandir un drapeau noir avec la devise devenue célèbre : *Vivre en travaillant ou mourir en combattant*. Son père aimait citer en exemple cette insurrection ouvrière comme une leçon de sagesse à tirer pour tout fabricant. « Même si les temps sont difficiles, un travail doit toujours être rémunéré à sa juste valeur », disait-il. Elias caressa la table en bois. L'endroit lui paraissait curieusement familier. Sans doute parce qu'il avait d'emblée reconnu certains outils comme les navettes, les canettes, les roquets entassés dans des paniers, les règles en bois pour vérifier les mesures du tissu... Mais, surtout, accrochée à une patère, une flotte de soie grège, semblable à un nuage, dans laquelle on avait envie de passer les doigts, comme si Armand Martin ne pouvait se priver de ce fil qui avait été si longtemps la trame de sa vie.

Elias, lui, aurait été incapable d'utiliser ce métier à bras, mais il avait été élevé dans le respect des tisseurs, qu'ils fussent de la Croix-Rousse ou des ateliers de Damas et d'Alep. L'inquiétude le saisit. Il n'avait aucune idée de ce qu'il allait entreprendre avec son héritage. Que savait-il des préoccupations d'un marchand de soie ? Depuis deux ans, sa vie se résumait à des bivouacs dans des palmeraies, à des chevauchées à travers la steppe désertique, à des bannières de soie qui claquaient au vent sur des hampes dorées, à des combats ciblés, vifs comme l'éclair. Il avait découvert que les Bédouins n'aimaient que cela, la vivacité d'une escarmouche. Or, l'avenir d'une entreprise familiale séculaire, c'était exactement le contraire, un temps à édifier patiemment, où chaque pierre se devait d'être transmise à la génération suivante, et qui se résumait aujourd'hui à un abîme d'incertitudes. Les accrochages dans le désert, au moins, ne laissaient aucune place au doute.

— Me permets-tu, mon garçon ? demanda soudain le vieillard. Je ne peux plus discerner tes traits, mais j'aimerais te voir.

Elias laissa les doigts déformés par l'arthrose d'Armand frôler son front, son nez, ses lèvres, son menton. Le geste était précis mais délicat. D'une étonnante douceur.

— Tu as la mâchoire de ton père, affirma Armand en souriant. Et je crois reconnaître les joues plates de ma petite Blanche. Tu dois être un beau gaillard.

Elias se sentit rougir comme un enfant.

— Je n'ai plus reçu de ses nouvelles depuis longtemps. Ma dernière lettre était, comment dire, délicate… Mais je ne veux pas trahir de confidences.

Il hésitait, mal à l'aise. Le jeune homme sentit poindre l'agacement que lui inspiraient ces cachotteries. Son père avait eu raison de parler de gangrène.

— Elle a bien reçu votre lettre, monsieur. Je suis au courant de la mort de son fils Aurélien.

Tassé sur sa chaise, Armand Martin hocha la tête. Ses bronches sifflaient de manière inquiétante.

— Je suis désolé. Ma pauvre Blanche. Quelle misère ! C'était un garçon formidable. Il a quasiment grandi chez moi, tu sais. J'ai eu l'impression de perdre mon propre enfant… Et maintenant, donne-moi des nouvelles de tes parents, petit.

Ainsi, Armand Martin ne savait pas. Un frisson parcourut Elias à l'idée de prononcer des mots qu'il vomissait, d'évoquer ce drame sur lequel il refusait de s'attarder. Il se demanda soudain s'il avait eu raison de faire ce pèlerinage. N'aurait-il pas dû poursuivre son chemin en détournant les yeux ? Se taire comme savait si bien le faire sa mère ? Mais la délégation arabe venait d'apprendre que l'émir Faysal était attendu à Strasbourg le lendemain, puis pour une visite d'hommage dans les tranchées de Verdun, le champ de bataille emblématique des Français. Ensuite, il faudrait rejoindre l'Angleterre. Sachant qu'il ne lui restait plus que quelques heures à passer à Lyon, il avait enfilé son paletot pour partir en quête d'un improbable passé. C'était maintenant ou jamais. Il ne reviendrait pas dans cette étrange cité tissée de brumes et de silences.

En racontant à Armand l'exécution de son père, Elias buta sur les mots. Il n'avait jamais encore parlé de la tragédie. Tous ses compagnons de lutte étaient au courant des détails sordides. L'émir Faysal et son frère l'émir Abdallah aussi. Les morts méritent la paix. Par pudeur, on évite de s'appesantir sur leurs derniers instants. Il croyait même naïvement avoir apprivoisé sa douleur. Or, ces deux ans de guerre n'avaient fait que déposer un voile de bruit et de fureur sur une peine qui demeurait aussi vivace qu'au premier jour. Il fit de son mieux pour retracer les dernières années de son père, ses rides de bonheur au coin des yeux, l'épingle qu'il gardait toujours au revers de son veston pour vérifier la qualité d'une étoffe, ses sursauts d'indignation, de colère, sa décision de soutenir le projet hachémite en Grande Syrie – ce que lui reprochait une partie de sa famille –, faisant de lui un hors-la-loi, un réprouvé. Il raconta aussi sa passion pour les échecs, le regard fervent qu'il portait toujours sur sa femme, émerveillé de sa présence depuis le premier jour, sa tendresse et son humour, la chevalière héritée de son propre père qu'il ne quittait jamais, même aux bains, son élégance, l'eau de Cologne dont il s'aspergeait si généreusement qu'Elias feignait de s'éventer pour le taquiner…

Armand gardait le silence, son buste incliné vers celui du garçon. Quand Elias, la voix brisée, s'interrompit au milieu d'une phrase, Armand posa une main sur son avant-bras. La simplicité de ce geste recelait toute l'affection du monde. Alors, le jeune homme en colère se décomposa. Il essuya ses larmes d'une main rageuse. L'espace d'un instant, le fougueux combattant de la révolte arabe n'était plus qu'un orphelin vulnérable qui trouvait un réconfort inattendu, tout comme sa mère plus de vingt ans auparavant, auprès d'un maître tisseur compatissant, sur la colline de la Croix-Rousse.

Elias avait déboutonné le col de son uniforme. Le corps engourdi, tournant le petit verre entre ses mains, il avait les yeux mi-clos.

— Pourquoi ces mystères ? Si mon père ne m'avait pas tout raconté, je ne saurais toujours rien. J'avais un frère qui me restera désormais à jamais inconnu. Et j'ai une sœur qu'on m'a interdit d'approcher. Comment peut-on cacher des choses aussi essentielles ? Les liens du sang, tout de même…

— Il faut savoir respecter les secrets des autres, mon garçon.

— Mon père m'a dit la même chose. Mais je ne comprends pas. Je trouve cette attitude, comment dire ? Indigne. Oui, parfaitement. Indigne ! Une sorte de trahison. Ce sont nos vies, après tout. Pas les leurs !

Elias sentait renaître cette colère sèche qui le poussait en avant depuis la mort de son père. Une ferveur qui l'avait porté à travers une rébellion à l'allure délicieusement exotique avec ces centaines de chameaux des tribus bédouines, leurs échappées folles dans le désert. Quand Armand avait voulu en savoir davantage, il lui avait toutefois raconté la réalité prosaïque : les attaques sur le chemin de fer du Hedjaz, les explosifs à placer sur les rails, les embuscades pour retarder les troupes turques, le harcèlement de leurs colonnes, les ordres cinglants des officiers britanniques et des capitaines français venus encadrer l'armée arabe. Les bombardements, les salves de mitrailleuses. Et cette peur de mourir quand on n'a pas vingt ans. L'abîme au creux de soi. La bouche sèche, les mains moites qui glissent sur une vieille carabine. Elias avait tué, aussi. Il n'avait jamais encore fait l'amour à une femme, mais il avait tué.

— Le secret est toujours double, Elias, reprit Armand d'un ton résolu. Il tue, mais il protège aussi. À l'époque, on a infligé un choix impossible à Blanche en lui interdisant de revoir ses enfants. Toute société impose ses codes pour se préserver. Qu'elle ait accepté peut sembler impensable, et pourtant… Elle savait qu'Aurélien et Oriane seraient en de bonnes mains. Leur tranquillité d'esprit, pensait-elle, était à ce prix. Le prix de son silence.

Armand s'interrompit pour reprendre son souffle.

— Les gens se soumettent aux règles toute leur vie par peur de l'exclusion, quitte à être malheureux. Choisir la liberté, c'est aussi accepter la solitude. Il faut être d'une trempe particulière pour tourner le dos aux siens. J'imagine que c'est pareil chez tes amis bédouins, non ? N'est-ce pas une vérité universelle ? Ta mère a refusé un destin imposé par son clan. Elle pressentait qu'elle n'y résisterait pas, qu'une vie chez nous la détruirait, et à travers elle ses enfants. Je me souviens d'avoir eu peur pour Blanche. Elle était si jeune, si perdue. Et puis, il y a eu cette rencontre avec ton père. Ici, dans mon atelier. Leurs premiers regards. Une évidence, tu comprends ?

Armand revoyait comme si c'était hier cette fascination du marchand de soie syrien pour la fille de la fileuse de la Drôme. Il pouvait dessiner de mémoire la moue méfiante de la jeune femme. Les bleus sur son visage, sa robe déchirée après l'accident de la ficelle. Et voilà qu'il accueillait chez lui le fils né de cet amour. Il restait stupéfait par les combats d'Elias. Dans son esprit, l'enfant n'était pas encore en âge de se battre. Or, il découvrait un jeune homme avec dans son timbre de voix les inflexions de Salim. Il n'osait imaginer la souffrance de Blanche. La disparition de Salim, puis celle d'Aurélien. C'était lui qui avait dû trouver les mots pour lui apprendre l'affreuse nouvelle. À l'époque, déjà, il voyait mal. Les lignes de sa lettre se chevauchaient. Le voile opaque s'était ensuite étiré inexorablement sur ses yeux tel un linceul. Comme il aurait aimé serrer Blanche contre lui pour la réconforter ! C'était aussi grâce à elle que Maxence était devenu un homme. À la pensée de son fils, un spasme secoua son cœur fatigué. Dix-huit mois s'étaient écoulés depuis les mutineries du printemps 1917 et la condamnation de Maxence par le conseil de guerre. L'indignité nationale. L'infamie absolue dans un pays en guerre. Il n'avait toujours pas reçu de ses nouvelles. Dans ses cauchemars, il rêvait que son fils était mort et que personne ne le lui avait dit. Vieux et souffrant, il ignorait s'il reverrait son petit.

— Monsieur ? Vous ne vous sentez pas bien ?

Elias scruta le visage livide d'Armand qui respirait par à-coups. Il lui versa un verre d'eau, mais le tisseur n'arrivait ni à tenir le verre ni à le porter à ses lèvres. Affolé, Elias allait sortir chercher de l'aide quand la porte de l'atelier s'ouvrit brusquement.

— Armand, c'est moi ! appela une voix enjouée. Je suis en retard. Ce temps pourri… Mais, que se passe-t-il ?

Une femme élancée, maigre comme un échalas, se campa devant eux. Elle continua à retirer ses gants tout en dévisageant Elias avec méfiance.

— Je suis désolé, madame. Nous prenions un verre et il s'est senti mal.

Aussitôt, l'inconnue s'empara d'un flacon dans un tiroir, en versa quelques gouttes dans le verre d'eau et réussit à faire boire le malade en lui tenant la tête inclinée vers l'arrière.

— Ce n'est rien, Armand. Calme-toi… Ça va passer.

Après de longues minutes, un peu de couleur finit par revenir sur ses joues. L'inconnue demanda à Elias de l'aider à allonger le vieil homme sur son lit. Une fois adossé à ses oreillers, Armand souffla ses remerciements à Elias, lui tapota la joue, puis s'assoupit aussitôt. La femme déploya le paravent pour l'isoler. Visiblement, on avait installé ce lit de camp dans le fond de l'atelier parce qu'il ne pouvait plus monter dormir dans la soupente.

— Il va se remettre, madame ?

— Non. C'est son cœur. Le docteur n'est pas optimiste, hélas. Je suis sa voisine. C'est moi qui veille sur lui. Mais qui es-tu, toi ?

— Mes parents le connaissaient. J'étais passé le saluer.

— Ah, je pensais que tu étais un ami de Maxence venu nous apporter de ses nouvelles. Mais ton uniforme est bizarre. Le pauvre Armand ne s'est pas remis de la condamnation de son fils, tu comprends ? C'est ça qui le ronge de l'intérieur.

Elle s'affaira à nettoyer les assiettes sales.

— Ça nous a tous mis en colère. Une belle injustice, oui ! Alors qu'ils envoyaient nos pauvres gars se faire massacrer. Ces offensives absurdes, ces millions de morts… En 1917, après le Chemin des Dames, ce n'était pas des mutineries mais du bon sens. Condamner Maxence à dix ans de prison parce qu'il avait refusé de remonter en première ligne avec ses hommes. Si ce n'est pas une honte ! Heureusement, il n'a pas été fusillé ni envoyé au bagne. Une demande de grâce a été déposée chez le président Poincaré pour lui et ses camarades, mais on ne sait toujours rien pour le moment.

Elias hocha la tête sans bien comprendre. Il ignorait qu'Armand avait eu un fils en âge de combattre lui aussi. Et il ne savait rien de ces mutineries. Il avisa alors la photographie d'un jeune homme blond en uniforme posée sur une étagère. Il avait un regard triste, presque anxieux, des traits réguliers, une douceur dans le pli de sa bouche. Elias pouvait comprendre que des soldats se rebellent contre leurs supérieurs. Il avait vu l'incompréhension entre les combattants bédouins et les officiers britanniques, ou ceux de la mission militaire française. Les Bédouins attachaient une importance capitale à chaque vie humaine, car les tribus étaient peu nombreuses, si bien que les officiers des détachements occidentaux leur reprochaient avec mépris d'être davantage des bandits du désert que de véritables soldats. Cependant, à voir les photos et les films qui montraient ces paysages lunaires du nord de la France, Elias ne trouvait pas qu'il y avait là de quoi se glorifier. Leur guerre de tranchées avait été barbare. Ce Maxence Martin avait eu raison de se révolter. Il aurait sans doute fait de même.

— Je dois partir, madame. Pourrez-vous dire à Armand que j'ai été heureux de le rencontrer ? J'espère qu'il se remettra vite.

Elle lui sourit en s'essuyant les mains sur un torchon. Quand Elias quitta l'atelier, le froid humide le transperça à nouveau.

— Inutile de marcher sur la pointe des pieds, Oriane ! Je t'ai entendue. Je suis vieille, mais pas sourde.

— Vous avez repris du poil de la bête, Bonne-Maman. Cela fait plaisir.

La jeune femme déposa un baiser sur le front de sa grand-mère, qui fit une moue en agitant la main.

— Assieds-toi ! Tu as plus l'air à l'article de la mort que moi. Est-ce que ton mari te nourrit convenablement ? On est pourtant réputé dépensier du côté des Brotteaux.

— Ce n'est plus aux maris de nourrir leurs épouses. Désormais, nous sommes assez grandes pour nous débrouiller seules.

— Nous l'avons toujours été, ma chérie. Mais ils aiment tellement qu'on le leur laisse croire.

— C'est hypocrite.

— Habile.

Oriane s'assit dans un fauteuil et croisa les jambes plutôt que les chevilles, amusée que Geneviève Duvernay se contente d'un froncement de sourcils. La retenue de la vieille dame confirmait son intuition : les repères étaient bouleversés et même la Presqu'île s'en trouvait contaminée, à l'exception de cette chambre à coucher où rien n'avait changé depuis son enfance. Un refuge surprenant, dont l'exubérance ne correspondait pas aux critères d'élégance classique de l'appartement. La chambre de Geneviève Duvernay assumait son opulence. Des bouquets de fleurs reliés par des guirlandes s'épanouissaient sur les tentures murales en taffetas de soie chiné à la branche. Une étoffe amarante drapait le lit à baldaquin. Le brocart sur fond cramoisi et or qui tapissait la paire de fauteuils avait embelli autrefois la chambre à coucher royale à Versailles. Sur un pan de mur, une collection de chinoiseries. Enfin, des vases laqués noirs montés en lampe éclairaient cet univers onirique au cœur duquel trônait en majesté, parmi ses draps en coton égyptien, la frêle mais indomptable silhouette de Geneviève Duvernay.

— Alors, ce vin d'honneur pour les Arabes ? On en parle dans le journal.

— Une réception étonnamment modeste. Visiblement, ils n'étaient pas les bienvenus. Et ces malheureux semblaient perdus et transis de froid.

— Les Arabes ne sont jamais perdus. Ils sont rusés comme le diable.

— Ils m'ont fait de la peine. J'aurais aimé leur parler. L'émir vient de la péninsule arabique alors que certains membres de son entourage sont syriens ou irakiens…

— Je ne vois pas ce que tu leur trouves, franchement, Oriane ! Ton mari a raison de s'en méfier.

Une quinte de toux l'empêcha de poursuivre. Oriane repensa au jeune homme à la barbe noire. Il n'avait pas l'air fourbe ni retors, seulement en colère. Quant à l'émir Faysal, il paraissait désorienté.

— Vos bronches sont encore encombrées. Avez-vous fait les inhalations prescrites par le docteur Forestier ?

— Forestier est un imbécile.

Sans aucun doute, sa grand-mère était en voie de guérison. Rassurée, Oriane commença à se détendre. Elle s'était toujours étonnée de cette pièce singulière, luxuriante telle une forêt vierge, dont les tapis persans se chevauchaient sur le parquet. Dans la bibliothèque fermée à clé, les rayonnages recelaient des romans réprouvés par la morale. Le jardin secret de Geneviève Duvernay en aurait surpris plus d'un, mais personne n'avait le droit d'y pénétrer, à l'exception de sa femme de chambre et d'Oriane. Si l'on fermait les volets intérieurs, qu'on libérait les rideaux de velours de leurs embrasses en passementerie, c'est tout le quartier d'Ainay qui s'évanouissait. On embarquait alors pour des rivages insolites. Un bonheur appréciable par une journée de brouillard mêlé de neige fondue comme aujourd'hui. C'était dans cette retraite qu'elle s'était réfugiée, petite fille, le jour où son père avait claqué la porte d'entrée parce que Aurélien avait parlé de l'Absente. Sa grand-mère l'avait prise sur ses genoux dans ce même fauteuil, tâchant d'apaiser ses peurs en lui chantonnant des comptines jusqu'à ce que son père revienne la chercher pour rentrer chez eux, à quelques rues de là. Sans jamais oser poser la question, Oriane se demandait parfois ce que sa grand-mère tentait de fuir quand elle avait conçu ce décor, petit bijou d'insolence et de sensualité.

— J'espère que le docteur Forestier n'est pas aussi inepte que cela. Je suis allée le voir, l'autre jour.

— Pourquoi donc ? Tu as pris froid ? Ce n'est pas cette terrible grippe, tout de même ? Elle frappe hélas surtout les jeunes gens au lieu des vieilles biques comme moi.

Oriane appuya sa nuque sur le dossier du fauteuil, ferma les yeux. Le parfum de thym et de romarin des huiles essentielles la transporta en plein été. Elle aurait aimé sentir la chaleur réconfortante du soleil sur ses joues, revoir danser la lumière parmi les frondaisons sur les quais de Saône.

— J'étais enceinte. Je ne le suis plus.

Sa grand-mère retint son souffle.

— Tout va bien, Bonne-Maman. Il m'a auscultée à sa clinique. Il m'a dit que cela pouvait arriver. La fatigue accumulée, vous comprenez ? Peut-être même l'émotion de l'armistice ? Après tous ces drames…

Elle eut un infime mouvement d'épaules. Son expression se voulait non pas indifférente, mais un brin désinvolte. Il ne fallait pas s'appesantir sur une mésaventure partagée par tant de femmes. Un petit malheur à l'aune des cataclysmes du monde. Et puis la pudeur interdit d'évoquer ces choses-là. Le corps qui se rebelle, l'étrange chagrin, l'inconfort physique, la honte aussi. Ce n'est qu'en perdant son bébé qu'Oriane avait compris qu'elle était enceinte. Elle n'en avait même pas parlé à Gabriel. Elle n'aurait jamais trouvé les mots.

— Il me conseille de manger de la viande rouge et de boire du vin.

— L'abruti ! gronda Geneviève pour ne pas perdre la face alors qu'Oriane voyait bien qu'elle était décontenancée. Je suis désolée, ma chérie. Est-ce que… ?

— N'en parlons pas, je vous prie. Je vais juste me reposer un peu, si vous le permettez, avant de rentrer dîner avec Gabriel. Il est occupé avec ses nouveaux camarades de jeu. Ils s'amusent à mettre la Syrie en coupe réglée. Cela leur tient visiblement beaucoup à cœur.

— Bien sûr, mon ange. Aussi longtemps que tu voudras.

Soucieuse, Geneviève Duvernay scruta les traits tirés de sa petite-fille. Elle comprenait son désarroi. Elle aussi avait fait une fausse couche, mais après la naissance de ses quatre enfants. Pourtant, pendant longtemps, elle s'était isolée dans cette chambre à chaque jour anniversaire. Elle avait besoin de se recueillir, rien qu'un instant, sur ce qui aurait pu être. Sous la courtepointe, elle fit rouler son chapelet en bois d'olivier entre ses doigts. Son pouls se mit à battre de manière erratique. Elle se frappa la poitrine du plat de la main comme pour rappeler son vieux cœur à la raison. C'était injuste. Sa petite-fille avait traversé suffisamment d'épreuves ces dernières années. Pourvu que cet imprévu ne la trouble pas au-delà du raisonnable ! Elle n'aurait plus l'énergie de tirer une nouvelle fois Oriane de sa mélancolie. C'était désormais au mari de sa petite-fille de veiller à tout cela. Un doute s'insinua dans son esprit. Gabriel Lombard était volubile, un brin exubérant pour un Lyonnais – ce qui lui avait semblé bénéfique pour le tempérament d'Oriane –, mais elle craignait qu'il n'ait ni le tact ni la sensibilité nécessaires pour saisir un être aussi complexe.

— J'aimerais aller passer un peu de temps à Paris, Bonne-Maman. Dans l'appartement de papa. Ce matin, notre directeur m'a dit qu'il était optimiste pour l'avenir. La vie mondaine va reprendre. Il pense que nous pourrons tirer notre épingle du jeu si nous sommes plus dégourdis que les autres. Pour cela, je dois comprendre ce qui se passe dans la capitale. Papa était très apprécié par Paul Poiret et Jeanne Paquin, n'est-ce pas ? Il disait que c'était important d'avoir une relation personnelle avec les couturiers. Que les plus belles étoffes naissent d'une complicité entre le fabricant de tissu et le créateur de mode.

C'était surtout un prétexte pour retrouver sa maîtresse, songea Geneviève Duvernay. Comment s'appelait-elle, déjà ? Céline… Non, Camille. Camille Ségur. La comédienne avait été d'une discrétion absolue pendant leur longue liaison. Elle lui en avait été reconnaissante. L'idée que sa petite-fille puisse la croiser à Paris l'inquiéta, mais elle chassa aussitôt cette pensée. Elle devait faire confiance à Oriane. De toute manière, elle n'avait plus la force de faire autrement. Ses articulations craquaient comme du petit bois, sa bronchite était devenue chronique.

— Et puis les rues, ici, sont pleines de souvenirs, murmura la jeune femme comme si elle se parlait à elle-même. J'ai parfois le sentiment de vivre entourée de fantômes.

— Et Gabriel, qu'en pense-t-il ?

— Il ne le sait pas encore.

Quand sa petite-fille redressa le menton, la mémoire d'un temps révolu s'éveilla chez la vieille dame. Celle d'avant les ruptures et toutes les guerres. Le mari d'Oriane se laisserait persuader. La jeune femme n'avait pas hérité pour rien de la détermination de Blanche Grange. Or, depuis la terrible mort d'Aurélien, les batailles de Verdun et du Chemin des Dames, depuis qu'elle avait vu le visage ravagé d'Oriane à ses retours de l'hôpital, Geneviève Duvernay ne jugeait plus les traits de caractère de son ancienne belle-fille de la même manière. Elle n'excusait pas son geste. Elle ne lui pardonnait rien. Elle emporterait dans sa tombe la colère et la haine que lui avait inspirées Blanche en abandonnant Victor, qui ne s'en était jamais remis. Mais la ténacité était une arme devenue nécessaire. Sa petite-fille en aurait besoin à l'avenir, lorsqu'elle ne serait plus là pour la protéger.

— Va ouvrir le premier tiroir de mon secrétaire. Apporte-moi le grand livre à couverture bleu marine. Oui, celui-là.

Oriane lui obéit. Spontanément, elle retira ses chaussures et grimpa sur le lit pour s'adosser elle aussi aux oreillers. Les rideaux étaient tirés, les lampes diffusaient une lumière tamisée. Les deux femmes échangèrent un sourire complice avec l'impression de remonter le temps. Geneviève n'hésita qu'un instant avant de tendre l'ouvrage à sa petite-fille. Dévorée de curiosité, Oriane commença aussitôt à le feuilleter. À chaque page se trouvait un échantillon de tissu. En composant cette ode aux œuvres les plus spectaculaires des Soieries Duvernay, Geneviève avait pris soin de noter non seulement la composition de l'étoffe et l'année de sa fabrication, mais aussi diverses anecdotes.

— Les premières créations sont celles de ton arrière-grand-père. Un homme de grand talent. Un ami du couturier Charles Frederick Worth, qui fut le premier à lancer ce qui est devenu la « couture » parisienne. Ensemble, ils ont habillé les femmes les plus élégantes du Second Empire. Tu vois, dit-elle en montrant un extrait d'une gazette mondaine qui présentait une aristocrate célèbre portant un manteau du soir en velours. Ton père, lui, a voulu poursuivre dans cette veine. Il était obsédé par son rival Charles Bianchini, qui s'est implanté à Paris à l'époque de ta naissance pour traiter directement avec les maisons de couture, sans passer par les grossistes. La maison Bianchini-Férier est certainement le meilleur fournisseur de la « Haute Nouveauté ».

Oriane étudiait les échantillons avec révérence : la souplesse des crêpes, la transparence des mousselines et des organdis, l'allure des satins avec leur surface lisse et brillante née de fils juxtaposés, les lamés au fond métallisé, doré ou argenté, et ces glorieux velours qui exigeaient un tissage particulier, une spécialité lyonnaise.

— Charles Bianchini est aussi un génie créateur, sans cesse en quête de nouveaux procédés techniques, reconnut la jeune femme. Ce sont eux qui ont créé la mousseline la plus fine du monde… Papa en était jaloux. Mais le fabricant qui vend à la Couture doit fournir aussi bien des unis que des tissus fantaisie. L'investissement est risqué.

Geneviève lissa une mèche de sa petite-fille échappée de son chignon. Elle était rassurée de voir la concentration d'Oriane, son ardeur alors qu'elle venait de connaître une épreuve si intime. Il faut naître au courage. Quelque chose avait changé chez sa petite-fille. Oriane n'était plus passive. Depuis la disparition de son frère, une responsabilité pesait sur ses épaules. Et maintenant que cette maudite guerre avait pris fin, elle semblait prête à l'assumer pleinement.

— Le coût du tissu entre pour moins de dix pour cent dans le prix de revient d'une robe, lui rappela-t-elle. Or, un tissu exclusif avec un dessin mémorable demeure unique et rend le vêtement conçu par le couturier unique à son tour. Étudie bien ces couleurs, ces canevas… Nous entrons dans une nouvelle ère. Il va falloir innover, abandonner la tradition des dessins de fleurs du XVIIIe siècle ou ces motifs de palme imprimé cachemire. Voici le dernier velours conçu par ton père pour une robe du soir. Admire ce velouté profond, ce bleu tendre comme une promesse, dit-elle en le caressant avec émotion. La technique du tissage évolue sans cesse. Celle de la teinture aussi. N'oublie jamais que notre art du textile naît de nombreuses mains. C'est un travail collectif. Il te faudra utiliser le talent des techniciens de la maison. Être à leur écoute. Les inspirer par tes choix. Car c'est toujours l'imagination du fabricant qui est déterminante. De nos jours, une étoffe n'est plus seulement un alliage de fils colorés. La matière devient une composante à part entière du vêtement.

Oriane releva la tête en riant.

— Bonne-Maman ! C'est vous qui devriez reprendre les rênes de la Maison !

La vieille dame sourit, une lueur espiègle dans son regard bleu.

— Tant que le Seigneur me laisse sur cette terre, je serai là pour t'aider. Mais l'avenir t'appartient. Ce livre est pour toi désormais. Tu y trouveras de l'esprit, du génie. De l'espoir aussi les jours de tempête. Ce sont tes racines. Les plus belles étoffes de tes ancêtres, dont tu peux être fière. Elles te permettront de dessiner ton propre chemin. Ce qu'il faut, c'est de l'audace, mon ange. Toujours de l'audace.

Ton père s'y était essayé, mais à mauvais escient, et cela l'a brisé, songea encore Geneviève Duvernay, caressant la joue de sa petite-fille. La tristesse lui perça le cœur. Trop de chagrin et de souffrances. Mais aujourd'hui, il fallait regarder devant soi. Oriane saurait oser. La vieille dame n'en doutait pas. Quoi qu'on en pense, ce courage-là, elle l'avait hérité de sa mère.

Janvier 1919

— Paris ? C'est une bonne idée, Oriane. Je vous y encourage vivement. D'autant que je vais m'absenter quelques mois.

Oriane, stupéfaite, se demanda si elle avait mal compris son mari. Ils prenaient leur petit déjeuner. Les lampes de la salle à manger étaient toutes allumées, la grisaille matinale ne parvenait pas à en dissiper les ombres. Elle n'avait pas encore retiré la couronne de l'Avent qui trônait sur la table en chêne ni la crèche disposée dans le salon, les seules décorations festives qu'elle avait tolérées dans leur appartement. Elle avait laissé passer Noël – une célébration devenue pour elle une épreuve –, puis attendu le retour de Gabriel de Marseille, où il s'était rendu pour assister au Congrès français de la Syrie. L'heure était enfin venue de lui annoncer la nouvelle. Elle voulait remettre en ordre la résidence parisienne de son père. Redoutant un refus, elle avait pris soin d'affûter ses arguments. Et voilà qu'elle n'avait même pas besoin de le convaincre.

— Vous partez ? Mais où cela ?

Il beurra consciencieusement son pain grillé qu'il croqua de bon appétit. Des miettes s'accrochèrent à sa moustache.

— Les chambres de commerce de Marseille et de Lyon ont décidé qu'il était indispensable d'effectuer une mission en Syrie pour procéder à un inventaire sérieux de ses ressources économiques. Le ministère des Affaires étrangères a été saisi. L'université de Lyon est aussi intéressée par le projet. C'est Paul Huvelin, un professeur à la faculté de droit, qui va chapeauter tout cela. La délégation sera composée d'éminentes personnalités, des professeurs, des ingénieurs… et de votre serviteur. Je m'y rends avec la bénédiction de l'Union des marchands de soie.

Oriane songea combien il était affligeant d'éprouver de la joie à l'idée d'être séparée de son mari.

— Et quand partez-vous ?

— Sans doute début mai, quand le service de paquebots aura repris entre Marseille et Beyrouth. Le séjour durera plusieurs mois. Ce sera hélas un peu long pour vous, ma chérie.

Elle fit un effort pour rester impassible. Paris au printemps ! Seule…

— Nous devons présenter des arguments convaincants pour obtenir le soutien du gouvernement, vous comprenez. C'est important de ne pas laisser la bride au cou des Anglais qui manipulent leur marionnette, cet émir Faysal qui vous a tant impressionnée. Quand on pense que Clemenceau leur a déjà abandonné le pétrole de Mossoul ! Notre président du Conseil est hélas difficile à persuader. Et les Français ne sont guère plus emballés à l'idée de dépenser de l'argent pour maintenir là-bas notre position.

Il secoua la tête, visiblement agacé par l'inconséquence de ses compatriotes.

— La Syrie est pourtant si riche. Pensez aux arbres fruitiers et aux cultures maraîchères autour de Damas, aux vignes et au lignite libanais, aux oliviers, au tabac, au bitume naturel de la mer Morte… Et la sériciculture va retrouver une seconde jeunesse. J'ai prononcé une allocution à Marseille en suggérant de fournir au plus vite aux Libanais des graines de vers à soie qu'ils pourront rembourser à longue échéance.

Il sucra son café au lait, tout en jetant un coup d'œil distrait sur les titres du *Nouvelliste*. Il semblait avoir oublié les préoccupations de son épouse alors que pour certains Lyonnais l'idée même d'être « parisien » paraissait sacrilège. Oriane avait l'impression d'être arrivée harnachée sur un champ de bataille pour découvrir que son adversaire lui avait fait faux bond.

— J'ai du mal à vous imaginer en costume blanc, affublé d'un casque colonial, dit-elle en se versant une tasse de thé. Vous m'enverrez des photos, j'espère.

— Je ferai de mon mieux, très chère. D'ici là, le courrier postal aura sûrement repris. Pour l'instant, les services sont encore désorganisés. La plupart des appareils téléphoniques et télégraphiques ont disparu. Beyrouth est quasiment en ruine, les Turcs ont détruit une partie de la ville afin de percer de nouvelles rues, et notre malheureux détachement français se démène depuis son arrivée pour organiser le ravitaillement. La Croix-Rouge américaine parle d'au moins deux cent cinquante mille malheureux qui seraient morts de faim.

Oriane l'écoutait d'une oreille distraite. Elle était fascinée par les monologues de Gabriel. Quand il s'emparait d'un sujet, il prenait le mors aux dents et s'élançait comme un cheval fou.

— Les Anglais, eux, se pavanent comme des rois. On a dû les supplier de nous fournir leurs montures et leurs camions pour accéder aux survivants dans la Montagne. Je me demande d'ailleurs comment nous allons circuler sur place. Les routes sont dans un état déplorable, les voies de chemin de fer détériorées, sans parler des ponts qu'ont fait sauter les Turcs.

— À dos de chameau ? suggéra-t-elle, impassible.

Il arqua un sourcil.

— Vous n'avez pas l'air de comprendre l'enjeu. C'est uniquement grâce aux troupes franco-britanniques que la Grande Syrie a été libérée de l'occupation turque. Cette prétendue Révolte arabe n'a été qu'une force d'appoint. Désormais, l'administration militaire de nos deux pays veille sur les zones qui lui ont été attribuées. Mais ces maudits Britanniques nous harcèlent ! Ils n'accordent des permis de transport ou des licences d'importation et d'exportation qu'à ceux qui commercent avec eux ou l'Égypte. Nous, nous pouvons aller nous brosser. Et les Syriens les soutiennent ! C'est fou… Oui, vraiment, je veux voir cela de près.

Il vida sa tasse, s'essuya les lèvres.

— Mais ce n'est pas parce que je n'ai pas confiance dans la population que je ne vais pas apprécier la beauté de ce pays. C'est une terre historique exceptionnelle. Je me réjouis de découvrir Damas, la ville de la conversion de saint Paul. Et je tiens beaucoup à voir le reliquaire de saint Jean Baptiste dans la mosquée des Omeyyades.

— Et vous incliner sur la tombe de Saladin ?

Gabriel lui jeta un regard irrité.

— Cessez de vous moquer de moi, Oriane. C'est déplaisant avant d'entamer une longue journée au bureau.

Elle réprima un sourire. Elle prenait un plaisir fou à le titiller. Souvent, il ne s'en apercevait même pas.

— Et vous, qu'allez-vous faire à Paris ?

Ainsi, il n'avait pas fait l'impasse sur ce qu'elle lui avait dit. Il fallait toujours se méfier de Gabriel.

— Étudier l'esprit de la Ville Lumière pour proposer moi-même des tissus aux grands couturiers. Mon père s'y était aussi essayé. L'air du temps va changer, et c'est certainement dans la capitale que tout va se jouer. Je compte d'ailleurs me partager à l'avenir entre Lyon et Paris. Vous qui avez longtemps habité New York et qui avez beaucoup voyagé comme négociant, vous devez sûrement comprendre combien il est important d'élargir ses perspectives.

— C'est ambitieux pour une jeune femme sans expérience. Vous n'avez pas les reins financiers d'une maison comme Bianchini-Férier.

Il se tut.

— Oui, Gabriel ? Vous ne dites rien mais vous le pensez si fort que je vous entends d'ici : vous croyez que je n'en suis pas capable. Que les Soieries Duvernay agonisent et qu'elles méritent de belles funérailles plutôt que de dépenser de l'argent à tenter un bouche-à-bouche futile.

— Quelle mouche vous a donc piquée, ce matin ? Après tout, faites ce qui vous chante ! Je ne cherche qu'à vous aider. Vous savez bien qu'une seule chose me manque pour être parfaitement heureux, lui reprocha-t-il en repliant avec soin sa serviette. Or, je vous sens toujours étrangement réticente. Je vais finir par me demander si l'idée d'être mère ne vous importune pas. Mais ce serait absurde, n'est-ce pas ?

Cette fois, ce fut Oriane qui resta silencieuse. Elle trouvait son insistance humiliante. Son mari ne cessait de se heurter à une porte fermée derrière laquelle se cachait son être le plus intime, le plus vulnérable, qui demeurait même une énigme à ses propres yeux. Si seulement elle pouvait le lui donner, cet enfant, comme un paquet-cadeau à Noël. L'obstination de Gabriel éveillait chez elle une colère sourde. Une défiance. Elle avait fini par redouter de faire l'amour avec lui. Il n'y avait là ni enchantement ni vertige. Aucun éblouissement. Gabriel était maladroit, ses gestes étaient gauches. Entre eux, tout était du registre de l'impatience, du contretemps. Sans cette harmonie qu'elle avait pourtant un jour entrevue. Elle détestait leurs nudités, les sécrétions de leurs chairs, les halètements et les bruits flasques, désolants de leurs peaux moites. Elle étouffait sous son poids avec l'impression qu'il lui volait son souffle. Elle gardait toujours les yeux fixés au plafond dans l'attente d'une délivrance. Et lorsqu'il jouissait enfin, son corps n'était plus qu'un réceptacle inerte et elle se sentait emplie d'une insondable tristesse. Mais Oriane n'était pas naïve, son manque de désir n'était pas en cause. L'absence de sentiment maternel, en revanche, était une abomination qu'elle gardait secrète, persuadée que celle-ci était contre nature. Jamais elle ne l'avait évoquée avec quiconque. Quelle femme oserait révéler au grand jour pareille infirmité ?

— Vous vous préoccupez trop de choses qui vous attristent, poursuivit-il, impitoyable. Alors qu'il fait un froid de gueux vous avez insisté pour aller à l'enterrement de ce maître tisseur. Vous auriez pu attraper une pneumonie. Et ce n'était pas votre place.

Elle releva vivement la tête, le rouge aux joues.

— Armand Martin était non seulement une figure respectée de la Croix-Rousse, la mémoire de notre métier, mais un ami de longue date d'Aurélien. Mon frère aurait tenu à ce que je le représente.

Son décès l'avait affligée. Les derniers temps, le vieil homme était resté alité, ne parlant plus, comme désorienté. Il ne semblait même plus conscient des personnes qui restaient à son chevet. Ses mains déformées par l'arthrose, qui avaient tissé tant de merveilles, agrippaient les couvertures comme s'il avait peur qu'on les lui retire. Elle avait été lui rendre une dernière visite une semaine avant sa mort. Ce matin-là, elle lui avait déposé un baiser sur le front. Sa peau sèche dégageait une odeur aigre de maladie. Elle s'était ensuite éclipsée, ne supportant pas de le voir aussi désemparé, lui qui avait été pour elle un pilier lors des moments les plus sombres de son existence. Ils avaient en commun tant de souvenirs doux-amers.

Gabriel se leva de table, ajusta son nœud de cravate.

— Disons plutôt qu'Aurélien se croyait un ami de son fils. Je les ai croisés ensemble plusieurs fois pendant la guerre. Et je sais que vous en avez même pincé pour lui à une époque. Vous m'en avez parlé avec des trémolos dans la voix. Dieu sait ce que vous trouviez à ce lâche condamné par le conseil de guerre ! Une chance pour lui qu'il n'ait pas été fusillé. Ces gens-là ont été le déshonneur de l'armée française. Je suis sûr qu'Aurélien aurait mis un terme à leur relation s'il n'avait pas donné, lui, sa vie pour la France.

Le pouls d'Oriane s'emballa. De quel droit Gabriel parlait-il ainsi ? Il n'avait pas été un ami d'Aurélien, il le connaissait à peine. Comment pouvait-il présumer quoi que ce soit ? Elle s'aperçut qu'elle tremblait. Mais elle resta muette, incapable de prononcer un mot. Elle ne pouvait pas parler de Maxence ; elle ne *voulait* pas parler de lui. Surtout pas avec Gabriel. Ce chapitre trouble de sa vie devait demeurer à jamais enfoui. Elle-même n'arrivait pas à en démêler la part d'innocence, de naïveté, de solitude, de désir, d'espoirs sans lendemain. Comment Gabriel osait-il lever ce voile et approcher du sanctuaire ? Elle ne se rappelait pas avoir jamais évoqué Maxence avec lui, mais à l'époque du Chemin des Dames, quand ils attendaient tous des nouvelles, elle avait connu des moments d'égarement. Elle avait peut-être parlé plus que de raison, brisant le code convenu des silences protecteurs. Elle enfonça ses ongles dans sa paume de main pour détourner la douleur. La nouvelle de la sévère condamnation de Maxence s'était abattue comme un couperet. Elle se rappelait encore le visage hagard d'Armand, leur désarroi à tous les deux alors qu'elle luttait dans le même temps avec la souffrance d'avoir perdu son frère. Un an plus tard, quand elle était venue à l'atelier lui annoncer qu'elle épousait Gabriel Lombard, le vieil aveugle, dévoré de chagrin, l'avait serrée dans ses bras en lui souhaitant d'être heureuse. Elle lui avait répondu qu'elle ne pensait plus la vie en ces termes. Armand avait été sincère. Elle aussi.

Palmyre, mars 1919

Le souffle du désert chassait sur le sol la poussière et la pierraille. On entendait courir les grains de sable sur des débris de pavement. Drapée dans une cape de laine doublée de soie pour la préserver de la fraîcheur nocturne, Blanche se tenait debout sur le toit en terrasse de sa maison, le vent jouant avec ses cheveux. Comme chaque matin, elle y montait pour accueillir l'aurore qui s'élevait au-dessus de l'immensité du désert syrien. Les palmiers et les petites plantes tenaces exhalaient leur odeur poivrée. Elle attendait la lumière en ces instants de recueillement qui n'appartenaient qu'à elle. Ils lui étaient d'autant plus précieux qu'ils étaient brefs en Orient, succombant rapidement à l'implacable incandescence, aussi furtifs que le deviendrait quelques heures plus tard le flamboiement du crépuscule. Cette fugacité parlait à son âme. C'était l'aube d'un nouveau jour, un autre jour sans Salim, et il en serait à jamais ainsi, jusqu'à ce qu'elle-même redevienne poussière.

Les étoiles pâlissaient, les lueurs gagnaient la voûte céleste. Elle puisait toujours un étrange réconfort à voir apparaître l'étendue monotone de sable et de rocaille qui s'étirait vers l'est jusqu'à l'horizon. Elle avait échoué dans cette oasis aux confins du désert après la mort de son bien-aimé et le départ d'Elias à la guerre. Une femme brisée. Elle avait fui Damas, les innombrables minarets, les toits blancs, le dédale des bazars et des ruelles pavées, les splendeurs secrètes des palais aux porches voûtés qu'éclairaient des lanternes, tout le miracle de cette cité glorieuse couronnée par son écrin de verdure au pied de ses âpres montagnes. À l'époque, Blanche était devenue étrangère à sa propre vie.

Grâce à l'intercession d'amis dévoués, Adib et elle avaient pu récupérer le corps de Salim auprès de ses bourreaux pour l'enterrer dans le caveau de famille des Zahhar. Entre-temps, elle avait lu la lettre d'adieu d'Elias. Le sang glacé dans les veines, les yeux brûlants, elle avait lancé une dernière poignée de terre sur le cercueil. Dans la foulée, elle avait refusé d'accompagner Adib et Hayat qui s'exilaient en Égypte. Elle ne quitterait pas le pays. Son enfant était devenu un combattant, il devait pouvoir la retrouver en cas de nécessité. Blanche s'était cloîtrée derrière les murs de leur maison même si, pendant la confusion des semaines qui avaient suivi les exécutions en place publique, chacun redoutait les représailles turques à l'encontre des familles des traîtres. Mais Blanche était restée prostrée chez elle, indifférente à toute menace.

Jusqu'au jour où un Bédouin était venu frapper à la vieille porte cloutée en bois bleu de la demeure des Zahhar. Suleyman Muhammad al-Heuwaitaat s'était campé devant elle dans la cour intérieure, sous le soleil ardent du mois de juin. Son vif regard noir l'avait scrutée avec attention. Elle avait été saisie par la détermination du visage aux traits affirmés, souligné d'une courte barbe noire. Coiffé d'un keffieh blanc, il était harnaché de cartouchières, un poignard à lame incurvée à la ceinture, avec un long manteau sombre sur un gilet brodé de couleurs vives, un pantalon ample, des bottes poussiéreuses. Il avait secoué la tête, mécontent, puis s'était adressé à elle sur un ton qui n'admettait aucune réplique : « La révolte a commencé, *Oum** Elias. Suis-moi. C'est Salim qui l'a voulu ainsi. Tu dois venir te réfugier à Palmyre, à l'ombre des ruines. Maintenant ! » Et elle l'avait suivi.

Elle devait apprendre plus tard que Salim, en effet, avait tout prévu. Dans l'un de ses messages envoyés par pigeon voyageur, il priait son ami Suleyman de veiller sur sa femme, la mère de son fils unique, en cas de malheur. Le Bédouin n'avait pas failli à la parole donnée. Blanche n'avait emporté qu'un maigre bagage, du tabac à distribuer à ses hôtes, ainsi que ses bijoux en or et en argent comme monnaie d'échange. Suleyman l'avait guidée jusqu'à la poignée d'hommes qui patientaient à la porte Saint-Thomas, au pied des murailles. Il lui avait indiqué l'un de ses chevaux, une monture de race arabe qui en possédait les jambes fines et le pied sûr. La petite troupe avait emprunté l'antique route des caravanes bordée de

* *Oum* : Mère de… Il est d'usage que la mère soit appelée par le prénom de son fils aîné.

saules pleureurs, traversé les plantations d'oliviers, franchi les ravins de la Ghouta où coulaient les eaux tumultueuses du Barada, avant de s'élancer au galop à travers les vertes prairies jusqu'à rejoindre les sentiers rocailleux. Quatre jours leur avaient été nécessaires pour parcourir les quelque deux cent cinquante kilomètres qui séparaient Damas de Palmyre.

Blanche gardait de cet exode un souvenir confus tant elle était alors tétanisée par le chagrin. Elle se rappelait les volutes de poussière que soulevaient les chevaux et les mulets sur la croûte friable du sol, les touffes de lavande, les herbes sèches dont se repaissaient d'ordinaire les chameaux et qui servaient à faire du feu. Les lézards aux aguets sur les rochers ocre, les vipères chassées à grands cris. Un petit lac salé. Les vignes et les jardins du village de Qaryatein, la dernière halte où faire provision d'eau. Puis la monotonie de cette chevauchée interminable à travers un paysage de collines arides, suivant le lit de torrents desséchés. Le soir, les Bédouins dressaient leurs tentes noires en poil de chameau pour bivouaquer à l'abri de khāns en ruine. Blanche ne disait pas un mot. Seuls comptaient les regards et les gestes. Suleyman n'avait pas cherché à rompre ce silence. Il chevauchait à côté d'elle sur son étalon qui portait sur ses flancs deux sacoches ornées de passementerie remplies de dattes, de café et d'un narguilé. La nuit, seule sous sa tente, allongée sur les tapis sans trouver le sommeil, elle écoutait le murmure des hommes et le cri des chacals.

Puis, le dernier jour, ils avaient levé le camp dans l'obscurité pour arriver à bon port avant l'ardeur du soleil. Comme elle n'avait pas l'habitude, la soif l'avait bientôt tenaillée. C'était surtout de savoir qu'elle ne pouvait pas boire à volonté. Or, la privation physique n'était que le reflet d'autres bien plus intolérables, auxquelles elle se demandait encore comment survivre. Un vertige l'avait saisie tandis que sa peur pour Elias la submergeait. Elle écoutait les sabots des chevaux heurter le sol, le cliquetis des brides et le crissement des selles, la petite toux sèche d'un des Bédouins. À l'aurore, elle avait vu apparaître à l'horizon deux silhouettes contre le ciel bleu. Elle avait cligné des yeux. En s'approchant, elle avait reconnu les hautes tours carrées de Palmyre. Alors, son corps accablé avait éprouvé une nouvelle fois l'emballement de la petite fille venue autrefois avec ses parents visiter le royaume de Zénobie, l'impératrice d'Orient. Ils avaient longé les longues colonnades de ruines hiératiques rose et doré, la cinquantaine de huttes misérables de ce village de Tadmor aménagées parmi la splendeur des débris antiques, aux improbables ruelles façonnées entre les piliers corinthiens, les arches, les chapiteaux et les marbres effondrés. Des enfants, pieds nus, le visage crasseux, les observaient avec curiosité. Le cheikh du village, lui, résidait avec ses femmes dans une maison à l'écart du temple.

Un peu plus loin, près de la palmeraie, se dressait la demeure de Salim, un ancien caravansérail aux vastes pièces meublées de divans recouverts de tentures orientales, de tapis sur lesquels on déroulait chaque nuit les matelas et les couvertures. On y servait les repas dans une vaisselle d'étain et de grands plats en faïence bleue. Aux temps anciens, les Zahhar entreposaient dans les dépendances les rouleaux de soie venus d'Extrême-Orient par le chemin de l'Euphrate, mais aussi les perles du golfe Persique ou les épices de Ceylan. Avant de basculer dans l'oubli, Palmyre avait été une étape incontournable des caravanes venues du nord, comme l'était la ville de Petra pour la route du sud. La bâtisse de calcaire n'était pas inconnue à Blanche. Elle y était venue plusieurs fois avec Salim plus de vingt ans auparavant, quand il s'était décidé à la restaurer. Ils y avaient été à l'abri des regards. Leur amour s'était alors nourri de l'espace, du ciel et du vent. Ce matin-là, quand elle avait mis pied à terre, qu'elle était entrée dans la fraîcheur du grand salon, elle avait éprouvé un sentiment de sérénité qu'elle avait oublié. Il lui avait alors semblé évident que sa place était là, dans cette vallée des tombeaux, parmi les débris splendides d'un royaume défait puisque l'homme qui avait été toute sa vie n'était plus de ce monde.

En fin de matinée, Blanche revenait à pas lents de la caverne où jaillissait la source de l'oasis, portant une jarre avec précaution. Elle s'était habituée à l'eau tiède et légèrement sulfureuse. Les pans de sa tunique frôlaient la poussière du sentier, un voile de cotonnade bleue la protégeait du soleil. Soudain, un cri lui fit lever les yeux. Nayla agitait le bras, assise sous la tonnelle que Blanche avait fait installer sur la façade nord de sa maison dans l'esprit d'un *liwan* damascène. La jeune Palestinienne, tout sourire, brandissait fièrement un vêtement.

— Viens voir, *Oum* Elias ! J'ai fini.

Blanche lui promit de la rejoindre dès qu'elle aurait lancé la cuisson du repas. Aujourd'hui, il y avait une dizaine de personnes à nourrir. Depuis son arrivée deux ans auparavant, une rumeur se propageait. Il existerait à Palmyre, à l'orée du désert, un khān pour âmes perdues. On disait que tous ceux qui s'y présentaient dans un esprit de paix étaient les bienvenus. On ne vous posait aucune question indiscrète, ni sur votre identité ni sur votre foi ou vos intentions. On ne vous demandait pas d'où vous veniez, encore moins où vous alliez. De toute manière, qui pouvait raisonnablement répondre à cette question ? C'était un endroit où reprendre son souffle à l'écart de la fureur du monde, où se reposer des combats, du désespoir, de toutes les errances.

Cela s'était fait naturellement. Au fil du temps, Blanche s'était mise à recueillir des blessés, des fugitifs, des esseulés. Certains ne restaient que trois ou quatre jours, d'autres quelques semaines. D'autres encore avaient déposé leur bagage dans l'une des petites chambres spartiates pour ne pas repartir. Il y avait Esther, une archéologue suisse au regard bleu et au crâne rasé, un tatouage bédouin entre les sourcils. Le Sage, un ancien tisserand de Damas sans ressources. Jeremy, le timide soldat anglais au corps plié en deux comme celui d'un vieillard. Nayla, la brodeuse de Bethléem que Blanche avait sauvée de la famine. Hélas, elle n'avait pas pu faire de même pour Souha. Elle n'était pas arrivée à temps, la Libanaise et les siens avaient déjà disparu dans la tourmente. De la petite magnanerie à flanc de montagne ne restaient que des pierres écroulées entre lesquelles sifflait le vent des cimes. Un malheur que Blanche ne se pardonnait pas.

Dans la pièce réservée à la cuisine, elle mit les lentilles et le riz à cuire à feu doux. Tout à l'heure, une jeune Bédouine viendrait lui vendre des galettes de pain sans levain et lui offrirait comme chaque jour un pichet de lait de beurre parfumé aux aromates. Blanche avait appris que certaines denrées étaient à vendre, alors que d'autres se devaient d'être des présents. Les coutumes et les traditions variaient selon chaque tribu. Elle n'en décryptait pas toutes les subtilités. Pour cela, il lui aurait fallu une vie entière. En revanche, toutes ces Bédouines avaient ceci de commun : le supplément qu'elles rajoutaient toujours à la commande – mesure de lait, poignée de dattes ou pincée d'épices –, signe de leur générosité. Discrète, Blanche se laissait toujours guider. On la respectait car sa réputation de femme charitable la précédait en Syrie depuis longtemps, qu'elle était une protégée de Suleyman et que son fils Elias avait vaillamment combattu aux côtés des guerriers al-Heuwaitaat, sous la bannière hachémite. Ici, personne n'aurait touché un cheveu de sa tête. Une fois satisfaite, Blanche laissa le repas mijoter sous la surveillance d'Esther.

— Montre-moi, ma chérie, dit-elle à Nayla en s'installant en tailleur sur les coussins.

La jeune fille lui tendit un plastron de taffetas rebrodé. Blanche étudia le travail, admirative de son exquise délicatesse. Les broderies au point de croix ou « en couchure » de Nayla étaient particulières à sa ville natale, un dessin floral ou géométrique complexe que soulignaient des cordelettes de soie et des fils de métal. En Palestine, les motifs et les couleurs avaient tous une signification, et les plus avisés pouvaient reconnaître d'un seul coup d'œil le village d'origine de la brodeuse. Les Soieries Zahhar vendaient depuis toujours les tissus rayés en soie et lin rouges, noirs, verts, roses ou bordeaux, destinés à ces robes qu'on disait « royales » tant elles étaient splendides. Quant aux fils de soie multicolores, ils provenaient souvent de leurs filatures. Blanche avait l'impression de tenir un pan de mémoire entre ses mains. Elle reconnut la « branche de pommier » et l'« oiseau de paradis ». La mère disparue de Nayla avait enseigné les motifs à sa fille dès son plus jeune âge ; la tradition se transmettait par les femmes depuis toujours. Ces dernières années, les associations caritatives attachaient une grande importance à cet art, organisant pour les orphelines ou les plus démunies des ateliers de couture. Il fallait à tout prix leur donner des moyens de subsistance, surtout après l'épreuve de la guerre. Proportionnellement au nombre de ses habitants, la Grande Syrie était le belligérant de la Grande Guerre qui en avait sacrifié le plus au conflit. Pas une famille n'avait été épargnée. Blanche effleura la petite croix chrétienne nichée au cœur des entrelacs.

— Je te félicite, Nayla. Tu es bénie par le Seigneur pour ce talent exceptionnel.

— Crois-tu que je puisse le vendre à Damas, *Oum* Elias ? demanda-t-elle en se mordillant la lèvre.

— Dès que tu auras terminé de broder le haut des manches de tes deux robes *malak*, nous créerons un espace dédié à ton travail dans notre magasin du

Grand Bazar. Tu en recevras les fruits. Ce n'est que justice.

De joie, Nayla serra ses mains l'une dans l'autre.

— Et que dira Elias ?

— Il sera d'accord, j'en suis sûre.

La jeune fille s'empourpra. Elle était transparente comme de l'eau de roche.

— J'espère qu'il reviendra bientôt nous rendre visite.

— Moi aussi, *habibati*.

À l'automne dernier, après être entré à Damas dans le sillage de l'émir Faysal et des troupes arabes victorieuses, Elias était aussitôt venu voir sa mère à Palmyre. Jamais Blanche n'oublierait l'émotion qui l'avait envahie quand sa silhouette s'était encadrée dans l'embrasure de la porte. Elle ne s'y attendait pas. Elle n'avait pas revu son fils depuis l'exécution de Salim deux ans auparavant. Les lanternes étaient allumées dans le salon où elle se tenait avec Nayla. Il était entré et, sans un mot, lui avait ouvert les bras. Elle s'y était réfugiée les larmes aux yeux, respirant une odeur sèche de tabac et d'herbes sauvages, puis elle avait caressé les joues de ce jeune homme barbu, coiffé d'un turban, en uniforme kaki et cape bédouine. Elle avait dessiné la carrure de ses épaules, examiné ses mains calleuses comme pour retrouver les traces du corps de son enfant. Elias avait été fidèle à sa promesse. Il lui était revenu, vivant, pour lui dire son amour. Elle avait alors rendu grâce que son fils cadet ait été préservé des malheurs. Le désert le lui avait restitué alors que son premier-né était mort si loin d'elle, sur la terre froide et humide de France.

Une file de chameaux passèrent au loin de leur pas chaloupé pour aller s'abreuver, houspillés par leur guide, haut comme trois pommes, qui sautillait en menant les bêtes imperturbables. Comme chaque fois que la douleur devenait trop forte, Blanche prit son temps pour les contempler. Cette sérénité immuable l'avait sauvée après la disparition de Salim, puis après l'annonce de la mort d'Aurélien. Elle s'était échouée à Palmyre quand les ardeurs du soleil écrasaient le paysage de leur lumière blanche, dévorant à la fois les hommes, les bêtes et le désespoir. L'épouse de Suleyman lui avait enseigné les gestes simples d'une routine quotidienne singulière. Elle avait enduré, apathique, les chaleurs les plus torrides lorsque les températures frôlaient les cinquante degrés, ainsi que les froids nocturnes surprenants. Parfois, des caravaniers émergeaient du désert, les traits marqués, soulagés d'avoir atteint ce refuge comme l'avaient été leurs aïeuls à l'époque où les palais de Palmyre étaient tout de marbre et de porphyre et qu'on glorifiait Baal dans ses temples à la feuille d'or. Son cœur mis à nu, seule et en silence, Blanche était revenue à l'essentiel, quand chaque respiration est aussi précieuse qu'une goutte d'eau. Jusqu'au jour où elle s'était sentie assez forte pour reprendre le chemin de Damas et celui de Beyrouth. Elle avait été chercher Nayla à Bethléem. Et reçu la lettre d'Armand lui annonçant la disparition d'Aurélien. Depuis lors, elle revivait sans cesse le souvenir de leurs retrouvailles impromptues à la Croix-Rousse. La colère de son fils, son ardeur… Sa peine, surtout. Celle qu'elle lui avait infligée. Alors qu'elle avait aperçu Salim en ses derniers instants, elle ne parvenait pas à imaginer dans quel état d'esprit était mort Aurélien. À qui avait-il pensé avant de partir à l'assaut le dernier matin ? Était-il amoureux ? Elle ne connaissait de lui que les traits de caractère et les anecdotes qu'Armand lui avait rapportés dans ses lettres au fil des années. Elle avait lu des articles sur les tranchées sans parvenir à en mesurer vraiment l'horreur. Sa mort la lestait à jamais d'une souffrance d'autant plus cruelle qu'elle se sentait coupable. Elle avait fait souffrir son enfant. C'était là une autre de ses défaites et certainement la plus tragique.

— Mais nous pourrions peut-être aller attendre Elias en ville ? insista Nayla, les yeux brillants. C'est là qu'il va vivre quand il reviendra de France, n'est-ce pas ?

Comme tu es jeune et impatiente, ma chérie, songea Blanche. Et comme tu as raison de l'être… S'il ne tenait qu'à elle, Blanche resterait à jamais à l'ombre de ces pierres antiques qui avaient recueilli ses larmes, mais elle n'était pas naïve. Maintenant que la Grande Guerre était terminée, d'autres conflits naissaient sur les décombres de l'Empire ottoman. Comment y rester indifférente ? Adib, lui, était déjà revenu avec Hayat au palais al-Samman, impatient de dessiner l'avenir. Il lui avait décrit le désordre et les pillages en ville avant que l'émir Faysal n'y pénètre avec l'assentiment des Britanniques, caracolant sur un pur-sang qui foulait des tapis déployés sur son passage par une population en liesse parmi des effluves d'essence de rose. L'émir tentait d'organiser un gouvernement arabe, sous l'œil toujours vigilant des Occidentaux. Or, même si beaucoup espéraient qu'il soit bientôt couronné roi d'une

Syrie indépendante, tous les Arabes ne voulaient pas que du bien aux Hachémites. Les rivalités étaient âpres, la situation se révélait complexe et explosive. Adib la tenait aussi informée des trahisons qu'affrontait l'émir Faysal à la Conférence de la paix, où il luttait pour un État arabe unifié tandis que la France et l'Angleterre dépeçaient l'Empire ottoman. On parlait désormais de placer les provinces arabes sous « mandat » d'une Société des nations en devenir. Or, Faysal avait été clair : si les Français tentaient de mettre la main sur la Syrie, les Arabes se soulèveraient à nouveau. Et parmi eux Elias. C'était pourquoi certaines nuits Blanche ne trouvait pas le sommeil. L'armistice n'était qu'un vain mot. La guerre en Orient était loin d'être terminée.

Elle esquissa un sourire en rendant le pan d'étoffe brodée à Nayla.

— Le moment venu, nous irons à Damas, ma chérie. Et adviendra ce qui doit advenir.

Mars 1919

— Une grâce présidentielle, c'est bien trop d'honneur, grommela le gardien. Sale traître ! Tu méritais le peloton d'exécution.

Poussé brutalement dans le dos, Maxence trébucha en franchissant le seuil de la prison. L'homme lui cracha au visage avant de refermer la lourde porte. Maxence s'essuya la joue. Puis il leva la tête vers le ciel en clignant des yeux. Les bras ballants, il peinait à croire qu'il était enfin à l'air libre. La pluie glacée détrempa son calot et s'insinua sous le col de sa capote militaire. Il n'avait pas d'affaires de rechange, seulement les vêtements sur son dos, un pantalon usé jusqu'à la corde, une chemise élimée. Et une enveloppe dans sa poche avec les papiers administratifs qui retraçaient sa descente aux enfers depuis les mutineries du printemps 1917.

Une voiture passa sur la chaussée, aspergeant le trottoir d'une gerbe d'eau sale. C'est seulement alors qu'il se décida à avancer en direction de la grand-route. La nuque raide, il s'éloigna lentement, s'attendant à ce qu'on lui ordonne de revenir : il y avait eu une erreur, sa sentence devait être exécutée jusqu'à son terme… Un frisson le parcourut. À l'époque, quand la condamnation était tombée, il était persuadé qu'il n'y survivrait pas. Une décennie derrière les barreaux, privé de lumière, de mouvement, de décision. À la merci de gardiens qui honnissaient les mutins, ces soldats qui avaient fomenté des troubles dans les cantonnements en criant « À bas la guerre ! » et en refusant de remonter aux tranchées. Il n'y avait pourtant jamais eu de reddition collective à l'ennemi et les premières lignes avaient toujours été défendues. Les quelques dizaines de milliers de protestataires, plus ou moins violents et revendicatifs, réclamaient des permissions dignes de ce nom, la fin des massacres inutiles et surtout une paix « honorable ». Maxence Martin le pacifiste, l'admirateur de Jaurès, le dessinateur en soierie de la Croix-Rousse, le fils et petit-fils de canuts, avait été l'un de ces réprouvés. En dépit de tout ce qui lui était arrivé par la suite, il ne le regrettait pas. Sa réaction avait été instinctive. Révolté par la mort d'Aurélien au cours de l'une de ces offensives absurdes, il avait été submergé par un torrent de colère et de chagrin.

— Hé, bonhomme ? Tu vas où comme ça ? C'est pas un temps à marcher sur le bas-côté.

Une charrette chargée de cageots venait de le dépasser. Son conducteur, une casquette vissée sur le crâne, emmitouflé dans un caban, l'observait d'un air bienveillant.

— Je ne sais pas, répondit Maxence, hagard.

Et il s'aperçut que c'était vrai. Il n'avait aucune idée de rien. Il savait seulement qu'il se trouvait à une quarantaine de kilomètres de chez lui et qu'il n'avait pas un sou en poche pour prendre le train. Il marchait d'un pas lourd, les épaules courbées vers la terre, absorbé par son abîme intérieur où se démenaient des silhouettes obscures. Voilà longtemps que sa vie se résumait à un théâtre d'ombres.

— Monte, mon gars ! J'vais quand même t'avancer un bout de chemin.

Maxence grimpa à l'arrière, laissant ses jambes pendre dans le vide. Alors que le paysan faisait repartir ses chevaux au petit trot d'un claquement de langue, il regarda s'éloigner les murs de la prison construite à la lisière d'un bourg. La bâtisse se dilua dans les vapeurs d'humidité qui s'élevaient des champs et des collines boisées des monts de Tarare. Maxence y abandonnait des lambeaux de lui-même, sa fierté, son estime de soi. Il n'oublierait ni les coups ni les brimades. Le mépris des autres détenus. Il lui était même arrivé de se demander si leurs insultes n'étaient pas justifiées. N'était-il qu'un lâche, en effet ? Une ordure qui ne méritait plus le nom de Français alors que des centaines de milliers de braves poilus avaient sacrifié sans ciller leur vie pour la Patrie ? Avaient-ils raison de le conspuer ? Les tranchées, déjà, l'avaient dépouillé de toutes ses certitudes. Maxence était libre, mais il ne s'était jamais senti aussi vulnérable.

On lui avait appris la mort de son père en même temps que la grâce présidentielle. La douleur n'en avait été que plus intense, car Armand était mort sans rien savoir. Après son arrestation, plusieurs semaines s'étaient écoulées dans un brouillard opaque, puis on l'avait mis des mois à l'isolement où il avait interdiction de correspondre avec ses proches. Aux mutins de son acabit, on réservait des conditions particulières. Les instances de l'État tenaient ces prisonniers sous haute surveillance, redoutant une propagation d'idées pacifistes, sinon révolutionnaires. En temps de guerre, on ne plaisantait pas avec la menace d'une contamination bolchevique. Ce n'était qu'un mois après l'armistice qu'on lui avait enfin permis d'écrire à Armand, mais sa lettre était restée sans réponse.

Un cahot manqua de le faire tomber. Il était démobilisé, il avait vingt-sept ans et un casier judiciaire honteux. De tout ce qui avait fait la cohérence de sa personnalité, celle d'un jeune artiste ambitieux qui était parti au combat résigné mais décidé à servir de son mieux, ne restait que cette coquille vide, brinquebalée sur un chariot conduit par une bonne âme.

Il parvint dans l'après-midi au cimetière de la Croix-Rousse, resta un long moment à contempler les noms gravés sur la pierre tombale familiale, celui de sa mère décédée en le mettant au monde, celui de son père mort seul, par sa faute parce qu'il était en prison plutôt qu'à son chevet pour recueillir son dernier souffle. Maxence ne pouvait s'empêcher de penser qu'il avait failli aux êtres qui lui étaient le plus chers : Aurélien et Armand.

En descendant vers l'atelier, le jeune homme emprunta les rues familières, retrouvant les traboules, les places, les vitrines des cafés et des commerces. Il en connaissait chaque pierre, chaque pavé, chaque rampe d'escalier en fer forgé. Combien de fois avait-il imaginé ces lieux tant aimés pendant son incarcération ? Et pourtant, il ne se sentait pas à sa place. Il avait l'impression d'être un étranger importun qui errait comme un malpropre, les yeux baissés, le col relevé pour dissimuler son visage. Il rentrait de la guerre mais il rentrait en vaincu.

Aucune lumière ne brillait dans l'atelier. Il s'arrêta devant la porte, brusquement intimidé. Elle n'était pas fermée à clé. Il descendit les quelques marches. Il y régnait une fraîche odeur d'humidité, le poêle était éteint. La gorge nouée, il s'avança pour caresser le métier à tisser. On n'y voyait la naissance d'aucune étoffe, pas de navettes ni de cartes perforées pour guider les crochets qui soulevaient les fils de chaîne. Rien que les montants de bois nu. Ses souvenirs l'assaillirent. Il croyait entendre le bistanclaque, les voix des apprentis, le rire de son père. Il sentait ses bras l'enserrer, sa moustache râpeuse frôler sa joue. Il eut un vertige, sans doute parce qu'il n'avait rien avalé depuis la veille. Il avança jusqu'à la cuisine, s'affala sur une chaise sans même retirer sa capote militaire trempée. Il ne ressentait ni soulagement ni joie à être de retour. Autour de lui, tout était pourtant à sa place, les casseroles et les assiettes en faïence, la cafetière, les livres empilés dans un coin, le portrait de son ancêtre, le veston d'Armand accroché à une patère. Il y décelait encore la forme de son corps. Accablé, Maxence croisa les bras sur la table, y posa sa tête.

À son réveil, il faisait nuit. Transi de froid, il alluma la vieille lampe à pétrole, car l'électricité ne marchait pas. Ses mains tremblaient tellement qu'il dut s'y reprendre à plusieurs fois. Il avait la bouche sèche, un goût amer sur la langue, des coups de piston d'une migraine derrière le front.

— Il y a quelqu'un ? appela une voix.

Aussitôt, son cœur fit un bond dans sa poitrine. Ils l'avaient trouvé, ils étaient revenus le chercher pour le ramener derrière les barreaux ! Tout cela n'avait été qu'un mirage. Il s'adossa au mur. Des points blancs dansaient devant ses yeux.

— Maxence ? Seigneur Dieu, mais tu as l'air d'un fantôme… Quand j'ai vu de la lumière, j'ai bien pensé que c'était peut-être toi. N'aie pas peur, enfin ! Tu ne me reconnais pas ? C'est moi, Lison. Votre voisine. Mais tu claques des dents, mon pauvre petit… Et ta chemise est trempée. Je vais faire chauffer de l'eau. On va te laver et te donner des vêtements propres. Ceux-ci, ils puent la mort. Y a plus qu'à les brûler. Relève-toi, voyons, ne reste pas recroquevillé comme ça par terre. Je vais aussi te préparer un bon repas. Tu dois avoir faim, n'est-ce pas ? Donne-moi ta main, Maxence, comme quand tu étais petit. Allons, fais-moi confiance…

Rien n'y faisait… Le soin que Lison avait pris à le baigner avec une éponge et de l'eau tiède, à laver les impuretés de son corps et les relents de misère de la prison tandis qu'il demeurait pétrifié, tremblant sous la douceur des gestes, honteux de ce corps décharné, des meurtrissures, des sillons de peau torturée qui balafraient sa cuisse, souvenirs d'un éclat d'obus. Puis, les jours suivants, la nourriture savoureuse qu'elle lui avait préparée. Les soupes de farine jaune, les gratons, les ragoûts d'abattis de volaille, les matefaims, ces crêpes roboratives, tous ces mets de son enfance qui avaient désormais un goût de cendres. Et encore ses réprimandes quand elle l'encourageait à ne pas se terrer à l'atelier, mais à sortir prendre l'air. Les jours se délitaient sans que Maxence retrouve ses repères. Il s'observait de loin, comme s'il était devenu un automate, incrédule devant les mécanismes complexes qui lui permettaient de tenir encore debout.

L'atelier était devenu sa tanière. Il s'assoupissait le jour dans la soupente, veillait la nuit assis à la place de son père, montant la garde avec une bouteille de beaujolais pour faire reculer les cauchemars. Et sa main tremblait lorsqu'il se servait. Il doutait que ce soit parce qu'il ne dessoûlait pas. Ces tressautements, il les avait déjà eus en prison. Ils s'emparaient parfois de toute sa carcasse qui se mettait à grelotter de manière incontrôlable sous les effets de cette fièvre étrange.

« Tu dois aller voir Michel Dubost, il t'aidera », lui ordonnait Lison chaque matin. Le célèbre dessinateur donnait des cours à l'École supérieure de tissage où Maxence avait étudié avant la guerre et il présidait désormais l'illustre « classe de la Fleur » de l'École des beaux-arts dont Maxence avait été le meilleur élève. Ce même Dubost lui avait même remis un prix d'excellence en lui promettant un brillant avenir. « Va le trouver. Aujourd'hui ! » avait encore répété Lison ce jour-là, alors qu'elle lui apportait son pain et l'édition matinale du *Progrès*. Elle affirmait qu'il lui suffirait de suivre quelques cours pour retrouver ses « automatismes ». Ensuite, il pourrait postuler chez un marchand de dessins qui travaillait pour les fabricants, ou même rester indépendant, comme beaucoup de ses pairs. « Le dessinateur est un maillon essentiel de la chaîne, voyons ! Tu le sais bien. Sans des garçons comme toi, il n'existe pas de tissus façonnés ou brodés, pas d'imprimés surtout, et c'est ce qui est à la mode en ce moment. Tu as un talent fou. Ils t'achèteront tes dessins, crois-moi ! L'essentiel, c'est de te secouer, mon petit. » Il était hélas incapable de lui obéir. S'aventurer hors de l'atelier signifiait voir des connaissances, subir le mépris mâtiné de peur qu'inspirent les repris de justice, et surtout courir le risque de croiser Oriane, qu'il n'avait pas le courage d'affronter.

La veille, Maxence était venu s'allonger sur le lit de son père, espérant en vain y trouver le sommeil. Sa curiosité avait été éveillée par une boîte en carton posée sur une étagère. Il y avait trouvé ses vieux bulletins scolaires, ses premiers gribouillages, des lettres aussi. Celles qu'il avait écrites à son père du front, bordées de sombres graffitis qui évoquaient mieux que des mots la détresse et l'effroi. Il y avait aussi celles de Blanche, la mère d'Aurélien, postées depuis le Levant. Il n'oublierait jamais le bond joyeux que faisait son cœur chaque fois qu'elle poussait la porte et qu'Aurélien sautillait sur les marches avant de venir se réfugier avec lui dans la soupente où, petits garçons, ils refaisaient le monde. Parfois, Blanche venait les y rejoindre. Ils se pelotonnaient alors contre elle pendant qu'elle lisait des contes orientaux où des chevaliers franchissaient des déserts peuplés de djinns pour délivrer des princesses. Des années plus tard, l'Absente était revenue de ces pays de tous les possibles, obtenant d'Aurélien la promesse du silence, un triste serment familial désormais consacré par sa mort. Tout au long de la nuit, les rasades de vin rouge n'avaient pas réussi à émousser sa nostalgie.

On était déjà début avril, un ciel bleu insouciant pointait au-dessus des toits et des clochers. Maxence vida sa tasse de café en feuilletant le journal. L'en-tête d'un article attira son attention : « Le ministre des Affaires étrangères proclame à la Chambre des députés les "droits séculaires" de la France en Syrie, au Liban, en Cilicie et en Palestine. Mais que coûteront en hommes et en argent la tonne de pétrole et la balle de soie ? » Le journaliste avait visiblement sa petite idée. Son regard se posa ensuite sur le carnet à dessin, les fusains et les pastels que Lison avait eu la mauvaise idée de lui apporter. Saisi de colère, il les balaya sur le sol d'un revers de la main. Pour qui se prenait-elle ? Repartir sur les bancs de l'école, lui, le meilleur de sa génération ? Son rire amer résonna dans la caverne silencieuse. Et à quoi bon se donner cette peine ? Qui voudrait ensuite de lui ? Le lâche, le maudit, la honte de la République ! L'homme à qui un vulgaire maton crache à la gueule…

Il se leva d'un bond. La lumière peinait à se faufiler à travers les carreaux qui n'avaient pas été lavés depuis l'hiver. Son père aurait été furieux, jamais il n'aurait toléré un tel laisser-aller. Mais quelle importance, maintenant ? De l'illustre lignée des Martin il ne restait plus personne. Aucun fabricant ne passerait jamais commande à un réprouvé. Certes, ses dessins auraient été anonymes. Les dessinateurs de la Fabrique travaillaient dans l'ombre, ne signant jamais leur travail. À eux de créer le dessin initial pour lequel le fabricant choisissait le nombre de fils de soie avant la « mise en carte », puis de reproduire ce motif sur un papier quadrillé dont les lignes verticales et horizontales correspondaient aux fils de chaîne et de trame. Une fois ce travail terminé, leur esquisse d'origine était détruite. Un liseur se chargeait ensuite de décomposer la « carte » pour l'adapter au métier à tisser, avant que l'ensemble ne soit enfin confié à un maître comme Armand Martin. Et le dessin reprenait vie sous les mains d'un autre. Maxence regarda autour de lui. Combien de façonnés étaient nés des mains de son père dans cet atelier ? Il était hélas trop jeune pour qu'Armand puisse jamais tisser l'un de ses motifs. Entre eux, il y avait eu des liens de tendresse, d'amour et de respect, mais pas celui qui relie le dessinateur au maître tisseur. Et c'était sans doute là l'un de ses plus grands regrets.

Lison ne cessait de le harceler, pleine de bonnes intentions. Il devait se dépêcher de trouver un emploi pour se payer un logement. Son père n'avait été que locataire des lieux, le fabricant propriétaire y installerait bientôt un autre tisseur. C'était un miracle que cela ne soit pas déjà fait. Mais comment pouvait-elle comprendre ? Le jeune homme étendit lentement sa main droite devant lui, observa ses doigts crispés, agités de spasmes. Les mains d'un vieillard, d'un alcoolique, d'un possédé. Personne ne le savait encore, mais Maxence Martin ne pouvait plus tenir un crayon. Ses dessins, d'une précision parfaite, d'une beauté lyrique, encensés autrefois par des professeurs aussi éminents que Michel Dubost, ne se réduisaient plus qu'à des hachures indignes d'un enfant de trois ans. La guerre lui avait pris bien plus que son honneur, sa fierté et son meilleur ami, elle lui avait pris sa raison d'être.

Palmyre, juin 1919

Blanche versa avec attention le café dans les tasses, tandis que Nayla disposait des dattes sur un plat en trépignant d'impatience. L'adolescente avait revêtu sa plus jolie robe pour honorer leurs hôtes, orné ses cheveux d'un léger foulard. Elle bourdonnait telle une abeille, et Blanche se mordait la lèvre pour ne pas la gronder, ne voulant pas gâcher l'excitation de sa protégée qui dévorait Elias des yeux depuis qu'il était arrivé de Damas avec Adib al-Samman.

— Je peux leur apporter ? demanda Nayla.

— Fais attention. Ne renverse rien, je te prie.

Nayla quitta la cuisine et se dirigea d'un pas souple vers la tonnelle sous laquelle les hommes étaient installés, assis sur les coussins. Elle déposa le plateau sur le trépied, rougit quand Elias la remercia. Seigneur, elle est amoureuse alors qu'il ne la regarde même pas, se dit Blanche, ennuyée. Nayla avait déjà tant souffert. Quand elle l'avait accueillie sous son toit, ce n'était certes pas pour lui infliger une peine de cœur.

— Tu es soucieuse, mon amie. Quelque chose ne va pas ?

Le ton de voix d'Adib était affectueux. Maintenant qu'il était revenu d'exil, il prenait régulièrement de ses nouvelles. Un lien indéfectible s'était noué entre eux depuis qu'ils avaient assisté, épaule contre épaule, à l'exécution de Salim. Ils n'avaient plus jamais reparlé du drame, mais il leur suffisait d'un regard pour se comprendre. Nayla inclina la tête devant Suleyman al-Heuwaitaat, avant de s'éclipser à regret.

— Que la paix soit sur vous, mes amis, les salua le Bédouin, une main sur le cœur.

— Et sur toi, Suleyman, répondit Elias en se levant pour l'inviter à s'asseoir.

— Je te félicite, mon garçon.

— Pourquoi donc ?

— Les yeux de velours de la gazelle t'auraient-ils échappé ? le taquina Suleyman. À dix-sept ans, elle n'est plus toute jeune. Nous danserons bientôt à ton mariage, *inchallah*.

Blanche esquissa un sourire en voyant la stupéfaction de son fils qui se mit à suivre des yeux la fine silhouette comme s'il voyait Nayla pour la première fois. Il se reprit aussitôt :

— Je n'ai pas le temps de me préoccuper d'affaires de cœur.

Suleyman arqua un sourcil.

— Je t'ai appris à tirer avec un fusil et à manier un sabre, *habibi*. Ton père – que Dieu veille sur son âme –, Adib et moi, on jouait dans cette palmeraie quand on était gamins. Tu peux me faire confiance au sujet des femmes. N'est-ce pas, Adib ?

Le Damascène hocha la tête d'un air entendu, avant d'ajouter :

— La guerre ne nourrit pas l'âme, mon garçon. J'ignore si Nayla est celle qu'il te faut, mais je ne doute pas que ta mère saura te conseiller.

Blanche protesta d'une main.

— Tout ce que je peux affirmer, c'est que sa mère était une personne remarquable. Et comme chacun sait : « Noble femme ne laisse que noble fille. » Mais je laisserai à Elias le choix du cœur. C'est ce que j'aurais aimé avoir à son âge.

— Ça suffit maintenant, tous les trois ! s'offusqua le jeune homme.

Amusée, Blanche se dit que le combattant fougueux avait d'un seul coup sérieusement rajeuni. Adib lui fit un clin d'œil, tandis que Suleyman sirotait son café épicé d'un air innocent. À cet instant, où il n'était soudain question que de bonheur, d'amour et d'avenir, elle éprouva une bouffée de joie telle qu'elle n'en avait pas ressenti depuis longtemps.

— Je n'ai guère envie de me préoccuper de futilités quand je pense aux humiliations qu'endure l'émir Faysal, persista Elias. Les Anglais ont trahi toutes leurs promesses. Désormais, on ne parle plus que de « mandats » à imposer aux territoires ottomans libérés. On attend confirmation que la France obtienne la Syrie et le Liban, et l'Angleterre la Palestine, la Transjordanie et la Mésopotamie. On verra quelle tête tu feras, Suleyman, quand des soldats français s'installeront ici, dans la palmeraie de ton enfance !

La mine sévère du Bédouin accentua ses traits hautains, le nez busqué, les épais cils noirs qui ressemblaient à un trait de khôl.

— Nous avons eu les Ottomans, ils sont partis. On me dit que ce boucher de Jamal Pacha s'est réfugié en Allemagne. Si les Français viennent à leur tour, on les chassera eux aussi. Ce ne sera pas la première fois… Moi, j'ai l'éternité devant moi, grâce à Dieu ! Et toi, tu en penses quoi, Adib ?

Le Damascène poussa un soupir en croisant les mains sur son ventre rebondi. Blanche devinait son inquiétude à son visage tendu. Elle savait que son fils unique était comme lui revenu d'exil pour servir au mieux les intérêts de la Syrie. Or, Hayat n'était pas plus rassurée qu'elle. L'avenir leur semblait à tous un écheveau inextricable.

— « Lors de la création du monde, l'Intelligence dit : "Je vais en Syrie." L'esprit de Discorde ajouta : "J'y vais avec toi." » Que voulez-vous rajouter à cela, mes amis ? Il faut mettre d'accord les Kurdes, les chiites, les sunnites, les Yézidis, les alaouites, les grecs-orthodoxes, les maronites, les Assyriens, les adorateurs du feu… tout en rassurant les notables qui refusent de reconnaître la légitimité des Hachémites. Nous avons proposé l'élection d'une assemblée nationale avec près d'une centaine de représentants musulmans et chrétiens. Le Congrès va se réunir le mois prochain à Damas. J'ai bon espoir qu'il rejette les accords de MM. Sykes et Georges-Picot comme la funeste déclaration Balfour, et qu'il vote en faveur de la reconnaissance de la Syrie et de la Palestine comme une nation indépendante avec Faysal comme roi.

— Encore faut-il que les Hachémites aient la force de maintenir leur position, ajouta Suleyman, soucieux. Dans le désert d'Arabie, Ibn Séoud et ses « frères du Croissant » wahhabites s'imposent comme leurs grands rivaux. Mes hommes et moi, on les connaît. Ce sont de redoutables moines-soldats, des guerriers aussi intolérants qu'exaltés. Ils viennent de s'en prendre avec succès aux troupes de l'émir Abdallah qui a dû s'enfuir au péril de sa vie.

— Moi, je vais me battre pour qu'on obtienne notre indépendance pleine et entière sous l'égide de l'émir Faysal ! s'enflamma Elias. C'est la meilleure solution, n'en déplaise à nos contradicteurs qui prétendent que c'est un homme indécis, sous la coupe autoritaire de son père. Je ne veux pas de ces sales Français et de leurs idées colonialistes chez nous !

Blanche pinça les lèvres, contrariée. C'était un sujet qu'elle trouvait toujours difficile à aborder avec Elias.

— Mon fils, n'oublie pas que tes grands-parents maternels étaient français, même s'ils sont enterrés en terre libanaise. Que tu sois en désaccord avec la politique internationale de la France, c'est une chose. Mais tu ne peux pas en parler avec un tel mépris. L'armée et les missionnaires français ont fait beaucoup de bien depuis l'armistice en organisant les secours dans un Liban dévasté. Ils gèrent le ravitaillement, les débuts d'épidémies, ils rouvrent les facultés de médecine, remettent sur pied les infrastructures, instaurent enfin un cadastre… On ne peut pas contester leur contribution. En les conspuant à tout bout de champ, tu renies une part de toi-même.

Elias se laissa rabrouer, mais son visage furibond en disait long.

— Les Soieries Zahhar doivent s'entendre avec la France pour continuer à prospérer, poursuivit-elle d'un ton résolu. En dépit du blocus militaire toujours en vigueur l'hiver dernier, les soyeux lyonnais ont fait pression pour obtenir l'exportation de trente mille caisses de cocons afin de redonner vie à notre industrie de la soie. Nous avons besoin d'eux pour commercer. J'aimerais que tu déposes les armes pour t'intéresser un peu à ton héritage.

— Tant que mon pays ne sera pas libre, je ne le serai pas non plus. Mon père a donné sa vie pour notre liberté !

Elias eut soudain les larmes aux yeux. Honteux, il se leva d'un bond et s'éloigna à grands pas.

— Je devrais le traîner par l'oreille jusqu'au bureau de Salim et lui intimer l'ordre de commencer à travailler, s'agaça Blanche. Parfois, j'ai l'impression de retrouver l'écolier qui refusait de faire ses devoirs. S'il ne tenait qu'à lui, il continuerait la guerre tout seul. En vérité, il se bat avec son chagrin. Et contre cela, je suis complètement démunie.

Adib chercha à la rassurer.

— Dans quelque temps, Elias pourra reprendre les Soieries Zahhar à tête reposée. La situation va s'améliorer. Je fonde beaucoup d'espoir sur la commission d'enquête américaine qui s'apprête à sillonner la Syrie et la Palestine pour recueillir les témoignages de la population. Le président Wilson est décidé à faire appliquer le droit des peuples à disposer d'eux-mêmes. M. King et M. Crane ne pourront pas rester insensibles à l'opinion publique. Une fois le rapport des Américains rédigé, les Français et les Anglais seront obligés d'en tenir compte. Après tout, sans le président Wilson, ils ne seraient pas aujourd'hui assis à la table des vainqueurs.

Blanche fit tourner la chevalière de Salim autour de son doigt. Une habitude lorsqu'elle était nerveuse.

— Décidément, on a l'impression de se trouver sous un microscope, grommela-t-elle. Tous nous examinent comme des insectes exotiques ! J'ai appris qu'une mission d'étude emmenée par des Lyonnais a débarqué pour faire le point sur la situation de la sériciculture. Ils vont se promener un peu partout, sans doute avec des yeux et des oreilles indiscrètes parmi eux.

— Des espions français ? demanda Suleyman.

— Rien de nouveau sous le soleil pour les anciennes provinces arabes de l'Empire ottoman, plaisanta Adib. Avant la guerre, Salim et moi, on s'amusait à repérer dans les cafés de Damas aussi bien les espions du sultan que ceux des Occidentaux.

Au même moment, Jeremy, le soldat britannique au buste cassé réfugié chez Blanche, passa devant la maison. Il s'appuyait sur une canne et portait un seau destiné à la traite des chèvres. Tous le suivirent des yeux en silence.

— Lui, en tout cas, ne ferait pas de mal à une mouche, murmura Suleyman. C'est bien que tu l'aies recueilli, *Oum* Elias. Sans toi, je ne sais pas ce qu'il serait devenu.

Blanche ne répondit pas. Sa porte demeurerait toujours ouverte aux âmes de bonne volonté. Adib et

Hayat al-Samman n'avaient-ils pas fait de même pour elle à l'époque où tout était encore si fragile, où les convenances mais aussi les instances juridiques et religieuses menaçaient son amour pour Salim ? Le couple lui avait appris la valeur inviolable et sacrée de l'hospitalité orientale.

Un tambourin se mit à résonner au loin. Au même instant, Elias réapparut devant eux.

— Ton fils vient de me prévenir, Suleyman. Trois cavaliers s'approchent d'ici. Ils arrivent de Damas. Ce ne sont pas des hommes à vous. On n'attend pourtant personne, n'est-ce pas ?

Une pointe d'appréhension traversa Blanche, qui se leva, ajusta son foulard et s'avança de quelques pas sous le soleil déjà ardent. Au loin, se découpant contre les collines ocre et les colonnes solitaires des temples, elle aperçut en effet des chameaux dont les pas ondoyants soulevaient des volutes de poussière. Elle mit sa main en visière. Suleyman se plaça à côté d'elle, aux aguets. Le voyageur de tête leva un bras en signe de paix en direction du Bédouin.

— C'est l'un des drogmans qui travaillent pour les clients du Victoria, dit-il. Je ne savais pas qu'il était encore en vie. Beaucoup d'entre eux ont été déportés par les Turcs.

Les bêtes caparaçonnées de pendeloques de laine et de perles bleues s'agenouillèrent non loin de la maison. Le drogman aida l'un des cavaliers à descendre de sa monture. D'un geste, il lui indiqua le caravansérail. Enroulé dans un burnous, des voiles lui recouvrant le visage, l'homme marcha vers eux d'un pas incertain.

— Sûrement un nouveau pensionnaire pour toi, murmura Adib. On va devoir te décerner une médaille.

Blanche ne quittait pas des yeux l'inconnu. D'un seul coup, tout lui parut s'aviver avec une netteté particulière. Les couronnes vertes des palmiers, la poussière, le bleu intense du ciel, les hautes colonnes du temple et, plus loin, perchées sur leur colline, les ruines hiératiques de la nécropole. Quand l'homme s'arrêta à deux mètres d'eux, Suleyman porta discrètement la main à son poignard. Les doigts tremblants, l'étranger dut s'y prendre à plusieurs fois pour dénouer les plis du foulard et révéler un visage rongé par une barbe hirsute. Il fixa Blanche de son regard bleu, intense comme celui d'un possédé.

— C'est vous, n'est-ce pas ? dit-il en français d'une voix éraillée. Je ne me suis pas trompé. Je vous cherchais.

Il vacillait sur ses pieds.

— Il fallait que je vous dise de vive voix pour Aurélien. Je suis désolé. Et pour mon père aussi. Tous les deux, ils sont morts…

Et Maxence Martin s'effondra aux pieds de Blanche.

Quelques heures plus tard, quand Maxence reprit conscience, il se redressa d'un mouvement brusque, le cœur battant. On l'avait déposé sur un lit de camp dans une chambre aux murs en pierres apparentes. Un rai de lumière éclairait une coupelle et un pichet en céramique d'un magnifique bleu cobalt, posés sur une petite table. Aussitôt, son pouls affolé s'apaisa. Il prit même un moment pour apprécier la beauté sobre du lieu. Lorsqu'il se leva, le tapis lui parut doux sous ses pieds. Il écarta le voile pour regarder par la fenêtre, respira un parfum insolite de crottin, d'herbes amères et de poussière. Il entendit des éclats de rire. Une adolescente s'éloignait sur un sentier, escortée d'un jeune homme qui portait une jarre en terre cuite.

— Tu es levé, Maxence. C'est une bonne chose.

Il se retourna. La mère d'Aurélien s'encadrait dans la porte vêtue d'une simple tunique de toile écrue, parée de bracelets et d'un collier à médaillons d'argent. Quelques cheveux blancs striaient son épaisse chevelure domestiquée par des rubans, qui ne cachait rien de ce visage aux traits prononcés, avec ses joues plates, sa mâchoire volontaire.

Elle l'étudiait avec gravité. Confusément, il chercha à retrouver la dame qu'il avait connue enfant, celle au chignon sévère, aux robes de lainage et aux bottines lacées. Mais cette femme-là, agitée et toujours en mouvement, avait disparu. De même celle qu'il avait découverte dans l'atelier de son père un jour de 1913, lorsqu'il était venu chercher Aurélien qui tardait à le rejoindre, et qu'il avait surpris son ami confronté à sa mère pour la première fois après vingt ans d'absence.

Blanche posa une main fraîche sur son front.

— Ta fièvre est tombée, j'en suis heureuse. Mettons-la sur le compte du voyage. Il faut un peu de temps pour s'acclimater, chez nous. Suis-moi, tu dois avoir faim.

Elle le précéda de sa démarche souple dans l'escalier. Ses sandales à lanières de cuir dévoilaient de fines chevilles. Ils traversèrent deux grandes pièces dont les divans étaient adossés aux murs et sortirent. D'un geste, elle l'invita à s'asseoir sur les coussins disposés sous la tonnelle. La peur sourdait dans ses veines. Il se tenait sur le qui-vive, ne sachant pas à quoi s'attendre dans cette oasis du bout du monde où il était venu trouver la seule mère qu'il eût jamais connue. Il était venu à elle en dernier recours, noué d'angoisse, parce qu'il avait eu la certitude que s'il ne quittait pas la Croix-Rousse, il allait finir alcoolique ou pendu à une poutre de l'atelier de son père. Il s'était donc rendu à Marseille où il avait erré en quête d'un bateau pour le Levant. Les lignes régulières commençaient seulement à s'organiser. Heureusement, la chance lui avait souri. Le dernier matin, il avait longuement patienté derrière une corde, parqué avec ceux qui quittaient la France pour des motifs plus ou moins avouables. Leur troupeau indigent empestait le désarroi et la pauvreté, tandis qu'embarquaient sous leurs yeux les passagers de première classe, des femmes gantées et chapeautées, mais aussi un groupe de soyeux lyonnais en costumes de lin clair. Il avait eu le mal de mer pendant une bonne partie de la traversée, coincé dans une cabine aveugle avec d'autres malheureux. Dans son bagage, il emportait les lettres que Blanche avait écrites à son père au fil des ans. Une fois parvenu à Damas, il n'avait pas eu trop de mal à trouver le quartier chrétien et la fameuse porte bleue cloutée des Zahhar qu'elle décrivait dans sa correspondance.

Blanche déposa devant Maxence du riz et des légumes épicés, puis lui tendit un bol de ragoût avec une cuillère. En dépit de la barbe, elle avait d'emblée noté son visage émacié et les os de ses épaules qui pointaient sous la chemise. Quand il se courba sur le bol car il arrivait à peine à porter les aliments à sa bouche, elle se retint de passer les doigts dans ses cheveux bouclés pour l'apaiser. Ce corps affaibli n'était que le reflet de déchirures bien plus profondes. À Beyrouth comme à Damas, elle avait vu des soldats traumatisés, incapables de travailler ou de retrouver une place dans leurs familles déroutées. C'est ainsi qu'elle avait recueilli Jeremy, le jeune mécanicien anglais taciturne. Elle savait soigner les plaies du corps, mais celles de l'esprit lui paraissaient autrement plus redoutables.

Une fois rassasié, Maxence s'essuya les lèvres du dos de sa main. Sans un mot, Esther vint débarrasser le plateau et leur apporta deux verres de thé.

— Je suis désolé, Blanche. Vous auriez sûrement préféré voir arriver Aurélien.

Un sanglot dans la voix, il serra les poings pour se ressaisir. Blanche voyait bien ce qu'il lui en coûtait. Elle-même peinait à contenir son émotion et à rester impassible. Or, le désarroi de Maxence était le seul qui lui semblât légitime. Il serait toujours temps pour elle de pleurer à l'abri des regards. Pour l'instant, elle se devait d'être à l'écoute de ce garçon désemparé, même s'il parlait de façon décousue, que ses yeux papillonnaient sans rien voir.

— Il y a deux ans, au Chemin des Dames, nous étions ensemble quand il est mort. Il faisait un temps atroce. C'était le printemps, mais on se serait cru en plein hiver. On a fait ce qu'il fallait, nous les soldats. On a obéi aux ordres, mais les généraux nous avaient menti, comme souvent.

Il fouilla ses poches.

— Aurélien et moi, on savait bien que l'état-major racontait n'importe quoi. Nos commandants prenaient des vessies pour des lanternes. Après trois ans, ils auraient pourtant dû tirer les leçons du désastre, non ? De toute manière, qu'est-ce qu'ils en avaient à foutre ? Nous autres troufions, on était assez cons pour se faire trouer la peau comme de bons petits gars sans jamais remettre les ordres en cause. Aurélien et moi, on avait eu un mauvais pressentiment. On avait passé deux jours ensemble à cantonner avant l'offensive. Cela nous avait mis un peu de baume au cœur.

Il essaya en vain de gratter une allumette. Blanche lui prit tendrement la boîte des mains pour l'aider. Elle en profita pour allumer elle aussi une cigarette, dans l'espoir de maîtriser les battements effrénés de son cœur.

— J'ai vu son corps, dit alors Maxence d'une voix sourde. Son visage était intact. Il faut que vous le sachiez, Aurélien était intact. Ce genre de détails, ça comptait beaucoup pour nous, vous comprenez ? On espérait tous qu'il resterait une trace digne de nous pour qu'on puisse être enterrés quelque part. Pour beaucoup, à la fin, il n'y avait que des bouts de chair...

Son corps tout entier se mit à tressaillir alors qu'il retenait une bouffée de fumée dans ses poumons.

— ... du cartilage, de la cervelle, un peu partout, dans la boue, sur les parois des tranchées, sur nous, les survivants, sur nos uniformes... On essayait parfois de rassembler les morceaux de nos camarades pour les honorer, mais c'était difficile. On ne savait pas toujours comment faire. Certains d'entre eux, je les connaissais depuis le début de la guerre. Je les ai eus partout sur moi, sur mon visage, dans mes cheveux...

Il frotta ses joues d'un geste fébrile.

— Aurélien avait du sang sur la poitrine, ici, et aussi sur la hanche, là, fit-il avec un geste précis. Mais sinon, il était bien, vraiment bien, je vous assure. J'ai pu le tenir un instant dans mes bras. Une chance incroyable parmi tout ce désordre. Comme ça, il n'était pas seul. On était ensemble, lui et moi.

Il pleurait désormais, le buste droit, égaré dans ses cauchemars. Blanche avisa Elias et Nayla qui revenaient en riant de la source. D'un geste de la tête, elle fit signe à son fils de ne pas les déranger. Elias prit aussitôt la jeune fille par les épaules pour contourner la maison. Blanche pressait la bague de Salim contre les articulations de ses doigts, jusqu'à se faire mal. Elle n'osait pas toucher Maxence de peur qu'il ne s'effondre.

— Notre amitié, c'est grâce à vous, Blanche. Quand on était petits, vous avez permis qu'on continue à se voir. Je vous serai toujours reconnaissant pour cela.

Il planta soudain son regard bleu dans le sien.

— Il vous avait pardonné, vous savez. On en a souvent reparlé après votre passage à Lyon. Il ne vous a jamais oubliée. Il m'a dit qu'il ne pouvait pas rester en colère contre vous, que toute cette histoire, c'était un maudit coup du sort. Il m'a dit qu'un jour, une fois la guerre terminée, il viendrait vous rendre visite en Syrie… Il parlait d'une seconde chance à ne pas manquer.

Maxence regarda longuement autour de lui, comme étonné de se trouver là, à l'ombre de cette palmeraie, à la lisière d'un monde minéral implacable, aux côtés de cette femme stoïque, au regard fixe.

— Je crois qu'il aurait aimé. C'est beau. Ici, on se sent… différent. Mon père disait toujours que le pardon est la seule grâce des vrais hommes. Et Aurélien était l'un d'eux. Il me manque tellement. Ils sont tous morts, maintenant. Et parfois, j'ai l'impression de l'être, moi aussi.

Blanche saisit sa main glacée.

— Non, Maxence, affirma-t-elle d'une voix rauque.

Elle marqua une pause. Son pouls cognait à ses tempes.

— Je te remercie d'être venu. Il fallait du courage pour entreprendre ce long voyage. Ton père m'avait appris la mort d'Aurélien, mais j'ignorais hélas qu'il nous avait quittés lui aussi. Armand était un homme merveilleux. Mon meilleur ami. Il me manque chaque jour depuis mon départ de France.

Le chagrin l'empêcha de poursuivre. Armand avait été bien plus qu'un ami. Il lui avait sauvé la vie parce qu'il avait su la comprendre mieux qu'elle ne se comprenait elle-même quand elle n'était encore qu'une enfant perdue. Il lui avait donné les armes nécessaires pour devenir une femme, pour oser choisir une existence qui avait un sens, et ne rien regretter.

— Écoute-moi, Maxence... Je te connais depuis toujours. Tu as une place particulière dans mon cœur. Tu le sais, n'est-ce pas ? Sois le bienvenu en terre d'Orient. Tu pourras t'y reposer le temps nécessaire avant de reprendre le cours de ta vie. Parce que tu es bien vivant. Regarde-moi ! Tu es vivant, tu m'entends ? Et c'est un immense bonheur. Aurélien en aurait été si heureux.

Blanche ignorait si Maxence entendait ses paroles. De temps à autre, son regard dévissait tel un oiseau en plein vol qui change brusquement de trajectoire. Son visage se déformait au point de le rendre méconnaissable. Elle chercha alors sous les traits de cet homme brisé le petit garçon sensible et patient qui avait toujours été l'ombre d'Aurélien. En vain. Et pourtant, Maxence avait trouvé la force de traverser la Méditerranée et d'affronter l'inconnu pour lui apporter le pardon de son fils. Un tremblement la parcourut. Elle se leva pour faire quelques pas.

Y a-t-il quelque chose de plus cruel pour une mère que d'obtenir le pardon de ses enfants ? Blanche recevait ce don comme un poignard fiché en plein cœur.

Jamais elle n'aurait demandé à Aurélien de lui pardonner, ni de la comprendre pour ne pas l'obliger à se montrer magnanime alors qu'elle lui avait déjà tant pris. Elle était prête à assumer sa colère et son amertume jusqu'à la fin de ses jours. Son aversion lui semblait légitime. Le prix à payer. La grandeur d'âme de son fils la bouleversait. Ainsi, Aurélien était mort sans rancune ni ressentiment. En homme véritablement libre.

— Et Oriane ? Est-ce que tu as de ses nouvelles ?

Comment ne pas parler à Maxence de sa fille ? Elle percevait dans chaque parcelle de son être la solitude infinie de son enfant. Elle se rappelait si bien le rire triomphant d'Oriane à cette terrasse de café un matin d'été, avant la guerre. Son petit front buté, sa vivacité, la fossette quand elle souriait. Dans la ficelle qui montait jusqu'au plateau de la Croix-Rousse, sa fille se tenait à un mètre d'elle. Blanche avait dévoré des yeux la fraîcheur de sa peau diaphane, la longue tresse de cheveux blonds sous le canotier. Elle avait été troublée par son assurance, l'élégance de son port de tête altier, ce corps droit et fier. Un amour fou pour Oriane l'avait alors transpercée. Blanche porta une main à sa bouche pour ne pas crier. Comment sa petite fille avait-elle enduré la mort de son frère tant aimé après celle de son père ? Quelles armes possédait-elle pour affronter des chagrins aussi ravageurs, de ceux qui saccagent le corps et consument l'esprit, ne laissant dans leur sillage qu'une terre brûlée ?

— Parle-moi de ma fille, implora-t-elle. Je t'en prie, dis-moi qu'elle va bien.

Comme il ne répondait pas, Blanche se retourna, redoutant de voir le mépris sur son visage puisque Armand lui avait écrit dans l'une de ses dernières lettres qu'un sentiment liait Maxence et Oriane, sentiment dont ils n'étaient sans doute même pas encore conscients. Mais le jeune homme dormait à poings fermés, allongé en chien de fusil sur les coussins, le visage empourpré, les lèvres curieusement blanches. Aussitôt, elle s'approcha et s'agenouilla pour poser une main sur son front. Il était à nouveau brûlant de fièvre.

— Elias ! Viens vite, mon garçon… Aide-moi à transporter Maxence dans sa chambre. Il est gravement malade. Et préviens Esther que je vais avoir besoin d'elle.

Saisie par l'effervescence des ruelles damascènes, Blanche regrettait d'avoir dû quitter le calme de Palmyre, mais l'état de santé de Maxence l'exigeait. Elle avait jugé impossible de le soigner dans les conditions spartiates de l'oasis à l'approche des grandes chaleurs. Jeremy, l'ancien mécanicien de l'armée britannique, avait mis deux jours pour les conduire sur les pistes non carrossables avec la vieille voiture militaire sur laquelle il veillait comme la prunelle de ses yeux. Toutefois, bien qu'Adib l'eût prévenue, elle était frappée par la tension nerveuse qui régnait en ville. Des émeutes avaient eu lieu quelques mois plus tôt à Alep, il y avait eu des morts et des pillages, et elle priait le Ciel pour que les mêmes événements ne se produisent pas à Damas, où éclataient toutefois des manifestations sporadiques protestant contre la mainmise militaire des Occidentaux sur la région.

Elle s'arrêta devant une petite porte voûtée et laissa retomber deux fois le heurtoir sur son socle. Scrutée par un œil méfiant, elle releva le voile de son tcharchaf.

— C'est moi. Le docteur m'attend.

Aussitôt, la porte entrebâillée s'ouvrit pour la laisser passer. Dans son bureau, le médecin se tourna vers elle avec un sourire. Elle le connaissait depuis longtemps, c'était lui qui avait soigné toutes les maladies infantiles d'Elias.

— J'ai obtenu les médicaments que je vous avais promis l'autre jour, *Sitt* Blanche. J'ai réussi à les faire venir de Beyrouth. Sans vouloir me vanter, c'est presque un exploit en ces temps incertains.

— Je vous bénis, docteur Youssef, dit-elle, soulagée, en glissant les flacons dans son sac.

— Prenez-en soin. Les vols et les agressions se sont malheureusement multipliés ces derniers mois. La ville n'est plus tenue. C'est à se demander ce que fait ce malheureux gouvernement de l'émir Faysal. Si le désordre persiste, on va finir par regretter les Ottomans, ce qui serait un comble après les horreurs passées.

— J'y veillerai comme sur la prunelle de mes yeux. Je vous suis très reconnaissante de vous être déplacé en pleine nuit l'autre soir. Sa fièvre était tellement montée que je redoutais le pire.

— Physiquement, tout va bien chez lui, mais les blessures psychiques des soldats peuvent être graves et sont souvent beaucoup plus complexes à soigner. Il ne parle toujours pas ?

Elle secoua la tête. Maxence avait sombré dans un état léthargique, fuyant les regards et se réfugiant dans un mutisme obstiné. Il réagissait parfois, quand Nayla, excitée comme une puce à l'idée de vivre pour la première fois dans une grande ville, lui apportait ses repas en babillant en arabe comme s'il pouvait la comprendre. La désinvolture de la jeune fille semblait l'apaiser davantage que les attentions soucieuses de Blanche.

— Il faudra être patiente. Seul le temps pourra le guérir, et si Dieu le veut. Je passerai le voir dans quelques jours. Voici un papier expliquant comment lui administrer les médicaments. Je vous raccompagne, dit-il en saisissant sa sacoche. Je dois commencer ma tournée chez ces déportés arméniens dont le destin tragique me serre le cœur.

Ils se séparèrent à une intersection de la rue Droite. Blanche se dirigea d'un bon pas vers le Grand Bazar, où elle voulait s'assurer qu'Elias était bien à son bureau. Elle avait fini par prendre son fils entre quatre yeux et lui intimer l'ordre de se mettre au travail, exigeant qu'il se rende tous les jours aux Soieries Zahhar afin d'écouter les conseils de son cousin qui veillait sur l'entreprise depuis l'arrestation de Salim. Cette fois, Elias avait été contraint de lui obéir, n'ayant pas de révolte à laquelle se joindre – du moins pour le moment. Pourtant, Blanche restait vigilante. Elle ne doutait pas que son fils rongeait son frein. La situation était tendue à l'extrême. Traumatisée par la trahison de la parole britannique, la population, consternée, observait la France et l'Angleterre se disputer la dépouille de la Grande Syrie comme si elles s'attribuaient de nouvelles colonies. Si les différentes factions partageaient une même colère indignée, leur complicité s'arrêtait là. Chacun avait sa petite idée pour l'avenir. Désormais, l'attitude de l'émir Faysal suscitait même ouvertement des controverses. On l'accusait d'être incapable de maîtriser une administration déroutée, de se laisser embobiner par les Français, d'être crédule et indécis, toujours en quête de compromis improbables. Même Adib semblait par moments ne plus lui accorder son soutien. Les Syriens plongeaient dans l'inconnu, sans savoir à qui se fier.

— Bonjour, Jirgi, dit-elle en arrivant au magasin des Zahhar. Comment se portent ton épouse et tes petits-enfants ?

Le directeur des ventes s'inclina.

— Grâce à Dieu, ils se portent tous bien, *Sitt* Blanche. Mais je n'ai plus les jambes pour courir après les petits.

— Tu n'as pas pris une ride depuis le jour où je suis entrée pour la première fois dans cette boutique, répliqua-t-elle en souriant.

Une lueur affectueuse anima son regard. Après la naissance d'Elias, Blanche était venue lui apporter un panier de sucreries pour sa famille en lui disant que s'il ne l'avait pas conduite à l'époque jusqu'à la demeure de Salim, elle aurait sans doute fait demi-tour. Aussi, elle considérait qu'elle lui était en partie redevable de son bonheur.

— Mon fils est là ?

Il acquiesça d'un air grave.

— Il arrive toujours le premier le matin. C'est un bon garçon, ajouta-t-il sur le ton de la confidence. Il sait écouter et il apprend vite. Son père – que son âme repose en paix – serait si fier de lui.

— Je le pense aussi, mon ami, et c'est ce qui me donne la force de continuer à vivre.

Elle fut heureuse de voir un portant bien en évidence avec deux robes *malak* en lin et soie rayé, aux plastrons ornés des broderies en couchure de Nayla, ainsi que les *taqsireh*, ces courtes vestes en velours aux fils d'or étincelants. Elias avait tenu parole. Il n'avait même pas attendu que la jeune fille puisse présenter davantage de vêtements. Blanche se retint de sourire. Depuis qu'il était amoureux, une douceur inédite émanait de son fils. Elle ne doutait pas qu'il allait bientôt demander Nayla en mariage. La jeune fille était intelligente et sensible, issue d'une famille honorable. Un père propriétaire terrien, producteur d'huile d'olive, une mère descendante de marchands palestiniens. Salim aurait sûrement donné sa bénédiction, songea-t-elle, émue.

— Maman, c'est toi ?

Elias était penché par-dessus la rambarde de l'escalier, les cheveux dressés en épis, les manches de chemise retroussées.

— Tu me surveilles, c'est cela ? fit-il en feignant d'être agacé. Pour la peine, je vais t'emmener boire un café. Ce sera ta punition.

Il enfila son veston, se coiffa de son tarbouche et lui prit le bras pour l'entraîner. Jirgi leur tint la porte en souriant.

Blanche donna le bras à son fils. Les commerçants du Grand Bazar hochaient la tête en guise de salut. Elias leur répondait par leur nom. Blanche ne put s'empêcher de se rappeler Salim et leurs promenades en ville quand il lui apprenait à s'y sentir chez elle. Elle arpentait désormais Damas, comme une bonne partie de la Ghouta, les yeux fermés. Un frisson lui glaça l'échine. Il n'y avait qu'un endroit qu'elle évitait, quitte à faire un détour. Il lui était impossible de revoir cette sinistre place publique où Salim avait été exécuté. Soudain, elle perçut le corps d'Elias qui se tendait. Une poignée de militaires britanniques s'approchaient. Impossible de les manquer. Ils étaient beaucoup plus nombreux que les Français et se pavanaient comme s'ils étaient en pays conquis, dans l'attente du traité de paix qui confirmerait leur présence dans les zones du territoire qu'ils s'étaient attribuées. Elle s'inquiétait de sentir la nervosité de son fils. Il était encore si jeune ; il n'avait pas encore acquis la souplesse et le sens de la diplomatie que possédaient Adib et Salim. Il allait pourtant devoir apprendre à composer avec la présence des Occidentaux, sinon son quotidien deviendrait un enfer.

Ils traversèrent le grand vestibule du khān Assad-Pacha, puis Elias s'arrêta devant la boutique louée par les Soieries Zahhar pour y entreposer les marchandises fraîchement arrivées. En attendant son fils, Blanche contempla la magnifique architecture, faite de voûtes et de coupoles en pierres noires et blanches. Maxence viendrait-il s'y promener bientôt lui aussi ? Elle devait trouver un moyen pour tirer le jeune homme de son état de stupeur. Et que lui proposer de mieux que les senteurs et les couleurs de l'Orient ? Aucun artiste ne pouvait y rester insensible. Mais le garçon était encore trop faible et refusait de sortir de sa chambre. Elle craignait qu'il ne s'enferme ensuite dans les jardins intérieurs de la demeure. Un dessinateur en soierie pouvait y rester une vie entière à peindre les fleurs, les arbres fruitiers, les détails décoratifs. Elle repensa au petit carnet noir qu'il avait égaré sur la terrasse du café à la Croix-Rousse et qu'elle conservait précieusement, car il y avait croqué Aurélien. Le trait de plume de Maxence était exceptionnel, mais elle avait compris que ses doigts tremblaient trop pour tenir un crayon. Il fallait apaiser son esprit pour espérer lui rendre ce qui avait été l'armature de sa vie. Le docteur Youssef avait parlé de temps. Ce n'était pas un vain mot. Le temps, en Orient, possédait cette qualité réparatrice qu'on lui déniait dans un Occident devenu avide et impatient. Elle garderait Maxence auprès d'elle aussi longtemps que nécessaire, et veillerait sur lui avec la même tendresse dont Armand avait fait preuve envers Aurélien pendant de si longues années. L'exquise lumière qui baignait les façades de pierre de sa maison libanaise, l'édifiante beauté de Damas, la solitude empreinte de spiritualité du désert à Palmyre étaient à même de réparer toutes les déchirures. Blanche en était persuadée, car elle était née de cette terre de combats mais aussi de miracles. Elle n'avait toutefois pas pu obtenir de Maxence de réponses concernant Oriane. Savait-il ce qu'elle devenait ? Maintenant qu'Armand était mort, elle n'avait plus personne pour lui donner des nouvelles de sa fille et elle se sentait étrangement perdue.

— Maman, tu m'écoutes ? s'impatienta Elias, qui tentait de l'entraîner hors du caravansérail alors qu'elle restait figée, comme enracinée dans le sol. On dirait que ce que je te raconte ne t'intéresse pas.

Paris, le 28 juin 1919

Chère Bonne-Maman tant aimée,

La Paix ! Quelle allégresse ! J'écris ces quelques lignes sans attendre car je veux partager ma joie avec vous. Voilà trois mois que je suis infidèle à notre belle ville de Lyon et j'avoue que la liesse parisienne d'aujourd'hui est particulièrement contagieuse. Le canon a tonné vers cinq heures pour annoncer que les Allemands avaient signé le traité de paix à Versailles. J'espère que nos glorieux morts partis pour reprendre l'Alsace et la Lorraine sont satisfaits. Je me souviens encore d'Aurélien tout feu tout flamme la veille de la mobilisation. Nous étions restés debout toute la nuit, et ce souvenir, comme tant d'autres, est douloureux. Aujourd'hui, pourtant, lui aussi doit lever un verre céleste aux injustices enfin réparées. Clemenceau a exigé la présence de dix mutilés de la face lors de la signature dans la galerie des Glaces. Comment ne pas repenser à tous ceux que j'ai vus passer à l'hôpital ? Ce geste du président du Conseil pour honorer nos braves poilus est magnifique. Cela me rend fière d'être française.

Le charmant petit appartement de papa se trouve à côté des jardins du Palais-Royal, où des orchestres se sont installés sous les tilleuls. Il fait si doux en cette fin de journée que, de mes fenêtres grandes ouvertes, j'entends la musique, les pétards, La Marseillaise *chantée à pleins poumons. Les rues sont pavoisées de guirlandes et de drapeaux alliés. À certains carrefours se dressent des portiques de fleurs et de palmes. Ce soir, pour la première fois depuis l'Armistice, les phares de la tour Eiffel balayeront la ville. On prévoit des feux de Bengale sur la place de la Concorde et tous nos bâtiments publics seront illuminés. Certes, je vous accorde que rien ne peut rivaliser avec notre fête des Lumières, le 8 décembre, quand les Lyonnais déposent des milliers de bougies aux fenêtres pour honorer la Vierge Marie, mais je vais participer de bon cœur aux réjouissances. Pas toute seule, rassurez-vous, Bonne-Maman ! Nous sommes une petite troupe bien sympathique. Mes nouveaux amis me dévoilent volontiers les secrets de leur ville. Grâce à eux, je m'y promène désormais le nez au vent et je navigue dans le métropolitain comme une vraie Parisienne.*

Je comprends pourquoi papa se plaisait ici. L'esprit y est enlevé, même impertinent. Il y a quelque chose de jubilatoire à dire ouvertement ce que l'on pense. Et d'un point de vue artistique, quel tourbillon ! Mes amis et moi allons souvent prendre un verre à Montmartre, mais aussi dans le quartier de Montparnasse. C'est là que se regroupent de plus en plus les peintres, les poètes et les photographes. La fête y est toujours joyeuse.

J'observe l'allure des femmes. Je note leur entrain quand elles conduisent une voiture ou jouent au tennis, quand elles se rendent aux courses ou à l'Opéra. Chaque jour, les talons des secrétaires et des employées claquent sur les pavés dans un staccato rapide. Le corps féminin se libère. Poiret nous avait certes délivrées des corsets il y a plus d'une décennie, mais ici les ourlets semblent raccourcir de jour en jour. Comme promis, je m'inspire de tout ce que je découvre. J'ai eu une conversation passionnante avec Raoul Dufy, qui travaille comme dessinateur pour Bianchini-Férier. Dorénavant, nos étoffes devront épouser la vivacité de ces femmes insoumises, et les motifs de nos imprimés s'adapter au rythme de la vie moderne. La paix enfin actée, nous refermons un sinistre chapitre, n'est-ce pas ? À l'aube de cette nouvelle décennie qui s'annonce pleine de promesses, je suis convaincue que les Soieries Duvernay doivent se vivre en mouvement. Je suis sûre qu'Aurélien aurait été d'accord avec moi. Tout ce que je fais, tout ce que je veux, c'est en mémoire de lui, de son sacrifice, des rêves qu'il avait pour la Maison et qu'il ne pourra pas réaliser.

J'espère que vous ne me gronderez pas. Sur un coup de tête, je suis allée ce matin chez le coiffeur. J'ai les cheveux courts ! Oui, je sais, Gabriel sera furieux. Mais enfin, Bonne-Maman, d'ici qu'il revienne de Syrie en septembre, ils auront repoussé. Mais fini les cheveux à la taille ! Une époque est révolue, n'est-ce pas ? Et c'est vous qui m'avez incitée à être audacieuse, souvenez-vous.

Je sais que vous vous inquiétez pour Gabriel et moi. Nous n'en parlons jamais de vive voix, vous et moi, parce que la pudeur nous l'interdit, mais aujourd'hui, en ce jour de fête, ma joie me permet toutes les audaces. Et je dois vous avouer ce que vous devinez sans doute :

je n'ai rien de commun avec mon époux. Ce séjour parisien m'a ouvert les yeux. Ici, les gens n'ont pas peur d'exprimer leurs sentiments. J'ai parlé avec des jeunes femmes de mon âge que je connais à peine, mais qui lisent en moi comme dans un livre ouvert. Même si Gabriel a voyagé et s'il prétend apprécier la modernité, nous n'avons pas la même vision du monde. Nous avançons à contretemps. C'est un homme qui demeure prisonnier des convenances, sans même s'en apercevoir. Non, Bonne-Maman, je ne suis pas une révoltée. Ou alors si, peut-être ? Je redoute son retour. J'ai l'impression de vivre exilée aux Brotteaux, où je ne me reconnais pas dans l'atmosphère des larges rues qui se croisent à angle droit, dans ces hôtels particuliers dépourvus d'âme. Il me faudra trouver l'inspiration ailleurs, mais comment ?

On sonne à ma porte. Je vous abandonne, ma Bonne-Maman chérie. Mes amis et moi allons boire du champagne et danser jusqu'au petit jour pour fêter la Paix.

Comme convenu, je serai bientôt de retour pour passer l'été avec vous à la campagne. Je me réjouis de vous retrouver et vous embrasse comme je vous aime.

Oriane

Damas, le 29 juin 1919

Ma bien chère épouse,

J'ai regretté que vous ne fussiez pas auprès de moi, hier, pour fêter la signature du traité de paix avec l'Allemagne. La Grande Guerre nous a marqués tous les deux, d'une manière différente, mais tout aussi poignante. Soyez donc assurée que mes pensées étaient aussi pour vous, délicieuse Oriane.

Dans la salle orientale de l'hôtel Victoria, le pianiste a joué toute la nuit, jusqu'à ce que le cri plaintif des muezzins appelle les fidèles à leur prière de l'aube. Nous avons tant trinqué et chanté que je suis aphone avec un concert de piverts sous le crâne. Bien évidemment, nous n'étions qu'entre Occidentaux. Les anciens alliés des Boches ont d'autres préoccupations et les traités les concernant sont encore en gestation. L'Empire ottoman se décompose sous nos yeux. Ces maudits Turcs n'ont pas dit leur dernier mot. On s'interroge sur les agissements d'un certain général Mustafa Kemal, qui n'a visiblement pas l'intention de se plier aux injonctions des vainqueurs. Quant aux Syriens, eux aussi ne demandent qu'à en découdre.

À ce propos, j'ai écrit à mon ami Robert de Caix, chargé par Clemenceau de traiter les affaires françaises avec l'émir Faysal, afin de l'avertir que les paysans et les gendarmes de la Ghouta sont armés jusqu'aux dents. On signe ici des pétitions à tout bout de champ, destinées à la fichue mission américaine emmenée par ces deux escogriffes, MM. King et Crane. Les Arabes veulent les convaincre d'empêcher les sionistes de prendre racine en Palestine, et exigent l'application de la théorie fumeuse du président américain qui veut laisser les peuples « disposer d'eux-mêmes ». Comme si tous les peuples possédaient la même maturité ! Les Américains ont une vision singulière des affaires du monde, auxquelles ils ne comprennent rien. Le charme et l'indolence des magnifiques cafés sur le Barada, où il fait bon venir fumer et se détendre sous la fraîcheur des frondaisons, sont gâchés par l'effervescence de jeunes militants nationalistes qui nous regardent de travers et n'ont que deux mots à la bouche : « Indépendance et unité syrienne. »

J'enrage, car personne ne semble disposé à accepter l'article 22 du pacte de la Société des Nations pourtant signé hier à Versailles. Il précise que « certaines communautés qui appartenaient autrefois à l'Empire ottoman ont atteint un degré de développement tel que leur existence comme nations indépendantes peut être reconnue provisoirement, à condition que les conseils et l'aide d'un mandataire guident leur administration… » Mais encore faut-il qu'on nous laisse l'exercer ! L'état d'esprit contestataire qui règne au Levant m'inquiète parce que la France est une puissance musulmane grâce à nos protectorats et à nos colonies africaines. Leur avenir dépend des événements qui se déroulent ici. Enfin, et c'est le plus important, cette agitation n'est pas du tout propice aux affaires.

*J'ai parcouru les bazars de la ville. Les magasins de soieries proposent des étoffes peu intéressantes. Elles conviennent à un marché oriental, mais je ne vois rien qui puisse exciter un imaginaire occidental. Je me suis arrêté dans l'un des établissements les plus réputés – les Soieries Zahhar. Je dois reconnaître qu'ils proposent un travail de qualité. Le patron est un garçon revêche qui m'a tourné le dos dès que je suis entré dans sa boutique. Sûrement encore l'un de ces agités nationalistes. Le responsable des ventes, en revanche, était beaucoup plus aimable. Comme ils sont chrétiens, une partie de leurs soieries est destinée à la confection de vêtements liturgiques pour les rites orientaux. Certains de leurs brocarts, où le fil d'or est à l'honneur, sont même exportés jusqu'à Rome. Ce n'est guère étonnant. Les brocarts de Damas ont connu leur gloire dès l'époque mérovingienne, quand l'Europe en importait une quantité considérable. Les plus somptueux sont tissés avec des fils de « sept couleurs ». Sept fils de trame, sept navettes. Il faut douze heures de travail pour en tisser deux mètres. Cela m'a rappelé le travail de nos canuts. J'ai notamment admiré une étoffe du XVII*e *ornée de papillons, mais l'odieux propriétaire a refusé de m'en vendre une pièce. Dommage. J'aurais aimé vous la montrer.*

Nous avons du pain sur la planche, croyez-moi. Il faut rétablir les moyens de transport, réparer les infrastructures, veiller à l'approvisionnement en combustible…

Nous devons à tout prix préserver les mûriers que les Anglais continuent à décimer pour les expédier en Égypte. Il faut régler le statut des Français résidents, redonner une monnaie stable au pays pour reprendre une vie commerciale digne de ce nom. Située entre la Méditerranée et le désert, cette région demeurera toujours une voie de passage incontournable entre l'Asie et l'Afrique. Les Anglais l'ont si bien compris qu'ils nous mettent des bâtons dans les roues à la moindre occasion. Ils sont réticents à appliquer les accords conclus grâce à Sykes et Georges-Picot. Je ne comprends pas pourquoi la France se couche devant les Britanniques, dont les agents clament partout qu'ils sauront « dégoûter la Syrie de la France et la France de la Syrie ». Nous manquons d'hommes et de matériel pour en imposer aux Syriens, qui, comme tous les Orientaux, ne respectent que la force et la richesse. Les Anglais, eux, sont bien mieux équipés que nous. Il faut convaincre le gouvernement de débloquer des fonds pour maintenir notre position ici. Sinon, autant s'incliner devant l'hégémonie coloniale britannique une fois pour toutes !

Nous repartons bientôt pour Beyrouth. Nos amis courtiers nous attendent. Nous devons nous assurer que les crédits que nous octroyons aux filatures continueront à nous permettre d'obtenir de la soie de qualité et à bon prix. La seule chose qui me soucie, c'est que j'ai peur que la bourgeoisie chrétienne ne soit pas de taille à résister à l'effervescence indépendantiste. Les lendemains vont être complexes, c'est évident. Heureusement, le Liban ne souffre plus de la faim. Le père de Martimprey et le père Sarloutte ont été admirables en organisant le ravitaillement, et les premières récoltes des semences fournies par le Haut-Commissariat viennent d'avoir lieu. C'est un soulagement.

Et maintenant il est l'heure de sortir me promener. Le jasmin embaume. Ces soirées ne cessent de m'éblouir. J'aime me rendre sur une terrasse pour contempler la palette de couleurs. En fin de journée, les minarets se teintent de rose et d'or, les collines se parent d'infinies nuances de bleu qui se détachent sur le tapis émeraude des vergers ceinturant la cité. Ce doux chatoiement est un enchantement. Je comprends l'engouement que cet endroit a suscité à travers les siècles. « Venez au lieu dans lequel la beauté passe la nuit... », dit l'un de ces poètes qui chantent ces merveilles bien mieux que je ne saurai jamais le faire.

Je suis fasciné par l'étendue du désert qui se profile vers l'est. Mes camarades évoquent avec émotion les ruines exquises de Palmyre, mais hélas, ce ne sera pas pour ce voyage. Palmyre restera pour moi une promesse pour un prochain séjour. Peut-être y viendrez-vous avec moi ? Nous devons nous créer des souvenirs, Oriane. C'est ce qui permet à un couple de se nourrir au fil de l'aventure qu'est un mariage.

Que Dieu vous ait en Sa sainte garde, ma bien-aimée épouse. Avec mon affection et ma tendresse, je demeure votre dévoué.

Gabriel

Lyon, novembre 1919

Le commissaire-priseur baissa les yeux sur Oriane, assise au premier rang de la salle des ventes. Le dos droit, les mains jointes, elle hocha discrètement la tête.

— Trois cents francs pour madame au chapeau marron. Allons, qui dit mieux pour ce magnifique François-Auguste Ravier ? Un peintre paysagiste de grand talent, mesdames et messieurs. Admirez la profondeur limpide du ciel. On pense à Turner, n'est-ce pas ? Oui ! Trois cent cinquante pour monsieur en capote marine militaire, au fond de la salle. Madame ?

Le cœur d'Oriane se mit à battre plus vite, ses doigts se crispèrent sur son réticule. La toile représentait une campagne romaine au crépuscule. La jeune femme la désirait ardemment depuis qu'elle l'avait admirée lors de la présentation des œuvres. La douceur de la lumière et la délicatesse de l'arbre solitaire, campé dans son paysage dépouillé, avaient touché chez elle une corde sensible. Ils étaient seulement deux à s'y intéresser, mais son rival semblait déterminé. Elle n'osait même pas se retourner pour l'affronter du regard. Les enchères grimpèrent de plus en plus vite. À mille francs, la salle ne put retenir une exclamation de stupeur. Et Oriane dut s'avouer vaincue. L'intensité de sa déception la surprit, mais elle n'osa pas quitter sa place avant d'avoir laissé les derniers tableaux trouver preneur.

Elle patientait au vestiaire quand un inconnu s'approcha.

— Veuillez m'excuser, madame. J'espère que vous ne m'en voulez pas de vous avoir pris le Ravier. J'avoue qu'il me tenait à cœur. Je suis un amateur passionné de certains de nos peintres lyonnais.

L'homme, élancé, aux cheveux bruns, avait un visage aux traits distingués, un regard bienveillant.

— Je vous en veux énormément, monsieur, rétorqua Oriane en ajustant ses gants. Vous avez gâché ma journée. Mais on pardonne toujours tout aux hommes de goût, n'est-ce pas ?

Il rit, enchanté de sa repartie.

— Et moi qui prétendais que les Lyonnais étaient indifférents en matière d'art, qu'ils dédaignaient la sculpture et la peinture, n'appréciant que la musique. Je vais devoir manger mon chapeau.

— Je vous fais grâce d'une indigestion. Profitez de ce merveilleux tableau. Au moins, vous saurez l'apprécier.

— Laissez-moi vous aider, s'empressa-t-il d'ajouter en lui tenant son manteau. Quel magnifique velours ! Vous permettez ?

Il se pencha pour l'examiner d'un œil de connaisseur.

— C'est une étoffe des Soieries Duvernay. La dernière création de mon père défunt. J'en suis très fière, c'est vrai.

— Vous êtes la fille de Victor Duvernay ? J'ai eu le plaisir de croiser votre père plusieurs fois avant la guerre, à Paris, lors des fêtes chez le couturier Paul Poiret. C'était un homme exquis, en avance sur son temps. Je vois que vous avez hérité cette qualité de lui : la coiffure, le chapeau cloche, ce velours mis en valeur par une coupe moderne avec la large ceinture et les manchettes en fourrure… Ah, mais je ne me suis pas présenté : François Ducharne.

Sans bien comprendre comment, mais parce que le mouvement leur semblait naturel, ils se retrouvèrent attablés sous les plafonds moulurés et les tentures rouges du grand café attenant à la salle des ventes, à commander des tartes au citron et un chocolat chaud, parlant à bâtons rompus comme s'ils se connaissaient depuis toujours. François Ducharne n'avait pas quarante ans et l'air espiègle. Sa liberté de parole rappelait à Oriane celle de ses amis parisiens. Il était le genre d'homme qui invite aux confidences. Elle s'aperçut qu'elle n'avait jamais évoqué aussi ouvertement, et encore moins avec un inconnu, ses angoisses pour l'avenir des Soieries.

— Vous avez raison de chercher l'inspiration à Paris, affirma-t-il. Pour ma part, je vais aussi m'y installer. C'est là que se trouve la clé pour réussir l'avenir. Il faut se nourrir de cette ambiance particulière de l'après-guerre. Et ne pas redouter d'être audacieux. Tant pis pour les mauvaises langues ! Les soyeux issus de familles illustres comme la vôtre ou celle de votre époux me regardent de travers, car même après plus de vingt ans de métier je demeure le fils d'un modeste artisan ébéniste. Que voulez-vous, je n'appartiens pas au sérail, soupira-t-il avec un clin d'œil.

Oriane se demanda si cette singulière complicité ne prenait pas racine dans le fait qu'elle-même, de manière incongrue, ne trouvait pas sa place dans ce « sérail » dont elle était pourtant issue par chaque fibre de son sang. En cela, ne marchait-elle pas dans les pas d'Aurélien ? N'avait-il pas trouvé refuge dès son plus jeune âge à la Croix-Rousse ? Ils étaient décidément faits du même bois ! Insoumis tous les deux. Plus le temps passait, plus cette différence s'imposait à elle comme une évidence. Et plus cette idée l'effrayait.

Elle lui sourit.

— Vous allez infliger une syncope à la Fabrique en fondant votre société et en achetant un terrain à Neuville-sur-Saône pour y construire votre usine de soieries. On va vous traiter d'aventurier.

— Un titre de gloire ! s'enflamma-t-il, enchanté. Je ne suis pas un novice. J'ai même appris à tisser sur un métier à bras à l'école de La Martinière quand j'étais gamin. J'ai eu ma propre maison de vente de soieries aux États-Unis. Maintenant, il est l'heure pour moi de devenir fabricant à mon tour. J'ai des idées à foison ! Et l'étoile qui va me guider est celle de l'originalité. La technique moderne va tout changer pour nos étoffes. Le mélange des fils devient plus complexe, la teinture aussi. Je veux créer des dessins, les colorier moi-même et les faire vivre sur des twills, des crêpes, des moires souples à envers de satin…

Son enthousiasme était communicatif.

— Vous partez de zéro. C'est une chance. Moi, le passé des Soieries Duvernay me paralyse. On m'enferme dans un carcan. Je dois me montrer digne de mes ancêtres alors que je voudrais tant être libre. Quitte à faire des erreurs sans avoir le sentiment de trahir qui que ce soit, ajouta-t-elle à voix basse.

Le chagrin éteignit brièvement son regard.

— En vérité, c'est sans doute cela qui me tient le plus à cœur : la liberté.

— La seule liberté qui compte, Oriane, c'est la liberté artistique. Et celle-là, vous la conservez ici et là, dit-il en montrant du doigt sa propre tempe et son cœur. Elle ne coûte rien. Croyez-vous que je sois vraiment plus libre que vous ? J'ai investi toutes mes économies dans cette aventure. Et je vais vous faire une confidence : moi aussi, j'ai peur. Or, si j'ai retenu une leçon des Américains, c'est qu'il faut avoir confiance en soi, ne jamais regarder en arrière mais toujours droit devant. Rassurez-vous ! Vous ne manquez pas de cran. Je le vois bien à ce manteau bleu brodé que vous arborez fièrement en plein jour et à votre robe de couleur vive, alors que Lyon préfère la discrétion. Tous deux, nous détonnons un peu, n'est-ce pas ? Encore une chance qu'on nous ait laissés entrer, plaisanta-t-il.

D'un mouvement de tête, il indiqua autour d'eux les complets austères et les robes sombres. Beaucoup de femmes étaient encore en deuil. Lui portait un complet gris à fines rayures avec une longue veste cintrée à la dernière mode, une chemise blanche à col empesé, une cravate régate dans laquelle était piquée une épingle couronnée d'une perle. La jeune femme sourit. Leur connivence l'enchantait, elle qui redoutait toujours d'être incomprise.

— Vous tracez votre propre chemin, Oriane, je le vois bien. Votre père a su vous guider. Votre mère aussi, sans doute.

— Hélas, je ne l'ai jamais connue. Elle est enterrée avec ses parents au Liban, où mon grand-père était directeur d'une filature Duvernay. Pour être sincère avec vous, je ne sais même pas à quoi elle ressemblait.

Il redressa le buste, choqué.

— Comment est-ce possible ? Une mère est une composante incontournable de toute personnalité. L'harmonie de notre vie se définit à son diapason. Vous n'avez jamais été tentée d'en savoir davantage ?

Le corps d'Oriane se crispa sous l'effet d'une douleur imprévue. Le rouge aux joues, elle esquissa un haussement d'épaules, se sentant presque coupable.

— Pas vraiment. Même mon frère Aurélien évitait de m'en parler. Sa disparition faisait trop de peine à tout le monde. Il y a toujours eu un mystère autour d'elle, que je n'ai jamais osé dissiper. Vous connaissez les pudeurs de nos familles. Les questions indiscrètes sont proscrites. Mais j'ai sans doute eu tort.

— C'est fou ! Jamais je n'aurais pu supporter une chose pareille. Je suis sincèrement désolé. Cela doit laisser un grand vide dans votre vie.

Elle s'étonnait de parler ainsi de sa mère avec cette intimité nouvelle, sans la censure qui l'avait poursuivie toute sa vie. D'un seul coup, François Ducharne dévoilait des perspectives inédites au moment même où elle se démenait chaque jour pour abattre des cloisons qui l'étouffaient.

Il leur servit le chocolat chaud que le serveur venait d'apporter, y rajouta une cuillerée de crème fouettée.

— Trinquons, ma chère ! poursuivit-il en levant sa tasse. À cette amitié née d'une même passion pour le talent d'Auguste Ravier et à notre avenir à tous les deux. Venez me voir à Paris. Je vous aiderai autant que possible. Je vous dois bien cela après vous avoir piqué votre « campagne romaine ».

La jeune femme rentra chez elle à pied. Elle traversa le pont Lafayette, qui enjambait les flots tourbillonnants du Rhône en vacillant légèrement. Sans doute cette sensation d'ivresse était-elle due à l'abus de sucre et à la naissance d'une amitié aussi spontanée qu'inattendue. Les encouragements de François Ducharne lui avaient mis du baume au cœur. Il lui avait aussi conseillé de toujours s'entourer de personnes compétentes. Lui-même songeait à ouvrir un cabinet de dessins pour y faire travailler de jeunes peintres et dessinateurs audacieux exclusivement pour ses Soieries. Aussitôt, Oriane avait pensé à Maxence, à son talent si prometteur. Lui seul possédait une flamme qui aurait pu donner aux Soieries Duvernay l'impulsion qu'elle souhaitait, cette renaissance qu'Aurélien avait pressentie comme étant indispensable à leur survie. Mais Maxence était condamné à une interminable peine de prison. Comme chaque fois qu'elle y pensait, elle sentit son cœur se gonfler de chagrin. Pouvait-on se relever d'une pareille épreuve ? Elle ne savait comment le joindre, elle ignorait même ce qu'elle pourrait lui dire. Tout lien s'était rompu dès sa condamnation. À l'époque, non seulement les autorités ne permettaient aucune correspondance, mais le vieil Armand l'avait suppliée de ne pas mettre sa réputation en péril en cherchant à lui écrire. La mort dans l'âme, elle avait fini par se rendre à la raison. Or, voilà que François Ducharne lui redonnait de l'espoir. Elle retrouvait chez lui une même exaltation et se reconnaissait dans sa vision hardie. Il incarnait un souffle nouveau et elle voulait se glisser dans son sillage.

— Où diable étiez-vous passée, Oriane ?

La voix impérieuse de Gabriel lui fit l'effet d'une douche glacée alors qu'elle venait à peine de pénétrer dans leur appartement. Elle retira son manteau, lissa d'une main nerveuse ses cheveux courts.

— Alors ? fit-il quand elle entra dans le salon. Nous étions censés nous retrouver chez ma mère pour prendre le thé. Nous vous avons attendue en vain. Vous n'étiez pas place Croix-Paquet. J'ai fait téléphoner. Quand ma mère m'a demandé si vous étiez souffrante, je n'ai pas su quoi lui répondre.

Un frisson consterné la parcourut. Elle avait complètement oublié ce rendez-vous. Un acte manqué. Une nouvelle fois. Depuis que Gabriel était rentré de Syrie deux mois auparavant, elle les enchaînait misérablement.

— Je suis désolée. Cela m'est sorti de la tête. J'écrirai un mot à votre mère pour m'excuser avant mon départ pour Paris.

Il la dévisagea, stupéfait.

— Vous repartez ? C'est une plaisanterie, j'espère. Nous n'allons pas continuer ainsi longtemps, Oriane. Je ne vous reconnais plus depuis mon retour. Vous êtes d'une froideur détestable. À croire que je vous dérange. Dois-je vous rappeler que je suis votre époux ?

— Oh, je ne risque pas de l'oublier. Je vis ici, avec vous.

Elle était toujours aussi refroidie par la décoration morne de cet appartement. Les hautes fenêtres dont Gabriel refusait de tirer les rideaux ouvraient sur un ciel noir comme la suie, d'où tombait désormais une pluie persistante qui crépitait sur les vitres. Oriane songea avec nostalgie à la chambre à coucher de sa grand-mère. C'était un soir à s'y pelotonner, parmi les tentures opulentes et les souvenirs exotiques. Un soir où se réfugier en soi-même, en silence et en paix. Voilà surtout ce qui lui manquait depuis le retour de Gabriel, ce précieux sentiment de quiétude, de pouvoir s'étirer le matin en étoile dans leur lit sans craindre de le toucher, de sauter un repas sans susciter une remarque, de danser seule au son du gramophone.

— Vous demeurez pourtant le moins possible avec moi, dit-il d'un air dédaigneux. J'ai l'impression d'avoir épousé un courant d'air. Je vous avais encouragée à vous rendre à Paris au printemps parce que je m'absentais quelques mois en Syrie. Mais je suis de retour, Oriane, et j'ai l'intention de vivre avec ma femme. Vous allez donc me faire le plaisir de rester à la maison. De toute manière, vous devez m'accompagner à la réception en l'honneur du général Gouraud, qui est en route pour Beyrouth. Il vient d'être nommé haut-commissaire en Syrie et chef de l'armée du Levant. Dieu merci, un choix intelligent ! Un grand soldat de la Victoire qui saura se faire respecter par ces agités arabes.

Elle porta une main à sa gorge, elle n'arrivait plus à respirer. Un désarroi semblable à un vertige lui donna un haut-le-cœur. Elle ne voulait pas de cette vie, elle ne voulait pas de cet homme. L'élan de créativité, de joie, de grâce qui l'avait transportée pendant deux heures s'évanouit. Elle avait les larmes aux yeux, l'impression détestable d'être redevenue une enfant.

— Veuillez me pardonner, Gabriel, mais je ne peux pas avoir cette conversation avec vous maintenant. Je ne me sens pas bien. Ne m'attendez pas pour dîner.

— Mon Dieu, Oriane !

L'angoisse dans sa voix l'arrêta net. Quand elle se tourna à nouveau vers lui pour comprendre ce qui l'avait effrayé, elle fut frappée par son teint cireux.

— Là, vous avez du sang sur votre jupe…

Le docteur Forestier replia son stéthoscope, l'air sombre. Oriane était allongée dans un lit de sa clinique, triturant nerveusement le drap. Il la regarda avec une telle affection qu'elle prit peur.

— Je ne pourrai jamais avoir d'enfant, c'est cela, docteur ?

— Je ne peux pas être catégorique, chère madame, mais c'est votre deuxième fausse couche depuis votre mariage. Votre époux a été stupéfait de l'apprendre. Il ne comprend pas pourquoi il l'ignorait.

Elle détourna la tête, les lèvres pincées.

— Cela ne le regarde pas.

— Pardonnez-moi, mais ce n'est pas tout à fait vrai. Il sera le père de vos enfants.

— Il y a peu de chances, puisque je ne peux visiblement pas en avoir.

Et je ne le regrette pas ! songea-t-elle. La violence de ce cri intérieur la traversa tout entière. Choquée, elle fut saisie d'une nausée. D'un geste vif, le médecin lui tendit un bassinet où elle rendit de la bile.

— Vous allez rester chez nous encore quelques jours. Je reviendrai vous examiner demain. Vous avez besoin de repos et de fortifiants.

— De vin et de viande rouge, je sais, docteur. Vous me l'avez déjà dit la dernière fois. Mais je n'aime que le champagne et les légumes du potager de ma grand-mère.

— Et c'est ce que tu auras, ma chérie !

La porte s'ouvrit en grand pour laisser passer Geneviève Duvernay, en tailleur de drap noir, une broche épinglée au revers, une toque en velours couronnant ses cheveux blancs.

— J'ai renvoyé ton mari à la maison. Il avait l'air complètement désemparé, ce brave homme. Je lui ai dit que tu serais trop fatiguée pour le voir ce soir. Approchez cette chaise, Forestier, que je puisse m'asseoir auprès de ma petite-fille. J'ai aussi donné l'ordre à vos infirmières de nous laisser tranquilles. Elles ont une tendance détestable à papillonner quand on a surtout besoin de silence.

Une fois le médecin reparti, la vieille dame se pencha pour déposer un baiser sur le front d'Oriane, l'enveloppant de la senteur familière de violette et de poudre de riz. La jeune femme se retint de pleurer tant elle était soulagée de la voir. Sa grand-mère demeurerait à jamais cette force sur laquelle elle pouvait s'appuyer quand son monde se fracturait, qui était venue la chercher au cœur des ténèbres après la mort de son père et se dressait avec panache à la proue d'un navire qui prenait l'eau.

— Entrez, Valentin ! ordonna Geneviève quand on frappa à la porte. Nous vous attendions.

Le valet de sa grand-mère déposa sur la table une bouteille de champagne dans un seau à glace. Oriane ouvrit de grands yeux.

— Bonne-Maman, je ne sais pas si c'est indiqué…

— Bien sûr que si ! Un verre de champagne n'a jamais tué personne. Nous traverserons cette épreuve tête haute comme nous en avons traversé d'autres. Bon sang ne saurait mentir, n'est-ce pas, mon ange ?

Les images la hantaient. Le sang écarlate sur sa robe. Les gestes furtifs de la femme de chambre qui chiffonnait le vêtement avant de s'en débarrasser au plus vite. L'expression de pitié et d'incompréhension sur le visage de Gabriel. Sans oublier les douleurs, ces battements lancinants dans le bas-ventre. Et la honte. Les événements se répétaient. Comment l'ignorer ? Et pourquoi les choses changeraient-elles à l'avenir ? Elle était encore si jeune. Était-elle condamnée à attendre le verdict chaque mois dans l'angoisse, déchirée entre son devoir de donner un enfant à Gabriel et son inavouable désir d'en rester là ?

Deux jours plus tard, Oriane insista pour quitter la clinique. Elle était affaiblie mais pas mourante. Aucune raison de rester prostrée dans une chambre anonyme. Néanmoins, une fois dans la rue, la jeune femme eut de la peine à marcher. Une brume familière enveloppait les immeubles, l'humidité suintait sur les façades. Elle regretta amèrement l'absence de lumière, celle d'un ciel d'été et des idées claires. Elle se sentait engourdie, accablée par ce corps inflexible qui refusait de porter la vie tout comme il lui déniait plaisir et sensualité. Les passants la bousculaient, se hâtant tête basse sous leurs parapluies noirs. Elle ne pouvait pas continuer à avancer ainsi à l'aveugle, luttant contre les vents contraires. Quel souffle pourrait-elle apporter aux Soieries ? Quelle inspiration pouvait naître de ce désert intérieur ? Autant admettre la vérité, ses élans d'enthousiasme se résumaient à une ardeur passagère qui se consumait en un rien de temps. Elle avait pensé guérir grâce à l'allégresse parisienne. Elle s'était trompée. Jamais elle ne pourrait rivaliser avec un artiste comme François Ducharne, qui parlait d'audace. L'audace naît d'une maison construite sur le roc et non sur le sable. Elle naît de racines, de certitudes. Oriane doutait de tout, et surtout d'elle-même. Ce deuxième enfant qui avait refusé de grandir dans son corps pitoyable la réduisait à l'état d'une coquille vide.

Devant la chambre de commerce, elle observa un ballet de voitures officielles. Un officier haut gradé descendit d'un véhicule. Au sévère visage à barbe drue, à la manche droite habilement épinglée pour masquer l'absence du bras amputé, elle reconnut le général Gouraud. Le haut-commissaire gravit la volée de marches d'un pas énergique. Gabriel avait évoqué cette réception ; il devait y prendre la parole pour exposer les intérêts de la France en Grande Syrie et se réjouissait de briller devant ses pairs. Aucun notable lyonnais ne manquerait à l'appel. Oriane aurait dû être présente pour soutenir son mari en applaudissant sagement. Mais elle restait transie sous le crachin, à regarder étinceler les lustres par les fenêtres.

Ce fut son instinct qui parla. Elle tourna le dos au bâtiment et s'éloigna. Elle prit son temps pour gravir la colline bienheureuse, s'arrêtant parfois pour reprendre son souffle. De temps à autre, une percée entre les maisons dévoilait la ville à ses pieds. Des cheminées s'échappaient des volutes de fumée qui montaient droit comme des cierges vers le ciel laiteux. Le Rhône miroitait avec l'éclat métallique d'une lame d'acier. Ces escaliers, ces rues pavées, combien de fois les avaient-ils arpentés, Aurélien, Maxence et elle ! Pour la première fois depuis longtemps, Oriane ne réprima pas ses souvenirs, acceptant leur tourment doux-amer. Toujours, dans les moments les plus obscurs, la colline des tisseurs avait été le refuge des siens, celui de son frère mais aussi celui de l'Absente. Elle y revenait aujourd'hui comme l'on se rend en pèlerinage, vulnérable, l'esprit vide et le cœur meurtri. À l'époque de l'insouciance, la solitude qu'elle portait chevillée au corps depuis l'enfance s'était tenue tranquille. Il n'y avait pas eu de peur, ni d'angoisse, seulement les bras de Maxence autour de sa taille, ses lèvres sur les siennes et son corps de jeune fille pleinement vivant. Perdue dans ses pensées, elle se sentit de plus en plus légère en approchant de l'atelier. Elle retrouvait l'éclat de ses bien-aimés Aurélien et Maxence, leurs solides épaules qui l'enserraient dans un étau. Elle venait se ressourcer à leur complicité, leur affection, y puiser des forces renouvelées… Soudain, elle cessa d'avancer. Une carriole était rangée devant la porte. Deux hommes déchargeaient des caisses. Interdite, Oriane regarda ces inconnus prendre possession de la maison de Maxence, le lieu sacré où il était appelé à revenir, un jour certes lointain mais un jour sûrement. C'était du moins ce qu'elle avait toujours pensé dans son for intérieur. Comment avait-elle pu être aussi naïve ? Elle aurait dû se douter que l'atelier passerait à un autre locataire après la disparition d'Armand, mais elle n'y avait pas réfléchi, trop attachée à préserver ce sanctuaire. Et voilà que le dernier lien avec Maxence se délitait sous ses yeux.

— Vous ne vous sentez pas bien, mademoiselle ?

La femme en manteau noir était maigre, avec un nez d'aigle et des yeux vifs.

— Ce n'est rien, mais je ne m'attendais pas…

Elle indiqua les nouveaux arrivants.

— Vous étiez à l'enterrement d'Armand, n'est-ce pas ? Il me semble vous reconnaître.

— Oui. Mon frère Aurélien était le meilleur ami de Maxence.

— Ah, vous êtes la petite Duvernay ! Armand m'a souvent parlé de vous. Je vous comprends. J'habite à côté. À moi aussi, cela me fait bizarre d'avoir de nouveaux voisins. Hélas, un chapitre de notre histoire s'est refermé. Armand aura été le dernier des Martin à vivre et à travailler à la Croix-Rousse maintenant que Maxence a fait son choix et qu'il est parti.

Le bourdonnement d'un essaim d'abeilles emplit brusquement le crâne d'Oriane. Cela faisait pourtant plus de deux ans qu'elle ne l'avait plus entendu. Elle fit un effort pour se ressaisir.

— Pardonnez-moi, madame. J'ai dû mal comprendre. Vous avez dit que Maxence était parti, mais il est en prison…

— Plus maintenant, Dieu soit loué ! Lui et ses camarades ont bénéficié d'une grâce présidentielle au printemps dernier. Ce n'est que justice ! Malheureusement, il a été libéré après le décès de ce brave Armand. Il était dans un sale état, le pauvre petit. J'ai fait ce que j'ai pu pour le remettre sur pied, mais il n'a pas eu le cœur de rester. Après tous ces drames, il a préféré tenter sa chance ailleurs. On peut le comprendre, non ?

Le cœur d'Oriane battait si fort qu'elle craignait de se sentir mal. Maxence était libre. Libre ! Il était même revenu à Lyon. Il était passé par la maison sans chercher à la voir. La vague de joie et de chagrin qui la balaya fut si puissante qu'elle dut s'adosser au mur.

— Seigneur, vous êtes pâle comme un linge ! Vous êtes sûre que ça va ?

— Savez-vous où il est parti ?

— Oui, bien sûr. Il a pris un bateau pour le Levant.

— Le Levant ? Mais pour quelle raison ? Qu'est-ce que Maxence connaît de l'Orient ?

La femme haussa les épaules.

— Ça, j'en sais rien, mais d'autres bons petits gars sont rentrés bousillés de la guerre et n'ont pas supporté de reprendre une vie normale. Certains se sont embarqués pour l'Afrique ou l'Indochine. Après tout, avec nos colonies, y a que l'embarras du choix, n'est-ce pas ? Pour eux, tant que c'est le plus loin possible des tranchées, dans un pays où il fait chaud et avec une belle lumière… Pas comme chez nous, grommela-t-elle en indiquant le ciel plombé. Et je sais qu'Armand avait des amis, là-bas. Les Zahhar. Des marchands de soie de Damas.

Damas, mars 1920

Les Bédouins dansaient une ronde au son des fifres et des tambourins, se tenant par les épaules, leurs pieds et leurs jambes battant la cadence. Harnachés de cartouchières, ils avaient relevé les pans de leurs keffiehs pour dégager leurs visages. Les robes blanches effleuraient le sol, les bottes de guerriers sonnaient en mesure sur les pavements. Ils dansaient pour fêter Elias, leur jeune camarade de combat, qui venait de prendre femme. Ils dansaient pour le bonheur de ce couple rayonnant et leurs enfants à venir. Ils dansaient parce qu'ils avaient versé leur sang sous la glorieuse bannière des Hachémites et que le Congrès national syrien avait proclamé l'indépendance de la Syrie dans ses frontières naturelles, avec la Palestine et le Liban, dont l'émir Faysal ibn Hussein – que Dieu le préserve – était devenu le souverain légitime.

D'innombrables flambeaux et lanternes illuminaient la demeure des Zahhar. Les domestiques proposaient des pyramides de sucreries sur des plats en argent. Dans l'une des cours secondaires rôtissaient des moutons. Des enfants en vestes chamarrées se pourchassaient parmi les invités. C'était soir de fête à Bab Touma, dans cette ville où battait le cœur du monde arabe. Tous avaient répondu à l'invitation, étudiants et officiers, députés et ministres, médecins, vendeurs des Soieries Zahhar, maîtres tisseurs et ébénistes, brodeuses émérites de Palestine, philanthropes, journalistes et diplomates, professeurs d'université, drogmans et marchands du Grand Bazar. L'Orient scintillait avec ardeur de tous ses feux généreux. Nayla avait même réussi à convaincre Maxence de quitter sa chambre. Le timide jeune homme restait dans l'ombre, fumant une cigarette, mais une lueur bienveillante animait son regard.

Blanche frappait dans ses mains. La mère du marié portait une tunique aux broderies en fil d'argent. À son épaule brillait une broche en diamants, le cadeau de Salim pour ses trente ans. Elle rendait grâce pour ce moment inespéré après l'obscurité des dernières années. En cette nuit printanière bercée par les chants de ses amis, parmi les effluves des plants de jasmin, des rosiers et des cédratiers, elle regardait son fils rire aux éclats et son cœur était plein.

— Je suis heureuse pour toi, *habibati* ! se réjouit Hayat. Salim doit être si fier, là-haut. C'est mérité, après toutes les épreuves. Ta ravissante belle-fille est dotée d'une nature douce et parfaitement éduquée, comme toutes les filles de Bethléem, où les écoles sont excellentes. Tu as bien choisi pour ton fils.

Blanche éclata de rire.

— Je n'ai rien choisi du tout ! Je n'aurais jamais couru ce risque. Elias a fait son choix en toute conscience. Ils sont jeunes, talentueux et se complètent parfaitement. Mais ce premier amour, grâce à Dieu, a pris son envol sans les chaînes que moi-même j'ai dû rompre pour vivre le mien.

Elle fit tourner la chevalière autour de son doigt.

— Je te remercie encore, ma douce amie, de m'avoir ouvert les bras quand j'étais perdue.

Hayat l'embrassa sur la joue.

— Sois bénie ! Et que Dieu accorde à Elias et Nayla bienfaits, santé et de nombreux enfants !

— Et surtout de vivre dans un pays en paix, grommela Adib en venant s'asseoir avec elles dans le *liwan*. Quoi qu'en pense la population qui festoie dans toute la ville, c'est loin d'être gagné.

Par-delà les murs de la demeure, on entendait tirer des coups de fusil enthousiastes et éclater des pétards. Hayat fronça les sourcils.

— Arrête, mon époux ! Ce n'est pas un soir pour geindre mais pour chanter. Nous aurons tout le temps de nous lamenter demain matin. Bah, je te laisse. Je préfère passer cette soirée en compagnie de femmes comme Nazik al-Abed ou Marie Ajami, qui, elles, n'ont peur de rien !

Avec une moue agacée, elle se leva pour rejoindre Nayla dans la pièce de réception où la jeune mariée recevait les félicitations d'invitées qui jouaient un rôle déterminant à la tête de leurs associations féminines. Nazik al-Abed examinait d'un œil admiratif le trousseau de draps et d'oreillers brodés de dentelle.

Adib fit une grimace.

— Je ne suis pas en odeur de sainteté en ce moment parce que ma bien-aimée me trouve alarmiste.

— Tu ne l'étais pas, autrefois. C'était toujours Salim le plus inquiet de vous deux.

— Le jour où nous l'avons perdu, il a emporté une partie de mon âme. J'ai eu la vie sauve grâce à son sacrifice. Comment ne pas en être tourmenté ?

Blanche accepta le verre de vin que lui proposait un serviteur. Le fils d'Adib vint se joindre à Elias et à Suleyman pour entamer une nouvelle ronde endiablée.

— Tu penses à nos fils, n'est-ce pas ? Tu veux leur transmettre un monde dans lequel ils pourront œuvrer pour le bien commun. Tu devrais pourtant être satisfait. Au Congrès, vous avez déclaré l'indépendance pour laquelle Salim et toi avez tant lutté, vous avez élu Faysal comme roi et adopté une constitution démocratique…

— Nous avons aussi rejeté les absurdes prétentions sionistes et préconisé un régime de décentralisation pour la Montagne libanaise. Mais à quoi bon ? Les Français et les Anglais considèrent déjà nos décisions comme nulles et non avenues. De toute manière, les Britanniques ne s'intéressent plus qu'à la Palestine. Chez nous, ils ont passé la main aux Français, qui ont choisi Gouraud comme haut-commissaire. Gouraud ! Un colonial pur et dur qui a fait ses armes en Afrique. Que veux-tu qu'il comprenne aux Arabes ? De plus, il est manipulé par les jésuites et des imbéciles aux idées courtes. Je te prédis que tout cela va être un désastre.

Blanche buvait son vin à petites gorgées. Des invités continuaient à arriver. La soirée se prolongerait jusqu'aux premières lueurs de l'aube, ce point du jour qu'elle avait tant redouté autrefois et qui l'incitait encore aujourd'hui à monter sur sa terrasse de Palmyre. Son fils enlaçait ses amis. Elle avait accompli son devoir. Son petit garçon était devenu un homme. Elias avait un cœur vaillant, une âme droite. Aujourd'hui jeune époux, il serait bientôt père. Hélas, sans Salim pour s'en réjouir.

— Pardonne-moi, mon amie. Je ne devrais pas t'ennuyer ce soir avec ce genre de considérations, mais ces Occidentaux bouffis d'orgueil prétendent négocier la paix alors qu'ils sèment déjà les ferments des prochaines guerres. Ça me rend fou !

Adib tremblait d'indignation, si bien que Blanche posa une main apaisante sur son bras. Leurs épaules étaient pressées l'une contre l'autre, comme à l'aube du dernier matin de Salim. Elle comprenait ses préoccupations. Comment être serein dans des circonstances aussi incertaines ?

— Quand je suis allée chercher Nayla, elle avait perdu tous les siens. Elle a tenu à emporter une seule chose, sa robe de mariée qu'elle brodait depuis qu'elle était enfant et qu'elle porte aujourd'hui. On lui avait tout pris, mais elle croyait en son avenir. Les rêves demeurent possibles, même au cœur de la tourmente. C'est ce qui nous sauvera.

Adib plissa les yeux, tirant sur son cigare. Il avait des cheveux blancs, des rides profondes sur le front.

— Les rêves se fracassent sur la réalité, Blanche. Et la réalité, c'est que notre avenir va se décider sans nous dans une minable station balnéaire européenne. Les Français et les Anglais ont marchandé entre eux le partage du Bilad al-Cham dès 1915. Ils morcelleront notre pays en créant des frontières artificielles pour détruire notre identité et appliquer la vieille loi du « diviser pour régner ». Puis, quand le traité de paix concernant la Turquie sera conclu, dans quelques mois, il ne nous restera à tous que nos yeux pour pleurer.

Hayat et Nazik faisaient des signes d'impatience à Blanche pour qu'elle cesse de discuter avec Adib et vienne profiter de l'instant présent.

— Nous sommes un peuple fier, au passé millénaire. On ne peut pas nous traiter comme des enfants indociles.

— Et les Américains, pourraient-ils être un recours ? demanda Blanche en avisant William Graves, le professeur de sciences sociales de l'Université américaine de Beyrouth, qui la cherchait des yeux.

Adib haussa les épaules.

— Les Américains se lavent les mains de notre destin. La commission d'enquête de MM. King et Crane a pourtant fait un travail remarquable. Ils ont recueilli mille huit cent soixante-trois pétitions en Palestine et en Syrie en interrogeant toutes les sensibilités. Et leurs conclusions sont claires : il faut limiter les ambitions sionistes, inacceptables pour la population, instaurer un mandat provisoire sur notre Syrie unifiée sous l'autorité de Faysal, mais le confier aux Américains ou aux Anglais. Un mandat français entraînerait des troubles inévitables.

Quand William aperçut Blanche, son visage s'éclaira. Il fit un geste enthousiaste du bras avant de se diriger vers elle.

— Nous aurons toutefois à composer avec les Français, conclut-elle.

— Évidemment ! Et lorsque la trahison sera officielle, nous pourrons dire que l'année 1920 aura été pour nous celle d'une tragédie.

Blanche vida son verre d'une lampée.

— Et mon fils repartira au combat, murmura-t-elle. Ce sera terrible, car il ne se battra pas contre des Turcs et des Allemands mais contre des Français, des hommes dont il partage le sang.

Glacée d'angoisse, elle croisa le regard tourmenté de son meilleur ami. Adib et elle n'avaient pas besoin de mots.

— Blanche, *my dearest friend*, toutes mes félicitations ! Merci infiniment de m'avoir convié à cette fête splendide. On se croirait dans les *Mille et Une Nuits*.

— Bienvenue, William. Asseyez-vous et reprenez votre souffle. Nous ne sommes pas en Perse, il n'y aura qu'une seule nuit pour célébrer le mariage de mon fils, mais je la souhaite longue et joyeuse. Oui, ce soir, notre nuit damascène sera résolument heureuse. N'est-ce pas, Adib ?

Elle avait perdu le combat. Elle avait pourtant lutté vaillamment depuis un quart de siècle avec toutes les armes à sa disposition. Elle s'était battue pour préserver sa petite-fille et lui offrir le meilleur avenir possible, mais elle avait perdu. L'écho de l'Orient demeurait le plus fort. Son appel irrésistible. Oriane partait pour le Levant. Et Geneviève Duvernay ignorait si sa petite-fille lui reviendrait un jour, une fois que le secret lui aurait été révélé. Comment pouvait-il en être autrement ? Personne n'échappe à la vérité sur le chemin de Damas. C'était ainsi depuis vingt siècles.

La vieille dame ouvrit la porte-fenêtre, s'avança à pas prudents sur la terrasse. Elle se concentra sur les quelques marches qui menaient à la pelouse. Surtout ne pas tomber. Désormais, toute sa vie se déroulait au ralenti. Pathétique ! Elle qui avait eu tant d'énergie à revendre. Il faisait doux dans les monts du Lyonnais en ce premier printemps de la nouvelle décennie. Un temps délicieux à passer sous son hêtre favori, même s'il lui fallait un châle parce que le froid de la mort s'insinuait dans ses veines chaque jour davantage. Oriane lui avait écrit une lettre pour lui annoncer son départ imminent. Elle serait absente quelques semaines, peut-être un mois ou deux, le temps de retrouver ce fils de canut, le meilleur ami d'Aurélien, qu'elle espérait convaincre de devenir le dessinateur attitré des Soieries. Ainsi, la boucle se refermait.

Avant de s'asseoir dans son fauteuil en rotin, Geneviève disposa les coussins pour ne pas sentir ses os sur le siège. La brise était légère comme une caresse sur sa peau. Elle survola d'un coup d'œil les frondaisons, la roseraie, le muret en pierre sèche qui délimitait le potager. Des libellules voltigeaient autour du plan d'eau. C'était pénible de vieillir. Alors qu'il aurait fallu se concentrer sur chaque instant d'une existence qui touchait à sa fin, l'esprit la ramenait sans pitié au passé et pas toujours à ses épisodes les plus heureux. Épuisée, elle ferma les yeux. Elle avait été prise au dépourvu. Qu'aurait-elle pu répondre à Oriane ? Pour une fois, les mots lui avaient manqué. Sans parler de la force. Comment expliquer des choses aussi complexes par écrit ? Par où commencer ? Des confidences de cette envergure se doivent d'être révélées face à face. Il faut avoir le courage d'affronter le visage incrédule et furibond de la personne tant aimée. Or, tout secret de famille charrie dans son sillage d'autres blessures. À chaque révélation son ombre antérieure, son mauvais ange. Elle appartenait à une génération qui pensait que la pudeur et le silence étaient bénéfiques, une preuve de civilité, même de panache. Elle avait fait son devoir. Rien que son devoir. Et si je m'étais trompée ? Elle ouvrit brusquement les yeux. L'herbe avait repoussé depuis longtemps à l'endroit où Victor avait brûlé son amour et ses espoirs. Elle entendait encore les sanglots de son fils, elle sentait palpiter ce corps transi de désespoir. Et percevait sa tragique envie de mourir. Comment empêcher une mère de vouloir protéger son enfant ? Il avait été impérieux de tout faire – absolument tout – pour épargner à Victor de connaître le même destin que celui de son père. Quand l'ancienne douleur se réveilla, de ces morsures au cœur que l'on porte en soi jusqu'au Jugement dernier, ses mains tavelées agrippèrent les accoudoirs. Personne n'avait jamais su que le père de Victor s'était donné la mort. Ce secret-là, Geneviève Duvernay l'emporterait dans sa tombe.

C'était par un après-midi radieux comme celui-ci. Elle était revenue à leur appartement après quelques emplettes. Les enfants avaient pris leurs quartiers d'été à la campagne avec leurs nourrices. Le valet de chambre lui avait dit que monsieur était rentré tôt des Soieries, qu'il se disait fatigué et ne voulait pas être dérangé. Geneviève s'était installée au salon. Son époux se montrait curieusement taciturne depuis plusieurs mois. Elle se rassurait à la pensée qu'il pourrait bientôt s'accorder quelques semaines de repos et s'apprêtait à lui annoncer une heureuse nouvelle. Tous deux espéraient avoir un autre garçon. Lorsque les domestiques vinrent allumer les lampes à huile, elle se décida enfin à aller le trouver. La chambre était fermée à clé. Le valet l'aida à ouvrir la porte, mais, saisie d'un affreux pressentiment, elle lui demanda de patienter sur le seuil. Elle s'avança vers son mari, qui était recroquevillé dans un fauteuil. Un rictus déformait son visage, ses vêtements étaient tachés de vomissures, son regard fixe. Sa mort avait été douloureuse.

D'un geste de la main empreint de tendresse, elle lui avait fermé les yeux. Sans un cri, sans protester. Par une grâce du Ciel, il avait choisi de s'empoisonner. Il n'y avait pas de sang à nettoyer, pas de corps déchiqueté, seulement une fiole à glisser discrètement dans sa poche. Un mot d'adieu également, qu'elle brûlerait quelque temps plus tard. Et quatre enfants à élever dans le souvenir respectueux d'un père trop tôt disparu, dont le cœur avait prétendument lâché. Un homme fragile, mais un homme qu'elle avait infiniment aimé. Le lendemain des obsèques, elle avait perdu leur bébé.

Geneviève pinça les lèvres. C'était au siècle dernier, c'était hier. Elle avait construit sa vie sur le socle de ce drame caché. Or, un secret en entraîne toujours un autre. Il lui avait fallu affronter l'amour insensé de Victor pour une fille farouche qu'un garçon comme lui n'avait aucun espoir de dompter, de celles qui marchent pieds nus parmi les herbes folles. Elle avait dû surveiller de près Aurélien et Oriane, avec la crainte que la vulnérabilité de leur grand-père ne se révèle aussi chez eux. Elle avait été attentive à leurs silences, leurs mélancolies. Elle avait lutté et elle avait perdu. Aujourd'hui, la vieille dame déposait enfin les armes. Oriane lui accorderait-elle la grâce de revenir en dépit des mensonges par omission ? Si jamais sa petite-fille l'accablait de reproches, elle les accepterait sans baisser les yeux. Puis, elle lui dirait combien elle l'aimait et combien elle était fière d'elle. Et aussi combien elle ressemblait à sa mère.

Geneviève hocha la tête avec un léger sourire. Qu'on ne dise jamais qu'elle était mauvaise perdante.

Il aurait fallu être aveugle pour ne pas comprendre que son sort reposait désormais entre les mains de cette fille du Levant qui n'était pas de leur monde. Drôle d'ironie du sort. Le cercle se refermait et elle ne pouvait que s'abandonner à la Providence, elle qui avait toujours voulu maîtriser les fils du destin. La leçon d'humilité était sévère. Mais si Blanche savait puiser à la source infinie de la miséricorde, si elle trouvait en son cœur des mots de clémence, alors non seulement Oriane lui reviendrait, mais elle reviendrait en paix, le temps d'embrasser sa grand-mère une dernière fois. Et elle, Geneviève Duvernay, reverrait avant de mourir ce beau visage, ce regard ardent, et tout serait juste et tout serait bien.

— Ce n'est qu'un prétexte, Oriane. Vous partez chercher ce traître parce que vous avez encore un béguin pour lui.

Gabriel parlait d'un ton monocorde, sans dévoiler plus d'émotion que s'il évoquait la couleur du ciel ou les derniers cours de la Bourse. Leur mariage ne méritait même plus qu'ils élèvent la voix. Sa posture trahissait un détachement étudié, le buste calé contre le dossier du siège, les jambes croisées. Au premier étage des Soieries Duvernay, le couple se faisait face de part et d'autre du bureau d'Oriane, sur lequel s'entassaient des livres comptables aux chiffres désespérants.

— Je pars parce que le prix de la soie a baissé de dix pour cent l'année dernière, et que nous avons été contraints de vendre bien trop d'étoffes au-dessous du prix coûtant.

Elle referma un registre d'un claquement sec.

— Je pars parce que les collections des Soieries Duvernay n'intéressent ni les couturiers parisiens ni les maisons de détail, que les cabinets de dessins ne me proposent que des idées d'un autre temps, ne comprenant rien à ce que je leur demande. Et que même mon directeur, qui est d'une nature d'ordinaire enthousiaste, semble disposé à se pendre à un réverbère.

La moue ironique de son mari trahissait le fond de sa pensée : elle avait échoué. Ne l'avait-il pas toujours dit ? Ou pensé haut et fort ? Elle scruta l'équilibre de ses traits réguliers, la mâchoire assurée, la bouche gourmande. D'autres femmes trouveraient certainement à leur goût la carrure des épaules et la taille bien prise, cette silhouette à l'allure distinguée qui ne lui inspirait rien. La pensée fugitive qu'il puisse avoir des maîtresses lui effleura l'esprit.

— Je pars parce que Maxence Martin est le dessinateur le plus doué de sa génération, celui que désirait Aurélien pour cette Maison. Demandez à Michel Dubost, à l'École des beaux-arts, il vous le confirmera volontiers. Si je veux que les Soieries Duvernay survivent aux années 1920, j'ai besoin de lui. C'est aussi simple que cela. Et j'ai déjà perdu assez de temps.

Il tira un étui à cigarettes de sa poche, fit claquer son briquet, des objets bien ostentatoires pour un soyeux lyonnais. Gabriel était ainsi. Déconcertant. Dans les premiers temps où il la courtisait, sa singularité avait piqué sa curiosité. Mais elle s'était bientôt aperçue qu'il ne s'agissait que de l'écume de sa personnalité. Les ressorts en demeuraient tristement convenus. Elle n'avait ni la patience ni l'envie de réparer l'abîme entre eux. Leur mariage n'avait pas résisté à la Victoire, au souffle des temps nouveaux, à son tempérament qui l'incitait à défiler avec des ouvrières en colère, à préférer les cabarets de Montmartre où jouaient des trompettistes américains, mais aussi les cheveux courts et les robes en crêpe Georgette qui flattaient sa silhouette androgyne. Il n'avait pas résisté aux rêves d'avenir qu'incarnait un soyeux visionnaire comme François Ducharne. À son corps rebelle qui expulsait des enfants avant qu'ils puissent voir le jour.

Gabriel s'était levé. Il contemplait désormais les dessins et les huiles sur toile d'artistes lyonnais qu'elle avait chinés dans les ventes aux enchères. Il s'arrêta sur un petit tableau représentant des bergers dans un paysage de campagne.

— Je vois que vous avez acquis un autre Jean Pillement. Vous allez finir par avoir une charmante collection. Pourquoi les conserver ici et non à la maison ?

— Parce que l'appartement aux Brotteaux n'a jamais été ma maison. Je m'y suis toujours sentie en exil.

Gabriel lâcha une bouffée de fumée.

— Il est vrai que votre goût vous porte plutôt aux ateliers de canuts de la Croix-Rousse. Sans doute vous sentez-vous plus à l'aise dans leurs soupentes ?

Oriane rangea en silence un carnet de notes dans un tiroir qu'elle ferma à clé. Les insinuations de Gabriel la laissaient de marbre. Elle était venue au bureau ce dimanche matin pour vérifier que tout était en ordre avant de prendre son train pour Marseille. Dans sa tête, elle avait déjà embarqué sur le navire qui devait l'emmener à Beyrouth.

Il posa une enveloppe sur le bureau.

— Une lettre de ma part à l'intention du général Gouraud. Vous serez sûrement reçue par le haut-commissaire. Je lui demande de faire en sorte que votre excursion syrienne se déroule sans anicroches.

La situation est instable en ce moment. Les Arabes n'ont pas apprécié les conclusions de la conférence de San Remo, qui accordent enfin officiellement à la France un mandat sur la Syrie et le Liban. Nous régnerons comme il se doit au Levant, de Beyrouth à Damas et Alep, mais des irréductibles sont prêts à reprendre les armes. Cependant, je ne doute pas qu'un homme de sa trempe sera capable de mater leurs pitoyables insurrections. Soyez néanmoins prudente, Oriane. Vous avez une fâcheuse tendance à n'en faire qu'à votre tête, et dans ces pays-là on aime bien couper la tête aux chrétiennes.

Elle le toisa.

— Je ne suis pas une poule mouillée, Gabriel. On a même dit de moi que j'étais un garçon manqué. Mais je vous rejoins au moins sur ce point : j'ai une confiance absolue dans la capacité des troupes françaises à faire appliquer la loi internationale. D'ici à ce que je pose le pied sur le sol libanais, je ne doute pas que tout sera rentré dans l'ordre.

Les cloches des églises se mirent à carillonner, appelant les fidèles à venir célébrer le jour du Seigneur. Oriane referma la fenêtre. Pensive, elle caressa l'étoffe du rideau. C'était fou de penser que le bel immeuble des Soieries Duvernay lui manquerait davantage pendant ce périple que toute autre demeure. Il lui fallait relever le défi ! Elle refusait l'ignominie d'être la dernière de la lignée familiale à occuper ces lieux.

— Je vous quitte pour me rendre à la messe. Je suppose que vous ne m'accompagnez pas puisque vous avez un train à prendre ?

Il écrasa son mégot dans le cendrier d'un geste nerveux.

— J'ai vu votre valise dans le hall d'entrée. Vous ne repassez donc même plus chez nous. Dois-je espérer vous revoir un jour dans notre appartement que vous détestez si bien ?

Un nerf tressautait près de son œil, manifestant une colère froide. Oriane enfila ses gants, cherchant à dissimuler ses doigts tremblants.

— Pour être sincère, je l'ignore.

— Et entre-temps, je suis supposé vous attendre comme un sage petit garçon, les mains jointes et le cœur ardent ?

— Faites comme bon vous semble, Gabriel. Cette séparation nous permettra d'y voir plus clair. Vous désirez des enfants que je suis incapable de vous donner. Sous d'autres cieux, vous pourriez me répudier. Cela simplifierait les choses, non ?

Gabriel la dévisagea comme pour graver ses traits dans sa mémoire.

— Ainsi, l'adage dit vrai : « Telle mère, telle fille. » On avait cherché autrefois à me prévenir, mais j'avais refusé de le croire. Vous êtes exactement comme elle, Oriane. Vous aussi, vous partez au Liban retrouver votre amant en tournant le dos à votre mari. Tiens, voilà que je mérite enfin votre attention ! Ma pauvre amie, vous êtes la seule à l'ignorer alors que tout Lyon est au courant depuis toujours. Mais puisque vous êtes une femme moderne qui aime prendre des décisions incongrues, vous êtes à même de connaître enfin la vérité sur vos parents.

Oriane eut l'impression très nette qu'une lame de fond déferlait dans sa direction. Son pouls se mit à battre sourdement à ses tempes. Gabriel indiqua le portrait de son père accroché au mur.

— Ce malheureux Victor Duvernay a été trahi par son épouse qui l'a abandonné pour l'amour d'un autre homme – un Arabe, qui plus est. À l'époque, vous n'aviez qu'un an, ma chère. Impossible de vous en souvenir, évidemment. Votre mère a détalé sans demander son reste, et n'est jamais revenue. Mais le destin a eu raison de la femme adultère puisqu'elle est morte quelque temps après au Liban. D'après mes parents, le brave homme ne s'en est jamais remis. Un temps, il aurait même complètement perdu la tête. Or, ce n'était pas la mort de votre mère qui lui avait brisé le cœur, mais sa trahison.

Il se coiffa de son feutre.

— Soyez assurée, ma chère, que vous ne briserez pas le mien.

La jeune femme le regarda partir sans ciller. Ce n'était pas tant la nouvelle que Gabriel lui apprenait qui la sidérait, mais le plaisir qu'il avait pris à la faire souffrir. Elle n'avait pas pensé qu'il la détestait à ce point. Elle n'était pas sotte, voyons ! Elle avait toujours su, viscéralement, que l'Absente était responsable d'un drame qui n'avait rien d'ordinaire. Comment croire que personne ne conserve une trace d'elle, de cette épouse et mère décédée ? Pas un portrait, pas une lettre, pas un souvenir. Lorsqu'elle rendait visite à ses proches, elle regardait toujours douloureusement les objets qui rappelaient les disparus, des témoignages modestes, parfois insolites, mais toujours empreints de tendresse. Elle ne disait rien. Elle avait accepté de se taire pour ne pas éveiller chez son père d'effroyables colères. L'irritation d'Aurélien et de sa grand-mère à ce sujet avait aussi fini par avoir raison de sa curiosité. Pendant des années, le silence lui avait semblé un moindre mal. Il était plus simple, plus rassurant, de respecter le code de conduite du quartier d'Ainay, de déposer un voile pudique sur une douleur trop menaçante. C'est François Ducharne qui lui avait récemment ouvert les yeux, sans doute parce qu'elle était enfin prête à entendre ce message. Grâce à lui, elle avait compris qu'elle ne pourrait jamais rien construire ni pour elle ni pour les Soieries si elle n'acceptait pas d'accorder enfin son existence au diapason interdit.

Elle enfila son chapeau cloche. Son regard s'arrêta un instant sur le mur. Son père l'observait du haut de son portrait. L'Absente l'avait quitté pour l'amour d'un autre homme. Voilà donc le secret inavouable, la lèpre honteuse, révélés au grand jour par un Gabriel Lombard trop heureux de porter l'estocade en croyant la blesser à mort. Il avait toutefois échoué. Et planté le dernier clou dans le cercueil de leur mariage. Gabriel n'avait rien compris. Pensait-il qu'elle avait traversé la guerre sans en être profondément transformée ? Pensait-il qu'on pouvait impunément soigner les corps martyrisés de jeunes soldats, perdre son frère, voir se dissoudre ses projets d'avenir, survivre à une mélancolie profonde où la mort semble être le seul recours ? Sa mère avait eu un amant. C'était bien sûr la seule explication crédible aux silences de sa famille. Mais, hélas pour Gabriel, ce n'était plus pour elle une révélation. Elle le savait depuis qu'elle était retournée dans l'appartement de son enfance, qu'elle avait retiré la housse qui recouvrait le secrétaire de sa mère et appuyé sur un ressort qui dévoilait un tiroir secret, et découvert des lettres d'amour.

Un mois auparavant, lors d'une exposition de mobilier précédant une vente aux enchères, Oriane s'était intéressée à un secrétaire Empire richement marqueté, semblable à celui qui se trouvait chez son père. Le commissaire-priseur s'était amusé à lui montrer le ressort qui libérait une trappe cachée. Il avait ainsi attisé avec succès la curiosité de sa cliente sans pourtant obtenir le résultat escompté. À son grand regret, Mme Lombard n'avait pas fait d'offre sur le meuble en question. Elle n'avait même pas assisté à la vente.

— Madame, la voiture vous attend pour vous emmener à la gare.

Le gardien de l'immeuble des Soieries Duvernay tenait sa casquette à la main. Elle lui sourit, referma la porte de son bureau et s'avança d'un pas décidé dans le couloir.

Le Levant, juillet 1920

L'officier français examina un instant le sauf-conduit que venait de lui tendre Oriane, puis leva les yeux.

— Le moment est mal choisi pour circuler dans la région, madame. Il y a des rebelles un peu partout.

— Les moments sont rarement propices lorsqu'on a une mission à accomplir, lieutenant. C'était ainsi au Chemin des Dames, où mon frère a donné sa vie. Et visiblement les auspices n'ont pas toujours été au beau fixe pour vous non plus, précisa-t-elle en montrant son bras en écharpe. Mais vous n'avez pas reculé, n'est-ce pas ? Eh bien moi non plus, je ne reculerai pas.

Le jeune homme porta instinctivement une main protectrice à sa blessure. Il effectuait une mission de reconnaissance quand son avion avait été mitraillé par les nationalistes turcs en Cilicie, mais cette brindille à qui le chapeau de paille et la robe-chemisier à col blanc donnaient de faux airs d'écolière n'était en rien comparable à lui. Elle ne le quittait toutefois pas des yeux, affichant une assurance déconcertante.

— Je vous en prie, lieutenant. C'est très important. J'ai un rendez-vous que je ne peux pas manquer.

— Puisque vous insistez, dit-il de mauvaise grâce en lui rendant ses papiers. Ce n'est pas très éloigné d'ici. Allez-vous séjourner à Btater ?

— Non. C'est une simple visite de famille. Je reviendrai à Beyrouth ce soir avant de partir demain pour Damas.

Quittant le poste de contrôle, Oriane fut soulagée d'avoir obtenu la permission de circuler. Contrairement à ce qu'elle avait espéré, la situation ne s'était pas pacifiée le temps de sa traversée depuis la France. Au contraire. Les Syriens s'estimaient trahis par les accords signés fin avril à San Remo. Le partage des provinces arabes ottomanes s'était même accompli en dehors de leur présence. Et les révoltés n'avaient pas l'intention de se laisser faire. En grimpant dans le véhicule que conduisait son drogman, elle repensa à la délégation de l'émir Faysal qu'elle avait croisée à Lyon. Ce prince arabe dont s'était moqué son mari était désormais roi de Syrie, mais un souverain fragilisé, contesté non seulement par les Alliés, mais également par certains Arabes qui le jugeaient bien trop conciliant. Au vu des circonstances, ce garçon en colère qui l'accompagnait à l'époque n'avait pas dû s'assagir. Les soldats français levèrent le barrage placé sur la route de montagne, permettant à la voiture décapotable de s'élancer. Oriane rattrapa au vol son canotier.

Elle déposa un premier bouquet sur la tombe de ses grands-parents avant d'effleurer du bout des doigts leurs noms gravés dans la pierre. Intimidée, elle se retenait de leur présenter ses excuses. Elle ne savait rien d'eux, excepté que son grand-père avait été le directeur de la filature vendue par son père. Personne, de son entourage, ne les avait jamais évoqués, mais, plus blessant encore pour leur mémoire, elle n'avait jamais éprouvé de curiosité à leur endroit jusqu'à ce jour. Elle se redressa, saisie par une appréhension superstitieuse. Pourvu qu'ils ne lui en veuillent pas ! Elle était toutefois réconfortée de les savoir réunis parmi les pins et les chênes de ce splendide paysage. Sa grand-mère Aline avait-elle partagé des traits de caractère avec Bonne-Maman ? C'était improbable. Le moule qui avait forgé la personnalité de Geneviève Duvernay était unique. Son cœur se serra. Chaque fois qu'elle pensait désormais à sa grand-mère, sa tendresse se mâtinait d'amertume. Elle avait préféré partir avant de lui demander de s'expliquer sur son mutisme. On ne brise pas aussi facilement des années de silence et de pudeur. Des années d'amour.

Nerveuse, elle se détourna, son autre bouquet à la main. Elle venait d'avoir vingt-cinq ans et ne se sentait toujours pas prête. Ce cimetière de montagne dont les fleurs sauvages poussaient entre les sépultures ne ressemblait en rien à celui de Sainte-Foy, avec ses caveaux imposants et ses allées rectilignes. Il y régnait même un charmant désordre, si bien qu'Oriane en fit deux fois le tour en se reprochant de ne pas être assez attentive. C'était sans doute un acte manqué de ne pas trouver la tombe de sa mère. Revenue à son point de départ, elle contempla à nouveau les noms de ses grands-parents. Où se trouvait donc leur fille ? Serait-elle enterrée ailleurs ? À Beyrouth, peut-être ?

— Madame, il faut nous dépêcher si nous voulons être à l'heure à votre rendez-vous. Nous devons absolument être rentrés à votre hôtel avant la nuit.

Son drogman semblait inquiet. Elle lui avait donné des instructions pour respecter un emploi du temps serré, et le contrôle des forces françaises sur les routes était rigoureux en raison des mouvements de troupes. Oriane hésita un instant, à la fois déçue et désemparée, avant de lui emboîter le pas.

Ils mirent une heure pour rejoindre les bâtiments de la congrégation dressés parmi des oliveraies cultivées en terrasses. Oriane avait pris soin d'annoncer sa venue dès son arrivée à Beyrouth. Lorsqu'elle descendit de voiture, elle fut assaillie par le chant des grillons. Des jeunes filles espiègles quittaient un ouvroir où elles apprenaient à coudre et à broder. Les religieuses avaient été chassées par les Turcs pendant la guerre, mais elles avaient réussi à revenir en dépit des difficultés administratives pour reprendre leurs bonnes œuvres. Une sœur enjouée la pria d'entrer. C'était un honneur et une joie d'accueillir la petite-fille de Mme Duvernay, l'une de leurs plus grandes bienfaitrices et la parente de leur ancienne supérieure. Oriane la suivit le long d'un couloir où s'alignaient des petites portes identiques. Un parfum de romarin sauvage émanait du jardin intérieur. Elles s'arrêtèrent devant la dernière cellule.

— Notre bien-aimée mère Marie-Liesse n'est hélas pas en bonne santé, mais je suis sûre qu'elle sera heureuse de votre visite. Et ces roses lui feront un immense plaisir. Entrez, madame, je vais chercher un vase.

La chambre était spartiate. Une courtepointe en piqué de coton recouvrait le lit, un rameau d'olivier couronnait le crucifix. Elle fut toutefois frappée par l'éclat mordoré d'une icône byzantine de la Sainte Famille. La religieuse somnolait dans un fauteuil près de la fenêtre. Le voile blanc dégageait son visage sillonné de rides et son corps autrefois robuste flottait dans son habit trop large. Quand la vieille femme ouvrit les yeux, son regard erra quelques instants avant de se fixer sur elle.

— Ma mère, je suis Oriane, la petite-fille de votre cousine Geneviève. Je suis heureuse de vous rencontrer. Bonne-Maman me parle toujours de vous avec beaucoup d'affection.

Les iris pâles continuèrent à la dévisager d'un air absent, tandis qu'un sourire troublé effleurait les lèvres fines. Oriane se redressa, amèrement déçue. Elle comptait beaucoup sur cette rencontre, espérant obtenir des confidences qu'elle n'avait pas osé demander à sa grand-mère.

— Malheureusement, elle ne nous reconnaît plus, dit la consacrée en disposant le bouquet sur la table. Mais elle ne semble pas trop souffrir, grâce à Dieu. Tenez, je vous ai aussi préparé un citron pressé. Prenez le temps, chère madame, je vous en prie. Il faut toujours prendre le temps. C'est un cadeau du Seigneur, n'est-ce pas ?

Oriane ne voulait pas être impolie, mais du temps, elle n'en avait pas. Qui de sa génération disposait encore de ce luxe ? Ils avaient survécu à la guerre et à la grippe espagnole. La cadence de leurs vies ne faisait que s'accélérer, en rythme avec les nouveaux musiciens de jazz. Un rythme prometteur, impudique et non dénué d'orgueil, celui d'une génération sacrifiée qui n'avait pas trente ans, le désir à fleur de peau et un fol appétit de vivre. Elle s'était lancée dans cette aventure pour retrouver Maxence, avec pour seul indice le nom d'une famille de soyeux damascènes donné par sa voisine de la Croix-Rousse. Or, depuis sa découverte des lettres cachées, elle avait compris que Salim Zahhar avait été l'amant de sa mère, et le vieil Armand leur complice. Tous ces fils entrelacés de passion, de secrets et de chagrins menaient à Damas, la ville que d'aucuns prétendaient éternelle. Un câble de François Ducharne lui était parvenu à son hôtel : « Rapportez-moi un papillon damascène aux sept couleurs, Oriane. Et remontez aussitôt à cheval si jamais vous étiez désarçonnée sur votre chemin ! » Même si ce chemin en terre étrangère l'angoissait, elle était décidée à le parcourir jusqu'à son terme. Elle avait besoin de Maxence pour sauver les Soieries Duvernay, mais aussi pour se sauver elle-même. Son chemin de Damas était un chemin de l'amour.

Quand une cloche retentit pour convoquer les religieuses à la chapelle, mère Marie-Liesse tressaillit et tourna la tête vers la fenêtre. Un lointain souvenir. Celui de l'appel du Christ, qui avait résonné sur cette terre bénie avant toutes les autres. La jeune femme posa une main sur son bras pour l'apaiser. Puis elle approcha une chaise pour s'asseoir. La petite sœur avait sans doute raison. En dépit des impatiences, il faut aussi savoir prendre le temps. Sa grand-mère serait heureuse quand elle lui décrirait cette visite, même si sa cousine n'avait plus toute sa tête. Il y avait bien longtemps, avant les drames et les secrets mortifères, ces deux vieilles dames au seuil de la mort avaient été elles aussi des enfants pleines d'insouciance. Oriane prit tendrement une main entre les siennes. Les doigts étaient glacés, la peau fine comme du parchemin.

La porte était toute simple. Une modeste porte bleue cloutée en bois. Oriane examina le mur aveugle, émerveillée d'être arrivée à bon port. Au Liban, elle ne s'était pas sentie dépaysée tant l'agitation des militaires français lui rappelait la guerre. Elle avait même retrouvé ses automatismes du temps où elle portait l'uniforme des infirmières. Mais elle avait été rassurée qu'un couple de missionnaires américains la prenne sous leur aile dans le train pour Damas. La tension de la population était palpable dans les petites gares où les passagers descendaient pour se désaltérer. Heureusement, ce matin-là, le drogman conseillé par l'hôtel Victoria avait eu un sourire entendu lorsqu'elle lui avait demandé s'il connaissait l'adresse du marchand de soie Salim Zahhar. L'homme rondouillard avait délaissé les artères où tramways et voitures se croisaient parmi un enchevêtrement de fils électriques pour l'entraîner dans un dédale qui fourmillait de portefaix, de commerçants en pantalons bouffants, d'ânes bâtés, d'arabas, de femmes drapées de voiles, de passants vêtus d'abayas brunes à liserés d'or. De temps à autre passait un cavalier en tunique blanche, une carabine à la main. Dans certaines venelles, les fenêtres grillagées saillaient des façades au point de dissimuler le ciel. Et voilà qu'elle échouait enfin devant cette porte de rien du tout.

— Voulez-vous que je frappe, madame ?

— Non merci, je vais le faire.

Quand elle souleva le heurtoir, un bruissement d'abeilles emplit brièvement son crâne, mais l'époque de l'indécision et de la peur était révolue. Un domestique la précéda le long d'un passage sombre et étroit, avant d'émerger dans une cour verdoyante. Elle cligna des yeux, le temps de reprendre son souffle. Elle n'eut pas à demander de l'aide. Il était là, appuyé à la margelle de la fontaine, devant un chevalet. Elle reconnut aussitôt la ligne de ses épaules, sa nuque où bouclaient ses cheveux blonds. La fumée d'une cigarette s'échappait d'entre ses doigts. Elle s'avança, n'osant y croire. Ce qu'elle avait si ardemment souhaité ces derniers mois s'accomplissait en ce lieu préservé du monde, au dallage de marbres colorés, moucheté de lumière et de parfums. À l'instant où Maxence se tourna vers elle, le soulagement lui monta à la tête comme un alcool fort.

La première pensée qui traversa l'esprit du jeune homme fut qu'elle avait la même expression qu'Aurélien quand il était troublé ; la seconde, qu'il ne s'étonnait même pas de la voir tant ce qu'il vivait depuis qu'il avait trouvé refuge chez les Zahhar lui semblait extraordinaire.

— Oriane, dit-il en posant sa palette.

— Tu es revenu à Lyon sans chercher à me voir. Quand je l'ai appris, cela m'a fait une peine folle. Je mérite des excuses.

Elle le dévorait des yeux, le visage blême. Il sourit en essuyant ses doigts tachés de peinture sur un chiffon.

— Et tu es venue jusqu'à Damas pour les obtenir ?

— Oui. On ne traite pas ses amis comme ça.

Bien que défiante, elle tremblait. Maxence n'y résista pas et lui effleura la joue. Le passé reflua aussitôt dans un bruit de torrent. Le corps d'Aurélien, le fracas des armes, les relents désespérants de la prison. Ce visage, il l'avait tant rêvé au fil de ses cauchemars. N'y avait-il pas quelque chose de miraculeux à le revoir alors qu'il pensait s'en être séparé à jamais ? Nayla, la petite mariée palestinienne, croyait aux miracles. Dans son innocence, elle croyait même qu'un homme pouvait guérir les paralytiques, rendre la vue aux aveugles et revenir des enfers.

— À vrai dire, c'est à moi de m'excuser, reprit-elle. J'aurais dû trouver un moyen pour t'écrire en prison malgré tout. On s'écrivait tellement pendant la guerre, tu te souviens ? Je n'ai jamais cessé de penser à toi, pas une seconde, mais ton père…

Il posa un doigt sur ses lèvres pour l'empêcher de poursuivre.

— Ce n'est rien. N'en parlons plus, je t'en prie.

Quelque peu rassérénée, Oriane jeta un coup d'œil autour d'elle.

— Ainsi tu habites ici, chez Salim Zahhar. J'ai trouvé des lettres qu'il avait écrites à ma mère. Ils étaient amants, et elle a quitté mon père pour lui. Mais tu es au courant, bien sûr.

Le rouge lui monta aux joues. C'était indécent de prononcer ces mots sous ce toit. Elle avait l'impression de trahir la mémoire de son père. À l'idée que cet Arabe mystérieux pouvait surgir devant elle, son audace se dissipa d'un seul coup.

— J'ai cherché la tombe de ma mère, mais je ne l'ai pas trouvée. Et lui, est-ce qu'il vit ici, avec toi ?

Elle tressaillit, les larmes aux yeux.

— S'il te plaît, j'ai besoin de comprendre.

Maxence recula d'un pas. Oriane savait tout et elle ne savait rien. L'espace d'un instant, la gravité de ce qu'il allait devoir lui révéler l'effraya. Comment expliquer à une jeune femme que sa mère qu'elle croit morte est bien vivante ? Comment trouver les mots justes pour rendre une mère à sa fille, qui était aussi la femme qu'il aimait depuis son adolescence ?

— Suis-moi. Prenons le temps de parler. Ici, en Orient, on apprend à prendre le temps.

Elle eut une moue ironique.

— C'est ce qu'on ne cesse de me répéter, en effet.

Lorsqu'ils s'installèrent dans le *liwan*, Oriane se retint de se déchausser pour se pelotonner parmi les coussins. Son soulagement était si grand qu'il en était douloureux. Même le foisonnement de la décoration orientale pâlissait devant l'éclat de Maxence qu'elle retrouvait comme lorsqu'ils s'étaient quittés lors de sa dernière permission, certes amaigri, mais c'était bien lui, avec son regard clair, ses taches de rousseur, sa délicatesse qui la touchait au cœur. Une servante leur apporta des cafés et des verres d'eau.

Maxence attendit que la jeune fille fût repartie avant de poursuivre :

— Salim Zahhar est mort. Il a été pendu par les Turcs en 1916. En Syrie, on le considère comme un héros.

Il était conscient de la vigilance d'Oriane, assise toute droite sur le divan.

— J'avais cinq ans quand il est venu à Lyon. Je ne me souviens pas vraiment de lui, mais mon père m'en disait le plus grand bien. Salim a été l'amant de ta mère avant de l'épouser, après le divorce de tes parents. Ensemble, ils ont eu un fils, Elias.

Un frisson la parcourut, un mouvement du corps si puissant que Maxence le perçut d'où il était assis, si bien qu'il se rapprocha pour lui prendre la main. Mais Oriane l'en empêcha, les gardant serrées l'une dans l'autre.

— Je me souviens en revanche parfaitement de ta mère. Elle a été la maman que je n'avais pas. Quand elle est partie rejoindre Salim Zahhar au Levant, c'était comme si j'étais devenu orphelin une seconde fois. J'ai été si heureux lorsqu'elle est revenue à Lyon juste avant la guerre.

Les yeux d'Oriane, écarquillés, lui mangeaient le visage. Il se mit à bafouiller.

— Mon père et Aurélien…

— Comment cela ? murmura-t-elle d'une voix blanche. Aurélien savait qu'elle était en vie et il ne m'a rien dit ? Je ne te crois pas. Jamais il ne m'aurait fait une chose pareille. Il m'aimait trop pour cela.

Maxence passa les doigts dans ses cheveux, priant les dieux auxquels il ne croyait pas de l'inspirer.

— Rien n'était prévu. Leur rencontre à l'atelier a été un pur hasard. Je les ai vus. Ils étaient perdus tous les deux, tu comprends ? Ta mère lui a fait jurer de ne rien te dire. Elle pensait ainsi continuer à te protéger. Cette histoire entre tes parents était devenue si complexe avec le temps. Et le lendemain, on a appris la mort de ton père dans l'accident de train… Tu étais bouleversée. Aurélien a préféré attendre un moment plus propice, mais il n'a jamais trouvé les mots. Et la guerre est venue.

Il secoua la tête.

— Tout cela doit te paraître absurde. Mais j'ai trouvé des lettres, moi aussi. Celles que Blanche a écrites à mon père au fil des années. Ils ont tous souffert, personne n'a été épargné. Je vais te les donner. Pour bien comprendre, tu dois les lire à ton tour.

Des émotions confuses passaient sur le visage d'Oriane.

— Aurélien ne m'a rien dit, et toi tu n'es pas venu me voir à ta sortie de prison. Qu'est-ce qui a bien pu vous passer par la tête ? Pourquoi m'avez-vous tenue à l'écart ? Je n'avais que vous…

Maxence mesurait la douleur que devait lui infliger cette trahison. Il avait envie de se jeter à ses pieds pour lui demander pardon. La pensée d'Oriane l'avait porté à travers les heures les plus sombres de sa vie. Jamais il n'aurait voulu la blesser.

— Quand j'ai été gracié, je ne pouvais plus dessiner. Mes mains tremblaient trop. J'étais devenu une épave. Comment aurais-je pu me présenter à toi dans cet état ? Des malheureux comme moi, tu as dû en voir beaucoup quand tu étais infirmière, n'est-ce pas ? Tu sais qu'on n'était plus nous-mêmes. J'avais tellement honte… J'ai donc pris la décision de rejoindre la mère de mon meilleur ami avant de crever. Elle seule pouvait me sauver. Je l'ai cherchée et je l'ai trouvée.

Cette fois, Oriane le laissa se rapprocher. Quand elle lui permit de la toucher, il se sentit soulagé. C'était un premier pas. Il porta sa main à ses lèvres pour l'embrasser.

— Tu as déjà parcouru un si long chemin. Il te faut seulement le courage de le poursuivre encore un peu. Palmyre n'est qu'à quelques jours d'ici. Tu verras, mon cœur, c'est un endroit magnifique. Étonnant. Un endroit qui guérit de toutes les blessures. Ta mère y habite un ancien caravansérail qu'on appelle le « khān des âmes perdues ».

Elle scrutait le ciel depuis sa terrasse. Le fil blanc de l'aube était apparu, baignant les ruines de Palmyre de clarté et dévoilant les tentes des guerriers bédouins dressées dans la plaine. C'était l'heure de la première prière pour Suleyman et les siens.

Blanche n'entendait que le bruissement du vent parmi les feuilles de palmier. Hélas, cette sérénité du petit matin qu'elle aimait tant ne parvenait pas à l'apaiser. L'anxiété courait dans ses veines. Un mauvais pressentiment. Le général Gouraud avait adressé un ultimatum au roi Faysal, exigeant notamment que le mandat français soit officiellement reconnu et que les rebelles soient châtiés. Ces dernières semaines, les incompréhensions et la colère n'avaient fait que croître. Pour toute réponse, le gouvernement syrien avait décrété l'état de siège à Damas et la mobilisation de l'armée, faisant appel aux volontaires et envoyant des émissaires auprès des différentes tribus. Quand Elias était venu lui confier Nayla, elle avait essayé une dernière fois de lui faire entendre raison. Elle avait tempêté, rappelant à son fils qu'il pouvait soutenir l'indépendance sans pour autant prendre les armes contre les Français. Il s'était contenté de lui lancer un regard horrifié.

Lorsqu'elle entendit des pas dans l'escalier, elle accueillit Suleyman avec un sourire. Lui aussi était sur le qui-vive. Elle poussa un soupir. Il lui semblait qu'elle passait désormais sa vie à attendre quelque chose ou quelqu'un en provenance de Damas. Au creux de ses nuits tourmentées, elle rêvait même parfois que Salim lui revenait.

— Le voilà, dit le Bédouin.

Blanche chercha des yeux le point noir qu'il avait discerné dans le ciel bien avant elle. Aussitôt, ils quittèrent la terrasse pour se rendre au pigeonnier. Suleyman prit tendrement l'oiseau entre ses mains pour retirer la capsule attachée à sa patte, avant de dérouler le message. Il la regarda d'un air grave.

— On nous attend.

— Où cela ?

— Sur les hauteurs de Maysaloun, à l'ouest de Damas. C'est un défilé dans les montagnes qui doit nous permettre de retenir les troupes ennemies et de défendre la ville.

— Et Elias ?

— Je vais l'y rejoindre avec mes hommes. Ce sera comme autrefois.

Blanche secoua vigoureusement la tête.

— Pas pour lui, Suleyman. Il va se battre contre des Français. Quoi qu'il en pense, il n'en sortira pas indemne. D'après ce que je sais, le général Goybet, qui commande les forces françaises, est même lyonnais. On dirait une mauvaise farce du destin qui risque de coûter la vie à mon fils.

Elle se détourna, honteuse de dévoiler ses craintes alors que Suleyman restait impassible, mais Elias lui avait avoué que les Français alignaient des effectifs importants. Les bataillons de spahis marocains, de tirailleurs algériens et sénégalais pouvaient compter sur une artillerie équipée, sur des chars d'assaut et des avions. Les Syriens, eux, n'étaient que quelques milliers dont des volontaires comme Elias ou Suleyman, avec une poignée de misérables canons et mitrailleuses, et de vieux fusils ottomans pour lesquels ils manquaient de munitions.

— C'est de la folie. Vous n'avez aucune chance. Vous allez mourir pour rien !

Les sourcils froncés, il la corrigea d'un air sévère.

— Je te pardonne parce que c'est ton cœur de mère qui parle, *Oum* Elias. Si Dieu le veut, nous mourrons pour notre liberté, comme l'a fait Salim, paix à son âme. Notre honneur nous commande de retourner au combat, c'est ainsi. Mais je te promets que je veillerai sur ton fils. Aie confiance en moi.

Tandis qu'il s'éloignait pour prévenir ses hommes, elle aperçut Nayla qui l'observait depuis la maison. Aussitôt, Blanche fit un effort pour se ressaisir. Elle ne devait pas laisser son angoisse effrayer sa belle-fille. Une nouvelle fois, il ne lui restait plus qu'à prier en attendant des nouvelles de Damas où, elle n'en doutait pas, le général Gouraud allait entrer sans tarder en vainqueur.

Les chevaux et les mulets avançaient en file indienne sur le lit d'un torrent asséché. De chaque côté de la gorge se dressaient d'immenses pans de rochers. Un vieux Bédouin ouvrait le chemin, tandis que deux de ses compagnons fermaient la marche. De temps à autre, Maxence se retournait pour s'assurer qu'Oriane allait bien. La jeune femme lui faisait un signe de la main pour le rassurer. La séparation imposée par la prison n'était plus qu'un triste souvenir. Ils s'étaient retrouvés comme aux premiers temps de la guerre, lorsque leurs lettres recelaient leurs émotions les plus secrètes, celles de Maxence traduites en dessins dont Oriane interprétait aisément le sens sibyllin, ce langage à eux. La petite caravane progressait dans un décor d'une austère beauté. Voilà quatre jours qu'ils marchaient vers l'eau et la verdure de l'oasis. Les hommes comme les bêtes commençaient à fatiguer, mais Oriane, elle, marchait vers sa mère depuis toujours.

Ils avaient quitté Damas alors que la loi martiale venait d'être déclarée. Des cavaliers parcouraient les rues au galop, brandissaient leurs sabres, tandis que des prisonniers échappés de la prison de la citadelle semaient le désordre. Comme de coutume en périodes de troubles, le quartier chrétien de Bab Touma se barricadait, redoutant les incendies et les pillages. Maxence et elle s'étaient enfuis par les sentiers de la Ghouta avec la bénédiction d'Elias Zahhar. Elle avait encore du mal à accepter l'idée que ce jeune homme en colère qui accompagnait la délégation arabe croisée à Lyon était son demi-frère. Quand Maxence les avait présentés, elle lui avait serré la main en silence, intimidée par sa fougue. Elias s'était excusé de ne pas avoir de temps à lui consacrer, promettant de se rattraper à l'avenir. Il revenait d'une réunion houleuse avec des marchands et des notables de la ville. Les Damascènes se déchiraient. Certains voulaient se battre contre les Français, d'autres trouver un compromis avec Gouraud. Mieux valait que Maxence et elle partent se réfugier à Palmyre, où se trouvait d'ailleurs sa jeune épouse. Ils y seraient en sécurité. « Ma mère sera heureuse de te connaître, lui avait-il dit. Tu es sa fille et elle n'a jamais cessé de t'attendre et de t'espérer. »

Il n'était que six heures du matin, et déjà la chaleur s'intensifiait. Pourtant, depuis le début du périple, Oriane accueillait la morsure du soleil, la fatigue et l'épreuve de la soif comme une bénédiction. Elle était épuisée, rompue de courbatures, mais chaque gorgée d'eau précieuse réveillait son corps à la vie. De même, lorsqu'ils bivouaquaient le soir autour d'un feu de camp et qu'elle lisait les lettres de sa mère à Armand Martin, elle avait l'impression de voir renaître des pans entiers de son enfance, éclairés d'une lumière nouvelle, vive et implacable, celle de la terre d'Orient.

Suivant des yeux le vol d'un rapace, elle vit apparaître au loin de hautes silhouettes. Elle essuya la sueur qui coulait dans ses yeux. L'une après l'autre, les majestueuses ruines aux pierres dorées lui dévoilèrent leur splendeur solitaire. Les hommes s'arrêtèrent pour qu'elle puisse contempler, émerveillée, le sanctuaire. Eux non plus ne s'en lassaient pas, saisis à chaque retour par l'émotion de voir surgir à l'horizon ce grand vaisseau ensablé, témoin d'orgueils défaits et de gloires enfuies. Oriane fut toutefois la première à faire avancer sa monture afin de pénétrer à son tour dans le royaume de Zénobie, la reine rebelle de l'Antiquité, cette conquérante qui avait défié en son temps tous les pouvoirs. Un royaume légendaire où elle venait chercher sa mère.

Blanche remontait de la source, une jarre sur la hanche. Quand elle vit approcher au loin une petite troupe de cavaliers, elle pressa le pas pour déposer son précieux fardeau à l'abri et ressortit aussitôt pour les attendre sur le seuil du caravansérail. Elle fut soulagée de reconnaître Maxence parmi les Bédouins. Sa silhouette lui était devenue aussi familière que celle de son propre fils, comme du temps où ils n'étaient que des enfants. Il lui fit un signe joyeux de la main pour la rassurer.

— Tout va bien ? s'inquiéta Nayla.

— Tout va bien, *habibati*.

Au même moment, elle s'aperçut que le compagnon de voyage de Maxence était une femme, le visage dissimulé. Saisie d'une troublante sensation de déjà-vu, elle fut envahie par la peur. Son regard erra entre Maxence, resté en retrait, et l'inconnue qui mettait pied à terre et s'avançait maintenant en dénouant son turban. Blanche la reconnut instantanément à son pas déterminé, celui de la place Bellecour, de ce matin d'été quand elle avait dû courir pour ne pas la perdre de vue. Mais la jeune fille du quartier d'Ainay n'était plus vêtue d'une jupe en popeline ni coiffée d'un sage canotier avec une tresse blonde qui lui battait les reins. Aujourd'hui, elle portait des bottes poussiéreuses, une chemise avec le col ouvert. Elle avait les cheveux courts, les traits affûtés d'une jeune femme qui a traversé les tempêtes. Quand Oriane s'arrêta, les bras plaqués le long du corps, Blanche frémit. Elles étaient aussi proches l'une de l'autre que dans la ficelle de Croix-Paquet sept ans auparavant, mais, désormais, sa fille savait qui était la passagère anonyme d'alors, et la dévisageait sans détourner les yeux.

La nuit du premier jour était tombée depuis longtemps. L'humidité exhalait les senteurs familières d'agrumes, mêlées à celles plus piquantes de la palmeraie et de la poussière. Elles étaient enfin seules, à la lumière des lanternes, assises sur la terrasse où Blanche déployait tapis et coussins pour fumer le narguilé. Maxence venait de se retirer, Nayla et les hôtes du caravansérail s'étaient éclipsés sitôt le repas terminé. Blanche se sentait vulnérable. Elle revivait toutes les étapes du chemin qui l'avait menée jusqu'à ce refuge inattendu. Elle se sentait chez elle à Palmyre, mais que pouvait évoquer ce décor insolite chez une jeune femme née sur les berges du Rhône ? Oriane la dévorait des yeux. Une vigilance de chaque instant qui rappelait celle des prédateurs.

— Le plus terrible était de ne pas pouvoir vous imaginer. Quand je pensais à ma mère, je n'avais aucun souvenir auquel me raccrocher. En grandissant, je m'observais parfois dans un miroir en me demandant si je vous ressemblais. Aurélien n'a jamais su vous décrire. Il se contentait de me dire que vous étiez une maman comme les autres. Il avait tort.

— Comment cela ? s'inquiéta Blanche.

— Vous ne ressemblez à rien de ce qui m'est familier. Vous m'êtes totalement étrangère.

La flèche perça Blanche de part en part, si bien que son buste recula comme si elle avait été blessée. Elle repensa à son affrontement avec Aurélien dans l'atelier d'Armand. Ce jour-là, elle avait su trouver la parade. Il y avait eu un lien entre eux, une émotion qu'elle pouvait comprendre et partager. Son fils ne lui avait pas inspiré le vertige que lui infligeait le regard intraitable d'Oriane. Un court instant, elle se sentit infiniment seule, rejetée par sa fille vers cet exil intérieur qu'elle n'avait pas éprouvé depuis le jour où elle s'était terrée dans sa chambre d'hôtel à Damas, tétanisée à l'idée d'avoir rompu toutes les amarres pour partir en quête de l'homme aimé. Ces retrouvailles, elle les avait pourtant tant attendues, tant espérées, mais maintenant qu'elles se réalisaient, elle n'avait qu'une envie, celle de fuir loin de cette enfant qui était devenue adulte sans son appui, qui connaissait les orages de la vie, une femme sévère à qui elle ne pouvait rien apprendre, rien transmettre, qui lui était parfaitement étrangère, en effet, et à cette pensée son cœur se déchira.

— Vous ne dites rien ? demanda Oriane, mordante.

Défaite, Blanche secoua la tête. Oriane laissa échapper un petit rire à la fois triste et fragile.

— C'est ce que nous savons faire le mieux dans ma famille, nous taire.

Oriane vida d'une lampée son verre d'arak avec une grimace. Cette boisson était traîtresse. On croyait pouvoir la consommer sans retenue tant elle rappelait la saveur de bonbons anisés, mais on se retrouvait rapidement grisé. Elle se renversa parmi les coussins. Les étoiles voltigeaient au-dessus de sa tête, non pas tant à cause de l'alcool que du torrent d'émotions qui la ravageait depuis le matin. Elle s'était avancée vers le khān des âmes perdues en conquérante victorieuse. Sûre de l'amour de Maxence, elle était devenue invincible. Tout lui semblait désormais possible, même de triompher d'une mère ressuscitée d'entre les morts. Cependant, depuis que Blanche s'était incarnée devant elle et que le fantôme était devenu un corps en chair et en os, Oriane se sentait de plus en plus déconcertée, étrangement blessée par la vitalité de cette femme en tunique de lin, pieds nus dans des sandales à lanières. Une femme qui arborait pour seul bijou une imposante chevalière, marchait jusqu'à la source de l'oasis parmi les fragments de ruines et les arbres fruitiers, dessinant dans ce décor millénaire un portrait d'un autre temps.

Au fil des heures, Oriane avait perdu tous ses repères, désarçonnée par l'inconnue au tempérament volontaire que son entourage traitait avec affection et déférence. Il lui paraissait inconcevable que sa mère ait pu s'épanouir loin d'elle, et tout particulièrement dans ce lieu étonnant où elle semblait être indispensable à des personnes sans aucun lien entre elles, excepté celui de la douleur. Oriane restait saisie par la pauvreté miséreuse de certains des villageois, par les Bédouines tatouées aux regards insolents, par cette végétation à laquelle elle ne s'attendait pas. Ici, elle n'avait aucune prise. Comment affronter l'Absente à armes égales ? Elle ferma les yeux le temps de reprendre ses esprits. Elle parviendrait bien à obtenir de sa mère les réponses souhaitées. Tout n'était qu'affaire d'audace, n'est-ce pas ? Il fallait juste poser les bonnes questions.

Blanche s'approcha d'Oriane et vit qu'elle dormait profondément. Au loin rougeoyaient les feux de camp des villageois et des caravaniers de passage, autant d'étincelles de lumière dans l'obscurité. Après la chaleur accablante, tous accueillaient la bénédiction de la fraîcheur nocturne. Elle recouvrit sa fille d'un voile de coton, écarta tendrement une mèche qui avait glissé sur sa joue, les gestes simples d'une mère comme les autres qui veille sur le sommeil de son enfant par une nuit d'été ordinaire dans le désert de Syrie, à Palmyre.

Quelques heures plus tard, à l'aube, Blanche fut réveillée en sursaut par des cris et des claquements de portières. Du haut de la terrasse, elle vit des camionnettes Ford se garer en désordre au pied du sentier qui menait à sa demeure. Nazik al-Abed, en uniforme militaire, ses cheveux dissimulés sous un voile noir, hurlait des ordres aux Bédouins qui déchargeaient des soldats sur des civières. Blanche se précipita vers l'escalier sans prêter attention à Oriane qui s'était levée à son tour. Elle courut vers Nazik qui l'enlaça brièvement avant de poser les mains sur ses épaules.

— Il est blessé, mais il survivra.

— Où est-il ? demanda Blanche, le cœur battant, avant d'apercevoir Suleyman.

Le Bédouin portait un brancard où gisait Elias, en sang, sa veste militaire déchirée, un garrot autour du bras.

— Ton fils ne risque rien, *Oum* Elias, affirma-t-il. Dis-nous maintenant où nous pouvons déposer nos blessés.

Blanche se mit aussitôt à organiser les lieux, faisant disposer des lits de camp et dérouler des matelas dans la grande salle, si bien qu'en une heure de temps, une dizaine de combattants blessés avaient trouvé refuge sous son toit. L'un des officiers était un jeune médecin de Bagdad que son bandage autour du crâne n'empêchait pas de soigner ses camarades. Une fois rassurée sur le sort de son fils, elle rejoignit ses amis affalés sous la tonnelle, où ils buvaient du thé. Elle s'assit sans les presser de questions, sachant qu'ils lui parleraient en temps voulu.

Nazik tirait des bouffées nerveuses de sa cigarette en regardant le ciel.

— Nous avons perdu, avoua-t-elle enfin, la mine sombre. La bataille de Maysaloun restera dans les annales comme l'une de nos défaites les plus amères. Elle n'a duré que quelques heures. Nous nous sommes battus comme des lions, mais les Français étaient supérieurs en nombre et en armement. À vrai dire, le combat était perdu d'avance. Et en nous repliant, nous avons livré la clé de Damas à l'ennemi.

Elle baissa les yeux pour dissimuler son émotion.

— Je vois que tu es en uniforme, s'étonna Blanche.

— Bah, ce n'est rien, répliqua la Syrienne d'un ton désinvolte. Le roi m'a accordé un rang honorifique dans l'armée, et j'ai mené mon bataillon d'infirmières de l'Étoile-Rouge en première ligne. Il faut croire que c'est mon côté Jeanne d'Arc, mais je doute qu'on parlera de moi dans les livres.

— Moi pas ! la corrigea Suleyman. Tu es beaucoup trop modeste. Moi et mes hommes, on salue ton courage. Les Français nous ont mitraillés et bombardés sans relâche. Nos retranchements n'ont pas tenu longtemps, on a eu beaucoup de morts. Et puis notre héros Youssef al-Azmeh, le ministre de la Guerre, a été tué – que Dieu accueille son âme –, et tout était fini. Mais toi, tu n'as pas flanché pendant les combats.

Blanche hocha la tête, impressionnée. Le panache de Nazik ne cesserait jamais de l'étonner.

— Et maintenant ?

La jeune Syrienne desserra son nœud de cravate. L'épuisement marquait ses traits gris de poussière.

— Les troupes françaises ont fait leur entrée dans Damas. Le général Gouraud a signifié au roi Faysal qu'il était destitué et qu'il avait quarante-huit heures pour quitter le pays. Sa Majesté a protesté en déclarant qu'elle était là par la volonté du peuple syrien, mais Gouraud n'a rien voulu entendre. C'en est fini de notre monarchie constitutionnelle, fini de notre rêve d'une unité arabe, d'un régime représentatif pour la première fois de notre histoire. C'était loin d'être parfait, bien sûr, mais nous avancions dans la bonne direction.

— Je suis désolée, murmura Blanche. Sa Majesté avait suscité l'enthousiasme et la loyauté de la population. Il aurait fallu le soutenir, non l'anéantir.

Le destin du souverain, qui l'avait aidée lorsqu'elle luttait pour sauver Salim, ne la laissait pas indifférente. Faysal avait été beaucoup critiqué, jusque dans son propre camp, mais il avait affronté avec courage les méandres d'un jeu politique complexe où les dés étaient pipés. Quoi qu'il advienne à l'avenir, Blanche demeurerait toujours fidèle aux Hachémites, reconnaissante pour leur bienveillance et leur ouverture d'esprit.

— Sais-tu la première chose que Gouraud a faite en entrant dans la ville ? poursuivit Nazik, écœurée. Il s'est rendu sur la tombe de Saladin, à laquelle il a donné un coup de pied en déclamant : « Saladin, nous revoilà ! » Avec ces maudits Français, on en revient toujours aux croisades.

Choquée, Blanche sentit le sang se glacer dans ses veines. Qu'aurait éprouvé Salim en entendant une chose pareille ? La France se considérait certes dans son droit en imposant le respect des résolutions internationales, mais l'arrogance de ses militaires et de ses fonctionnaires ne ferait qu'attiser la haine. Jamais les Syriens, considérés comme le peuple le plus civilisé du Levant, ne toléreraient d'être ainsi humiliés.

— Qui joue avec le feu se brûle les doigts, grommela Suleyman en lisant dans ses pensées. Déjà, les druzes s'agacent de la tournure des événements, et quand les druzes commencent à s'agiter… Tout ça se retournera contre les Français. Aujourd'hui nous sommes à terre. Si Dieu le veut, demain nous serons libres. En attendant, nos ennemis exigent la restitution de nos armes et une indemnisation de guerre de plusieurs millions.

— Mais aussi que les coupables soient traduits devant les tribunaux militaires, ce qui signifie pour moi un nouvel exil, s'indigna Nazik. Je vais encore devoir compter sur toi pour m'aider, *habibati*.

Blanche prit la cigarette que lui offrait son amie. Que diable allait-il se passer pour Elias ? Allait-il devoir fuir lui aussi ? Il se disait prêt à se réfugier si nécessaire en Transjordanie, territoire sous mandat britannique où plusieurs opposants aux Français s'étaient déjà installés dans la petite ville d'Amman. L'idée d'être séparée de son fils et de Nayla l'accabla.

Un combattant faisait de grands signes à Suleyman qui se leva à regret.

— Suleyman ! appela Blanche alors qu'il s'éloignait. Je te remercie de m'avoir ramené mon fils. Salim m'avait toujours dit que tu étais un homme de parole. Que Dieu vous bénisse, toi et les tiens.

Le Bédouin porta une main à son cœur.

— Quant à moi, je te confie nos hommes, soupira Nazik. Moi aussi, je me serais bien reposée sous ton toit, mais je dois retourner à Damas pour voir ce qui s'y trame. Si j'entends qu'Elias est menacé, je te le ferai savoir. Le cas échéant, es-tu prête à fuir avec Nayla et ton fils ?

Blanche contempla avec émotion le vieux khān des Zahhar. Dieu seul savait comment se déroulerait le mandat français en Syrie. Son sanctuaire serait sûrement salutaire dans les années à venir.

— Jamais. Mon cœur et mon destin sont ici. Je vivrai et je mourrai sur la terre de Salim.

— J'en suis heureuse. Cette terre est aussi la tienne, et ta présence nous honore. Nous ferons le nécessaire pour qu'Elias reste avec toi. Allons, rien n'est terminé, ma belle amie ! Nous avons encore bien des aventures à vivre, n'est-ce pas ? Et pour ce faire, nous aurons besoin de femmes de bonne volonté.

Elles s'enlacèrent. Avant de grimper dans l'une des voitures, la Syrienne lui fit un dernier signe espiègle.

Blanche leva la main pour la saluer. Elle ne doutait pas que Nazik reviendrait de tous les exils qu'on pourrait lui imposer. Elle était de ces intrépides qui ne désarment jamais.

Lorsqu'elle pénétra dans la grande pièce où reposaient les blessés, elle remarqua aussitôt Oriane penchée sur un soldat dont elle changeait les pansements abdominaux. Sa fille portait un bandeau blanc autour des cheveux, une cotonnade en guise de tablier. Ses manches de chemise étaient roulées au-dessus de ses coudes. L'homme serrait les dents pour ne pas crier. Une fois les soins terminés, il la remercia, soulagé. Oriane s'attarda ensuite auprès des autres patients, leur accordant des sourires. Elle ne parlait pas l'arabe et seuls comptaient les gestes. Arrivés dans un état de stupeur, les malheureux s'étaient visiblement apaisés. L'ordre régnait dans la salle. Voilà donc ce qu'elle a vécu pendant la guerre alors qu'elle était encore si jeune, songea Blanche en frémissant. Jamais elle n'aurait eu cette patience, ni ce courage ; la vue du sang la faisait tourner de l'œil. Grâce aux confidences d'Armand, elle avait eu le sentiment de voir grandir Oriane, de maintenir un lien envers et contre tout, mais la petite fille malicieuse décrite dans les lettres avait disparu. Désormais, elle contemplait les mouvements précis d'une femme sûre d'elle, lui découvrant aussi une douceur nouvelle. Quand Oriane se mit à soigner les plaies d'Elias, il protesta avec des grimaces. Sa sœur le gronda en le traitant de poule mouillée, ce qui le fit éclater de rire.

— Ils s'entendront bien, ces deux-là, murmura Maxence. Je ne serais pas étonné que les Soieries

Duvernay et les Soieries Zahhar réalisent de grandes choses ensemble à l'avenir. Oriane m'a demandé de devenir le dessinateur de la Maison et j'ai accepté. Je dois vous remercier, Blanche. C'est grâce à vous que je peux à nouveau tenir un crayon. Étrange, comment les fils de nos histoires se rejoignent, non ? Vous pensez sans doute que c'est l'œuvre de la Providence divine. Moi, je sais seulement que mon père en aurait été heureux.

Ils regardèrent Oriane se laver soigneusement les mains et les avant-bras dans une bassine d'eau qu'elle avait fait disposer à l'entrée de la pièce. Quand elle s'aperçut que sa mère l'observait, elle rougit.

— Merci infiniment, Oriane. C'est très généreux à toi de nous aider.

La jeune femme haussa les épaules.

— J'aurais eu honte de rester les bras croisés. Selon Maxence, votre demeure guérit toutes les blessures, celles du corps mais aussi les autres, les invisibles, celles qui tuent en silence. J'ai commencé par celles que je connais le mieux.

Blanche se contenta d'esquisser un sourire, puis saisit une jarre pour se rendre à la source. Il leur faudrait beaucoup d'eau pour les soins. Oriane hésita un instant avant de lui emboîter le pas. Elles traversèrent le verger où s'épanouissaient des grenadiers aux fleurs d'un rouge éclatant. Soulagée que sa fille semblât moins rétive que la veille, Blanche redoutait néanmoins de dire quoi que ce soit qui aurait pu mettre à mal cette trêve fragile. Derrière le vieux moulin arabe, d'antiques tombes musulmanes aux inscriptions en palmyrénien s'étageaient sur les hauteurs rocheuses.

Intriguée, Oriane s'arrêta pour les examiner de plus près.

— Maxence m'a dit que tu t'étais rendue sur la tombe de mes parents, déclara Blanche. Tu connais désormais les paysages de mon enfance. Tu es aussi passée par la demeure des Zahhar, à Damas, et maintenant te voilà à Palmyre. Peu à peu, tu découvres les lumières de ma terre.

Elle reprit son souffle, intimidée. Il lui semblait errer à tâtons dans un couloir obscur. Si seulement un seul mot pouvait exprimer à la fois son chagrin, ses regrets, son amour.

— J'avais dix-huit ans quand je suis arrivée à Lyon. On m'avait arrachée à tout ceci sans me donner les armes pour affronter le quartier d'Ainay et le monde policé des grands soyeux… Malheureusement, je n'en ai jamais trouvé la clé. Et puis il y avait ton père.

Aussitôt, Blanche perçut qu'Oriane se raidissait. Elle mesurait combien ces révélations devaient être douloureuses pour sa fille. Comment pouvait-elle envisager Victor autrement qu'en père dévoué et aimant ?

— Je n'ignore pas combien tu lui étais attachée. Hélas, je n'ai pas su lui donner ce qu'il attendait de moi. Je ne te demande pas de comprendre, Oriane. Sache simplement que je regrette de l'avoir fait souffrir.

— Vous aussi, vous avez souffert.

Le cœur de Blanche s'emballa. Surprise de sentir des larmes lui piquer les yeux, elle détourna la tête. Elle ne s'était pas attendue à cette main tendue. L'irruption des blessés à l'aube semblait avoir imperceptiblement modifié quelque chose dans l'attitude de sa fille. Comme si d'avoir renoué avec ses gestes d'infirmière éclairait désormais les événements d'une couleur différente. Elles franchirent le petit pont qui enjambait le ruisseau. Oriane cherchait ses mots.

— Ma grand-mère a tout fait pour rompre les liens avec vous. À l'époque, mon père s'est sûrement plié à ses exigences. Bonne-Maman n'est pas quelqu'un qu'on ignore facilement, avoua-t-elle avec une pointe de tendresse. J'imagine que vous lui en avez beaucoup voulu. C'est sûrement quelque chose que l'on ne peut pardonner.

Blanche s'arrêta un instant, l'air surpris.

— Bien sûr que si ! J'avais brisé toutes les règles. Les premiers temps, son attitude me révoltait, mais j'ai fini par accepter que nous avions chacune des raisons légitimes d'agir ainsi. C'est sans doute tristement ironique, mais nous étions en accord sur un point, ni elle ni moi n'avions voulu de ce mariage…

Elle emprunta un sentier entre les rochers.

— De toute manière, son attitude envers moi n'a aucune importance. C'est Aurélien et toi qui comptiez. Vous étiez les victimes innocentes de cette malheureuse histoire. Et elle s'est montrée exemplaire envers vous. Si elle ne t'avait pas éduquée de la manière dont elle l'a fait, tu ne serais pas venue jusqu'à moi. Pour cela, je lui suis infiniment reconnaissante.

Blanche fut heureuse de percevoir le soulagement d'Oriane. Elle avait pu au moins dissiper l'une des angoisses de sa fille, déchirée entre l'amour qu'elle vouait à la femme qui l'avait élevée et la curiosité que lui inspirait l'étrangère qui l'avait mise au monde. Il restait toutefois encore tant de blessures. Il leur faudrait du courage et de la patience pour les apaiser. L'œuvre d'une vie. Blanche indiqua à sa fille un passage qui aboutissait à un bassin naturel ombragé de palmiers.

— La source jaillit d'une caverne un peu plus haut, mais l'eau est moins sulfureuse par ici. C'est le meilleur endroit.

Oriane l'observa se pencher pour remplir le récipient. On n'entendait que le clapotis du ruisseau sur les pierres. Les gouttes d'eau salvatrices scintillaient dans la lumière. Avant de descendre soigner les blessés, elle était entrée dans la chambre de Blanche pour y déposer les lettres d'amour de Salim Zahhar, nouées de leur ruban bleu, qu'elle avait découvertes dans le secrétaire avant de venir au Levant. Une offrande de paix.

Quand Blanche se redressa, la jarre remplie à ras bord, Oriane tendit une main pour saisir l'une des anses. Elles remontèrent vers la maison en silence, attentives à cette nouvelle et fragile complicité. À l'approche du khān, Oriane vit Maxence installé sous la tonnelle, penché sur un grand cahier et qui dessinait d'une main sûre. À le voir si paisible, si heureux, une joie intense la transporta. Elle avait eu l'audace d'entamer ce voyage improbable et la récompense comblait toutes ses espérances. Une page blanche s'offrait désormais à elle avec l'homme qu'elle aimait, et ce bonheur, elle le devait à sa mère, à cette femme libre et singulière qui ramenait les âmes blessées à la vie.

NOTE DE L'AUTEURE

Parmi les ouvrages étudiés lors de ma documentation, je tiens à mentionner particulièrement, en ce qui concerne le monde de la soierie lyonnaise et ses liens avec l'Orient, les travaux de Gaston Ducousso, Dominique Chevallier, Albert Roguenant, Bernard Tassinari, Jacques Valette, Jean Dufourt, Pétrus Sambardier, Serge Chassagne, Florence Ollivry, Maurice Févret et Emmanuelle Perrin.

À Lyon, le destin des maîtres tisseurs de la Croix-Rousse est merveilleusement retracé grâce au musée de la Maison des Canuts et à la remarquable association Soierie Vivante : https://www.soierie-vivante.asso.fr, sans oublier le magnifique musée des Tissus, rue de la Charité.

François Ducharne fut l'un des soyeux lyonnais emblématiques du XXe siècle par sa créativité artistique et son prodigieux talent. Selon son amie l'écrivain Colette, il était « celui qui tisse la lune, le soleil et les rayons bleus de la pluie ».

L'histoire des étoffes orientales est contée avec brio dans les livres de John Gillow et par Maya Alkateb ou Rim al-Attrache.

Je tiens à attirer l'attention sur l'émouvant ouvrage *Threads of Identity* (Rimal Publications, 2011) de Widad Kamel Kawar, et sur son action pour sauvegarder le patrimoine des broderies et des textiles de Palestine.

Afin d'apporter un éclairage sur l'histoire passionnante et complexe du Levant, je me suis appuyée sur les travaux de George Antonius, James Barr, Sami Moubayed, Rémi Kauffer, Peter Frankopan, Roland Dorgelès, Tom Segev, Gérard Degeorge, Philip S. Khoury, Michel Seurat, Ilan Pappe, Albert Hourani, Jacques Thobie, Jérôme et Jean Tharaud, Henry Laurens, Jean-David Mizrahi, Pierre Rondot, Philip Mansel, Daniel Neep, Abdallah Hanna, Najwa al-Qattan, Stefan Weber, Birgit Schaebler, Thomas Philipp, Maurice Barrès, Pierre Benoît, Donald Quataert, Robert de Caix, Marie-Cécile de Taillac, Nadine Méouchy, Margaret McGilvary, Abdallah Naaman, Hana Samadi Naaman, Ruth Frances Woodsmall, Myriam Harry, Alice Poulleau, Roger de Gontaut-Biron, Willy de Spens, Marie Seurat, Nadine Picaudou, Berthe-Georges Gaulis, Ignace Dick, Vincent Cloarec, Karl Baedeker, Brigitte Marino, Sa Majesté le roi Abdallah de Transjordanie.

Une mention particulière pour les remarquables *A Land of Aching Hearts* de Leila Tarazi Fawaz (Harvard University Press, 2014), *Colonial Citizens* d'Elizabeth Thompson (Columbia University Press, 2000) et *Memoirs of an Early Arab Feminist* d'Anbara Salam Khalidi (Pluto Press, 2013).

Le destin hors du commun de Nazik al-Abed, surnommée la Jeanne d'Arc arabe, mérite un livre à part entière.

Ce roman n'existerait pas sans ces travaux d'historiens, de mémorialistes et d'écrivains. La mise en scène des personnalités ayant appartenu à l'Histoire reflète cette vérité. Si le cadre et l'armature historiques se veulent authentiques, mes personnages y évoluent en toute liberté. Toute erreur ou approximation n'incomberait qu'à moi.

REMERCIEMENTS

À Amman, au royaume hachémite de Jordanie, je remercie respectueusement et de tout cœur :

S.A.R. le prince El Hassan bin Talal pour avoir évoqué avec moi son grand-oncle Sa Majesté le roi Faysal bin Hussein, roi de Syrie puis roi d'Irak, et son grand-père Sa Majesté le roi Abdallah bin Hussein, roi de Transjordanie, devenue la Jordanie.

S.A.R. la princesse Sarvath El Hassan,

Professeur Muhammad Adnan al-Bakhit, de l'université de Jordanie,

Professeur Ali Mahafzah, de l'université de Jordanie,

Mme Falestin Naïli (PhD), de l'Institut français du Proche-Orient,

Mme Renee Hattar, du Royal Institute for Inter-Faith Studies,

Mrs Lyn Heppner, *with my gratitude for her inspiring understanding of Jordan.*

À Lyon, je remercie infiniment :

Mme Catherine Ducharne, qui a eu la gentillesse de m'ouvrir les archives familiales concernant son grand-père

François Ducharne, ainsi que son époux M. Paul Pasquier-Desvignes,

M. Jean-François Ducharne et M. Philippe Ducharne,

M. et Mme Léopold Lambotte,

Mme Marie-Christine Ebner,

M. Philibert Varenne, directeur de la Maison des Canuts,

M. Hubert-Marie Evellier, de l'Association Soierie Vivante, qui a fait revivre avec tant d'enthousiasme le destin des maîtres tisseurs de la Croix-Rousse dans le merveilleux atelier conservé par l'association, rue Justin-Godart.

À Paris, merci de tout cœur pour leur bienveillance et leurs conseils précieux :

M. Abdallah Naaman, ancien diplomate, écrivain et historien, qui a répondu à mes inlassables questions avec une infinie patience,

Mme Hana Samadi Naaman pour son écoute attentive,

Mme Azza Heikal,

Mme Bénédite Deromedi,

Mme Jacqueline Salloum,

Mme Nathalie Mathet,

Mme Caroline Sehnaoui,

Mme Christine Rhinn.

À Bruxelles, merci infiniment à Mme Arlette Nassan-Kraus, qui a partagé avec moi les souvenirs des Nassan, son illustre famille de soyeux damascènes.

Enfin, une pensée très affectueuse pour ma garde rapprochée, ces amis de cœur qui se reconnaîtront et qui m'encouragent avec tant de générosité à chaque roman. Sans vous, gravir la montagne me serait impossible.

Merci à Geneviève Perrin pour son amitié indéfectible.

Merci à Maëlle Guillaud, éditrice chez Albin Michel, pour son regard attentif et son écoute si précieuse.

Je tiens aussi à remercier ma belle amie Alexandra de Broca qui m'a si généreusement accueillie chez elle pendant la pandémie du printemps 2020, alors que je relisais les épreuves de ce roman.

De la même auteure :

La Course parfaite, Tallandier.
La vie ne danse qu'un instant (Prix Simone Veil 2017), Albin Michel.
L'Autre Rive du Bosphore (Prix du roman historique Historia 2014), Belfond.
Dernier été à Mayfair, Belfond.
Tous les rêves du monde, Belfond.
La Louve blanche, Belfond.
Livia Grandi, Belfond.
Valentine ou le Temps des adieux, Belfond.

PAPIER À BASE DE
FIBRES CERTIFIÉES

Le Livre de Poche s'engage pour l'environnement en réduisant l'empreinte carbone de ses livres. Celle de cet exemplaire est de :
500 g éq. CO_2
Rendez-vous sur
www.livredepoche-durable.fr

Composition réalisée par Lumina Datamatics, Inc.

Achevé d'imprimer en février 2022 en Espagne par
CPI BLACKPRINT
Dépôt légal 1re publication : mars 2022
LIBRAIRIE GÉNÉRALE FRANÇAISE
21, rue du Montparnasse – 75298 Paris Cedex 06

61/7918/0